KB171230

범우비평판 한국문학 45-①

박영희 편

현대 조선문학사(외)

책임편집 임규찬

 종합출판 범우

국립중앙도서관 출판시도서목록(CIP)

현대조선문학사(외) / 지은이: 박영희 ; 책임편집: 임규찬. – 파주 : 범우, 2008
    p. ;   cm. – (범우비평판한국문학 ; 45-1 - 박영희 편)

"작가 연보" 수록
ISBN 978-89-91167-35-3 04810 : ₩15000
ISBN 978-89-954861-0-8(세트)

조선 문학사[朝鮮文學史]

810.9-KDC4
895.709-DDC21   CIP2008002759

한민족 정신사의 복원
—범우비평판 한국문학을 펴내며

한국 근현대 문학은 100여 년에 걸쳐 시간의 지층을 두껍게 쌓아왔다. 이 퇴적층은 '역사'라는 이름으로 과거화 되면서도, '현재'라는 이름으로 끊임없이 재해석되고 있다. 세기가 바뀌면서 우리는 이제 과거에 대한 성찰을 통해 현재를 보다 냉철하게 평가하며 미래의 전망을 수립해야될 전환기를 맞고 있다. 20세기 한국 근현대 문학을 총체적으로 정리하는 작업은 바로 21세기의 문학적 진로 모색을 위한 텃밭 고르기일 뿐 결코 과거로의 문학적 회귀를 위함은 아니다.

20세기 한국 근현대 문학은 '근대성의 충격'에 대응했던 '민족정신의 힘'을 증언하고 있다. 한민족 반만년의 역사에서 20세기는 광학적인 속도감으로 전통사회가 해체되었던 시기였다. 이러한 문화적 격변과 전통적 가치체계의 변동양상을 20세기 한국 근현대 문학은 고스란히 증언하고 있다.

'범우비평판 한국문학'은 '민족 정신사의 복원'이라는 측면에서 망각된 것들을 애써 소환하는 힘겨운 작업을 자청하면서 출발했다. 따라서 '범우비평판 한국문학'은 그간 서구적 가치의 잣대로 외면 당한 채 매몰된 문인들과 작품들을 광범위하게 다시 복원시켰다. 이를 통해 언어 예술로서 문

학이 민족 정신의 응결체이며, '정신의 위기'로 일컬어지는 민족사의 왜곡
상을 성찰할 수 있는 전망대임을 확인하고자 한다.

'범우비평판 한국문학'은 이러한 취지를 잘 살릴 수 있도록 다음과 같은
편집 방향으로 기획되었다.

첫째, 문학의 개념을 민족 정신사의 총체적 반영으로 확대하였다. 지난
1세기 동안 한국 근현대 문학은 서구 기교주의와 출판상업주의의 영향으
로 그 개념이 점점 왜소화되어 왔다. '범우비평판 한국문학'은 기존의 협의
의 문학 개념에 따른 접근법을 과감히 탈피하여 정치 · 경제 · 사상까지 포
괄함으로써 '20세기 문학 · 사상선집'의 형태로 기획되었다. 이를 위해 시 ·
소설 · 희곡 · 평론뿐만 아니라, 수필 · 사상 · 기행문 · 실록 수기, 역사 · 담
론 · 정치평론 · 아동문학 · 시나리오 · 가요 · 유행가까지 포함시켰다.

둘째, 소설 · 시 등 특정 장르 중심으로 편찬해 왔던 기존의 '문학전집'
편찬 관성을 과감히 탈피하여 작가 중심의 편집형태를 취했다. 작가별 고
유 번호를 부여하여 해당 작가가 쓴 모든 장르의 글을 게재하며, 한 권 분
량의 출판에 그치는 것이 아니라 작가별 시리즈 출판이 가능케 하였다. 특
히 자료적 가치를 살려 그간 문학사에서 누락된 작품 및 최신 발굴작 등을
대폭 포함시킬 수 있도록 고려했다. 기획 과정에서 그간 한번도 다뤄지지
않은 문인들을 다수 포함시켰으며, 지금까지 배제되어 왔던 문인들에 대
해서는 전집발간을 계속 추진할 것이다. 이를 통해 20세기 모든 문학을 포
괄하는 총자료집이 될 수 있도록 기획했다.

셋째, 학계의 대표적인 문학 연구자들을 책임 편집자로 위촉하여 이들
책임편집자가 작가 · 작품론을 집필함으로써 비평판 문학선집의 신뢰성을
확보했다. 전문 문학연구자의 작가 · 작품론에는 개별 작가의 정신세계를

보다 구체적으로 살펴볼 수 있는 한국 문학연구의 성과가 집약돼 있다. 세심하게 집필된 비평문은 작가의 생애·작품세계·문학사적 의의를 포함하고 있으며, 부록으로 검증된 작가연보·작품연구·기존 연구 목록까지 포함하고 있다.

넷째, 한국 문학연구에 혼선을 초래했던 판본 미확정 문제를 해결하기 위해 최선의 노력을 기울였다. 특히 일제 강점기 작품의 경우 현대어로 출판되는 과정에서 작품의 원형이 훼손된 경우가 너무나 많았다. 이번 기획은 작품의 원본에 입각한 판본 확정에 특별한 노력을 기울여 근현대 문학 정본으로서의 역할을 다했다.

신뢰성 있는 선집 출간을 위해 작품 선정 및 판본 확정은 해당 작가에 대한 연구 실적이 풍부한 권위있는 책임편집자가 맡고, 원본 입력 및 교열은 박사 과정급 이상의 전문연구자가 맡아 전문성과 책임성을 강화하였다. 또한 원문의 맛을 최대한 살리기 위해 엄밀한 대조 교열작업에서 맞춤법 이외에는 고치지 않는 것을 원칙으로 했다. 이번 한국문학 출판으로 일반 독자들과 연구자들은 정확한 판본에 입각한 텍스트를 읽을 수 있게 되리라고 확신한다.
'범우비평판 한국문학'은 근대 개화기부터 현대까지 전체를 망라하는 명실상부한 한국의 대표문학 전집 출간을 목표로 한다. 따라서 권수의 제한 없이 장기적이면서도 지속적으로 출간될 것이며, 이러한 출판 취지에 걸맞는 문인들이 새롭게 발굴되면 계속적으로 출판에 반영할 것이다. 작고 문인들의 유족과 문학 연구자들의 도움과 제보가 지속되기를 희망한다.

2004년 4월
범우비평판 한국문학 편집위원회 임헌영·오창은

일러두기

1. 본서는 박영희의 〈현대조선문학사〉와 〈초창기의 문단측면사〉, 두 글로 이루어졌다. 이들 글은 대략 회월이 45년 12월 서울을 떠나 춘천의 중학교 국어교사로 근무하며 49년 반민특위로부터의 소환 때문에 서울로 상경할 때까지 칩거하는 동안 쓴 것으로 알려져 있다.

   본서에서 택한 원전은 다음과 같다.

   (1) 〈현대조선문학사〉는 《사상계》에 1958년 4월부터 59년 3월까지 연재된 〈현대한국문학사〉와 김윤식의 《박영희 연구》(열음사, 1989)에 부록으로 실린 〈현대조선문학사〉이다. 〈현대한국문학사〉는 《사상계》에 '제2절 조선적 현실의 성장과 문예운동'까지만 수록되었다. 김윤식에 의하면 원래 제목은 '현대조선문학사'였으며, '제3절 수난기의 조선문학' 이후의 원고는 늦게 발견되어 《박영희 연구》에 싣는다고 밝히고 있다. 본서에서는 '현대조선문학사'라는 원래의 제목을 사용한다.

   (2) 〈초창기의 문단측면사〉는 《현대문학》에 1959년 8월부터 1960년 5월까지 연재된 글이다.

2. 각주는 오기나 오식, 실증적 오류를 바로잡거나 본문의 이해를 돕기 위한 수준에 엄격히 국한시켰다.

3. 본문 중 [ ]표 속에 든 주는 박영희가 원문에서 사용한 각주이다.
4. 한자는 가급적 한글로 바꾸었고, 필요하다고 판단되는 경우 한자를 병기하였다.
5. 독자들이 읽기 쉽도록 맞춤법은 현재 통용되는 현대 표기법으로 바꾸었다.
6. 표준어를 기준 삼되 표준어에 없는 방언이나 속어는 그대로 살렸다. 글의 느낌을 살리기 위해 표준어로 고치지 않는 것이 좋다고 판단된 경우에도 방언이나 속어를 그대로 살렸다.
7. 원저에서는 사용되지 않았지만 필요하다고 판단되는 경우에 쉼표를 찍어주었다.
8. ○○○는 인쇄 상태가 나빠 판독이 불가능한 글자를 수대로 표시한 것이며, ×××는 발표 당시 검열 등의 이유로 삭제된 것을 글자 수대로 표시 한 것이다.
9. 작품명은 〈 〉로, 작품집이나 일반서책은 《 》로 구분하여 표시하였다. 기타 각종 부호도 현재 통용되는 것으로 바꾸었다.

박영희 편 | 차례

회월懷月의 문학사가 발표되는 데 앞서서

백철白鐵

　회월懷月의 〈현대조선문학사〉 원고가 《사상계》지에 실리게 되는데 있어서, 지금까지 수년 동안 그 원고를 내 책장 한 구석에 푸대접해 둔 데 대해 사과도 할 겸, 또 이 원고는 직접 회월 형한테서 받은 것이 아니고 그것을 출판하려던 김진구金振求 형에게서 전달된 것이기 때문에 그 원고가 지금까지 남아있게 된 공로는 전혀 김진구 형에게 있다는 말도 여기에 알리는 바이다.

　실상은 회월 형의 귀중한 그 원고에 대하여 푸대접을 하고 싶어서 지금까지 파묻어 둔 것이 아니고 지금 중간에서 애를 쓰고 있는 전광용全光鏞 형과도 수차 상의한 바가 있지만 어떻게 출판을 해보려고 서로 몇 차례 노력을 했지만 독자들이 잘 알다시피 근래 우리 출판계란 것이 말이 안 되어서 도무지 그 기회를 얻지 못하고 있은 채로 나는 미국으로 떠나왔던 것인데 내가 떠난 뒤에 남아 있는 전광용 형이 노력을 해서 우선 《사상계》지에 일차 연재를 하다가 기회를 봐서 단행본으로 내자는 상의를 내게 전달해 왔기 때문에 나도 그것을 상책으로 생각하고 쾌히 승낙을 하는 의미에서 이 적은 머리말을 쓰는 것이다.

　알다시피 회월은 나와도 달라서 우리 신문학 시작 뒤의 거의 전기간을

11

직접 경험해온 작가요, 시인이요, 특히 우수한 평론가였으며 그만치 신문학사를 기술하는 데는 가장 적임자로 봐야 할 사람이다.

사실은 이 문학사 원고가 된 것은 나의 변변치 못한 《신문학사조사》(상)가 나온 직후, 그러니까 나의 동저同著 하권이 나오기 전 대개 1948년 중간에서 그 전편全篇이 끝났던 것으로 알고 있다. 하지만 회월은 나처럼 저널리즘에 비위를 맞추는 성격이 되지 못해서 그 뒤 좀처럼 출판될 기회를 얻지 못하고 오다가 일차 그 결론 정도가 파인巴人의 주재主宰인 《삼천리》지상에 몇 회 동안 연재된 일이 있으며 그 뒤 바로 6·25 직전에 전기前記한 김진구 형의 출판사에서 맡아서 조판을 하다가 불운不運스럽게도 사변事變 때문에 다시 실패로 돌아가고 말았던 것이며, 그래서 그 원고가 김 씨의 손에 보관되었던 것인데 수년 전에 김 씨가 내게로 전달해 온 것이다. 생각하면 그렇게 햇볕을 보기에 불운했던 그러나 그만치 귀중한 문학사적인 자료의 원고가 이제부터라도 발표가 되고 책으로 나오게 되면 이 방면의 독자와 학계에 큰 도움이 될 것으로 믿고 기대하는 바이다.

(1958년 1월 15일 미국 뉴헤이번에서)

현대조선문학사

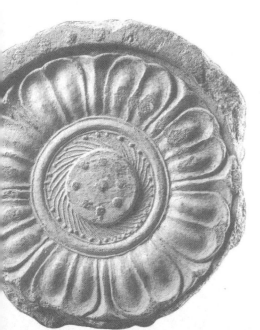

서론 현대 조선문학의 성격

제1장 현대 조선문학의 규정

1

한 민족의 문학은 그 민족의 생활과 정서와 이상이 그 민족의 말과 글로 표현되어 있는 것을 뜻하는 것이다. 따라서 현대의 조선문학이라 하면 그 것은 조선말과 글을 가지고 문학적 형상에서 조선민족의 생활과 정서와 이상이 나타나 있는 것을 또한 뜻함일 것이다.

그러면 먼저 조선문학사의 전과정에서 현대의 규정을 어떻게 할 것인 가 하는 문제에 이르는 것이다. 이것을 나는 서기 1900년 이후 40년 동안 을 현대라고 규정하여 놓았다. 여기에는 두 가지의 이유가 있으니 첫째는 한문학에서 완전히 벗어나와 조선말과 글을 가지고 또한 문학적인 구체적 형상을 통하여 신문학 운동을 일으킨 때가 1900년 이후의 일이니 현대문 학의 출발점은 여기서 시작될 것이라고 생각한다. 또한 조선말과 조선글 로 된 것만이 조선문학이라고 규정한다면 현대의 조선문학은 틀림없이 이 곳에서 시작되며 출발되어야 할 것이다. 그리고 조선의 현대문학이야말로 진정한 의미에서 조선문학이라고 말할 수 있을 것이다.

둘째로는 정치적으로 보아 조선민족을 최대의 불행과 비운으로 몰아넣 게 된 일본 제국주의의 침략이 1910년부터 공연公然하게 시작되어, 1945년 그 굴레를 벗어날 때까지의 40년 동안이 신문학운동과 병행하게 되는 까닭에, 정치면으로나 문화면으로나 이 40년 동안의 기간은 움직일 수 없고 변경할 수 없는 현대의 성격을 가지고 있는 것이다.

　한 민족의 문화 발전과 향상은 그 민족의 정치적 발전 향상과 더불어 진전進展하는 것이 보통이지마는 조선에서는 그와 반대로 문화면으로는 자각과 결의 밑에서 민족적으로 새로운 출발을 시작하였으나 불행히도 정치적으로는 이미 아주 무너져서 주권과 자유가 없어진 때이었다. 다시 말하면 조선민족의 국가적 주권이 상실된 데로부터 재기再起하려는 젊은 세대의 민족운동은 이 신문화운동과 민족적 계몽운동으로 온갖 정열을 기울이기 시작한 것이었다. 그러나 정치적 자유 없이 민족문화의 순조로운 발전이 있기 어려웠다. 그러므로 정치적 자유가 없는 한 민족의 문화운동은 필연적으로 민족운동의 일익一翼으로서 그 임무를 다하게 되는 것이었다. 40년 동안의 조선문학의 전모는 거짓 없이 이것을 증명하여 주었다.

　싸우면서 자기의 민족문화를 건설하려는 데서 생기는 고난! 여기에는 실로 여러 가지의 고난이 있었다. 그러나 이에 대하여는 점차로 논하기로 하고 이 장章에서 논할 주제는 먼저 조선말과 글에 대한 문제가 필연적으로 나타나게 되는 것이다.

　조선민족은 훌륭한 민족어를 갖고 있으면서 그것을 표현하는 글이 없었다. 그러다가 이조李朝에 이르러 그 4대 되는 세종대왕世宗大王이 그 25년에 훈민정음을 창제創製한 것이 조선글의 시작이었다. 만일 조선사람이 쓴 것이면 어떠한 글로 썼든지 다 조선문학이라고 말할 수 있다면, 한문으로 기록된 많은 작품이 삼국시대 이후 이조에 이르기까지 훌륭한 조선문학으로 등장할 수 있을 것이다.

　현대에서도 그러한 예를 들 수 있으니 그것은 조선이 일본의 침략을 받은 이후 그 식민지적 교육방침에 따라 조선어문語文의 말살운동이 시작된 것이다. 위에서도 말하였거니와 온갖 민족적 정열을 기울여 가지고 일어난 조선민족의 문화운동은— 더욱이 조선어문의 비상한 발전을 보인 문학운동은 차차로 고난의 형로荊路를 걸어가게 되었다. 제2차 대전을 전후로 일본정부의 이 방면에 대한 강압은 극히 난폭한 바가 있어 젊은 작가들은 넘쳐 나오는 정열과 창작욕을 조선글로 못 쓰는 대신 외국어로 발전發展하는 사람의 수가 늘어갔었다.

이와 같이 조선문학은 그 민족적 운명과 한 가지로 고난의 길에서 자기의 재능과 정열과 민족의 고뇌와 이상을 세계적으로 외쳐보려고 분산적으로 노력하고 피투성이 된 전사戰士와 같이 꺼꾸러지면서 다다른 곳이 1945년 8월 15일이었다.

그러면 이 두 가지의 중대한 사실— 가장 고귀하게 생각하며, 아주 타당성 위에서 오히려 명예롭게 생각하던 고대, 근대의 조선지식인들의 한문학漢文學이 그 하나이며, 그 둘째로는 일문日文 영문英文 등의 외국어로 된 조선사람의 작품들이 그것이다.

그러면 이렇게 외국어와 한문으로 된 조선사람의 작품도 진정한 조선문학이 될 수 있느냐는 중요한 과제에 당면한 것이다. 그보다도 더 중요한 문제는 조선글이 없었던 시대의 한문학이 조선문학의 권내圈內에 들어갈 것인가를 구명함으로써 또한 현대문학에서도 어떠한 표준을 세울 수 있는 것이라고 생각한다.

2

위에서도 말한 바와 같이 조선문학이라고 하면 원칙적으로 조선사람이 조선말과 글로 표현한 작품을 뜻할 것이다. 그러나 조선문학은 조선민족의 정치와 문화의 뒤떨어진 근대 생활의 복잡하고 모순 있는 여러 가지 사실을 포함한 그대로 또한 문학 자체의 특수성이 되어 있는 것도 사실이었다. 그리하여 이 문제는 이미 한때 조선문단에서 큰 물의를 일으킨 바가 있었다. 그때의 문단의 제가諸家들의 의견을 이곳에서 다시 종합해 봄으로

문제의 귀착점을 찾아보기로 하려는 바이다.

　그것은 1936년 8월호《삼천리》지에[주1] 1936년 8월호《삼천리》지 82페이지에 실린 조선문학 정의에 관한 설문[1]에 응답한 제씨의 의견 중에서, 또 춘원의 저서《문학과 평론》[2] 중 〈조선소설사〉에도 동일한 의견이 있다.] 발표된 문단 제가의 의견이다. 이에 대하여는 여섯 가지의 제안만을 이곳에서 소개하려는 바이다.

　1. 이광수春園 李光洙의 의견-

　어느 나라의 문학이라 함에는 그 나라의 문文으로 쓰이기를 기초 조건으로 삼는 것이다.

　지나支那[3] 문학이 한문으로 쓰이고, 영문학은 영문英文으로, 일본문학은 일문日文으로 쓰이는 것은 당연한 진리이다. 만일 일본문학이 독일어로 쓰

---

1)《삼천리》지가 '조선문학의 정의'란 특집 제목 아래 제시한 설문은 다음과 같다.
　"대체로 정설대로 쫓는다면 조선문학이 되자면 으레 A. 조선 '글'로 B. 조선 '사람'이 C. 조선사람에 '읽히우기' 위하여 쓴 것만이 안전한 조선문학이 될 것이외다. 그렇다면 역설 몇 가지를 들어 보겠습니다.
　A. 박연암朴燕岩의《열하일기熱河日記》, 일연선사一然禪師의《삼국유사三國遺事》 등등은 그 쓰인 문자가 한문이니까 조선문학이 아닐까요? 또 인도 타고르(Tagore)는《신월新月》《기탄잘리》 등을 영문英文으로 발표했고, J. M. 싱, I. A. 그레고리, W. B. 예이츠도 그 작품을 영문으로 발표했지만 타고르의 문학은 인도문학으로, 예이츠의 문학은 애란(愛蘭, 아일랜드) 문학으로 보는 듯합니다. 이러한 경우에 문학과 문자의 규정을 어떻게 지어야 옳겠습니까?
　B. 작가가 '조선사람'에게 꼭 한하여야 한다면 중서이지조中西伊之助의 조선인의 사상 감정을 기조로 하여 쓴 〈너희들의 배후에서(汝等の背後より)〉라든지 그밖에 이러한 유의 문학은 더 일고一顧할 것 없이 '조선문학'에서 제거하여야 옳겠습니까?
　C. 조선사람에게 '읽히우기' 위하여 써야 한다면 장혁주張赫宙 씨가 동경문단東京文壇에 누누屢屢 발표하는 그 작품과 영미인에게 읽히우기 주안主眼 삼고 쓴 강용흘 씨의《초가집》 등은 모두 조선문학이 아닙니까. 그렇다면 또 조선사람에게 읽히우기 위하여, 조선 글로 훌륭히 쓰여진 저《구운몽》,《사씨남정기》 등은 조선문학이라고 볼 것입니까. 스스로 자문자답自問自答하여 주시면서 여러 가지 경우의 인례引例를 들어, '조선문학'의 규정을 내려 주시압소서. 이것이 불쾌하고 잡연雜然한 분위기에 쌓여 있는 혼잡된 현하現下 조선문단의 중대한 청당淸黨운동이 될 줄 아옵기 재삼고려를 바라는 바외다."
2) 광영사, 1956년. (1940년판이 있는 것으로 기록된 것도 있으나 아직 확인하지 못했다.)
3) 중국인들은 그들의 정통성을 한나라에서 찾아 자신들을 한족漢族, 그들의 말을 한어漢語, 문자를 한자漢字라고 부른다. 하지만 한漢나라 이전 서역인들은 중국을 진秦으로 불렀고, 이후 서양인들은 이의 대역음인 '차이나(China)'로 그들을 불렀다. 지나支那는 다시 이를 대역한 일본식 한자어이다.

이고 희랍문학이 범어梵語로 쓰이었다면 이러한 담대무학膽大無學에는 경황실색驚惶失色치 아니치 못할 것이다.

'조선문학'은 조선 '글'로 쓰이는 것만을 이름이다. 조선 '글'로 쓰이지 아니한 '조선문학'은 마치 나지 아니한 사람, 잠들기 전 꿈이란 것과 같이 무의미한 일이다.[4]

박연암朴燕岩의 《열하일기熱河日記》, 일연선사一然禪師의 《삼국유사三國遺事》 등은 말할 것도 없이 지나支那 문학일 것이다. 그러므로 국민문학은 결코 그 작자의 국적을 따라 어느 국문학國文學에 속하는 것이 아니요, 오직 그 쓰이어진 국문國文을 따라 어느 국적에 속하는 것이다.

말하자면 문학의 국적은 속지屬地도 아니요 속인屬人(작자)도 아니요 속문屬文이다.

같은 타고르(Tagore)의 작품도 인도어印度語로 쓰인 것은 인도문학이요, 《신월新月》, 《기탄잘리》 등 영문英文으로 발표한 것은 말할 것도 없이 영문학이다. (중략)

조선문학이란 무엇이뇨?

"조선문으로 쓴 문학이다."-

2. 염상섭橫步 廉想涉의 의견-

한 민족을 단위로 본 개성- 쉽게 말하여 민족성을 표현하여 민족의 마음, 민족의 혼, 민족의 특이성을 표백表白[5]하고, 따라서 그 민족의 인생관, 사회관, 자연관을 묘사 표현한 것이면 그 민족만의 문학일 것이라고 하겠습니다[6]. 그러므로 첫째 문제는 '쓴 사람'이 문제일 것이요, 둘째는 작품의

---

4) 원문에는 '무의미하다'로 되어 있으나 오식이기에 바로잡았다.

5) 원문에는 '표현'으로 되어 있으나 오식이기에 바로잡았다.

6) 회월은 경어체를 평어체로 고쳐 썼다. 원래대로 모두 바로잡았다. 예) 하겠다→하겠습니다, 있을 것이다→있겠습니다, 것일까 한다→것인가 합니다, 것이다→듯합니다, 없다→없겠습니다

담긴 내용에 따라서 결정될 경우도 있겠습니다. 그리고 어語와 문文은 한 표현수단, 즉 기구器具와 같은 것인가 합니다. 그러므로 제일조건이 조선 사람인 데에 있고, 외국어로 표현하였다고 반드시 조선문학이 아니라고는 못할 듯합니다. 조선의 작품을 번역하였다고 금시今時로 외국문학이 되지 않음과 같이 외국어로 표현하였기로, 조선사람의 작품이 외국문학이 되리라고는 생각할 수 없겠습니다. ─

3. 이병기嘉藍 李秉岐의 의견─

나는 이렇게 생각합니다[7].

조선문학을 두 가지로 나누어 하나는 순수한 조선문학, 또 하나는 광범한 조선문학.

그리고 순수한 조선문학은 조선인이 조선말, 글로 쓴 순수한 문학작품(시가, 소설, 희곡 등)이고, 광범한 조선문학은 조선인이 조선말로 쓴 광범한 문학작품(일기, 기행, 서간, 전기, 전설, 담화談話, 잡록雜錄 등)이나, 또는 다른 나라 말로 쓴 순수한 문학작품, 광범한 문학작품이다.

그리고 보면 《열하일기》, 《삼국유사》 등이며 장 씨 강 씨의[주2] 장 씨는 장혁주張赫宙. 그는 처음으로 일문소설日文小說 〈아귀도餓鬼道〉를 일본 개조사改造社 현상문예에 보내서 일등 당선이 된 후로 계속하여 일문日文으로 작품을 발표하였다. 강은 강용흘姜鏞訖. 미국에서 영문英文으로 소설 《초당草堂》을 발표하였다.] 그 작품은 광범한 조선문학이고, 중서이지조中西伊之助 씨[주3] 나카니시 이노스케中西伊之助는 1920년대의 일본인 작가로 사회주의자였다. 그의 소설에는 대부분이 조선사람의 생활과 조선사람을 그 제재題材로 하였다. 〈너희들의 배후에서(汝等の背後より)〉, 〈혁토에 트는 싹(赫土に芽ぐむもの)〉, 〈국가와 인민(國家と人民)〉 등의 작품이 다 조선을 제재題材한 것이었다]의 작품은 조선문학이 아니고 《구운몽九雲夢》[주4] 《구운몽》, 《사씨남정기》 등은 김만중金萬重의 지은 소설이다. 구운몽은 미국인 게일

---

7) 위와 같음. 예) 한다→합니다, 속한다→속합니다, 것이다→것이와다

(J. S. Gale) 박사의 영역英譯까지 되어 있다.[8] 김만중은 1637년~1692년의 사람이다.]《사씨남정기謝氏南征記》등은 순수한 조선문학에 속합니다. 문학의 취재取材는 어느 것으로 한 것이든지[9] 상관없을 것이외다.-

4. 박종화月灘 朴種和의 의견-

물론 정설定說대로

조선글로

조선사람이

조선사람에게 '읽히우기' 위하여 쓴 것이 조선문학이 될 것이다. 그러나 A예例대로[10]《삼국유사》,《열하일기》(완전한 문학부류에 속할 것인지 아닌지는 별문제로 하고)는 비록 그 문자가 한문으로 되어 있으나, 우리의 완전한 글이 없었던 시대와 또한 우리글이 어떠한 정치적 또는 시대조류의 환경으로 인하여 독자獨自의 권위를 발양發揚치 못하고 한문으로 대용代用되어 일반에게 보편화되었던 시대의 작품이니, 이것은 한 개인과 한 작품만의 문제가 아니다. 그 시대의 전사회가 시인是認하고 통용한 것인즉, 글자가 비록 한자로 되었다 할지라도 당연히 조선문학에 속할 것이다. (하략)-

5. 김태준金台俊[11]의 의견-

그는 그의 저서[주5) 김태준金台俊 저著의《조선소설사》62페이지[12]]에서 말하기를-

"문예라는 것은 어떠한 설화적說話的 소재를 예술적으로 문자상 표현을

---

8) 게일(J.S. Gale)은 미국인이 아니라 캐나다 출신의 선교사로 1888년 한국에 와서 지방 선교, 성서 번역, 한영사전 편찬, 교육사업에 종사하고 한국에 관한 많은 저술을 남겼다.

9) 원문에는 '것으로든지'로 되어 있으나 오식이기에 바로잡았다.

10) 원문에는 '첫째'로 되어 있으나 오식이기에 바로잡았다.

11) 원문에는 '金○俊'으로 표시되었다. 월북한 문인들 이름을 당시에는 이런 식으로 표기했다. 뒤에 나오는 '임화' 역시 '林○'로 표기되어 있다.

12) 청진서관, 1933 (학예사, 1939)

한 것이니, 표현 이전에 문예가 성립하지 못함과 같이, 표현에 사용하는 문학적 규약이 없이는 더구나 국민의 사상 감정을 표현하는 유일한 도구인 국어를 떠나서는 도저히 국민문학이니, 향토예술이니 하는 것이 완성할 수 없다. 그러므로 정말 조선문학은 '한글' 창정創定[13] 후로부터 출발하였다고 함이 가可하다."−

6. 사학가 문일평文一平의 의견−

그는 그의 저서에서[주6) 문일평文一平 저《조선문화·예술》182페이지] 말하기를−

"진정한 의미에서 조선 시가란 조선말로 적은 시가가 아니면 아니 되겠다. 그렇지만 조선인이 쓴 한시漢詩에 대해서만은 조선말로 적은 것이 아니라 하여 조선 시가 중에서 빼어버릴 수는 없다. 만일 한시를 빼어버린다면 순수한 조선말로 된 시가가 몇 수首나 있겠느냐. 우리 선민先民들이 수천년래數千年來 모든 감정을 표시함에 있어서 한시로 하느니만치 한시는 거의 조선인과 불가분의 관계를 가졌다. 그러므로 여기서도 번잡함을 불고不顧하고 한시인漢詩人을 조선예술가의 부문에 넣은 것이다."

3

간단할 듯한 문제가 이와 같이 여러 가지의 의견이 있게 되는 것이다. 이렇게 문제가 복잡하게 된 근본 원인은 예전에 조선의 글이 없었던 까닭이며, 그 다음으로는 세종世宗의 정음正音 창제 이후로도 역시 산문이나 시의 대부분이 한문으로 발표된 까닭이다. 용어 문제를 떠나서 다시 내용 문제를 가지고 보더라도 조선문학이면 그 내용이 마땅히 조선적이라야 하겠거늘 글만 조선글로 쓰고 그 내용은 중국소설을 번역이나 한 것처럼, 소

---

13) 원문에는 '창제'로 되어 있으나 오식이기에 바로잡았다.

설의 주인공, 장소, 생활, 풍속 등이 전부 중국적인 것이 또한 얼마든지 있다. 이것은 사대사상의 불행한 결과라 하겠으나, 조선문학을 규정함에 있어서는 이런 것이 복잡한 문제를 만드는 요인이 되는 것이다. 어느 시대에서나 애독되는 《춘향전春香傳》과 같은 작품은, 인물 장소는 물론 조선적이며 가옥, 기구器具, 풍속, 정취情趣에 이르기까지 순수한 조선의 것으로 아름답고 향기 높은 작품이다. 그러나 역시 조선 고전의 걸작이라고 손가락을 꼽게 되는 《사씨남정기》나 《구운몽》 같은 작품은 모두 중국적인 작품이다. …… '화설 명나라 가정년간에 금능 순천부에 한 명인 있으니……' 하고 시작한 것은 《사씨남정기》의 첫 대목이다. 이것은 명明나라 소설을 국문으로 번역한 것이라고 해도 변명할 말이 없을 것이다. 이러한 것은 중국 소설의 모방에서 나온 결함이라고 하겠으나, 여하간 현대에서 조선문학의 체계를 만들기 위하여 이러한 것들을 분류하게 될 때에는 문제되지 않을 수 없는 것이다. 중국의 《전등신화剪燈新話》를 모방하였다고 하는 조선의 《금오신화金鰲新話》는 비록 한문으로[주7] 매월당梅月堂 김시습金詩習 저 《금오신화》] 쓰기는 하였으나…… '남원유양생자南原有梁生者……'니, '송도유이생자松都有李生者……'니 하여 조선의 인물과 지명 등을 사용함으로써 어디까지든지 조선적인 것을 나타내려는 작자의 정신을 우리는 고귀하게 평가하게 되는 것이다.

이런 것들은 일례에 불과한 것이나, 여하간 위에 말한 여섯 가지의 조선문학 규정에 관한 상이한 의견은 순수한 조선적이며 조선 어문을 기본으로 하고 고구考究한다면 그러한 것은 반드시 필요한 의견일 것이다. 어문에나 생활 풍속 인물들이 순수한 조선적이라야 하는 현대문학에서도 다소간 용어에 관한 논의가 있을만치 불순한 현실을 가졌던 것도 사실이다. 그러나 현대문학에서는 외국어라고 하더라도 한문으로 된 작품은 시인 이외에는 별로 없고 일문日文, 영문英文이 더러 있을 뿐이나 어떠한 작품에고 인물, 생활, 풍속 등만은 반드시 조선적임에 틀림없었다. 또한 말과 글도 조선 어문이 현대 조선 문학운동의 중요한 강령이 되어 있는 까닭에 현대문학은 순수한 조선말과 글로 씌어진 것에 한(限)한다는 정의는 움직일 수 없는 철칙이다. 이러한 의미에서 상론(上論)에서 인용한 여섯 가지의 의견을 종합해서 말한다면—

"현대 조선문학은 조선 어문으로 쓴 데 한(限)한다. 그러나 조선문학을 역사적으로 이해함에는 그 시대적 환경을 이해해야 할지니, 조선의 글이 없었을 때의 한문학은 조선인의 저서에 한하여 시인되어야 할 것이다. 따라서 조선문학사에는 선사(先史)에는 한문학부를 설치함도 타당하니, 이것을 순수에 대한 광범(廣汎)한 조선문학이라고도 할 수 있다. 그러나 조선문학에는 그 내용에 반드시 조선민족의 정신, 조선민족의 특이성이 표현되어야 하겠다. 외국문학이 조선말로 번역되었다고 조선문학이 아니며, 조선사람이 외국어로 표현하였다고 곧 외국문학이 되지 않는 것은 조선적인 특이성이 있는 까닭이다"라고 정의를 내릴 수 있는 것이다.

그러나 현대의 조선문학에는 과거 사대사상의 불순한 요소는 물론 용인될 수 없으며, 따라서 남의 생활과 감정을 모방하는 것으로 자기 민족의 자랑을 삼는 그러한 부패한 정신도 없으며 또한 조선글이 있어서 이 글의 발전도 현대문학에서 그 광영(光榮)스러운 출발을 하였으니 현대문학에서는 그 용어상 규정이 이미 결정된 것이다. 뿐만 아니라 조선의 현대문학은 잊어버렸던 조선말을 찾으며 이 말의 아름다움을 나타내어 조선민족의 순수한 문화 향상을 추진시키는 것에도 커다란 사명이 있었던 것이다.

조선은 여러 세기 동안 한문을 숭상하여 조선글을 업수이 여겼고, 현대에서는 일본의 침략과 아울러 그 식민지적 교육에서 조선말이 말살되고 마는 동안 현대 조선문학은 과거의 업수이 여기던 조선말의 아름다움을 찾아내는 한편, 말살되어 갔던 조선말의 위기에서 어디까지든지 우리말의 순수성을 지키기 위하여 고난의 길을 걸어 왔다. 또한 이것이 현대 조선민족문학의 사명이기도 하였다. 그 결과 고투(苦鬪) 40년의 조선문학이 가져온 조선 어문의 발전이 또한 거대한 바가 있다고 아니 할 수 없다.

　일찍이 노국露國 문호 투르게네프(Turgenev)는 그가 마지막 임종하는 침상에서 노국露國 문학자들에게 "우리들의 귀여운 유산인 노서아露西亞 말을 순수한 그대로 보전하라"[주8] 크로포드킨クロボトキン 저《러시아문학의 이상과 현실(露西亞文學の理想と現實)》3페이지[14])는 유언을 남겼다고 한다. 그러나 우리는 40년 동안 순수한 조선말을 찾으며 그것을 실천에 옮기기에 노력하여 왔던 것이다. 따라서 조선사람이 외국어로 작품을 썼다는 사실보다도 조선의 신문학운동이 40년 동안 고난의 길에서 자기 민족의 말과 글을 찾아가면서 조선문학을 창조하여 왔다는 것이 현대 조선문학의 자랑이며 또한 임무이었다.

---

14) クロボトキン, 《露西亞文學の理想と現實》(馬場勝弥 外譯), 1920년, 東京, アルス

제2장 현대 조선문학의 발전 형태

1

그러면 40년 동안 조선 신문학운동이 걸어온 길은 어떠하였으며 또한 어떻게 발전하여 왔는가? 이것을 본장本章의 둘째번 과제로 삼으려는 것이다.

현대 조선문학은 40년 동안의 발전은 다른 선진제국의 40년 동안의 문학 발달사에 비하여 본다면 그 양으로는 심히 빈약한 것이 물론이지만 그 질에서는 특이한 점이 있다는 것을 잊어서는 아니 된다. 외국문학에 비교하여 그 질적으로 특이한 것이란 현대 외국문학에서는 볼 수 없는 중대한 임무를 현대 조선문학이 갖지 않을 수 없게 된 것이다.

그러면 그 임무는 무엇이며 따라서 어떻게 수행되었는가를 고찰하여 보기로 하자.

먼저는 조선의 신문학의 발전은 문학적 유산이 풍부한 나라의 문학 발전과 같이 평탄한 길에서 순차적으로 자주적 발전을 하지 못하고, 늘 선진국의 사조에 쫓아서 혹은 자체만의 필요에 따라 순차順次 없이 혹은 비약적으로 발전하여 왔다고도 말할 수 있다.

그것은 문화에 뒤떨어진 민족의 문화란 것은, 흔히 자체의 자주적인 주체적 문화관이 확립될 겨를이 없이 선진 국가나 그 민족의 문화를, 그 사조를 거진 전체적으로 따라가는 경향이 있는 까닭이다. 이러하므로 후진 민족의 문화 발전은 그 독자적 사상성이란 것이 매우 적게 되는 것이다. 그러므로 어느 때나 선진국의 정치, 사상, 문화의 모든 경향과 그 진전에 따라 늘 바쁘게 자기의 발전을 꾀하는 때가 많으니, 후진 민족문화의 결함이란 것이 이곳에 있는 것이다.

현대 조선문학의 걸어온 길이 또한 이러하니 자기의 유산이 적은 조선의 현대문학은 자기의 고전으로부터 새로 세기世紀의 문학을 창조하지 못하고 구미歐美문학에서 그 사조와 이상과 형상 등을 감상하고 모방하며 탐색하여 비로소 자기 문학의 소지素地를 만들어 왔던 것이다. 조선의 신문학운동이 일어나던 때는 외래 사조가 홍수와 같이 밀려 들어왔던 때였다. 새로운 것이면 무엇이나 받아들이려는 조선 문화면에는 어느 때는 충분한 감상과 비판이 있기 어려웠으니, 어떠한 것에나 자기 민족의 문화적 요소가 될 수 있도록 섭취하려는 정열과 심취心醉한 가운데서 복잡한 사상적 총림叢林 가운데서 용감히 걸어온 것도 현대 조선문학의 자태일 것이다.

그러므로 현대 조선문학의 과정에는 한 시대를 대표할 만한 문학적 난숙기爛熟期를 갖지 못한 대신, 늘 새로운 시대와 그 사조의 많은 계단階段이 주마등과 같이 있었던 것이다. 말하자면 어느 때나 분망奔忙한 성장을 하여온 것이다.

따라서 조선의 현대문학은 그 걸어온 길에서 각각 시대적으로 분류는 할 수 있으나 한 시대를 확대할 만한 작품의 축적은 심히 적은 것이었다.

그러므로 각 시대마다를 대표할 만한 걸작의 수가 많지 못한 이유도 여기 있을 것이다. 개별적으로 보면 명작이나 걸작 문제는 깊은 문학적 수양에서 작가의 역량이 반드시 문제되는 것이지만 이 문제를 대국적大局的으로 바라볼 때에는 그 책임을 작가 개인에게만 돌릴 것이 아니라 모든 것을 침체케 하며 불활발不活潑하게 하며 질식하게 하는 조선민족의 정치적 자유가 없었던 데도 그 원인의 하나가 되었던 것이라고 생각할 수 있다.

2

그러나 나오려는 싹은 어떠한 외계外界의 압박이 있을지라도 뚫고 나오고야 마는 것이다. 이러한 경우에 문학[15]의 발전 형태는 먼저 자기의 발전을 막는 외계의 압력을 극복하기 위하여 투쟁적 형태를 갖게 되었던 것도 필연적 사세事勢일 것이다. 새로 일어나는 조선의 현대문학은 자체의 완전한 수립을 위하여 그 토대를 만들고 그 초석을 놓아야 하는 것이다. 그러자면 좋은 재목材木을 세우기 전에 먼저 땅을 다듬고 장해물障害物을 치워버리는 일을 하지 않으면 아니 되었던 것이다. 순수한 문학적 견지에서 본다면 이러한 일은 뜻하지 않은 다른 일이 아닐 수 없으나 이것은 현대의 조선문학이 당면한 운명적인 사실로서 현대 조선문학에서 정치적 의식의 강화가 커다란 자리를 차지하게 되었던 것도 그러한 까닭에서 그 타당성이 인정되어야 할 것이다. 그러므로 조선의 현대문학은 민족적 의식에서 고립되어 개별적으로 발전하기가 거의 불가능하였다. 사실상 조선민족의 해방에서 오는 완전한 자유가 없이는 조선적 문화가 있기 어렵고 또한 좋은 문학이 생길 수 없다는 결론에 이르게 되는 까닭이다. 이리하여 조선민족의 정치적 투쟁 의식의 강화와 심화는 조선의 민족문화 전면全面에까지 이르게 되었던 것이다. 현대 조선문학의 첫 출발이 이러한 환경에서 시작된 까닭에 그와 같은 새로운 임무가 문학 의식에 가중加重하게 된 것이었다. 그러나 한편 일본의 식민지적 난폭한 정책은 조선 민족문화의 모든 부면部面의 건설사업을 거의 불가능하게 만들었다. 그러나 그래도 그 가혹한 검열제도를 이용하여 고난을 뚫고라도 나아갈 수 있었던 길이 오직 이 문학 부면에 남아 있었기 때문에 조선의 지식인들의 주의는 이것에로 집중되었었으며 이에 따라 현대 조선문학의 범위는 훨씬 넓어져서 정치와 사상의 영역 안으로 추진되고 말았던 것이다. 이러한 경향이 그 고도에 이르

---

15) 원문에는 '大學'으로 되어 있으나 오식으로 보이기에 바로잡았다.

렀을 때에는 정치문제, 사상문제, 사회문제 등이 문학운동에서 당연히 취급되어야 하는 것처럼 생각하였으며 또한 그러한 것은 문학에서만 해결할 수 있는 듯이 자부도 하였다. 이것만이 문학의 정당한 발전의 전부라고는 할 수 없으나 조선의 현대문학이 당면하였던 필연성임에는 틀림없었다. 조선의 현대문학은 이러한 중임重任을 지고 문단 부진不振의 비명을 외쳐가면서 여하간 한 시대를 지내온 것이다.

3

아무리 문학적 역량을 풍부히 가진 천재라고 하더라도 그 기량과 역량의 근본을 민족문학의 풍부한 유산에서 찾지 못하고 또 충분히 북돋아주는 환경이 없이는 작가의 충분한 재능을 발휘하기 어려운 것도 한 개의 사실이다. 불모의 땅에서 좋은 종자가 아무 소용도 없는 것이나 동일한 이유가 성립할 수도 있는 것이다. 이러한 말은 현대 조선문학의 40년 동안에 그 부진하였던 부면部面을 변명하려는 것보다도 현대 조선문학의 진실한 의미의 진로를 밝히려는 데 있는 까닭이다. 즉 이와 같은 현대 조선문학의 과정은 장래할 조선문학을 위한 기본 역사役事이었으며 그 개간開墾 활동이었다고 규정하려는 바이다. 조약돌[16] 바위들만이 깔린 땅을 경작하는 농부와 같이 이 위대한 고난과 노력과 원대한 희망이 당년當年에 이루어지지 못하고 수년 혹 수십년 후에야 그 기대되었던 수확이 있게 되는 것과 같다고도 말할 수 있을 것이다. 그러나 이 농부의 활동에는 물론 고난에서 고난의 길을 지나가야 할 것이다. 이 길은 바야흐로 현대 조선문학의 길이기도 하였다.

그러면 다시 또 이 고난에 대한 이야기를 계속하려고 한다.

---

16) 원문에는 '조악돌'로 되어 있으나 오식으로 보이기에 바로잡았다.

일본의 압박 아래에 있던 조선민족은 어느 때나 민족 해방에 관하여 예민한 감수성이 발달되었으니 정치, 사상, 사회 문제 등에 대한 관심과 논의가 생활의 대부분을 차지하였으며 그러므로 하여 선진 제국의 정치운동과 사상운동의 추진력을 그대로 받아들여 우리 민족운동의 추진력에 보충하려고 하였던 것이다.

따라서 빈약한 실력을 가지고 난숙한 외국문학을 따르려는 노력에도 물론 고난이 있을 것이지만 그 위에 또 가혹한 검열제도로 말미암아 자유스러운 발전이 있을 수 없었다. 더욱이 전쟁 중에는 작품의 내용보다도 조선문으로 된 출판물은 일률적으로 내리누르게 되어 그야말로 암흑시대를 이루었던 것이다.

말기에 있어서는 조선어문의 사용까지도 금지되었던 것이다. 국민학교에서는 조선어를 쓰는 아동에게 엄벌까지 하여 조선어문에 대한 애착심을 모조리 빼앗아버리려 하였다. 이러한 결과로 조선의 젊은이들은 조선문학에 대한 관심이 점점 줄어갔다. 그들은 조선어문이 서툴러서 조선문이 마음대로 읽어지지 않게 되었으니 그 문장에서 아름다운 정서를 느낄 수 없었던 것도 어찌 할 수 없는 일이었다.

그리하여 조선 문학작품을 읽는 조선의 젊은이의 수는 줄어져 갔다. 따라서 빈약한 출판업자의 그나마 가졌던 의식조차 없어지기 시작하였다. 조선문으로 쓰는 작가들은 말하자면 일본 경찰의 요시찰인要視察人의 패를 붙여놓는 것이었다.

조선문학의 길은 이와 같이 바로 형로荊路 그것이었다. 이러한 곳에서 어찌 문학의 난숙한 시대를 가질 수 있었으랴!

그러한 중에도 적극성이 있는 2, 3의 젊은 출판업자의 열성에서 문학전집류의 간행을 보게 된 것은 1936년 이후의 일이었다. 이것을 계기로 출판계는 활발하여지려는 경향이 보였으나 이것도 그대로의 진전을 보지 못하고 중일中日전쟁 이후 태평양전쟁 중에는 여러 가지 이유를 내걸고 그나마 이어오던 잔명殘命은 끊어지고야 말았다. 또다시 심연의 암흑 속으로 빠져 버렸다.

이러한 길을 걸어온 현대 조선문학은 여러 가지로 두려운 환경과 싸우면서 문학적 각 계단을 비록 주마등과 같이 지나왔다고는 할지라도 이러한 가운데서 그 동안에 귀중한 문학적 축적이 생겼으며 이에 대한 반성과 비판도 있었다. 세월이 흐름에 따라 작가의 문학적 수양의 심화와 아울러 초기의 미숙한 내용과 거칠었던 형식이 점점 난숙爛熟하게 되며 그 기량과 시야가 또한 넓어져 갔다.

이러한 의미에서 40년[17] 동안 조선문학의 축적은 비록 많은 수는 아닐지라도 실로 귀중한 고뇌의 결정結晶인 것이다. 이 문학적 축적은 장래할 조선문학의 자양滋養이 될 수도 있는 것이다. 40년 동안 황량한 야원野原을 개간한 조선의 작가들은 이곳에서 각자의 명예를 찾은 것이며, 고뇌기의 조선문학은 이곳에서 비로소 자기의 임무를 설명할 수 있을 것이다.

---

17) 원문에는 '四千年'으로 되어 있으나 오식으로 보이기에 바로잡았다.

제3장 현대 조선문학과 그 사상성

1

그 다음으로 현대 조선문학을 산출케 한 그 모체母體는 무엇인가 하는 문제가 자연히 일어나게 되는 것이다. 모체가 있으면 반드시 유전遺傳이 있고 따라서 혈통이 생기게 되는 것이다. 선진 제국가諸國家의 문학에는 각각 그 모체로서의 고전 문학을 가지고 있다. 물론 이곳에서 말하는 고전이란 것은 다만 옛날의 작품의 일반을 뜻하는 것뿐이 아니라 고전의 명작 걸작을 뜻하는 것이다. 즉 쇠약衰弱하여 가는 유아幼兒의 생명을 날로 양육하는 어머니의 젖과 같이 후세의 작품에 생명과 정신의 발전을 도우며 때로 암흑의 구렁텅이에 빠졌을 때에는 그 고전의 위대한 정신과 계시啓示에서 재생의 길을 찾을 수 있게 할 수 있는 걸작을 뜻하는 것이다.

퀸투스 쿠르티우스(Quintus Curtius)는 우리에게 이러한 말을 하였다.

─ 어떠한 계절에는 박트리아(Bactria)의 도로가 아주 뒤덮여서 보이지 않게 하는 먼지의 회오리바람이 불어와 캄캄하게 되는 때가 있다. 그리하여 평일의 경계표境界表를 찾지 못하고 방황하는 사람들은 별들이 나타나기를 기다리고 있다. 그 별들은 '어둡고 위험한 길을 비칠 수 있으므로.'[주9) The life of Goethe. Edited by Ernest Rhys P.1]

이 말은 괴테(Goethe)전기傳記 맨 첫 번에 씌어있는 구절이다. 때때로 문학이 그 당면한 시대에서 전진할 길이 막히어 어둠에서 헤맬 때에 위대한 고전문학은 별과 같이 또다시 나갈 길을 비춰줄 수 있는 것을 의미하는 것이다. 나라마다 세계적 명작과 위대한 문인들을 가지고 있다. 여기서 일례를 든다면 영국의 셰익스피어(Shakespeare), 독일의 괴테, 불란서의 위고(Hugo) 등 실로 많은 작가와 작품이 있는 것이다.

이러한 고전의 집적集積은 풍부한 문학적 유산을 만들고 있어 현대문학의 온상이 되며 모체가 되는 것이다.

이러한 의미에서 현대 조선문학의 온상과 모체를 찾아보려는 것이다. 어떠한 민족이나 그 역사를 거슬러 올라가면 갈수록 각 민족의 예술은 대개가 민족적 고립상태에 있고 세계적 상호관계라는 것이 없는 것이다. 그러나 근대나 현대에 이를수록 각 민족의 예술이나 문학은 민족적 고립상태에서 벗어나 각 민족의 문학은 서로 영향을 주며 서로 밀접한 교류작용을 하는 것이다.

그러면 조선적 고전과 유산은 무엇인가?

순수한 조선문학의 고전이라 하면 구전口傳하는 가요·민요라든지 혹은 이두문吏讀文으로 기록된 고대 향가, 그리고 시조 등을 열거할 수 있다. 기외其外에는 전부 한문으로 기록된 시편詩篇 소설류小說類가 있을 뿐이었다. 고대인의 한문은 다만 자기의 글이 없는 까닭에 이용하는 수단으로서 사용되었을 뿐만이 아니라 이 한문은 곧 중국문화를 그대로 받아들여 조선정신의 쇠퇴를 일으키는 원인을 만들기도 하였다. 그러므로 이미 위에서 말한 바와 같이 조선사람의 붓으로 된 한문소설류는 대부분이 중국문학의 모방이었다. 그것은 중국문학에서 육조六朝시대의[주10] 육조六朝시대 = 吳·東晉·宋·齊·梁·陳] 귀신지괴鬼神志怪의 서書, 당唐의 전기문傳奇文, 명명의 신마神魔소설 등의 귀신이야기, 신선이야기 또 황당한 엽기적인 것을 그대로 흉내낸 것, 번안한 것 등이 대부분이었다.

그러면 현대 조선문학은 이러한 것과 어떠한 관계를 가질 수 있느냐는 것이다. 다시 말하면 이러한 문학들이 현대 조선문학에 무엇을 기여하였느냐는 것이다. 조선에서는 이러한 고전이 어둠을 비치는 별이 될 수는 없었던 것이다. 새로 일어나는 조선의 민족문학은 사대사상, 모화慕華사상의 부패된 정신을 깨뜨려 버리려는 데 오히려 커다란 임무가 있었던 것이다. 그러므로 진실한 의미에서 말한다면 현대문학은 그 자체가 새로운 전통이 되며 별이 되며 광명이 되기 위하여 떨쳐 일어난 것이다. 첫째로 현대 조선문학은 한문으로부터 해방되어 조선어문에서만 비로소 민족문학의 첫 출발의 조건을 삼았다. 그리하여 현대 조선문학은 비로소 언문일치言文一致의 문장을 쓰기 시작하였으며 그러므로 복잡한 사상과 온갖 정열의 가닥가닥을 참신斬新하고 치밀하며 정확하게 표현할 수 있게 된 것이다. 이곳에서 한문학과 조선어문학은 완전히 분리하게 될 수 있는 것이다.

　　둘째로는 소위 조선의 한문학적 고전이 가지고 있는 내용문제에 이르게 되는 것이니 이곳에서 지적하려는 내용이란 그 사상성을 말하려는 것이다. 그 작품의 대부분은 유불儒佛사상의 표현이었으니 가령 신마神魔소설, 전기傳奇소설류의 황당무계한 소설이라 할지라도 결국 유불사상의 인생관이 그 근본을 이루어 인간을 오랜 세기 동안 허례虛禮와 종교적 전형典型 속에서 구속 상태를 계속하여 왔던 것이었다. 조선민족을 암흑과 파멸의 구렁텅이로 몰아넣게 한 관료 만능, 예속사상, 인종忍從, 허례, 구속, 사대事大 등의 모든 부패한 사상을 깨뜨려 부수고 거기서 뛰어나와 민족 재건의 봉화를 높이 들어 신조선 건설을 세계에 선언하려는 새 세기 조선민족의 사상성이 현대 조선문학의 중대한 내용을 형성하였던 것이다. 그러므로 진부한 고각古殼 속에서 신세기의 인간이 생활할 수 없음은 물론이다. 더욱이 유교사상의 극치極致는 인간의 개성과 정열을 제한하며 거세하여 개인은 말할 것도 없고 민족적으로도 거진 무표정 무감각의 생활 속에서 신음하여 왔던 것이다. 다만 구전口傳하는 소수의 옛날 대중적 가요나 고대 향가 중에서 민족생활의 진상眞相과 순수한 정서의 편린을 찾을 수 있었으나 분류奔流와 같이 터져 나오는 혁명적인 현대 조선문학을 육성하기에는 너무 늙었으며 너무 미약하였다. 사실상 이것이나마 조선의 고전으로서 연구되기 시작한 것은 현대문학이 새 출발을 한 지도 오래 후의 일이었다. 그것은 조선의 현대문학이 침체 정돈되었을 때 그 타개책으로 세계문학에서 고전의 별을 찾게 될 때 비로소 조선의 고전도 찾아보게 된 것이었다. 이것은 1930년 전후에 발생한 세계문단이 동시에 침체되었을 때 일어난 이 어둠을 비춰줄 수 있는 별들이 나타나기를 기다리던 때이었다. 그러나 현대 조선문학은 조선만이 가질 수 있는 특수성에서 처음부터 독자적인 창조의 길을 걸어왔다. 이 새로운 창조를 위하여는 세 가지의 기본적인 준비가 필요하였다.

첫째로는 조선말과 글의 완전한 표현이다. 즉 언문일치言文一致의 확립이었다.

둘째는 유교사상의 전형 속에서 형성된 부자연한 생활의식에 대한 예리한 비판이니 진부한 고각古殼 속에 갇히어 있던 인간의 본체本體를 찾음으로써 비로소 건전 명랑한 민족생활을 건설하려는 것이었다.

셋째는 새로운 인생관을 수립하는 것이었다. 이것은 과학적이며 사실적인 세계에서 자아의 무한한 발전을 위한 사상성의 수립이었다. 이와 같이 현대 조선문학은 그 어문에서 그 인간성에서 그 사상성에서 전래의 고각을 깨뜨리고 넓은 신천지를 찾아 그곳에서 자아를 찾고 민족을 찾고 사상을 찾기 위한 혁명정신의 발로이었다. 이리하여 현대 조선문학은 자기를 비추어줄 별들을 기다리는 대신 자체가 별의 임무를 수행하며 따라서 미래 문학의 빛이 되기 위한 발전을 하지 않으면 아니 되었다.

이와 같이 현대의 조선문학은 그 시야를 넓혀 세계적으로 그 교류관계에 참여하게 됨에 자연히 조선문학은 세계적 고전에서 그 온상을 발견하게 되었을 뿐만 아니라 그곳에는 조선의 새로운 세기에 영합될 만한 풍부한 사상의 보고寶庫가 있어 젊은 작가들을 열광시키며 심취케 하는 정열의 여신이 부드러운 두 팔을 벌리고 따뜻한 포옹을 아낌없이 주고 있었던 것이다. 이리하여 조선의 젊은 작가들이 구미歐美문학에서 육성되었음은 이또한 필연적 사실이었다. 그러므로 조선의 새로운 민족문학은 세계문학에서 그 수법과 사상을 섭취하여서 조선문학은 세계문단과 동일한 방향을 바라보고 행진을 시작하게 된 것이었다. 다시 말하면 세계적 고전문학과 그 유산은 곧 현대의 조선문학을 육성하는 자양도 될 수 있었던 것이다.

그 중에서도 특기特記할 만한 것은 구미작가의 작품 가운데서도 사색적인 것, 사상적인 것이 더 많이 읽혀졌으며 따라서 조선문학의 방향도 향락적인 것보다는 사상적인 데로 더 많이 기울어졌다. 그것은 오랫동안 유불儒佛사상에서 개성의 자유가 구속되었으며 민족적으로 정치적 자유가 없었기 때문에 여기서 해방되기 위한 사상에 더 흥미를 가졌던 까닭이었으며, 그러므로 문학운동도 민족적 해방운동의 일익一翼으로서 합류하게 되었던 것이다. 일례를 들면 루소(Rousseau)의 혁명적 자유사상이 당시 청년들에게 절대적으로 영합迎合 구가謳歌되었으며 또 혁명 전야의 노서아露西亞작가들의 작품이 더 많이 애독되었던 사실 등을 열거할 수 있다.

조선의 신문학운동 초기에 애독된 외국작가들은 대체로 톨스토이(Tolstoi), 푸슈킨(Pushkin), 투르게네프, 도스토예프스키(Dostoevskii), 고리키(Gorki), 고골리(Gogoli), 체호프(Chekhov), 괴테, 하이네(Heine), 셰익스피어, 바이런(Byron), 와일드(Wilde), 휘트먼(Whitman)[18], 포우(Poe), 위고, 모파

---

18) 원문에는 '화이트맨'으로 기술되어 있다.

상(Maupassant), 플로베르(Flaubert), 졸라(Zola), 베를렌(Verlaine), 보들레르(Baudelaire) 등 작가의 제諸작품이었다.

그 중에도 혁명 전야 노국露國 작가들의 것이 더 많이 읽혀진 것은 그들의 생활과 사상이 조선청년들의 심금을 울릴 수 있었던 까닭이었다.

그것은 제정로서아露西亞의 전제정치 아래서 신음하던 인민의 참담한 상태가 일본의 전제 밑에서 신음하는 조선사람의 불행한 생활과 같은 까닭이었다.

그때의 노서아露西亞의 도시노동자들은 자본가와 특권계급의 잔인한 착취로 굶주리고 헐벗었으며 농촌에는 농노제도가 있어 농민들은 우마牛馬와 같은 생활을 할 뿐으로 그들에게는 권력과 자유가 없었다. 압박과 굶주림에서 허덕거리면서 자유와 해방을 갈망하였으며 지식인들은 정치적 자유가 또한 없었던 까닭에 비밀결사 지하운동에 몸을 바쳐가면서 자유를 얻으려 싸우다가 혹은 투옥, 유형流刑, 사형 등을 당하는 것이 그때 제정로서아露西亞의 자태이었다. 그들의 문학이 이러한 환경에서 창작되며 또한 이곳에서 인생문제의 모든 과제가 제출되었던 만큼 민족운동에서 동일한 고뇌를 당하고 있었던 조선작가의 심금을 울린 것은 당연한 일이었다.

그렇다고 남구南歐의 화려, 현란한 문학이 조선문학과 무관하였다는 것은 아니다. 말하자면 조선문학은 북구北歐문학에서 그 사상성을 섭취하였고 남구南歐문학에서 난숙爛熟한 형상과 그 예술적 방향芳香을 찾으며 배웠던 것이라고 말할 수 있었다. 그 다음으로는 일본에서 받은 사조다.

그러나 이 사조라는 것은 일본의 것보다는 역시 세계사조라고 할 수 있었다. 일본은 명치유신明治維新 이후 세계사조와 문화를 흠씬 받아들여 말하자면 번역문화의 개화기를 만들었던 까닭에 대부분의 외국문학도 일본어를 통하여 조선작가들의 식견을 넓혀주었던 것이다. 그러므로 일본에서 유행된 세계사조는 1년 후면 반드시 조선에 건너왔던 것이다. 그들의 강력적强力的인 일본어 교육의 결과는 필연적으로 이러한 과정을 만들고야 말았던 것이다. 이러하므로 현대 조선문학사상에 있어서도 그 사조 변천의 줄거리가 어느 정도로 일본 현대문학사의 그것과 같은 것이 많이 있게 된 것이다.

이에 따라서 일본의 신세대를 대표하는 명치明治 · 대정大正 문단의 거장들의 작품이 또한 많이 읽혀졌다고도 할 수 있으나 이런 것은 한 삽화적揷話的 사실이었고 조선의 문학정신을 형성하는 데는 아무러한 영향된 바를 찾을 수 없는 것이다. 다만 조선문단과의 교류관계라는 것은 세계 사조를 전해주는 중계적中繼的인 중요성이 있었을 뿐이다. 이에 대하여 일례를 들면 일본이 세계문단에서 받아들인 세기말적 사상이 곧 조선문단에 오게 되며 또 일본에서 유행하던 자연주의문학이 얼마 후에 조선문단에 옮겨오게 된 것이라든지 그 후 큰 세력으로 일어난 계급문학이 또한 그대로 조선문단의 주류를 이루었던 사실로 보아서도 알 수 있는 것이다.

이상과 같이 현대 조선문학은 여러 가지 의미에서 역경에 있으면서도 세계문학에서 필요한 사상을 찾아 새로 일어나는 민족문학의 건설을 꾀하기에 노력하였던 것이다.

3

위에서 간단하게 말한 바와 같이 조선의 현대문학은 조선민족의 정치적 각성과 한 가지로 일어났고 민족해방운동과 병행하여 성장하였으며 민족적 고뇌 속에서 사색하여 왔던 것은 피치 못할 사실이었다. 그러므로 이러한 민족 생활의 환경을 갖고 이 민족 감정 속에서 자라난 조선의 현대문학은 보다 더 많은 사상성을 내포하게 되었다. 따라서 외국문학에서 제일 먼저 섭취한 것은 사상성이었으니 이것 없이는 만족할 수 없었던 까닭이었다. 난숙한 형식을 배우기 전에 먼저 무엇을 표현하겠느냐 하는 것에 보다 더 주의를 집중시키었다. 정서적인 것보다도 지성적인 데 더 많은 흥미를 갖게 하였고 예술을 향락하는 것보다도 더 많이 인생을 탐색하려고 하였던 것이다. 문화에 뒤떨어진 민족의 과학에 대한 연구열이 거대하였던 바와 같이 문학에서도 과학적인 관찰과 철학적인 결론에 초조하였다. 그러므로 현대 조선문학 전반을 통하여 본다면 '예술을 위한 예술' 운동은 초기적 현상에 불과하였고 '인생을 위한 예술'의 탐색이 그 주류를 이루었다고 말할 수 있다. 그런 까닭에 현대 조선문학은 계몽적이며 주관적이며 철학적인 데가 많았고 형상적形象的이며 향락적이며 심미적인 데가 적었다고도 볼 수 있다. 이에 대하여 또 한 가지 이유는 조선의 신문학운동의 역사가 극히 짧아서 화사華奢한 형식의 집적이 있기 전에 민족의식의 당면한 과제가 앞서게 되었다고도 말할 수 있다.

그러면 이 사상성의 구체적 사실은 무엇이었던가.

첫째로는 권선징악勸善懲惡의 재비판再批判이요, 둘째는 개성個性 해방과 자유를 위한 투쟁이요, 셋째는 민족해방을 위한 혁명의식의 고양이요, 넷째로는 계급의식을 위한 투쟁이었다.

그리고 그 다음에는 현대 조선문학의 전폭적인 반성기가 시작되었던 것이다.

이 권선징악이라는 것은 조선의 고대 · 근대소설에 나타난 한 전형적 사상이었다. 이것은 조선의 불교 유교의 사상과 한 가지 조선의 지식계급뿐 아니라 대중적 의미에서 조선사람의 정신이었고 신앙이었고 사상이었다.

그러나 과학적인 현대사상에 비추어 볼 때에 이것은 너무도 주관적이며 소극적이며 종교적이며 부분적이었다. 권선징악勸善懲惡이라는 표어로 사회의 질서를 유지하고 개인의 도의심道義心을 육성하기에는 현대에서는 너무도 무능력한 고각古殼이 되고 말았던 것이었다.

인생의 본체를 찾으며 선악의 그 심오한 데서 본연의 인간성을 나타내려는 현대문학에서는 벌써 인위적인 데서 과학적인 새로운 계급으로 올라온 것이다. 이러하므로 고대소설에 나타난 '권선징악'의 형식과 내용은 현대문학을 그곳에서 확연히 구별하고 만 것이다.

그 다음으로 현대 조선문학의 초창기 작품에 나타난 신구新舊사상의 투쟁이란 것은 무엇인가. 그것은 말할 것도 없이 이조李朝 오백년 동안 유학적儒學的 의식에 대한 투쟁이었다. 충효忠孝 의절義節과 인의仁義 예법禮法에 대하여 굴욕적인 허식虛飾에 대한 투쟁이었다. 유학을 숭상하는 나머지 중국 제일주의로 스스로 굴욕을 만들어 민족자주의식을 쇠패衰敗게 하며 유학 이외의 학문은 사문난적斯文亂賊의 이학異學이라고 배척하여 세계적 진출의 길을 막아 스스로 후진 문화의 민족적 비운에 빠뜨리게 하였을 뿐 아니라 번문욕례繁文縟禮를 일삼아 개인의 자유의식을 봉쇄함은 물론이고 새 세대의 추진력인 청년들의 의지를 꺾고 말았던 것이다.

세계적 무대에서 민족 재건의 봉화를 든 현대 조선청년의 사상이 아직도 계속되고 있던 유학적 사상과 충돌되었던 것은 또한 당연한 일이었었다. 따라서 그러한 중요한 사상적 투쟁생활이 초창기 문학에 표현되었던 것도 또한 타당한 일이었다. 이에 뒤를 이어 새로운 세대의 정열은 분류奔流와 같이 터져 나왔다.

이 분류 가운데서 시를 읊조리고 소설을 쓰고 또 평론을 썼다. 한편 둑을 터뜨리고 쏟아져 들어오는 외국의 문예사조는 벅차게 뒤를 이어 그칠 줄을 몰랐다. 조선의 작가들은 한 가지를 충분히 이해하기도 전에 또 그다음 사조를 따라가기가 바빴다. 낭만주의니 자연주의니 사실주의니 하는 여러 가지의 사조가 주마등과 같이 지나가고 다다른 곳이 민족문학과 계급문학의 대진對陣상태이었다. 이 상태는 오랫동안 계속되었다.

본래가 현대의 조선문학은 그 출발이 민족의식으로 조선민족의 이상과 정열과 애수와 고뇌가 그대로 표현되었던 것이다. 그러나 이것은 그 발전에 따라 개인주의로 분화되기 시작하여 개인의 정서와 고뇌와 향락과 운명에서 각각 그 인생관을 만들어내었다. 말하자면 민족적인 데로부터 넓은 의미의 인생 문제에 이르렀던 것이다. 그러나 '인생이 무엇이냐'는 것보다 '어떻게 살아갈까' 하는 것이 역시 당시 조선작가들의 관심을 끄는 중요한 과제이었다. 그러므로 비록 짧은 동안이기는 하였으나 예술의 상아탑을 쌓고 있던 조선의 젊은 작가들은 결국 비참한 민족적 현실생활로부터 생긴 커다란 회의懷疑에서 헤매게 되었던 것이었다.

이러한 때를 당하여 권력과 전제적 세력에 항쟁하여 압박과 기근飢饉과 고뇌로부터 대중을 해방한다는 운동이 이 세계의 한편 구석에서 전개되고 있었으니 그것은 공산주의 원리에서 혁명국가를 세웠다고 과장하여 떠들던 기괴한 존재이었다. 소위 그들의 표어는 전제적 세력을 거꾸러뜨리고 제국주의 자본주의를 타도하여 약소민족을 해방하며 인민에게 자유와 행복을 준다는 것이었다.

그 소위 유명한 "만국 노동자여 단결하라!"라는 표어는 그들의 유일한 목적이며 국제공산당의 지상명령이었다. 그리하여 정치적으로 그들은 세계 적화赤化를 기도하였던 것이었다. 당시 이 국제공산당의 맹렬한 활동은 거진 전세계의 무산계급을 혁명의 투쟁 속으로 집중시키고 말았던 것이다. 극동極東에는 일본이 놀랄 만한 세력으로 계급운동이 발전되어 지하에서만 활동을 하여오던 무산정당이 합법적으로 활동을 하게까지 되었었고 출판 문화면에도 정치, 경제, 문학, 기타 각 방면에는 모두 좌익서적이 넘쳐 나왔다. 그야말로 욱일승천旭日昇天의 기세이었다.

이것은 1925년을 전후한 사회 정세이었다. 그런데 일본의 공산주의운동은 일본의 특권 자본계급을 꺼꾸러뜨리고 국체國體를 변혁하는 것이 그들의 목적이었다.

이러한 때를 당하여 조선의 이때까지의 민족주의적인 비탄悲歎과 불평과 애수로는 민족해방을 위한 투쟁력이 너무도 약하였던 것이다. 일본의 조선민족운동은 무산계급과 동일한 보조를 취하여 일본의 국체를 꺼꾸러뜨리는 데 합세할 필요성이 충분히 있었다. 그리하여 조선민족의 해방운동은 그 목적의 실현을 위하여 맑스주의의 동정자同情者를 얻었던 것이다.

그러므로 조선의 해방운동은 맑스주의적 사상계급에 합류하게 되었던 것이다.

새로운 인생문제를 둘러싸고 회의와 환멸에서 헤매이던 조선문학이 비로소 민족문학의 새로운 후계자로 계급문학의 길로 발전하게 되었던 이유도 실로 이곳에 있었던 것이다. 그러나 이것은 다만 목적만을 위한 것이었고 조선은 역시 조선으로서의 특수성이 있었던 것이다.

그때 조선의 민족문학이나 계급문학의 이념은 한 가지로 일본제국주의에 대한 항쟁이었다. 그때의 조선의 맑스주의자의 진정한 임무라는 것은 공식적 계급투쟁으로 민족을 분열하려는 것이라기보다는 정치적으로 민족 전체를 한 개의 강력한 힘이 되기 위하여 투쟁하는 데 의의가 있었다. 그리하여 일본제국주의에 항쟁함이 마땅하였다. 그러나 공식적 기계적 맑스주의자들은 조선 재래의 민족운동과 합세할 것인가 분열할 것인가에 관하여 실로 지리멸렬한 이론투쟁이 있었다.

그러나 현실은 이론보다 명확한지라 드디어 1927년 2월 15일에 민족단일당, 민족협동전선이란 양대 표어 밑에서 '신간회新幹會'가[주11) 신간회는 재래 조선의 민족주의자와 맑스주의자의 합동으로 된 민족단일당. 1927년 2월 15일에 결당結黨하여 1931년 5월 17일에 해소解消. 이것은 일본의 폭압정치 하에서 합법적으로 결당된 기념할 만한 민족당이었다.] 탄생되었던 것이다.

이러는 동안 매년 조선민족의 생활은 경제적으로 몰락의 길을 걸어갈 뿐으로 전부가 무산계급으로 변질하게까지 되었다. 그러므로 경제적으로도 조선사람의 투쟁 대상은 일본의 자본계급이며 정치적으로도 그 투쟁 대상은 역시 일본의 제국주의적 권력이었다. 그리하여 이곳에 조선의 계급운동은 민족적 특수성을 내포하고 있었던 것이다. 이러한 의미에서 조선의 계급문학은 그 소위 정치적 방향전환을 하여야 한다고 새로운 이론의 전개까지 보였던 것이다. 그러므로 조선의 계급문학은 결국 그 최고 계단에서 엄정한 자기비판과 아울러 보다 더 높고 깊고 넓은 민족문학의 새로운 설계도를 암시하였던 것이다. 그러나 이것의 새로운 맹아萌芽를 보지 못한 채 또다시 조선문학은 중일中日 미일美日 전쟁 중 암흑의 심연으로 빠져 들어가고 말았다. 그러므로 현대 국문학은 그 사상성에서 어떠한 시대 어떠한 형식에서라도 조선민족의 투쟁과 그 이념을 찾을 수 있는 사실성을 무엇보다도 귀중히 내포하고 성장하여 온 것이었다.

제4장 '신소설'과 현대 조선문학

1

나는 현대 조선문학을 말하기 위하여 한 준비적 계단階段을 만들려고 한다. 그것은 이야기책 시대— 즉 '신소설' 시대가 그것이다. 이것을 본론에 넣지 않고 서론에서 말하려는 것은 조선문학의 현대적 성격을 더욱 명확하게 하려는 까닭이다.

따라서 본장本章에서 말하려는 '신소설'에 대하여는 그 일반적 현상을 말하려는 것이 아니고 그 시대적 특수성만을 설명하려고 한다.

그런데 이 신소설은 대중적 의미에서 등한等閑히 할 수 없는 것이 있다. 그것은 실로 많은 수의 독자를 가진 까닭이다. 그 중에도 그 독자층의 대부분은 부녀자와 농촌 대중으로 비교적 지식 정도가 얕은 사람들이었다. 매년 농한기에는 수십만 책의 신소설이 농촌으로 퍼져나갔다. 그 외의 문학서적은 일반적으로 재판再版이 되기까지는 수년을 요하던 그때의 일이라 놀라지 않을 수 없었다. 이 신소설은 굵은 4호 활자로 인쇄한, 읽기 좋은 이야기를 써놓은 것이다. 페이지로 보더라도 50페이지나 60페이지쯤이 보통이고 아무리 많아야 100페이지를 넘지 아니하여 대개는 추야장秋夜長 긴긴 밤에 하룻밤에 읽어버리고 길어야 이틀을 더 넘지 않을 정도다. 그리고 문장은 음독音讀하기 좋도록 7·5조나 4·5조와 같은 일정한 선율적

旋律的으로 되어있다. 그리하여 농촌의 석유 등잔 침침한 방에 모여앉아서 한 사람의 목청 좋은 낭독자가 큰 소리로 읽으면 다른 사람들은 듣고 앉아서 한 가지 즐기기에 편리하게 된 것이었다. 각 가정에서도 또한 같은 방법으로 이야기를 듣고 또 읽었었다.

이 이야기책을 신소설이라고 부르는 이유는 고대소설에 대하여 현대적인 뜻을 나타내는 것도 물론이려니와 한문소설에 대한 순純국문소설의 뜻도 있으며 옛날 시대의 이야기가 아니라 새로운 시대 생활의 이야기라는 뜻도 될 것이며 옛날 사회도덕과 그 인습에 대하여 신新사회 도덕을 나타내는 것도 될 것이다.

그리고 또 황당무계한 가공적 이야기에 대하여 현실적인 생활에서 얽어진 이야기인 까닭에 신소설이란 이름을 지었다고 생각할 수도 있다. 더 현실적으로 말한다면 이 신소설이라는 것은 개화開化소설이라고 해도 좋을 것이다. 개화운동이라는 것은 선진 제국의 문물을 배워야겠다는 일종의 문화운동이며 사상운동이었다.

19세기 말기 쇠퇴한 조선을 침략하려고 외국의 세력들이 난마亂麻와 같이 어지러이 몰려 들어와서 고뇌와 초조 중에서 조선현대사의 첫 페이지가 열리려던 때는 또한 조선의 민중운동이 일어나던 시기이기도 하였다. 과학과 문화가 뒤떨어진 까닭에 외국의 침해를 받게 된 것을 자각한 조선의 지식인들은 선진국의 문물을 배워 하루 바삐 민족의 재흥再興을 도모하려는 운동을 일으키었던 것이다. 학교를 만들어 교육 보급과 아울러 인재를 육성하며 신문 잡지 등을 간행하여 민족의 계발 향상을 실행하였다. 조선을 암흑의 구렁텅이에 빠뜨리게 한 사대사상을 깨뜨리고 조선 청년의 의기意氣를 말살하던 유학적 굴레에서 벗어나 머리를 깎고 양복을 입고 개화장開化杖(단장短杖)을 집고 일본 유학을 가며 서양 유학을 가는 것이 다 개화운동이었다.

그때로 말하면 머리 깎고 학교에 가는 젊은 사람을 볼 때 늙은 부로父老

들은 기가 막혀서 입을 벌릴 뿐으로 공자의 말씀에 신체와 발부髮膚는 부모에게서 받았다 하셨거늘 제 마음대로 머리를 깎고 외국학문을 배운다는 것은 오직 무학패류無學悖類의 할 짓이라고 탄식을 하였던 것이다. 이곳에서 옛 세대와 새 세대의 갈등이 생기게 되었으며 옛 사상과 새 사상의 투쟁이 시작된 것이다. 이 새 사상은 즉 개화운동의 사상이었다.

이 운동은 갑오경장甲午更張(1894년) 이후에 더욱 큰 세력을 가지고 일어났다. 이 시대의 생활과 의식을 가장 명확하게 표현한 것이 이 '신소설'이었다. 그러므로 이 신소설 시대는 자연히 갑오甲午 후 10년(1894년~1904년) 동안으로 정定하게 될 수밖에 없게 된다.

그 동안에 이 신소설에 따르는 종류는 심히 많아져서 그 정확한 수를 결정하기 어려운 정도에까지 이르렀다. 김태준金台俊의 조사연구표에서[주12] 김태준 저 《조선소설사》 246페이지] 보면 일一 서점에서 간행한 것만도 40여 종으로 되어 있으니 각 서점의 것을 합한다면 상당한 수에 이를 것이다. 그 중에도 저명한 것은 이인직李仁稙의 《귀鬼의 성聲》《치악산稚岳山》《혈루血淚》[19]《은세계銀世界》, 이해조李海朝의 《빈상설鬢上雪》《자유종鍾》《목단병牧丹屏》《소양정昭陽亭》《구의산九疑山》《춘외춘春外春》《한씨보응록韓氏報應錄》《홍장군전洪將軍傳》《화花의 혈血》《쌍옥적双玉笛》《누구의 죄》《봉선화鳳仙花》 등이고, 최찬식崔瓚植의 《추월색秋月色》《금강문金剛門》《안뢰의 성聲》《도화원挑花園》《능라도綾羅島》《강산촌江山村》《춘몽春夢》《여女의 화花》《형월螢月》《새벽달》《엽청葉菁》《열혈熱血》 등이고, 이상협李相協의 《재봉춘再逢春》, 선우일鮮于日의 《두견성杜鵑聲》, 김익수金翼洙의 《설중매화雪中梅花》, 김교제金敎濟의 《난봉기합鸞鳳奇合》[20]《경중화鏡中花》 등이 있다.

---

19) 현재는 일반적으로 '혈의 누'로 지칭하고 있으나 원문의 표기를 그대로 살려 두었다.
20) 원문에는 '鷲鳳奇合'으로 되어 있으나 오식이기에 바로잡았다.

그러면 이 '신소설'에 나타난 시대, 생활, 사상 등을 말하기 위하여 그 대표로 이인직과 그 작품에 관하여 살펴보기로 한다.

이인직(호는 국초菊初)은 경기 출생으로 일찍이 정치에 뜻을 두고 일본에 유학하여 신학문을 배웠던 사람으로 당시 개화사상에 열렬한 청년이었다. 그러나 정치운동은 마음대로 되지 않았던 까닭에 문예 방향으로 방향을 변하였던 것이다. 그리하여 그는 일본에서 귀국하면서 곧 소설을 쓰기 시작하여 《귀의 성》을 비롯하여 《혈루》《치악산》 외 여러 편의 작품을 발표하였다. 그리고 그는 조선 신극新劇운동에도 뜻을 두어 《설중매雪中梅》《은세계》《김옥균사건金玉均事件》 등을 각색하여 원각사圓覺社에서 연출한 일도 있었다. 그리고 그는 광무光武 10년에 창간한 《만세보萬歲報》의 주필로 있었던 일도 있었다. 그의 작품 《귀의 성》도 이 《만세보》 지상에 연재되었던 것이다. 그러면 그의 작품 중에서 《치악산》을 뽑아서 살펴보기로 한다.

《치악산》의 이야기 줄거리—

강원도 원주의 명산인 치악산 밑 단구역 말에 사는 홍洪참의는 상처한 후 김씨라는 여자를 후처로 맞아들이었다. 그러나 김씨는 성미가 독하여 전실前室 아들인 철식이를 미워할 뿐만이 아니라 제 딸 남순이와 한 가지 철식이가 장가를 간 후에는 그 며느리를 미워하고 들볶는 것이 날로 심하여 갔다. 그 며느리는 개화사상을 가진 서울 이李판서의 딸로, 이판서가 원주감사로 있을 때 홍참의의 아들 철식[21]의 위인이 똑똑함을 탐내어 약혼하였다가 후에 결혼한 것이다. 계모의 미워함에 견딜 수 없어서 철식이는 신학문도 배우고 싶던 차라 아버지 몰래 아내하고만 작별하고 서울서 장인의 후원을 얻어 일본으로 유학의 길을 떠났다.

---

21) 원문에는 '철석'으로 되어 있으나 오식으로 보이기에 바로잡았다.

그 후 계모 김씨는 며느리를 더욱 미워하며 홍참의까지 자기 아들을 나쁜 데로 꾀여 보냈다고 사돈인 이판서를 또한 원망하였다. 때마침 송도松都에 산다는 난봉꾼인 최崔치운이란 자가 홍참의의 며느리 이씨 부인을 사모하여 홍참의의 집 종년 옥단이를 매수하여 흉계를 꾸몄다. 그 흉계란 것은 즉 옥단이가 이씨 부인이 밤마다 다른 남자와 추행이 있다고 거짓 고하니 계모는 이 기회에 이것을 핑계로 며느리를 없애버리려고 옥단이와 공모하고 며느리에게 누명을 씌워서 별안간 교군을 태워 친정으로 쫓았다. 그러나 교군꾼들이 최崔가와 이미 밀약密約이 있는지라 치악산 속에다가 이씨 부인을 내버리고 달아나니 산 속에서 별안간 최崔가가 뛰어나와 욕을 보이려 하매 이씨 부인은 이에 항거하려 하여 두 사람이 싸울 즈음에, 우연히 사냥꾼 장포수에게 들키어서 최崔가는 장포수의 총에 맞아 죽고 이씨 부인은 장포수에게 구조되었으나 장포수 역시 제 어미와 공모하고 제 아내를 삼으려 하므로 이씨 부인은 몰래 밤중에 산중으로 도망하다가 구렁텅이에 떨어졌다.

장포수는 횃불을 켜서 들고 찾아다니다가 범에게 물려죽었다. 때마침 금강산 백운사에 있는 수월당이라는 유명한 중 하나가 산중에서 헤매다가 공교롭게 이씨 부인이 떨어져 있는 구렁텅이에 떨어져서 이씨 부인은 수월당에게 구조되어 절로 돌아와 여승이 되었으나 어여쁜 그는 젊은 중들의 가슴을 태웠으니 이씨 부인이 혜명이란 중과 추행이 있다고 강은이란 중이 시기한 나머지 이렇게 거짓말로 모해하여 절에서도 쫓겨나와 갈 곳 없이 탄식하다가 산골에 있는 우물 속에 빠져버렸다.

이때 한편 이씨 부인의 몸종인 검홍이가 홍참의 집에서 도망하여 서울 이판서 집으로 달려와서 전후 사정을 이야기하였다. 이판서 집에서는 즉시로 검홍이를 앞세우고 장정들을 데리고 치악산 밑으로 내려와 밤이면 산 밑에서 푸른 불을 켜서 휘두르며 또 여자의 슬피 우는 소리를 내어 도깨비불과 며느리 죽은 귀신이 우는 것처럼 연극을 꾸미었다. 어리석은 홍씨 집에서는 도깨비장난이라고 날마다 무당 판수를 불러 굿을 하고 경 읽기에 가산을 탕진하였다. 홍참의는 화가 나서 괴나리봇짐을 짊어지고 치악산 근처를 구경하고 송도松都로 가려고 길을 나섰다가 한 곳에 이르러 보니 웬 사람이 우물에 거꾸로 틀어박혔는지라 곧 내려가 보니 진흙투성이가 된 한 여승이라 불쌍히 여겨 곧 들쳐 엎고 인가를 찾아 어느 집으로 찾아들어갔다. 그 여승이 자기 며느리인 줄은 꿈에도 생각지 못하였다. 그 집은 서울 이판서 집이라 그곳에서 이씨 부인은 뜻지 않게 여종 검홍이와 그의 아버지를 만났다. 그동안 홍참의는 화풀이로 송도에 놀러갔다가 뜻하지 않게 난봉꾼 최치운의 아내를 첩으로 데려오고 그 악독한 김씨는 쫓아내고 그의 딸 남순이는 도적놈이 들어와 동여다가 아내를 삼으려고 하였으나 남순이는 그가 술 취한 틈을 타서 도망해 나왔으나 첩첩산중이라 실망한 나머지 나뭇가지에 목을 매어 기절하게 된 것을 때마침 사냥 갔던 이판서에게 구조되었다. 그때 일본 유학 갔던 홍철식이는 학업을 마치고 귀국하였으나 자기 아내는 이미 죽은 줄로 알고 깊이 실망하였다. 그 후 홍참의 집은 서울로 이사 온 후 어느 날 장인 이판서가 찾아와서 시침을 떼고 자기 조카딸이 있으니 사위의 재혼할 것을 홍참의에게 권고하여 결국 혼례식을 거행하였다. 첫날밤에 신부를 자세히 보니 그는 죽은 줄 알았던 자기의 아내 이씨 부인이었다. 그리하여 그들은 다시 행복스럽게 살았다.

'신소설'은 그 이야기를 만드는 줄거리라든지 주인공이나 기타 인물들의 구성이 대개가 동일형의 것이 많다. 그 중요한 것 몇 가지를 말하면,

첫째로 양반들에 대한 증오와 불평이다. 즉 양반과 상인常人의 생활을 반드시 대조하여 놓았다. 그리하여 시대에 적합하지 않은 양반생활의 몰락을 그리며 옛날 꿈만 꾸고 있던 양반생활의 부자연하고 불합리한 것을 조소할 뿐만이 아니라 상인이나 하층계급의 사람의 입을 빌어서 양반을 욕

하고 저주하는 것이다.

《치악산》에는 이판서李判書 홍참의洪參議가 나오고, 《귀의 성》에는 김승지金承旨 강동지姜同知의 생활이 대립되었으며, 《춘몽》에는 서판서徐判書가 나오는 등等이며 또 그 상대자의 인물들은 모두 양반을 미워하는 사람들뿐이다. 이것은 그 시대의 생활과 사상을 그대로 표현한 것이었다.

국가의 재생과 민족의 재흥再興을 위하여 반드시 민족 전체의 행복이 될 수 있는 새로운 사회제도의 이상이 용솟음쳐서 끓어 나왔던 것이다. 《귀의 성》에서 보면[주13] 이인직 《귀의성》 15페이지[22]] "양반을 보면 대포를 놓아서 무찔러 죽여 씨를 없애고 싶은 마음[23]이 있으면서 거죽으로 따르고……" 하는 말이 있다. 이 말은 그때의 사회실정을 그대로 나타낸 말일 것이다. 양반들은 정치에 참가하여 당쟁을 일삼아 서로 죽이고 모해하는 동안에 국운이 기울어지는 것도 깨닫지 못하였으며 다만 일반 대중을 천대하며 착취, 압박하는 것이 그들의 정치였으며 중국 이외의 선진제국을 '오랑캐'라 하여 쇄국정치를 굳게 하는 동안 과학과 문화에 뒤떨어져 나라와 민족이 쇠패衰敗하게 되었다는 데 그 이유가 있는 것이다.

둘째로는 개화운동의 촉진과 신구사상의 충돌이었다. 새로운 세기를 맞는 조선의 청년들은 신학문을 배워서 다른 나라 사람과 같이 살아야 한다는 생각에 불탔었다. 그리하여 '신소설'에 나오는 청년 주인공들은 대개가 일본 유학이나 미국 유학의 길을 떠나는 것이다. 《치악산》에 나오는 청년 주인공도 일본 동경東京 조도전대학早稻田大學에서 배웠고 《춘몽》에 나오는 청년도 또한 조도전대학에서 배웠다. 따라서 '신소설'에는 대개가 일본 동경이 나오고 상야공원上野公園, 불인지不忍池 등이 나온다. 이것 또한 서양문화가 일본을 거쳐서 조선에 들어왔던 까닭에 피치 못할 시대상일 것이다.

이곳에서 신구사상의 충돌이 생기게 되었으니 보수사상과 개화사상의

---

22) 중앙서관, 1908.
23) 원문에는 '생각'으로 되어 있으나 오식이기에 바로잡았다.

싸움이었다. 양반 부로들은 공자나 맹자 이외에는 학문이 없고 또 있으되 참된 학문이 아니라고 생각하여 청년 자제가 일본이나 서양으로 유학을 갔다면 그 집은 망한 것으로 생각하였다. 《치악산》에서[주14] 이인직 저 《치악산》 32페이지[24]] 청년 홍철식이가 일본에 갔단 말을 듣고 그의 아버지 홍참의는 노하여 말하기를 "남의 외아들을 꾀어서 대강이를 깎아서 일본으로 들여보내는[25] 심사가 무슨 심사란 말이요" 하고 부르짖었다.

셋째는 노예제도에 대한 불평이니 '신소설'에는 의례히 여종 남종이 나오는 것이다. 양반의 집에는 반드시 계집아이나 사내의 종이 있으며 이 종들은 주인이 해방해주기 전에는 일평생 남의 집 종으로 있다가 죽게 되는 운명에 있는 것이다. 《치악산》에는 이씨 부인의 몸종 검홍이가 있고 《귀의 성》에는 김승지의 마누라의 종 점순이가 있고 《빈상설》에는 이씨 부인의 종 복단이가 있다.

이 종들은 주인들을 겉으로는 충직하게 섬기고 속으로는 크나큰 불평이 있다. 그렇다면 또 적극적인 투쟁을 한 것도 아니다. 다만 노예에서 해방되기만 갈망할 뿐이었다. 《치악산》에 나오는 악독한 김씨 부인의 종 옥단이는 주인과 더불어 이씨 부인 죽이기를 공모할 때 이것이 성공되거든 상급賞給을 달라고 옥단이는 조건을 내어걸었다. 주인이 무슨 상을 달라는 말이냐고 물을 때 옥단이는 "쉰네 같은 양반의 댁 종년은 상전을 위하여 큰 공이 있어서 속량(해방)이나 얻어 하면 일등 훈장이나 타고 대신大臣한 것이나 다름이 없겠습니다" 하였다. 이와 같이 노예생활에서 해방되기를 얼마나 갈망하였던가를 엿볼 수 있는 것이다.

넷째는 축첩제도蓄妾制度에 대한 비판이다. '신소설' 쳐놓고 첩이 없는 것이 거진 없을 것이다. 본처와 첩 사이에 일어나는 싸움과 이로 인하여 생기는 가정비극이 말하자면 '신소설'의 주제라고도 할 수 있다. 이것 역시

---

24) 동양서원, 1912.
25) 원문에는 '보내는'으로 되어 있으나 오식이기에 바로잡았다.

당시 조선사회와 가정생활의 무너져 들어가는 중대한 문제이며 성생활의 어지러운 싸움의 근본이었던 것이다. 그리하여 본처는 첩을 없애려 하였고 첩은 본처를 죽이려고 하여 이곳에 모해謀害가 늘 있고 범죄가 있으며 살인과 악행이 어지럽게 가정을 깨뜨리고 사회의 질서를 지킬 수 없이 되었다. '신소설'은 이러한 생활에서 그 시대상과 아울러 새로운 이상을 나타내려는 데서 그 가치를 찾을 수 있는 것이다.

이러한 것들이 '신소설'을 구성하는 공통된 요소라고 할 수 있다. '신소설'은 개화운동이 기세 있게 일어나던 당시의 사회 실정을 반향反響할 뿐 아니라 구舊사회나 개인생활의 부패하고 타락한 것을 해부하며 표현하였다. 그러나 이 시대는 다만 각성기로 옛 것에 대한 증오와 불평만이 있었고 이에 대하여 철학적으로 확실한 건설적 신념이 부족하였던 까닭에 그 도덕면에서는 권선징악의 '구소설'의 인생관을 그대로 답습하였던 것이다. 또한 소설적 형태에 있어서도 다소의 차이는 있으나 구소설의 형식에서 완전히 벗어나지 못한 것이었다. 다만 신소설은 구소설에 비하여 시대적 사실성이 있으며 개화사상을 고조한 특이성이 있는 것뿐이었다. 이와 같이 이 '신소설'은 신소설의 독특한 형태가 있으므로 현대 신문학에 이르는 교량의 임무를 가졌다고는 설명할 수 있으나 직접 신문학의 범주에 들어올 수는 없다고 생각한다.

이에 대하여 조윤제趙潤濟는 말하기를[주15] 1940년 9월호 《문장》지 143페이지에 실린 조윤제의 〈조선소설사개요〉에서] "이상 신소설이 고대소설로부터 출발하여 현대소설에 가까이 접근하여 왔음을 보았으나 그러나 신소설은 아직 의연依然 가정 중심 소설이었고 또 전기체傳記體를 이탈하였느니 혹은 사실을 존중하였느니 하여도 모두 완전한 것은 되지 못하였다. 그런데 한편 사회제도는 나날이 변경하여 가고, 거기 따라 가족제도[26] 는 거의 붕괴하다

---

26) 원문에는 '家庭制度'로 되어 있으나 오식이기에 바로잡았다.

시피 혼란하여 새로이 개인주의 자유주의가 물밀듯 들어오며, 또 기미년을 전후하여 일반사회의 지식교양이 월등히 높아지며 동시에 문단에는 상당한 고도高度의 외국문학이 영향하여 오니 일시 소설 문단에 독보獨步하던 신소설의 형태도 이제는 벌써 고전古典의 과정을 밟게 되고, 거의 그 명맥을 무명작가의 활동에 맡겨 비교적 보수적인 농민계급에 독자를 구하여 후퇴하였다"라고 정당한 의견을 발표하였다.

위에서도 말한 바와 같이 신소설과 현대문학과는 그 문학 형태의 범주가 다르므로 물론 현대문학과는 구분되어야 할 것이다. 그러므로 나는 나의 서론에서 현대 조선문학과의 관계를 간단히 설명하기 위하여 신소설을 구성한 요소를 분석하며 아울러 그 시대성만을 고찰하고 이 서론을 마친다.

제1편 청춘 조선의 정열과 이상

제1장 신문학 건설의 출발

1

조선의 현대문학은 이광수李光洙(춘원春園)로부터 시작한다. 그러나 춘원과 아울러 조선문학 건설의 공헌자인 최남선崔南善(육당六堂)의 존재를 또한 생각하지 아니 할 수 없다. 육당은 넓은 의미에서 조선문화 건설자의 한 사람이다. 그는 사학가인 동시에 또한 문학가이었다. 그는 서기 1890년 서울에서 출생하였다. 그는 새로 일어나는 조선의 문학운동에 몸을 바쳐 계몽운동을 일으키기 위하여 광문회光文會를 창설하여 조선의 고서古書(역사류)를 간행하는 한편 신문관新文舘을 또한 만들어서 잡지와 외국문학류를 번역 간행하여 신대한新大韓의 힘을 기르기에 노력하였다. 그는 자신이 또한 신문학 창작에 붓을 들어 산문, 자유시, 시조 등을 쓰기 시작하였다. 당시에 국문國文의 언문일치言文一致로 시를 쓴다는 것이나 시조를 새로 짓는 것들은 모두가 새로운 첫 시험이었다. 그는 말하기를[주16] 1909년 《소년》지 제4호에 실린 육당의 구작舊作 3편의 부기附記] "정미丁未의 조약이 체결되기 전 삼삭三朔에 붓을 들어 우연히 생각한 대로 기록한 것을 시초로 하여 한 것이 이 곧 내가 붓을 시에 쓰던 시초요 아울러 우리 국어로 신시新詩의 형식을 시험하던 시초라"고 하였다.

그뿐만이 아니라 그는 서기 1908년 11월, 그가 19세 되었을 때 《소년少

年》이라는 잡지를 창간하였다. 이 잡지는 그때에 다만 하나밖에 없는 존재로서 뜻있는 소년들의 정신의 양식이었으며 사상의 온상이었고 문예의 요람이었다. 이 잡지는 약 4년 동안 계속하다가 서기 1911년 5월호를 최종간最終刊으로 폐간하였다. 그는 그 후 또다시 서기 1914년 10월부터 《청춘靑春》이라는 잡지를 간행하였다. 이 《소년》과 《청춘》지는 후대 조선문단의 중견작가들을 육성해낸 문예독본文藝讀本의 임무를 하였다고 말할 수 있다. 조일재趙一齋의 그때의 회고기를[주17] 1934년 9월호 《삼천리三千里》지 234페이지에 실린 조일재의 〈장한몽長恨夢과 쌍옥루雙玉淚〉에서] 보면 "그때 내 나이 27살이다. 지금 같으면 20세만 되어도 조선 청년도 선배의 창작과 번역을 통하여 소설과 시 등 문예적 교양을 쉽사리 얻어 가질 수가 있었지마는 24, 5년 전, 우리가 청년일 때에는 한 조각의 소설, 한 편의 시가를 얻어 보기가 참으로 어려웠다. 겨우 간행물로는 《매일신보每日申報》가 있었고 잡지도 육당의 《청춘》과 《소년》과 《아이들보이》 또는 《붉은 저고리》들이 있었을 뿐[27]"이라고 하였다. 그때는 캄캄한 밤이 비로소 밝으려고 하는 때였으므로 아무것도 새로운 것이 없었다. 문화면이란 아주 황무荒蕪한 벌판과 같았다. 이러한 때에 잡지가 나왔다고 하여 그 가치를 인정하려는 것은 아니다. 다만 하나인 이 잡지는 새로 일어나는 조선 청소년에게 조선적인 교양을 넣어주고 인격 완성을 위한 노력과 연마鍊磨를 가르치며 재흥再興 조선을 위한 견고한 의지와 정신을 주입하며 현대적 신문학의 소개와 창작을 장려하는 등 실로 커다란 노력이 있었던 까닭이다. 이는 황량한 야원野原에 홀로 핀 한 떨기 꽃이었다.

　　그때의 사회형편을 살펴본다면 그 소위 개화기를 넘어선 조선의 발전은 사실상 컸었다. 그러나 이것은 조선사람의 사상적 발전을 의미하게 되는 것이요 물질-경제 방면의 발전은 오히려 쇠퇴의 일로一路를 걸어갔을 뿐

---

27) 원문에는 '뿐이었다'로 되어 있으나 오식이기에 바로잡았다.

이었다. 대농장이나 대공장이 날로 늘어는 갔으나 그것은 일본인이나 외국인의 것이 대부분이며 조선사람은 날로 빈궁하여 갈 뿐이었다. 사실상 정신 방면, 사상 방면의 내용을 살펴본다면 시대적 각성과 극히 단편적인 견식見識이 있었을 뿐으로 매우 유치하였던 것이다. 그때의 실정을 김명식 金明植의 회고 논문[주18] 1934년 11월호 《삼천리》지 32페이지에 실린 김명식의 논문 〈필화 筆禍와 논전論戰〉]에서 보면 "재래在來 사상으로부터서는 이탈하였지마는 그 빈자리에 채울 만한 신사상은 얻지 못하였다. 새로 국제연맹이 생겼다고 하지마는 그 구성의식構成意識이 무엇인지 아는 자 적었고 또 알려주는 자 없었다. 윌슨(Wilson)의 평화원칙은 들었지마는 무슨 자유이니 무슨 자결이니 하는 의미를 아는 자 적었고 또 알려주는 자 없었다. 일찍 문예부흥이니 종교혁명이니 하는 말과 미국에 독립전쟁과 남북전쟁이 있었고 불국佛國에 대혁명이 있었고 영국에 산업혁명이 있었단 말은 들었지마는 그들이 모두 무슨 사상과 주의의 실현인지 아는 자 적었고 또 알려주는 자 없었다. 더구나 노서아의 신사실新事實은 물을 곳이 없었다"라고 하였다. 이것은 당시 조선에는 민중을 교육시킬 만한 아무런 기관이 없으며 문화를 향상시킬 독자적인 힘이 없어서 그 실질적 발전이 없었다는 것을 의미한 말일 것이다. 굳게 닫혔던 조선의 문호가 개방되자 선진국가의 여러 가지 사조가 밀려들어와서 후진된 조선사회에서 그것들을 받아들이기에 바빴고 그것들을 학문으로 연구하며 이해하는 힘이 매우 적었다는 것이다. 이러한 환경에서 먼저 조선사람은 조선을 알아야 하며 또 알려 주어야 할 것이다. 그리고 선진국가의 모든 문물을 정확히 알아야 하며 또한 가르쳐서 조선민족에게 지식의 힘을 크게 하며 애국심을 조장하여 신흥 조선민족의 실력을 세계에 알려야 하겠다고 이 민족적 계몽운동에 몸을 바친 이가 즉 육당이었다. 그리하여 그는 조선의 위인과 용사의 정신을 예찬하는가 하면 또한 태서泰西의 위인들의 근면노력의 생활을 소개하기에 힘써 왔다. 스마일스(Smiles)의 《자조론自助論》을 번역한 이도 육당이었다. 그의 시가에 있어서도 역시 이러한 정신을 그 기초로 한 것이 대부분이다. 《소년》 창간호에 실린 〈해에게서 소년에게〉라는 시는 국문國文으로 된 자유시의 처음일 것이다. 이 시는 바다 물결의 크고 웅장한 힘과 높고도 용감한 뜻을 소년의 정신으로 삼으라는 뜻의 시편詩篇이다. 그때의 피 끓는 청년에게 이 시는 처음 보는 시형詩形이며 또 가슴의 피를 뜨겁게 하며 주먹을 쥐게 하는 폭풍우와 같이 정서를 흔들어놓는 시편이었다. 그리고 그 후 그는 흔히 7·5조 혹은 4·4·5조 등의 정형률定型律의 시를 썼다. 그때로 본다면 국문으로 되어있는 시라는 것이 없었다가 보게 되니 청신清新한 정서를 맛보았음은 물론이며 그 시의 정신은 웅건雄健한 교훈적인 것이 대부분이었으나 지금의 서정시 이상으로 아름다웠다. 그의 장시가長詩歌로는 7·5조로 된 것 중에는 〈세계일주가世界一週歌〉[주19] 《청춘》지 창간호 소재所載가 유명하였다. 이 노래는 세계 각처의 명승지를 찾아다니며 노래로 쓴 것이라 1절이 4행으로 된 것이 133절로 된 대장편이다. 그러나 이것은 지금의 시에 비할 수는 없다. 이것은 말하자면 '창가唱歌'라고 할 수 있을 것이다.

그는 어느 때나 조선정신을 찾았으며 또 조선정신을 선포하려고 노력하였다. 그리하여 그는 조선 역사에서 빛나는 문화를 자랑하며 그 문화면에서 숭고한 조선정신을 찾아 나타낼 뿐만 아니라 그의 시가도 전부가 결국 조선정신의 표현이었다. 씩씩하고 굳세어 웅대하고 용감한 기질과 정서를 가진 그 시편이 다 조선정신의 발로라고 볼 수 있다.

그는 그의 저서의 서문에서[주20] 최남선 저 《시문독본時文讀本》 서문 중에서] 이렇게 말하였다.

"아름다운 내 소리, 넉넉한 내 말, 한껏 잘된 내 글씨, 이 올과 날로 나이 된 내 글월, 이리도 굳센 나로다.

버린 것을 주우라. 잃은 것을 찾으라. 가렸거든 헤치라. 막혔거든 트라. 심으라. 북돋으라. 거름하라. 말로 글로도, 나."

라 하였다. 이 짧은 문장 중에서 그의 정신과 포부를 엿볼 수 있었다.

또 그는 다른 저서에서[주23) 최남선 저 《심춘순례尋春巡禮》 서문에서] 말하기를—

"나는 조선 역사의 작은 일 학도學徒요 조선정신의 어설픈 일 탐구자로, 진실로 남다른 애모, 탄미嘆美와 한 가지 무한한 궁금스러움을 이 산하 대지에 가지는 자입니다. 자개돌 하나와 마른 나무 밑둥에도 말할 수 없는 감격과 흥미와 또 연상을 자아냅니다. 이것을 조금조금 미독味讀하게 된 뒤로부터 조선이 위대한 시의 나라, 철학의 나라임을 알게 되고, 또 완전 상세한 실질적 오랜 역사의 소유자임을 깨닫고, 그리하여 처음 쳐다볼 수 있도록 거룩한 조선정신의 불기둥에 약한 시막視膜이 퍽 많이 어뜩해졌습니다."

라고 말하였다.

그는 또한 창작 시조를 많이 썼다. 그리하여 후일 《백팔번뇌百八煩惱》라는 시조집을 내었다. 기미己未년 민족운동에 관련하여 영어囹圄의 몸이 된 지 수년, 다시 사회에 나온 후에는 주간 《동명東明》과 그 후신인 일간 《시대일보時代日報》 등을 경영하였으나 모두 실패에 돌아가고 말았다. 후일 춘원의 '육당론六堂論'에서 보면[주22) 1925년 3월호 《조선문단朝鮮文壇》지 79페이지에 실린 〈육당 최남선론〉에서]— "둘째로 그에게 청춘의 생활이 없었다 함은 아마 가장 그를 동정하고 존경할 점일 것이다. 그가 《소년》을 창간한 것이 19세 적이요, 그가 동경에 유학을 간 것이 16세 적이라고 한즉 그는 16세 적부터 오늘날까지 시속 청년들이 가장 행복되다고 하는 생활을 맛보아보지 못하였다.[28] (중략) 그는 20년의 세월을 잡지와 고서 간행과 조선역사 연구— 일언

---

28) 원문의 문장은 "그가 동경에 유학을 간 것이 16세 적이라고 하니 그는 16세 적부터 오늘날까지 시속 청년들이 가장 행복하다고 하는 생활을 맛보지 못하였다"이다.

이폐지—言而蔽之하면 조선주의朝鮮主義를 위하여 희생한 것이다. 독자여.[29] 사람이 바칠 수 있는 희생 가운데서 꽃 같은 청춘시대를 희생하는 것보다 더 큰 희생이 어디에 있을까. 그는 진실로 이 인생에 노력하려 나온 사람 중의 하나다. 그에게는 인생의 향락이 없었다!" 하였다.

2

이러한 조선주의를 역사적으로 계몽적으로 나타낸 이가 육당이면 이것을 예술적으로 순문학적으로 나타낸 이는 춘원이다. 문학은 생활과 정서에서 시작하는 것이다. 그러므로 새로운 조선문학은 새로운 조선민족의 생활에서 시작하는 것이다. 개화기를 넘어서자 국권을 빼앗긴 조선의 젊은 세대는 떨쳐 일어나서 용솟음쳐 올라오는 정열과 새로운 민족 재흥의 높은 이상을 생활 전체 속에서 실현시키려고 하였다. 그러나 아직도 보수적인 생활, 인습적인 생활이 새로운 생활 이상에 대하여 장애가 되고 있었다. 이곳에서 필연적으로 신구新舊 생활과 사상의 투쟁이 일어나게 되었던 것이다. 춘원의 문학은 이러한 생활 속에서 생긴 귀중한 결정체라고 할 수 있다.

그보다도 그는 이러한 정열과 이상을 높이 나타내어 새로운 세대의 추진력을 만들었던 것이다. 조선의 젊은 세대는 낡은 도덕 속에서 아직 눌려 있었고 그들의 정열은 질식된 채로 있었다. 구도덕 관념과 및 그 잔재殘在 세력에 향하여 춘원은 용감히 투쟁을 시작했으며 그 정열에 불을 붙였던 것이다. 이렇게 하는 춘원은 구도덕에 대하여 확연한 이단자였으나 젊은 세대에게는 빛나는 지도자가 된 것이었다.

그러면 이러한 생활과 사상이 그의 문학적 세계에는 어떻게 나타나 있

---

29) 원문에는 '독자여'가 누락되어 있다.

나 그것을 살펴보기로 하자.

나는 그의 첫 번 장편작품인 《무정無情》을 말하려 한다. 문학적으로나 사상적으로 신흥 조선사회에 던진 《무정》의 영향은 실로 컸던 것이다. 사상적 지도자가 없으며 또한 문학이 없었던 그 때 청년들에게 《무정》은 사막에서 헤매는 나그네에게 주는 일적一適의 감로수甘露水며 그야말로 오아시스였다.

《무정》은 서기 1917년 《매일신보每日申報》 지상에 연재되었었다. 그 후 계속하여 《개척자開拓者》가 발표되고 연달아 《재생再生》 등 많은 작품이 나타났다. 그는 《무정》과 동시대에 《청춘》 지상에 《방황彷徨》이니 〈어린 벗에게〉나 또는 〈윤광호尹光皓〉 등의 단편소설, 감상문 등을 발표하였다.

그때의 청소년들에게 실로 커다란 경이와 감탄인 것은 먼저 그의 문장이었다. 어려운 한문도 아니며 또한 이해하기 곤란한 문장도 아니었다. 순국문純國文-(수필, 논문에는 가장 알기 쉬운 한문자漢文字가 더러 섞이었지마는)으로 말하는 것처럼 알기 쉽게 쓴 까닭인 것이다. 즉 언문일치의 문장이었다. 한껏 알기 쉽고 한껏 아름답고 한껏 재미있는 문장이었다. 뿐만 아니라 글자마다 떼어서 쓰며 끝에 '하였다'를 쓴 것도 춘원으로부터 시작된 것이다.

가령 그 일례를 그의 단편인 〈윤광호〉에서[주23] 1918년 4월호 《청춘》에 실린 이광수의 단편 〈윤광호〉에서] 뽑아 보면―

전차 속에서 아름다운 소년 소녀를 보고 쾌미快美의 감정을 얻는 것으로 유일의 위안을 삼아 일부러 조석朝夕 통학시간에는 전차를 탔다. 광호는 다만 아름다운 소년 소녀의 얼굴과 몸과 옷을 바라보기만으로는 만족하지 못하게 된다.[30] 바로 소년 소녀가 자기의 곁에 앉아서 그 체온이 자기 신체

---

30) 원문에는 '못하였다'로 되어 있으나 오식이기에 바로잡았다.

31)에 옮아올만 하여야 비로소 만족하게 되고 혹 만원滿員인 때에 자기의 손이 여자의 하얗고 따뜻한 손에 스칠 때에야 비로소 만족하게 쾌감을 맛보게 되었다. 그래서 광호는 일부러 차가 휘어 돌아 갈 때를 타서 몸을 곁에 섰는 여자에게 기대기도 하고 혹 필요 없이 팔을 들었다 놓았다 하여 여자의 살의 따뜻한 맛을 보려 하였다.

한번 광호가 전차를 타고 어디를 갈 때에 정전停電하여 전차가 서고 전등이 꺼졌다. 그리고 조그마한 축전등蓄電燈이 켜졌다. 광호는 곁에 앉은 여학생을 보고 그 조그마한 전등을 미워하였다.

그때 청소년들은 그러한 마음의 비밀을 어떻게 글로 썼을까 하고 읽으면서 얼굴이 붉어졌다. 이 글을 읽고 또 읽고 바로 아름다운 애인이나 옆에 앉은 것처럼 보고 또 보곤 하였다. 그만큼 그 내용의 표현이란 실로 대담하였다고 볼 수 있으며 청소년들의 감정과 정서를 마음껏 나타낼 수 있는 그 자유성의 발전이 또한 여기서 시작되었던 것이다.

그러면 다시 본론으로 들어가서 《무정》의 페이지를 열어보기로 하자.

조선의 새로운 세기는 새로운 청년의 정열과 이상에서 비롯한다는 의미에서 조선 신문학의 첫소리인 《무정》의 주인공들의 행동과 생활과 이상은 우리들의 주목의 초점이 되는 것이다. 이것은 《무정》뿐이 아니라 《개척자》에서도 또한 그러하니 《무정》에서는 개성의 완전한 해방의 첫소리로 〈사랑〉 즉 자유연애관을 부르짖으며 황홀하고 아름다운 정지까지를 엿보았다고 하면 《개척자》는 이에 대하여 구도덕관을 파괴하려는 선언이며 항전抗戰일 것이다. 여하간 《무정》과 《개척자》에는 새 세대가 요구하는 온갖 조건이 구체적으로 나타나고 있다.

사람의 정서 가운데서 가장 높고 아름다운 것은 사랑이다. 《무정》의 주

---

31) 원문에는 '자신'으로 되어 있으나 오식이기에 바로잡았다.

인공 이형식은 사랑이 무엇인지를 비로소 알았다. 처음으로 깨달았다. 형식은 김장로金長老의 딸 선형에게 영어를 가르치던 첫 시간에 비로소 사랑의 전당殿堂을 열 수 있는 비밀의 열쇠를 찾았다. 이때로부터 형식은 모든 사물 속에서

"전에 보지 못하던 빛을 보고 내를 맡았다. 바꾸어 말하면 모든 그것들이 새로운 빛과 새로운 뜻을 가진 것 같다.

길 가는 사람은 다만 길 가는 사람이 아니요, 그 속에 무슨 알지 못할 것이 품긴 듯하며, 두부장수의 〈두부나 비지드렁 사려〉 하고 외우는 소리에는 두부와 비지를 사라는 뜻 밖에 더 깊은 무슨 뜻이 있는 듯하였다.

형식은 자기의 눈에서 무슨 껍질 하나가 벗겨졌거니 하였다."[주24) 이광수 저 《무정》 122페이지.]

고 새로운 세계의 암시를 고백하였다.

그의 단편인 〈어린 벗에게〉의 주인공은 부르짖기를—

나는 조선인이로소이다. 사랑이란 말은 듣고 맛은 못 본 조선인이로소이다. 조선에 어찌 남녀가 없사오리까마는 조선 남녀는 아직 사랑으로 만나본 일이 없나이다. 조선인의 흉중胸中에 어찌 애정이 없사오리까마는 조선인의 애정은 두 잎도 피기[32] 전에 사회의 습관과 도덕이라는 바위에 눌리어 그만 말라 죽고 말았나이다. (중략)

우리 반도에는 사랑이 갇혔었나이다. 사랑이 갇히매 거기 부수附隨한 모든 귀물貴物이 같이 갇혔나이다. 우리는 대성질호大聲疾呼하여 갇혔던 사랑을 해방하사이다. 눌리고 속박되었던 우리 정신을 봄풀과 같이 늘리고 봄

---

32) 원문에는 '외기'로 되어 있으나 오식이기에 바로잡았다.

꽃과 같이 피우게 하사이다."[주25) 1917년 7월호 《청춘》지에 실린 춘원의 〈어린 벗에게〉에서]

이리하여 막히고 갇혀있던 정열의 제방堤防을 터놓았다. 정열의 분류奔流는 거침없이 흘러내려 구도덕의 전당을 무너뜨려버리고[33] 이곳에 새 세기의 화려한 건설을 하려는 것이다.

이곳에 춘원의 인생관 도덕관이 새로이 만들어지는 동시에 또한 자유연애관의 첫 장이 시작되는 것이다. 그러나 이 사랑이라는 것은 개인을 표준한 남녀의 사랑에서 한 걸음 더 나아가 민족애에도 이를 수 있는 것이었다. 말하자면 낡은 옛 사회로부터 해방된 새 인간의 전인격全人格을 말할수도 있었다. 그러므로 이때에는 연애의 해방이 인생 개체의 완성을 위한 시작일 뿐 아니라 이때까지 속박하고 짓누르던 옛 사회도덕에 대한 반항의 제일보第一步이기도 하였다.

수백 년 동안 유교도덕에 눌려서 인민은 군주의 노예와 같고 여자는 남자의 노예와 같고 청년은 부로들의 노예와 같이 자주적 자유성이 없었음은 물론이며 따라서 이지理智와 정서의 세계가 또한 봉쇄되어 오랫동안 침묵 인종忍從하던 사화산死火山은 다시 소리를 내고 터지기 시작하여 그 분화구에서는 걷잡을 수 없이 정열의 뜨거운 용액이 넘쳐 나왔으니 사랑은이 전체를 포함한 원동력이었던 것이다. 그러므로 그때의 자유연애라는 것은 자유연애 그것이 벌써 옛 도덕에 대한 항쟁이며[34] 옛 사회에 대한 투쟁이었다. 그리고 이 사랑은 모든 자유와 해방을 얻기 위하여 뛰어나오는 제일의 문이었다. 그러므로 이 첫 문을 열어놓은 《무정》의 주인공인 이형식의 사랑은 좁은 뜻의 남녀의 사랑만은 아니었다. 그는 또한 조선을 사랑하였다 – 조선의 산천을 사랑하고 조선의 청년남녀를 사랑하고 조선의 동

33) 원문에는 '무너버리고'로 되어 있으나 어색하여 현행 용법으로 고쳐썼다.
34) 원문에는 '抗爭이'로 되어 있으나 문장구조상 글자가 누락된 것으로 보여 채워넣었다.

포를 사랑하였다. 이형식은 자기 학교 학도學徒에 대한 일기日記에 "너희는 나의 부모요, 형제요, 자매요, 아내요, 동무요, 아들이로다. 나의 사랑을— 나의 전 정신을 점령한 것은[35] 너희로다. 나는 너희를 위하여 이 피가 다 마르도록, 이 살이 다 깎이도록, 이 뼈가 다 휘도록 일하고 사랑하마"라고 외친 것이다.[주26) 이광수 저 《무정》 299페이지~300페이지] 형식은 또 이렇게 생각하였다. — "만일 학생들 중에 사람의 피를 마셔야 살아나리라 하는 병인이 있다 하면 형식은 달게[36] 자기의 동맥을 끊으리라"고까지 생각하였다. 그 중에도 이희경 같은 몇 사람에게 대하여는 남자가 여자에게 대하여 가지는 듯한 굉장히 뜨거운 사랑을 깨달았다는 것이다. 남자의 동정애를 그린 〈윤광호〉도 이와 같이 폭발하는 정열의 불덩어리의 한 토막이었던 것이다. 이곳에는 성별을 가릴 필요조차 없었던 것이었다. 다만 거대한 정열이 있을 뿐이었다. 이러한 정열 속에 자기 생명의 무한한 성장이 있고 사랑의 구속 없는 세계가 벌어져가는 것이다. 그러므로 형식은 부르짖었다. —

"사람의 생명도 결코 일 의무나 일 도덕률을 위하여 존재하는 것이 아니요, 인생의 만반 의무와 우주에 대한 만반 의무를 위하여 존재하는 것이다.[37] 그러므로 충忠이나, 효孝나, 정절貞節이나, 명예가 사람의 생명의 중심은 아니니, 대개 사람의 생명이 충이나 효에 있음이 아니요, 충이나 효가 사람의 생명에서 나옴이다.

사람의 생명은 결코 충이나 효나의 하나에 붙인 것이 아니요, 실로 사람의 생명이 충, 효, 정절, 명예 등을 포용하는 것이, 마치 대우주의 생명이 북극성이나 백랑성白狼星이나 태양에 있음이 아니요, 실로 대우주의 생명이 북극성과 백랑성과 태양과 기타 큰 별 잔별과 지상의 모든 미물까지도

---

35) 원문에는 '것은'이 누락되어 있다.
36) 원문에는 '달게'가 누락되어 있다.
37) 원문의 문장은 "인생의 만반 의무를 위하여 존재하는 것이다"이다.

포용함과 같다."[주27) 이광수 저《무정》234페이지]

고 하였다.

　이것이 《무정》에 나타난 도덕관이요 인생관이었다. 한 개의 도덕률에다
가 인생의 전체를 집어넣고 가두어버리려는 옛날 도덕―더욱이 유학적인
인생관과 도덕관에 대한 정면 충돌이었다. 즉 반기를 든 것이다. 그리하여
그는 자유연애에 관련하여 조선 재래의 결혼관에도 아주 쓰라린 비판을
내렸으니 "그네가 부부가 될 때에 얼굴도 못 보고 이름도 못 듣던 남남끼
리 다만 계약이라는 형식으로 혼인을 맺어 일생을 이 형식에만 속박되어
지나는 것으로소이다. 대체 이따위 계약결혼은 짐승의 자웅을 사람의 맘
대로 마주 붙임과 다름이 없을 것으로소이다[38]"라고 하였다.[주28)《청춘》지 9
월호 105페이지 〈어린 벗에게〉]

　그러면 다시《무정》으로 붓을 돌려 좀 더 자세히 주인공들의 신조선 건
설을 위한 그 이상이 무엇인가를 살펴보기로 한다.

　아무 데도 의탁할 곳이 없는 어린 이형식은 박진사에게 거둠이 되어 그
집에서 공부를 하였다. 박진사는 암흑한 구조선 시대에서 조선을 다시 살
리려면 교육을 힘씀으로 인재를 양성하는 데 있다고 생각하고 자기 집에
다 학교를 만들고 교육사업에 노력하였으나 이로 인하여 그의 가산은 다
없어지고 말았다. 박진사에게는 열 살 먹은 영채라는 딸이 있어 일찍부터
그들이 어리기는 하나 영채더러 "너는 형식의 아내가 되어라"라고 말한 일
도 있었다. 박진사의 교육사업이 실패하자 이를 동정한 나머지 홍모라는
학생이 부잣집에 들어가 주인을 칼로 찌르고 돈 500원을 늑탈하였다. 그
사람이 강도로 몰려 붙잡히는 데 따라 박진사도 그의 두 오라비도 다 평양
형무소로 갔다. 박진사의 집은 이렇게 망하게 되매 그 집에 있던 형식도

---

38) 원문에는 '것이다'로 되어 있으나 오식이기에 바로잡았다.

어린 영채와 이별하고 두 사람은 제각각 운명의 길을 걸었다. 그 후 7년의 세월이 흘렀다. 형식은 서울 경성학교에서 영어선생 노릇을 하고 있었다. 때마침 서울에 부호富豪요 또 기독교인인 김장로金長老의 딸 선형이가 미국 유학을 앞두고 영어를 공부하기 위하여 이형식을 가정교사로 초빙하였다. 형식은 첫 날 교수를 마치고 자기 숙소로 돌아왔다. 그 때에 마침 찾아온 한 여자가 있으니 그는 7년 전에 이별한 자기 은인 박진사의 딸 영채이었다. 두 사람은 서로 붙들고 울었다. 영채는 자기의 지나간 생활을 이야기하다가 말고 별안간 일어나 가고 말았다. 영채는 자기 아버지와 두 오빠를 구출하려고 남의 꼬임에 빠져 기생이 되고 말았다는 이야기를 차마 말하지 못하였다. 그는 서울로 온 후로는 이름을 월향이라 고치고 지나왔던 것이다. 그의 미모는 점점 널리 알려져서 부자나 난봉꾼인[39] 청년치고 모르는 사람이 없었다. 그러나 월향은 형식을 찾기에만 열중하였으며 그는 정조를 굳게 지키어 왔던 것이다. 그러나 운명의 장난은 사나웠다. 누가 뜻하였으랴! 형식이가 다니는 경성학교 교장인 남작男爵 김현수와 동교同校 학감學監 배명식의 독아毒牙에 걸려 어느 날 밤 월향은 청량사淸凉寺 요정에서 폭력으로 정조를 빼앗으려는 순간 한편 형식은 그의 친구인 신문기자 신우선과 함께 형사들을 데리고 요정을 습격하였다. 그러나 때는 이미 늦었다. 영채의 정조는 깨지고 만 것이다. 그 이튿날 형식은 영채의 집에 가보았으나 영채는 눈물겨운 유서 한 장을 형식에게 남기고 평양 대동강으로 자살할 목적으로 서울을 떠났다. 형식은 곧 그 뒤를 쫓아갔으나 찾지 못하고 돌아왔다. 그 후 김장로의 집에서는 선형과 결혼을 하여 가지고 두 사람이 한 가지로 미국 유학의 길을 떠나라는 간곡한 권고에 하는 수 없이 형식은 이에 승낙하여 두 사람은 경부선 열차를 타고 행복의 길을 떠났다. 죽음의 길을 가던 영채는 평양행 열차 중에서 의외로 일본유학생인 병욱

---

39) 원문에는 '난봉군이'로 되어 있으나 의미상 오식으로 보이기에 고쳐썼다.

이라는 여학생에게 구조함이 되어 한여름 동안 병욱의 집에서 유留하고 있다가 병욱의 오빠의 호의로 영채는 병욱과 같이 일본 유학을 가게 되었다. 그들이 탄 경부선 열차는 이형식과 선영이가 탄 같은 차였다. 그들은 차중車中에서 만났다. 서로 울었다. 때마침 남선南鮮 지방에는 홍수가 나서 기차는 삼랑진三浪津서 정차停車되고 주민의 참상은 실로 참혹하였다. 이것을 본 형식과 영채의 일행은 모두 자기 개인을 떠나 힘과 뜻을 합하여 거룩한 동포애에 불타서 자선음악회를 열고 그 수입된 돈으로 불쌍한 동포에게 동정을 표하였다. 여기서 그들은 각자의 슬픔과 미움과 괴로움을 다 잊어버리고 동포애로 집중되며 단결하였던 것이다. 각 개인의 쓰라린 운명은 모두 신조선의 건설을 위하여 재출발을 하려는 것이다.

"서로 잘 공부를 하여가지고 돌아와서 장차 힘을 합하여 조선 여자계를 계발할 것과, 공부를 잘 하려면 미국을 가거나 일본에 유학을 하여야 한다는 것과, 또 그 영어와 독일어를 잘 배워야 할 것과, 그 다음에는 병욱과 영채는 음악을 배울 터인데 선형은 아직 확실한 작정은 없으나 사범학교에 입학하려 한다는 뜻을 말하고 서로 각각 크게 성공하기를 빌었다[40]"라고 하였다. 그리하여 그들은 조선 건설을 위하여 모두 훌륭한 인물이 되어 조선에 돌아왔다. 형식과 선형은 미국 시카고 대학을 졸업하고 독일 백림伯林에서 연구를 하였으며 영채도 동경 상야上野 음악학교에서 피아노와 성악을 졸업하고 돌아왔다.

춘원의 《무정》에 나타난 정열은 사랑에서 불붙기 시작하여 민족애와 신국가 건설에서 그 이상을 찾았던 것이다. 그리하여 개성에 관한 인간적인 발전은 중도에 그냥 주물러[41] 앉아 춘원의 이상 속에서 합리화되고 말았

---

40) 원문의 문장은 "서로 잘 공부를 하여가지고 돌아와서 장차 힘을 합하여 조선 여자계를 계발할 것과 공부를 잘 하려면 미국을 가거나 일본에 유학을 하여야 한다는 것과 그 다음에는 병욱과 영채는 음악을 배울 터인데 선형은 아직 확실한 작정은 없으나 사범학교에 입학하려는 뜻을 말하고 서로 서로 각각 크게 성공하기를 빌었다"이다.

41) 원문에는 '주주물러'로 되어 있으나 오식으로 보이기에 바로잡았다.

다. 높은 정열과 민족적 이상 속에서 새로운 역사적 계단의 성격이 나타났다는 것만이 《무정》이 가지고 있는 시대적 가치일 것이다.

춘원은 서기 1892년 평북平北 정주읍定州邑에서 났다. "춘원의 출생 당시에는 가산도 넉넉하였으나 그가 세상에 나온 지 4, 5년 뒤에는 차차 가운家運[42]이 기울어져서 큰 집에서 작은 집으로, 작은 집에서 오막살이로 걷잡을 새 없이 영락零落되기 때문에 지주에서 자작농으로, 자작농에서 소작농으로─이리하여 8, 9세 때에는 벌써 어린 몸으로 산에 올라가서 나무를 하고 소를 끌고 밭에 나다니는 고역苦投을 맛보지 않을 수 없게 되었다."[주29) 1934년 7월호 《삼천리》지에 실린 김동인金東仁의 〈춘원연구〉에서]

그는 정주定州 오산五山학교 교원으로 일본 동경 조도전대학早稻田大學으로 그리고 중국 상해로 시베리아로 유랑의 생활이 오랫동안 계속 되었었다. 그는 《무정》을 발표한 후 곧 《개척자》를 발표하였다. 이것도 새로운 세대의 정열적인 반항의식의 선언서이었다. 자유연애의 신성을 부르짖고 구도덕에 대한 공격과 파괴를 외친 소설이다. 춘원의 작품은 당시 청년들의 고뇌와 열정과 이상을 그대로 대담하게 표현한 까닭에 청년 남녀를 심취케 하였으며 그들의 끝없는 갈채를 받았던 것이다. 일찍이 춘원 자신이 말한 바와 같이 "개척자는 일종의 이데올로기 소설이었다"라고[주30) 춘원 저 〈문학과 평론〉 270페이지[43]] 할 수 있었다. 이것은 《개척자》 뿐 아니라 《무정》도 또한 그러하다. 말하자면 극도의 주관 강조의 소설들이었다.

이와 같이 청년층에게 환영을 받는 그의 작품이 부로층父老層에서는 큰 박해가 있었다. 춘원의 회고기에서 보면[주31)[44]] "중추원中樞院 참의參議 연명連名으로 총독부, 경무총감부警務總監部, 경성일보京城日報 사장 등에게 이

---

42) 원문에는 '家庭'으로 되어 있으나 오식이기에 바로잡았다.
43) 58년판 《문학과 평론》에는 이에 해당하는 글이 없다. 이 글의 원 출처는 《조광》 1936년에 연재된 〈문단생활 30년의 회고〉이다.
44) 원문에는 '註31'로만 되어 있으나 누락된 것으로 보여 채워 넣었다.

광수의 글을 싣지 말라는 진정서가 가고 경학원經學院에서는 이광수를 공격하는 연설회가 열리고 고故 여규형呂圭亨 선생 같은 이는 관립官立학교 생도 일동에게 이광수의 글을 읽지 말라는 훈시까지 하였단 말을 그 학교 학생 수십 명의 연명連名한 편지로 알았다. 그 학생들은 나를 지지하고 격려하기 위하여 편지를 한 것이다"라고 하였다.

이와 같이 조선 현대문학은 민족 존망存亡의 때를 당하여 결사적 민족운동이 전개되던 동일한 시기에 출발하게 되었던 까닭에 보다 더 급진적이며 반항적이며 사상적이었다. 그러므로 우리는 향락하기 전에 문학에서 민족의 이상을 표현하려는 것이 더 급무이었다.

《무정》이 발표된 후 4, 5년 동안은 춘원의 독보獨步시대이었다. 다만 《청춘》지에 논문과 문예적 소품小品 등을 발표하는 몇 사람의 문인이 있었으니 그 중에 진학문秦學文(순성瞬星) 현상윤玄相允(소성小星) 같은 이가 그 대표가 될 것이다. 그리고 《무정》 발표 이전에 약간의 번역문학에 대하여 일언一言하려고 한다. 조중환趙重桓(일재一齋), 민태원閔泰瑗(우보牛步), 이상협李相協(하몽何夢) 등이 번역문학에 그 저명한 이들이었다. 이 세 사람의 번역 혹은 번안물飜案物은 당시 유일의 《매일신보》에 연재되었던 것이다. 일재는 서기 1913년 《장한몽》을 발표하였고 이어서 《쌍옥루》를 연재하였던 것이다. 《장한몽》은 일본 명치明治 문단의 거장인 미기홍엽尾崎紅葉의 《금색야차金色夜叉》를 번안한 것이었고 《쌍옥루》는 역시 국지유방菊池幽芳의 《나의 죄(己が罪)》를 번안한 것이었다. 그때의 번안이라는 것은 원작소설의 이야기만을 그대로 취택取擇하고 그 소설의 장단長短이나 인명이나 장소 등은 모두 조선 이름으로 번안자의 마음대로 한 것이었다. 소설의 문학적 가치는 별문제로 하고 이 《장한몽》처럼 대중적으로 알려진 것은 없을 것이다. 지금도 오히려 이수일李守一과 심순애沈順愛를 말하는 사람이 많이 있다.

일재는 서기 1884년 서울에서 출생하여 동同 1947년 64세에 별세하였다. 그 다음으로 하몽의 《루淚》 《정부원貞婦怨》 《해왕성海王星》 등의 번안물이 있었다. 이런 것은 모두가 일본의 번안전문가인 흑암루향黑岩淚香의 것을 중역重譯 번안한 것이었다. 《해왕성》은 불국佛國 문호 알렉상드르 뒤마(Alexandre Dumas)의 《몽테크리스토 백작》을 번안한 것으로 불국 출판계에서는 거진 기록적이라고 할 수 있었다. 이것은 서기 1916년 역시 《매일신보》에 연재되었다.

그리고 우보의 《부평초浮萍草》《애사哀史》 등도 뒤를 이어 연재되었었다. 우보는 일생을 신문기자로 마친 사람으로 서기 1894년 서울 출생으로 동同 1935년 41세에 별세하였다.

제2장 동인제同人制 문예잡지 시대의 제경향

1

《무정》이 나오고 이어서 《개척자》가 발표되자 새 세대의 조선청년들은 희망과 이상을 갖게 되며 갇혀 있던 정열은 터져 나왔다. 이 신문학운동은 조선 청년의 좋은 지도자였고 또 고귀한 정신적 영양소가 되었던 것이다. 그러므로 문학을 배우려는 사람이 아니라도 조선 청년이면 누구나 이 문학에서 자신을 발견하려고 하였던 것이다. 정치 교육 사회생활에 자유와 권리가 없는 그들은 이 신문학에서 그들의 이상을 세웠고 교육을 받았고 국어를 배웠으며 아름답고 즐거운 정서를 맛볼 수 있었던 것이었다. 더구나 정치나 사상 방면에 취미와 재능을 가진 청년들까지 먼저 이 문학으로 모이었다. 그리하여 《무정》이 발표된 지 5년 내외에 수많은 문학청년들이 나타났다. 그러나 그들을 육성하며 북돋아 주는 기관은 거의 없었다. 남보다 문화가 뒤떨어진 조선 사회에는 그들을 장려할 만한 출판문화는 거의 없었다. 육당의 신문관 창설과 아울러 잡지와 약간의 출판사업이 그 유일한 활동이었다. 그러므로 청년 문사들의 정열을 마음대로 표현하기에는 참으로 암흑한 시대였다. 그리하여 청년 문사들은 자기들의 작품을 발표하기 위하여 자기네들 스스로가 그 기관을 만들지 않으면 아니 되었다. 이곳에서 동인제同人制의 문예잡지가 필요하였던 것이다. 그러므로 이 동인제 문예잡지는 잡지라기보다는 오히려 작품집이며 창작집이라는 것이 그 시대의 타당한 해석일 것이다. 이러한 의미에서 춘원 이후의 조선의 문학 운동은 이 동인제 문학잡지에서 그 성장의 온상을 삼았던 것이다. 또한 후일 조선문단의 중추를 이룬 제가諸家가 모두 이 동인제 문예잡지의 동인이었었다. 그러므로 특히 건설기 문학을 논하기 위하여 그때의 동인지同人誌 잡지를 고찰하려는 바이다.

서기 1918년 장두철張斗徹을 중심으로 한 《태서문예신보泰西文藝新報》라는 신문지 사절형四折型의 잡지가 창간되었으나 이것은 순수한 문예잡지는 아니었고 대부분이 취미기사로 만재되었던 것이었다. 그 이듬해 서기 1919년 2월에 순문예잡지 《창조》가 나왔다. 이것이 조선에서는 처음 되는 문예잡지였다. 그리고 동同 1920년 7월에 시詩잡지 《장미촌薔薇村》이 나왔으며 또 《폐허廢墟》가 나왔다. 《장미촌》은 조선에서 처음 되는 시잡지였다. 그리고 뒤를 이어 동同 1921년 5월에 《신청년新靑年》 순문예 혁신호가 나왔고 동同 1922년 1월에 《백조白潮》가 나왔으며 동同 1923년 11월에 《금성金星》, 동同 1924년 1월에 《폐허이후廢墟以後》, 동同 1924년 8월에 《영대靈臺》, 동同 1924년 11월에 《조선문단朝鮮文壇》이 나왔다. 이것들이 현대 조선문학의 건설기에 있어서 중요한 임무를 한 잡지들이다.

그러나 이러한 문예잡지들은 모두 그 수명이 짧았다. 《창조》가 9호, 《폐허》가 2호, 《장미촌》이 2호, 《신청년》이 2호, 《백조》가 3호, 《금성》이 3호, 《폐허이후》가 1호, 《영대》가 5호, 그리고 동인제는 아니었으나 《조선문단》이 상당히 계속되어 통권 20권을 내었던 것이다. 동인제의 문예잡지가 이와 같이 오래 계속되지 못하는 이유는 독자가 많지 못하다는 이유보다도 경영 방침이 나쁜 까닭이었다. 즉 상인商人의 경영이 아니요, 문학자 자신이 한 까닭이었다. 지출만 알고 수입을 모르는 문사들의 잡지 경영이란 자기들 작품만 세상에 내놓으면 만족할 수 있는 정열뿐이었고 본래부터 분전分錢을 긁어모아서 다음호를 내겠다는 영리성·기획성이 있을 까닭이 없었다.

각 잡지의 동인들을 소개하면 아래와 같다.

《창조》지 동인

김동인金東仁, 주요한朱耀翰(송아頌兒, 요한), 임장화林長和(노월盧月), 김관호金觀鎬, 전영택田榮澤(추호秋湖), 최승만崔承萬, 김환金煥(백악白岳), 이광수(춘원), 이일李一(동원東園), 오천석吳天錫, 박석윤朴錫胤, 김억金億(岸曙), 김찬영金瓚永(유방惟邦) 등.

이 잡지는 김동인의 부담으로 경영되어 왔으나 다시 계속하지 못하고 말았다.

《장미촌》의 동인

황석우黃錫禹(상아탑象牙塔), 노자영盧子泳(춘성春城), 박종화朴鍾和(월탄月灘), 박영희朴英熙(회월懷月), 변영로卞榮魯(수주樹洲), 오상순吳相淳(공초空超), 이훈李薰, 신태옥辛泰獄, 정태신鄭泰信 등.

이 잡지는 그 비용을 동인들이 평균 분배로 부담하였고 제2호는 문흥사文興社의 이병조李丙祚가 부담하였다.

《폐허》의 동인

염상섭廉想涉(횡보橫步), 남궁벽南宮璧, 황석우黃錫禹, 오상순, 변영로, 이혁로李赫魯, 민태원閔泰瑗(우보牛步), 이병도李丙燾, 김원주金元周(일엽一葉), 김찬영, 김억 등이었으나 김억, 김찬영은 창간호가 나오기도 전에 《창조》 동인으로 옮기고 말았다.

이 잡지의 비용은 광익서관廣益書館 주主 고경상高敬相이 부담하였다.

혁신 《신청년》의 동인

최승일崔承一(추곡秋谷), 나경손羅慶孫(빈빈彬彬 또는 도향稻香), 박영희, 이능선李能善, 이홍李虹 등.

이 잡지 비용은 최승일이 부담하였다.

《백조》 동인

홍사용洪思容(노작露雀), 박종화, 나빈羅彬, 박영희, 이상화李相和, 현진건玄鎭健(빙허憑虛), 이광수, 안석주安碩柱(석영夕影), 원세하元世夏(우전雨田), 노자영盧子泳, 김기진金基鎭(팔봉八峰) 등.

이 잡지의 비용은 홍사용이 부담하였다.

《金星》 동인

유춘섭柳春燮(유엽柳葉), 양주동梁柱東(무애無涯), 백기만白基萬, 손진태孫晋泰, 이장희李章熙 등.

이 잡지의 비용은 류춘섭이 부담하였다.

《조선문단》은 이광수 주재主宰, 방인근方仁根의 경영으로 동인제는 아니었으나 이 잡지는 후에 많은 문사들을 육성하였다.

2

동인지라는 것은 그 사상적 주류主流로 보아 동일한 경향을 가진 작가들의 결합이어야 할 것이다. 그러나 초창기에 있어서 각자의 사상적 경향이 명확치 못할 때에는 문학적 전체성에서 결합할 수도 있었다. 동인지의 적극적인 의미는 문학상 동일한 주류 위에서 한 개의 통일된 운동이 시작되어야 할 것이다. 이것은 현대 동인제 문학잡지의 특징일 것이다. 그러나 초창기에 있었던 조선의 동인제 문예잡지는 유파별流波別이나 사상별로

만 분류하기에는 너무도 미약하였다. 그때의 젊은 작가들은 자기의 인생관에서보다도 자기의 정열적인 정서의 분출을 문학에서 실현함으로써 만족하였다. 말하자면 그때의 동인지라는 것은 대외적으로는 한 개의 문학적 세력을 만들어 자기의 존재를 나타내려는 것이요 대내적으로는 작가 각자의 원숙을 기期함에 있었다. 이러한 의미에서 작가들의 동일한 처지가 증명되며 따라서 동인제同人制의 결합이 가능하였다. 그러나 이 동인들은 제각기 방향을 찾아 자기의 세계를 만들기 시작하였다. 그러므로 동인지가 오래 계속하지 못한 것은 경제적인 일면一面에서 뿐 아니라 그들의 정신세계의 발전에 따라 거진 필연적인 사태라고도 할 것이다. 즉 정열적인 동일형同一型은 비로소 이지적 성장에 따라 분해 작용을 일으키는 것이니 이곳에서 비로소 작가의 견고한 기초가 서게 되는 것이었다. 조선의 초창기 동인 문예잡지 중에서 이러한 경향을 가장 구체적으로 나타낸 것이 《백조》지라고 할 수 있다. 《백조》 동인은 비교적 같은 경향의 작가들이었다. 한 두 사람의 다른 경향을 제외하고는 거진 전체가 세기말적 낭만주의에서 발전하면서 급진적으로 다음 계단을 준비하였다. 그리하여 그 3호에서 《백조》는 사상적으로 분해 작용이 일어나게 되었다. 《백조》는 데카다니즘의 최고봉을 걸음으로 말미암아 필연적으로 자기반성과 아울러 다음 계단에서 자기 세계를 발견하지 않을 수 없었다. 그러므로 《백조》는 아름다운 꿈과 거친 현실과를 연결하는 교량적 임무를 하였다고 볼 수 있다. 이에 관하여 임화林和는 그의 논문에서[주32) 1942년 11월호 《춘추春秋》지에 실린 임화의 〈백조의 문학사적 의의〉에서] "일언으로 결어結語를 짓자면 《백조》는 실로 커다란 전환기의 문학이었다"라고 하였다.

  《백조》는 이 전환기의 고뇌를 맛보았으니 예술지상주의에서 인생을 위한 예술― 문학의 현실성을 찾기 위한 고민이었다.

이와 같이 동인제 문예잡지들이 비록 오랫동안 계속하지는 못하였다 할지라도 조선 현대문학의 초창기가 이곳에서 화려하게 꾸며졌으며 또한 역량 있는 작가들을 문단에 내어놓은 것이었다. 이 시대는 대체로 정열의 시대라고 말할 수 있으니 그들의 인생을 탐구하며 생활의 진리를 찾으려는 욕구가 청춘의 정열 속에 뭉치고 쌓인 그대로 문학의 주류를 삼았었다. 청춘의 정열과 이상을 아무러한 구속도 없이 표현할 수 있는 이 신문학은 청년들의 온갖 하소연과 속삭임과 고뇌의 눈물을 너그러이 담아 주는 용광로鎔鑛爐와도 같았다.

그리하여 청소년들은 문학을 사랑하였으며 문학은 자기들의 생활과 떨어질 수 없는 것으로 생각하였던 것이다. 문학을 모르는 사람은 새로운 세대의 자랑을 모르는 것이라고 생각하였던 것이다. 그러므로 사회에서 빚어내는 문학적 분위기는 사실상 그 때의 문학적 실재보다도 더 컸었다.

따라서 이때에 문단 전체에 흐르는 주류로 시문학에는 낭만주의가 꽃피었고 산문에 있어서는 이 낭만적 운동이 비교적 짧고 곧 자연주의적 현실세계로 옮기어 갔던 것이다. 산문세계에서 낭만적 경향이 오랫동안 계속하지 않았다는 것은 조선 현실의 특수성이 조선 작가들의 발걸음을 빠르게 하였으며 공상적인 정열을 현실적인 정열로 속히 변하게 한 것이었다. 이 시대를 대표하였던 작가는 《창조》지에서 나온 김동인·전영택, 《폐허》지에서 나온 염상섭, 《백조》지에서 나온 현빙허·나도향 등의 작가이었다. 이 작가들이 우선 5년 동안을 1기로 하고 각각 걸어온 종적을 살피기로 하자.

김동인이 초기에는 다소 낭만적인 정서를 작품에 나타내었으나 그 근본에 있어서 역시 움직일 수 없는 자연주의 작가의 길을 개척하였고, 염상섭과 현빙허는 처음부터 자연주의 혹은 사실주의적인 문학작품을 창작하였으며, 낭만주의적 세계에서 비교적 오랫동안 머물러 있었던 나도향도 결국 자연주의의 문학으로 발전하였다. 이리하여 그들이 초기 조선문학에서 개척한 길은 낭만주의라기보다는 자연주의문학의 새로운 계단이었다.

김동인은 서기 1919년 2월호 《창조》지에 〈약한 자의 슬픔〉이라는 단편의 처녀작을 내놓았다. 그리고 계속하여 동지同誌에 〈목숨〉, 〈배따라기〉, 〈이 잔盞을〉 등의 단편을 발표하였고 1924년 10월호 《영대》 지상에 〈유서〉, 1925년 1월호 《조선문단》지에 〈감자〉를 발표하였으며 그 외에도 〈무능자의 아내〉, 〈발가락이 닮았다〉, 〈붉은 산〉, 〈K박사의 연구〉 등 많은 단편이 있다. 그는 단편 이후의 단편작가로서 비로소 본격적인 단편소설의 길을 준비하였다. 춘원 시대의 단편소설은 대개가 작가 자신의 정열의 서술이었으며 신사상의 설교일 뿐 극히 공상적인 주관주의에서 그 구상이 또한 간단하였다. 그러나 김동인 시대에는 벌써 이러한 단순한 주관주의적 인생관에서만 있을 수 없었다.

그는 비로소 소설적 구상을 빚어내기 시작하였으며 주관주의적 관찰에서 넓은 객관세계로 그 시야를 옮긴 것이었다. 즉 작가의 눈에 보이던 현실에서 작가가 노력하여서만 볼 수 있는 세계─ 객관세계를 개척하며 따라서 그 세계 안에 있는 많은 인간형과 그 각자의 생활에 대하여 해부하려는 것이었다. 그리하여 그는 심리묘사, 성격묘사의 새로운 방법을 찾았던 것이다. 자연주의문학의 과학성이란 것은 결국 아름다운 주관세계 속에 내포하여 있는 추악한 암면暗面을 사실적인 묘사를 통하여 폭로함에 있었다. 말하자면 작품에 나타나는 주인공의 생활에 대하여 작가의 주관으로 추악한 부면部面을 일부러 감추거나 혹은 아름다운 부면을 과장하려는 것이 아니라 작가는 가장 냉정한 태도로 생활 자체의 발전을 관찰하려는 것이다.

이러한 점에서 김동인의 단편 〈약한 자의 슬픔〉에서 〈감자〉에 이르는 과정은 이 자연주의 문학세계를 구성하는 한 개의 계열이었다. 〈약한 자의 슬픔〉은 현실세계의 첫 단계이었고 〈배따라기〉는 낭만과 현실이 합체된 현실세계의 종합이었고 〈감자〉는 그의 완숙된 객관주의 문학의 결실이었다. 그러나 위에서도 잠깐 논급論及하였거니와 작가들을 이와 같이 객관주의, 과학주의적인 자연주의문학으로 속히 옮기게 한 조선 현실의 특수성이라는 것을 우리는 잊어버릴 수 없는 것이다. 자연주의문학의 객관적 해부적 과학적 정신은 현실 조선의 생활과 사상을 조각조각 있는 그대로 묘사하려는 데도 큰 도움이 되었다. 특히 이 방면에서 먼저 소개할 작가는 염상섭이다.

그는 1921년 8월호 《개벽開闢》지에 그의 단편 처녀작인 〈표본실標本室의 청개구리〉를 발표하고 이어서 1922년[45] 1월호 동지에 〈암야闇夜〉, 2월호에 〈제야除夜〉, 그리고 장편 《만세전萬世前》을 1923년 9월에 발표하였으며 1925년 2월에 〈전화電話〉, 동년同年 10월에 〈윤전기輪轉機〉 등을 발표하였다. 이 외에도 많은 단편과 장편이 있다.

그는 처음부터 낭만주의적 조류에 들어가지 아니 하였고 현실 속으로 파고 들어간 작가이었다. 그리하여 그는 이 현실─ 더욱이 조선의 현실을 분석하고 해부한 것이었다. 후일에 그를 가리켜 침통한 작가라고 한 것도 결국 그의 심각한 해부와 묘사가 현실을 조각조각 내어 그 밑바닥을 보여준 까닭이었다. 그의 침중沈重하고 억세인 문장이 더욱 그러한 경향을 도와주었다. 문단에는 아직도 낭만적 정신이 그 주류를(특히 시문학이) 이루고 있었던 만큼 상섭의 작가적 존재는 크게 나타났으며 후에 곧 낭만적 경향이 퇴색함에 따라 그의 작품들이 새로이 빛을 내게 된 것도 당연한 일이었다. 그는 이때까지 아름답게만 예찬하던 현실에서 모순, 불평, 비참한 암흑면을 드러내었던 것이다. 그는 〈표본실의 청개구리〉에서 주인공 김창억으로 하여금 불행하고 모순된 생활에서 광인狂人을 만들어놓고 그의 입으로 조선 현실생활의 모순과 불합리를 조소하게 하였다. 그리고 〈제야〉에서는 새 시대 사조의 세례를 받은 급진적인 한 신여성으로 하여금 현실 속

---

45) 원문에는 '一九二一年'으로 되어 있으나 오식이기에 바로잡았다.

에 감추어 있는 여러 가지의 모순과 불합리를 드러내어 놓았다. 말하자면 인생은 무엇이냐, 생生이란 무엇이냐, 연애란 무엇이냐, 도덕이란 무엇이냐, 정조란 무엇이냐 하는 문제 속에서 이때까지 감추어져서 보이지 않던 불행과 추악한 부면을 대담하게 펼쳐 놓고 그곳에서 고귀한 것이 평범하게 되며 아름다운 것이 더럽게 되며 유쾌한 것이 우울하게 되는 것이었다. 그의 《만세전》에는 꼴사납게 틀려가는 조선의 현실이 여실하게 나타나 있었다. 그는 자연주의 작가 중에서도 특히 조선적 현실을 해부 묘사하는 작가이었다.

이러한 조선적 현실을 토대로 하였으면서도 구주歐洲의 자연주의문학에서 인생의 추악면을 폭로하기 위하여 성욕性慾 묘사에 집중하였던 그 문학관을 누구보다도 재능 있게 표현한 작가는 현빙허玄憑虛였다. 그는 1920년 11월호 《개벽》지에 처녀작으로 단편 〈희생화犧牲花〉[주33] 1925년 3월호 《조선문단》지에 실린 현빙허의 〈희생화〉의 회상기 참조를 발표하고 곧 이어서 1921년 1월호 동지에 〈빈처貧妻〉, 1921년 11월호 동지에 〈술 권하는 사회〉, 1922년 2월호 동지에 〈타락자墮落者〉, 1923년 9월호 《백조》지에 〈할머니의 죽음〉 등을 발표하고, 1925년 1월 《개벽》지에 〈불〉, 2월호 《조선문단》지에 〈B사감과 러브레터〉 등 많은 작품을 발표하였다.

빙허憑虛의 단편작가로서의 독특한 묘기妙技는 그가 조선의 모파상이라는 별명을 듣기에 당연하였다. 더구나 그의 성욕 묘사에 이르러서는 당시 문단에 독보이었다. 그리고 그의 사실주의적 필치는 어디까지든지 독자[46]를 육박하는 힘이 크다. 그의 단편 〈빈처〉에서 이 사실적인 묘사의 수법이 시작되어 〈타락자〉에서 꽃이 피었고 〈불〉에서 결실하였다고 말할 수 있다. 이렇게 사실적인 작품에도 권태와 우울이 또한 있었으니 이것은 당시 쇠잔衰殘하여 가는 조선 현실의 반영이었다. 조선사람들의 빈궁해가는 생

---

46) 원문에는 '독작'으로 되어 있으나 오식으로 보이기에 바로잡았다.

활, 지식청년들의 무직無職 권태 등의 조선의 현실이 그대로 작품에 비치인 까닭이었다. 그는 단편작가로서 특이한 재능과 역량을 가졌었다. 그 뿐만이 아니라 그에게는 맑은 이성과 날카로운 기지機智조차 있었으므로 하여 자연주의 작품에서 흔히 맛볼 수 있는 진부성陣腐性을 감소시켜 주는 것이었다. 그의 단편 〈불〉과 같은 것은 다른 장章에서도 논급하려니와 그의 단편 중에서 빛나는 작품이었다. 그의 작품에는 차차로 어딘지 모르게 반항적인 기질이 나타나게 된 것도 조선의 민족적 울분에서 직접 받은 영향으로 조선에 있어서 자연주의문학의 조선적 특징이라고도 할 수 있었다.

동시대의 작가로 비교적 오랫동안 낭만적 세계에 남아서 창작을 계속한 작가는 나도향이었다. 그는 1922년 1월호 《백조》지에 〈젊은이의 시절〉, 동 5월호 동지同誌에 〈별을 안거든 우지나 말걸〉, 동년 11월호 《개벽》지에 〈옛날 꿈은 창백하더이다〉 등의 단편을 발표하였다. 그러나 그의 존재는 이러한 단편에서보다도 그의 장편소설인 《환희幻戲》를 세상에 내놓은 까닭이었다고 보는 것이 타당할 것이다. 이 《환희》는 1923년 8월부터 《동아일보》에 연재되었던 것이다.[47]

이 《환희》가 가지고 있었던 특별한 환경을 먼저 설명할 필요가 있다고 생각한다. 이 작품은 도향의 나이 겨우 19세 때의 작품이라는 데 대한 세인世人의 경이와 아울러 당시 조선민족의 절대적 지원에서 민간지民間紙로서의 웅자雄姿를 나타낸 《동아일보》에 처음으로 실린 창작이라는 것과 이 방약무인傍若無人한 정열 소년의 열탕熱湯을 뿜는 듯한 낭만세계가 전개되었다는 가지가지의 새로운 사실이 그를 호기好奇와 절찬 속에 파묻어버렸던 것이다.

그는 연정戀情과 낭만의 아름다운 세계에서 마음껏 울고 웃었다.

"재산은 들고 가려느냐 땅은 사서 메고 가려느냐 죽어지면 개암이가 엉

---

47) 1922년 11월 21일부터 1923년 3월 21일까지 연재되었다.

기는 몸뚱이에 기름을 바르는 여자들아 분 바르고 기름칠 하면 땅 속에서 썩지 않고 다시 산다더냐? 떠나라! 거짓에서 떠나고 사랑 없는 곳에서 떠나라! 너의 갈 곳은 이 세상 어디든지 있고, 너의 몸을 묻을 한 뼘의 작은 터가 어느 산모퉁이든지 있나니라. 아! 갈 것이다. 심령心靈의 오로라여! 나를 이끌라 진리의 밝은[48] 별이여, 그대는 어디든지 있도다. 아— 갈지라 아 나는 갈지로다"[주34) 1922년 《백조》 창간호에 실린 도향의 〈젊은이의 시절〉38페이지] 라고 한 것이 말하자면 도향의 인생관이며 또 예술관이라고 할 수 있었다. 이러한 정열과 허무와 퇴폐적 사상 속에서 빚어낸 청춘의 애끓는 감상의 결정이 《환희》였던 것이다. 눈물의 궁전이라고도 말할 수 있을 만치 모두가 눈물뿐이었다. 이러한 애상적인 도향에게는 이상하게도 남달리 냉각된 이지理智가 반짝이었다. 이 이지의 발전에서 후일 그의 자연주의적 사실 세계가 나타난 것이었다.

1925년 8월호 《조선문단》에 《물레방아》, 동년 《여명黎明》 창간호에 〈벙어리 삼룡三龍이〉를 비롯하여 〈지형근池亨根〉 등 날카로운 이지의 빛에서 반짝이는 많은 단편 장편 등이 있다. 박월탄은 도향회고기에서[주35) 박종화 저 〈청태집靑苔集〉184페이지[49]] 평하여 말하기를 "뜨거운 열이 작품에 있으면서도 작가 스스로가 먼저 그 열에 취하지 아니하였고 면면綿綿한 정과 넋이 휘돌아 꿈틀거리면서도 작가는 차게도 테 밖에 응시하기 시작하였다니, 이 것이 그가 작가로의 본격적 원숙圓熟의 길을 밟기 시작한 것이었다"라고 하였다.

역시 동시대의 작가로서 그 경향이 전연 다른 작가가 있었으니 그는 전영택이었다. 춘원 이후 조선문학에 이념이 생기게 되며 작자들의 인생관이나 문학관이 생겨서 원숙하여 감에 따라 이 작가들의 경향은 위에서 말

---

48) 원문에는 '밝은'이 누락되어 있다.
49) 박종화, 《청태집靑苔集》, 영창서관, 1932년. 이 글의 원 출처는 《신동아》 1935년 9월호에 발표된 〈나도향 십년기추억편편〉이다.

한 바와 같이 해부와 분석적인 과학적인 부면이 있는 데 대하여 종합적이고 이상적인 정신적 부면이 있었으니 전추호田秋湖는 이 면을 대표한 작가이었다. 그 이상이란 무엇인가. 추호에게 있어서 그것은 인도주의人道主義였다. 즉 기독교사상에서 나온 박애적 인도주의였던 것이다. 그는 1919년 1호 《창조》지에 발표된 처녀작 〈천재天才? 천치天痴?〉를 비롯하여 동년 동지 2호에 〈생명의 봄〉, 그리고 동지에 계속하여 〈운명運命〉, 〈사진寫眞〉, 1924년 《영대》지에 〈바람 부는 저녁〉, 동년 《조선문단》에 〈화수분〉, 동 1925년 동지에 〈흰 닭〉 등을 발표하였는데 이 작품들은 모두 인도주의적 문학에 속할 수 있는 것으로 당시에는 거진 독보라고도 할 만하였다.

그리하여 그가 그의 문학에 가지고 있는 정신이란 것은 결국 인간의 정신적 내부생활에서 박애, 동정, 자비, 양심, 극기克己 등의 종교적 이상에서 그 목적을 삼은 것이었다. 그러므로 그의 문학에는 당시의 주류이었던 낭만주의적 정열의 세계도 아니었으며 또 자연주의의 과학적인 문학관도 아니었다. 그는 인간의 정신세계에 감추어 있는 미덕과 자비심을 찾아내려는 것이었다. 그는 그의 논문집에서 "나는 이렇게 생각하는 이상에 조선민족 생활에도 그 중추는 종교가 되어야 하겠고 조선 문화발달에도 중심근거는 종교라야 되겠다. 곧 조선민족과 그 문화의 생명은 종교가 되어야겠다고 단언하며 서론緒論 아니할 수 없다"[주36] 전영택 저 〈생명의 개조〉 152페이지라고 하였다.

그리하여 그는 〈천재? 천치?〉에서 동정과 양심을, 〈바람 부는 저녁〉에서 반성과 양심의 가책을, 〈화수분〉에서 모성애와 부부애를, 〈흰 닭〉에서 자비심을 나타내어 인간 정신생활의 최고를 삼으려고 하였다.

동시대에 활동한 작가로 민우보閔牛步, 오천석吳天錫 등이 있었으나 창작보다도 외국문학의 소개로서 오히려 이름이 있었다. 우보는 일찍부터 번안, 번역이 주였고 창작으로는 〈어느 소녀〉 〈적막한 반주자伴奏者〉 등의 단편이 있었다. 오천석도 에로시엔코 타고르 등의 시, 소품小品, 소설 등을 번역하였었다. 그가 미국으로 유학을 떠난 후 《조선문단》지에 약간의 시편을 발표하였을 뿐 문학과는 점점 멀어져 갔었다.

그리고 당시 여류문사들에 관하여 약간의 지면을 빌리기로 한다. 그때에 문단에 나온 여류로는 김원주金元周(일엽一葉), 나혜석羅惠錫, 김명순金明淳(彈實)의 세 사람이 저명著名하였다. 일엽은 1921년경 《신여자新女子》지를 발행하여 조선 신여성의 계몽적인 문화활동을 하였다. 그는 단편, 소품, 수필 등을 썼다. 그러나 이러한 문예보다도 여성문제에 관하여 더 많은 의견과 사상을 사회에 발표하였던 것이다. 이것은 새로 각성하여 가는 조선 신여성들의 옛날 사회의 인습과 구속에 대한 항쟁이 그들에게는 더욱 필요하였던 것이다. 즉 남녀동등, 성문제, 자유연애관, 정조관 등의 신도덕을 부르짖었던 것이다. 그는 결국 '노라'와 같이 가정에서 뛰어나와 머리를 빨갛게 깎고 회색장삼灰色長衫을 몸에 두르고 여승이 되어 순례의 길을 떠난 후 다시 문단에는 돌아오지 않았다. 그의 나이 그때에 30 전후이었다. 나혜석은 문예보다는 화가이었다. 그도 감상문, 수필류가 소설류보다도 많았다. 이 중에서 가장 문학적인 활동을 하며 또 그 역량을 나타낸 작가는 김명순이었다. 1921년 2(11)월호 《개벽》지에 중편 〈칠면조七面鳥〉를 비롯하여 시와 감상문 등을 이어서 발표하였다. 후일 그의 문학활동의 기념적인 《생명의 과실果實》의 작품집을 내어놓았다. 이러한 여류작가에 대한 그때의 사회 인사들의 관심은 문예인으로보다도 여류해방운동의 지도자로서 경이와 호기심과 그리고 또한 기대조차 가지고 사실상으로 과대한 평가를 하였던 것이다.

* * *

나는 다시 이상에서 고찰한 문학적 경향과 이 경향 속에 감추어 있는 어떠한 공통된 요소에 관하여 논급하여 보려고 생각한다. 낭만적 작품에나 자연주의적 작품에나 그 공통된 요소라는 것은 민족적 애수와 우울이다. 조선문학에 미치는 사조의 대부분이 선진국으로부터 들어온 것임에 틀림없는 사실이지마는 이것이 조선문학으로서 새로운 특색을 갖게 되는 것은 이 조선적인 현실성이 내포되어 있는 까닭이다. 이 조선적인 현실이란 추상적으로 말하면 조선민족의 고뇌이었다. 그때에 이러한 현상에 비하여 시인 오상순의 〈시대고와 그 희생犧牲〉이라고 제題한 논문에서 상세히 논급되었으나

"우리 조선은 황량한 폐허의 조선이요, 우리 시대는 비통한 번민의 시대이다. (중략)

이 제고諸苦 중에 어느 것이 심각한 고가 아니랴마는 취중就中 우리 운명에 대하여 직접 영향을 미치고, 가장 적절하고 가장 절박한 관계와 지배권을 가진 것은 시대고이다.[50]

왜 그러냐 하면 우리는 시대의 자子인 동시에 특히 우리는 비상한 시대에 처해 있는 까닭이다. 고故로 시대고의 문제를 해결하면 기타의 고苦의 문제는 쉽게 해결될 수 있지 않을까 생각된다. 가장 중요한 선결 문제는 시대고이다. 오늘날과 같이 비상하고 혼돈한 시대에 있어서는 이 시대고의 문제가 일층 긴급하고 또 중대한 지위를 점령할 것이다. (중략)

저이들에게는(일본인 위정자=저자 주註) 우리의 입은 꼭 봉하고 우리의 눈은 꼭 감고 우리의 귀는 꼭 틀어막고 손과 발을 꼭 비끄러매고 무형無形한 정신이나 마음까지라도 꼭 미끄러매고 있었으면 좋을 듯이나시피…[51] 우리들도 하도 답답할 때에는 차라리 그렇게나 되어 버리고 말았으면 하는 절

---

50) 원문의 문장은 "이 제고諸苦 중에 어느 것이 심각한 고가 아니랴마는 취중就中 우리 운명에 대하여 직접 영향을 받고 가장 적절하고 가장 절박한 관계를 가진 것은 시대고이다"이다.
51) 원문의 문장은 "저이들에게는(일본인 위정자=저자 주註) 우리의 입은 꼭 봉하고 우리의 눈은 꼭 감고 우리의 귀는 꼭 틀어막고 손과 발을 꼭 비끄러매고 있었으면 좋을 듯이나시피…"이다.

망의 탄식, 암흑과 사死의 비통悲痛이 있다. 우리의 절대 제한과 부자유와 억울과 고민은 이에 있다"[주37) 《폐허》지 제1호에 실린 오상순의 논문 〈시대고와 그 희생〉에서]

라고 당시 조선 지식인의 비통한 심경을 잘 표현하였다. 그러므로 조선의 낭만주의 작품에는 애상과 눈물이 많았고 자연주의 작품에는 우울과 번뇌와 침통한 맛이 많았던 것이니 이것이 조선문학의 독특한 기질이 되어버린 것이다.

제3장 세기말적 사상과 자유운동

1

조선문학은 이러한 고뇌와 모색模索에서 19세기 말기 구라파歐羅巴를 휩쓸고 일본을 거쳐서 조선에 들어온 세기말적 퇴폐[52]사상(데카다니즘)을 비상한 공명으로 환영하여 받아들이었다. 따라서 이 시대의 자연주의작품에도 그 소위 암면暗面묘사와 아울러 이 데카다니즘의 경향이 또한 없지 않았었다. 이때의 시문학은 대부분이 이 퇴폐사상에 기울어졌던 것이다. 쉽게 말하면 현실적으로 도무지 해결할 수 없는 이 고민을 예술적 향락에서 소산消散하여 버리자는 것이었다. 현실적 또는 인간적인 고통을 미의 환영 속에서 자위하려는 것이었다.

그러면 다시 조선 시문학의 역사적 고찰로부터 시작하기로 한다.

조선에서 시라고 하면 한시漢詩만을 말하게 되던 시대에서 육당六堂의 순국문으로 된 7·5조나 혹은 4·5조의 시가 한시에 대한 혁명이었다는 것은 이미 위에서 논급한 바로 그의 초창기 신시운동에 끼친 공헌을 인정하는 바이다. 그러나 그의 임무는 이 초창기에 있어서 계몽적인 단계에 있었으니 조선의 시문학은 곧 다음의 계단으로 발전하여 가게 되었다. 이 발전

---

52) 원문에는 '頹癈'로 되어 있으나 '頹廢'의 오식이기에 바로잡았다. 이곳 3장에 '廢'가 '癈'로 쓰여있는 곳이 몇 군데 더 있어 이를 바로잡았음을 아울러 밝혀둔다.

에는 두 가지의 요소가 있었으니 하나는 형식문제요 또 하나는 내용문제이었다. 즉 정형시는 곧 자유시로 발전하여 7·5조나 4·5조의 형식을 깨뜨려 버리려는 것이었다. 제한된 형식은 넘쳐 나오는 젊은 세대의 정열을 담기에 너무도 좁았던 것이었다. 그 내용에 있어서도 훈화적訓話的이나 계몽적인 데서 인간의 정서적인 것을 자유로 노래할 수 있는 데로 옮기려고 하였던 것이다.

구미歐美에서도 19세기 시문학에 이러한 경향이 먼저 있었으니 미국시인 휘트먼(Whitman)의 파격 자유시운동이 그 일례이었으며 일본시단에서도 도기등촌류島崎藤村流의 7·5조 파격운동이 일어나던 때이라 조선의 자유시운동은 당연히 일어날 운동이기도 하였다. 육당도 이러한 파격 자유시를 창작하였었으나 그 내용은 역시 계몽적인 데 머물러 있었다. 그러면 다음 계단을 개척한 시인들은 누구였던가.

이에 관하여 주요한의 회고에서[주38] 1924년 10월호 《조선문단》지에 실린 주요한의 논문 〈노래를 지으시려는 이들에게〉에서] 보면 "당시 1917년 경 동경유학생 기관 잡지 《학지광學之光》에 창작시를 발표한 유암流暗 김여제金輿濟 군이 신시新詩의 첫 작가라고 봅니다.[53)]

그의 작품 중에 〈만만파파식적萬萬波波息笛〉 같은 것은 아직도 필자의 머리에 깊이 인상이 남아 있는 작입니다. 그이의 작을 지금 인용할 수 없음은 유감이나 그때 본 인상으로 말하면 그 내용(정조情調·사상·감정)이 새롭고 형식에 이르러서는 고래의 격을 파한 자유시였습니다"라고 하였다. 얼마 되지 않아서 이 자유시운동은 큰 세력으로 나타나 시문학의 황금시대를 이루었던 것이다. 그러나 이때에 시문학이 맞이한 시대는 이에서 말한 바와 같이 데카다니즘의 주류를 그대로 받아들였던 것이다. 이때에 이 퇴폐파의 상징시인으로서 초창기 조선시단의 이름을 날린 시인은 황석우다.

---

53) 원문의 문장은 "西紀一九一七年頃 東京學生機關雜誌 《學之光》에 創作詩를 발표한 流暗 金輿濟 君이 新詩의 첫 作者라고 봅니다"이다.

1920년 7월호 《장미촌》지에 발표한 〈장미촌의 향연響宴〉, 동년 《폐허》지 창간호에 〈석양은 꺼지다〉나 〈벽모碧毛의 묘猫〉, 〈태양의 침몰沈沒〉, 〈애인의 인도引渡〉 등의 시편이 그의 상징시들의 대표될 만한 작품들이었다. 그는 교묘한 언어의 선택과 아울러 기지 있는 비유 등의 표현만으로도 넉넉히 새 세대의 감각과 정서를 드러낼 수 있었다. 그때 박월탄의 시평詩評에서[주39] 《장미촌》지 2호에 실린 박월탄의 논문 〈시단의 수확〉에서] 보면 〈달 밝은 밤 가을 길에 회색 베일을 쓰고 옥수玉手로 취한 사람을 부르는 미녀와 같다〉고 그의 시를 평하였다. 그는 《학지광》, 《서광曙光》, 《개벽》지 등에서 시작詩作을 많이 발표하였다.

그러나 그는 데카다니즘의 사상성에서 볼 때에는 그다지 심각미를 맛볼 수는 없었다. 이 데카다니즘의 본질을 드러낸 시인은 김안서金岸曙이었다. 그는 1921년에 《오뇌懊惱의 무도舞蹈》라는 역譯시집을 내놓고 1923년에 창작시집 《해파리의 노래》를 출판하였다. 조선에서 번역시집은 이것이 처음이었으며 외국의 퇴폐파 시인들의 시만을 모아서 소개한 것도 또한 이것이 처음이었다. 《해파리의 노래》에 나타난 안서의 데카다니즘은 보드레르보다는 베르렌의 시풍詩風이 더 많았다. 오뇌의 현실에서 얽어진 그의 세계에는 고독과 애수가 있을 뿐이었다. 그는 이 애수의 세계에서 고요히 영혼의 날개를 펴고 5월의 새파란 하늘을 끝없이 방랑하였다. 이것은 그의 시편 〈내 설움〉에 잘 나타나 있다. 그리고 〈여섯째〉란 그의 시에는 사랑조차 그의 위안이 되지 못하는 그 우울과 고독에서 모든 것에 허무를 느끼는 고뇌가 나타나 있다. 그리하여 그는 이 세기말적 고뇌병에서 〈사랑의 사체死體를 파묻는 야릇한 숨소리〉를 들었던 것이었다. 특히 그는 시형詩形에 있어서 연말聯末에 〈이어라〉를 붙이기 시작하여 일시 이것이 유행하게까지 되었었다.

이상화는 그의 독특한 심각미와 아울러 아름다운 시률로서 데카다니즘의 시풍을 더욱 본격적으로 드러내었다. 그의 권태와 우울과 애수는 황혼의 구름처럼 붉게 취하여 절망의 구렁텅이로 빠져버리었던 것이다. 그는 1922년 1월호 《백조》지에 〈말세末世의 한탄恨嘆〉을 발표하고 이어서 동년 5월호 동지에 〈가을의 풍경〉 1923년 동지 3월호에 〈나의 침실로〉를 발표하였던 것이다. 그의 시는 그의 말과 같이 "가장 아름답고 오랜 것은 오직 꿈 속에만 있어라"라고[주40] 《백조》지 3호[54]에 실린 이상화의 시 〈나의 침실로〉의 서사序詞 한 그 환영 속에서 깊이 없는 동굴을 만들어놓고 이 속에서 현실의 피로와 권태와 우울을 잊어버리고 오직 정열에서 향락의 세계를 창조하였던 것이다. 이와 동일한 경향에서 박월탄은 관능세계에서 향락하는 것보다도 현실고現實苦에서 고뇌한 시인이었다. 그의 이러한 인생과 현실에 대한 고뇌는 철학적 사색과 상징적 표현에서 그의 시는 침중沈重하고 전아典雅하였다. 1921년 《장미촌》 《백조》지 등에 시작詩作을 발표하였으니 《백조》 창간호에 〈밀실密室로 돌아가다〉, 동지 2호에 〈흑방비곡黑房秘曲〉 그 3월에 〈사死의 예찬禮讚〉과 시극詩劇 〈죽음보다 아프다〉 등을 발표하였다. 시극의 작품은 시단에서 이것이 처음이었다. 그의 시에서 나타나는 이 고뇌의 세계는 '나릿한 만수향 냄새 떠도는, 캄캄한 내 밀실[55]'[주41] 《백조》지 1호에 실린 월탄의 시 〈밀실로 돌아가다〉의 제2연]이었다. 이것이 그의 시의 전당이었으니 이곳에서 고뇌하였고 기원하였고 예배하였던 것이다. 불타는 청춘이 고뇌와 암흑한 현실의 우울이 한 데 얽히어서 꾸며진 노래가 그의 시편들이었다. 그가 시제詩題를 즐겨 밀실이니 흑방黑房이니 죽음이니 하는 것을 사용하였음도 그의 고뇌의 표징이었을 것이다.

박회월도 동일한 경향의 시인이었으니 1921년 《장미촌》지를 비롯하여 《백조》지 등에서 시작詩作을 발표하였다. 《백조》 창간호에 〈미소微笑의 허영시虛榮市〉 〈환영幻影의 황금탑黃金塔〉 등을 비롯하여 〈꿈의 나라로〉 〈그림자를 나는 쫓이다〉 〈유령幽靈의 나라〉 그리고 동지 3월에 〈월광月光으로 짠

---

54) 원문에는 '2호'로 표시되어 있으나 오식이기에 바로잡았다.
55) 원문에는 "나릿한 만수향 떠도는 캄캄한 密室"로 되어 있어 두 단어가 누락되어 있다.

병실病室〉 등의 시편을 발표하였다. 모두 현실세계를 떠나서 아름다운 환영의 상징적 세계를 창조하고 이곳에서 고뇌와 우울을 잊고 끝없는 정서의 향락을 찾았던 것이다.

김동명金東鳴은 그 중에도 특히 불란서佛蘭西의 보들레르(Baudelaire)류의 시풍을 닮으려고 하였다. 그는 1923년 10월호《개벽》지의 〈당신이 만약 내게 문을 열어주시면〉이라는 시편을 비롯하여 〈나는 보고 섰노라〉〈애달픈 기억〉과 또 동지 11월호에 〈기원祈願〉 동지 12월호에 〈회의자懷疑者들에게〉 등 시작을 계속하여 발표하였다. 유장悠長한 리듬은 심각미와 아울러 데카다니즘의 우울이 잘 표현되었었다. "붉은 술과 푸른 아편阿片에 하염없이 웃고 있는 당신의 맘을 또 당신의 혼의 상흔傷痕에서 흘러내리는 모든 고운 노래를"[주42] 1923년 10월호《개벽》지에 실린 김동명의 시 〈당신이 만약 내게 문을 열어주시면〉의 제1연 하반구下半句] 부르려는 것이었다. 그의 우울과 고뇌는 고혹蠱惑과 도취의 세계에서 비로소 아름다운 노래로서 병든 영혼의 안식소를 만들려는 것이었다.

2

1920년대를 대표한 시인들의 경향은 그 주류를 이룬 데카다니즘 이외에 두 가지의 유파流派로 분류될 수 있으니 이상적 경향과 서정적 경향이 그것이다. 이 이상주의적 경향은 현실고苦에서 절망하지 않고 막연하나 어떠한 인생의 희망 속에서 아름다운 미래를 바라보고 나가는 것이다.

허위虛僞의 현실, 고뇌의 현실, 불합리한 현실에서 벗어나와 관능세계에서 미의 전당을 세우고 향락하려는 데카다니즘은 결국 현실세계에 대한 절망의 표현이었다. 그러나 이 절망적인 현실 속에 감추어있는 자연과 정신세계에서 새로운 힘을 찾아내려는 것이 이상주의의 정신이었다.

주요한은 그 절망적인 세계에서 새로운 희망과 이상을 찾으려고 하였다. 그는 이것을 철학적 이념에서가 아니라 서정적 세계에서 아름다운 노래로서 표현하려고 하였다. 1921년 《창조》 9호에 발표한 〈별 밑에 혼자서〉에서 곱고 애처로운 하소연이 있었다. 이 하소연 속에는 한 줄기의 희망과 이상이 신비스럽게 빛나고 있었다. 〈쓰러진 꽃줄기〉 〈부르짖음〉 〈모든 것이 다 갈 때〉 등의 시가 다 그러한 경향의 시편들이었다. "우지마라, 언제든, 모든 것에 뛰어난, 참과 참 삶이 올 날이 있을 터이다[56]"[주43] 1921년 《창조》지에 실린 주요한의 시 〈모든 것이 다 갈 때〉에서라고 그는 외쳤다. 그는 그의 시집 《아름다운 새벽》 속에서 이러한 경향을 충분히 나타내었다.

현실적 고뇌로부터 밀려가게 되는 또 한 개의 다른 길은 인생을 무상과 허무의 경지에서 전혀 현실을 초월하려는 것이었다. 오상순吳相淳은 이러한 경향의 시인이었으니 이것은 인생을 정신세계로 추진시키려는 이상이라기보다는 오히려 고뇌 속에 들어있는 인생의 자기반성이었다. 1921년 《장미촌》 2호에 발표된 〈자연의 시체屍體〉와 같은 시는 그러한 경향을 표시한 것이었다. 그는 시작詩作을[57] 많이 발표하지 않았으나 후일 장편시 〈아시아의 마지막 풍경〉을 창작하여 그가 가진 경향의 상념想念을 더욱 원숙하게 하였다. 그는 조선 유일의 방랑시인으로 사색과 적요寂寥 가운데서 인생의 무상한 자취를 거쳐서 왔다.

남궁벽南宮璧은 일찍이 《폐허》지의 동인으로 시작詩作에 전념하였으나 불행히 요절夭折하여 그의 경향을 확실히 나타내지 못하였으나 그가 발표한 시편 중에 〈풀〉이나 〈마馬〉 〈이렇게 살고 싶다〉라는 시에서 보면 그는 종교적 신비성과 아울러 인도주의적 경향의 일면을 엿볼 수 있었다. 따라서 그의 시에는 사색성이 더 많이 포함되어 있었다.

이동원李東園은 《창조》 동인으로 많은 시작을 발표하여 왔다. 이 시인은 현실고에 대하여는 오직 해학諧謔과 풍자諷刺로서 묵살하여버린다. 그뿐만

---

56) 원문의 문장은 "우지마라 언제던지 모든 것에 뛰어난 참과 참삶이 올 날이 있을 것이다"이다.
57) 원문에는 '作詩을'로 되어 있으나 오식으로 보이기에 바로잡았다.

아니라 그의 시에는 동화童話에서 볼 수 있는 경이적驚異的 구상과 철인哲人적 기변奇辯도 많다. 그의 시작 중에서 〈봄〉〈공상〉〈봄바람〉 등의 시가 모두 그러한 시풍의 대표작이라고 할 수 있으니 짧은 일례를 들면 "봄은 작난군作亂軍 부질없는 작난군이오 꿈을 구르마에 실어가지고 다닙니다"라는 시구라든지 "공상이란 잘 먹고 사는 어처구니, 아니다, 재밤에 다니는 암행어사暗行御史? 군기軍機를 도적하려는 스파인가 싶소"[주44) 현대조선문학전집(시가편) 263~264페이지] 등의 시구에서 그의 시풍을 엿볼 수 있을 것이다.

3

그 다음으로 순수한 서정시인들의 경향을 말하려고 한다. 그러나 서정시인들의 성격을 규정하려고 하면 그 범위는 넓어지는 것이다. 사실 위에서 논급한 퇴폐파의 시도 서정시의 높은 계단에 속할 수 있는 것이 많았다. 그러면 이곳에서 말하려는 서정시의 경향은 무엇으로써 규정할 것인가. 인생관이나 어떠한 철학적인 이념을 전부 없이 한 순수한 정서의 표현만을 의미할 것인가. 우선 이러한 전제 밑에서 유사한 시편들을 한 개의 경향으로 뭉쳐놓으려고 한다. 그러나 조선 시인의 서정시에는 개인의 정서 속에 민족적으로 공통된 감정의 실마리가 얼크러져 있는 것을 또한 찾을 수 있는 것이다.

이러한 경향에는 먼저 변수주卞樹洲의 시를 들 수 있다. 그가 발표한 시작을 모아 시집으로 1924년 8월에 출판된 《조선의 마음》은 그러한 경향을 충분히 나타내고 있다. 그 중에서도 〈버려지도 싫다 하오〉이라는 시라든지 〈생시에 못 뵈올 님을〉〈낮에 오시기 꺼리시면〉 등은 다 그의 경향을 대표할 수 있는 작품들이다. 그의 시형은 거진 시조형으로 된 것이 많았으니 서정시가 가지고 있는 음악적인 선율을 아름답게 나타내려고 함에 있었다. 그의 시에서 임을 그리워하는 정은 조선을 생각하는 애끓는 애수이기도 하였다.

　김정식金廷湜(소월素月)은 민요시인이다. 조선의 민요시인으로는 소월이 그 처음일 것이다. 서정시 중에서도 그의 민요시는 가장 아름다웠다. 이 민요시는 개인 정서의 표현이기보다도 만인의 정서에서 그 공통된 정회[58]가 나타남으로 누구나 부르기를 좋아하는 보편성이 있게 되는 것이다. 그의 민요시는 조선의 현실고의 우울과 고뇌를 아름다운 말과 선율로 번역한 향가라고도 말할 수 있을 것이다. 그는 1923~4년 《영대》지 《개벽》지 등에 시작을 발표하였었다. 그의 시에는 조선의 정취가 가득하고 또 조선의 애수가 넘쳐 나왔다. 이에 7·5조의 아름다운 선율은 그의 시를 더욱 애처롭게 하였다. 서정시일수록 필요한 언어선택에 관하여 안서는 지적하여 말하기를 "그 당시로 말하면 모두 외국어식 언어사용에 열중하여 조선말다운 조선말을 사용치 못하던 때에 소월은 순수한 조선말을 붙들어다가 생명 있는 그대로 자기의 시상詩想 표현에 사용하였던 것이다"[주45] 김억 편 《소월 시초詩抄》[59] 33페이지]라고 하였다. 그는 그대로 그의 향토에 머물러 촌부村婦의 소박한 눈물과 초동樵童의 정열적인 노래를 찾았던 것이다. 말하면 당시에 아무도 생각하지 아니한 '고향의 밀어密語'[주46] 1947년 4월호 《해동공론海東公論》지에 실린 서정주徐廷柱의 〈김소월 시론詩論〉에서]를 그는 찾았던 것이었다. 〈진달래꽃〉 〈산유화山有花〉 〈가는 길〉 〈접동새〉들의 시가 다 그의 명편名篇들이었다.

　서정시인 중에서 민요적인 일면을 가진 시인에 홍노작洪露雀이 있었다. 그는 애상과 눈물의 시인이었다. 《백조》 동인 중에서 도향을 가리켜 눈물의 소설가라면 노작은 확실히 눈물의 시인일 것이다. 《백조》 창간호에 〈꿈이면은?〉의 시라든지 동지 2호에 실린 〈봄은 가더이다〉 동지 3호에 실린 〈묘장墓場〉 〈나는 왕王이로소이다〉 등의 시편들은 다 그의 애수를 표현한

---

58) 원문에는 '정희'로 되어 있으나 오식으로 보이기에 바로잡았다.
59) 소월시초, 박문서관, 1939

명편들이었다. 그는 현실적 고뇌를 애수로 바꾸었으며 데카당적 향락을 눈물로 대신한 것이다. "나는 왕이로소이다. 어머니의 외아들, 나는 이렇게 왕이로소이다. 그러나 그러나 눈물의 왕![60] 이 세상 어느 곳에든지 설움 있는 땅은 모두 왕의 나라로소이다"[주47]《백조》지 3호에 실린 홍노작의 시 〈나는 왕이로소이다〉의 최종구라는 그 시구로서 그의 시경詩境을 엿볼 수 있는 것이다.

그 다음으로 애상哀傷시인이요 미문가美文家로 시인 노춘성盧春城이 있었다. 그는 시인이라기보다는 감상문에 더 많은 작품이 있다. 그러나 그의 미문은 너무도 인공적으로 꾸미고 색칠한 문장이었고 그의 소위 연애소설이나 시가는 너무나 속정俗情적으로 기울어졌었다. 1923년에 내놓은 그의 연애소설인《사랑의 불꽃》이란 책은 당시 문단의 물의物議를 일으킨 문제의 작품이었던 것이다. 그것은 너무도 저급한 속정적인 연애소설로 당시 예술지상의 고귀한 기질로 충만한 문단으로서는 문제를 일으키어 마땅하였었다. 시집《김공작金孔雀》 감상문집《청공세심기靑空洗心記》 등의 저서를 비롯하여 낙화유수落花流水니 은월성하銀月城下에 화금보花琴譜니 반월성하半月城下의 묵례默禮니 남국南國의 감람수橄欖樹 등 일편의 제목이 다 그의 미문장의 계열[61]을 표시하는 것들이었다.

그리고 또《금성》지의 동인들의 서정시적 경향을 살펴보기로 한다. 양무애梁無涯의 그 창간호에 발표한 〈영원한 비밀〉〈소곡小曲〉〈무제無題〉 등의 시를 비롯하여 〈풍경〉〈옛사랑〉 등의 시는 순수한 서정시라기보다는 생의 진리를 찾으려는 철학적 이념과 신비성 등이 더 많이 포함되어 있었다. 동지에 실린 백기만白基萬의 〈꿈의 예찬〉〈내 살림〉〈은행銀杏나무 그늘〉 등의 시라든지 이상백李想白의 〈내 무덤〉 손진태孫晋泰의 〈생生의 철학〉 등의 시는 다 순정적이라기보다는 이지적인 것이 더 많이 나타났었다. 그러나 류춘섭柳春燮의 〈낙엽〉 같은 시는 순純 서정시로 베르렌의 시풍을 닮으려고

---

60) 원문에는 '그러나 눈물의 왕-'으로 되어 있다.
61) 원문에는 '계렬'로 되어 있으나 오식으로 보이기에 바로잡았다.

하였다. 동인 중에 서정시인으로 특이한 존재는 이장희李章熙였다. 그는 동지에 〈실바람 지나간 뒤〉〈새 한 마리〉〈불놀이〉〈봄은 고양이로다[62]〉 등의 예민한 감각과 산뜻한 정서를 나타낸 시를 창작하여 시단의 주목을 끌었던 것이다.

---

[62] 원문에는 '봄은 고향이로다'로 되어 있으나 오식이기에 바로잡았다.

제4장 현실주의의 대두와 그 방향

1

현실의 고뇌를 피하고 생의 권태에서 벗어나려고 순수한 정서세계에서 예술의 상아탑을 쌓고 있던 조선문학에는 커다란 회의의 암운이 떠돌기 시작하였다. 조선의 작가들이 현실을 떠나서 예술지상의 세계로 들어가면 갈수록 조선의 비참한 현실은 작가 앞에 나타나서 점점 커지고 있었다. 주정主情적인 예술만으로는 정신의 만족을 얻을 수 없었다. 그러면 현대 조선작가들의 갈 곳은 어디였던가. 작가들은 또다시 절망과 비탄 속에서 고민하게 되었다. 이때까지 자기들이 건설하여온 문학에 대하여 회의를 갖게 되었던 것이었다. 점점 성장하는 현실세계의 고뇌는 환상이나 미의 창조만으로는 없어지지 않았다. 이리하여 예술의 상아탑을 쌓던 작가들은 다시 현실세계로 돌아와서 이 현실의 정체를 살피기 시작한 것이었다.

이러한 회의의 밀운密雲이 떠도는 예술지상의 고요한 호수에 파문을 일으킨 두 사람의 시인이 있었으니 그는 김형원金炯元[63](석송石松)과 김팔봉이었다. 김석송은 문학의 민주주의화를 부르짖었고 김팔봉은 문학의 사회주의화를 주창하였던 것이다. 팔봉의 사회주의문학론은 그 초기의 이론으로는

---

[63] 원문에는 '金烔元'으로 되어 있으나 오식이기에 바로잡았다.

조선현실의 민족적 반항의식에서 출발하기 시작하였었다. 그러면 석송의 민주주의문학론은 무엇이었던가. 그는 먼저 이러한 선언을 하였다.

"예술의 주인공은 왕후장상王侯將相에 국한되고, 귀공자와 귀부인 사이의 정열만이 서정시로 읊어지던 종래의 귀족적 문예는 그 제재부터도 극단의 배타적인 동시에 인생의 일 국부[64]만을 영탄咏歎 서술함에 불과하였다. 그리하여 만인에게 공감을 주어야 할 문예로 하여금 일부 소위 특권계급 인물의 소일거리를 만들고 말았고 영겁永劫에 생동하여야 할 문예로 하여금, 석양의 무지개와 같이 쓸쓸히 쓰러지게 하였다. (중략)

아비의 의사로 자식의 이력履歷까지 지배하고, 노인의 경험으로 청년의 창조적 본능을 속박하는 귀족주의는 신사상의 침입을 거절하며, 현재— 아니 과거 이외에 하등의 욕망도 없이, 오직 공사公私의 상속으로 인하여 추정된 세력과 특권을 보지하기에 급급할 뿐이다. 그리하여 그들에게는 사멸死滅의 철학이 있었을 뿐이요, 보수의 윤리가 있었을 뿐이요, 다식과 같이 판에 박아내는 전통문학이 있었을 뿐이다. 인생은 진화한다. 사상은 유동한다"

라고 그는 외쳤다. 그리고 그는 계속하여 "시인은 대언자代言者이다. 귀족적 시인은 귀족의 대언자이요, 민주적 시인은 보편적 생의 대언자이다. 시의 제재가 인생 내지 자연의 풍경에만 국한되었다 하면 모르거니와(그것까지도 의인법擬人法에 의하여야만 시가 된다 하면 모르거니와) 모래[65] 한 알이라도 그 진체眞體를 보살피지 않고는 마지 않는 민주적 시인의 처지로는 구더기의 대언자 노릇까지라도 아니하여서는 아니 될 것이다"라고 선언[주48] 1925년 5월호 《생장生長》지에 실린 김석송의 논문 〈민주문예소론〉에서]하였다. 이리하여 이때까지

---

64) 원문에는 '局面'으로 되어 있으나 오식이기에 바로잡았다.
65) 원문에는 '모래'가 누락되어 있다.

아름다운 자연, 애끓는 애수, 고요한 정서 등 즉 그가 말하는 귀족적 세계는 뜻하지 않게 공격을 받게 되었다. 그는 산상山上으로부터 사람 많은 시장市場으로 내려와 제각기 떠드는 생활의 소리를 시로 노래하려고 하였던 것이다.

1922년 3월호 《개벽》지에 발표한 〈숨쉬는 목내이木乃伊〉를 비롯하여 〈햇빛 못 보는 사람들〉 〈불순한 피〉 〈형제들아 싸우지 말자 아직도 동방이 어둡다〉 〈백골白骨의 난무亂舞〉 등의 시는 다 그의 선언한 바의 경향을 대표하는 시편들이었다. 그 7연[66]을 소개하면 아래와 같다.

"백골의 무리는, 도깨비의 떼들은
세상이나 만난 듯이 미쳐 날뛴다.
흙인지 뼈인지 알 수도 없는 사서삼경의 백골!
고사만 안 지내도 탈을 내이는 터주대감!
19세기 이래의 과학! 그로부터 나온 철학!
정의 인도의 새옷을 떨뜨린 날송장의 정강이뼈!
'사회'의 저고리에 '민중'의 바지를 입은—
불면 사라질 듯한 가루 같은 뼈들의 난무!"[주49) 《생장》지 1호에 실린 김석송의 시 〈백골의 난무〉에서]

그가 말하는 민주주의의 민중시는 현실 속으로 들어와서 풍자와 해부와 도전으로 현실에 부딪치려는 것이었다.

---

66) 원문에는 '一聯'으로 되어 있으나 오식이기에 바로잡았다.

이러한 민중시가 일어나게 된 것도 결국은 현실의 고뇌를 정면으로 부딪쳐서 해결하려는 일면이려니와 이러한 정세에 따라서 조선의 젊은 작가들의 고뇌는 날로 새로워 갔다. 쓰라린 현실의 중압은 날로 무거워 갈 뿐으로 이때까지의 정서 세계만으로는 만족할 수도 없고 해결할 수도 없었다. 조선의 쓰라린 현실의 고뇌는 점점 커져서 조선사람들의 생활 전체를 차지하여 이때까지 작가들의 자위自慰하던 세계까지를 여지없이 파괴하여 들어왔던 것이다. 조선의 농민들은 고향을 떠나 멀리 표랑漂浪의 길에 나섰고 도시는 생활난과 무직군無職群의 집합소가 되어 지식인 청년들은 투옥되는 수가 날마다 증가하여갈 뿐이었다. 이것이 당시 조선의 현실이었다. 우리에게 자유와 빵을 달라는 대중의 외치는 소리가 높아갈 뿐이었다.

조선의 북방과 연접한 소연방聯邦은 혁명한 지 아직 10년 이내로 그 신흥사상이 세계를 휩쓸고 있었고 일본에서는 〈種蒔く人〉(씨 뿌리는 사람)란 사회주의잡지의 출현과 아울러 이 사회주의사상은 큰 세력으로 발전하여 벌써 조선의 한 편 귀퉁이를 무너뜨리고 밀려들어오기 시작하였다. 이러한 사상운동이 일어날수록 현실의 고뇌는 더욱 참을 수 없는 것이었으며 그 압력은 더욱 커질 뿐이었다. 그러면 조선은 어디로 갈까. 조선문학의 갈 곳은 어디인가. 이것은 조선사회와 한 가지 조선문학에 던져진 중요한 과제이었다. 이러한 때를 당하여 지금까지 가지고온 문학에 대하여는 회의하기 시작하여 벌써 가치를 인정하려 하지 않을 만한 정도에까지 이르렀다.

이러한 정세에 대하여 월탄은 《백조》 2호를 내기 바로 전 그의 논문에서 아래와 같이 표현하였다.

"앞으로 우리가 가져야 할 예술은 '역力[67]의 예술'이다. 가장 강하고 뜨겁

---

67) 원문에는 '힘'으로 되어 있으나 오식이기에 바로잡았다.

고 매운 힘 있는 예술이라야 할 것이다. 혈가歇價의 연애문학, 미온적의 사실문학 그것만으로는 우리의 오뇌懊惱를 건질 수 없으며 시대적 불안을 위로할 수 없다"

라고 문학의 시대성을 논한 후 그는 또다시

　"이 불안 이 고뇌를 건져주고 이 광란의 핏물을 녹여줄 영천靈泉의 파지자把持者는 그 누구뇨.[68] '역力의 예술'을 가진 자이며 '역의 시'를 읊는 자이다. 가장 경건한 태도로 강하고 뜨거운 그곳에 관조하여 명상의 경역境域을 넘어선 꿈틀꿈틀한 굵다란 선이 뛰는 듯한 하얀 종이에 시커먼 묵을 찍어 연대椽大의 필筆을 두른 듯한 그러한 예술의 파지자라야 될 것이다. 그러나 불행히 우리 문단엔 이러한 소설가가 없으며 이러한 시인이 없다"[주 50) 1923년 1월호 《개벽》지에 실린 박종화의 논문 〈문단의 일년을 추억하여〉에서]

라고 탄식하였다.
　이 글로서 당시 불안하고 답답한 문단의 저기압을 짐작할 수 있을 것이다. 그는 계속하여 말하기를 "비록 문단의 표면으로 논쟁된 일은 없으나 소리 없이 잠잠한 그 밑바닥에는 조선문단에도 또한 경향예술과 비경향예술의 대치될 핵자核子가 배태胚胎되었다. 이러한 추세는 우리 문단을 권외圈外로 할 리 만무하다. 멀지 않은 앞날에 표면으로 나타날 현상의 하나이다"라고 하였다.
　이리하여 당시의 작가들은 새로운 무엇을 기대하면서 회의와 고민에서 헤매고 있었다. 어찌했던 이때까지의 예술지상주의의 상아탑은 무너지고 이미 현실주의의 조류가 쳐들어 왔다. 이 조류와 한 가지 조선문단에 나타

---

68) 원문의 문장은 "이 不安苦悶을 건져주고 이 광란을 녹여줄 靈泉의 把持者는 누구뇨"이다.

난 시인이 있었으니 그는 김팔봉이었다.

그는 《백조》 3호서부터 동인이 되었다. 그러나 《백조》 동인들과 경향이 동일하여 동인이 된 것은 아니었다. 그와는 정반대로 그는 《백조》 동인들이 데카다니즘의 고봉高峰에서 피로疲勞되어 있을 때 현실주의의 예리한 사상을 외치면서 돌연히 이 동인 사이에 그보다도 문단에 나타났었다.

그러나 그의 문학관은 석송과 같이 현실에 대한 문학의 대중성을 부르짖은 것은 아니었고 그는 현실에 직면하여 현실과 싸우려는 것이었다. 이때까지의 작가들은 현실의 고뇌 속에서 문학의 창백한 꽃을 피게 하였으나 그는 바로 현실과 싸우는 데서 생기 있는 문학을 창조하자는 것이었다. 즉 현실생활 속에서 문학을 찾고 그 속에서 문학을 창조하자는 것이 그의 주장이었다.

그는 《백조》 3호에서 말하기를

"그렇다, 우리는 살아야 한다. 지금보다 더 잘 살아야 한다, '참말로' 살아야 한다. 우리의 살림 속에서 거짓을 내쫓아야 한다. 거짓은 '도깨비'다, '망령'이다. '유령'이다, 우리의 생활에서 유령을 없애 버려라.[69] 그러면 생활을 인도할 사람은 누구냐? 예술가이다. 예술가의 할 일이다. 예술가는 모든 의미의 창조자이다. 생활에 대한 선각자이다. 생활은 예술이요, 예술은 생활이어야만 할 것이다. 생활의 예술화가 되지 않으면 안 될 것이요, 예술의 생활화가 되지 않으면 안 될 것이다. 세계의 인류생활의 극한까지 이러한 이상을 실현하여야 할 것이다. 책상 앞에서 만들어내는 예술은 우리에게는 무용한 것이다"[주51] 1923년 《백조》지 3호에 실린 김기진의 수상隨想 〈떨어지는 조각조각〉에서]

---

[69] 원문의 이 대목은 다음과 같다. "그렇다. 우리는 살아야 한다. 지금보다 더 잘 살아야 한다. 참말로 살아야 한다. 우리의 살림 속에서 거짓 것을 내어 쫓아야 한다. 거짓은 독깨비다. 망령이다. 우리의 生活에서 幽靈을 없에 버려라." 단어가 빠진 곳이 있고, 문장부호가 많이 다르다.

라고 하였다. 그리하여 그는 이러한 경향의 시와 감상문, 수필 등을 발표하였는데 그는 시보다도 수필을 더 많이 발표하였다. 1923년 12월호《개벽》지에 〈마음의 폐허廢墟〉, 그 이듬해 1월 동지에 〈눈물의 순례巡禮〉 등 수많은 수필을 발표하였다. 선정적燗情的인 문장, 청신한 감각, 전투적 기질의 필치는 당시 유일의 수필가로 문단의 주목을 그에게 집중시키었었다. 그는 또한 당시 불란서의 작가인 앙리 바르뷔스(Henri Barbusse)의 작품,《클라르테》(광명)와《지옥地獄》 등을 소개하며 또 이 클라르테운동에 대한 로망 롤랑(Romain Rolland)과 바르뷔스의 논쟁을 소개하였다.

그는 곧 같은《백조》동인 중에서 사상적 동지를 한 사람 얻었으니 그는 회월이었다. 회월은 1924년 2월호《개벽》지에 〈노서아露西亞 환멸기幻滅期의 고통〉이라는 논문을 발표한 것을 비롯하여 팔봉과 보조를 같이 하였었다. 당시 조선의 현실은 혁명 전야에 있던 러시아의 그것과 같았다. 말하자면 현실에 대한 각성기에 이른 것이었다. 이리하여 기아와 부자유와 학대의 암흑기에서 러시아의 혁명의식을 내포한 작가들— 투르게네프, 도스토예프스키, 고리키, 체호프 등의 저서가 조선작가들에게 탐독되었던 것도 당연한 현상이었다.

조선작가들이 현실에 눈을 뜨기 시작하매 이때까지 그들이 믿어온 것이 모두 허위였고 지금까지 현실이라고 생각한 것이 참된 현실이 아니었고 진리라고 하던 것이 하잘것없는 거짓으로 나타나게 된 것이다. 그러면 건설되어야 할 조선문학의 다음 계단은 무엇인가? 이제 다음 계단을 살피기로 한다.

제2편 조선적 현실의 성장과 문예운동

제1장 신경향문학의 의의와 그 작품

1

조선작품들의 시야가 현실세계로 열리게 되자 먼저 눈에 뜨이는 것은 조선의 현실이었다. 그러면 조선의 현실은 무엇이었던가. 그것은 조선사람들의 현실생활이었다. 압박과 학대만을 받는 자유 없는 생활, 날로 늘어가는 빈궁과 기아의 생활이었다. 1910년 조선이 일본의 침략을 받은 후 10년 동안 조선사람의 생활에는 현저한 변화가 일어났다. 빈궁과 유산流散이 그것이었다. 기미己未운동은 이러한 참상과 아울러 조선의 자유와 해방을 세계에 향하여 호소하며 선언한 것이었다. 그리고 또 5년의 세월이 흐르는 동안 조선의 현실이란 이미 과거 조선의 그것이 아니요, 신조선의 해방을 위한 혁명의 싹이 자라고 있는 현실이었다. 만일 민족문학이 그 민족의 생활과 의식과 감정 속에서 창조되는 것이라면 조선작가들은 이 눈앞에서 성장하고 있는 거대한 현실을 어떻게 보려 하였던가!

서구문학으로부터 그 문학적 모형模型을 가져온 조선문학은 조선적 현실과 생활 속에서 그 성격과 정신을 만들지 않을 수 없었다.

이리하여 조선문학은 일대 전환기에 이르게 된 것이었다. 자연주의문학에서나 데카다니즘에서 자라난 조선문학은 그 고각古殼을 깨뜨리고 조선적인 현실에 직면함으로부터 새로운 창조의 계단으로 들어가게 되었던 것이다.

이것의 첫 번 선언으로 팔봉은 1924년 11월 《개벽》지에 〈붉은 쥐〉라는 단편을 발표하였다. 이 작품은 문학적으로 보아 그 구상이나 묘사가 어떻다고 논평하기보다는 새 시대 문학운동의 선언으로서 그 가치를 인정할 것이다. 새로운 문학정신을 수립하기 위하여는 현재의 문학을 부정하는 동시에 그 형식까지도 부정하고 새로운 문학형식을 창조하려는 의도에서 생긴 과도기적 작품일 것이다.

이 새로운 문학형식이란 지배계급, 권력계급에서 향락하려는 형식이 아니며 따라서 진부하고 세밀한 묘사의 사실성을 주장하는 자연주의문학의 형식도 아니라고 생각하였던 것이다. 그 혁명적인 내용에 따라 건실하고 웅건한 실용적인 소박한 형식을 주장하였다. 이 〈붉은 쥐〉는 그것의 첫 시험이었던 것이다.

이 〈붉은 쥐〉는 어느 옛날 양반의 집 줄행낭에서 살고 있는 빈한한 사람들의 생활을 비롯하여 극도로 배가 고픈 주인공은 절도행위를 하고 도망하다가 차와 충돌하여 길바닥을 붉은 피로 물들이고 죽는 것이다. 이 작품은 당시 가혹한 검열로 거의 대부분이 삭제를 당하게 되어 문맥이 잘 연락되지 않았으나, 여하간 이 작품은 현재 기성문단에 대한 시위며 선언이며 폭탄이었다. 그만큼 이 작품에는 이론적 설명이 많고 선언적 구절이 많았다. 이러한 경향은 〈붉은 쥐〉 이후 큰 세력으로 퍼지기 시작하여 조선 문단에는 신흥 기분이 넘쳐서 나왔다. 회월을 선두로 조명희趙明熙(포석抱石), 최학송崔鶴松(서해曙海), 주요섭朱耀燮, 이기영李箕永(민촌民村), 이익상李益相(성해星海), 송영宋影, 최승일崔承—[70] 등 많은 신진들이 쏟아져 나왔다. 회월은 《백조》시대의 데카다니즘에서 벗어나와 팔봉과 보조를 같이 한 후, 1925년 2

---

70) 원문에는 '趙明熙(抱石), 崔鶴松(曙海), 朱耀燮, 李○永(民村), 李益相(星海), 宋○, 崔○—'로 되어 있다. 이하 이북만, 김남천, 안막, 권환, 박세영, 조중곤, 한설야, 김대준, 김창술, 류완희, 송순일 등도 이름 가운데 ○자가 붙어 있다.

월호 동지에 〈정순貞順이의 설움〉, 동 4월호에 〈사냥개〉, 동 11월호 동지에 〈피의 무대舞臺〉 등을 계속 발표하였다.

〈정순貞順이의 설움〉은 젊은 행낭어멈이 주인집에 드나드는 젊은 의사를 연모하게 되었으나 빈천한 행낭어멈이라 저 혼자서만 고민하는 심리를 그려서 억압된 계급의 생존력을 암시하였으며, 〈사냥개〉에서는 수전노守錢奴의 생활을 폭로하는 한편 억압된 생활에서 고뇌하던 사냥개의 최후의 주인에 대한 반항에서 해방의 길을 찾은 것을 그렸던 것이다.

포석은 1925년 3월호 《개벽》지에 〈땅속으로〉를 비롯하여 1926년 5월호 동지에 〈농촌 사람들〉, 그리고 뒤를 이어 〈마음을 갈아먹는 사람들〉〈저기압低氣壓〉 등의 단편을 발표하였다. 그의 작품에는 가난한 사람들의 생활고, 조선 지식계급의 고뇌, 농촌의 생활난과 유리流離 표랑漂浪하는 정경 등을 제재로 하였던 것이다. 그는 본래 시인으로 침중한 시를 썼었다. 후일 《잔디밭 위에서》라 제題한 시집까지 내었었다. 서해도 1925년 3월호 《조선문단》에 〈탈출기脫出記〉를 비롯하여 동 6월 동지에 〈기아飢餓와 살육殺戮〉, 그리고 〈저류底流〉, 〈갈등葛藤〉 등의 단편을 발표하여 역시 빈한한 사람들의 생활고와 지식인들의 고뇌를 웅건한 필치로 묘사하였다.

주요섭은 1925년 4월호 《개벽》지에 〈인력거人力車〉를 비롯하여 동 6월호 동지에 〈살인殺人〉 등의 단편을 발표하였다. 이 작품들도 역시 하층계급의 학대받는 생활과 그 반항을 나타낸 것들이었다.

성해는 1925년 3월호 《개벽》지에 〈광란狂亂〉을 비롯하여 동지 5월호에 〈흙의 세례洗禮〉 그리고 〈어촌漁村〉, 〈망령亡靈의 난무亂舞〉 등의 단편을 발표하였다. 이것도 빈민들의 생활고와 조선 지식인들의 고민상을 나타낸 것이었다.

민촌은 1925년 5월 《개벽》지에 〈가난한 사람들〉이란 단편을 비롯하여 〈정도전鄭道傳〉〈오남매五男妹 둔 아버지〉〈박선생朴先生〉〈전도부인傳道婦人과 외교원外交員〉 등 많은 단편을 썼다. 이 작품에도 빈한과 고뇌와 반항의식 등이 나타나 있었다. 그는 특히 해학적인 필치로 그의 특유한 재능을 나타내었었다. 그는 농촌에서 나온 작가로 농민생활에 대한 풍부한 식견을 가지고 있었고 서해는 국외로 빈고貧苦와 싸우면서 방랑한 작가로서 또한 고로苦勞의 인생 생활에 대하여 많은 체험이 있었는지라 이 두 사람의 작가는 신흥문단의 체험작가로서 문명文名이 높았었다.

그리고 노동자의 생활을 제재하여 창작한 송영은 1925년 《개벽》지에 〈선동자〉〈용광로〉 등의 단편을 비롯하여 〈석공조합대표〉〈군중정지〉 등의 단편을 발표하였었다.

이 외에 최승일의 〈콩나물국〉〈그 여자〉〈거리의 여자〉〈봉희鳳姬〉 등의 단편이 있었다. 다 비참한 생활고와 싸우는 것을 표현한 것이었다.

시에 있어서도 동일한 경향으로 집중되기 시작하였으니, 데카다니즘의 최고봉에 있던 이상화 같은 시인도 이 현실적 세계로 시선을 돌려 〈폭풍우暴風雨를 기다리는 마음〉과 〈빼앗긴 들에도 봄은 오는가〉 등의 혁명적인 시편을 발표하였었다. 신진시인인 박팔양朴八陽(김여수金麗水)도 1925년 1월호 《생장》지에 〈거리로 나와 해를 겨누라〉라는 시를 비롯하여 〈실망失望과 후회後悔〉, 〈저자에 가는 날〉 등의 현실주의의 시를 썼다. 그리고 김동환金東煥(파인巴人)은 1925년에 시집 《국경國境의 밤》과 조선에서 서사시로 처음인 《승천昇天하는 청춘靑春》의 두 시집을 내놓았다. 다 혁명 전야에 있는 우울과 분노와 반항의 정회情懷를 나타낸 시들이었다.

2

이 새로운 현실에 직면한 문학작품의 내용을 살펴어본다면 빈궁화하는 조선사람의 생활, 조선의 지식인들의 고뇌하는 생활, 노동자 농민의 비참한 생활을 작품의 주제로 한 것들이었다. 그리고 작품의 주인공들은 이러한 생활에서 반항하는 의식을 나타냈었던 것이다.

당시 이러한 경향의 작품들을 총칭하여 '신경향파문학'[주52) 1925년 12월 《개벽》지에 실린 박영희의 논문 〈신경향파의 문학과 그 문단적 지위〉 참조]이라고 이름을 지었던 것이었다. 이것이 얼마 아니 가서 〈프롤레타리아문학〉이라고 부르게된 것이니 즉 무산계급문학無産階級文學이라는 뜻이었다. 이 조선의 무산계급문학은 노동자나 농민의 생활을 주제로 한 것뿐 아니라 조선적 현실에서 민족해방을 위한 투쟁의식이 표현된 작품의 총칭이기도 하였다.

그러나 이 신경향파문학의 발전과정에는 빈한과 고뇌의 생활상태를 그대로 자연주의적 수법에 따라 묘사되는 것과 그 빈한한 상태에서 투쟁적 반항의식으로 선동燗動하며 유도誘導하는 것에 이르는 것이 있으니, 전자를가리켜 자연생장적自然生長的이라고 하고 후자를 목적의식적目的意識的이라고 불렀던 것이었다. 신경향파의 초기의 작품은 물론 자연생성기의 작품일 것이다.

이 신경향파문학에는 그 출발의 근본이 조선 민족의 비참한 현실을 드러내어 해방을 위한 투쟁의식이 잠재하여 있는 까닭에 아무리 자연생성적이라고 하더라도 자연주의문학에서와 같이 순純 객관적일 수는 없다. 여기에는 새로운 주관 강조가 필요하였던 것이다. 여기 대하여 팔봉은 말하기를 "물론 그 주관이라는 것은 자연주의 이전의 낭만주의의 주관과 동일한것이 아닌 것은 말할 것까지도 없다. 객관화되어 가지고 다시 돌아온 주관인 것이다"[주53) 1924년 2월호 《개벽》에 실린 김팔봉의 논문 〈금일今日의 문학·명일明日의 문학〉에서]라고 설명하였다.

조선의 현실생활이 점점 비참하게 되어갈수록 일본의 위정자들은 그러한 현실을 감추려고 하며 보이지 않도록 덮어버리려는 것이었다. 조선의신경향파의 작가들은, 이 내려 있는 막을 벗겨 버리고 감추어져 있는 사실을 명백하게 드러내려는 것이었다. 그러므로 이것은 수동적이 아니고 능동적인 주관적 문학 활동일 수밖에 없었다.

말하자면 향락과 자위의 문학에서 생활과 투쟁의 문학으로 방향을 바꾼 것이었다. 그러면 그러한 내용의 실례를 들어보기로 한다.

이상화의 〈폭풍우를 기다리는 마음〉이란 시는 당시 지식계급의 울민鬱悶한 심경을 표현한 것으로 조선사람들은 생활의 혁명을 기다리는 마음으로 폭풍우라도 불어와서 피로한 신경과 답답한 마음에 강렬한 자극이라도 받기를 기다리는 것이었다.

포석의 단편 〈저기압〉이 또한 그러하니 주인공은 생활고에 쪼들리다 못하여 신문사라고 들어간 데가 월급도 변변히 못 주는 데라(당시 조선사람의 신문사는 대개가 경영난에서 허덕거리었다) 셋방은 주인이 나가라고 야단, 아내는 그대로 바가지를 긁고…… 이 괴로움에서 번민하는 주인공은 이렇게 부르짖었다─ "이 땅의 지식계급…… 외지에 가서 공부깨나 하고 돌아왔다는 소위 총준자제聰俊子弟들, 나갈 길은 없다. 의당히 하여야만 할 일은 할 용기도 힘도 없다. 그거다. 자유롭게 사지四肢 하나 움직이기가 어려운 일이다. 그런데 뱃속에서는 쪼르륵 소리가 난다. 대가리를 동이고 이런 곳으로 데밀어 들어온다. 그러나 또한 신문사란 것도 자기네들 살림살이나 마찬가지로 엉성하다. 봉급이란 것도 잘 안 나온다. 생활난은 여전하다. 사지나 마음이나 다 한 가지로 축… 늘어진다. 눈만 멀뚱멀뚱하는 산 진열품들이 쭉─ 늘어앉았다"라고 당시 지식인들의 생활상태가 표시되었고, 또다시 그 주인공은 말하기를

네기…… 이 조선 땅, 곪는 놈의 썩은 속은 누가 알까?…… 저기 가는 저 소나 알까?" 하고 한숨을 쉬었던 것이었다. "갑자기 나는 멜랑꼬리한 기분에 쌓여 갑갑한 가슴을 안고 밖으로 튀어나왔다.

바깥은 날이 몹시 흐리었다. 후덕지근하다. 거리에 걷는 사람도 모두 후줄근하여 보인다.

어! 참 갑갑하다!

이 거리에 이 사람들 위에 어서 비가 내리지 않나!? 어서……

이러한 것은 혁명전야에 있는 지식인들의 우울이며 비탄이었다. 그러나 인텔리겐차는 백수白手를 가지고 있다. 이론과 실제가 부합되지 아니하였다. 서해의 단편 〈갈등〉은 이러한 데로부터 생기는 모순과 갈등을 잘 표현한 작품이었다. 성해의 단편 〈흙의 세례〉가 또한 그러하였다. 어떠한 지식인청년 부부가 도시를 버리고 농촌으로 갔으나 그들은 농민이 될 수 없었다. 그들은 종일 애를 쓰고 밭을 갈고 나서 주인공 명호는 이렇게 일기를 썼다.

"그러나 생을 개척하는 길은 자못 여기에 있음을 믿은 까닭에 때의 늦음을 돌아보지 않고 살아가는 첫 연습을 하였다. 첫걸음을 배웠다! 그러나 이것이 또한 영원히 우리의 시달린 령靈을 잠재워 줄 것으로 믿을 수는 없다. 나는 이 세상에 믿는 것이 없는 까닭이다.

그때가 되면ー 우리 생활을 다시 핍박하는 그때가 오면 나는 다시 이곳에 불을 놓고 밭을 거둬 치고 논을 내버리고 표랑의 길을 떠나자! 그러할 때에 같이 갈 이가 없으면 나는 혼자 가자. 끝없는 곳으로 그러다가 들 가운데에 거꾸러져 죽어도 좋고 바다에 빠져도 좋다.

나는 그때를 무서워하지 않는다. 그때를 도리어 반겨 맞이하자. 그때야말로 나의 모든 문제를 해결하여 줄 터이니까……" 하고 비탄하면서 닥쳐올 운명을 기다리었다. 이에 대하여 서해의 〈갈등〉에 나타난 주인공은 이렇게 외쳤다.

"우리네는 지식계급이라는 간판 아래서 갖은 화장과 장식으로써 세상을 속이지마는 그네들은(노동자 · 농민=필자 주註) 표리를 꼭 같이 가지고 있지 않은가. 그것이 우리보담도 귀할는지 모른다" …… "나는 어찌하여 이런 것 저런 것 다 집어치우고 그런 무리에 뛰어 들어가서 그네들과 함께 울고 웃지 못하는가? 나는 이 갈등에 마음이 괴로웠다"라고 하였다. 그러나 서해는 그의 단편 〈탈출기〉에서는 탄식만 하지 않고 비로소 일어났다.

"나는 여태까지 세상에 대하여 충실하였다. 어디까지든지 충실하려고 하였다. 내 어머니, 내 아내에게까지도…… 뼈가 부서지고 고기가 찢기더라도 충실한 노력으로 살려고 하였다. 그러나 세상은 우리를 속였다. 우리의 충실을 받지 않았다. 도리어 충실한 우리를 모욕하고 멸시하고 학대하였다. 우리는 여태까지 속아 살았다. 포학[71]하고 허위스럽고 요사한 무리를 용납하고 옹호하는 세상인 것을 참으로 몰랐다. 우리뿐 아니라 세상의 모든 사람들도 그것을 의식지 못하였을 것이다. 그네들은 그러한 세상의 분위기에 취하였었다. 나도 이태까지 취하였었다. 우리는 우리로서 살아온 것이 아니라 어떤 험악한 제도의 희생자로서 살아 왔었다"라고 외치면서 "이때까지는 최면술에 걸린 송장이었다. 제가 죽은 송장으로 남(식구들)을 어찌 살리랴. 그러려면 나는 나에게 최면술을 걸려는 무리를, 험악한 이 공기의 원류를 쳐부수려고 하는 것이다.[72]" 하면서 주인공은 집안 식구를 내버리고 ××단(독립단獨立團=필자 주)에 몸을 던져버린 것이다. 그리하여 그는 혁명가가 되었다는 것이다.

이러한 경향은 시에도 표현되어 있었으니 박팔양의 〈거리로 나와 해를 겨누라〉 하는 시에서 4연[73]을 인용하면,

"주린 배 부여잡고 부르는 콧소리, 듣기 싫다.
뭇매 맞은 강아지 담 밑에 신음소리 같구나
오막살이 좁은 방에 징징대지 말고
나오너라, 머리를 동이고 거리로 나오너라."

또 강개慷慨와 혁명적인 민족의식을 노래한 파인巴人은 이때까지의 무능력한 시가에 대하여 그의 시집 《국경의 밤》의 서시序詩에서 "조선의 시가는

---

71) 원문에는 '포악'으로 되어 있으나 오식이기에 바로잡았다.
72) 원문의 문장은 "그러려면 나는 나에게 최면술을 걸려는 무리를 ○○하려는 것이다"이다.
73) 원문에는 '1연'으로 되어 있으나 오식이기에 바로잡았다.

하품을 친다"라고 하며 "조선의 시가에 재생의 햇발을 보내자!"라고 외쳤다. 그리고 그의 서사시 〈승천하는 청춘〉은 이역異域에서 학대받는 조선사람의 생활과 감정을 그리며 주인공인 청춘남녀는 조선해방을 위한 혁명운동에 몸을 바치는 정열의 노래이었다.

그는 청년이 서울 어느 비밀결사에 몸을 바치고 있는 줄 잘 알았다
밤을 낮으로 동지를 규합하고 애쓰고 다니는 줄 잘 알았다
그렇다면 그 거룩한 일에 바치는 그 목숨을 도와드리리라
그의 생명 버리면서 하는 일에 빛이 되리라. 비록 반딧불 만치라도,
통계표 만드는 데 하나 모자라는 백개 두개골이라면 내가 그 하나 되리라

이것은 그의 서사장시紋事長詩의 종련終聯의 한토막이다. 이것으로서 시가에 나타난 당시의 시대성과 민족의식의 발로를 찾을 수 있는 것이다.

3

주요섭의 단편 〈살인〉에서는 여주인공은 최후까지 자기를 짐승같이 부리고 몹시 굴 뿐만 아니라 참된 생활을 해보려는 것까지 못하게 하는 그 노파老婆를 죽여버렸다. 또 회월의 〈사냥개〉란 단편에서도 굶주린 사냥개는 자기의 자유와 행복을 구속하는 주인을 물어 죽이게 하였다. 서해의 〈기아와 살육〉의 주인공 경수는 이역異域 가난한 살림살이에서 아내가 병들었으나 돈이 없다고 의사는 약을 주지 않으며 그의 어머니는 며느리에게 죽이라도 쑤어 주려고 자기 머리의 다래 꼭지를 팔아서 좁쌀을 사가지고 오다가 되놈의 집 개들에게 물리고 찢기어 죽게 되었으나 동정하는 사람은 누구 한 사람도 없었다. 경수의 마음은 분노에 탔다. 그는 무서운 환영에 사로잡히어 식칼을 들고 미친 사람 모양으로 날뛰었다. 죽어가는 아

내와 어머니와 자식을 다 죽이고 밖으로 뛰어나가서 "아아, 부셔라 모두, 부셔라" 하면서 닥치는 대로 사람을 죽였다는 것이다.

빙허와 도향 같은 작가들이 또한 이 시대적 주류에서 벗어나지 안했으니 1925년 1월호 《개벽》지에 빙허는 〈불〉이라는 단편을 내어놓고 동년 〈여명〉 창간호에 도향의 단편 〈벙어리 삼룡이〉가 발표되었다. 이 두 편의 단편은 다 역작으로 문단에 적지 않은 충격을 주었다.

빙허의 단편 〈불〉은 열다섯 살 난 어린 민며느리 순이의 비참한 생활의 기록이었다. 낮에는 어린애로서는 과도한 일을 하고 밤에는 야수와 같은 남편에게 시달리어 견디다 못하여 나중에는 그놈의 집에 불을 놓고 마는 것이다. 그 사실적인 묘사는 실로 읽는 사람에게 육박하는 힘이 있었다. 도향의 단편 〈벙어리 삼룡이〉는 주인에게 충직한 머슴인 벙어리 삼룡이는 젊은 주인의 학대에도 최후까지 참고 참다가 나중에는 견딜 수 없어서 반항의 불길이 타올랐다. 그는 그 집에다가 불을 질렀다. 그는 불 속으로 뛰어 들어가 젊은 아씨를 구하여가지고 나오다가 불에 타고 팔이 부러지고 하였다. 이 작품은 분노의 폭발로 반항과 아울러 애욕의 미묘한 감정을 그린 것이었다.

이러한 작품들에서 신경향파문학의 성격을 찾아볼 수 있으려니와 이 1925년대의 신경향파문학은 조선의 민족해방을 위하여 일본의 제국주의와 항쟁하려는 의식의 문학이었다. 그러므로 이것을 좁은 의미의 무산계급의 문학만 아니었다. 넓은 의미의 민족적 반항문학이었으니. 그러므로 반항적인 작품은 다 이 문예운동에 속할 수 있었다. 팔봉은 그의 논문에서 "이 운동은 이그러진, 구부러진 우리의 영혼을[74] 자본주의 제국주의의 손톱 아래로부터 구출해가지고서 바로잡고, 판판하게 만들기 위함이다. 이 반자본주의 문예운동을 프롤레타리아문예운동이라고 불러도 좋고, 혹은

---

74) 원문의 이 부분은 "이 운동은 이그러지고 구부러진 영혼을"으로 되어 있다.

이것이야말로 '진실의 문예운동'이라고 불러도 좋다"라고 하였다.[주54] 《개벽》[75] 1924년 3월호에 실린 김팔봉의 논문 〈금일의 문학 · 명일의 문학〉에서]

그러나 자연생장적인 신경향파의 문학은 그 의식의 심화와 아울러 목적의식적인 계급이 준비되어 있었으니 그것은 반항의식의 계급성을 명확히 하자는 것이었다. 그 의식의 주류를 계급성에서 찾자는 것이었다. 일본제국주의의 세력을 이룬 것은 일본의 자본가계급이며 따라서 조선을 지배한 것도 그 계급인 반면에 조선민족은 그들의 전제專制 밑에서 무산계급화 하여 가는 것이니 민족해방투쟁은 결국 계급투쟁으로 귀결되어야 한다는 이론에서 확실한 계급의식의 목적성을 문학에 갖자는 것이었다.

그러나 이렇게 민족해방을 위한 계급문학은 그 발전에 따라 계급성으로 집중하게 됨에 따라 드디어 민족의식에서 분화작용을 일으키게 되었다. 이곳에서 민족주의문학과 프로문학이 제각기 새로운 길을 걸어가기 시작하였다.

그리하여 계급문학에는 그 제재가 자연히 노동자나 농민의 생활에 국한하게 되었고 그러므로 이 생활의 체험이 없는 작가로는 그 작품에 실감을 나타낼 수가 없으므로 이 문학운동에는 노동자 출신이나 농민 출신의 작가가 요구되었던 것이다. 이 작가의 체험 문제는 계급문학에서 시작된 것도 아니며 자연주의문학에서도 그 묘사의 사실성 때문에 논의되었었지 마는 프로문학에는 더욱 그것이 필요하였던 것이었다. 이러한 의미에서 민촌, 서해, 송영 등이 중요시되었던 것이다. 민촌은 농촌 출신으로 농촌소설을 주로 썼고 서해는 일찍이 추호의 회고기에 있는 바와 같이 "본래 함북咸北 성진城津 출생으로 조실부모早失父母하고 어려서부터 갖은 고생을 다 겪은 사람이다. 서간도西間島 북간도北間島로 표류해 다니면서 세상의 단맛 쓴맛 갖추갖추 맛보았을 뿐 아니라 비참한 생활을 낱낱이 체험한 사람이

---

75) 원문에는 잡지명이 빠져 있어 채워넣었다.

었다. 혹은 흙 파는 모구꾼으로 혹은 농막農幕의 머슴으로 혹은 중으로 혹은 서생書生으로 그의 생애는 기구崎嶇하였다"[주55) 1934년 8월호 《삼천리》지에 실린 전영택의 논문 〈서해의 예술과 생애〉]라고 하였다. 송영도 일본 동경에서 공장 노동자의 생활을 체험한 작가이었다.

이리하여 프로문학은 점점 그 제재가 국한되어 갔고 그 의식이 예리하여 가는 한편 그 범위는 좁아졌고 계급성에서 당파적으로 기울어져서 배타적 경향이 농후하여 갔었다.

제2장 민족주의의 진영과 그 추수자追隨者

1

신경향파의 문학은 급격한 계급의식의 범위도 차차 넓어져 갔었다. 그리하여 이 신경향파문학은 새 시대의 영도자로서 자타가 인정할 수 있는 지위에까지 이르게 됨에 따라 문단은 어느덧 프로문학 일색으로 되어버리고 말았었다.

여기서 일어나는 새로운 또 하나의 현상은 계급의식과 민족의식과의 분별이 생긴 것이며 한 걸음 더 나아가서는 이 두 의식의 항쟁에까지 이르렀던 것이다. 따라서 프로문학은 일정한 방향으로 그 목적을 집중하고 있었다. 그것은 맑스주의의 의식으로 발전하고 있었던 것을 의미하는 것이었다. 이렇게 됨에 따라 프로문학은 개성적이던 데로부터 집단적 의식을 강조하게 되었고 정신적이던 데로부터 물질적[76]인− 즉 유물사관唯物史觀의 인생관과 사회관과 문예관을 갖게 된 것이었다. 이 유물사관적 문예관은 결국 계급투쟁이나 사회혁명을 위한 선전적 임무를 그 최고 최종의 것으로 생각하였었다. 따라서 이러한 문학에는 그 의식에 관한 것뿐만이 아니라 문학 형식에도 큰 변동이 있게 된 것이었다.

---

76) 원문에는 '물질'로 되어 있으나 글자가 누락된 것으로 보여 채워 넣었다.

그러나 이러한 계급의식에 찬동할 수 없는 재래의 민족문학을 그대로 발전시키고 있는 일군의 작가가 있었다. 나는 이 작가들을 민족주의의 문학 진영이라고 이름을 지었다. 이 민족주의문학의 성격을 간단히 말하면 물질주의에 대한 정신주의의 문학이었고 실천과 행동주의에 대한 이상주의의 문학이었다.

그러므로 이곳에서 말하는 민족주의문학은 반드시 반항의식이나 혁명의식을 고조해야만 하는 것이 아니며, 조선적 정서가 표현되어 있는 것, 민족의 이상이 들어있는 것도 포함되어 있었다. 이 민족문학은 가장 도의적이며 민족애에서 인류애에까지 이를 수 있는 아름다운 이상도 있는 것이었다.

이와 같이 양 진영의 문학관이 근본으로 달라지는 데 따라 각각 가지고 있는 문학관에 대하여 서로 비평하며 논쟁하기 시작한 것이었다. 이러한 의미에서 첫 번으로 프로문학의 존재 여부에 관한 과제를 내어놓은 것은 1925년 2월호 《개벽》지에 나타난 〈계급문학시비론是非論〉[77]이 그것이었다. 즉 프롤레타리아문학이라는 독특한 존재가 있을 필요가 있는가에 대한 작가들의 의견의 일부를 발표한 것이었다. 그 제목과 필자를 소개하면 아래와 같다.

1. 피투성이 된 프로 혼의 표백表白······김팔봉
2. 계급을 위함이냐 문예를 위함이냐······김석송
3. 예술 자신의 막지 못할[78] 예술욕에서······김동인
4. 인생 생활에 필연적 발생의[79] 계급문학······박종화
5. 문학상 공리적公利的 가치 여하······박영희

---

77) 원문에는 '階級文學是非'로 되어 있으나 글자가 누락되어 채워 넣었다.
78) 원문에는 '藝術自身이 맞지 못할'로 되어 있으나 오식이기에 바로잡았다.
79) 원문에는 '人生生활의 필연적 발생으로서'로 되어 있으나 오식이기에 바로잡았다.

6. 작가로서는 무의미한 말……염상섭[80]

7. 부르니 프로니 할 수는 없지만……나도향

8. 계급을 초월한 예술이라야[81]……이광수

　이러한 제목만으로도 그 내용을 짐작할 수 있을 것이다. 그러나 이것은 한 이론에 불과한 것이요 사실로 프로문학은 사회주의운동과 한 가지 요원燎原의 불과 같이 문단 자체에 퍼지고 있었다. 이때에 이광수 주재 하에 《조선문단》이 창간된 것은 민족주의문학 진영의 커다란 힘이요 프로문학에 대한 경쟁자이기도 하였다. 이 잡지는 1924년 11월에 창간하여 전후 3년 동안 계속하였었다. 대부분의 집필자가 반계급문학론자로 자연히 이 잡지를 중심으로 민족주의문학의 진영이 뭉치어졌던 것이다. 그 집필자는 춘원을 필두로 염상섭, 박월탄, 현빙허, 김안서, 전추호田秋湖, 김동인, 주요한, 주요섭, 김소월, 오천원, 방인근, 이동원, 나도향, 양백화, 백주, 이병기, 최서해, 이은상, 조운 등이었다.

　이때에 프로문학의 진영은 《개벽》지의 문예란을 중심으로 모이게 되었다. 이것은 회월이 그 문예란 편집의 책임자이었다는 사실도 있었지만, 《개벽》지가 또한 급속하게 좌경左傾하였던 까닭도 있었다. 그뿐만이 아니라 당시 《조선일보朝鮮日報》, 《중외일보中外日報》(후신은 시대일보)의 학예란은 거진 전부가 프로작가들의 작품과 논문으로 덮이어 있었다. 이것은 그 편집 책임자들이 맑스주의에 공명共鳴하였던 까닭도 있었지마는 시대적 사조의 세력이 컸던 까닭이 더 많았었다.

　이리하여 양 진영의 논쟁이 시작되며 그 대립은 날로 커지고 있었다. 1925년 1월호 《개벽》지에 실린 회월의 〈문학상으로 본 이광수〉론이 그 시작이었다. 계급적 관점에서 춘원의 작품을 해부하고 공격하였던 것이다.

---

80) 원문에는 염상섭이 빠져 있다. 이하 번호도 그에 따라 수정했다.

81) 원문에는 '藝術'로만 되어 있으나 오식이기에 바로잡았다.

1926년 3월호[82] 《조선문단》지에 춘원은 드디어 〈문학과 '부르'와 '프로'〉라는 논문을 발표하여 프로문학을 비판하기 시작하였던 것이다. 그 일부를 아래에 인용한다.

"부르문학 프로문학의 논전[83]이 근래의 조선문단에 꽤 활기를 정물하였다. 신흥문예라는 이름으로 프로작가라고 자칭하는 이들의 시와 소설도 꽤 생겼고, 이 신흥문예 작가들이 자기네 이전의 모든 작가를 가리켜 부르작가라고 부르고 그들의 모든 작품을 가리켜 부르문학이라고 타매唾罵해버린다. 그리고 현세에 존재할 가치를 가진 유일한 문학은 그네의 신흥문학 즉 그네의 이른바 프로문학이라고 주장한다. 그네의 주장하는 바에 의하건대, 부르문학과 프로문학과에는 절연截然한 구별이 있고, 그리하고 부르문학은 분명히 무가치한 것, 소극적인 것, 개인적인 것, 마비痲痺적인 것, 유해한 것이오, 이와 정반대로 프로문학은 가치 있는 것, 적극적인 것, 집단적인 것, 흥분적인 것, 유익한 것이라고 단언한다.

만일 그네들이 주장하는 바와 같다 하면 부르문학 프로문학 문제는 과연 크게 의미도 있고 필요도 있는 문제요, 또 만일 그 문제의 해답이 그네들이 단언하는 바와 같다 하면 부르문학은 하루라도 속히 박멸[84] 할 것, 프로문학은 하루라도 속히 인심의 전지배권을 가지게 하여야 할 것이다"

라고 문제를 제출하고 다시 세 가지의 질문을 내었다. 즉 "(1) 과연 부르와 프로와의 사상과 감정은 차이가 있나― 있다 하면 얼마나한 정도의 차이가 있나― 더 자세히 말하면 특수한 문학을 가지지 아니하면 안 되리만한 차이가 있나. (2) 과연 재래의 문학은 부르의 사상 감정을 기초로 한 것

---

82) 원문에는 '동년 4월호'로 되어 있으나 사실과 다르기에 바로잡았다.
83) 원문에는 '논쟁'으로 되어 있으나 오식이기에 바로잡았다.
84) 원문에는 '발전'으로 되어 있으나 오식이기에 바로잡았다.

이어서 프로의 이상의 실현[85]을 조해阻害하는 것인가를 생각해보고, 마지막으로 (3) 프로문학이라는 특수한 문학이 존립할 수 있다 하면, 그 특징은 무엇이 될까 할 것을 생각하려 한다"라고 하여 논지를 밝히고, 결국 인간의 희, 노, 애哀, 락, 애愛, 악惡이란 프로나 부르나 동일한 것이며, 또 사람이란 제각기 개성이 있어서 문학도 그 개성에 따라 제가끔 상이할 것이라고 하여 프로문학의 존립할 이유가 필요치 않다고 논증하였다.

2

그러면 그 논쟁은 다음 장으로 미루고 또다시 《조선문단》지에 나타난 신진작가들에 관하여 살펴보기로 한다.

방인근(춘해春海)은 《조선문단》지 창간호에 〈어머니〉라는 단편을 비롯하여 동지에 〈살인〉〈죽지 못하는 사람들〉〈자동차 운전수〉 등의 단편을 발표하였고, 백주는 1924년 11월호 동지에 〈과부寡婦〉〈영생애永生愛〉 등의 단편을 발표하였으며 임영빈任英彬은 1925년 1월호 동지에 〈난륜亂倫〉〈서문학자序文學者〉 등의 단편을 발표하였다. 이러한 작품들의 전체적인 경향은 정애情愛와 애욕과 갈등과 심리묘사 등으로 동일하였다. 양백화, 이병기(嘉藍)는 각각 중국의 소설과 시편 등을 번역 소개하였고, 조운, 이은상(鷺山)도 동지에서 시작詩作을 발표하기 시작하였다. 그리고 후일까지 창작활동을 계속한 채만식蔡萬植, 한병도韓秉道(설야雪野), 박화성朴花城 등의 작가들도 동지에서 나왔고, 유도순劉道順(월양月洋), 강성주姜晟周(애천愛泉), 송순일宋順鎰, 김대준金大駿(해강海剛) 등의 시인들도 다 동지에서 성장한 사람들이었다.

또 《생장》지에서 김낭운金浪雲과 이종명李鍾鳴의 두 사람의 단편작가를 얻었다. 낭운은 1925년 1월호 동지에 〈영원永遠한 가책苛責〉을 비롯하여 〈어

---

85) 원문에는 '현실'로 되어 있으나 오식이기에 바로잡았다.

느 회사원〉 〈가난한 부부夫婦〉 등의 단편을 발표하였고, 이종명은 동 4월
호 동지에 〈×체조선생體操先生〉을 비롯하여 〈옥순玉順이〉 등 계속하여 단
편을 발표하였었다. 이 작가들의 경향은 두 작가가 각각 확실한 문예관을
갖지 않았었고 그저 시대적 영향이랄까 빈궁한 생활을 즐겨 제재로 하였
었다.

이와 같이 민족, 계급의 양 문예진의 혼란한 논쟁과 거친 분위기와는 아
무 관계도 없이 현세를 초월한 경향의 시집이 돌연히 나왔었으니 그것은
승려 한용운韓龍雲의 《님의 침묵沈黙》이라는 시집이었다. 이 시집은 1926년
5월에 출판된 것으로 종교적인 신비성과 풍부한 상상력에서 타고르의 시
풍을 생각하게 하는 시편들이었다. 당시 무기력한 시단은 적지 않은 충동
을 받았었다.

그리고 당시 유일의 대중작가이었던 최상덕崔象德(독견獨鵑)의 연애소설은
춘성 이후로 물의를 일으키었던 것이었다. 그의 장편 《승방비곡僧房悲曲》이
1927년에 발표된 후로 그의 대중작가로서의 존재는 비로소 자리를 잡게
되었다.

이 외에 당시 희곡작가로 김정진金井鎭(운정雲汀), 김영보金泳俌, 김우진金佑
鎭(수산水山) 등이 있었다.

3

민족주의의 문학 진영에는 이론과 작품의 양면으로 활동을 시작하여 프
로문학운동에 대항하였다. 먼저 《조선문단》 창간호에 실린 춘원의 〈혈
서血書〉와 1930년 《동아일보》에 발표한 〈혁명가의 아내〉, 1925년 10월호
에 발표한 염상섭의 〈윤전기〉의 단편 등은 다 민족주의 문학을 대표하여
직접 작품을 가지고 계급의식을 비판하며, 맑스주의 인생관을 해부하려
는 것들이었다. 〈혈서〉는 한 민족주의자의 굳센 결의를 표명한 작품이요,

〈혁명가의 아내〉는 조선의 미풍양속美風良俗까지도 봉건의식이니 부르주아의식이니 하여 배척한 결과에서 온 가정 파멸과 자신의 멸망을 그린 것이었으며, 〈윤전기〉는 노동투쟁을 풍자한 작품이었다. 〈혈서〉는 프로문학에 대한 도전은 아니었으나 프로문학에서는 볼 수 없는 인간성의 심각한 심리적 고뇌를 거쳐 비로소 혁명가의 결의를 나타낸 것으로 문학의 본체를 보이는 듯한 작품이었다. 동경 T대학 3년인 주인공은 민족주의자로 혁명운동에 몸을 바친 사람이었다. 그리하여 그는 자기의 목적이 달성되기까지에는 절대로 결혼을 않기로 결정하였다. 그러나 M이라는 처녀가 이 주인공을 사모하여 선물과 편지로서 만나기를 간청하였으나, 한 번 굳게 결심한 주인공은 면회 까지도 허락하지 않았다.

이로 인하여 그는 마음의 고뇌가 생기어 몸도 수척하여졌다. 그 처녀도 한 번 결심한 것을 절대로 변치 아니하여 결국 병상에 드러눕게 되었다. 그의 오빠는 편지와 인력거까지 보내면서 자기 누이동생의 마지막 소원이니 꼭 좀 와달라고 하였다. 주인공은 병상에서 처음으로 그 처녀를 만났다. 그러나 며칠 후 처녀는 죽었다. 주인공은 그의 무덤에 찾아와서 이렇게 부르짖었다. "네가 있는 곳은 내 가슴이다. 너는 내 가슴[86] 속에 들어와 살고 싶어서 네 몸을 벗어버린 것이다. (중략) 오오, 내 아내여. 그렇게도 나에게서 아내라고 불려지기를 원하였던가. 아직[87] 아무도 들어오지 아니한 내 가슴의 새 집에 영원히 살라, 그리고 하루에 천 번이나 만 번이나 원대로 나를 남편이여 하고 부르라. 네가 한 번 부를 때마다 나는 두 번씩 오오, 사랑하고 불쌍한 아내여, 하고 대답하마" 하고 부르짖었다.

그러나 〈혁명가의 아내〉는 이와는 정반대로 한 공산주의자의 불의한 아내를 그림으로 프로 진영에 항의서를 내놓은 것이다. 이 단편의 주인공은 이름까지도 공산孔産이라고 하였다. 방정희라는 처녀는 공孔의 기운 좋고

---

86) 원문에는 '가슴'으로 되어 있으나 오식이기에 바로잡았다.
87) 원문에는 '아직'이 누락되어 있어 채워 넣었다.

씩씩하며 또 그 공산주의사상에까지 반하여서 그와 부부가 되고 말았다. 그러나 공은 얼마 아니 되어 폐병에 걸려 병상에 드러누운 지 여러 달이 되었다. 정희는 남편을 학대하기 시작하였다. 그리고 날마다 공에게 주사를 놓으러 오는 젊은 의학생 권오성을 유혹하여 바로 건넛방에서 같이 자는 등 남편의 눈앞에서 애욕의 지옥도를 그리고 있었다. 그러나 정희는 아무러한 양심의 가책도 받지 아니하였다. 정희는 이렇게 부르짖었다. "흥. 정조. 의리. 남편을 섬김. 흥 봉건 사상. 노예 도덕…… 흥." "그런 모든 인습적 우상에서─ 노예의 질곡桎梏에서 인간을 해방하는 것이 혁명이다!"라고 정희는 믿었던 까닭이었다. 공은 그 후에 죽었다. 정희는 의학생 권과 온양온천으로 가서 향락의 몇 날을 지냈다. 그러나 정희는 자기 뱃속에 권의 자식이 들어있는 것을 알게 되자 그는 또 권에게 덤벼들었다. "이 녀석! 요 녀석! 나는 아이 뱄어. 네 자식을 뱄어! 나는 이렇게 망신을 하게 되었는데 너는 어째 요 모양으로 멀쩡하단 말이냐, 요 녀석아!" 하고 외쳤다. 두 사람이 어우러져 싸우다가 권은 정희의 배를 걷어차서 낙태가 되었으며 정희는 그 빌미로 결국 죽고 말았다는 이야기다. 춘원은 그 서문에 "내가 본 1930년대의 조선의 횡단면을 그려보자는 생각이다"라고 한 것으로 보아 당시 무서운 세력으로 밀려들어오는 공산주의사조에서 생기는 적극적인 생각과 행동을 드러낸 작품이었다.

그 다음으로 염상섭의 〈윤전기〉는 노자관계에서 생기는 계급투쟁을 심리적으로 해명한 작품이었으니 경영난에 빠진 어느 신문사의 직공들은 월급을 못 받아서 일도 하지 않고 편집실을 혼자 지키고 있는 A에게 와서 여러 가지로 조롱을 하였다. 이날 밤 10시까지는 돈을 가져온다는 약속을 하였는데 벌써 10시가 되어도 아무 소식이 없으므로 그들은 편집실에 몰려와서 야로를 치는 것이었다. A기자도 같은 사원으로 사실상 그들 직공보다도 생활은 더 곤란하였다. 그러나 A는 교양이 있는 사람이라 사업에 대한 신념이 있었다.

"아! 왜 말씀이 없어요? 시간이 다 되었으니 돈을 내놓아야죠. ……이때 껏 끌고 인제는 3분이 아직 남았으니까 된 돈두 못 주겠단 말예요? 어구 그저……" 하며 A의 큰 머리통만한 그의 두 주먹을 부르쥐고 흔들흔들 부라질을 하면서 A 옆에 서서 갖은 모욕의 말을 하던 사람들이 돈이 되었단 말을 듣고는 별안간 태도가 일변하였다. "그 원고, 이리 줍쇼.[88] 어서 시작을 해야죠" 하고 굽실굽실 한다.

A는 이렇게 말하였다.

"어서들 가서 시작해요, 그러기에 좀 일찍이 시작하였드면, 벌써 돈 타가지구 집에 가서 편히 누웠을 거 아니요.[89] 우리의 지금 하는 일은 노자관계勞資關係로 싸우는 것이 아니라고, 그렇게 일러도[90] 끝끝내 그 야단들을 하드니……" 하였다.

노동자 중에 덕삼이란 사람이 "참 미안합니다. 잘못한 것은 용서해줍쇼" 하고 눈에는 눈물이 글썽글썽하였다는 것이 이야기의 끝이다.

이리하여 프로문학에서 중요한 내용으로 되어있는 노동자와 자본가와의 투쟁에 대하여 민족적으로 협조일치 하여야 할 것을 암시하는 한편 프롤레타리아운동의 공식적인 투쟁을 풍자하였다.

양 진영의 논쟁은 여기서 그치는 것이 아니었다. 지금부터 정면충돌이 시작하는 것이었다. 1926년 《조선일보》 신년호에 염상섭은 〈신흥문학을 논하여 박영희 군의 소론을 박駁함〉이라는 논문을 발표하였으니 이것이 프로문예 진영에 보내는 첫째 번 도전문이었다. 이에 대하여 동보同報 2월 중에 〈계급문학을 논하여 염상섭 군의 무지를 박함〉이라 제하여 박영희는 이에 응전하였던 것이다. 이것을 시작으로 하여 대소大小 논전이 벌어졌던

---

88) 원문의 문장은 "A선생님 원고를 이리 줍쇼"이다.
89) 원문의 문장은 "벌써 집에 가서 편히 누웠지요"이다.
90) 원문에는 '말하여도'로 되어 있으나 오식이기에 바로잡았다.

것이었다. 이러한 때에《조선문단》지의 뒤를 이어 1927년 1월에《해외문학
海外文學》지가 발간되었었다.

이 잡지는 외국문학을 소개하는 것이 목적이었으나 물론 맑스주의문학
과는 아무러한 관련도 없었으며 민족주의 진영에서 가지고 있는 동일한
문학판을 가지고 있는 것으로 이 진영의 특수부대로도 볼 수 있었다. 잡
지는 계속되지 못하였으나 그 후 동인들의 활동에 의의를 가지려는 것이
다. 그 동인은 김진섭金晉燮, 이선근李瑄根, 정인섭鄭寅燮, 이하윤異河潤, 이송
李松, 김온金鎰, 함대훈咸大勳, 이헌구李軒求, 조희순曹希醇, 서항석徐恒錫, 김광
섭金珖燮 등으로 이 동인들을 속칭 해외문학파라고 하였다. 그러나 이들은
해외문학 소개에 국한한 것이 아니었고 제가끔 창작활동에 노력하였었다.
김진섭은 수필가로 정인섭, 이헌구, 조희순은 평론으로 이하윤, 서항석,
김광섭은 시인으로, 함대훈은 소설과 평론가로 활동하였다.

1929년 5월에 창간한 양주동梁柱東 주간의《문예공론文藝公論》지는 민족주
의문학 진영의 중요한 임무를 하였다. 이 잡지는 3호로 폐간되었으나 매
호마다 프로문예를 공격하는 기사로 충만하였었다. 그 중에도 무애無涯는
자기 독특한 민족주의 문학이론을 전개하였던 것이다. 당시 무애는 민족
주의문학 진영의 전위인양 활기를 띠웠었다.

그는 우선 동지同誌 창간호 〈문예공론〉란에서 '민족문학과 사회문학이
빙탄불상용氷炭不相容'이라고 보고 "호상互相 배격하는 자류者流는 소위 종파
주의宗派主義의 여독餘毒이다. 그러나 우리는 둘다 현 정세에 타당한 것으
로 보고 더구나 양자는 서로히 그 합치점을 연관하여 합류함이 필요하다
고 본다. 현 계단의 정세에 있어서 민족관념과 계급정신을 서로 배치한다
보는 것은 그야말로 현실과 이상에 대하여 아울러 색맹色盲이다"라고 하고
민족·계급의 협동론을 주장하였다. 그리고 그는 1929년 8월《중외일보[91]》

---

91) 원문에는 '조선일보'로 되어 있으나 오류이기에 바로잡았다.

지상에 〈문제의 소재所在와 이동점異同點〉이란 답문에서 "현 계단의 우리는 조선민족인 동시에 무산계급이요, 무산계급인 동시에 조선민족이 아니냐"라고 역설하였으며, 동년 10월《중외일보》지상에 〈속續 문제의 소재와 이동점〉이란 논문을 발표하여

내가 말한 민족의식은 결코 획일적 무차별적으로 전혀 예외 없다는 것은 아니다. 동족同族 중에는 (중략) 동류同類의 이해와 상반되는 의식을 소유한 자가 있을 것이다. 그러나 그것으로써[92] 곧 민족의식을 율律하지는 못할 것이니 만일 그렇다면[93] 나는 여기서 한 가지 방증傍證을 들어도 가可하다. 즉 같은 무산계급 내에도 계급적 이해에 상반되는 의식[94]과 행동을 소유하는 실례가 많지 않으냐?

(중략)

그러면 다시 여기서 결론되는 바는 무엇이냐? 간단하다. 현 계단에서는 계급의식 분야 중에 민족적 이해를 초월한, 내지는 상반된 분자를 포함하지 못할 것이요, 또한 민족의식 분야 중에 계급적 이해를 초월한, 내지 상반相反한 분자를 포함하지 못할 것이다.[95] 다시 말하면 현 계단에 있어서는 민족적 이해와 계급적 이해가 교묘하게 일치되었다. 그럼으로써 나는 누누이 '조선인은 조선민족인朝鮮民族人인 동시에 무산계급인[96]'이라고 역설한 것이다.

라고 하였다. 그리고 그는 동년 9월《조선의 맥박脈搏》이라는 시집을 내어 민족의식을 작품화하였던 것이었다.

---

92) 원문에는 '그것으로써'가 누락되어 있다.
93) 원문에는 '그러하면'으로 되어 있으나 오식이기에 바로잡았다.
94) 원문에는 '이식'으로 되어 있으나 오식으로 보이기에 바로잡았다.
95) 원문의 문장은 "현 단계에서는 계급의식 분야 중에 민족적 이해를 초월한, 내지는 상반된 분자를 포함하지 못할 것이다"로 누락된 부분이 많다.
96) 원문의 이 대목은 '조선인은 朝鮮民族人인 동시에 무산계급인'으로 글자가 누락된 곳이 있다.

말하자면[97] 무애의 설은 계급문학의 독자성을 부정하며 계급문학만이 존재할 수 없다는 것을 역설하였다. 그런데 이 무애의 논을 좀 더 구체적으로 전개한 논자는 정노풍鄭蘆風이다. 그는 1929년 10월《조선일보》지상에 〈조선 문학건설의 이론적 기초〉라는 논문을 발표하였는데, 그 논지는 민족의식과 계급의식이 대립할 것이 아니라 계급적 '민족의식'이어야 한다고 새로운 이름을 창안하였다. 그는 우선 유전적 혈연관계와 지리적 환경에서 민족의식의 구성과정을 설명하고 이하 다섯 가지로 논증하였다.

1, 투철한 이지理智, 열렬한 정서(情緖)[98], 끝없는 상상력으로서 우리 민족리民族裡에 저류底流하는 수천 년 혈통의 생활에 부딪쳐 조선민족의 ○××적 ××를 용감히 발견하는 문학일 수밖에 없다.

2, 마치 화산을 뚫고 터지는 지구의 기혼氣魂 같이도 대담하게 재현하며 창조하여 수난의 이 민족이 맞은 바 그 고민, 애상, 간난艱難을 뚫고 경론經論經綸, 희망, 성찰, 투쟁, 상애相愛에 얽혀서 씩씩히 돌진하는 데 한 덩어리의 힘이 되고 생명이 되는 문학일 수밖에 없다.

3, 민족과 민족과의 계급적 대립관계로부터 일어나는 비굴卑屈의 뿌리인 ××와 ××에 대한 엄연한 반발─ 그리하여 ××의 ××에까지 고양高揚시키는 동시에 오늘의 혁명[99]적 민족의식의 문화적 앙양에까지 전개[100]시키는 문학일 수밖에 없다.

4, 세계 민족문학의 발전된 최고봉을 답사踏査 소화消化하여 적절히 내 것이 된 형식과 수법으로, 즉 표현내용에 따라 혹은 상징적 혹은 낭만적 혹은 자연주의적 혹은 표현파적 혹은 사실적 형식과 수법으로서 오늘날

---

97) 원문에는 '말하차면'으로 되어 있으나 오식이기에 바로잡았다.
98) 원문에는 '情熱'로 되어 있으나 오식이기에 바로잡았다.
99) 원문에는 '××'로 복자 처리되어 있으나 회월이 적절하게 '혁명'이란 단어로 채워 넣었다.
100) 원문에는 '고양'으로 되어 있으나 오식이기에 바로잡았다.

조선사람의 계급적 민족생활의 사회적 문화적 내용을 가장 힘 있고 문예적으로 발휘할 수 있는 문학일 수밖에 없다.

5, 민족 결합의 최유력 유대요 또 민족문화의 최고봉의 하나인 조선말과 조선글, 세계 어느 민족에 비하여서도 유례를 볼 수 없는 조선민족 성격의 발로인 조선말과 조선글[101]을 거쳐서 이 민족의 오늘날 의식을 민족 스스로 발견하도록 문예의 대중에게 침윤浸潤을 힘쓰는 동시에 발견한 그 계급적 민족의식[102]을 일층 순화하며[103] 강화하여 민족적 갱생의 선구가 될 문학일 수밖에 없다.

라고 주장하였다.

이에 대하여 동년 6월호 《조선지광朝鮮之光》지에 팔봉은 〈시평적時評的 수언數言〉과 및 동년 10월 《중외일보》 지상에 〈문예적 평론의 평론〉을 발표하여 무애의 소론을 반박하였고, 그리고 1930년 신년호 《중외일보》 지상에 〈1929년 문예계 총관〉[104]이란 논문과 회월의 동년 신년호 《조선일보》 지상에 〈1929년 예술논전의 귀결로 보아 신년의 우리 진로를 논함〉이란 논문[105] 등이 다 무애와 노풍의 논을 반박한 것이었다.

---

101) 원문에 '세계 어느 민족에 비하여서도 유례를 볼 수 없는 조선민족성격의 발로인 조선말과 조선글'이 누락되어 있어 채워 넣었다.
102) 원문에는 '계급의식'으로 되어 있으나 오식이기에 바로잡았다.
103) 원문에 순화하며가 누락되어 있어 채워 넣었다.
104) 원문에는 '1929년 문예총평으로 되어 있으나 오식이기에 바로잡았다.
105) 원문에는 '1929년 예술논쟁의 귀결로서 〈신년 우리의 진로를 논함〉이란 논문'으로 되어 있으나 오식이 있기에 바로잡았다.

제3장 방향전환의 문예운동

1

프로문학은 지지와 공격 가운데서 시대의 조류를 타고 그 세력은 그대로 뻗어나갔다. 더욱이 이 맑스주의사상 혹은 공산주의의 사상은 세계의 약소민족과 무산계급 속으로 파고들어가서 비참하고 불행한 그들의 생활을 동정하여 단결 항쟁할 것을 가르치며 약소민족이나 식민지에서 살고 있는 민족들 속으로 들어가서 지배계급 혹은 제국주의와 투쟁하며 혁명적 행동에 매진할 것을 일러주었다. 세계의 무산계급이 다 한 형제요, 동지일 뿐 아니라 소연방聯邦은 노동자 농민의 나라로 적극적으로 힘이 될 것을 기회 있을 때마다 선전하게 되었으니 당시 조선사람들은 민족해방운동만이 자나 깨나 생각하는 일이었으매 이 사상에 귀를 기울이지 않을 사람 누구 있었으랴!

이것은 식민지인 조선에만 있은 현상이 아니었고 세계를 휩쓸고 있는 한 개 사상적 괴물이었다. 맑스 자신도 그의 공산당선언에서 말한 바와 같이 알 수 없는 마력을 가진 괴물이었던 것이었다. 이것은 약소민족이나 노동자만이 관심을 갖게 된 것이 아니라 이 맑스주의의 변증법적 유물론은 당시 거진 세계 학계가 이에 심취하였으며 대학교수는 이것 없이는 그의 강의가 무능력하게 되었던 것이다. 철학도 사회학도 생물학도 문학도 다

이 사상이 골자가 되지 않고는 행세를 못하였으며 진리가 아니었으며 무가치한 것으로 버림을 받았던 것이었다. 이 맑스주의의 사상은 20세기의 새로운 종교와도 같았었다.

따라서 프롤레타리아란 말은 비상한 매력을 가지고 유행되었었다. 그 대신 부르주아(자본가)니 소시민이니 인텔리(지식인)란 말은 조소와 모욕의 의미로 사용되었던 것이었다.

이러한 시대의 조선문학— 현실주의에 눈을 뜨고 반항과 해방의식이 충만한 조선의 신경향문학이 곧 자연한 형세로써 맑스주의와 결합하게 된 것을 누가 이상하게 생각할 수 있었으랴!

그러므로 재래의 민족주의문학에 아무리 좋은 작품이 있고 정당한 이론이 있었다 하더라도 시대가 이것을 용인하지 않고 민중이 이에 대하여 귀를 기울이지 아니하였으니 결국 예술파의 작가들에게는 반동이라는 낙인이 찍힐 뿐이었다. 시대의 조류를 타고 민중의 환호 속에서 프롤레타리아문학운동은 급속도로 광범위로 발전하였다. 신진작가들은 물론이고 기성작가들도 대부분이 빈궁생활과 반항의식을 작품의 주제와 정신으로 하였던 것이다.

그런데 이렇게 발전되면서 있는 조선의 프로문학에서 특히 주목을 끄는 것은 작품보다 이론의 발전이 더 현저하였었다. 프로문학운동은 노동운동이나 사회운동의 발전과 정책에 보조를 맞추어 나갔던 까닭에 그 사회운동의 정책 이론이 변할 때마다 문예이론도 이를 추종하였었다. 그러니 자연히 이론이 늘 지도적 지위에서 우세하였던 것이었다.

이러한 프로문예운동의 적극적인 귀결점은 프로작가는 안일하게 문예창작에만 만족할 것이 아니요, 문학으로서 대중을 조직해야 한다는 행동적 조직론에 이르고 만 것이었다. 프로작품은 이 조직을 통하여 선전될 뿐만이 아니라 노동쟁의가 있을 때나 소작쟁의가 일어났을 때나 그 외에 대중투쟁운동이 있을 때는 달려가서 선동 · 격려의 작품을 낭독하며 혹은 음악 연극까지 간단히 상연하여 투쟁을 원조할 수 있는 조직[106]이 필요하게 되었던 것이었다. 소연방에는 물론 '라프'(약칭略稱)라는 예술가들의 조직이 있었으며 일본에는 '나프'라는 조직이 있어 맹렬한 활동을 하고 있었던 까닭에 조선에도 하루 바삐 예술가들의 단체 결성이 급무이었던 것이다.

이리하여 결성된 것이 《조선프롤레타리아예술동맹》이었다. 이곳에서 이 예술동맹(약칭 카프)[주56] 조선프롤레타리아예술동맹(The Proletarian Artist Federation of Korea)의 머리글자를 모아서 만든 약칭. 즉 KAPF]이 결성되기까지의 간단한 경과를 이야기하기로 한다.

일찍이 《백조》지가 발간된 지 2년 만에 폐간을 하게 되어 동인들이 흩어지게 되었지마는 이 동인들이 흩어진 것은 《백조》 잡지가 폐간한 데 원인이 있는 것보다도 이 《백조》지가 가지고 있는 사상성 때문이었다. 제1편에서도 논급한 바 있거니와 《백조》 동인들이 대부분 현실주의적 사상을 갖게 되어 팔봉, 회월을 비롯하여 이상화, 안석영安夕影 등이 모두 현실인 신경향 문예운동의 중심이 되었고, 좀 후의 일이기는 하나 빙허가 〈불〉을 쓰고 도향이 〈벙어리 삼룡이〉를 쓰게까지 되었으며, 월탄이 일찍이 역力의 예술을 부르짖게까지 되었으니 《백조》는 정상한 의미에서 폐간한 것보다도 현실주의로 해소하여 새로운 발전을 한 것이었다고 보는 것이 당연하였다.

논論이 좀 기로岐路로 갔으나 이리하여 팔봉과 회월은 민주시인 김석송 이성해 등을 비롯하여 조각가 김복진金復鎭 화가 안석영 등과 때때로 모여서 문학과 예술에 관하여 토론과 연구를 거듭하다가 신경향파의 사상을 세상에 외쳐보기로 결의하고 1925년 2월 8일 천도교기념관에서 문예강연회를 개최하였는데 그 주최자의 명의가 필요하게 되어 회원들의 성姓자를 영어자로 모아 '파스큘라'라는 기이한 이름 하나를 만들었다.

---

106) 원문에는 '조식'으로 되어 있으나 오식으로 보이기에 바로잡았다.

이런 때에 또 한편으로 송영 최승일 이호李浩 이적효李赤曉 등의 사회주의 문학청년들이 모여서 《염군焰群》이라는 문예잡지를 내려고 하여 염군사를 조직하였다. 물론 이 중에 송영과 최승일은 이미 문단에 알려진 작가였던 관계로 서로 의지가 맞고 목적이 같으므로 곧 파스큘라와 염군사가 합하여 1925년 7월에 비로소 '카프'가 결성된 것이었다. 그러나 석송만은 이에 가담하지 않았었다.

카프가 생기자 좌익 문학청년 혹은 혁명적 민족주의 의식을 가진 문학청년들이 이에 가입하였고 그 후 1927년에 동경에서 《제3전선第三戰線》이라는 문예지의 동인들이 또 이에 가맹하였었다. 그 동인들은 홍효민洪曉民 이북만李北滿 조중곤趙重滾 한식韓植 등으로 다 사회주의의 문예청년들이었다. 카프는 물론 일본 경찰의 미움을 받으면서 고난의 길을 걸었으며 그리하여 수차의 검거 사건이 있었다. 1931년 초하初夏 세칭 카프사건이라는 동맹원의 총검거가 있기 직전까지는 팔봉 김복진 회월 윤기정尹基鼎 이기영 등이 그 중심인물이었고 그 이후에는 임화林和 김남천金南天 권환權煥 안막安漠 등이 동경에서 귀국한 후로 새로운 간부가 되었었다. 동경에는 카프 동경지부支部를 설치하고 이북만의 이름으로 기관지 《예술운동藝術運動》을 1927년 12월부터 발간하였었다. 주로 이북만 김두용金斗鎔 한식 등이 활동하였다. 조선서는 카프의 기관지가 허가되지 않으므로 이 《예술운동》지에 힘을 집중하려 하였으나 이것도 수호數號를 내었을 뿐 계속하지 못하였었다. 조선 안에는 개성開城과 수원水原에 카프 지부를 두었었다.

카프에서는 1926년 2월에 기관지로 《문예운동文藝運動》지를 창간하였다. 그러나 겨우 2호 내고 말았었다. 이것은 원고검열에서 허가되지 않은 까닭이었다. 그 후 1931년 조춘早春 때마침 《시와 음악》이라는 잡지의 제호를 고치고 카프기관지로 제공하겠다고 하여 카프는 양창준梁昌俊을 곧 입회시키는 한편 그 잡지를 《군기群旗》라고 이름하고 또다시 원고 검열의 난관을 뚫고 겨우 창간호를 내었었다. 그러나 어찌 뜻하였으랴! 양창준은 자기가

편집자 겸 발행인이라는 지위를 이용하여 카프에 대한 불평분자를 규합糾
습한 후 카프에 반기를 들고 카프 탈취奪取운동을 일으키었다. 즉 카프 도
괴倒壞운동을 일으킨 것이었다.

이에 대하여 카프는 곧 양창준을 비롯하여 이에 관련한 개성지부 책임
자 민병휘閔丙徽와 그들과 동일한 행동을 한 엄흥섭嚴興燮·이적효李赤曉 등
을 제명하고 《집단集團》이라는 새로운 카프 기관지를 1932년 8월에 창간하
였었다.

2

카프가 생긴 후로는 조선의 프로문예운동은 모두 카프의 지도방침에 따
라 움직이었으며 그 결의에 따라 방향을 정하였던 것이었다. 카프의 첫째
번 지도방침은 문예운동을 자연생장적 경향에서 목적의식으로 전환시키
는 일이었다. 따라서 개인의식에서 집단의식으로 집중시키는 것이었다.

그리고 문예창작에 있어서는 가난한 생활 노동자 농민의 생활을 묘사하
는 데만 그칠 것이 아니라 맑스주의 의식 밑에서 지배계급 자본가계급과
투쟁하도록 할 것이며 이 투쟁은 신경향파작품이 나타난 것과 같이 방화
살인 등의 개인행동을 표현할 것이 아니라 계급적 집단투쟁으로 유도해야
할 것이니 즉 노동자 농민 일개인의 승리로 돌아가게 하는 것이 아니라 노
동조합 농민조합으로 돌아가도록 하라는 것이었다.

민촌의 〈종이 뜨는 사람들〉이란 단편이나 송영宋影의 〈군중정지群衆停止〉
〈석공조합대표石工組合代表〉 등의 단편이 다 집단의식을 표현한 작품들이
고, 한설야의 〈홍수洪水〉 〈과도기過渡期〉 〈공장지대工場地帶〉라든가 윤기정
의 〈빙고氷庫〉 〈새살림〉 등이 또한 그러하였었다.

그러나 시대는 쉬지 않고 진전하며 변화하여 가는 것이었다. 조선의 맑
스주의 진영에는 문득 방향전환론方向轉換論이 대두하게 되었다. 이 방향전

환론의 요지는 지금까지 실행하여 온 것은 주로 경제투쟁에서 정치투쟁으로 발전해야 한다는 것이었다. 그러하자면 혁명적 민족주의자나 맑스주의자는 제휴提携해야 할 것을 역설하였던 것이었다. 이러한 이론투쟁의 결과로는 결국 민족단일당인 신간회新幹會가 탄생하게 되었으며 모든 맑스주의자들이 이에 가입하였으며 따라서[107] 카프도 이에 가담하게 되었던 것이다. 그리고 곧 1927년 4월호 《조선지광》지에 회월의 〈문예운동의 방향전환론〉이 발표되었었다. 그러나 사실상 어떻게 창작된 작품이 이 이론에 합하게 될 것이라는 구체안은 없었다. 다만 너무도 많이 나와서 거진 싫증이 날만치 되어 있는 노동쟁의와 소작쟁의가 아닌 좀 더 넓은 생활에서[108] 투쟁을 해야 되겠다는 생각만은 작가들이 다 같이 은근히 가지고 있었다.

이런 때를 당하여 돌연히 두 편의 단편소설이 나타나서 문단의 물의를 일으키었으니 하나는 포석의 〈낙동강洛東江〉이었고 또 하나는 서해의 〈홍염紅焰〉이었다. 〈낙동강〉은 1927년 7월호 《조선지광》지에 발표된 것이고 〈홍염〉은 동년 11월호 《조선문단》에 발표되었었다.

서해의 〈홍염〉은 서북간도西北間島에서 살고 있는 가난한 조선 농민의 억울하고 슬픈 이야기였다[109]. 조선 땅에서 살 수 없어서 서북간도로 쫓겨나간 문文서방은 어떤 중국인의 토지를 소작하고 있었으나 그 해 수확이 시원치 않아서 중국인 지주에게[110] 내야 할 소작료를 내지 못하였다. 지주는 그것을 핑계로 문서방의 다만 하나인 딸을 뺏어다가 아내를 삼았다. 지주는 이 젊은 아내를 집 속에만 감추어 두고[111] 밖에는 물론 내어보내지 않았다. 문서방의 아내는 이로 인하여 병들어 죽게 되어 병상에서 마지막 딸을 보게 해달라고 함으로 문서방은 그 중국인 지주의 집에 가서 애걸복걸하

---

107) 원문에는 '라따서'로 되어 있으나 오식으로 보이기에 바로잡았다.
108) 원문에는 '생활이서'로 되어 있으나 오식으로 보이기에 바로잡았다.
109) 원문에는 '이야기었다'로 되어 있으나 오식으로 보이기에 바로잡았다.
110) 원문에는 '지주이게'로 되어 있으나 오식으로 보이기에 바로잡았다.
111) 원문에는 '주고'로 되어 있으나 오식으로 보이기에 바로잡았다.

였으나 지주는 절대로 아내를 내어놓지 않았었다. 문서방은 분노를 참을 수 없어서 깊은 밤에 그 지주의 집에다 불을 놓았으며 그 불 속에서[112] 뛰어나오는 지주를 쳐 죽이고 딸을 구해내었다는 이야기였다. 이 하늘을 덮을 듯한 〈홍염〉 속에서 독자는 민족적 분노와 한 가지 민족적 복수復讎가 또한 불타고 있었다. 커다란 민족적 반항이 용솟음쳐 나왔었다.

그 다음으로 〈낙동강〉은 공산주의자 박성운이 감옥에서 병이 위중하여 보석으로 출옥하게 되어 고향에 돌아오는 길에 많은 동지들의 환영을 받으며 한 가지로 낙동강을 건너면서 이 심약해진 병인의 회고懷古와 애상이 시작되는 것이었다. 창자를 에이는[113] 듯한 슬프고 눈물겨운 장면의 묘사가 이 작품의 생명이 있는 부분이었다.

박성운은 이 낙동강에서 자라났다. 그리고 그는 살아보려고 애도 썼다. 그러나 그는 조선의 독립운동이 일어나자 모든 것을 내어버리고 혁명투사로 나섰었고, 그리하여 남북만주南北滿洲·상해上海·노령露領 등지로 돌아다니면서 활동을 계속하였다. 그리고 그가 다시 조선에 돌아올 때에는[114] 공산주의자가 된 것이었다. 병자인 박성운은 배를 타고 고향인 낙동강을 건너매 별안간 뱃노래가 듣고 싶었다. 그리하여 그는 뱃사공을 졸라서 기어코 뱃노래를 듣고 슬픈 마음을 진정할 수가 없었다.

노래는 끝났다. 성운은 거진 미친 사람 모양으로 날뛰며 바른 팔 소매를 걷어들고 강물에다 정구며 팔로 물을 적셔보기도 하며 손으로 물을 만지기도 하고 끼얹어 보기도 한다. 옆 사람이 보기에 딱한지

"이 사람 큰일났구먼, 이 병인이 지금 이 모양의 팔을 찬 물에 정구고 하니 어쩌잔 말고."

"내사 이래 죽어도 좋다. 늬 너머 걱정 마라……"

---

112) 원문에는 '불속이서'로 되어 있으나 오식으로 보이기에 바로잡았다.
113) 원문에는 '어이는'으로 되어 있으나 오식으로 보이기에 바로잡았다.
114) 원문에는 '때이는'으로 되어 있으나 오식으로 보이기에 바로잡았다.

그럴수록 병인은 더 날뛰며 옆에 앉은 여자에게 고개를 돌려

"로사! 늬 팔 걷어라. 내 팔하고 같이 이 물에 정궈 보자. ……"

여자의 손을 잡아다가 잡은 채 그대로 물에다 정구며 물을 저어 본다.

"내가 해외에 가서 다섯 해 동안을 떠돌아다니는 동안에 강이라는 것이 생각날 때마다 내가 이 낙동강의 어부의 손자요 농부의 아들임을 잊어본 적이 없었다…… 따라서 조선이란 것도."

박성운은 그 후 죽고 말았다. 그의 동지요 또 애인인 로사는 고향을 떠나 박성운이가 밟던 길을 계속하려고 하였다. 이 작품이 나오자 팔봉은 그의 〈시감이편時感二篇〉[주57] 1927년 8월호《조선지광》지]에서 다음과 같이 평을 하였다.

"이만큼 감격으로 가득 찬 소설이− 문학이 있었던가. 이만큼 인상적으로 우리들의 눈앞에 모든 것을 보여 준 눈물겨운 소설이 있었던가. 이것은 어떤 개인의 생활기록이 아니다. 이것은 현재 조선− 1920년 이후 조선 대중의 거짓 없는 생활기록이다"라고 격찬하였다. 그러나 이에 대하여 〈낙동강〉은 감상주의에 떨어진 작품이지 우리들이 기다리는 제 2기적 작품은 아니다고[115] 한 조중곤趙重滾의 반박문도 있었다.[주58] 1927년 10월호《조선지광》에 실린 조중곤의 논문 〈낙동강과 제 2기 작품〉에서]

여하간 이 작품은 프로작가들이 이지적으로 일부러 감추려고 하던 인간성을 그대로 정직하게 드러내어 놓은 것에 대하여 문학적인 가치를 주어야 할 것이었다. 이때까지의 프로문학에는 싸움이 있을 뿐 눈물과 사랑이 없었다. 이러한 것은 투쟁의식을 마비시키는 장해물로 부르주아문학에만 있을 것이라고 배척하였던 것이었다. 정치적으로 방향전환기의 작품이 되고 안 되고는 별문제로 하고 이 작품은 문학적으로 보아 프로문학의 일단의 진전이 아닐 수 없었다. 포석이 유래의 자기의 작풍을 버리고 대담하게

---

115) 원문에는 인용부호를 사용하여 직접 인용한 것으로 되어 있지만 이것은 박영희가 요약 정리한 것이라 인용부호를 뺐다.

인간의 일면을 묘사하여 애상의 정서를 무르녹게 한 그 동기는 확실히 방향전환에서 비롯한 첫째 번 실험이었다. 프로문학의 정치적 방향전환이란 결국 계급적인 데서 전체성으로 가자는 뜻이 있고 혼자만 좋아하는 문학에서 민족적으로 감동할 수 있는 문학을 만들자는 것이니 이런 의미에서 〈홍염〉과 〈낙동강〉은 방향전환기를 대표할 수 있는 작품임에 틀림없었다.

그러나 프로문단에는 프로문학의 구태舊態의 작품이 그대로 신진들에 의하여 계속되었었다.

3

카프가 방향전환을 설명하고 단체행동을 시작하여 문학청년들을 조직하는 활동이 활발해지자 경찰은 이에 대하여 큰 관심을 가졌던 모양으로 이후로 카프의 집회는 일체로 금지되었으며 그 활동은 완전히 봉쇄封鎖되고 말았었다. 프로[116] 문예운동에 대한 위정爲政 당국의 탄압은 날로 가혹하여 갔으므로 뒤에 나오는 프로작가들은 그 작풍을 근본적으로 고치지 않으면 아니 되었었다. 계급의식의 작품을 쓰는 작가들도 카프에 가맹은 아니 하였어도 그 방향만은 같이 하며 또 자연생성적인 작품을 써서 카프의 뒤를 따르려고 하였으므로 이러한 작가들을 총칭하여 동반자작가라고 하였었다.

1926년 11월호 《조선지광》지에 김병제金炳濟의 단편 〈떨어진 팔〉, 동년 12월호 동지에 송순일宋順鎰의 〈서기書記생활〉 등의 단편들이 다 신경향파의 의식을 벗어나지 못하였으며 역시 자연생장적인 작품들이었다.

당시 동반자작가로서 특별히 문단의 주목을 끌게 한 작가가 있었으니 그는 이효석李孝石과 유진오兪鎭午였다.

---

116) 원문에는 '푸'도로 되어 있으나 오식으로 보이기에 바로잡았다.

이효석은 1927년 2월호 《대중공론大衆公論》에 기선汽船 보이가 혁명 동지를 노국露國에 밀항시키는 것을 주제로 한 〈노령근해露領近海〉라는 단편을 발표한 후 이어서 〈행진곡行進曲〉 등 많은 단편을 발표하였었다. 그의 문장이 간결청신簡潔淸新하여 작품의 인상을 깊게 하였다.

유진오(현민玄民)는 1928년 5월호 《조선지광》지에 처음으로 단편 〈스리〉를 발표하고 이어서 〈파악把握〉 〈피로연披露宴〉 〈빌딩과 여명黎明〉 등의 단편을 발표하였는데 이 작품들은 프로의식이 얕은 것이었고 〈5월의 구직자求職者〉 〈여직공女職工〉 등의 단편에서 비로소 계급의식의 심화를 볼 수 있었다. 그러나 그의 작품에는 맑은 이지와 사색이 빛나고 있어서 계급의식의 주관적 정열이 적었었다. 그리하여 후일 안함광安含光은 그를 평하기를 "그러기 때문에 씨는 계급적 계선界線에 있어서의 자신의 위치에 관하여 정확한 인식을 가졌었던 것이니 씨는 결국 한 개의 인텔리에 불과하다는 것을 꿈에도 부인해본 일은 없는 것이나 아닌가고 생각한다"[주59] 1936년 4월호 《신동아新東亞》지에 실린 안함광의 논문 〈작가 유진오씨를 논함〉에서]라고 하였었다. 그러나 그의 이러한 이지적인 것이 오히려 작품의 주인공의 성격을 확실하게 하며 작풍을 명랑하게 하였다. 김영팔金永八은 일찍이 송영 등과 같이 염군사 동인이었으며 당시 인쇄직공이었기 때문에 프로문학에서 말하는 그 체험자로서 그 방향에 특이한 촉망을 받았으나 그의 작품에는 그와는 반대로 계급의식의 적극성이 적었었다. 그러다가 1929년도에 와서 다소 적극적인 태도의 표시로 그 5월호 《조선문예》지에 희곡인 〈대학생大學生〉을 비롯하여 〈세 식구食口〉 〈검은 손〉 등의 작품을 발표하였었다.

백신애白信愛는 1929년 1월호 《조선일보》에 〈나의 어머니〉가 당선된 후로 〈꺼래이〉 〈적빈赤貧〉 등의 단편을 발표하였다. 빈난한 현실생활을 제재로 하는 작가이었으나 투쟁의식까지는 가지 않았었다. 자연주의적인 수법이 많았다.

〈꺼래이〉는 전답을 거저 주고 행복하게 살 수 있다는 소문을 곧이듣고 노령露領으로 이주하는 조선 농민의 신산辛酸한 생활을 그린 단편으로 오나 가나 학대를 면치 못하는 조선 사람의 운명을 드러내었던 것이었다.

1930년 신년호《조선지광》지에 발표된 엄흥섭嚴興燮의 단편〈흘러간 마을〉도 자연생장적인 작품이기는 하나 계급적 투쟁의식이 아주 없지도 않았으며 그 후로 그는〈안개속의 춘삼春三이〉〈번견탈출기番犬脫出記〉등의 동일한 경향의 작품을 계속하여 발표하였다.

그리고 당시 카프의 신진으로 예리한 투쟁력을 발휘하려고 한 '아지프로'[주60] '아지'는 '아지테이션'(Agitation, 선동)의 약칭. '프로'는 '프로파간다'(Propaganda, 선전)의 약칭. 이것을 합하여 '아지프로'라고 하였다.]의 작가와 시인이 있었으니 김남천과 권환 등이었다. 권환은 시인이었으나 처음으로〈목화木花와 콩〉이라는 단편을 발표하였다. 이것은 1931년 6월중《조선일보》에 발표된 것으로 농촌 사람들의 집단적 투쟁의식을 강렬하게 표현한 작품이었다. 김남천도 동년《조선지광》지에l〈공우회工友會〉니〈공장신문工場新聞〉이니〈조정안調停案〉이니 하는 등의 폭로와 선동을 겸한 단순[117] 명쾌한 투쟁의식을 표명하였었다.

이 외에 이종명李鍾鳴의 작풍이 변하여 동반자가 되기를 노력하였으니 1929년 5월호《조선문예》지에 발표한〈조고만 희열喜悅〉과 같은 작품이 그러한 경향의 시작일 것이다 그리고 전무길全武吉도 카프운동에 동정자로 투쟁적 작품을 발표하지는 못했으나 그 대신 부요富饒로운 사람들의 내면생활을 폭로하고 표면으로 가장하려는 소위 신사숙녀들의 내면생활을 묘사하려는 정도의 것이었다. 1930년 5월호《대조大潮》에 발표된〈허영녀虛榮女의 독백獨白〉이니 그 외의〈심판審判〉등의 작품이 다 그러한 경향의 것이었다.

---

117) 원문에는 '단편'으로 되어 있으나 문맥으로 보아 오식으로 보여 고쳐 썼다.

소설에서와 같이 시에 있어서도 그 의식성과 그 성격에 따라 분류될 수 있으니 1930년대의 프롤레타리아 시를 네 가지로 분류할 수 있다고 생각한다. 첫째로는 시조형時調型을 빌어서 계급의식을 나타내려는 정향이고, 둘째는 프롤레타리아의 로맨티시즘으로 애상적으로 흐르는 경향이고, 셋째는 프롤레타리아 〈리얼리즘〉이고 넷째는 프롤레타리아의 생활을 회화적으로 묘사하려는 경향이다.

이 첫째의 경향을 나타낸 것은 권구현權九玄의 시집《흑방黑房의 선물》[118] 이었다. 이 시집은 1927년에 돌연히 나타난 것으로 더욱이 당시에 시조 같은 것은 돌아다보지도 않던 혁명의식만이 듬뿍 차있는 분위기 속에서 시조형의 프로시란 대단히 기이한 존재이었었다. 당시 프로시단에서는 아무도 이러한 경향에 대하여 관심을 가진 사람이 없었고 그냥 묵살하여 버렸던 것이다. 더구나 방향전환기의 프로시는 소작쟁의단에나 동맹파업단에 가서 여러 사 람을 선동할 수 있고 격려할 수 있는 자극성 많은 투쟁구句의 나열에 만족하던 때라 이러한 시형詩形에 대하여는 관심을 갖는다는 것보다도 무시하여 버렸던 것이다. 또 한 가지 이유는 그가 맑스주의자가 아니고 무정부주의자라는 까닭도 있었던 것이다.

그의 시에서 한 두 수首를 뽑아 소개하려고 한다.

옷도 없고 밥도 없고
님조차 없아오니
천지天地야 넓으건만
적막寂寞하기 끝없고야
두어라 자유이자自由二字

---

118) 영창서관 발행.

이내벗 되올러라

이것은 그의 시집 중 제 12번이고, 또 이러한 시가 있었다.

노예奴隷에서 기계機械로
이몸을 다팔아도
한끼가 극난極難하니
생래生來의 무삼죄罪가
천야天野야 넓다하되
밭붙일곳 바이없네

그의 시집에는 거진 이러한 시조형의 시뿐이었다. 이러한 경향은 물론 아무도 공명하는 사람도 없는 한 개인의 경향에 머무르고 말았었다. 그 다음으로 시단에 문제를 던진 것은 임화의 시풍이었다. 그는 1929년 2월호 《조선지광》지에 〈우리 오빠와 화로火爐〉라는 시를 발표하고 이어서 〈양말洋襪 속의 편지〉〈네거리의 순이順伊〉 등의 서사시를 발표하였었다. 이 서사시는 파인 이후의 일로 한 개의 새로운 시형의 경향을 만들 수 있었던 것이었다. 프로시는 본래 그 내용이 정서에 있는 것이 아니라 생활에 있었던 까닭에 다소 소설적인 요소를 가졌으므로 아무래도 장시長詩를 쓰게 되었으니 이 서사시형을 가져다 쓰는 것도 프로시의 적당한 시형이 될 수도 있었다. 그리고 임화의 프로서사시의 새로운 경향은 애상적이라는 점에 있었다. 이때까지 투쟁적 프로시에서는 연약한 눈물이나 한숨의 표현이 거진 한 개의 전형인양 금지되었었다. 그러던 것이 임화의 이 서사시에는 생활고와 투쟁 후에 생기는 피로와 한 가지 눈물과 한숨의 애끓는 표현이 있고 설움과 슬픔이 넘쳐흘렀다. 그리하여 프로시의 타협이니 퇴보니 하는 비난이 일방에서 있었음에도 불구하고 어느덧 시단의 유행형流行型이 되고 말았었다. 이에 관하여 팔봉은 아래와 같이 논평하였었다.

　"첫째 프롤레타리아 시인은 그 소재가 사건적 소설적인 데 주의해야 한다. 그리하여 될 수 있는 대로 그 소재의 시적으로 필요한 부분만 추리어 가지고 적당하게 압축하여 사건의 내용과 사건을 중심으로 한 분위기는 극히 인상적으로[119] 선명 간결하게 만들기에 힘쓸 것이다"라고 말하고, 다시 계속하여 "이에 이르러서 나는 임화 군의 시를 끌어온다. 〈우리 오빠와 화로〉는 그 골격으로서 있는 사건이 현실적이요, 실재적이요, 오빠를 부르는 누이동생의 감정이 조금도 공상적 과장적이 아니며 전체로 현실 분위기, 감정의 파악이 객관적 구체적으로 되었고, 그리고 그것은 한 개의 통일된 정서를 전파(傳播)하는 동시에 감격으로 가득 찬 한 개의 생생한 소설적 사건을 안전에 전개하고 있다[120]〉[주61] 1929년 5월호《조선문예》지에 실린 김기진의 논문 〈단편서사시의 길로〉[121]에서]라고 찬사를 보냈었다. 그러나 이러한 경향에 대하여 반대의 이론이 또한 있었으니 그 중에서도 민병휘(閔丙徽)의 논문에서 일절을 인용한다.

　"우리는 이상의 시를 읽고 무엇을 찾아낼 수 있는가? 이 로맨티시즘에 흐르는 노동자 농민에게 무엇을 힌트 하였던가? 우리는 눈물에 젖어있는 이 작품에서 아무 것도 찾아내지를 못한다. 다만 작품의 주관에서 움직이는 한 노동자의 눈물겨운 애소밖에 되지 못하였다. 우리는 이러한 작품을 대중 중으로 들여보낼 수는 없었다. 여기에는 '아지·프로' 조직을 위하는 바의 아무 것도 찾지 못하였다. 더욱이 우리는 이같이 로맨틱한 노동자의 노래를 승인하여서는 아니 된다"[주62) 1930년 9월호《대조》지에 실린 민병휘의 논문 〈예술의 대중화문제〉에서]라고 하였었다. 이리하여 적지 않은 논쟁이 벌어졌

---

119) 원문에는 '인상적으로'가 누락되어 있다.
120) 원문의 이 대목은 "오빠를 부르는 감정이 조금도 공상적 과장적이 아니며 전체로 현실분위기 감정의 파악이 객관적 구체적으로 되었고 그리고 그것은 한개의 통일된 정서를 전달하는 동시에 감정으로 가득찬 한개의 생생한 小說的事件을 안전에 전개시키고 있다"이다.
121) 원문에는 '一九三〇年'長篇敍事詩로 되어 있어 오류이기에 바로잡았다.

던 것이었다. 이에 대하여 임화는 〈시인이여! 일보 전진하자!〉는 논문[주63] 1930년 6월호 《조선지광》을 발표하고, 자기비판을 시작하였으니 그는 이렇게 말하였다. -

"그것은 작년 2월 《조선지광(朝光)》 2월호에 실린 임화의 〈우리 오빠와 화로〉의 출현으로 명확해졌다고 말하여도 별 폐단이 없을 것이다. 이것은 사실에 있어서 되나 못되나 문제를 야기하였고 그 후의 적지 않은 영향을 끼친 것으로 필자의 엄정한 입장에서 자기비판을 요하게 된 직접적 동인[122]이며 그에 대한 책임을 갖는 것이다.

우리는 언제나 여하한 작가의[123] 작품임을 물론하고 필요한 시기에서 그 프롤레타리아적 준열峻烈한 비판을 가하여야 하는 것이 진정한 노동자적인 행동일 것을 잘 안다.

따라서 필자가 자기의 시를 문제의 대상으로 하는 이유도 여기에 존재한 것이다. (중략) 즉 필자의 2, 3의 시의 소少부분의 사실성은 감상주의 비非××[투쟁]적 현실의 예술화로 전환되고 만 것이다."

라고 하였다.

그는 자기의 센티멘탈한 내용에 대하여 이와 같이 사과하였으나 결국 이러한 경향은 일시 크게 유행하게 되었었다. 박세영朴世永의 시도 그 〈사등선실四等船室〉[주64] 1929년 6월호 《조선문예》지에 실린 박세영 씨의 시 〈사등선실〉] 같은 시는 서사시형으로 되어 있었다. 그리고 프롤레타리아 리얼리즘에는 권환의 시가 그 대표가 될 수 있으니 그의 시로서는 〈가려거든 가거라〉 〈우리를 가난한 집 계집애라고〉 등의 아지 · 프로시가 그것이다. 김용제金龍濟, 박아지朴芽枝 등이 다 이에 속한다. 그리고 프로 생활을 인식하는 정

---

122) 원문에는 '직접 원인'으로 되어 있으나 오식이기에 바로잡았다.
123) 원문에는 '작가의'가 누락되어 있다.

도로 객관적으로 묘사하는 시인들은 김대준金大駿, 김창술金昌述, 류완희柳
完熙(적구赤駒), 송순일宋順鎰 등이었는데 그 중에도 김대준의 시는 좀 더 회화
적이고 전아典雅한 맛이 있었다. 1929년 5월호《조선문예》에 발표된 〈변춘
곡變春曲〉을 비롯하여 〈동방東方의 처녀處女〉〈태양 같은 사나이여〉 등의 시
가 다 그러한 경향의 작품들이었다.

제4장 카프운동의 반성기

1

　프로문예운동이 일어난 후로 이에 대한 문단의 물의는 자못 높았었다. 그것은 위에서 이미 논급한 바와 같이 프로문예에 대한 민족주의 진영의 공격이나 예술파들의 비난 등도 물론 많았었지만 프로문예의 자기 진영 안에 일어난 논쟁이 또한 컸었다. 그것은 진정한 맑스주의를 파악하려고 함이었으며 따라서 제각각 자기만의 투쟁의식을 옳다고 생각하는 까닭도 있었지마는 이 시기에 일어난 논쟁의 요점은 사상적으로 또는 문학적으로 심각한 근본 문제가 있었던 것이다. 사상이 다르고 문학관이 다른 양 진영의 논쟁은 이미 흥미를 잃어버린 것으로 이것은 이미 과거의 사실이려니와 프로문예의 활발하고 용감한 실천적 발전 속에서 자기도 모르게 성장한 모순과 결함에 대하여 물의를 거듭하게 된 결과 이것의 심화와 발전은 자기 진영 내의 이론투쟁으로 전환되고 말게까지 되었던 것이다.

　그러나 이것을 고찰하기 전에 무정부주의자였던 김화산金華山과 맑스주의의 프로문예 진영과의 논쟁을 잠깐 살피기로 한다. 당시 조선에는 이 아나키즘을 사상 내용으로 한 문학운동이 집단적으로 있었던 것도 아니었으며 또 아나키즘의 사상을 가진 사람들은 파괴와 자유가 있을 뿐으로 특별히 맑스주의에서와 같이 조직적인 문예정책이 있었던 것도 아니었으나 프로문예운동을 공격한 것은 주로 맑스주의의 사상적 내용에 관한 것이었다. 김화산은 1927년 3월호 《조선문단》에 〈계급예술론階級藝術論의 신전개新展開〉라는 논문을 발표하여 맑스주의 문예이론을 공격하자 이에 대하여 조중곤, 윤기정, 한설야, 임화 등이 일제히 응전하였던 것이었다. 그는 다시 《현대평론現代評論》지 동년 6월호에 〈뇌동성雷同性 문예론文藝論의[124] 극복克服〉과 《조선일보》에 〈속뇌동성문예론續雷同性文藝論의 극복〉[125]이라는 반박을 발표하였다. 그는 이와 같이 말하였다.

"볼셰비즘은 필연적으로 무산계급의 독재를 요구한다. 무산계급의 독재란 무엇이냐? 그것은 프롤레타리아의 특수 억압 권력을 의미한다. 환언하면 부르주아로부터 프롤레타리아에의 억압 권력의 교체다"라고 지적하여 부르주아가 전횡하던 권력을 프롤레타리아가 뺏어가지고 인민을 압박한다는 뜻이었다.

그리고 그는 계속하여 "투쟁기의 예술은 정통 무산계급적 인식의 표현이다. 무산계급 내부에 발효醱酵하며 삼투滲透하며 결성된 투쟁 의사의 자유로운– 즉 하등의 강제와 명령에 의依치 않는– 자신 의욕의 표현이 아니면 무산계급의 예술이라 말할 수 없는 것이다. 그리함에 불구하고 볼셰비키의 야심가, 악惡선동가 내지 그네의 부화뇌동적附和雷同的 주구走狗 잡졸雜卒들은 예술을 그네의 괴뢰傀儡로 사용코자 한다.[126] 정당어용政黨御用 예술, '중앙집행위원회中央執行委員會' 명령의 예술이 아니면 예술이 아니라 한다. 이제 이 포학暴虐한 선동가는 예술을 유린하여 득의양양이다[127]〉[주65] 1927년 6월호 《현대평론》지에 실린 김화산의 논문 〈뇌동성문예론의 극복〉에서]라고 하였다. 그의 논지는 무정부주의자가 신조로 하는 자유분권제自由分權制의 사회의식과 이러한 의식 밑에서 창작되는 문학의 자유성을 주장한 것이었다.

---

124) 원문에는 '文藝의'로 되어 있으나 오류이기에 바로잡았다.
125) 이 글은 《조선일보》에 1927년 7월 19일부터 23일까지 연재되었다.
126) 원문의 문장은 "그리함에도 불구하고 볼셰비끼의 附加雷同的 走狗雜卒들은 예술을 그네의 傀儡로 사용코자 한다"이다.
127) 원문의 문장은 "이제 이 포악한 선동가는 예술을 유린하여 득의양양하다"이다.

그러나 당시의 주류는 맑스주의자였던 까닭에 고군분투孤軍奮鬪하는 김화산의 문학론은 그대로 무기력하게 되었었으나 이 '문학의 자유성'에 대하여는 프로문예운동 진영 내에 한 개의 괴이한 자극제였었다.

2

그 다음의 중요한 문제로 좌우 양 진영의 작가들의 주목을 끌던 것은 문학의 형식 문제이었다. 프롤레타리아문학이 또한 문학인 이상, 문학적인 독특한 발전 형태가 필요한 것은 당연한 것이었다. 맑스주의의 계급의식에만 틀림이 없으면 어떠한 작품이거나 다 문학적 가치를 인정하려는 문예관에는 차차 불만의 소리가 높아가고 있었다. 사실상 프로문예운동에는 비문학적인 것의 성장으로 문학적으로 재출발을 해야 할 시기에 이르렀으나 이것은 정당한 이론투쟁이 없이는 단행하기 어려운 문제이었다. 이때에 마침 문제의 도화선이 된 것은 회월의 단편에 대한 팔봉의 비평문이었다. 1926년도에 발표된 회월의 두 편의 단편소설, 즉《별건곤別乾坤》창간호에 실린 〈철야徹夜〉와《조선지광》지에 실린 〈지옥순례地獄巡禮〉가 그것이었다. 〈철야〉에는 굶주린 사람의 고뇌와 그 심리상태를 나타낸 것이며, 〈지옥순례〉에는 굶주린 사람이 깊은 밤에 최후 수단으로 남의 물건을 약탈掠奪하여 먹고 그 결과가 악화되어 결국 살인까지 하고 감옥으로 가는 이야기였다. 그런데 이 두 편의 소설에 대하여 팔봉은 아래와 같은 평을 하였었다.

박영희 형의 〈철야〉 〈지옥순례〉 두 편에 대하여서도 나는 내가 마땅히 말하여야만 할 말을 다 하여야겠다.

먼저 〈철야〉에 대하여서 단순하게 말하면 이 소설의 구상은 가장 논리적으로 된 것 같다. (중략) 작자는 "인생이란 무엇이냐? 생활이란 무엇이냐? 빈부의 차별이 정당한 것이냐? 아니다. 우리는 빈곤하다, 우리는 무산계급자다, 무산계급은 자自계급의 적과 투쟁하지 않으면 아니 된다"는 것을 말하기 위하여 너무도 쉽사리 간단간단하게 처리하였다. 그 결과 이 일편은 소설이 아니요, 계급의식, 계급투쟁의 개념에 대한 추상적 설명에 시종하고 말았다. 일언일구가 이것을 설명하기 위하여서만 사용되어 있다. 소설이란 한 개의 건축이다. 기둥도 없이 서까래도 없이, 붉은 지붕만 입히어 놓은 건축이 있는가? (중략)

작자는 최후의 '계급 운운云云'의 말을 쓰기 위하여서 명진이를 썼고 이 글을 썼다고 보았다."[128][주66) 1926년 12월호 《조선지광》지에 실린 김기진의 〈문예월평文藝月評〉에서]

라고 하였다. 이 평문에서 보이는 바와 같이 프로문학은 벌써 계급의식과 멀어지기 시작하였으며 문학적인 데로 접근하여지려는 경향을 나타내고 있었다. 그러나 이러한 경향이 전적으로 시인되기에는 아직 시기가 일렀었다.

이 평문에 대하여 회월은 1927년 《조선지광》 신년호에 〈투쟁기에 있는 문예비평가의 태도〉라는 반박문을 발표하였었다. 그는 이 논문에서 문예상에 있어서 내재적 비평과 외재적 비평을 구명하고 투쟁기에 있는 현재

---

128) 원문에 기술된 인용문은 다음과 같다. "朴英熙兄의〈徹夜〉〈地獄巡禮〉두 편에 대해서도 나는 마땅히 말하여야 할 말을 다 하여야겠다. 먼저 〈徹夜〉에 대하여서 간단히 말하면 이 소설의 구상은 가장 논리적으로 된 것 같다. 작자는 인생이란 무엇이냐? 생활이란 무엇이냐? 貧富의 차별이란…… 한 것이다. 우리는 貧窮하다. 우리는 무산계급의 사람이다. 自階級의 투쟁과 한가지로 투쟁하지 않으면 아니 된다. 이것을 말하기 위하여 너무도 쉬움사리 간단 간단하게 처리하였다. 그 결과 이것은 일편의 소설은 아니요, 계급의식 계급투쟁에 대한 추상적 설명에 시종하고 말았다. 일언 일구가 이것을 설명하기 위하여서만 사용되어 있다. 소설은 한개의 건축이다. 기둥도 없이 석가래도 없이 붉은 지붕만 입혀 놓은 건축이 있는가?…… 작자는 최후의〈階級云云〉의 말을 쓰기 위하여서 명진이를 썼고 이 글을 썼다고 본다."

에는 외재적[129] 비평에 치중할 것을 역설하였었다. 다시 말하면 문학사적 비평보다도 사회적 의식으로 결정하는 문화사적 비평에 치중할 것을 강조하였었다.

"프롤레타리아의 작품은 군의 말과 같이 독립된 건축물을 만들려는 것이 아니다. 상론上論 말과 같이 큰 기계의 한 치륜齒輪인 것을 또다시 말한다.[130] 프롤레타리아의 전문화가 한 건축물이라 하면 프롤레타리아의 예술은 그 구성물 중에 하나이니 석가래도 될 수 있으며 기둥도 될 수 있으며 기와장도 될 수 있는 것이다. 군의 말과 같이 소설로서 완전한 건물을 만들 시기는 아직은 프로문예에서는 시기가 상조한 공론空論이다"[131]라고 설명하였다.

이에 대하여 제삼자 관觀으로 또 한 가지 이론이 나타났으니 그것은 권구현의 장검론長劍論이었다. 그는 그의 논문에서[주67) 1927년 2월호 《동광東光》지에 실린 권구현의 논문 〈계급문학과 그 비판적 요소〉에서] 말하기를 "나는 이것을 증證하기 위하여 한 개의 작품을(예술을) 김 군은 건축에 비하였고, 박 군은 치륜에 비한 데 대하였음에 반하여 장검長劍은 결코 평상시에 애검가愛劍家가 가지는 그와 같은 장검은 아니다. 급격히 몰아 들어오는 적을 물리치기 위하여서 만든 장검이다. 그러므로 이것은 피갑皮匣도 없고 자루도 험險하고 칼등도 함부로 굽었다. 광택도 물론 없다. 그러면 애검가가 이 장검을 볼때에 무어라고 평할 것인가. 장검이 요구하는 요건을 구비치 못한 불완전한 장검이라고 발길로 차 내버리지나 않았으면 만행萬幸이겠다. 그러나 생각해 보라! 미구에 쳐들어올 적을 방비하기 위하여 응급應急히 제작하는 이 장검에서 무엇을 요구할 것인가. 아로 새기는 세공細工을 요할 것인가. 정제整齊한 전형과 광택 있는 맵시를 구할 것인가 피갑을 구할 것인가. 아

---

129) 내용상 '내재적'은 오식으로 보이기에 바로잡았다.
130) 원문의 문장은 "레닌의 말과 같이 큰 기계의 한 치륜齒輪인 것이다."이다.
131) 원문에는 강조점이 누락되어 있다.

니다. 아무것도 구하며 요하지 않는다. 여기에서 오로지 바라는 바는 먼저 양호한 강철을 취택한 다음에 낙락장송落落長松이라도 일도참단一刀斬斷할 날카로운 백도白刀뿐이다. 우리가 취택하는 제재는 강철이다. 표현은 백도이다. 목적은 다 같이 적을 물리침에 있다"고 하였다.

그런데 이 기회를 타고 양주동은 새로운 공격을 프로 진영에 향하여 시작하였다. 그는 1929년 《문예공론》지에 〈문예상의 내용과 형식 문제〉라는 논문에서 "문제의 유래는 많은 말을 약하고 일언으로 프롤레타리아 문예비평가의 '형식에 대한 재인식'에서 출발되었다. 수삼년 이래의 프롤레타리아 문예비평가들은 내용 만능주의를 주장하여 왔다. 그 논지는 여기 다시 노노呶呶할 것 없지마는 독자에게 대개 소개할 필요도 있으리라 생각한다'라고 논을 시작하여 이상 3인의 소론을 반복한 다음 "그리하여 수년간 프롤레타리아 평가는 여상의 이론을 그 지도정신으로 삼아왔으며 그 진영에 속하는 작가들과 그 산하에 있는 기다幾多의 문학청년들은 오로지 내용을 제래齊來키에만 급급하여 소호小毫도 작품의 예술적 구성에 대하여 고려치 않은 결과 작품은 모조리 극단의 조제남활품粗製濫活品으로 끝나고 말았으며 작품의 스토리조차 막다른 골목에 들어가 살인 방화의 결과를 천편일률적으로 사용하여 독자의 권태를 야기케 한 것은 불행히도 필자의 야유揶揄적 예측과 일치된 바 있었다. 더구나 힘과 세勢만을 작품의 유일한 목적 내용으로 한다는 프롤레타리아 작품이 그 형식에 대한 고의적 부정으로 인하여 열을 구현키는 고사하고 도리어 치졸한 공식적 현실 유리遊離의 가공架空적 작품으로 끝나고 만 것은 좌파左派론가로 보면 뜻밖에 일이라 하려니와 우리의 관찰로 보면 대개大蓋 당연 이상의 당연이었다"라고 하였었다.

여하간 당시 문단에는 이 내용과 형식 문제로 하여 새로 과제가 생겼던 것만은 사실이었다. 카프 내에서 더욱이 문제되었던 것은 역시 내용 문제로서 팔봉의 '계급 운운'이라는 말에 큰 관심을 갖게 되었던 것이다. 그 후

팔봉에 대한 공격 논문 등이 발표되자 팔봉은 1927년 2월호 《조선문단》지에 논문[주68] 1927년 2월호 《조선문단》에 실린 김팔봉의 논문 〈무산문예 작품과 무산문예 비평〉에서]을 발표하여 말하기를 "군 일개인뿐만이 아니라 우리들의 동지의 대부분이 나의 비평가적 태도에서 소위 '프로문예비평가가 되기 전에 〈계급의식운운〉에 호감'을 가져야만 할 만큼 불선명한 점이 있는 것이 사실이라면, 공인하는 사실이라면 마땅히 나는 동지들 앞에서 고개를 숙이고 사죄하고 앞날을 맹서盟誓하겠다"[132]고 하여 논쟁은 표면상 일단락을 보게 되었으나 이 문제는 내용 문제와 한 가지로 장래 카프문예운동의 재비판이 될 중대한 요소로서 성장하고 있었던 것이었다.

3

　문학의 정서 문제, 작가의 자유성 문제, 문학의 형식 문제 등이 카프 내에서 논의될 때마다 카프는 자체 내의 분규를 감추기 위하여 늘 용감한 이론투쟁을 실행하지 못하였었다. 그렇다고 이러한 중대한 문제가 단체적 전제 밑에서 그 발전이 중지될 리도 없었다. 그런데 카프는 이러한 문학적인 문제를 토의하기 전에 또 한 가지 중대한 난관에 닥쳐졌던 것이다. 그것은 경찰의 가혹한 탄압으로 집회가 불가능한 것보다도 일체의 활동이 불가능하게 되며 극도의 침체상태에 빠진 것이었다. 그러나 조선보다는 훨씬 활동할 여지를 가졌던 카프 동경지부 회원들은 본부의 침체상태를 공격하기 시작하였다. 그러나 1930년도에 안막 임화 권환 김남천 등이 귀국하게 되므로 이들을 맞아 카프는 재출발을 꾀하여 보았으나 역시 합법적으로 전부가 금지일관으로 되어버렸었다. 그러나 이 신예회원들은 잡지

---

132) 원문의 문장은 "朴君 일개인 뿐만이 아니라 우리들의 동지의 대부분이 나의 비평적 태도에서 소위 프로문예비평가가 되기전에 〈階級意識云云〉에 호감을 가져야 할만큼 불선명한 점이 있는 것이 사실이라면 마땅히 나는 동지들의 앞에 고개를 숙이고 사죄하고 앞날을 맹세하겠다"이다.

보다는 다소 발표의 자유가 있는 신문지면에다 그들의 소신을 일제히 발표하였으니 그 소신이라는 것은 즉 '예술운동의 볼셰비키화化'에 관한 논문들이었다. 이것은 결국 공산당의 예술을 수립하자는 것으로 이 논문들이 발표된 후로 경찰의 긴장은 말할 것도 없고 카프 내부에서도 이 문제를 싸고 돌고 분열될 위기를 만들고 있었다. 한편으로 이 신예회원들은 경찰의 허가를 기다릴 것도 없이 필요한 경우에는 그냥 비밀집회를 계속하였었다. 이와 같이 하여 카프는 의구疑懼와 초조 중에서 1년을 지내고 그 이듬해인 1931년 5월에는 민족단일당이던 신간회가 해소되매, 해소라는 것은 공산당으로 조직하는 것이라고 해석한 경찰은 해소론자들을 검거하기 시작함과 아울러 카프 회원도 간부 이하 총검거를 당하게 된 것이었다. 이것이 속칭 카프사건이라는 것으로 여러 가지의 죄명 밑에서 검사국으로 넘어갔었다.

프로문예운동은 문자 그대로 암흑상태로 빠져 들어간 것이었다. 그런데 이 카프사건이 있기 약 반년 전에 회월은 '예술운동의 볼셰비키화' 문제에 반대 의견을 가지고, 1931년 신년호 《동아일보》 지상에서[주69] 1931년 《동아일보》 신년호에 실린 박영희의 논문 〈조선 프롤레타리아 예술운동의 작금昨今[133]〉에서] 이 문제의 비판을 시작하였던 것이었다. 이에 대하여 권환 등의 반박문이 여러 곳에 발표되었었다. 1932년에 회월은 드디어 그 간부를 사임하고 그 이듬해 7월에는 카프를 탈퇴하고 성명서를 내었던 것이다.

그러나 이러한 것은 다 형식에 지나지 않는 일이었으며 사실상 카프는 문학[134]을 떠난 지 오래였고 한 개의 공각空殼에 불과했던 것이었다. 이에 대하여 이형림李荊林은 그 논문[135]에서 이렇게 증명하였었다.

---

133) 원문에는 '조선 프롤레타리아'가 누락되어 있다.
134) 원문에는 '大學'으로 되어 있으나 오식으로 보이기에 바로잡았다.
135) 1934년 7월호 《신동아》 지에 실린 이형림의 논문 〈예술동맹의 해소를 제의함〉.

"구체적으로 말하자. 김기진, 박영희 등의 카프의 주도적 비평가가 카프를 떠나서 활동한 지가 오래이며 이기영, 한설야, 송영 등의 카프의 지주적 작가가 카프에서 문학 활동을 옮긴 지도 벌써 오래 전의 일이다.[136] 그리고 백철白鐵 등 가장 활동적인 비평가가 카프 활동에 무연無緣하여진 것은 일반의 미리[137] 인정하는 바이며 임화 등의 지도부를 구성하는 비평가가 불본의不本意이나마 저널리즘에 그 활동무대를 구한 지는 지금의 일이 아니다. 그 뿐 아니라 이 지도부의 정치주의에 대하여 실천하기에 충실하였던 김남천 등의 소장小壯작가들 역시 입으로는 관념적인 사변思辨을 나열하나 그 문학 활동은 카프를 떠나서 일반적 출판기관에 의탁하지 아니치 못하게 되었던 것이 아닌가?"

라고 지적하였다. 이 논문의 일절에서 우리는 당시의 상태를 상상하기에 족할 것이다. '카프'의 불활발은 경찰의 탄압에 그 원인이 있었겠지마는 문학의 부진은 정치주의의 굴레 속에 사로잡혀 있었던 것을 비로소 알게 된 것이며 프로문학의 본원지인 소련의 '라프'[138]가 해체를 선언하고 정치주의를 청산하려는 것을 이미 보고 들은 까닭도 있었다.

따라서 1931년의 종기冬期로부터 다음해까지 약 1년 동안 프로문단은 정치주의의 문학을 비판한 소련 평가들의 논문 소개와 자기비판 등으로 제법 활기를 띠었던 것이었다. 그 일례를 이곳에 소개하면 1932년에 신응식申應植(석초石艸)이 발표한 두 편의 논문이 있다. 한 편은 동년 10월호《신계단新階段》지에 발표한 〈예술적 방법의 정당한 이해를 위하여〉라는 논문과 또

---

136) 원문의 문장은 "구체적으로 말하면 金基鎭, 朴英熙 등의 주도적 비평가가 〈캅푸〉를 떠나서 활동한 지 오래이며, 李○永, 韓○野, 宋○ 등의 支柱的 작가가 〈캅푸〉에서 문학활동을 옮긴 지도 벌써 오래전의 일이다."이다.

137) 원문에는 '이미'로 되어 있으나 오식이기에 바로잡았다.

138) 정식 이름은 'Rossiyskaya Assotsiatsiya Proletarskikh Pisateley'(러시아프롤레타리아작가동맹)으로 그 약칭이 'RAPP'이다.

한 편은 동년 12월 중 《중앙일보》에 발표한 〈창작의 고정화固定化에 대하여〉라는 논문이었다. 그의 먼저 논문의 일절을 보면,

"문학도 과학도 작가와 과학자는 사물의 본질, 본질적 모순의 발전의 인식의 이 과제를 제 현상의 합법칙성合法則性의 천명의 과제를 해결하려고 노력한다. (중략) 즉 문학은 과학이 아니고 예술인 것이며 예술 이외의 아무 것도 아니기 때문이다"[139]라고 한 후에 소련의 문학자 파제에프의 소론을 길게 인용하였다. 그리고 그는 계속하여

"이렇게 문학은 비상히 광범한 그리고 복잡한 자연과 사회의 일체의 모든 현상을 인식하고 천명하면서 풍부한 예술적 제 장르를 창성創成하여[140] 간다. (중략)

그리고 모든 것을 대표하는 것 같은 그러한 소수의 사상事象에만 국한되는 것은 아니다. 아니[141] 우리들의 문학은 무한히 전개되어 있는 우주의 삼라만상森羅萬象, 모든 계급의 인간의 일상생활을 위요하여 일어나며 있는 모든 사회적 현상을 자유로 광범하게 형상하여 가지 않으면 아니 된다. 프롤레타리아문학은 다만 분노하고 투쟁할 뿐은 아니다. 프롤레타리아문학은 웃고 울고 슬퍼하고 오뇌懊惱하고 그리고 연애할 수가 있으며 또 창공에 빛나는 월색과 잔잔히 흐르는 하천의 물결을 노래할 수가 있고 봄날의 밭에 우는 종달새의 소리에 귀를 기울일 수가 있는 것이다.[142] (중략)

한 권의 부하린의 '유물사관', '한 권의 정치 교정敎程', 한 쪽의 신문보도

---

139) 원문의 이 대목은 "문학이나 과학이나 작가나 과학자는 사물의 本體, 본질적 矛盾의 발전을 인식하며 이 과제를 제 현상의 合法則性에서 천명하며 해결하려고 노력한다. 즉 문학은 과학이 아니고 예술인 것이며 예술이외의 아무 것도 아니다"이다.

140) 원문에는 '창작하여서'로 되어 있으나 오식이기에 바로잡았다.

141) 원문에는 '아니'가 누락되어 있다.

142) 원문의 문장은 "푸로레타리아 문학은 분노하고 투쟁할 뿐만이 아니라 푸로문학은 웃고 울고 슬퍼하고 懊惱하고 그리고 연애할 수 있으며 또 창공에 빛나는 월색과 잔잔히 흐르는 하천의 물결을 노래할 수 있고 봄날의 밭위에서 종달새의 소리에 귀를 기울일 수 있는 것이다"이다.

에 의하여 소설과 시를 쓰려는 야용은 인제 버리지 않으면 아니 된다.”

라고 하였다.

　그리고 또 한설야는 〈변증법적 사실주의의 길로〉란 그의 논문에서, 우리들의 작가가 창조적 과정에서 노동자 농민의 생활에 접근하여 그 내포한 것을 그리고 제재의 범위를 넓히고 능동적 율동적 역학적 기계적인 액션이즘의 수법을 학습하라는 것을 역설하였다. 이에 대하여 백철은 “산 인간 묘사시대가 도래하였다”라고 하여 이때까지 잊어버렸던 살아 있는 인간을 묘사하자고 제안하였다.

　그리고 임화의 ‘형상론形象論’, 추백萩白의 ‘창작방법론’ 등 무수한 제안과 주장에 문단은 새로운 혼란에 빠졌었다.

　회월은 이러한 경향을 종합하여 결론을 짓기 위하여 1934년 신년호 《동아일보》 지상에 〈최근문예이론의 신新전개와 그 경향〉이라는 논문을 발표하였다. 이에 그 논문에서 수절을 인용하여 논지를 소개코자 한다.

　“온갖 사회의 현상, 사람의 정서적 활동이 압축되고 그 인간의 감정상 조화가 단순화하여 문학사상에 그 유례가 없을만치 협소하였다. 그 반면에는 창작과 기타 문학적 역力의 정치적 · 사회적 긴급한 비상한 정세를 위한 그 봉사적 심지心志야말로 귀여운 일이 아니면 아니 되며, 광영光榮의 일이 아니면 아니 된다. 그러나 심신의 넘치는 일이라면 아무 공적이 없이 소멸될 것이 아닌가?[143] 이러한 의미에서 예술은 무공無功의 전사를 할 뿐

---

143) 원문에서 여기까지의 인용문은 “온갖 사회의 현상과 사람의 정서적 활동이 압축되고 그 인간의 감정상 조화가 단순화하여 문학사상에 그 유예가 없을만치 협소하였다. 그 반면에는 창작과 기타 문학적 노력의 정치적 사회적으로 비상한 때를 위한 그 봉사적 心志야 말로 귀여운 일이 아니면 아니되며 광영의 일이 아니면 아니된다. 그러나 심신에 넘치는 일이라면 아무 공적도 없이 소멸되고 말 것이 아닌가?”이다.

하였다. 다만 얻은 것은 이데올로기며 상실한 것은 예술 자신이었다."[144]

하고 지적한 후에 이상 제론을 다음과 같이 요약 분류하였다.

  (1) 지도적 비판가가 창작가에 대한 요구와 창작가의 부조화된 실행에서
생기는— 즉 지도부와 작가와의 이반離反.
  (2) 그러므로 창작가의 진실한 길은 편파偏頗한 협로狹路에서 진실한 문
학의 길로 구출할 것— 즉 진실한 의미에서 프로문학은 부르주아문학의 믿
을 만한 계승자가 될 것.[145]
  (3) 이것을 실행함에는 이론적 동사凍死 상태에서 창작을 정서적 온실 속
으로 갱생시킬 것— 즉 창작의 고정화에서 구출할 것.
  (4) 그러자면 지금까지 등한히 생각하였던 기술문제에 논급하여 예술적
본분을 다해야 할 것.
  (5) 또한 계급적 사회생활을 정확히 반영할 수 있는 인간의 제반 활동과
그 생활의 복잡성을 자유로 광대한 영역에서 관찰할 것.
  (6) 집단의식에만 얽매이던 것을 양기揚棄하고, 집단과 개인의 원활한 관
계에서 오히려 개인의 특성과 그 본성에 정확한 관찰을 할 것.
  (7) 정치와 예술과의 기계적 연락 관념의 분쇄粉碎.
  (8) 따라서 '카프의 재인식' 등이었다.

이리하여 프롤레타리아문예운동은 '아지·프로'만을 목적으로 하던 데
로부터 문학의 진실한 계승자가 되기 위하여 새로운 출발을 준비한 것이
었다. 이러한 시기를 당하여 공식적 당파성의 〈카프〉는 사실상 공각空殼에
불과 하였었다. 그러므로 이형림은 〈예술동맹의 해소를 제의함〉이라는 논

---

144) 원문에는 강조점이 없다.
145) 원문의 문장은 "진실한 푸로레타리아 문학은 부르죠아 문학의 믿을만한 계승자가 될 것"이다.

문을 발표하여[주71) 1934년 7월호 《신동아》지에 실린 이형림의 논문 〈예술동맹의 해소를 제의함〉에서] 〈카프〉 무용성無用性을 적발하였다.

"어쨌든 현재의 카프는 어떠한 사변思辨과 궤론詭論을 다 하더라도 그 실제에 있어서 이 땅의 프롤레타리아문학의 실체를 떠나서 있는 것은 부인[146)치 못할 사실이다.

그뿐 아니라 도리어[147) 과거의 모든 오류와 편견을 누적한 조직적 전통의 중압과 천박한 정치지상주의[148)가 일으킨 종파적 편향은 조직 내의 작가에게는 물론, 나아가서는 조선프롤레타리아문학운동 전체에 대하여 쓸 곳 없는 장해물로 되어 있다. 벌써 '카프'는 단순히 조직적 탄압이 경화硬化하여 '목내이木乃伊'처럼[149) 무능한 데에 그치지 아니하고 그 그릇된 면이 현실의 모든 정세가 주는 압력과 상합相合하여 새로운 문학의 역사적 발전에 큼직한 해독을 끼치는 질곡으로 화한 이외의 아무 것도 아니다."

라고 하였다. 여기서 조선의 프롤레타리아문학은 조선적 현실을 고뇌 속에서 또 투쟁 속에서 그 맹아기萌芽期를 마치고 이 조선적 현실의 완전한 보다 더 문학적인 표현을 위하여 새로운 계단을 필요로 하였던 것이었다.

---

146) 원문에는 '부정'으로 되어 있으나 오식이기에 바로잡았다.
147) 원문에는 '도리어'가 누락되어 있다.
148) 원문에는 '정치주의'로 되어 있으나 오식이기에 바로잡았다.
149) 원문에는 '처럽'으로 되어 있으나 오식으로 보이기에 바로잡았다.

제3편 수난기의 조선문학

제1장 침체된 문학운동의 진로

1

현대 조선문학은 조선적 현실의 성장과 아울러 이데올로기 문학=(의식문학)에서 그 주류가 이루어졌으며, 또다시 이 의식문학은 자기발전에서 생긴 모순에서 자기비판을 시작한 것은 이미 위에서 논술한 바와 같거니와, 그러면 이 자기 비판의 결과는 1930년 이후의 조선문학에 어떠한 진로를 제시하였는가를 살피려는 것이 이 장章의 중요한 과제라고 생각한다.

1930년 이후 10년 동안은 여러 가지 의미에서 중요한 시기이었다. 먼저는 문예운동의 침체기가 시작된 것이었다. 카프 운동이 활발하였을 때, 이에 대한 민족주의문학 진영의 반박과 공격이 또한 활기를 띠었던 것도 이미 위에서 논급한 사실이었으나, 사실상 이것은 기성작가의 몇 사람의 활동이었으며 신진작가들은 대부분이 카프의 동정자로 옮기어 왔다. 그뿐만이 아니라 《조선문단》지, 《문예공론》지 등의 민족문학 진영의 기관지가 발간된 후로 민족주의문학운동은 점점 쇠퇴하여갔으며, 공산주의의 전성시대였던 까닭에 기성작가들의 작품은 부르주아작품이라고 일반으로 배척하는 등 여러 가지로 불리한 상태에서 민족주의문학 진영에 속한 작가들은 기성이나 신진을 말할 것 없이 침묵을 지키게 되었으며 그 침체는 점점 깊어 갔다. 이와 동시에 또 한편 시대사상의 신예로 활기를 띠었던 카프의 문예운동도 미증유未曾有의 탄압과 자기비판 이후 얼른 새로운 진로를 찾지 못하고 암담한 회의와 모색에서 침체되어 가고 있었다. 좌우 양진영의 작가들은 차차 한 사람씩 탈락하여 가고 있었다. 조선문단은 전체적으로 부진 침체 속으로 빠져 들어갔었다.

그런데 여기 중요한 사실은, 외부의 강압과 구속을 받으며 내부의 혼란과 무기력한 이 속에서도 고뇌와 신고辛苦를 뚫고 제가끔 문학의 새로운 방향을 찾으며 성장하였다는 사실이다. 즉 이와 같은 고난과 압박 속에서도 어느덧 원숙하여가는 조선작가들의 자태를 볼 수 있게 된 것이다.

그러면 나는 또다시 원숙하여 가는 이 문학적 사실에 관하여 논술하려는 바이다. 이 '문학적 사실事實'이라는 말은 '의식의 구상화具象化'라는 말에 대하여 사용하려고 생각한다. 의식의 구상화라는 말은 이데올로기를 표현하기 위하여 문학형식을 빌어왔다는 것을 의미한 것이고, 문학적 사실이라는 말은 문학의 독립된 형태가 가져야 하는 정신이다. 이것은 이미 맑스주의의 문학자들이 자기비판에서 지적한 바와 같이 문학으로서 완전한 형태를 이룰 수 있는 모든 문학적 요소를 의미하는 것이다.

그런데 한 걸음 더 깊이 들어가면, 1930년 이후의 '문학적 사실'이라는 것은 정서문제나 미의식 문제나 그 외의 문학의 형식 문제를 가르치는 것보다도, 사실인즉 '볼셰비즘'의 굴레에서 벗어나려는 것이었으며, 고정화된 창작방법을 극복하는 동시에 유물사관적 방법을 거부하며 맑스주의의 정책문예를 깨뜨려버리려는 경향을 의미한 것이었다. 문학은 선전성에서 감염성感染性으로, 계급성에서 인생문제와 민족문제로, 유물적 세계에서 정신세계로 발전하여온 그 정신을 뜻하는 것이다.

그러나 이 침체 부진은 그냥 계속 할 뿐이었다. 이 침체라는 것은 작가나 작품의 수량에서도 나타나는 사실이었지만 그 작품내용에서 더 많이 나타나고 있었던 것이었다. 1930년대의 초기에는 민족주의의 문학 진영은 침묵인 그대로 문제될 작품이나 평론이 없었고, 자기비판기에 있는 프로문예 진영에는 새로운 진로를 찾기 위하여 여러 가지의 창작방법과 평론들이 있었다. 가령 유물변증법적 창작방법이니 사회주의적 사실주의의 창작방법이니, 사실주의적 창작방법이니 하여 외국평론가들의 논문을 소개하고, 또 이것의 진부眞否에 대하여 논쟁이 있었으나, 이러한 것이 새로이 출발해야 할 창작계에는 별로 영향이 없었다. 말하자면 카프시대가 지나가는 동시에 평론시대도 지나갔다. 지도력이 인정되지 않은 평론가들의 제안과 방법은 혼란을 일으킬 뿐이었으며, 새로운 인생관이나 문학관이 서지 못한 창작계는 진부하고 우울할 뿐이었다. 공허한 제안과 논전 등으로 혼란을 이룰수록 문단의 침체는 더욱 심각하여 갈 뿐이었다.

따라서 한편 신문과 잡지에서는 조선문단의 침체와 부진을 부르짖으며, 허다한 그 타개책을 발표하였다. 그 타개책을 살펴본다면 대략 두 가지로 나눌 수 있으니 하나는 새로운 문학정신을 수립하자는 것이었고, 또 하나는 적극적으로 작가들이 활동할 수 있도록 사회적으로 시설과 조직을 만들자는 의견 등이었다. 문학의 내용문제는 이하 각 장章을 따라 논급할 것임으로 여기서는 생략하고 그 후자後者에 관하여 논급하려고 한다.

이에 관하여는 김한용金翰容과 이헌구李軒求의 논문이 각각 있었으니, 〈조선문단진흥책소고朝鮮文壇振興策小攷〉[주72] 1936년 신년호 《조광朝光》지와 〈질質적 향상에의 노력〉[주73] 1937년 9월호 《조광》지 등이 그것이었다.

김한용의 논문에는 그 결론으로 6개 조條를 열거하였다. 즉,

(1) 조직적 운동[150]의 필요. 조직이 여하히 위대한 힘을 가졌는가는 역사적 사실이 역력히 증명하는 바로 구태여 증명이 필요치 않다. 동인 조직 같은 것도 개개의 활동보다는 굳센 힘을 가진 것을 인정하는 우리로서 조직의 힘을 부인[151]할 수 있으랴. 그뿐 아니라 우리는 선진제국의 문인들이

---

150) 원문에는 '조직으로 되어 있으나 글자가 누락되어 채워 넣었다.
151) 원문에는 '부정으로 되어 있으나 오식이기에 바로잡았다.

단합하여 신문학운동을 일으켜 큰 성공을 거둔 예는 문학사를 피력한 사람은 다 알 일이다. (중략)

우리가 지금 문인 전부를 망라함과 여如한 조직은 설사[152] 불가능하다 할지라도 시에 있어서 이런 단체가 생기고 또 소설에 있어서 이런 조직이 생긴다면 또한 그만한 활동과 수확을 가可히 기대할 수 있을 것이 아니냐? (중략)

(2) 창작에 주력. 100개의 평론보다도 1편의 창작이 우월하다. 뭐니 뭐니 하여도 작품을 내지 않고는 문학을 논의할 수 없다. 아직도 우리 문단에서는 2, 3편의 소설을 발표하면 문인이 될 수 있고 수편의 시가로써 시인으로 자처할 수 있는 한심한 현상이 아니냐. 이것이 아직 창작행동이 빈약한 탓으로 발표되는 작품의 문단적 기준[153]이 서지 못하기 때문이니 무엇보다 창작을 위주[154]로 하여 많은 작품을 내어놓도록 하여야[155] 할 것이니 비평에 구니拘泥[156]하지 말고 그저 자신 있는 작품을 제작해내는 것이 가장 긴요한 일이다.

(3) 조사 연구 기관의 필요. 이는 이론인지는 몰라도 학도로써 된 문학 일반과 조선사회 사정을 조사 연구하는 기관이 있었으면 직접 간접으로 문학 발달에 자資하는 바 많을 것이다.

더욱 창작과 달라서 조사와 연구는 기관을 만들어서 조직적으로 연구하는 것이 극히 필요하다. 이것이 우리의 조선 현실에 대한 인식 범위를 넓히고 과오 없는 현실 파악을 가능케 할 것이다.

(4) 권위있는 평단. 비평보다는 창작이 필요하다고 했지만 아무래도 창작 행동을 암암리에 장려하며 또 비판하여 창작의 가치를 천명하면서 창

---

152) 원문에는 '설혹'으로 되어 있으나 오식이이기에 바로잡았다.
153) 원문에는 '기본'으로 되어 있으나 오식이기에 바로잡았다.
154) 원문에는 '주'로 되어 있으나 글자가 누락되어 채워 넣었다.
155) 원문에는 '하여야'가 누락되어 있다.
156) 원문에는 '구속'으로 되어 있으나 오식이기에 바로잡았다.

작이 갈 길을 지도하는 것이 비평가의 임무이다. 그러나 조변석개朝變夕改하는 평론이나 기분에 흐르고 표준이 없는 평론이나 과히 주관에 기운 비평이나 사회적 내지 객관적 기준이 없는 비평이나 또는 결점만을 폭로하는 식의 비평으로서는 도리어 창작 행동을 저해하는 것이니 진정한 의미의 권위 있는 평단을 구성할 필요를 절실히 느낀다.

(5) 학자 내지 천재 원조 기관의 필요. (략略)

(6) 희생적 정신의 필요. 아무리 한데도 조선 현실에 있어서 문인이나 학자가 되고자 한다면 실제적 생활의 고난을 각오치 않고는 안될 일이다. 예술가의 생명은 역시 지성至誠에 있는 것이다.

빈한과 궁핍의 압박은 자고로 문인생활의 수반물처럼 말하지 않느냐. 금일의 문학도는 반드시 그런 것도 아니나 조선 현실에 있어서는 이것은 면치 못할 운명인 것만큼 처음부터 간난신고艱難辛苦의 일생을 보낼 각오와 조선문학 건설을 위하여 일신을 희생하겠다는 비장한 결심으로써 이 현실과 싸워나가지 않으면 안 될 것이다. 우리의 문인이나 예술가 되신 여러분은 먼저 이 희생적 정신과 견인불발堅忍不拔[157]의 철지鐵志를 가지실 필요가 있을 줄 생각한다.

라고 말하였다. 이 논문은 여러 가지 의미에서 당시 조선의 실정을 표현한 것으로 참고가 되리라고 믿었던 까닭에 인용이 좀 길어졌다.

그 다음 이헌구의 논문 중에서는 그 적극적인 것으로 몇 가지 조목만 열거하면,

1. 문학 옹호의 새로운 문예지의 출현. (중략)
4. 문학 계몽의 문예 학원(우又는 문화 학원)의 창설. (중략)

---

157) 원문에는 '堅忍不技'로 되어 있으나 오식으로 보이기에 바로잡았다.

6. 문학에 관한 공개적 회합과 자체연구 발표의 구락부俱樂部적 사업의 일상화.

7. 문단 등용登龍의 계제階梯를 창설할 것.

8. 저널리즘과 문학의 구분을 명확히 하여 사회면적 취미에서 문학적 취미로 교도敎導하는 바 문학 대중화의 대책연구회"[158] 등이었다.

이상 두 평론가의 논문은 대동소이한 많은 타개책에서 대표로 뽑아서 소개한 데 불과하다.

2

그 다음으로는 문학을 침체와 부진 상태에서 구출하기 위한 내용문제, 즉 정신문제에 관하여 논급하려는 바이다. 위에서도 간단히 논급하였거니와 현대문학의 침체는 현대정신의 파괴에서 시작한 것이었다. 조선은 조선대로 여러 가지로 불리한 특수 여건이 있었으나 그것은 오히려 지엽枝葉 문제로 돌아갔었고, 세계적으로 문제된 것은 현대정신의 새로운 창조이었다. 맑스주의로 하여 현대정신의 소강小康상태를 유지하였었고, 그 유물론적 정신이 현대사상의 지주가 되었다가 유물론의 재비판과 아울러 맑스주의의 퇴조기退潮期를 당한 현대정신은 완전히 파괴를 당하였고 암담하였던 것이다.

그러면 현대정신은 어떻게 무엇에서 창조될 것인가. 이 문제는 세계의 사상계에 한 과제이었다. 본저 서론 제3장에서 논급한 바와 같이, 현대정신이 추진력을 잃어버리게 되어 암흑의 구렁텅이에서 헤매게 될 때는 어

---

158) 원문에는 이 대목이 "一. 文學擁護의 새로운 文藝誌의 出現. 一. 文學啓蒙의 文學學院(又는 文化學院)의 創設. 一. 文學에 關한 公開의 會合과 自由研究發表의 俱樂部的 事業의 日常化. 文壇登龍의 階梯를 創設할것. 쩌낼리슴과 文學과의 區分을 明確히 하여 社會面的 趣味에서 文學的 趣味로 敎導하는 文學 大家의 對策研究會'로 되어 있다.

둔 밤에 별빛을 찾는 것처럼 위대한 고전古典의 빛 속에서 길을 찾아가야만 하였던 것을 역사에서 배울 수 있었던 것이었다. 그리하여 "고전으로 돌아가자! 고전적 유산에서 현대정신을 창조하자!"라는 소리가 세계적으로 높았었다.

그러면 조선문학이 요구하는 고전적 정신이라는 것은 무엇인가. 이에 대하여는 두 가지의 설이 있었으니, 조선문학은 조선의 고전으로 돌아갈 것을 주장하는 사람도 있었고, 또 이와는 광범위로 세계문학의 고전에서 새로운 정신을 찾자는[159] 설도 있었다. 그러나 현대 조선문학은 사실이 증명하는 바와 같이, 어느 한편만을 고집할 처지도 아니었고 민족문학의 건설을 위하여서는 널리 세계문학에서 그 자료와 정신을 찾는 동시에 조선고전에서도 필요한 것을 배우는 것이 타당한 방법이었다. 김남천은 1937년 9월호 《조광》지에 '조선문학의 재건 방법'이란 과제에 응답한 〈고전에의 귀환歸還〉이라는 논문에서 다음과 같이 의견을 발표하였다.

"다시 이들 특수 논자들 중에는 외래문화와 조선문화를 구분하여 외래의 것의 배격을 꾀하고 순수한 조선문화에 입각하여 현대의 문학을 발전시키려는 의견을 말하는 이가 있는데 이것도 그릇된 방책이다.[160] 조선문화를 사유의 형식적 필요상 외래의 것과 구별을 세워보려는 과학적인 태도는 문화사가文化史家의 할만한 노력이다. 그러나 외래적인 것의 배격에 그 결론[161]이 도달하여서는 안 될 것이다. (중략) 현재의 우리의 문화에는 외래적인 것과 우리의 고유의 것이 서로 합하여 뼈와 살이 되어 있다. (중략)

현재의 우리는 우리들의 민족문화의 역사 위에 서 있고 동시에 세계적

---

159) 원문에는 '찾아는'으로 되어 있으나 오식으로 보이기에 바로잡았다.
160) 원문의 문장은 "다시 이들 特殊論者들 中에는 外來文化와 朝鮮文化를 區分하여 外來의 것을 排擊하고 純粹한 朝鮮文化에 立脚하여 現代文學을 發展 식히려는 意見을 말하는 이가 있는데 이것도 그릇된 方法이다"이다.
161) 원문에는 '統論'으로 되어 있으나 오식이기에 바로잡았다.

문화를 불충분하게나마 내 것으로 하여 그 위에 서 있다. 우리는 현대에서 출발하면 그만이다. 현실의 문화적 상태 위에서 우리는[162] 우리의 문학의 발전책을 강구하여야 한다. 고전에서의 섭취와 세계문화에의 연구도 이곳에 입각점을 두고 일층 강화되고 조직화되어야 한다"라고 하였다.

그러나 조선의 젊은 지식인들은 사실상 조선의 고전문학이 가치가 있든 없든 어떠한 형태로 있거나 이를 음미하고 연구하는 일이 적었고,[163] 대부분이 외국문학에 대한 지식에서 출발하였었다. 그러므로 이러한 기회에 조선의 고전을 탐구하자는 조선고전복귀론朝鮮古典復歸論이 그 일석一席을 차지할 것도 또한 당연한 일이었다. 사실상 조선문단에는 조선역사에 대한 연구와 아울러 조선의 고전문학 미술 민속에 대한 연구열이 높아가기 시작하였었다. 이것은 조선의 현대문화가 침체되어 있는 암흑기를 당하여 조선의 젊은 지식인들에게는 조선고전을 탐구할 절호의 기회이었다. 그뿐만이 아니라 민족운동이나 사상운동을 극도로 탄압하며 혁명적인 세력을 근절시키려는 일본의 위정자들이 이러한 고전연구에 대하여는 비교적 완화정책을 썼었다. 이것은 적극적인 사상운동을 이러한 방면으로 전환시키려는 일시적 책략策略이었었는지도 모른다. 여하간 조선사람이 조선의 고전을 들춰내기에는 좋은 시기였었다.

따라서 학계나 문예계의 방향은 별안간 조선의 고전으로 옮겨졌다. 더구나 민족주의의 문학 진영에는 새로운 활동의 길이 열리었던 것이다.

우선 문학 방면을 본다면, 신명균申明均, 김태준金台俊, 이희승李熙昇, 이병기李秉岐, 이윤재李允宰, 조윤제趙潤濟, 양주동梁柱東, 송석하末錫夏, 손진태孫晋泰 등이 조선고전문학과 문화 일반에 대한 연구와 소개가 계속하여 발표되었었다. 그 중에는 무애의 《고가古歌연구》와 같은 역저力著도 있었다. 따라

---

162) 원문에는 '우리는'이 누락되어 있다.

163) 원문에는 □었고'로 되어 있으나 오식으로 보이기에 바로잡았다. 이하 몇 군데 더 나오나 각주 생략.

서 창작계에는 조선역사소설의 대두擡頭를 보게 되었었다. 이에 관하여서는 이하 장을 달리하여 논급하겠기로 여기서는 생략하거니와, 하여간 이러한 현상은 침체와 우울 속에 있던 조선문학운동에 새로운 힘이며 또 길이기도 하였다.

3

그러나 1930년 이후의 조선의 현대문학은 우울과 침체 속에서도 자체의 발전을 위하여 부절不絕히 진전하고 있었다. 다만 의식문학에서 벗어나온 후로 혹은 방향을 변하며 혹은 형태를 바꾸어서 평탄치 못한 수난의 길을 걸어왔을지언정 현대문학의 길은 역시 계속되어서 왔었다. 이렇게 걸어온 현대문학의 형태에 관하여서는 본편本編의 주요한 논제로 이하 각 장을 따라 상론詳論하려니와, 1930년 이후 또 한 가지의 새로운 사실은 단편소설시대에서 장편소설로 옮겨온 것이었다. 1930년 이전에는 작품이면 의례히 단편소설이었었고 장편작가로는 춘원과 횡보, 빙허, 도향이 있을 뿐 대부분이 단편이었다. 그런데 1930년 이후로는 이 단편작가들이 모두 장편소설을 쓰기 시작하였다. 이와 같이 1930년 이후의 문단이 장편소설시대로 옮겨온 사실에 대하여는 그 원인을 두 가지로 볼 수 있으니, 첫째는 작가들의 창작적 역량이 원숙해 감에 따라 나타나는 필연적 현상일 것이고, 둘째는 시대가 요구하는 어떠한 사실에서 생기게 된 것이다. 그러면 이 시대적 요구라는 것은 무엇인가. 의식소설이나 조선의 현대생활을 표현한 작품이 나타날 수 없는 현실이었던 까닭에 자연히 무의식소설이 나타나게 된 것이지만, 이 무의식소설이란 결국 흥미 본위로 기울어지게 된 것이었다. 흥미를 중심으로 한 소설을 쓰는 데는 단편보다는 장편에서 더 많은 효과를 낼 수 있는 것이었다. 인물의 배치와 장면의 변화 등의 파란중첩波瀾重疊한 이야기는 역시 장편이라야만 가능하였던 까닭이었고, 또 한편으로 조선의 신문 발전에 따라 이러한 흥미 본위의 장편소설의 수요량이 격증한 것이었다. 작가들에게 있어서는 신문이 유일한 발표기관이며 또 작가의 생활을 도와줄 수도 있는 길이기도 하였다.

여하간 《동아일보》, 《조선일보》, 《조선중앙일보》, 《매일신보》 등의 각 신문이 경쟁적으로 조석간朝夕間을 발행하여 조석간朝夕刊에 각각 장편소설을 연재하게 되었던 까닭이 작가들에게 장편소설을 사회적으로 더욱 요구하게 된 원인일 것이다.

작가 측으로 본다면 신문사의 요구에 응하여 흥미 본위의 소설을 쓴다는 것이 일단 떨어지는 일이기는 하나, 유래由來로 조선의 신문소설이란 대부분이 고담류古譚類의 번안이나 저급한 취미소설의 번역, 번안 등이 많았는데 이러하였던 신문사 측으로 보면, 조석간의 연재소설을 전부 현역 작가에게 씌우게 된 것이란 또한 일단의 진전이라고 않을 수 없었다.

이러한 현상에 대하여 팔봉은 그 논문에서 이렇게 논평하였다.

대관절 조선 안 신문지에 일시에 10종 이상의 창작소설이 발표된 적이 있었나? 그런 일이 없었다는 점에서 금춘今春 이래의(1934년[164]) 이 현상은 확실히 기록적인 사실이요, 본질적으로 두 가지 의미에서 기뻐하여도 좋은 일이라 할 것이니 첫째 종래 오랫동안의 신문계[165]의 인습因襲이 되어 있는 저급한 번안·번역소설을 청산하고, 신문지면으로부터 그 종류의 눈물을 잡아 짜내려고[166] 덤비는 따위나 혹은 범인은 누구냐?는 천편일률식의 엽기심獵奇心을 끌어당기려고 덤비는 따위의 소설을 구축驅逐[167]해버렸다는 것이 그 하나이오, 다음으로는 신문의 장편소설을 연재할 수 있을만한

164) 회월이 부기한 것으로 연도를 잘못 알고 '1933년'으로 적어 놓았다.
165) 원문에는 '신문'으로 글자가 누락되어 있어 채워 넣었다.
166) 원문에는 '잡아내려고'로 글자가 누락되어 있어 채워 넣었다.
167) 원문에는 '驅逐'으로 되어 있으나 오식이기에 바로잡았다.

역량(그것의 재래의[168] 우리들의 작가의 수준[169]에 있어서는 굉장한 역량이랄 밖에 없다)있는 작가가 배출하였다는 것이 또 그 하나이다."[주 74] 1934년 5월호 《삼천리》지에 실린 김팔봉의 논문 〈신문장편소설 시감時感〉에서[170]] 라고 하였다. 그리고 또 한 가지의 현상─ 이것은 실로 조선으로서는 미증유의 현상이었으니, 현대 조선문학의 전집全集 간행이 유행되었다는 사실이었다. 조선의 출판업자들은 유래로 현대문학류에 관하여는 판매의 부진을 이유로 그 출판을 즐겨하지 않았었다. 그러던 것이 신진출판업자들의 용단으로 현대문학류의 출판은 물론이고, 그 전집물이 나오기 시작하였다는 것은 부진 침체 중에 있는 문단에, 한편 명랑한 발전이라 않을 수 없었다. 《현대조선문학전집》, 《현대조선장편소설전집》, 《현대걸작장편소설전집》, 《조선문인집》, 《신선新選역사소설전집》, 《조선문학전집(고전류)》 등의 간행을 비롯하여 현대물의 출판이 성왕盛旺하였었다. 또한 시집 출판도 참으로 획기적이라고 할 수 있을 만치 많았다. 1930년 이후의 문학잡지만하여도 어느 시대에도 없었던 활발한 활동을 보였다고 할 수 있었다. 우선 중요한 것을 들어본다면 《조선문학朝鮮文學》, 《문장文章》, 《삼천리문학三千里文學》, 《신인문학新人文學》, 《시문학詩文學》, 《문예월간文藝月刊》, 《청색지靑色紙》, 《형상形象》, 《문학건설文學建設》, 《문학文學》, 《풍림風林》, 《문학창조文學創造》, 《집단集團》 등이 있었고 동인지로서도 그 중요한 것을 들면 《단층斷層》, 《삼사문학三四文學》, 《작품作品》 등이 있었다. 그러나 이상 잡지들은 대개가 2호나 3호에 폐간한 것이고 오랫동안 계속한 것이 없었다. 다만 《조선문학》지와 《문장》지 만이 거의 3년 동안이나 계속하여 문단에 많은 공로를 남겨놓았었다.

이러한 현상은 물론 일시적이었으나 1930년 이후의 특기할 사실임에는 틀림없었다. 그 내용에 있어서도 침체와 우울 속에 있었던 작가들이 이러

---

168) 원문에는 '그것의 재래의'가 누락되어 있어 채워 넣었다.

169) 원문에는 '존재'로 되어 있으나 오식이기에 바로잡았다.

170) 원문에는 '一九三三年新聞小說時感'으로 되어 있으나 오식이기에 바로잡았다.

한 시대적 환경에서 제가끔 새로운 방향의 길을 개척하려고 하였었다. 한 때 의식문학에 모였던 작가들도 각각 흩어져서 혹은 생활 인식파認識派의 작가로 혹은 대중소설 작가로 혹은 순수문학 작가로 혹은 역사소설가로 제가끔 새로운 길을 걸어가기 시작하였었다.

　이러한 시기를 당하여 민족주의문학 진영에도 새로운 활기를 띠고 역사소설의 개척과 한 가지 현대소설에 있어서도 가능한 범위에서 나아갈 새로운 길을 찾으려고 노력하였던 것이었다.

제2장 전환기 문학의 제경향

1

　1930년 이후의 문학적 경향을 말하기 전에 또다시 그 동안의 조선 현실을 살펴보기로 한다. 기미년 독립운동 이후로 일시 문화정치文化政治라 하여 완화한 듯한 일본 위정자들의 탄압정책은 그 후 점점 심각하여 가는 민족주의운동과 격렬하여 가는 공산주의운동으로 조선민족해방운동의 세력이 강화되어감에 따라 그 탄압의 정도는 날로 가혹하여서 갔다. 1931년 신간회가 해소된 후로는 집회는 일절로 금지를 당하였으며, 언론은 봉쇄되었으며, 조금이라도 민족이나 사상에 관한 문구가 있는 출판물은 송두리째 압수를 당하는 등 글자 그대로 꼼짝도 못하게 되었던 것이었다. 더군다나 대중성이 있는 일은 어떠한 일을 물론하고 금지 일관이었었다. 문학류의 출판도 고담류古譚類나 취미 본위의 것 이외에 조선의 현실 생활을 그린 것은 허가되지 않았다. 민족운동이나 사상운동은 모두 지하로 파고들어가고 표면은 암흑시대를 이루고 만 것이었다. 이러한 암흑기를 당하여 표면운동으로 아직도 다소의 가능성이 있었던 것은 교화敎化운동이나 농촌계몽운동 등이었다. 그리하여 조선의 뜻있는 지식청년들은 모두 이 운동에 관심을 갖게 되었으니, 이 운동은 대중 속으로 들어가는 실제 운동으로 당국의 허가 유무를 물을 것 없이 필요하고 중요한 일이었다. 혁명적인 청년들이 탁상이론을 집어치우고 직접 몸을 농촌에 던져 대중 속에서 대중과 같이 일하면서 글을 가르치고 민족의식을 높이어 줌으로 민족해방의 참된 힘이 될 수 있도록 만드는 것이었다. 열 개의 이론보다도 한 개의 실천이란 것은 이것을 두고 말한 것이다. 혁명 전 제정 노서아露西亞의 혁명적 지식청년들이 '브나로드!'를 부르짖고 농촌으로 들어갔던 것도 또한 이러한 의미에서 한 것이었다. 아니다. 옛날 노서아露西亞 청년들이 부르짖던 그 '브나로드!' 운동을 조선에서도 일으킬 단계에 이른 것이었다.

그러나 조선에서는 먼저 농촌문맹타파운동農村文盲打破運動으로밖에 시작할 수 없었다. 이 운동은 민간신문들의 힘으로 전개되었으며, 먼저 동아일보사 주최로 1931년 하기휴가를 이용하여 전문대학생의 동원으로 제 1회가 시작되었었다. 뜻있는 조선의 학생들은 더운 여름에 투지 가득 찬 희망에 넘치는 자태로 쾌활한 발걸음을 농촌으로 향하였었다. 이 운동이 한 번 일어나매 그 형세는 요원燎原의 불과 같이 퍼졌다. 이에 참가하는 학생의 수는 놀랄 만치 증가되어 갔다. 제 1회 참가 학생 423명에 대하여 제 2회에는 2724명으로 증가되었던 것이었다.

그러나 이러한 운동에서 조선 민족의식의 발로라는 점을 찾아낸 일본의 위정당국은 이 운동에도 동일한 방법으로 탄압을 시작하여, 금지, 중지, 검거 등으로 이 운동을 저해[171] 하였던 것이었다. 제 4년 되던 해에는 개최 장소 272처 중에서 금지를 당한 데가 33처, 중지를 당한 데가 26처, 합 59처가 폐쇄를 당하게 된 것이었다. [주75] 1934년 11월호《신동아》지에 실린 임병철林炳哲의 논문 〈문맹타파십만명〉에서 보면 농림農林계몽운동 제1회에 참가학생이 423명, 제2회에는 2724명의 격증을 보였다. 제3회에 1506명, 제4회에는 1098명으로 감소되었다. 개최지 별로 본다면 제1회 강습지 142처 중 금지가 11처였고 제2회에는 592처 중 금지가 69처 중지가 10처 합 79처였고, 제3회에 215처 중 금지가 67처 중지가 17처 합 84처였고, 제4회에는 272처 중 금지가

---

171) 원문에는 '阻害'로 되어 있으나 오식으로 보이기에 바로잡았다.

33처 중지가 26처 합 59처가 폐쇄를 당하였다. 이것은 동아일보사 주최분에 한한 숫자다.]

따라서 현대의식문학에 있어서도 이 방면의 운동에서 새로운 이상과 정신을 표현하려고 하였다. 이것은 신세대를 대표하는 조선의 혁명청년들의 새로운 이상이며 정열이었던 까닭이었다. 이러한 이상과 정열을 나타낸 첫째 번 작품은 춘원의 장편 《흙》이다. 이 작품은 1932년 《동아일보》에 연재된 것으로 춘원의 민족의식작품 중에서 대표될 수 있는 것이다. 1939년에 내놓은 장편 《사랑》에서 춘원은 자기의 인생관을 비로소 완전히 나타낼 수 있었다고 하였지만, 이것은 그의 원숙해진 종교관과 아울러 인도주의의 경지를 의미하는 것이었고, 민족의식을 드러낸 작품으로는 이것이 대표가 될 것이다.

작품의 주인공 허숭은 고학苦學으로 전문학교까지 졸업하고 또 동경 가서 고등문과高等文科 시험에 합격이 되어 변호사까지 개업한 사람이오, 또 부호의 딸과 결혼까지 한 사람이었지만, 그는 이러한 것을 다 내어버리고 자기 고향인 '살여울'이란 농촌으로 돌아가서 농민들을 위하여 일하기를 결심하였다. 그리하여 그는 서울을 떠났다. 그러나 그의 이상을 알아주는 사람은 없었다. 그의 아내조차 그를 이해치 못하여 처음에 허숭은 혼자 시골로 돌아갔다. 조선의 농촌은 날로 피폐하여 갈 뿐이었다. 물론 그의 고향인 '살여울'도 날로 농민들의 생활이 무너져 들어갈 뿐이었다. 허숭은 자기 고향인 '살여울'은 조선의 한 부분이며, 그러므로 '살여울'의 갱생은 즉 조선의 갱생이라고 생각하였다. 허숭의 일기의 일절을 보면,

"10월 ○일. 오늘은 동네 길 역사를 하였다. 다들 재미를 내고 열심하는 것이 기뻤다. 내일은 우물을 치고 우물 길을 수축하기로 작정하였다. 이 모양으로 '살여울'은 날로 새로워 가고, 힘 있어 가는 것이다. '살여울'은 곧 조선이다."[주76) 춘원 저 《흙》 361페이지]

라고 썼다.

　이리하여 허숭은 이 동네의 육영育英사업은 물론이며, 농촌사람들의 쓰러져가는 생활을 일으키기 위하여 협동조합도 경영하며, 그는 또 무지한 농민들을 위하여 변호사로서 법정에까지 나섰다. 그는 자기의 농촌을 잘 살게 하기 위하여 자기의 전부를 바치었다. 그러나 그는 오해와 시기와 음해 속에서 싸우지 않으면[172] 안 되었다. 경찰은 그를 미워하기 시작하다가 마침내 그를 검거하여 형무소로 보내고 말았다. 그런 후에야 '살여울'에는 그를 미워하던 사람들의 오해도 풀리고, 그가 하던 사업의 정신도 차차 알게 되자 허숭을 모함하던 부호 유정근은 현금 6만원을 내놓아 반은 육영사업에 반은 협동조합에 쓰도록 하고, 또 1만6천원이나 되는 농민들의 부채負債를 면제하여 주었으며, 또 허숭을 저버린 그의 아내는 방탕한 결과 한 편 다리까지 자르고 말았으나 결말에는 살여울로 돌아와서 허숭이 나오기만 기다리고 있었다는 이야기다. 이 작품은 당시의 지식년들의 이상과 정열을 그대로 표현한 것이었다.

　그 다음으로는 이석훈李石薰의 중편인 〈황혼黃昏의 노래〉가 있다. 그는 1930년도의 작가로 단편 〈이주민열차移住民列車〉와 같은 의식소설의 작품을 발표하였던 작가이었고 이 〈황혼의 노래〉는 그러한 경향의 대표될 만한 작품이었다. 이것은 1933년에 발표한 것이니, 역시 농촌계몽을 주제로 한 작품이었다. 이 작품의 주인공 철이는 날로 몰락의 일로를 밟아가는 가정 때문에 학자난學資難과 또 순조롭지 못한 연애관계로 하여, 마침내 신경쇠약에 걸려 동경 유학도 단념하고 고향에 돌아와서 고요히 병을 치료하고 있었으나, 그의 부친의 사업실패로 하여 S섬으로 집을 옮기게 되었다. 철이는 믿을 수 없는 애인도 아주 단념하고 S섬으로 들어갔다. 철이는 일찍이 그의 친구 박이라는 사람과 이렇게 말하였던 일이 있었다. "여보게

---

172) 원문에는 '않지면'으로 되어 있으나 오식으로 보이기에 바로잡았다.

정군, 난 결코 최잖았네. ……나는 비로소[173] 오늘 밤 내가 나아갈 길을 작정했어. 난 오늘날까지 너무나 허둥지둥 갈팡질팡하여 왔단 말야. 오늘 밤까지 나는 내 아버지를 어떻게 속여서 일본 유학을 계속할까 그걸 생각하기에…… 즉 아버지를 속이는 수단을 생각하는 거루 일삼아 왔어. 하지만 나는 인제부터 '괭이'와 '호미'를 들기로 결심했네. 즉 농민들 가운데루 들어간단 말야! 단정코!"[주77) 이석훈 저 《황혼의 노래》 108페이지[174]]

또 그는 외쳤다.

"당연한 일이지 물론! 하지만 당연히 해야 할 일[175]을 못 하구들 있잖나? 누구나 해야 할 일이란 더 어려운 걸세. 자 보게. 브나로드니 뭐니 입으루 마는 잘들 떠들데마는 몇 천 마디 말보다 단 한 번의 실천이 귀해! 그래 몇 사람이나 실천하는 사람이 있는가? 어찌 흥분하잖겠나, 응! 이사람" 하고 그는 농촌으로 들어갔다. 철이는 S섬에 가서 청년회를 결성하고 야학을 시작하였다. 그러나 그의 부친이 강요하는 정책결혼定策結婚에 반대하고 S섬에서 제일 아름다운 보배라는 계집애, 남들이 천히 여기는 뱃사람의 딸 보배를 아내로 맞아가지고, 그의 친구 박이 농촌운동을 하고 있는 그곳으로 가서 계몽운동에 몸을 바치게 되었다. 그리하여 그는 아내와 같이 S섬을 떠났다. 그들은 배를 타고 바다를 건너면서, 아내를 보고 이렇게 말하였다.

"섬도 인제는 멀어졌소. 자— 인제 가서 우리도 농사를 해야 하오! 이 허연 손과 허연 얼굴이 까맣게 돼야지— 보패[176] 얼굴도 더 까맣게 돼야 해! 가난한[177] 농민들이 잘 살게 될 때까지 우리 두 몸을 바쳐야지" 하였다. 철이가 부잣집 딸을 물리치고 가난하고 천민으로 대우를 받는 뱃사람의 딸

---

173) 원문에는 '비로소'가 누락되어 있다.
174) 조선출판사, 1947.
175) 원문에는 '것'으로 되어 있으나 오식이기에 바로잡았다.
176) 원문에는 '보배'로 되어 있으나 오식이기에 바로잡았다.
177) 원문에는 '가련한'으로 되어 있으나 오식이기에 바로잡았다.

을 아내로 삼은 것도 그러한 철저한 각오와 결심이 있었던 까닭이었다.

그 다음으로는 심대섭沈大燮(훈薰)의 장편《상록수常綠樹》가 있다. 심훈은 일찍이 1925년경 이규훈李葵薰, 윤기정尹基鼎, 최승일崔承一 등과《신문예新文藝》지의 동인이었고, 그 후《영원의 미소》《직녀성織女星》등의 장편 등을 발표한 작가로서, 이《상록수》는 그의 대표작일 것이다.《상록수》는 1935년《동아일보》에 당선작품이다. 기성작가가 현상소설에 응모 당선한 것도 처음이고, 그 작품이 농촌계몽운동에 참가하였던 학생들을 모델로 한 것에 더욱 현실감을 받을 수 있었다. 이 작품의 이야기는 바로 농촌계몽대원들의 보고報告 연설회에서 시작한다. ○○일보사 주최인 학생계몽운동대원의 한 사람인 고농생高農生 박동혁은[178] 아래와 같은 보고 연설을 하였다.

눈 뜬 소경에게 글자를 가르쳐주는 것은 두말 할 것 없이 필요합니다. 계몽운동이 우리에게 있어서 가장 시급한 사업 중의 하나인 것도 사실입니다. 그러나 이 땅의 지식분자인 우리들이 이러한 기회에 전조선의 농촌, 어촌, 산촌으로 방방곡곡이 파고 들어가서 그네들과 똑같은 생활을 하면서 어떻게 하면 그네들이 그 더할 수 없이 비참한 생활에서 벗어날 수가 있을까? 하는 문제를 머리를 싸매고서 생각해봐야 합니다. 지금부터 6, 70년 전 노서아의 청년들이 부르짖던 '브나로드'(민중 속으로 라는 말)를 지금 와서야 우리가 입내 내듯 하는 것은 더할 수 없이 슬프고 부끄러운 일입니다. 그렇지만 우리는 남에게 뒤떨어진 것을 탄식만 할 것이 아니라, 높직이 앉아서 민중을 관찰하거나 연구의 대상으로 삼으려는 태도를 단연히 버리고, 그네들이 즉 우리 조선사람이 제 힘으로써 다시 살아나기 위한 그 기초공사基礎工事를 해야 하겠습니다. 오늘 저녁 이 자리에 모인 바로 여러분의 손으로 시작해야겠습니다. 물질로 즉 경제적으로는 일조일석에 부

---

178) 원문에는 '박동수는'으로 되어 있으나 오식이기에 바로잡았다.

활하기가 어렵겠지만 무엇보다도 먼저 모든 것을 지배하고 온갖 행동의[179] 원동력이 되는 정신精神, 요샛말로 '이데올로기'를 통일하기 위해서 전력을 기울여야 하겠습니다![주78) 심훈 저 《상록수》 10페이지]

라고 그는 보고 연설 중에서 자기의 일에 대한 포부와 이상을 그대로 부르짖었던 것이다. 그 같은 대원 중에 ××여자신학생인 채영신도 의지가 굳세고 포부를 가진 여자로서 그날 밤 동혁의 보고 연설 중에서 동감되는 점이 많아서 그들은 이 거룩한 사업에 동지가 되기를 약속하였으며 또 서로 사랑하게까지 되었었다. 두 학생은 더 한층 굳센 각오를 가지고 제각각 농촌으로 돌아가 계몽운동에 힘썼다. 동혁은 '한곡리'로 가고 영신은 '청석골'로 일터를 정하였다. 그들은 만난萬難을 무릅쓰고 농촌사람에게 글을 가르치고 청년회와 부녀회를 조직하고 회관을 건설하고, 또 생활난의 해결을 위하여 소비조합을 만드는 등 참으로 눈물겨운 활동을 계속하였다. 이 두 청년 남녀의 사랑은 사업과 한 가지 있으며, 그것과 한 가지 또한 성장하였다. 그들은 그러므로 그들의 사랑을 사업 이상으로 생각하지 아니하였으니, 그들의 편지에는 반드시 자기 사업에 관한 보고뿐이었다. 영신은 가냘픈 처녀의 몸으로 너무 과도한 일을 하여 몸은 점점 쇠약하여 갔다. 그래도 그는 조금도 쉬지 않았다. 그는 드디어 맹장염에 걸려 수술을 하게까지 이르렀다. 그는 수술을 한 후에도 쉬지 않고 일을 계속하다가 드디어 세상을 떠나고 말았다. 영신은 숨이 지려고 할 때 원재의 손을 잡고 마지막 부탁은 "원재, 내가 가더래두…… 우리 학원은 계속해요! 응, 청년들끼리……" 하고 세상을 떠나버렸다. 동혁과 영신은 서로 사랑이 불붙고 있었으나 그럴수록 농촌사업에 정열을 기울였던 것이다. 그들은 개인의 향락이나 안일安逸을 생각하지 아니하였다. 영신의 죽음은 거룩하며 깨끗하였

---

179) 원문에는 '생활에'로 되어 있으나 오식이기에 바로잡았다.

으며 그의 생명은 오직 조선을 위하여 최후 일각—刻까지 있었다.

　카프작가 중에서 이러한 문제를 취급한 작가는 민촌이다. 그의 장편《고향故鄕》은 역시 '브나로드' 운동을 그 제재로 하였다. 민촌은 본래부터 농민소설을 많이 써왔으며 또 이 작품도 계급성에서 벗어나지 못하였으나, 어떻든 이 소설은 민촌의 인생관, 계급관의 총결산을 보여준 작품으로 민촌의 대표작이었다. 1935년《조선일보》에 연재되었던 것이다. 작품에 나타난 주인공 김희준은 일본 동경에서 고학을 하고 농촌으로 돌아왔다. 그는 일본 유학생들이 귀국하면 흔히 하듯이 관청이나 회사 같은 데로 월급쟁이가 되어가지 않고 농민들과 같이 밭을 갈고, 발 벗고 논에 들어서서 일을 하는 한편, 야학을 시작하였다. 그는 농민계몽운동에 몸을 바치려는 것이었다. 희준이는 어느 날 이러한 연설을 하였다.

　예전부터 농사는 천하지대본이라 해서, 사람은 먹고 사는 것이 제일이라 하였다. 먹고 사는 것만이 사람의 목적이라 할 수는 없겠지만 사람들은 우선 먹고 산 후에야 다른 훌륭한 일도 할 수 있는 것이다. 아무리 잘난 사람이라도 그에게서 옷과 밥을 안 주고 집을 안 주게 되면 그는 걸인이 되든지 굶어 죽고 말 것이다.…… 그러면 옷과 밥과 집을 만드는 사람— 다시 말하면 노동자나 농민은 결코 천한 인간이 아니다. 도리어 그들은 모든 사람들을 잘 살게 만드는 훌륭한 역군들이요 또한 그만한 힘을 가지고 있다. 그들이 부지런하면 천하에 못할 일이 없습니다. 보라! 이 원터의 넓은 들을 누구의 힘으로 저렇게 시퍼렇게 만들었는가? 또 저— 방축과 철도를 누구의 힘으로 저렇게 쌓아올렸는가? 저— 공장에서 토하는 검은 연기는 누구의 힘으로 토하게 하는 것인가? 아니 여러분의 입으신 옷은, 저— 조그만 여직공인 처녀들이 연약한 힘을 합해서 올올이 짜낸 것이 아닙니까?[주 79) 이기영 저《고향》52페이지]

하고 그들의 자각을 촉진시켰던 것이었다. 희준이는 어느 해 이 동네가 수해로 하여 농사가 흉작이 되었다. 그리하여 농민들은 서울 민판서閔判書 집에 사음舍音인 안승학에게 소작료를 감減해 달라고 진정陳情하였으나, 듣지 아니함으로 희준이가 나서서 굳센 의지와 꾸준한 노력으로 결국 소작인 편의 승리로 돌아오게 하였다. 그리하여 멸망하게 된 농촌을 구출하였다는 것이 이 작품의 중요한 줄거리였다. 이 작품은 《흙》이나 《상록수》와 다른 점은 계급의식을 토대로 하고 농민을 계몽시키려는 것이었다. 그는 농촌의 몰락하는 과정을, 현대자본주의가 발달하여 농촌이 현대 공업화가 되어 새로운 프롤레타리아를 만들어낸다는 〈맑스〉의 유물론적 사회발달의 법칙 밑에서 조선 농촌을 그리려고 한 것이었다. 그리하여 이 농촌에는 별안간 커다란 공장이 생기며 농촌 계집애 갑숙이 경순이 인순이들이 여공이 되어 이들이 계급의식에 눈을 뜨게 되었으며 그리하여 소작쟁의와 아울러 동맹파업을 일으키는 것이었다.

  1930년 이후의 프롤레타리아문학은 외계外界의 탄압이 점점 가혹하게 됨으로써 그 방향을 다른 데로 돌리지 않으면 아니 되었지만, 문학적으로도 많은 결함이 생기게 된 까닭에 자기비판이 일어나게 되며, 따라서 여러 가지의 창작방법의 제안이 거진 혼란하도록 발표된 것은 이미 위에서 논급하였거니와, 그러면 이러한 혼란기에서 프롤레타리아문학은 어떠한 방향으로 가지 않으면 안 되었던가를 고찰하는 것이 중요한 과제인 줄로 안다. 프롤레타리아문학은 적어도 1935년까지 카프적 잔존물을 유지하려고 노력한 흔적을 작품에서 발견할 수 있었던 것이다. 그러나 이 발견되는 사실은 문학적인 형상과 정신 속에서 세밀히 살펴볼 때는 그 카프적 잔존물이라는 것은 결국 과거의 형해形骸에 불과한 것으로 물론 새로운 계단의 온상이 되기에는 이미 능력이 없어지고 만 것이었다. 그러면 카프시대의 형해로 나타난 사실이란 것은 결국 작품에서 주인공을 과거의 맑스주의자였던 것을 표명하려는 경향이었으니, 그것은 주인공이 반드시 형무소에 갔다 온 사람이거나 결국에는 형무소로 갔다든가 혹은 정의를 위하여 싸웠다든가, 인류의 행복을 위하여 싸웠다는 것을 의례히 주인공의 경력으로서 소개되는 것이었다. 그러나 이러한 것은 물론 간단한 소개에 끝일 뿐 문학적 구성에는 그다지 관련을 갖는 것도 아니었다. 그것은 다만 카프 이후 문학의 새로운 계단을 형성하는 데 있어서 과거의 자신을 완전히 망각하는 고독에서 다소의 위안을 얻기 위한 간단한 표시에 불과하였던 것이다. 좀 더 구체적인 예를 들면 사실인즉 작품과는 아무 관계도 없으면서 주인공이 '그곳에서' 나왔다던가, '거기에서' 등의 용어로 형무소나 경찰서를 표시하며, 따라서 표현의 부자유로 작품은 본의 아닌 다른 경향의 것을 썼으나 프로문학에 대한 의식만은 변함이 없다는 작가의 일종의 암호와도 같았다.

이러한 경향을 가리켜 최재서崔載瑞는 '후일담문학後日譚文學'이란 말을 썼었다.[주80) 1939년 《문장》지 제6집에 실린 최재서의 논문 〈현대소설과 주제〉에서] 이 말은 어떠한 문학의 정체가 먼저 있었고 그 후에 이야기를 계속한다든가 혹은 삽화적인 이야기를 할 때와 같은 태도를 의미한 것이었다. 그러나 이러한 것은 물론 이야기의 줄거리가 아니며 극히 지엽적인 것으로 작품은 그러는 동안에 다른 경향으로 진전하고 있었다. 다시 말하면 이러한 수난기를 당하여 기형적으로 보이는 작품에서 역시 새로이 나타나는 부면을 지나쳐 볼 수 없는 것이었다.

그러면 이 새로이 나타나는 부면은 무엇이었던가?

첫째로 정치주의政治主義의 정책적인 창작방법에서 완전히 이탈하여 현실에 대한 작가의 자유스러운 관찰이 시작된 것.

둘째는 선동성에서 감염성感染性으로 옮기어 온 것.

셋째는 선전적이던 데서 묘사로 옮겨 온 것.

넷째는 주인공의 의식성이 인간성으로 통일되려는 것이었다.

이러한 문학적인 용의用意를 가지고 현실을 대하려는 것이었다. 그러나 이러한 경향에서 변하지 않은 것은 조선 현실의 빈궁면이었다. 이 빈궁면에서 생기는 인간성을 찾아내려고 하였던 것이다. 말하자면 목적의식성을 잃어버린 프롤레타리아문학으로 돌아온 것이었다. 그러나 그렇다고 이 시대의 작가들의 작풍이 동일하지는 않고 아직도 의식문학의 면형面形을 그대로 나타내려고 노력하는 작가들도 있었다. 그러나 해가 갈수록 무의식 빈궁소설로 집중되었다.

그러면 먼저 의식적인 면형을 나타내려고 노력하였던 작가들의 작품으로부터 살펴보기로 한다. 1930년 직후 나타난 카프 이후의 의식소설로는 1931년 《조선일보》에 당선된 한인택韓仁澤의 장편인 《선풍시대旋風時代》이었다. 이 소설은 동맹파업, 투옥 살인 등의 투쟁의식을 강조한 작품이었다. 따라서 이 소설은 카프적 의식소설의 최종이었다고 할만치 그 의식성이 강렬하였고, 이 작품 후에 또다시 그러한 작품이 나타나지 않았다. 그러한 그의 이러한 작품의 면모는 급히 변하게 되어 1934년도에 발표한 〈월급날〉 〈꾸부러진 평행선〉 등의 단편에서는 전연히 그러한 의식성을 발견할 수 없었다. 그저 빈궁한 생활에서 생기는 고뇌와 심리와 성격의 변화 등을 표현할 뿐이었다.

카프운동 이후 그 의식과 형상이 비로소 문학적인 형태를 갖추어 창작되었다고 볼 수 있었던 것은 팔봉의 장편인 《해조음海潮音》이었다. 이 작품은 1931년 《조선일보》에 연재되었던 것으로 저하되어가던 당시 의식문학의 새로운 기세를 보였던 것이었다. 이 작품은 북선北鮮 정어리 공장에서 생긴 이야기가 그 주제로 되어있는데 대체로 말하면 중산계급의 몰락과정을 묘사한 것이었다. 당시 중산계급의 몰락이라면 곧 조선사람의 몰락을 의미한 것이었다. 일본인의 대자본 밑에 조선사람의 소자본이 아낌없이 흡수되어 멸망하여 가는 생활면을 표현한 것이고 이것의 대책으로는 조선사람들이 단결하여 대항할 길밖에 없다는 것을 강조하여 끝으로는 청년총동맹의 활동을 전개시킨 것이었다. 당시의 카프 작가들의 작품에는 이러한 의식성과 집단성이 점점 세력이 줄어지고 있던 까닭에 이러한 작품의 많은 자극성이 되었었다. 이런 의미에서 박화성朴花城의 1933년 작作인 〈하수도공사下水道工事〉와 그 이듬해에 발표된 〈홍수전후洪水前後〉와 같은 작품은 역시 맑스주의의 의식성과 집단성을 강조한 작품들이었다. 〈하수도공사〉에서는 노동자들의 집단적 투쟁의 승리를 암시하였고 〈홍수전후〉에는 농촌의 참상[180]과 아울러 소작료 감하減下운동에서 또한 집단성을 나타내었다.

1933년 《동아일보》에 발표된 이무영李無影의 중편인 〈지축地軸을 돌리는 사람들〉은 주인공의 의식성에 관련된 심리와 성격 표현에 더 많이 노력한 작품이었다. 그러나 이것은 가장 인간적인 점에서 애욕의 갈등으로 하여 비밀결사의 사실을 경찰에게 고발하려는 성자를 살해해버린 것이, 〈선풍시대〉에서 변원식이를 살해한 것보다는 집단적인 의미를 가졌다고 볼 수 있으나, 여하간 〈지축을 돌리는 사람들〉에는 동지와 친우親友 사이에 일어나는 연애의 갈등이 이 작품의 주제로서 물론 투쟁적 의식성에서 해결은 되었지마는 결국 인간성에 대한 생활면의 묘사가 중요한 부면을 차지하였다, 1934년 작 그의 중편인 〈취향醉香〉과 같은 작품은, 기생인 취향이가 혁명가 최성환이를 연모戀慕하게 된 이야기로, 이것은 당시의 시대적 풍조이기도 하였지마는, 말하자면 1930년대의 의협심 있는 기생의 성격이 나타난 데 흥미를 가질 수 있는 것이었다. 그러나 그 후에 발표한 〈나는 보아 잘 안다〉〈두 훈시訓示〉 등의 많은 단편들은 무의식의 빈궁소설에 속하는 작품들이었다.

유치진柳致眞의 희곡 《토막土幕》도 동일한 경향의 작품이었으니 빈난貧難한 조선농민의 기아와 신고辛苦의 생활을 잘 표현한 것이었다. 또 함대훈咸大勳의 장편 《폭풍전야暴風前夜》와 단편 〈호반湖畔〉 등이 역시 이러한 시대의

---

180) 원문에는 '慘狀'으로 되어 있으나 오식으로 보이기에 바로잡았다.

식을 표현한 작품들이다.《폭풍전야》는 1934년《조선일보》에 연재된 것으로 혁명전야에 있는 조선 현실의 생활형과 인간형의 표현이었다. 〈호반〉에서도 가난한 농촌청년이 동경 가서 고학으로 대학까지 다니게 되었으나 사상운동을 하다가 잡혀간 것이었다.

이러한 경향을 찾자면 빙허의 장편인《적도赤道》를 잊어버릴 수 없다. 이것은 오랫동안 침묵을 지켜오던 빙허의 작품으로 1934년《동아일보》에 연재되었던 것이다. 가난한 젊은 주인공은 최애最愛의 애인을 부호에게 빼앗기고 결혼 초야에 단도를 들고 부호를 습격한 탓으로 형무소에서 복역기간을 마치고 나온 김여해의 분노와 정열의 생활기록이다. 그의 정열은 실로 적도와 같이 뜨거웠다.

그리하여 최종의 그는 상해上海서 들어온 김상열을 대신하여 혁명적 활동을 하다가 경찰에 잡혔으나 그는 취조 중에 폭탄을 깨물고 자폭하고 말았다. 이러한 작품들이 1930년대의 최종 최고 수준의 의식문학이었고 그 외에는 거진 전부가 무의식의 빈궁생활 속에서 허덕거리는 고뇌의 표현이며 심리나 성격 묘사에 머무르고 말게 되었었다.

빈궁생활의 고뇌를 표현한 작가 중에서도 특히 이국異國인 간도間島 등지에 이주한 빈난한 조선농민들의 민족적으로 받는 모멸과 빈난에서 오는 고통을 표현한 작가인 강경애姜敬愛의 작품을 먼저 말하려고 한다. 그는 1934년《동아일보》에 발표된 〈인간문제〉를 비롯하여 〈마약痲藥〉〈유무有無〉〈소금〉 등의 작품이 모두 이역에서 신고하는 조선사람들의 심각한 생활을 그린 작품들이었다.

그리고 1934년 작 조벽암趙碧巖[181]의 〈실직失職과 강아지〉, 동년 작 김광주金光洲의 〈포도鋪道의 우울〉, 동년 작 박영준朴榮濬의 〈1년〉과 1936년 작 〈목화木花씨 뿌릴 때〉와 같은 작품이라든지, 1935년 작 현경준玄卿俊의 〈격

---

181) 원문에는 '趙碧嚴'으로 되어 있으나 오식이기에 바로잡았다.

랑激浪 〈별〉, 1936년 작 최인준崔仁俊의 〈춘잠春鸞〉, 이근영李根榮의 〈농우農牛〉, 함세덕咸世德의 〈산山너구리〉 등의 단편들이 다 프롤레타리아의 생활고에서 빚어낸 동일한 경향의 작품들이었다. 그리고 이 외에 이북명李北鳴, 최정희崔貞熙, 홍구洪九, 이동규李東珪, 지봉문池奉文, 김우철金友哲, 정청신鄭靑山, 이주홍李周洪, 김대봉金大鳳, 김대균金大均, 윤세중尹世重 등의 작품이 다 그러한 경향의 것이었다.

채만식蔡萬植도 빈궁한 생활을 제재로 하는 작가이었다. 그러나 그는 노동자나 농민보다도 우선 가난한 지식인의 생활면을 나타내려고 하였다. 그것은 손과 얼굴이 창백한 지식인이기 때문에 높은 이론만 있고 실천하지 못하는 고뇌와 아울러 이에 따르는 경제적 빈궁상을 호소하는 것이었다. 그의 1934년 작 〈인텔리와 빈대떡〉과 〈레디메이드인생〉, 또는 〈집〉 등의 단편 등이 다 그러한 작품들이었다. 말하자면 폭로와 풍자가 있고 조소와 비판이 있었다. 〈레디메이드인생〉의 주인공은 대학까지 졸업하였으나 사회에서 써주지 아니함으로 무직으로 가난에 쪼들리었다. 그리하여 그는 자기가 공부한 것을 크게 후회하고 여덟 살 된 자기의 아들은 공부도 안 시키고 인쇄공장으로 보냈다는 이야기다. 똑같은 빈궁소설을 썼으면서도 카프류의 프로작가와 구별되었던 것은 이와 같이 그 인생관이 달랐던 까닭이었다.

그리고 또 동일한 경향에서 특별히 주목을 끄는 작가들이 있었다. 그것은 빈궁면을 객관적으로 묘사하는 데만 만족하지 않고 과거의 사상성을 대신할 수 있는 어떠한 인생관을 찾으려는 것이었다. 그러나 현대적 추진력을 상실한 까닭에 또다시 현대적인 인생관을 찾을 수는 없고, 그 대신 빈난한 사람들의 운명관을 확대시켜서 민속적인 신앙심에 결부시킴으로 새로운 생활관을 찾자는 것이었다.

이러한 의미에서 1934년 작 계용묵桂鎔默의 〈제비를 그리는 마음〉, 1937년 작 정비석鄭飛石의 〈성황당城隍堂〉, 현덕玄德의 〈남생이〉 등의 단편들이 다 그러한 경향의 작품들이었다. 빈궁과 불행에서 고뇌할 뿐인 주인공은 자기 집에 제비가 들어와 집을 지으면 행복이 온다는 전래한 신앙에서 〈제비를 기다리는 마음〉이라든지, 또한 무지한 촌부가 불행할 때면 성황당에 가서 복을 빌다가 잡혀갔던 남편이 며칠 만에 무사히 돌아오게 된 순박한 신앙심이라든지, 장수와 행운을 가져온다고 하여 남생이를 쥐고 있는 주인공들의 민속신앙의 주관주의에서 과거의 투쟁의식을 대신하려는 것이기도 하였다. 빈난과 불행한 사람일수록 희망 없이는 살 수 없었다. 그러므로 과거에는 행복이 온다는 희망에서 투쟁하였으나, 그것이 불가능하게 된 이상 또다시 자기들의 행복을 위하여 신을 찾는 것도 그러한 의미에서 타당할 것이다. 계용묵의 1935년 작 〈백치白痴아다다〉는 그의 또 다른 계단의 작품으로 순전히 인간성을 나타낸 대표작이었으나, 〈고절苦節〉 〈장벽障壁〉과 같은 단편이나, 정비석의 〈졸곡제卒哭祭〉와 같은 것은 다 빈난한 사람들의 슬픔과 고뇌를 그대로 나타낸 작품들이었다.

강노향姜鷺鄕도 이러한 경향의 작가이었으나 그는 그의 작품에 향수와 낭만을 표현하려고 노력하였다. 그는 흔히 중국에 사는 가난한 조선사람들의 생활을 작품의 제재로 하여 이국정취와 아울러 향수를 더욱 크게 하였다. 1936년 작 〈백일몽百日夢과 선가船歌〉는 그러한 경향의 대표일 것이다.

이와 같이 작가들은 빈궁소설의 침체된 길을 열기 위하여 여러 가지로 새 길 찾기를 시험하여 할 수 있는 대로 현실을 벗어나려고 하였다. 그러나 침체되어 가는 현실을 그대로 직관한다면 그 현실생활이야말로 희망과 이상을 잃어버린 회의와 생활고로 충만하여 있는 번뇌와 우울의 세계이었다. 정인택鄭仁澤의 1937년 작 〈범가족凡家族〉 〈우울증憂鬱症〉과 같은 작품은 이러한 시대상을 표현한 것이었다. 1939년도에 발표된 〈준동蠢動〉 〈업고業苦〉와 같은 일련의 작품은 보다 더 무기력하고 권태가 가득 찬 조선적 현실의 표현이었다. 죽지 못해 살고 있는 사람들의 자조와 자기自棄의 구렁텅이에서 성격조차 잃어버리고 몸부림치는 홍소哄笑뿐이었다.

이와 유사한 경향을 가진 작가로 박노갑朴魯甲의 작품을 들 수 있다. 그의 1936년 작 〈춘보春甫의 득실得失〉 같은 작품은 심리적인 데가 더 많았지마는 1939년도에 발표된 〈거울〉 〈창공蒼空〉 등의 작품들은 역시 빈궁생활의 권태와 우울에 가득 찬 작품들이었다.

이러한 경향은 1935년 이후 작품에 나타난 현저한 현상이었다. 더욱이 생활의 사회성이나 현실성을 엿보려는 작가들은 누구나 이 희망 없고 이상 없는 암담한 생활의 우울과 권태만을 표현하였다. 그 제재가 전연 개인생활이나 그 심리묘사에만 한한 작품에도 이러한 생활을 기초로 한 주인공의 생활과 성격은 회의와 고뇌와 허무가 있을 뿐이었다.

조용만趙容萬, 김소엽金沼葉, 허준許俊, 김영수金永壽. 최명익崔明翊, 석인해石仁海, 김사량金史良 등의 작품들이 또한 이러한 경향권 내에 속하게 되는 것이다. 가령, 허준의 〈탁류濁流〉, 김영수의 〈단층斷層〉, 〈해면海面〉, 〈총銃〉, 최명익의 〈장삼이사張三李四〉, 〈심문心紋〉, 석인해의 〈노방초路傍草〉, 〈문신文身〉, 〈해수海愁〉 등의 단편이 다 빈궁한 조선의 현실과 그곳에서 생기는 불확정한 회의적 정신의 산물임에 틀림없었다. 생활의 붕괴, 성격의 파산, 끝없는 애수를 가진, 이 작품들의 주인공은 1930년대의 말기를 특징 있게 하는 시대정신의 상징이었다.

3

다음으로 나는 1930년 이후의 소위 순수문학에 대하여 논급하지 않으면 아니 되었다. 그러나 이 순수란 말의 의미는 여러 가지로 해석할 수도 있고 따라서 순수문학과 비순수문학의 분기점은 그 근본에 있어서 분별하기 고난苦難한 것이며, 또 이 양자에 관한 가치문제에 이르러서는 더욱 그러하다. 그러나 여기서는 학구적인 데만 구애되지 말고 실제적으로 작품을 분류하기 위하며, 시대적 경향을 구분하기 위하여 그 작품에 나타난 상이점만을 추려서 순수문학의 특성을 설명하려고 한다.

이곳에서 논급하려는 순수문학은 첫째로 크게 말하면 맑스주의 의식의 선전적 임무에서 벗어난 문학을 총칭할 수 있을 것이다. 말하자면 어떠한 의식선전을 위한 조잡한 형식의 문학이 아니라 문학적 정신에서 창작되는 작품을 뜻하는 것이다.

이에 대하여 김환태金煥泰는 그의 〈순수시비純粹是非〉라 제題한 논문에서 [주81] 1939년 11월호 《문장》지에 실린 김환태의 논문 〈순수시비〉에서] "오늘날 우리가 신진작가들에게서 보는 바와 같이 왕성한 문학정신을 우리는 우리 문단에서 일찍이 보지 못하였다. 문학정신이란 결국 인간성의 탐구요, 그에 표현의 옷을 입히려는 창조적 노력이다. 그러므로 문학정신이란 문학상의 주의主義와는 완연히 다른 것으로, 주의란 문학정신의 방향, 혹은 자세[182]에 지나지 않는 것이다. 따라서 한 작가에게 먼저 필요한 것은 문학상의 주의가 아니라 이 문학정신의 확립이다[183]"라고 하였다. 이 문학정신의 확립이란 말은, 완전한 문학적 작품을 창조하기 위한 노력이며, 이 노력에만 이바지할 수 있는 정신이다. 그러나 여기서 취급하려는 순수문학은 의식이나 이념의 일반적인 표현까지를 부정하는 것은 아니다. 다만 순수문학은 어떠한 기성旣成된 의식이나 이념에 예속隸屬되어 있는 것이 아니라 문학적 창조에서 부절不絶히 새로운 이념과 의식을 창조할 수 있는 것을 의미한다.

둘째로는 문학적인 형상을 완성시키려는 작품을 들 수 있으니, 이것은 맑스주의 의식이나 혹은 어떠한 기성의식의 선전 조항을 나열 설명하는 것이 아니라, 나타내려는 주인공의 생활과 성격을 위하여 여실한 묘사가 있는 작품을 뜻하는 것이다. 정래동丁來東은 일찍이 그의 논문에서[주82] 1934년 8월호 《중앙中央》지에 실린 정래동의 논문 〈조각문학과 나열문학〉에서] 이러한 것

---

182) 원문에는 '자태'로 되어 있으나 오식이기에 바로잡았다.
183) 원문의 문장은 "따라서 한 작가의 필요한 것은 문학상의 주의가 아니라 문학정신의 확립이다"이다.

을 가리켜 조각彫刻소설과 나열羅列소설이라고 하였다. "왜 그러냐 하면 차종此種 소설은 한 개의 이야기를 자초지종으로 이야기하려는 데 그 의도가 있는 것이 아니요 한 농촌 한 공장 한 단체 한 사회 전반을 독자에게 알리기 위하여 혹은 그것들을 어떻게 운전하는 그네들의 방식을 선전 혹은 알리기 위하여 한 농촌 한 공장 한 단체 등의 제 방면의 현상과 사실을 늘어놓고 벌려놓는 것이다.[184] 그네들은 집단묘사를 하기 위하여 한 개인의 성격 발전을 꺼려하며 개인의 연애담, 인생 제면諸面에 대한 심오한 사색 등을 될 수 있는 대로 피하고…"라고 지적하였다. 그러므로 순수문학은 조각 즉 묘사가 주로 되어 있고, 또 집단주의에 대한 개인주의의 문학을 뜻하는 것이다.

셋째로는 의식문학의 방법에서는 물론 벗어났으며, 일반적 의미의 문학 형식까지도 부정하려는 신흥문학파의 작품도 순수문학에 편입하였다.

이것을 요약하여 말하면, 의식과 집단주의를 떠나 개인주의의 인간성을 묘사하는 순수문학이라 할지라도 조선의 현실이 주는 기질을 전연히 부정할 수 없었다.

그것은 이태준李泰俊(상허尙虛)의 많은 단편들이 보여주는 것이다. 그는 1925년에 처녀작 〈오몽녀五夢女〉를 발표하였으나, 그의 작가적 활동은 역시 1930년 이후로 황량하던 당시 창작계에 새로운 존재로서 오직 자기 독특한 문학의 경지를 개척하고 있었다. 그러나 조선 현실이 주는 기질이란 결국 그의 수많은 단편에서 무기력, 피로, 고독, 적막, 애수 등으로 나타난 것이 다. 그는 단편집 《달밤》, 《까마귀》 등, 그 외의 작품에서 그의 통일된 작품을 표현하였으며 따라서 깊어가는 그 인생관에서 뚜렷한 단편작가로서의 역량을 발휘하였던 것이다. 그의 고적孤寂과 애수는 곧 절망을 의미

---

184) 원문의 문장은 "왜 그러냐 하면 차종此種 소설은 한 개의 이야기를 자초지종으로 이야기하려는 것이 아니요 한 농촌 한 공장 한 단체 한 사회 전반을 독자에게 알리기 위하여 혹은 그것들을 어떻게 운전하는 그네들의 방식을 선전하며 제 방면의 현상과 사실을 늘어놓고 벌려놓는 것이다"이다.

하는 것은 아니었다. 그는 체호프의 작풍과도 같이 아름다운 눈물 속에서 빛나고 있는 조그마한 희망과 웃음이 있었다. 그러나 이렇게 특별한 기질 없이 일정한 인물들의 성격과 심리묘사 등의 비교적 안온한 세계에서 만족하려는 작가 중에 1934년경부터 창작 활동을 시작한 장덕조張德祚 이선희李善熙 등의 작가는 특기할 특이성을 나타내려는 것이 아니라 순수문학의 가장 상식적인 길을 순탄하게 걷고 있었다. 장덕조의 〈자장가〉〈해바라기〉〈창백蒼白한 안개〉 등의 단편이라든지, 이선희의 〈계산서計算書〉〈매소부賣笑婦〉〈도장圖章〉과 같은 단편들이 다 그러한 경향의 작품들이다.

박태원朴泰遠의 1936년 작 《천변풍경川邊風景》과 같은 작품은 순수문학 중에서도 극히 능동적으로 의식문학에 대치對峙하여 별다른 자기 세계를 만들려고 한 것이었다. 말하자면 현실 생활에 얽매일 필요 없이 자기의 창작 세계에서 새로운 현실을 창조하려고 하였다. 그러면 그 현실이란 무엇인가. 그것은 생활체의 분해에서 생기는 무수한 생활면의 사실성이다. 빨래터는 빨래터가 가지고 있는 생활면, 이발소는 이발소가 가지고 있는 생활면 등등의 사실성을 말하는 것이다. 이 각각 생활면이 가지고 있는 습관 언어 풍속 등의 만화경萬華鏡을 풍부한 화술의 인도로 우리는 권태 없이 음미할 수 있는 것이다. 1930년 이후 발표된 그의 단편들은 대부분 조선 현실이 주는 기질을 나타내고 있으나, 이러한 기질이니 의식이니 이념 등을 완전히 초월하고 무제한의 자위 세계를 그는 《천변풍경》에서 창조한 것이다. 신변소설身邊小說이라는 것은 순수소설에만 있는 것이 아니니, 어떠한 소설에고 있을 수 있는 한 형식에 불과한 것이지만, 안회남安懷南의 신변소설은 사상성이나 사회성을 떠나 가장 안전하다고 생각하는 자기의 사생활에서 세속적인 이야기를 얽어놓으려는 것이었다. 이러한 의미에서 그는 1930년 이후 신변소설의 많은 단편을 발표하였다. 그러나 그의 작풍은 다소 그 후 변천을 보게 되었다. 그의 1939년 작 《탁류濁流를 헤치고》라는 장편은 조선 현실이 주는 소극적 우울성의 영향을 많이 받았다고 할 수 있다. 이 작품의 주인공은 아무 이상도 없는 빈난한 청년으로 태타성怠惰性에 가득 찬 생활이 전개되는 것이니, 무기력한 애수의 생활에서 우울이 있을 뿐이었다. 그러나 그의 〈기계機械〉와 같은 단편은 분명히 의식소설에 속할 수 있는 작품이다. 그렇지만 이러한 경향은 당시의 형편으로 보아 적극성을 물론 가질 수는 없었다.

여기 순수문학의 또 다른 경지가 있다. 그것은 김동리金東里의 1936년 작 〈무녀도巫女圖〉의 단편을 비롯하여 〈황토기黃土記〉 등에서 전개되는 한 개의 세계를 말할 수 있는 것이다. 그는 민속적인 신앙 속에서 통일된 이념을 찾고, 이 이념은 곧 생활로 분화되어 다채로운 운명의 세계를 전개하는 것이었다. 위에서 계용묵 정비석 등의 작품에서 민속적 신앙을 말하였으나, 그들의 작품에 나타난 신앙은 주인공의 생활에 결부시킨 것으로 객관적인 제이의第二義적이었으나 김동리의 작품에 나타난 민속적 신앙은 주관적이고 제일의第一義적이니 어떠한 생활에 결부되는 것이 아니라 그 신앙과 운명이 곧 생활의 근본이며 원천이었다. 이 운명의 이념에서 모든 화복길흉禍福吉凶의 인생생활의 기관奇觀이 구성되는 것이었다. 여기에는 광막廣漠한 상상과 상징의 세계가 열려있었다.

그 다음으로 순수성은 정열만이 표현된 작품에서 찾아보려는 것이다. 그것은 김유정金裕貞의 창작세계에서 보여주는 한 현상이다. 그는 한 자字 한 자 채택된 아름다운 언어를 통하여 끓는 정열을 고요히 나타내었다. 그는 이 순진결백한 정열의 세계에서 그의 문학정신을 수립하려 하였다. 그러나 그의 이 정열의 세계는 극히 정적靜的이어서 미묘한 심리의 전변轉變과 아울러 시적 정서를 향락하려 하였다. 1936년 작 〈동백꽃〉을 비롯하여 〈금金 따는 콩밭〉 〈봄봄〉 〈따라지〉 등의 많은 단편이 어느 것이나 역작 아닌 것이 없었다. 고독과 비애가 있으면서도 정열과 희망이 있고 또 기지機智가 있었다.

끝으로 이상李箱의 문학적 경지를 살피기로 한다. 그는 현실을 부정할 뿐만이 아니라 전래하는 문학형식까지도 부정하려는 극단의 초현실주의의 작가였지마는, 이렇게 된 원인은 역시 암담한 현실세계에 있었던 것이다. 현대인으로서 이 현대의 고뇌를 뚫고나가지 못하고 이상과 정열도 갖지 못하였으며 따라서 사상도 없고 이상도 없으며 완전히 생활력과 정신력을 잃어버린 인간형이 표현되었을 뿐이었다. 그는 1936년 작 〈날개〉를 비롯하여 〈동해童骸〉〈종생기終生記〉〈실화失花〉〈동경東京〉 등의 작품에서 이러한 인간들의 생활을 차례차례 공개하였던 것이다. 작품에 나타난 주인공이란 모두 허무와 권태와 무감각의 암담한 생활 속에서 회오悔悟와 조소를 일삼는 인물들이었다. 성격의 파산자인 그들은 무기력한 고뇌로서 현실에 대한 유일한 반항을 삼았다. 문학적 형식도 그는 무시하여버리고 붓 가는 대로 무궤도無軌道의 만유漫遊가 시작되는 것이었다. 이러한 경향은 확실히 시대적 고뇌에서 생기는 우울의 지적 폭죽爆竹이다. 우울의 시대가 빚어내는 한 개의 파라독스며 현대정신의 비극이었다.

여하간 이러한 고뇌의 시대를 뚫고 나가려는 작가들의 노력은 순수, 비순수를 말할 것 없이 각각 컸었다. 따라서 조선의 작가들은 그럴수록 어떠한 문학정신의 통일성을 찾아서 새로운 문학의 재출발을 위하여, 정치나 사상성에 공식적으로 의존되지 않고, 독자적인 지성과 감성을 가진 새로운 인간형의 탐구를 시작하였던 것이다.

제3장 인간탐구 시대의 제諸작품

1

작품에 나타나는 인간성은 시대에 따라서 다소의 영향을 받는 것은 피치 못할 사실이었으나, 더욱이 현대 조선문학에 나타난 인간성이란 이 시대의식 때문에 큰 변화를 받고 있는 것이었다. 흥분과 혼란 중에서 나타나게 된 혁명적 인간이란 그 정치와 투쟁의식 속에서 인간에게 있어야 할 품성을 어느 사이에 거진 다 상실하고 말았다. 그러므로 새로운 문학의 재출발을 함에는 먼저 인간성을 충분히 갖고 있는 결함 없는 인간을 찾아내야 하였고 그러므로 작가들은 또다시 인간문제로 돌아오게 된 것이었다.

나는 작품에 관하여 논급하기 전에 이 인간탐구 문제를 싸고도는 약간의 제안과 주장을 소개할 필요가 있다고 생각한다. 먼저 백철은 그의 '인간탐구론'에서 다음과 같이 말하였다.

"금일의 문학 빈곤[185]의 현상이 일부적으로 현대의 그 불행한 현실에서 중대한 영향을 힘입고 있는 것은 물론 명백한 사실이다. 하나 그 전全 원인을 불행한 객관 현실에 맡기고 그것을 아무[186] 주체적 의미에서 이해하

---

185) 원문에는 '貧窮'으로 되어 있으나 오식이기에 바로잡았다.
186) 원문에는 '아주'로 되어 있으나 오식이기에 바로잡았다.

지 않는 한에서 어떻게 그 무력한 태도를 변명하더라도 우리들은 결국 그 불행한 현실에 그대로 추수追隨하고 무력히 추종하는 결과밖에 남기지 못할 것이다! 또한 지금까지 우리들의 과거를 회고하여도 역시 우리들은 그런 무실無實한 결과밖에 남겨놓지 못한 불행을 보아왔다! 현실…… 객관적 정세의 불리 등을 우리들은 언제나 반복하여 절규해 왔건만 그 후에 있어 우리들의 문학은 한 번도 그 불행한 빈곤 가운데서 구출된 일이 없지 않은가?"

하고 문학의 빈궁의 원인을 객관적 불리한 정세에만 돌리지 않고 그 문학 자체의 주관적인 데 있다고 하는 그는 그 정당한 원인을 다시 천명하기를

"인간을 상실한 곳에 있는 까닭에 금일 문학은 그 인간을 탈환하는 데서 실지失地를 회복할 수 있다는 것을 쾌快히 이해할 수 있지 않을까. (중략)

인간의 의식적 산물인 문학은 그런 의미에서 지금까지 상실되었던 인간을 탈환하는 것이 그 불행한 현실 가운데서도 구출될 수 있으며, 또한 그 인간을 탈환하는 데서뿐 금일의 문학은 그 빈곤과 불행 가운데서 구출될 수 있으며 또한 그 인간을 탈환하는 데서뿐 문학은 본 성격을 회복하고 그의 왕성의 성지聖地를 건설할 수 있을 것이다![187] (중략) 문학은 일체의 희망을 얻기 위하여 그 '성스러운 힘과 지상의 지혜와 근원의 애愛'를 회복하여야겠다. 문학이란 본래에 있어 인간을 중심한 것, 인간의 감정, 감각, 그의 표정, 대화, 행동, 그리고 인간의 정직한 감동, 고백, 경해驚駭, 비탄, 분개… 등을 기록 묘사해 가는 것, 그 가운데서 그 시대의 전형적 타입의 인간을 탐구하는 것이다. 그것밖에 문학의 갈 길은 없을 것이다!"[주83] 1936년

---

187) 원문의 문장은 "人間의 意識的産物인 文學은 그런 意味에서 지금까지 喪失되었던 人間을 奪還하는것이 그 不幸한 現實 가운데서도 救出될 수 있으며, 또한 그 人間을 奪還하는 데서뿐 文學은 本性格을 回復하고 그의 旺盛의 聖地를 建設할 수 있을 것이다"이다.

라고―하고, 위기에 빠진 현대문학은 이 인간의 탐구와 아울러 재생할 수 있다고 역설하였다. 그러나 이 인간문제는 한 걸음 나아가 인간성(휴머니티)을 결정하게 되는 것이었다. 즉 어떠한 사람과 무엇을 해야 할 사람의 내용을 결정하며 규정해야 하는 것이었다. 여기서 휴머니즘론이 새로이 일어난 것이다.

이 휴머니즘론은 1937년도의 문단의 중요한 과제로 많은 논객들의 논의가 있었다. 백철, 윤규섭尹圭涉, 김오성金午星, 임화, 한효韓曉, 한흑구韓黑鷗 등이 그 중요한 논객들이었다. 이와 같이 많은 휴머니즘론을 두 가지로 추려서 분류한다면, 결국 인간을 주체적으로 해석할 것인가 객관적으로 해석할 것인가 하는 두 갈래의 길로 나눌 수 있는 것이다. 이 문제에 관하여는 김오성의〈네오 휴머니즘문제〉란 논문에서 고찰하기로 한다. 그의 논문은 세 가지의 방법으로써 구성되어 있다.

첫째는 인간을 실체로서 해석할 것이 아니라 주체로서 탐구해야한다는 것이다. 그리하여 이 주체적 탐구는 인생의 존재 양상을 추구하는 것이라고 하였다. 즉 무엇 때문에 사느냐가 문제가 아니고 어떻게 살며 또 살아야 할 것인가 하는 것이 문제라고 하였다.

둘째는 인간을 관상觀相적으로 해석할 것이 아니라 행위적 관점에서 파악하자는 것이다. 그리하여 변혁하며 생산하며 창조하는 인간, 어떠한 것의 지시에 따라 행동하는 것이 아니라 인간 스스로 독자적으로 행동하는 인간을 말하였다.

셋째로는 현실을 보유하고만 있는 것이 아니라 이것을 초극하는 인간이라고 말하였다. 이 초극이란 말은 현실에서 앞으로 발전하는 것을 의미한다고 하였다. 그리하여 그는 이렇게 결론하였다. "현실적인 인간을 초극하는 것은 새로운 인간 타입을 창조하는 행위일 것이다. 그렇다! 이 새로운 인간 타입의 창조! 종래의 관상적 수동적인 무기력[188]하던 인간적 현실을 초극하고 인류의 명일明日을 새로이 생산하며 창조하며[189] 발전시키려는 생명과 의욕과 용기와 담력이 충일充溢한 새로운 능동적인 인간 타입의 창조! 이것이 '네오 휴머니즘'의 근본목표가 아니면 안될 것이다. (중략) 낡은 것의 파괴, 새로운 것의 발아 즉 현실의 밑바닥에서 생성하는 가능적인 것을 인식하며 탐구하는 것이 새로운 철학 새로운 문학의 임무이다. 당래當來할 가능의 탐구, 새로운 인간 타입의 창조! 이것이 '네오 휴머니즘'에 입각하는 신철학 신문학의 현대적 과제가 아니면 안될 것이다[190]"라고 하였다.[주84] 1937년 12월호《조광》지에 실린 김오성의 논문 〈네오 · 휴머니즘 문제〉에서]

2

그러나 새로이 발견하려고 하는 인간의 인간성이란 무엇인가. 이것을 천명하지 않고는 구체적인 인간을 찾을 수 없는 것이다. 과거의 상실된 인간성의 중요한 것은 개성이었다. 이 개성은 정치적 집단행동 속에서 그 존재가 없어진 것이다. 따라서 이 개성의 활동하는 생활면이 또한 군중생활 속에서 해소되어버려서 생활상 모든 기준이 전부 정치의식에 집중되었었음으로 이 새로운 인간은 먼저 개성의 활동을 갖게 되어야 할 것이며. 이 개성과 개성을 연결하는 사회적 생활 속에는 또한 확실한 도덕적 기준이 있어야 한다. 맑스주의 문학에서는 정치의식의 선양宣揚 그것이 진선미를 겸한 한 개인의 도덕성을 의미하였었고, 자본계급과의 항쟁 그것이 프롤레타리아의 한 개의 〈모랄〉이었다. 일반적 인간사회의 도덕성에 비추어 볼 때 과거의 이러한 인간형에게는 얼른 눈에 띠는 것이 도덕성의 결여이

---

188) 원문에는 '무기력'으로 되어 있으나 오식이기에 바로잡았다.
189) 원문에는 '창조하며'가 누락되어 채워 넣었다.
190) 원문에는 '아니 된다'로 되어 있으나 오식이기에 바로잡았다.

었다. 그러므로 인간성의 둘째로 중요한 것은 이 도덕성의 회복이었다. 이에 관하여 최재서는 그의 〈작가와 모랄 문제〉라는 논문에서 다음과 같이 말하였다. 그는 예술가가 다른 장인匠人과 구별되어 우월한 지위에 있는 것은, 장인들에게는 가지고 있지 않은 〈모랄〉을 가지고 있는 까닭이라고 하였다. 현대에서 "모랄리티(모랄의 원리)를 정치에 구하였다는 것은 현대에 있어선 당연한 일이고 따라서 그 한에선 그들의 승리였다. 그러나 정치학설은 결국 학설이고 모랄은 아니다. 모랄은 정치의 개성화이기 때문이다. 정치가 모랄의 지축支軸이 되는 것은 사실이지만 그렇지만 정치가 개인의 선택과 책임에까지 환원되는 때 비로소 모랄의 문제가 생긴다. 정치가 집단주의와 복응服膺주의를 기초로 하여 성립된다면 그 기구를 합리화한 정치학설의 어디서 모랄의 단서를 발견하여 알는지[191] 우리는 모른다. 우리는 개성을 통하여서만 모랄을 파악할 수 있고 또 개성 안에서 정치를 생각하는 것이 작가의 마땅히 할 일이다"라고 말하였다.[주85) 1938년 1월호《삼천리 문학》지에 실린 최재서의 논문 〈작가와 모랄의 문제〉에서]

　그러나 사실상 작품에 새로운 도덕성을 가진 인간이 나타나기까지에는 극히 점진적으로 그 진전을 보여 줄 뿐이었다. 그것은 의식문학파의 작가들이 1935년 이후 점진적으로 먼저 개성 발견에 눈뜨게 된 사실에서 시작하였고, 기후其後 그들은 이 개성을 통하여 도덕성을 파악하려는 노력이 현저히 나타난 것이었다. 그렇지만 이곳에 또 한 가지의 곤란은 작가들이 새로운 세계로 대담하게 비약하지 못하고, 이때까지 가지고온 자기의 계급적 장벽의 구멍을 통하여 새로운 세계를 내다보려는 태도이었다. 그러므로 이곳에는 아직도 평범한 미련未鍊이 있고 우울이 있으며 불확실한 무엇이 있었다. 이러한 경향은 1935년 이후 40년을 넘는 동안에 더욱 현저하였으니 이것 또한 과도기의 새로운 현상이었다.

---

191) 원문에는 '發見하여야 할는지'로 되어 있으나 오식이 있기에 바로잡았다.

이런 것은 이기영의 단편 〈수석燧石〉 〈설〉이라든지, 한설야의 단편 〈이 녕泥濘〉 등에서 볼 수 있는 경향이었다. 이 작품에 나타난 주인공들에게는 의식생활로부터 현실생활에 옮긴 후에 일어나는 생활고에 당면한 고뇌가 있었다. 가령 말하면 감옥에서 나온 사상 청년은 먼저 먹고 살아야 할 실제적 생활 때문에 직업에 충실하여야겠다는 아주 세속적인 인간으로 되는 것이었다. 이런 것들을 속칭 전향소설轉向小說이라고 할 것이나 여하간 이러한 과도기의 인간형이 새로 생긴 것이었다. 유진오의 단편 〈김강사金講師와 T교수教授〉라든지 송영의 단편 〈음악교원音樂教員〉 등의 작품에서 나타난 주인공들도 역시 그러한 인간형이다. 과거에는 좌익사상에 기울어졌다가 그동안 청산하고 관립전문학교의 강사가 된 김 강사나 송영의 〈음악교원〉에서 볼 수 있는 김 선생의 인간형이 다 동일한 것이나, 이들은 결국 과거의 경력 때문에 학교에서 쫓겨나는 것이니, 이 소위 후일담문학後日譚文學의 우울면일 것이다. 같은 경향에서 또 한 가지 다른 인간형을 볼 수 있다. 그것은 이효석의 단편 〈수난受難〉 〈장미薔薇 병病들다〉 등의 작품에서 볼 수 있는 바와 같이 과거의 좌익사상을 가졌던 사람이 이번에는 정반대로 인생의 타락의 길을 걸어가는 것이었다. 〈수난〉에 나타난 B라는 인물은 과거의 빛난 투사였던 까닭에 여기자 유라의 존경을 받게 되었으나, B는 이것을 악용하여 유라를 자기 정욕에 이용하게 되었고, 〈장미 병들다〉의 여주인공은 7년 전에는 좌익서적을 탐독하였으며, 학교의 맹휴盟休를 지도하던 투사로서, 여배우로 전락하여 여비旅費가 없다고 쉽게 정조를 팔 수 있는 인간으로 전락시켜버린 것이었다.

이러한 인간형과는 아주 다르게 남을 동정하고 고뇌의 생활을 볼 때에 불쌍히 생각할 수 있는 애타적愛他的 인도주의에 가까운 경향을 가진 인간형이 그 다음의 계단이었다. 가령 이무영李無影의 〈유모乳母〉나 김남천의 〈제퇴선祭退膳〉 등의 단편에 나타난 주인공의 인간형 등이 이에 속할 수 있을 것이다.

1939년에 나타난 작품 중에는 이 인간탐구에 관하여 확실한 진전을 보여준 작품들이 있었다. 그것은 춘원의 단편 〈무명無明〉, 박계주朴啓周의 장편 《순애보殉愛譜》, 최정희崔貞熙의 단편 〈지맥地脈〉, 김남천의 장편 《대하大河》 등이었다. 이 작품들에 나타난 중요한 경향은 첫째로 〈무명〉에 나타난 인간의 개성이 완성된 것이며, 둘째로는 다른 세 편의 작품에서 나타난 도덕성의 확립이었다.

춘원의 〈무명〉은, 춘원이 수양동우회사건修養同友會事件으로 형무소에서 나온 후 첫 번째 작품이었다. 이 작품의 내용은 역시 감방 안에 갇혀있는 수인囚人들의 생활을 모델로 한 것으로 각자의 성격과 심리에서 생기는 갈등을 표현하였다. 일찍이 춘원의 단편 중에서 이 〈무명〉에서처럼 주인공의 개성의 성격이 뚜렷하게 표현된 것은 없었다. 이 작품에서 중요하게 취급된 제재도, 스토리의 전개보다는 개성의 성격묘사에 있었다. 인간을 탐구하며 개성의 성격을 중요시하게 된 당시 문단에는 한 편의 완성된 표본이기도 하였다. 이러한 의미에서 이 작품이 찬사와 주목을 받게 되었던 것이다.

의식이니 이념이니 하는 사상성을 완전히 떠나려는 작가들은 인간탐구를 개성의 성격이나 그 심리묘사에만 집중하려는 새로운 경향이 나타나기 시작하였다. 이러한 주류에서 박계주의 장편 《순애보》는 이 개성화된 인간에게 새로운 이념을 넣어준 작품으로 주목되었던 것이다. 이 작품은 《매일신보》의 당선소설이었다는 것 뿐 아니라 작가의 문학적 역량과 아울러 새로운 이념에 대하여 세인의 주목을 끌었다. 그러면 그 이념은 무엇이었던가. 그것은 기독基督의 애타사상이었다. 이 작품의 주인공은 남을 위하여 자신을 희생할 수 있는 정신과 실행력을 가졌던 것이다. 당시 문단에는 새로운 인간을 탐구하며 이 인간에게 부여할 내용— 이념으로서 도덕성을 강조하여, 의식문학의 작가들의 작품이 동정심 혹은 인도주의로 기울어지려는 때였다는 것이, 또한 이 작품을 시대적으로도 가치를 갖게 하는 또한 가지의 이유가 될 것이다.

다음으로는 도덕성이 새로운 인간에게 어떻게 반영되었는가를 살피기로 하려는 것이다. 먼저 최정희의 단편 〈지맥〉에서부터 시작하려고 한다. 이 〈지맥〉은 그의 3부작의 1부로, 1940년에 〈인맥人脈〉을 발표하였고 1941년에 〈천맥天脈〉을 발표하였다. 이 작품들은 다 작자의 확호確乎한 인생관과 도덕관을 가장 명쾌하게 표현한 것이었다. 당시의 문단에서는 새로운 인간의 당연히 가져야 할 도덕성을 논의하면서도 작품에는 거진 회의적 태도가 많았다. 이러한 때에 이 3부작에 표현된 도덕성에는 작가의 이에 대한 자신과 아울러 실로 그 명쾌한 태도를 주목하게 된다. 그의 〈지맥〉에는 젊은 어머니의 모성애를 강조하여 자기 개인의 생활을 희생하는 이야기가 있고, 〈인맥〉은 남편이 있는 남의 아내로서 다른 남자를 연모하여 출가까지 하였다가 그 연인의 권고로 다시 남편을 찾아가서 행복하게 살았다는 이야기며, 〈천맥〉은 젊은 미망인이 어린 아들을 데리고 재혼하였으나, 그 재혼부再婚夫가 어린 아이를 미워하는 까닭에 가정에서 학대받는 아이는 학교도 아니 가고 불량소년이 되어감으로 어머니는 아들과 같이 그 집을 나와, 불량아 감화원感化院인 보육원으로 가서 자기가 선생이 되어 자기 아들과 그곳 아이들을 가르쳤다는 이야기들이다. 그는 아내로서의 의리와, 어머니로서의 자애와 책임을, 인간으로서의 양심과 도의를 강조하였다. 본능에 지배를 받는 인간과, 도덕성에 제약되는 인간의 싸움에서, 새로운 통일을 찾으며 그러므로 새로운 인간의 아름다운 품성을 창조하려는 것이었다.

이러한 경향은 김남천의 장편인 《대하》에서도 나타나 있다. 그는 과거의 〈카프〉작가로서 의식문학을 대신할 수 있는 새로운 자기의 문학적 세계를 창조하기 위한 노력과 사색의 흔적을 이 《대하》에서 엿볼 수 있는 것이었다. 그것은 작가가 새로운 문학적 계단의 중요 과제로 되어있는 도덕문제를 이 작품의 기본으로 삼게 된 것을 보더라도, 그가 이 문제를 기여코 작품화하려는 야심을 추측할 수 있는 까닭이다. 따라서 《대하》에서 관심을 갖게 하는 것은 세 갈래로 된 치정관계痴情關係라고 할 수 있다. 치정관계라고 하여도 이것은 표면화한 난륜亂倫상태가 아니라 양심과 도덕성에서 고뇌하다가 난국을 극복할 수 있었던 것이다. 그 세 갈래의 치정관계란 것은, 첫째로는 마음속으로 연모하던 사람과는 결혼을 못하고 그 사람의 형과 결혼하였다는 사실이고, 둘째는 아우가 집안에서 부리는 남편 있는 종과 불의의 관계를 맺고 있는 것을 모르고, 형이 어느 날 밤 종의 방을 엿보다가 그 방에서 동생이 나오는 것을 보게 된 데로부터 생기는 마음속의 갈등, 셋째로는 아들과 연애관계가 있는 기생에게 아버지가 사랑을 구하다가 기생의 자백으로 아들의 비밀을 알게 되어 놀랐으며, 밖에서 엿듣고 있던 아들이 이튿날 아무도 모르게 고향을 떠나갔다는 사실 등이었다. 그러나 극기克己와 고뇌의 인내로서, 난국을 무사히 넘긴 《대하》의 도덕성은 그만큼 확호한 것이라고 할 수 있다.

4

여기서 또 한 가지 새로운 경향을 지적하려고 한다. 이 경향이라는 것은 물론 직접으로 인간탐구나 도덕적 문제와는 관련이 없으나, 이러한 인간성을 이상적인 데서 취미적인 데로 보편화하려는 데서 그 측면적 계열을 만들 수 있는 것이니, 그것은 대중문학의 경향을 말하는 것이다. 조선문학에서 대중문학이 생기게 된 것은 그 원인에 있어서 외국의 그것과는 다른 과정이 있었다. 그것은 1935년 이후 대중소설로 기울어진 작가 중에는 대부분이 의식문학이나 순수문학의 작가들이라는 사실로 보아 그 사회적 혹은 시대적 원인을 먼저 설명코자 하는 바이다.

먼저 조선의 현대문학과 신문과의 관계를 말하려 한다. 조선에서는 이

〈저널리즘〉이 문학에 미치는 영향이란 결코 경시할 수 없는 큰 것이 있었다. 출판문화가 빈약한 조선에서는 신문의 학예란이나 연재소설란이 매우 중요한 지위를 가지고 있었다. 이에 대하여는 대략 세 가지로 나누어 말할 수 있으니, 첫째는 발표기관으로서 중요한 지위에 있었던 것이고, 둘째는 신문의 기사는 원고검열이 아니라 신문지법新聞紙法에 따르는 까닭에 내용에 제한이 비교적 적다는 것이고, 셋째는 신문에 장편이 실리는 동안 작가의 생활 문제가 어느 정도로 도움이 될 수 있었다는 것 등이었다.

그러나 신문은 신문으로 요구하는 바가 있었다. 그것은 신문소설이라는 어떠한 성격을 가지려는 것이었다. 그것은 소위 대중성 혹은 통속성 등이었다. 신문은 장편소설을 광범한 독자를 얻을 수 있는 상품으로 사용하려는 것이 목적인 까닭이다. 1933년 이후 문학의 의식성에 대하여 외계의 탄압이 심해지며, 신문에서는 장편소설의 수요량이 격증하였었다. 그리하여 이 신문에 등장하는 작가들은 인간탐구니 도덕문제니 하는 순수한 태도를 버리고 결국 흥미 중심의 대중성으로 기울어진 것이었다. 이 대중성이란 것은 전문적이 아니며 작가 자신의 특수한 취미나 인생관이 아니며 누구나 즐길 수 있고 즐길 수 있도록 구성하는 것이었다. 이러한 사실이 그 원인의 하나로 조선문단에는 대중성을 띤 작품이 또한 새로운 유행처럼 되고 말았었다.

1934년에 장편 《무지개》를 발표한 장혁주張赫宙는 이어서 《곡간谷間의 정열》이니 《삼곡선三曲線》 등의 대중성이 많은 신문소설을 발표하였다. 과거에 우수한 프로작가이었던 그의 작풍의 변화는 물론 컸었다. 또 함대훈도 1936년에 장편 《순정해협純情海峽》을 비롯하여 《백장미白薔薇》 등을 발표하였고, 누구보다도 독특한 자기 세계를 가졌던 이태준李泰俊이 《화관花冠》 《청춘무성青春茂盛》 등의 대중성 소설을 발표하였으며, 카프작가이던 엄흥섭이 〈구원초久遠草〉 〈세기世紀의 애인愛人〉 〈인생사막人生沙漠〉 등의 대중성 소설을 창작하였다.

그러나 이러한 작가들은 과거의 자기 세계를 전연히 내어 버리려고는 아니하였다. 그들은 여러 가지로 부자유한 환경에서 할 수 없이 자기 작품에 대중성을 이용한 것이라고도 해석할 수 있다. 그것은 〈삼곡선〉에서 쇠패衰敗[192]하는 조선 농촌을 위하여 노력하여야겠다는 의지의 표현이라든지 〈세기의 애인〉에서 그 종말에 "음산한 세기말의 겨울이 지나간 뒤엔 새 세기의 꿈 속 같은 봄날이 오겠지요! 자…… 보라 씨! 그때를 기약하고 오늘의 로맨티시즘에서 하루바삐 해탈解脫됩시다" 등의 대중성 소설에 대한 변명으로써 그들의 심경을 엿볼 수 있는 것이다. 이러한 점에서는 채만식의 《탁류濁流》나 《천하태평춘天下太平春》과 같은 장편이 풍자와 해학의 대중성을 가졌으면서도 비평과 해부의 메스를 들고 자기 사상성에 충실하려는 것들이 모두 위에 말한 경향을 증명할 수 있는 것이었다. 그러나 본격적인 대중소설가로 방인근方仁根, 김말봉金末峰, 김래성金來成 등의 작가를 들 수 있는 것이다. 김래성은 조선 유일의 탐정소설가로 1938년 작 《살인예술가殺人藝術家》와 그 외의 《광상시인狂想詩人》 등의 작품이 있고, 방인근은 1934년에 발표한 장편 《방랑放浪의 가인歌人》 《마도魔道의 향훈불》과 같은 작품들은 대중성을 띤 그의 작품들의 대표작일 것이다. 김말봉도 《밀림密林》 《찔레꽃》과 같은 장편에서 또한 대중성을 충분히 표현하였다.

　1930년 이후에 나온 동인잡지로서 동인들의 통일된 경향을 나타낸 것은 《단층》지라고 말할 수 있다. 이 잡지는 1937년 4월에 제 1책을 내어 다음해 2월까지 3책을 내고 폐간된 것이다. 여기에 나온 작가로는 김이석金利錫, 김화청金化淸, 최정익崔正翊, 이휘창李彙唱, 김여창金礪昶, 유항림俞恒林, 구연묵具然默, 김성집金聖集 등이었다. 이들의 작품에서 받게 되는 전체적인 인상은, 새로운 시대로 옮기기 전에 고뇌하는 젊은 세대의 불확실한 기질이었다. 지식계급의 회의와 모색에서, 혹은 우울과 불안에서 자위와 자극

---

192) 원문에는 '襄敗'로 되어 있으나 오식으로 보이기에 바로잡았다.

을 찾는 신세대의 선언이었을 뿐이었다.

　다음으로 1939년에서 40년대에 이르는 동안에 나온 작가로는 김정한金
廷漢, 최태응崔泰應, 곽하신郭夏信, 임옥인林玉仁, 지하련池河連, 임서하任西河,
황순원黃順元, 김영석金永錫 등이 있다. 이들이 나온 시대는 극도로 외계의
압축壓縮과 제한을 받아야 하였던 것임으로 문학에 있어서도 새로운 계단
을 만들 만한 여유도 없었고 추진력도 없었다. 다만 그들은 개성의 심리
나 성격 등의 묘사에서 만족하게 되었고 또한 거기서 문학의 길을 닦고
있었다.

제4장 시적 정신의 부흥과 정형시 운동

1

1930년 이후의 조선 시단은 대개 세 가지의 부류로 구분될 수 있으니, 첫째는 기성시인들로 1920년대의 시인들이 시작을 계속하여 온 것이며, 둘째는 1930년 전후에 일어난 〈카프〉계통의 시인들이 있고, 셋째는 1930년 이후의 신진들이 있다. 이 세 가지 부류의 시인군은 물론 제가끔 경향이 달랐다. 그 상이한 경향에 대하여는 차차 아래에서 논급하기로 하고, 이 장에서 중요한 제목이 되어있는 것은 1930년 이후의 신진시인들의 새로운 경향이다. 우선 1930년 이후에 나타난 시인들 중에 주요한 사람들은 아래와 같다.

정지용鄭芝鎔, 김윤식金允植(영랑永郎), 이하윤異河潤, 박용철朴龍喆, 김현구金炫耈, 신석정辛夕汀, 김소운金素雲, 김상용金尙鎔, 김기림金起林, 유치환柳致環, 이찬李燦, 김오남金午男, 장만영張萬榮, 김조규金朝奎, 윤곤강尹崑崗, 조벽암趙碧岩, 조영출趙靈出, 설정식薛貞植, 신응식申應植(석초石艸), 모윤숙毛允淑, 주수원朱壽元, 장정심張貞心, 노천명盧天命, 임학수林學洙, 마명馬鳴, 양상은楊相殷, 한흑구韓黑鷗, 김광섭金珖燮, 이흡李洽, 민병균閔丙均, 김광주金光洲, 김광균金光均, 오희병吳熙秉(일도一島), 백석白石, 이육사李陸史, 오장환吳章煥, 이해문李海文, 서정주徐廷柱, 민태규閔泰奎, 김진세金軫世, 양운한楊雲閑, 김달진金達鎭, 정호승

鄭昊昇, 이용악李庸岳, 이병규李秉珪, 조지훈趙芝薰, 김종한金鍾漢, 이한직李漢稷, 김수돈金洙敦, 박두진朴斗鎭, 조남령曹南嶺, 박목월朴木月, 박남수朴南秀 등이었다. 또 1930년 이후 시잡지로 주요한 것은《시문학詩文學》《낭만浪漫》《시인부락詩人部落》《시건설詩建設》등이 있었다.

이들은 1930년 이후 10년 동안을 대표할 수 있는 시인들로서 조선 시문학의 새로운 계단을 형성하는 추진력이었다. 이 시인들에게는 개성에 따라 제가끔 다른 경향을 가지고 있었으나 이곳에서는 각자의 경향이나 시풍을 논술하려는 것이 아니라, 이 시인들의 시에서 어떠한 통일된 시대적 정신과 경향을 추출하여 한 개의 새로운 계단을 형성하려는 것이다.

조선의 시문학의 역사는 물론 산문의 역사와 그 년대를 같이 한다. 따라서 그 발전에 있어서도 산문과 동일한 길을 걸어서 왔다. 다만 시문학은 산문보다는 감정이나 정서에 있어서 좀 더 미묘한 세계를 가졌을 뿐이다. 그러므로 조선의 시문학은 소설이 융창隆昌할 때 한 가지로 융창하였고, 소설이 침체 부진할 때에 또한 부진하였던 것이었다. 이것은 그 외형에서 그런 것이 아니라 내용에 있어서 그러하였던 것이다. 그리하여 시문학이 극도로 빈궁한 경지에 빠지게 된 것은 소설이 신경향파 이후 맑스주의의 의식문학의 영지領地로 들어가게 된 때부터 시작된 것이었다. 이때의 시가는 시의 온상인 정서를 떠나 의식세계에서 시의 제2의 세계를 구축하여보려고 실험하여 보았다. 그러나 이것은 물론 시 자체의 계단은 아니었으며 따라서 건전한 시적 발전은 이루기 어려웠다. 다만 이때까지 시가 가지고 있던 효능을 사회운동을 위하여 유쾌하게 아낌없이 바쳤다는 별다른 의미에서 가치가 인정되었을 뿐이었다.

그러나 이곳에서 문제를 삼고자 하는 것은 사회적으로 평가되는 시의 효능보다도, 시가 가지고 있는 제약성에 대한 붕괴와 위축이었다. 시에는 시형詩形이 있고 이 시형 속에는 일정한 선율이 있어 표현되려는 정서와 일치되어야 하는 것이다. 조선의 자유시란 것은 외형으로 일정한 자수字數

의 제한이 있는 것이 아니었으나 시인에 따라서 일정한 내용률이 있었고, 또 비록 정형시는 아니라 하여도 이로 인하여 어느 정도로 일정한 외형률이 있게 되었던 것이다. 이 외형률의 자유스러운 창조가 자유시의 특색이었다. 시형에 대하여 일정한 규칙이 없는 자유시는 이 선율이 있음으로써 산문과 구별되었던 것이다. 만일 자유시의 이러한 선율이 없으면 시는 산문과 구별될 수 없으니, 시는 결국 단행문의 연속일 뿐이다. 사실상 의식 문학시대의 시문詩文들은 대개가 이러한 시대적 제약을 받으면서 시의 정신은 아주 황폐하여졌었다.

　이와 같이 시적 요건을 무시해버리고 투쟁 사항의 격렬한 문구의 나열에서 시는 자기 모순을 성육成育시켰으며, 결국 산문과 동일한 운명에서 침체 정돈停頓 상태에 빠지고 말았다. 그리하여 침체된 시문학의 구출을 위하여 여러 가지의 제안이 제출되기 시작한 것은 1929년부터의 일이었다. 이렇게 당면한 위기를 극복하기 위하여 임화는 그의 논문 〈낭만적 정신의 현실적 구조〉에서[주86] 임화 저 《문학의 논리》에서] 낭만주의로 돌아가기를 제의하였으며, 팔봉은 그의 논문에서 서사시의 길로 갈 것을 주장하였다. 그러나 시의 근본적 정신으로 돌아가지 않는 한 물론 그 성과는 거둘 수 없었다. 그리하여 시의 근본문제가 논의되고 따라서 시적 정신의 부흥운동이 일어나기는 1930년 이후의 일로 전 시단을 통하여 새로운 계단이 만들어진 것이었다. 이렇게 새로운 계단을 맞는 시문학의 중요 문제의 하나로 먼저 조선말의 선택193)이었다. 의식문학에서 잃어버린 조선말의 순수성을 다시 찾아내며 정돈整頓하는 것이었다. 선전성에만 중요시한 시문들은 선동과 자극194)과 규환叫喚을 표현하는 데만 필요한 언어를 사용하였을 뿐이었고 조선말의 순수성에 대하여는 주의하지 아니하였던 것이다. 그러나 순수한 시문학의 부흥운동은 조선말의 순수성에서 시작하지 않으면 아니

---

193) 원문에는 '撰擇'으로 되어 있으나 오식으로 보이기에 바로잡았다. 이하 몇 군데 더 있어 고쳐썼다.
194) 원문에는 '刺載'로 되어 있으나 오식으로 보이기에 바로잡았다.

되었다. 이것은 시문학에서 뿐 아니라 조선 민족문학의 중요한 과제이기도 하였다.

시문학에서 요구하는 언어는 구성된 문장 속에 있는 한 개의 말이 가지고 있는 감정과 정서와 감각까지를 음미하며 분류하여 가장 효과 있는 표현을 하려는 것이었다. 이러한 것을 역설하며 스스로 실천에 옮긴 시인은 정지용이었다. 그는 1930년 직전에 나온 시인으로 누구보다도 이 언어문제에 대하여 독특한 주의와 아울러 그 실천에 옮겨 놓았다.

그는 그의 시론에서 "문자와 언어에 혈육적 애를 느끼지 않고서 시를 사랑할 수 없다"[주87) 1939년 6월호 《문장》지에 실린 정지용의 논문 〈시의 옹호擁護〉에서]라고 하였다. 그리하여 그는 이것을 설명하기를 "색채가 회화의 소재라고 하면 언어는 시의 소재 이상 거진 유일의 방법이랄 수밖에 없다. 언어를 떠나서 시는 제작되지 않는다. 무기를 쓸 줄 모르는 병학자兵學者는 얼마든지 고명高名할 수 있었고, 언어를 구성치 못하는 광의적인 심리적인[195] 시인이 얼마나 다수일지 모른다. 그러나 총검술銃劍術은 참모본부參謀本部에 직속되지 않아도 부대전部隊戰에 지장이 없겠으나 언어 구성에 백련百鍊하지 못하고서 '시인'을 허여許與하기에는 곤란한 문제"[주88) 1939년 12월호 《문장》지에 실린 정지용의 논문 〈시와 언어〉에서]라고 말하였다.

그러나 그 다음으로 중요하게 문제되는 것은 이렇게 아름답게 채택된 언어의 나열만으로 시를 구성할 수 없는 것이니 이렇게 나열된 언어가 서로 연결될 수 있으며 통일될 수 있는 시의 정신이 무엇이냐는 것이었다.

맑스주의의 의식성을 강조하던 시대에는 이 사상성만이 시의 정신을 대표하였으나, 의식성이나 이념 같은 것이 완전히 시문학에서 제거되어가는 1930년 이후의 시문학은 시의 정신을 어디서 찾을 것인가에 대한 문제가 필연적으로 따라오는 중요한 과제이었다.

---

195) 원문에는 '심성적인'으로 되어 있으나 오식이기에 바로잡았다.

이 문제에 있어서는 두 가지의 중요한 의견이 있었으니, 하나는 한식의 내용론이며, 또 하나는 김기림의 정신론이었다. 한식은 〈시의 현대성〉이라는 그의 논문에서 "시인의 율조律調란 결코 언어 표현의 그것이 아니고, 도리어 마음의 그것임을 알지 못한다면, 그는 시의 메이커는 될지 몰라도 무한한 시인은 될 수 없는 것이다. 언어의 수집가는 될 수 있더라도 언어의 창조자는 못 되는 것이다. 이 땅의 시의 대부분이 아직 미문조美文調에서 헤매고 정신의 결정에까지 여물어지지 못하고 있는 한, 그네들이 알쏭달쏭한 형용사를 콤비네이트할 수 있는 기사技師는 될 수 있다 할지언정, 우리들의 심정을 떨치게 하며 감동케 할 수 있는 시인은 될 수 없는 것이다"라고 하여 그는 과거의 사상성 대신으로 어떠한 것이든지 정서를 집중시킬 수 있는 대상이 필요하다는 것이었다. 그것은 "전설이라도 좋고 풍물이라도 무관하다. 심연의 노래라도 좋을 것이며 화조풍월花鳥風月이라도 적당할 것이다[196]"[[주89] 1939년 10월호 《문장》지에 실린 한식의 논문 〈시의 현대성〉에서]라고 말하였다.

그러나 김기림의 시론에서 나타난 현대적 시정신이란 것은 한식의 주장하는 어떠한 주제의 대상을 찾는 것이 아니라, 그 대신 한 시대가 요구하는 감각의 세계를 찾는 것이었고 '공감할 수 있는 현대의 방언'을 골라놓으려는 것이었다. 그는 그의 시론에서 "그러면 장인匠人바치 기질에 대립하는 것은 무엇인가? 필자는 그것을 진정한 의미의 시정신이라고 한다. 시정신이라는 말이 항용 단순한 시인적 기질의 동의어로 쓰여지는 경향이 있는 것은 매우 반갑지 못한 일이다. 정신이라는 말은 단순한 심리 이상의 것을 의미한다. 맑스 쉘러의 현상학적 심리학에 있어서의 정신이라는 것도 그렇다고 생각한다. 문화의 형성이라는 일을 떠나서는 정신이라는 말은 넌센스다. 한 시대가 품고 있는 문화 의욕을 자신 속에 나누어 가지고,

---

196) 원문의 문장은 "傳說 이라도 좋고 風物 이라도 좋고 花鳥風月 이라도 適當할 것이다"이다.

그것을 시에 구현해 가는 창조적 정신이야말로 시정신이라는 말에 해당한다. 그래서 한 시인의 경력을 동動하는 역사 속에서 끊임없이 확대되고 높아가는 한 시대의 가치의식을 체현體現하여 그것을 발전시켜 가는 한 특수한 정신사精神史에 틀림없다. 여기 시가 보편성을 가지는 계기가 있다. 다시 말하면 시란 가치의 형성이고, 뿐만 아니라 그것은 좁은 개성의 울타리를 넘어서 한 시대의 보편적인 문화에 늘 다리를 걸어놓고 있는 것이다. 한 편의 당시唐詩나 고시조는 결코 이러한 것으로서는 우리의 감상을 받지 못한다"라고 말하였다.[주90) 1939년 12월호《인문평론人文評論》지에 실린 김기림의 논문 〈시단의 동태〉에서]

이 '한 시대의 가치의식을 체현하여 그것을 발전시켜 가는 특수한 정신'이란 것은 물론 특수한 이념의 세계를 말함이 아니며 시대적 보편성 속에 감추어 있는 감각의 세계를 창조함에 있을 것이다.

2

정지용의 조각적인 언어와 그 감각성과 김기림의 모더니즘의 감각성은 1930년 이후의 조선 시문학의 커다란 주류 중에 하나를 형성하였었다. 신진시인들의 경향의 거진 대부분이 이 둘 중에 어느 한 가지에 속하든지 그렇지 않으면 이 두 가지의 혼합형이었다고 말할 수 있을 것이다. 이러한 의미에서 이 두 시인의 시에 관하여 간단히 살펴보려는 것이다.

정지용은 먼저 한 단어와 단어를, 그 말이 가지고 있는 의미와 감각성에 따라서 선택하고 배치하여 한 시구를 형성한다. 이럼으로 일찍이 월탄은 그의 시를 평하기를 '감각感覺의 연주聯珠'[주91) 박월탄 저 《靑苔集》 240페이지]라고 까지 하였다. 1933년 구인회九人會 주최[주92) 구인회는 1933년에 생긴 것으로 회원은 박팔양朴八陽, 정지용, 김상용, 박태원, 이태준, 김기림, 이상, 김유정, 김환태 등으로 9인의 회원으로 구성되어 구인회라고 이름을 지은 듯하다. 박팔양은 그 후 곧 탈퇴하였다. 일시적 동호자회同好者會로 특별한 활동은 없었다.]의 시낭독회에서 발표된 그의 시 〈해협海峽〉에 나타난 '포탄砲彈으로 뚫은 듯 동그란 선창船窓'이란다든지 '눈썹까지 부풀어 오른 수평선水平線', '하늘이 함폭 나려앉어', '큰악한 암닭처럼 품고 있다'는 등의 형용이라든지, 그의 〈홍역紅疫〉이란 시에서 '홍역이 척촉躑躅처럼 난만爛漫하다'는 등의 형용구에서 충분히 그의 감각적인 세계를 엿볼 수 있는 것이다.

김기림은 1930년에 〈가을의 태양은 플라티나의 연미복燕尾服을 입고〉라는 신감각의 시를 비롯하여 이러한 경향의 시를 이어서 발표하였다. 1934년 9월호 《중앙中央》지에 발표된 〈광화문통光化門通〉이란 시에서 본다더라도 '쫓겨 간 비가 중얼대오'라든지 '세수洗水한 아스팔트' '오토바이는 명랑한 단거리선수인 체 하나 우울한 가솔린의 탄식을 뿜소. (그 녀석 실연했나봐)' 등의 감각적인 표현을 볼 수 있었다.

그런데 이 감각의 세계는 또 한 가지의 부류로 나누어질 수 있으니, 이것은 일찍이 김기림의 지적한 바와 같이 외부적인 것과 내면적인 것이 있다. 전자를 회화적이라고 하면 후자를 상상적이라고도 할 것이다. 이것을 김기림은 상게上揭 논문에서 하나는 '시각적 이미지'라고 하였고 다른 것을 '청각적 이미지'라고 하였다. 그리하여 그 청각적인 예로는 오장환의 시를 대표하였다.

그러나 이 청각적인 이미지 속에는 상상의 감각세계가 있었다. 이런 부류의 시인들은 이러한 상상의 감각세계를 창조하는 것으로 시의 정신을 삼았었다. 이것은 결국 초현실주의와 초의식주의에서 생기는 시대적 현상이었으니, 현실에 대한 이상과 이념을 완전히 잃어버린 1930년대 현대인의 정신상태이었다고 볼 수도 있었다. 그러므로 이 감각적인 계열 속에는 역시 불안이 있고 우울이 있었다. 이러한 경향도 1930년대의 신진시인들이 즐겨 쫓든 시도詩道이었었다.

윤곤강의 《동물시집動物詩集》이나 임학수의 《팔도풍물시집八道風物詩集》과 같은 것은 한식의 소론과 같이 어떠한 대상을 만들어보려는 한 시험이었으나 한 주류를 이룰 만치 발전되지는 아니하였다.

1930년의 시문학의 주류 중에서 또한 중요한 경향은 서정시의 대두이었다. 이것은 1930년 3월에 그 창간호를 낸 《시문학》을 중심으로 한 시풍이었다. 이 동인으로는 박용철, 정지용, 김윤식, 이하윤, 김현구, 허보, 신석정, 변영로 등이었다. 이 동인들은 서정적인 데 그 경향이 같았다. 따라서 선율에 대한 세심한 주의와 노력을 보이였다. 영랑의 시는 대개가 3·4조로 되어 있었고, 이하윤의 시에서는 좀 더 정형화하려는 경향이 있었다. 서정시는 무엇보다도 선율이 중요한 조건이며, 따라서 이 선율은 결국 시의 형식까지도 정형에 가깝게 되는 것이었다.

서정시인들의 노력은 그러므로 언어와 형상에 있었다. 그것은 섬세한 정서를 충분히 표현하려는 까닭이었다. 이 언어문제는 감각파에만 한한 것도 아니며 서정파에만 한한 것이 아니라 1930년 이후 전 시단에서 중요시하고 노력하였던 기본문제이었다. 이러한 현상에 대하여 홍효민은 그의 〈신진시인론新進詩人論〉에서 말하기를 "조선의 신진시인의 욱일旭日과 같이 빛나는 존재는 조선말다운 조선말을 찾아서 시를 쓰려는 노력이 수처隨處에서 발견되는 것이다. 이것은 조선말다운 조선말을 찾아 쓴다는 것은 여간한 난사難事가 아닌 동시에 이것은 양면의 진리를 갖게 하는 것이다. 곧 예술적인 부면에 있어서는 저들 시인이 한 층 한 층 쌓고 있는 작시作詩 사업에 완벽을 기약할 수 있는 일이오, 또 하나는 언어학적으로 위대한 창조적인 언어를 제공할 수 있다는 것이다……"[주93) 1937년 3월호 《조선문학朝鮮文學》지에 실린 홍효민의 논문 〈현대시인론〉에서]

이러한 경향은 그 후의 카프시인들의 시에서도 발견되는 사실이었다. 그들은 문학적인 데로 기울어지기 시작한 후부터 차차 1930년대의 시대성에 합류되고 있었던 까닭이었다. 그 현저한 예로는 박세영의 시 〈산山제비〉, 권환의 〈윤리倫理〉, 이찬의 〈대망待望〉 등에서 찾을 수 있었다. 권환의

〈윤리〉에서 보면, '박꽃 같이 아름답게 살련다', '흰 눈[雪] 같이 깨끗하게 살련다', '가을 호수湖水 같이 맑게 살련다'는 등 시구의 연속이었다.

이 시에서 시적 정서에서 움직이는 그의 심경을 엿볼 수 있는 동시에, 그 시형에 있어서도 4 · 4조로 선율에 많은 관심을 갖기 시작한 것도 보이었다. 특히 데카다니즘의 시인이었던 김동명의 시가 1930년 이후 그 시풍을 일변하여, 그의 시집 《나의 거문고》《파초芭蕉》 등에 있는 시편에서 보이는 바와 같이, 신비와 고독과 향수의 서정시로 합류하였다.

3

이렇게 1930년 이후의 시문학이 언어와 선율을 그 중심 문제로 하여 새로운 계단을 형성하는 동안에, 시의 운율韻律 문제와 아울러 정형시에 관한 문제도 여러 번 토의되었다. 안서岸曙는 압운시押韻詩를 지어서 여러 번 발표까지 하였었다. 그리고 그는 일찍부터 민요풍의 정형시도 썼었다. 여하간 1920년대의 기성시인들은 1930년대의 새로운 감각과는 좀 떨어져서 조선 고전적 문학에서 민족적인 내용과 형식을 본떠서 현대적인 문학을 만들어보려고 노력하면서 재출발을 시작한 것이었다. 그리하여 그들의 노력은 드디어 두 갈래의 길이 만들어졌으니, 하나는 조선 민요조의 시형이었으며, 또 하나는 조선 시조형의 시풍이었다.

1930년대의 조선의 현대정신이 침체되어, 새로운 길을 조선 고전에서 찾아 그 생각한 조선 민족주의 진영에 속하였던 시인들은 민요형이나 시조형에서 조선시가의 본질을 찾으며 조선정서를 나타내서 조선시가의 새로운 현대적 계단을 건설하려고 하였었다. 이러한 운동은 소설에서보다도 시에서 더 가능한 일이었다.

그리하여 민요조의 시가 나타나기 시작하였다. 안서는 이전부터 이 방면에 노력하였으며, 주요한, 파인. 노작 등이 또한 즐겨 민요조의 시작을 발표하였으며, 다른 신진시인들의 시에도 민요조의 선율을 본뜨려는 사람이 늘어갔다. 이 민요시의 선율은 조선 정서를 드러내기에 적당하고 아름다운 음악적 요소를 가졌고. 그러므로 조선사람이면 누구나— 지식인에서 촌부에 이르기까지— 즐겨 할 수 있는 멜로디를 가지고 있었다. 그리고 민요란 옛부터 어느 것이나 애조哀調를 띤 것이 많았다. 그러나 현대의 민요시의 애상이란, 민족의 비운과 고뇌와 우울을 아름다운 애조에서 자위하며 소산消散할 수도 있는 새로운 세계라고도 할 수 있었다. 이러한 때에 김소월의 《구전민요선口傳民謠選》과 같은 서적의 출현도 이러한 시대정신에 적합한 노력의 결과라고도 볼 수 있었다.

일찍이 소월이 민요시를 썼었지만 그때는 시대사조가 거칠어서 옆으로 밀어놓고 돌보는 사람이 적었지만 이러한 때는 일부러 고전을 찾고 조선 정서를 그리워하며 자유시형에 실증이 난 때라 이 또한 시단의 한 갈래의 중요한 경향을 이루었던 것이다.

그 다음으로는 시조시에 관하여 논급하려고 한다.

시조창작의 역사는 제1편에서 간단히 논급한 바와 같이 현대 조선문학과 한 가지 출발하였으나, 초기에는 시대적 의의가 없었고 또 문인들도 많지 않았으므로 시조는 전연히 현대적 의의가 없이 그냥 몇 사람이 고대시조를 본떠서 쓴 데 불과하였다. 그러므로 그 역사를 비록 현대문학과 같이 40년으로 친다 하더라도 그 변천사는 극히 간단할 뿐만이 아니라 현대문학의 한 부분으로 어엿한 면모를 갖지도 못하였다. 그러므로 여기서는 역시 1930년 이후의 비로소 현대문학의 한 부분으로 머리를 들게 된 현대시조시에 한하여 논급하려고 한다.

말하자면 이 시조시가 자유시의 후계자로서 시문학운동에 중요한 한 부면을 차지하게 되어 시조시를 창작하는 시인이 늘어가게 된 것은, 1930년 이후 고전문학으로 돌아가자고 외치며, 문학의 유산을 찾자고 부르짖게 되어, 침체된 현대시문학의 새로운 계단을 만들게 된 사실에서 그 원인을 삼으려는 것이다.

시조 시인으로는 육당, 춘원을 비롯하여 정인보鄭寅普, 이병기李秉岐, 변영로卞榮魯, 주요한, 이은상, 조운 등이고 월탄도 간혹 시조형의 시작을 하였으며 그 외의 시인들도 모두 간간이 시조를 시작試作하는 사람들이 늘어갔으며, 신진으로 김오남, 조남령과 같은 시인들도 있었다. 그러나 그 중에도 다른 자유시를 쓰지 않고 시조시만을 전문으로 하는 시인은 정인보, 이병기, 이은상, 조운, 김오남, 조남령과 같은 시인들이었다.

그 형식에 있어서 민요는 일정한 조調만 맞으면 그것은 7·5조든지 4·4조든지 그 장단長短에는 제한이 없다. 그러나 시조는 정형시다. 그렇다고 몇 자의 가감과 변동까지를 허용치 않을 만치 철칙이 있는 것도 아니지만 초중종初中終 3장의 구조로 총 자수 대략 45자의 기준이 있는 정형시다. 옛날 시조는 창唱에 맞추는 것을 원칙으로 하여 창작하였기 때문에 시조의 정형의 법칙을 엄수해야만 하였으나 현대시조는 창에 있지 아니하고 시를 창작하는 데 그 목적이 있으므로 자수나 율조만에 얽매일 수 없다는 것이 시조시론時調時論의 중심 문제가 되어있었다.

이 시조시론을 살펴본다면 대개 세 가지로 나누어볼 수 있으니. 첫째는 시조형의 엄수, 둘째는 시조형의 현대시화 문제, 셋째는 시상詩想— 즉 내용 문제가 그것이다.

시조는 위에서 말한 바와 같이 본래 창이 중심이 되어 그 형식이 결정된 것이었지만 현대시문학이 요구하는 것은 그 창법에 있지 아니하고 그 시형에 있으므로, 노래와 시를 구분하여 생각할 때에는 형식문제는 반드시 논의될 필요가 있었으니, 시조를 현대시문학의 중요한 계승자로 등장시키려면, 그 형식과 내용을 현대적 자태로 분장시켜야 한다는 주장도 또한 절실한 문제라고 아니할 수 없었다.

시조형 엄수론자의 대표로는 안자산安自山이 있었으니 그는 시조론에서 "시조시는 음수를 유일의 시형 요건으로 한 것이니 음수 이외에는 하물何

物도 없다. 그 음수는 전편全篇 45자를 3부部에 분절하여 매부每部 즉 매장每章에 15자씩을 정하였다. 이것이 불란서 시의 일정한 음수 규칙[197]과 같은 것이라 고로 매장 15자 중에서 1자 혹 2자를 가加하거나 감減하든지 하면 아니 된다. 왜 그러냐 하면 매장의 정한 자수에 가감이 있으면 시구詩句를 독讀하는 시간이 해화諧和되지 못하여 선율이 난亂하여 진다"[주94] 1940년 1월호 《문장》지에 실린 안자산의 논문 〈시조시와 서양시〉에서]라고 하였다. 그러나 그는 옛날 창창唱을 표준하였기 때문에 이러한 철칙이 생긴 것이었다. 시조는 정형시기는 하나 초중종장의 분배된 자수가 일정불변한다는 제정은 없었다. 옛날 시조를 보더라도 그것을 알 수 있을 것이다. 그리하여 이러한 주장과는 반대로 시조의 현대화를 역설한 가람嘉藍은 그의 시조론에서 이렇게 말하였다.

"시조도 그 용어와 취제取題에 따라 그 특성을 잃지 않는 한에서는 구법句法, 장법章法 등을 암만이라고 변화 있게 쓸 수가 있다. 우리가 짓는 시조는 고전이 아니고 창작이오 현대시다"[주95] 1940년 춘春[198] 《동아일보》에 실린 이병기의 논문 〈시조의 형태〉에서]라고 하였다. 말하자면 그는 시조형의 규정된 형식이 시조의 내용을 결정하는 것을 반대한다. 따라서 그는 현대인의 정서와 감정을 표현하기 위하여 시조형을 선택한 것이었다. 그러므로 그는 또다시 "시를 형形만 가지고 운운할 것이 아니다. 형이 어렵다 쉽다 함은 형에만 잡히는 수작이라. 이런 이는 시조와 같은 형이 아닌 자유시를 짓는 데도 형에만 잡힐 것이다. 저속低俗된 기교에 떨어지고 말 것이다. 허수아비를 가지고 아무리 단장하였자 산 사람은 될 수 없다"[주96] 1939년 12월호 《문장》지에 실린 이병기의 논문 〈시조를 뽑고〉에서]라고 하였다.

신진시조시인들 중에는 시조를 현대인의 감정을 표현하기 위한 시형으로 바꾸려는 데에 동의를 가진 사람이 많았다. 조운도 시조의 변체變體를

197) 원문에는 '규율'로 되어 있으나 오식이기에 바로잡았다.
198) 정확한 게재 날짜는 '1940년 3월 5일부터 10일까지이다.

설정하였으며, 조남령도 또한 그 형型의 정복을 역설하여 그의 시론에서 말하기를 "시조인들이 시조에서 운韻과 율조律調를 탐구할 날은 그들이 형을 정복한 뒤의 일이어야 한다. 실내의 구조, 창의 위치를 보기 전에 어디다 함부로 단 한 폭의 액額이라서 깔보아 장식할까보냐. 오늘날의 문제는 형의 정복에 있다. 현대적 감정을 어떻게 하면 시조들에 취입吹込할 수가 있을까에 있다. 3장 6구, 1장 15자 정형을 금과옥조金科玉條로, 한 자의 불규칙도 홍두깨질하는 자산自山님의 설說을 서슴지 않고 버려 내치는 까닭이 여기에 있다. 그러기에 또 12구체句體 조운 설, 8구체 가람 설까지에도 여러 가지 동감에도 불구하고 불만을 느끼지 않을 수 없게 된 것이다"[주97] 1940년 12월 《문장》지에 실린 조남령의 논문 〈현대시조론(하)〉에서]라고 하여 가장 적극적인 이론을 전개하였던 것이다.

그러나 이와 같이 현대적 감정을 표현할 수 있는 시조형의 보급이란 금방 해결될 것이 아니며 전도前途가 또한 있는 것이었다. 현대적 감정이란 것은 결국 내용문제에 이르고 마는 것이니, 현대시조시는 무슨 내용을 어떻게 표현해야 하는냐는 것이 문제의 중심일 것이다. 이것은 이미 발표된 시작詩作에서 어느 정도의 논증을 찾을 수 있는 것이다. 시조형을 엄수하려는 시인들은 그 내용에도 제한을 받아서 옛 정서를 불러일으키려고 노력하는 이도 있으나, 현대인의 창작 시조에는 현대적 기질이 감출 수 없이 나타나고 있게 되는 것이었다.

대개 옛날 시조의 내용이란 먼저 충의忠義와 강개慷慨가 그 대부분[199]을 차지하였고, 회포懷抱와 정애情愛가 그 다음일 것이다. 시조는 현대와 같이 전문시인의 창작이기보다는 정치가들의 창작이 많았다. 그러나 현대 문예인의 시작의 내용은 그렇게 간단히 국한될 수는 없었다. 섬세한 정서와 세련된 감각과 예민한 감수성을 잊어버릴 수 없는 것이다. 이러한 예는 가

---

199) 원문에는 '大部'로 되어 있으나 글자가 누락된 것으로 보여 채워넣었다.

람, 조운, 남령 등의 시조에서 쉽게 발견되는 사실이다. 그것은 고전시조형을 엄수하는 노산鷺山의 시조에서도 현대적 감수성을 찾아낼 수 있는 것이다.

그러므로 현대시문학의 새로운 계단을 만들 수 있는 시조형의 시는 이와 같이 그 내용과 형식에 있어서 현대적 성격을 갖게 될 때에, 비로소 시조시의 독립된 존재가 역사 위에 허용될 것이라고 생각한다.

제5장 역사소설시대

1

1930년 이후 조선문단에 새로운 현상은 역사소설의 대두이었다. 이미 위에서 고찰한 바와 같이 1930년 이후의 조선문학에는 민족주의문학이나 맑스주의문학에 대한 탄압이 점점 심해져서 소위 의식문학은 쇠퇴[200]하는 길로 기울어졌고, 이에 뒤를 이어 순수문학이 일어났으나 이것 역시 얼마 되지 아니하여 연애, 엽기獵奇, 풍자 등의 취미 중심의 대중소설로 기울어 지기 시작하였다.

그러나 역사소설은 민족적 취미와 아울러 민족의식의 새로운 부면을 발견하려고 하였던 것이다. 그리하여 이러한 의미에서 이 역사문학은 침체된 현대문학을 구출하려는 한 갈래의 길이기도 하였다. 그리하여 고전복귀古典復歸를 부르짖던 1930년 이후로 조선의 출판계에는 조선 역사물이 나타나기 시작하였으니, 이 조선 역사의 이야기는 어느덧 당시 신문 잡지의 새로운 취미 기사로 등장하게 되었다. 야사野史 등의 사화史話는 어디서나 크게 대중의 환영을 받게 되었으며, 조선사람의 취미와 관심이 새로이 이곳으로 집중하게 되었다. 그러나 역사소설이 이러한 옛날이야기에만 시

---

200) 원문에는 '衰敗'로 되어 있으나 오식으로 보이기에 바로잡았다. 이하 이 장에 나오는 '쇠패衰敗'는 모두 그렇다.

終始할 수는 없었다. 역사문학은 문학으로서의 별다른 사명이 있었던 것이다. 따라서 역사문학을 필요로 한 시대성과 아울러 이 역사문학에서 현대적 성격을 찾을 수 있다는 사실이 역사문학을 현대문학의 한 부면으로 전개시킬 수 있게 한 것이었다. 그러면 그 사실은 무엇인가. 그것은 역사적 제 사실에서 현대적 의식을 표현하는 것이며 또한 현대적 감정을 암시하려는 것이었다. 현대의 사실이 아니라는 핑계로 역사 속에 인물들로 하여금 반항하게 하며 분노하게 하며 혁명의식을 선포하게 하며 애국사상을 고조시켜서 현대문학의 의식성을 충분히 이식할 수 있는 것을 의미하는 것이었다. 또한 역사문학은 의식문제뿐 아니라 역사 속에 있는 인물들을 현대인의 관찰과 판단에서 완전한 새로운 인간형 속에서 창조할 수도 있는 것이었다. 역사문학은 그 풍부한 제재 속에서 의식 방면으로나 인간성 창조 문제에 있어서나 그 대중성에서나 어떻든 우울한 현대소설보다는 여러 가지로 편리하였다. 이리하여 역사소설은 대중의 환영 속에서 자라나기 시작한 것이었다.

역사소설을 쓰기 시작한 작가로는 춘원을 비롯하여 윤백남尹白南, 홍명희(벽초), 박월탄, 박화성, 김동인, 이태준, 현진건, 김팔봉, 홍효민, 이동규 등이었다. 춘원은《허생전許生傳》을 비롯하여《단종애사端宗哀史》《마의태자麻衣太子》《세조대왕世祖大王》《이차돈異次頓의 사死》《이순신李舜臣》《원효대사元曉大師》 등의 장편역사소설을 발표하였고, 윤백남은 1934년 비로소《대도전大盜傳》으로부터《봉화烽火》《흑두건黑頭巾》《백련유랑기白蓮流浪記》 등의 장편을 계속하여 발표하였으며, 벽초가 돌연《임꺽정林巨正》의 대작을 가지고 문단에 나타났고, 10여년 동안이나 침묵을 지키던 월탄이《금삼錦衫의 피》로 재출발을 시작하여 뒤를 이어《대춘부待春賦》《다정불심多情佛心》《전야前夜》《여명黎明》 등을 발표하였으며, 박화성이《백화白花》를 발표하고 김동인이《운현궁雲峴宮의 봄》《젊은 그들》《견훤甄萱》 등을 발표하였고, 오랫동안 침묵을 지키던 빙허가《무영탑無影塔》을, 이태준이《황진이黃眞伊》《왕자 호동好童》을, 홍효민이 《인조반정仁祖反正》을, 이동규가 《김유신金庾信》등의 장편역사소설을 각각 발표하였다.

그리고 문단에는 별로 이름이 없던 윤승한尹昇漢의 《대원군大院君》을 비롯한 수편의 장편이 《동아일보》 지상에 발표되었다.

이러한 역사소설에서 뚜렷하게 나타난 두 개의 경향을 볼 수 있으니, 하나는 순수문학의 길이고, 또 하나는 대중문학의 길이었다. 그러나 역사문학에서 이 두 개의 경향을 명확히 하는 분기점을 규정하는 데는 약간의 이론이 있었다. 순수적 경향이나 대중적 경향에서나 역사적 사실에만 구애되지 않고 작가의 마음대로 생활을 구성하려는 것은 동일하였다. 다만 이 구성된 생활의식의 차이가 있을 뿐이었다.

말하자면 작품의 소설화 문제일 것이다. 월탄은 그의 역사소설론[201] [주98) 박종화 저 《청태집》 267페이지]에서 말하기를,

역사소설도 소설인 이상 하나의 소설이 될 뿐, 소설 이상의 것도 아니요, 소설 이하의 것도 아니다.

작자가 어떠한 한 개 방편으로 대상의 제재를 이곳에 취했을 뿐 보통소설과 아무 다른 이론과 비법이 있을 리 없다.

우리는 농촌의 생활[202] 양상을 그린 것을 농민문학이라 하고 바다의 정경을 그린 것을 해양소설이라고 부르듯이 지나간 시대 속에서 우리에게 관련될 한 다발의 정열, 한 폭의 호소, 내지는 흥기興起, 감분感奮을 끌어오려는 것이 이 소설의 임무다. 그러하므로 역사소설가는 소설가에 그칠 뿐이지 역사가로 허락할 수는 없는 것이오, 역사소설은 소설이 될 뿐이지 결단코 사학의 지위에 서지 않는다. 이런 까닭에 역사가는 한 구절 한 대문

---

201) 원래 〈역사소설과 고증〉란 이름으로 발표된 글이다.
202) 원문에는 '생활'이 누락되어 있다.

을 소홀히 취급할 수 없는 엄정한 사학 연구가요, 역사소설가는[203] 어디까지든지 예술의 부문에 한 선도 넘어서는 안 될 자유분방하게 공상을 얽을 수 있는 예술인이어야 한다.

라고 하였다. 이것은 위에서 말한 바와 같이 순수파나 대중파가 합치될 수 있는 점이다. 간단히 말하면 역사적 사실의 소설화에 있다. 그러나 그 역사적 사실을, 현대적 의식이나 작자의 주관적 이념에 결부시킨다든지, 또는 작자의 이러한 이념에서 새로운 인간성을 창조한다는 것이 순수문학의 다른 점이다. 이러한 역사문학에 대하여는 빙허의 역사소설관에서 그 구체적인 의견을 볼 수 있었다. 그는 말하기를

나는 역사적 사실이 작품으로 나타나기까지 작자의 태도를 따라 대별하여 두 가지 경로를 밟는다고 생각합니다.[204]
그 하나는 작자가 허심탄회로 역사를[205] 탐독耽讀 완미翫味하다가 우연히 심금을 울리는 사실史實을 발견하고 작품을 빚어내는 경우입니다. 이런 경우는 사실史實 자체가 주제를 제공하고 작자의 감회感懷를 자아내는 것이니 순수한 역사작품이 대개는 이 경로를 밟지 않는가 생각합니다. 예하면 스코트의 제 작품, 아나톨 프랑스의 《신神들은 주린다》라든가, 우리 문단에도 춘원의 《단종애사》, 상허[206]의 《황진이》 같은 작품이 그 좋은 예라고 하겠습니다.
또 하나는 작자가 주제는 벌써 작정이 되었으나 현대에 취재取材하기도 거북한 점이 있다든지 또는 현대로는 그 주제를 살려낼 진실성을 다칠 염

203) 원문에는 '역사소설가는'이 누락되어 있다.
204) 회월은 경어체를 평어체로 고쳐썼다. 원래대로 모두 바로잡았다. 예) 생각한다→생각합니다, 경우이다→경우입니다, 하겠다→하겠습니다, 본다→봅니다, 한다→합니다, 믿는다→믿습니다.
205) 원문에는 '역사를'이 누락되어 있다.
206) 원문에는 '이태준'으로 되어 있으나 원래와 다르기에 바로잡았다.

려가 있다든지 하는 경우에 그 주제에 적당한 사실史實을 찾아 대어 얽어
놓은 경우입니다. 센케비치의 《쿼바디스》나 아나톨 프랑스의 《타이스》, 톨
스토이의 《전쟁과 평화》, 춘원의 《이차돈의 사》 같은 작품은 다 그런 경로
[207]를 밟은 작품이라고 봅니다.

　제1의 경우라고 해서 대작大作 신품神品이 없는 것이 아니지만 제2의 경
우에야말로 웅편雄篇 걸저傑著[208]가 더 많지 않은가 합니다. 그야 작품마다
그 구별이 뚜렷한 것이 아니오 서로 혼합되고 착종錯綜하는 경우도 적지
않겠지요.[209] (중략)

　사실史實을 위한 소설이 아니요 소설을 위한 사실인 이상 창작가는 제2
의 경우를 더욱 중시하여야 될 줄 믿습니다[210]. (중략) 작품상에는 현재라고
더 현실적이요 과거라고 비현실적이란 관념은 도무지 성립이 되지 않을
줄 믿습니다. (중략) 더구나 제2의 경우에는[211] 그 과거가 현재에 가지지 못
한, 구하지 못한 진실성을 띠었기 때문에 더 현실적이라고 믿습니다. 현재
의 사실에서 취재한 것보담 더 맥이 뛰고 피가 흐르는 현실감을 줄 수 있
다고 믿습니다. 주어야 될 줄[212] 믿습니다.[주99) 1939년 12월호 《문장》지에 실린 현
진건의 논문 〈역사소설 문제〉에서]

라고 하였다.

　그러면 이 제2의 경우라는 것은 말할 것도 없이 작가의 의식성을 말하는
것이니, 그것은 현대소설에서 가지려는 이념을 역사소설에서 다시 살리려
는 것이었다. 사실상 초기의 역사소설들은 현대적 의식 밑에서 역사소설

---

207) 원문에는 '경과'로 되어 있으나 원래와 다르기에 바로잡았다.
208) 원문에는 '傑作'으로 되어 있으나 오식이기에 바로잡았다.
209) 원문에는 '않지만'으로 되어 있으나 오식이기게 바로잡았다.
210) 원문에는 '안다'로 되어 있으나 오식이기에 바로잡았다.
211) 원문에는 '더구나 제2의 경우에는'이 누락되어 있어 채워 넣었다.
212) 원문에는 '된다고'로 되어 있으나 원래와 다르기에 바로잡았다.

을 창작한 예가 많았다.

그러므로 발표된 순수문학의 역사소설을 이러한 관점에서 다시 분류한다면 첫째로, 사상史上에 나타나는 인물의 성격과 생활을 작가의 인생관이나 사관史觀에 따라 개조하여 새로운 인간성을 창조하려는 것.

둘째로, 작가가 가지고 있는 현대적 사상성을 역사소설을 통하여 표현하려는 것이니, 그것을 구체적으로 열거하면 양반과 상민과의 갈등을 그리어 현대적 계급의식을 나타내려고 하였고, 관료를 묘사하며 반항하는 데서 현존한 세력과 권력의 타도와 혹은 혁명의식을 암시하려는 것이었고, 역사상 인물의 충군애국忠君愛國의 사실에서 민족의식을 강조할 수 있었던 것이었다.

그러나 이와 같은 분류는 나타난 작품에서만 가능한 것이며, 작가를 표준하여 분류할 수는 없다. 그것은 작가는 이상의 두 가지 중에 반드시 어느 것에고 한 가지에만 한정될 수 없는 것이니, 작가는 경우에 따라 어떠한 것이나 쓸 수 있는 까닭이다.

그러면 다시 이 분류에 따라 구체적으로 작품의 예증例證을 든다면, 첫째 부류에 속할 수 있는 것은 김동인의 《운현궁의 봄》과 월탄의 《금삼의 피》와 빙허의 《무영탑》과 같은 작품으로, 작가가 생각하는 사관과 작가가 보는 인간성에서 한 개의 새로운 인간을 창조한 것이니, 그것은 사실史實에 나타나 있는 인물이 아니라 작가가 이해하는 성격과 인간성에서 완전한 인물이 만들어진 것이었다. 《운현궁의 봄》에서는 대원군을 근대 조선의 유일한 정치 가로 그 영웅적인 면을 대사大寫하려 하였고, 《금삼의 피》에서는 폭군인 연산군燕山君의 인간성을 찾아내었던 것이다.

그리고 그 다음으로는 계급의식이나 혁명의식 혹은 민족의식, 시대정신과 같은 작가의 이념이 소설화된 것이니, 그것은 벽초의 《임꺽정》, 춘원의 《이순신》, 박화성의 《백화》, 팔봉의 《심야深夜의 태양》 등의 작품이 그것이다. 이러한 역사소설의 순수문학성에 대하여 그 대중문학성의 일면이 또

한 있으니 그것은 윤백남의 《대도전》을 비롯한 그의 작품들이 그 대표작이 될 것이다.

백남은 대중문학을 수립하기 위하여 특별히 노력한 작가로 1931년 《동아일보》 지상에 《수호지水滸志》를 전역全譯한 이래 그러한 계열의 작품을 창작하기 시작하였던 것이다. 이것은 《임꺽정》에도 있는 사실事實이니 일찍이 이원조李源朝가 지적한 바와 같이 "이 작품의 구성이 확실히 《수호지》나 《삼국지三國誌》에 유사하면서 다만 묘사만 자연주의적 수법이라는 것만은 단언할 수 있는 것이다"[주100] 1938년 8월호 《조광》지에 실린 이원조의 논문 〈《임꺽정》[213]에 대한 소고찰〉에서]라고 정당하게 말하였다. 역사소설에 있어서 대중성의 작품을 쓰려는 데는 먼저 대중성을 가지고 있는 인물을 선택하게 되는 것이다. 주인공의 생활이 이미 어떠한 유형을 가지고 있는 군주君主나 중신重臣들과 같은 인물을 〈모델〉로 하는 것보다는, 일정한 유형이 없고 사실史實의 제한을 받지 않는 야인野人들을 끌어다가 작가의 임의로 그 생활을 구성하며 장면을 변화할 수 있는 것이었다. 그러므로 《대도전》의 주인공이 도적놈이오 《임꺽정》의 주인공이 또한 도적놈이다.

이러한 것은 역사에 나타난 부분이란 극히 적고, 또한 그들의 생활에 대하여는 아무도 역사적 사실事實에 관한 정부正否를 말하려 하지 않는 까닭이었다.

《임꺽정》은 역사적 사실이 적었음에도 불구하고 4권 2천 페이지에서도 겨우 이야기의 중간밖에 가지 못하였으니 전부 작자의 구상에서 나온 것이었다. 《대도전》도 또한 그러하다. 그러면 이 두 작품에서 어떻게 순수문학성과 대중문학성을 구별할 수 있을까?

---

213) 원문에는 '임꺽정전'으로 되어 있으나 오식이기에 바로잡았다.

2

  문제의 중심은 어느 작품보다도 대중성이 많은 《임꺽정》이 어찌하여 대중문학에 편입되려는 데 대하여 비평가들은 여러 가지 물의를 일으키었던 것인가에 있는 것이다. 이원조의 상게上揭 논문 중에서 말하기를 "……그리고 이러한 소설의 체제란 아직 우리 문학사에서 유례를 보지 못한 것인 만큼 이 작품의 문학적 지위란 우선 이 점에서 특기해야 할 것인 동시에 우리 작가들의 숙고할 문제가 아닌가 한다"라고 하였다. 《임꺽정》에 대한 그의 의견을 추려서 보면, 첫째 스케일이 넓고 크다는 것이오, 둘째로는 시대의 묘사가 치밀하다는 것이오, 셋째는 조선말의 어휘가 많다는 것 등이다. 그러나 이러한 것은 작가의 역량 문제에 속하는 것이고 대중성과 순수성을 구분하는 데는 아무 관계가 없다. 이 작품에서 문제되는 것은 오직 사상성에 있는 것이다. 벽초는 당시에 민족운동 단체인 신간회의 지도자였으며 카프운동에 대한 동정자의 한 사람이었으니 그의 사상적 경향을 추측할 수 있거니와, 그는 그러한 사상을 나타내는 작품을 쓰려하였으나, 구속과 제한 많은 현대소설을 취하지 못하고 역사 속에서 의적義賊 임꺽정을 등장시켜 간접으로라도 그의 의식을 나타내려고 한 것이었다. 물론 임꺽정의 계급의식에 관하여는 또한 여러 가지의 논물論物도 있었으니, 그 대표로 월탄의 평문의 1절을 인용하면, "잠깐 이 소설에서 극히 비근卑近한 예를 들면 벽초는 거정으로 하여금 기생방 출입을 시키게 하고 첩 장가를 세 번이나 들게 하였다. 호화롭게 재물을 쓰는 거적巨賊 꺽정으로 하여금 그도 역시 신이 아니고 사람인 이상 기생방 출입도 시켜도 보고 한 명쯤 주먹에 땀이 쥐일 묘사를 붙여 계급이 계급이니만치 원판서元判書의 딸로 부실副室을 삼는 것쯤은 문제가 없을 것이다.

  그러하나 내리 주색酒色에 유연留連하고 호화에 심취하여 의적의 전모가 희미하도록 처첩妻妾의 안일安逸한 맛을 탐하게 하니 비록 이것이 사실事實이라 하더라도 시대의 의식을 붙잡게 하기 위하여서는 감히 칼을 들어 할

애割愛애버려도 좋을 것을 하물며 이것이 소설임에랴!"[주101] 1936년 신년호 《매일신보》에 실린 월탄의 논문 〈문예와 시대사조—병자丙子문단의 전망[214]〉에서]라고 하였다. 그러나 이런 것으로 하여 작품 전체에 나타나는 반항적 행동이나 혁명적 의식이 감소된 것은 아닐지니, 이것은 임꺽정 개인 성격의 결함으로 규정할밖에 없다. 《임꺽정》에는 걸핏하면 드러내놓고 양반을 타매唾罵하며 관인官人을 학살하며 관아官衙에 방화하는 등 지배계급에 대한 반항으로 일관하였었다. 임꺽정은 공연하게 반항의식을 선언하였다.

나는 함흥 고리백정의 손자구 양주 쇠백정의 아들일세. 사십 평생에 멸시두 많이 받구 천대두 많이 받았네. 만일 나를 불학무식하다구 멸시한다든지 상인해물한다구 천대한다면 글공부 안한 것이 내 잘못이구 악한일 한 것이 내 잘못이니까 이왕 받은 것보다 십 배, 백 배 더 받더래두 누굴 한가하겠나. 그 대신 내 잘못만 고치면 멸시 천대를 안 받게 되겠지만 백정의 자식이라구 멸시 천대하는 건 죽어 모르기 전 안 받을 수 없을 것인데, 이것이 자식 점지하는 삼신할머니의 잘못이거나 그렇지 않으면 가문하적하는 세상 사람의 잘못이니까 내가 삼신할머니를 탓하구 세상 사람을 미워할밖에. 세상 사람이 임금이 다 나보다 잘났다면 나를 멸시 천대하더래두 당연한 일루 여기구 받겠네. 그렇지만 내가 사십 평생에 임금으루 쳐다보이는 사람은 몇을 못 봤네. 내 속을 털어놓구 말하면 세상 사람이 모두 내 눈에 깔보이는데 깔보이는 사람들에게 멸시 천대를 받으니 어째 분하지 않겠나. 내가 도둑눔이 되구 싶어 된 것은 아니지만, 도둑눔 된 것을 조금두 뉘우치지 않네. 세상 사람에게 만분의 일이라두 분풀이를 할 수 있구 또 세상 사람이 범접 못할 내 세상이 따루 있네. 도둑눔이라니 말이지만 참말 도둑눔들은 나라에서 녹을 먹여 기르네. 사모 쓴 도둑눔이 시굴가

---

214) 원문에는 '문예와 시대사조'가 누락되어 있다. 1월 1일부터 1월 5일까지 게재되었다.

면 골골이 다 있구 서울 오면 조정에 득실득실 많이 있네. 윤원형이니 이량이니 모두 흉악한 날도둑눔[215]이지 무언가. 보우普雨 같은 까까중이까지 사모 쓴 도둑눔 틈에 끼여서 착실히 한몫을 보니 장관이지. 이런 말을 다 하자면 한이 없으니까 고만두겠네. 자네가 지금 내 본색을 안 바에는 인제 고만 자네하고 작별인데, (하략)[주102]《임꺽정》제4권 1페이지. (조선일보사 판版)]

하고 자기의 본색을 임꺽정은 설명하였다. 말하자면 임꺽정은 이러한 의식과 각오 밑에서 사람을 죽이고 나라를 어지럽게 한 것이었다. 그리하여 이 작품에는 대중성이 풍부한 만큼 또 의식성도 풍부하였다. 결국 이 작품에서 흥미와 취미를 돋우는 것은 모두 반항을 위한 것이니, 취미를 더하면 더할수록 그 반항의 효과는 커지는 것이었다.

그러므로 이 작품에서 대중성의 취미면만을 보고 대중소설로 평가하려는 평자는 문득 그 의식면에 봉착하게 되매 대중소설론에서 주저하였고, 그 의식면만을 보고 이 작품을 순수문학 의식문학이라고 규정하려는 평자는, 그 대중성 때문에 회의하게 되었던 것이었다. 그러나 이 작품의 대중성은 의식 표현을 위한 것으로 그만큼 역사적 사실을 본격적으로 소설화한 것이라고 생각하면 이 작품은 대중성을 더 많이 가진 의식소설이라고 규정할 수밖에 없다.

여하간 역사소설을 전체적으로 볼 때 일반적으로 현대소설보다 대중성을 많이 가지고 있는 것만은 사실이다. 그것은 작품에 나타난 주인공들이 역사에서 이미 알려진 인물들로 대중 속에서 살아있는 까닭이다. 따라서 이렇게 대중성을 가진 역사문학의 시대적 임무에 대하여 끝으로 일언코자 한다.

조선의 역사문학은 현대 조선문학의 말기에서 현대문학의 우울과 침체

---

215) 원문에는 '도둑눔'으로 되어 있으나 글자가 누락되어 채워넣었다.

와 회의를 극복하려는 새로운 진로이었을 뿐 아니라 민족적 계몽운동으로도 일면一面이 있었다는 것을 잊어서는 아니 된다. 조선사람들은 오랫동안 마음대로 들어보지 못한 조선역사를 작품을 통하여 알 수 있었고, 배울 수 있었다. 이러한 역사적 지식의 보급으로부터 민족적으로 자신을 알게 되며 따라서 민족의식을 형성할 수 있는 데까지 방향을 돌릴 수 있었으니 이 것이 역사문학의 계몽적 방면에 나타난 공헌일 것이고, 둘째로 문학적 부면에서 볼 때는 역사문학은 회의 모색하던 현대문학의 진로를 만들기 위하여 풍부한 사실史實 속에서 현대성에 접근될 수 있는 자료를 마음대로 택할 수 있었으며, 과거의 사실事實이라는 것을 칭탁稱託하여 까다로운 현대성의 구속을 받지 않고 광범한 구상을 마음대로 하여 그 스케일의 웅장한 세계를 구성할 수 있는 역량을 기를 수도 있었다는 사실을 우리는 볼 수 있는 것이다.

이리하여 역사소설은 확실히 명랑하였고 웅건雄健하였으며, 한편으로는 쇠패衰敗되려는 민족의식, 반항의식을 계승하여 왔던 것이다. 이리하여 우리는 역사소설의 현대적 의의와 시대적 정신의 타당성을 파악할 수 있는 것이다.

* * *

끝으로 본 저서에서 취급된 문학의 순수성과 대중성의 기준에 관하여 일언코자 한다. 현대문학에서는 의식문학과 초超의식문학과 그리고 대중문학으로 분류하였다. 그러나 역사문학에는 순수문학과 대중문학의 둘로만 구별하였다. 대중문학이란 현대문학에나 역사문학에나 동일한 의미로 해석할 수 있는 것이나 순수문학에 있어서만 약간의 설명이 필요하게 되었다 .

현대문학에는 맑스주의 의식이나 민족주의 의식의 문학이 있었으며, 그러므로 이러한 의식성을 도무지 갖지 않은 문학─ 즉 문학을 위한 문학이 구별된 것이었다. 이것을 순수문학이라고 이름하였다. 그러나 이 순수문학이란 의식성을 떠났다고 하여 흥미 중심의 것은 아니다. 정치적 혹은 공리성만을 떠난 것이었고, 작가의 개성적 이념과 주관은 순수문학을 형성하는 중요한 요소로 되어 있는 것이었다. 이러한 개성적인 특수 이념이 없이 대중적 취미에서 작가의 개성적 이념이 보편화되려는 데서 대중문학의 본체가 형성되었던 것이다.

따라서 내가 이 저서에서 사용한 역사문학의 순수성이란 역사를 위한 순수성이 아니라 사실은 문학을 위한 순수성을 말하는 것이니, 역사란 이미 어떠한 이야기가 제공되어 있는 것이매, 이 이야기에만 충실하려는 것이 아니라, 이 이야기를 가지고 문학을 만드는 데 충실하려는 것이었다. 역사적 사실을 문학화하기 위하며, 이에 현대적 성격을 부여하여 시대의 한계성을 초월한 문학작품을 창조하려는 문학을 가리켜 나는 또한 역사적 순수문학이라고 하였다. 그러므로 이곳에는 역사적 의식문학이라고도 할 수 있는 의식성이 없지도 않으나, 이 의식은 현대문학의 맑스주의적 의식의 선전성과는 구별되어야 한다. 역사문학의 의식성이란 선전을 위한 문학의 내용이 아니었고 문학 창조를 위한 의식성인 까닭으로 나는 역사문학의 의식성을 현대문학의 의식에서 구별하기 위하여 순수문학에 넣게 된 것이다.

＊ ＊ ＊

현대 조선문학의 40년 동안 신고辛苦의 역사는 이것으로 끝을 막으려 한다. 이 문학사의 최종기를 1945년 일본의 억압과 구속의 굴레에서 벗어났던 직전까지로 정함이 당연할 것이나, 사실상 내가 말하려는 이 조선문학사는 1941년 4월《문장》지의 폐간과 함께 종료되었다고 보는 것이 옳을 것이다. 《문장》지가 폐간된 것은 조선문朝鮮文 잡지 발행금지의 총독부 정책에서 원인한 것이니, 작가들은 누구나 조선문으로 작품을 쓸 수가 없었고, 또 있다고 하더라도 이 문학사에 올릴 성질의 것이 못 된다.

제2차 세계대전에 당면한 조선작가들은 그 가혹을 극極하여 가는 일본 제국주의의 철제鐵蹄 밑에서 오직 공포와 전율 속에서 장차 닥쳐올 미지의 운명을 기다릴 뿐이었다.

초창기 문단측면사

소개의 말

이 원고는 본지에 연재되어온[216] 〈독방獨房〉과 함께 박영희 씨의 가족에 의하여 보관되어 온 것을 이번에 본지에 연재하기로 한 것이다. 전량全量 200자 600장의 장편 논문으로서 10여 회에 한하여 연재될 것이다. 이로 인하여 〈독방〉은 그 연재를 중단한다. 이를 읽어 온 독자들은 〈독방〉이 단행본으로 간행될 때 다시 읽어주기를 바라는 바이다.

216) 《현대문학》 45호(1958년 9월호)~53호(1959년 5월호) 연재.

제1편 초창기 문학운동에서

제1장 춘원春園 시대의 인상

1. '소년시대'와 〈윤광호尹光浩〉

이때에 광호는 P라는 한 사람을 보았다. 광호의 전 정신은 불식부지간不識不知間에 P에게로 옮았다. P의 얼굴과 그 위에 눈과 코와 눈썹과 P의 몸과 옷과 P의 어성語聲과 P의 걸음걸이와…… 모든 P에 관한 것은 하나도 광호의 열렬한 사랑을 끌지 아니한 바가 없었다.

(중략)

광호로는 P를 제하고는 생명도 생각할 수 없고 우주도 생각할 수 없었다.

(중략)

"여봅시오, P씨?"

하였다. P씨는 휙 돌아서며,[217]

"왜 그러시요?"

하고 광호를 본다. 광호는 P의 냉담한 말소리와 용모를 보고 낙심하였다. 그러나 최후의 용기로,

"나는 P씨에게 여쭐 말씀이 있습니다."

---

217) 원문에는 "하였다. P씨는 휙 돌아서며,"가 누락되어 있어 채워 넣었다.

(중략)

"나는 당신을 사랑합니다."

하였다. P는 물끄러미 광호를 보더니 빙긋이 웃으며,[218]

(중략)

광호는 실망도 되고 부끄럽기도 하여 감기가 들었노라 하고 이불을 쓰고 누웠다. 종일 번민하고 누웠다가 벌떡 일어나서 면도面刀로 좌수左手 무명지無名指를 베어 술잔에 선혈을 받아가지고 P에게 편지를 썼다.

(중략)

익일翌日에 편지 답장이 왔다. 그 속에는 광호가 자기를 사랑하여 줌을 지극히 감사하노라 하여 훨씬 광호의 비위를 돋군 뒤에 이러한 구절을 넣었다.

"대저 남에게 사랑을 구하는 데는 세 가지 필요한 자격이 있나니, 차此 3자者를 구비한 자는 최상이요, 3자 중 2자를 구한 자는 하下요, 3자 중 1자만 유有한 자는 다수의 경우에는 사랑을 얻을 자격이 무無하나이다. 그런데 귀하는 불행하시나마 전자에 속하지 못하고 후자에 속하나이다."

(중략)

P는 익조翌朝에 신문을 보았다. "R관 하숙 K대학생 윤광호는 작일昨日 오후에 단도로 자살하였는데 그 지기知已 김준원金俊元을 방문하건대 실연의 결과라더라" 하는 말을 듣고 P는 깜짝 놀랐다.

(중략)

광호의 묘전墓前에 섰던 준원은 "에그 춥다" 하고 몸을 떨었다. 광호의 목패木牌에는 '빙氷세계에 나서 빙세계에 살다가 빙세계에서 죽은 윤광호지묘尹光浩之墓'라고 준원이가 손수 쓰고 그 곁에,

눈이 뿌리고

---

218) 원문에는 '본다'로 되어 있으나 원래대로 표기해 두었다.

바람이 차구나
발가벗은 너를
안아줄 이 없어
안아줄 이를 찾아
영원한 침묵에 들도다

하였다.
P는 남자러라.[219]

　이 글은 춘원 이광수 씨의 《청춘》 잡지(1917년) 13호에 발표된 작품의 몇 절이다. 내가 이 글을 읽기는 열일곱 살 때였다. 그 전 해인 열여섯 살 때에 《청춘》지 제9호에서 〈어린 벗에게〉라는 서한문체書翰文體의 단편을 읽은 후 두 번째 나의 마음을 흔드는 작품이었다.

　특별히 이 작품에 대하여는 물의가 많았었다. 이때는 나의 중학시대라 하학下學 후에 동급생 중 문학 동호자들은 교정 노송老松 밑에 모여서 제각기 한 마디씩 비평을 하였다. 비평이란 것은 그 작품이 잘 되었다든지 못되었다는 것이 아니며, 재미있고 없다는 것도 아니었다. 문제는 광호가 사랑하던 상대자는 여자가 아니라 남자였다는 것이 이 소년들의 관심사였던 것이다. 그때 우리로서는 제법 도덕 문제를 가지고 논란할 만큼 이지理智를 갖지 못하였다.

　"글쎄 P가 남자야!"

　"나는 끝끝내 P는 여자로 알고 읽다가 끝에 가서야 P가 남자인 줄 알았지."

　"그런데 나는 P가 남자란 소리에 불쾌했다."

---

219) 원문에는 '……'를 사용하거나 생략된 곳을 표시하지 않는 경우가 있어 '중략'으로 바꾸거나 새로이 표시를 해두었다. 아울러 단락도 원래대로 나누었다.

이렇게 주고받는 우리들의 말 가운데에는 다만 경이驚異와 신기新奇가 있었으며 다소 불쾌한 것이 있었으나 그것으로 해서 그 작품을 배척하려고까지는 아니하였다. 그 반대로 며칠 후부터는 우리들이 어여쁜 소년을 발견할 때마다 반드시 P라는 이름으로 그를 불러 주었다.

사실상 〈어린 벗에게〉나 〈윤광호〉가 지금 우리가 비평하는 수준에서 볼 때 단편소설로서 완전한 조건을 가진 작품이냐 아니냐는 문제는 물론 말할 필요가 없다. 한 말로서 한다면 그때는 완성된 문학자가 없었고, 《소년》이나 《청춘》 지상에 발표되는 글의 작자가 다 수양 도중에 있는 문학청년들이었다. 지금 그때를 돌이켜 본다면 생각이 미숙하고 글이 유치하게 보임은 물론이나, 내가 그때 소년시대에 받은 감명은 결코 적은 것이 아니었다. 내가 받은 깊은 감명이란 것은 소설적 형식에 있지 않았고 그 내용에 있었다. 소설로서 되었느냐 되지 않았느냐는 데 대하여서는 나는 전혀 몰랐으며 알 수도 없었다. 따라서 그러한 작품이 발표될 때에도 지금처럼 단편소설이라는 소제小題가 물론 붙지도 않았고, 논문이고 감상문이고 다 그 종별種別을 표시하지 않고, 그냥 글의 제목과 이름만 발표되었다. 그러니깐 대체로 말한다면 감상문시대라고 할 밖에 다른 이름을 찾기 어렵다.

〈어린 벗에게〉나 〈윤광호〉도 단편소설이라기보다는 다소 소설적인 요소를 가진 감상문이었다. 그러나 이미 말한 바와 같이, 그 작품들이 감상문이든지 혹은 소설이든지 그것을 나는 캐보려는 것이 아니다. 다만 감명이 깊었던 것만을 쓰려는 것이다.

2. 새로운 문장에 새로운 내용

첫째로 나에게 주는 감명 깊은 인상은 그 작품이 가지고 있는 내용이었다. 다시 말하면 내 자신도 똑같은 내용을 마음속에 가지고는 있으면서 발표하지 못하고 있던 것을 바로 그대로 발표하여 주었고, 내 자신이 무엇인지 혼자 애쓰고 괴로워하면서 찾던 것을 속 시원하게 가르쳐 주었으며, 나의 동경, 나의 고적孤寂, 나의 하소연, 나의 사랑…… 등을 그대로 나의 마음속에서 불러일으키며 이것을 곧 외부에 나타내어 아름답게 꾸며 놓은 것이었다.

그 중에도 더욱 큰 힘은, 소년의 가슴에서 힘차게 뻗어 나오려는 정열을 그대로 잡아내기 위하여 무겁게 덮어 있는 돌을 들어서 옆으로 비켜 놓는 것이었다. 그 무겁게 덮어 있는 돌은 조선 전래하는 구도덕의 속박이었다.

춘원의 작품에 나타난 자유스러운 감정의 용출湧出…….

그 분류奔流 중에 나는 즐겁게 뛰어 들어갔다. 낡은 도덕관념을 깨뜨리는 신도덕新道德 관념의 열화와 같은 선언을 보는 나는 또한 박수를 보내지 않을 수 없었다. 이러한 반항적인 것이 정서로 나타날 때 그의 작품에는 자유연애의 불놀이가 어둔 하늘을 찬란케 하였다. 나도 밤이 새는 줄을 모르고 그것을 쳐다보며 즐기었다.

이러한 의미로 본다면 〈윤광호〉의 일편一篇도 쉽게 이해할 수 있고, P가 남자란 말이 구舊도덕을 엄수하는 사회에 보내는 폭탄적 선언이라는 것도 알 수 있게 된다. 다만 정열에만 기울어지고 수단 방법을 가리지 않았다는 것이 후일 내가 생각하는 결함이었다. 그러나 혁명적 사상에는 늘 결함이 따르기 쉬운 것이니 어찌할 수 없는 것이다.

그 다음으로는 문장이었다. 그때의 우리 부로父老들은 아직도 한문을 숭상하였고 글이라면 한문을 의미하는 줄로 생각하였다. 있는 책이란 대부분 한문책이었고, 한참 독서욕이 왕성한 우리 소년들의 정신생활을 만족시킬만한 것이 적었다. 이러한 까닭에 《소년》이니 《청춘》이니 하는 잡지는 우리 소년들의 최상 유일한 책이었다.

위에 인용한 〈윤광호〉의 수절數節의 문장이 그때의 나를 황홀케 하였으며 가장 새롭고 신선하게 하였다. 지금에 순純국문체의 문장에 비하면 한문을 완전히 벗어버리지 못한 느낌이 없지도 않으나, 전래하던 한문장漢文章에 비한다면 이 구어체口語體의 평이한 문장은 더할 수 없는 기쁨을 맛볼 수 있는 아름답고 신선한 문장이었다. 그때에도 물론 《춘향전》이니 《심청전》이니 하는 순국문체의 소설책들이 많았지마는 〈어린 벗에게〉나 〈윤광호〉 등을 읽을 때처럼 깊은 공명과 감명을 받을 수 없었다. 그것은 내용이 다른 까닭이었다.

시대가 다르고 생활이 같지 아니하고, 생각하는 바가 같지 아니하니, 즉 한 마디로 한다면 시대적 감각이 다른 까닭이라고 말할 수 있을 것이다. 조선 사람의 감정과 정서를 조선글로 치밀하게 완전히 발표할 수 있는 이 구어체의 문장은 참으로 아름다운 표현이었다.

새로운 내용을 담은 이 새로운 문장은 우리들의 만족과 환희의 초점이었다. 그러므로 그때 우리는 소설이건 감상문이건 논문이건 선택하지 않고 이 새로운 문장의 매력에 심취하였던 것이다. 그러니깐 그대로 본다면 진정한 의미에서 문학과는 좀 거리가 있었고 아주 계몽시대의 문장수련기文章修練期였다고도 할 수 있었다.

문장에 관한 말이 난 김에 생각나는 것은 이 시대를 대표할 수 있는 두 사람의 문장가를 잊을 수 없다. 한 사람은 물론 춘원 이광수 씨였고 또 한 사람은 육당 최남선 씨였다. 일찍이 《청춘》 12호에서 〈부활의 서광〉이라는 춘원의 논문에서 육당에 대한 일절을 인용한다면

그러나 조선의 신문단에서 진정한 자각을 가지고 10년 1일 같이 노력하여 신청년新靑年[220]에게 사상상 문학상 다대한 자격刺激[221]을 준 공은 최육당에게 허許할 수밖에 없다. 10년 전에 있어서 대담하게 동사와 형용사는 물론이요, 명사까지도 될 수 있는 대로 현대의 조선어로 쓰기 시작한 자는 내가 아는 범위에 있어서는 실로 최육당이 그 사람이라.

'인人이 노路에 입立하야 인人에게 도途를 문問하거늘' 하는 것은 그래도

---

220) 원문에는 '新靑春'으로 되어 있으나 오식이기에 바로잡았다.
221) 원문에는 '刺戟'으로 되어 있으나 오식이기에 바로잡았다.

진보한 문체였으나, '부인자夫人者는 유정지동물야有情之動物也—니 인이무정人而無情이면 무이어금수재無異於禽獸哉—ㄴ뎌' 하는 것이 당시의 소위 국한문체國漢文體²²²⁾였다. 즉 "현대인의 사상과 감정을 생명 있는, 누구나 다 아는 현대어로 쓰자" 하는 것이 신문학 발생에 필연한 요구이며, 차此 요구를 솔선率先히 자각하고 실행한 것이 최육당이었었다. 육당의 문체는 난삽難澁하기도 유명하고 더구나 근래에 와서는 어려운 한문 문자와 한문 구조句調를 많이 쓰게 되어 오인吾人으로 보건댄 찬성할 수 없는 점도 있거니와 어쨌으나 이 선구자의 명예는 반드시 군君에게 돌릴 수밖에 없다.

이렇게 신문학은 소설로나 논문으로나 상당한 문체의 준비가 이미 성成하였고, 또 전술한 바와 같이 구습舊習을 탈각脫却하여 신사상의 세례를 받은 청년들의 정신 속에 신사상이 점점 발효하게 되었으니 이제사 비로소 조선 신문학의 막이 열릴 것이다.

이 논문에서 보는 바와 같이 그 동안 조선문의 문장은 그때까지 세 번째의 개혁이 있었던 것을 알 수 있는 것이다. 《청춘》지를 펴보면 내용의 대부분이 육당의 글이요 특히 나의 주의를 끌었던 것은 춘원의 글이었다.

춘원의 문장은 부드럽고 순하고 아름다웠고 육당은 어렵고 씩씩하고 굳세고 힘이 있었다. 춘원의 문장은 날이 갈수록 쉬워 갔고, 육당은 빽빽한 채로 그대로 있었으니, 춘원의 소설 문장에는 한자가 점점 없어져 갔고, 육당의 논문에는 어려운 한자가 없어지지 않았다. 이러한 의미에서 육당이 신문장의 개척자라고 하면 춘원은 신문장의 완성자라고 말할 수 있을 것이다. 사실상 그러한 발전을 하여 온 것이다. 소설가인 춘원과 사학가인 육당, 그 두 사이의 차이는 당연하다고도 할 수 있다.

---

222) 원문에는 '諺漢文體'로 되어 있으나 오식이기에 바로잡았다.

3. 육당의 창작 시조

육당의 논문은 그 내용이 대개가 분투와 노력, 수양과 성공에 관한 것으로 그때에 어린 내가 읽기에는 힘이 들었으나 어딘지 모르게 장쾌壯快한 박력을 느끼었다. 그가 번역한 스마일스의 자조론自助論과 그 변언辯言 등은 일찍이 나의 애독하던 명名문장이었다. 그리고 그는 정형률의 시를 잘 썼다. 물론 그 시는 서정적인 것이 아니라 늘 훈화訓話에 가까운 것들이었다. 《소년》지에 발표한 〈해에게서 소년에게〉란 시를 비롯하여 《청춘》지 매호에 발표되는 권두시卷頭詩 같은 것이 모두 그러하였다. 〈내〉라는 시의 수연數聯을 소개하여 본다면―

괴로우나 즐거우나 내일은내일
맛고잡고 힘드리라 그리하여서
탐스러운 좋은열음 매즐지어다
내가내일 아니하고 뉘게미루랴
　(중략)
마음대로 부릴것이 내게는내니
내손내발 내몸등이 내힘내재조
내할것을 내하여서 내앞에올것
내가차지 아니하랴 뉘게내주랴

그는 문예적인 것을 쓸 때는 논문에서와는 정반대로 순수한 조선말을 쓰려고 하였고 또 형용사와 동사를 명사로 만들어 쓰기에까지 새로운 조선말과 문장을 만들기에 애쓴 자취를 엿볼 수 있는 것이다.

육당은 작품을 쓰는 것뿐 아니라 몸소 출판사를 일으키어 조선 출판사업에도 그 선구자였으니 광문회光文會와 신문관新文館이 즉 그것이었다. 역사, 수양, 문예서류書類가 뒤를 이어 출판되었다. 현대조선문학사의 첫 출발인 춘원의 《무정》도 이곳에서 간행되었던 것이다. 그곳에서 나온 여러 가지 출판물을 애독하던 나는 신문관에를 퍽 가보고 싶었다. 그러나 우리 집과는 다소 거리가 있었던 까닭에 끝끝내 견학할 기회가 없었다. 그러다가 누가 뜻하였으랴. 후일에 《백조》를 인쇄하느라고 신문관에를 자주 다니게 되며 또 내 작품이 그곳에서 인쇄가 될 줄을!

　육당은 시조를 잘 지었다. 내 기억에 잘못이 없다면 그때 창작 시조를 쓰기 시작한 이도 육당일 것이다. 그는 시조문학에 대하여 특별히 관심을 가진 듯이 《청춘》지를 통하여 조선의 고시조를 소개하며 주해註解하는 데도 힘을 썼다. 그의 창작 시조는 시조부흥운동의 첫 봉화라고도 할 것이다. 조선의 신시조사新時調史의 첫 페이지는 당연히 육당의 것일 줄로 생각한다. 그때의 신진들은 고시조에 대하여 알려고도 아니하고 관심도 적었으나 육당은 고시조의 장점을 갖다가 신시조의 바탕을 삼으려고 하였다. 즉 고시조에 나타난 강개慷慨, 애국, 의리 등의 정신과 정형률의 음악적인 선율을 본받아 당시 끌어 오르는 민족의식과 건설욕의 정신을 나타내려는 작품 형식을 삼았던 것이다.

　그의 시조 중 그때 내가 감명 깊이 읽은 것의 그 하나를 소개한다면─

창공蒼空벽해碧海 두틈트고 불끈솟는 아침햇빛
만이천봉萬二千峯 등대等待햇다 덥썩 혼자 다받으니
보리라 조선정신 이중中에도

펑퍼짐한 돌로 생겨 차림없이 앉었으니
비바람 씻고갈며 새즘생은 참站을 댄다
보리라 조선정신 이중中에도

이 시조는 1910년 2월 15일 발행인 《소년》에 발표된 육당의 창작 시조였다.

어디까지나 웅장하고 굳세고 기운 찬 기개를 나타내려는 것이 육당의 창작정신이었다. 그의 글에서 나는 연정戀情적인 것을 일찍이 보지 못하였다.

육당과 춘원─ 이 두 분은 나의 소년시대의 좋은 선생이었고 또 틀림없는 지도자였다. 춘원은 정서와 이상을 북돋아주었고, 육당은 기개와 분투의 정신을 높여주었다.

내가 일본문日本文으로 책을 읽게 되며 또 일본어로 번역된 외국작품들을 읽게 될 때까지 이 두 분의 작품은 오직 하나뿐인 나의 정신적 양식이었다.

4. 《청춘》지 시대의 인상

내가 처음 잡지를 읽게 된 것은 육당의 주간인 《붉은 저고리》라 제호題號를 붙인 리플릿형型의 주간잡지였다. 그때 나는 열네 살쯤 되었었다. 나는 어떤 동무의 집에서 《붉은 저고리》를 보고 곧 신문관으로 한달치의 대금을 부치고 《붉은 저고리》의 월정月定 독자가 된 것이다. 나로서는 서점에뿐 아니라 다른 사람에게 편지나 돈을 부친 것은 이것이 처음이었고, 또 다른 데서 내 이름을 써서 우편물이 게 온 것도 처음이었다. 나는 한 주일에 한 번씩 이 귀여운 동무 오기를 고대하였었다. 나는 잡지를 받을 때마다 피봉皮封에 내 이름이 씌어있는 것을 보는 기쁨은 그 잡지의 내용을 읽는 기쁨보다 덜하지 않았었다. 그리고 그 후에 뒤를 이어 《청춘》지의 독자가 되었고, 그러는 동안에 무수하게 신소설을 읽었으며, 또 춘원의 《무정》을 읽고 감격하였었다.

그때 《매일신보》가 있었지만 나는 그것을 얻어 볼 기회가 없었다. 내가보는 잡지가 조선 유일한 잡지인 줄로 알았고 사실로도 그러하였다.

그때에는 물론 문예잡지가 있었던 것도 아니며 문예서적이 구비하지도 못했으며, 또 그때의 정도에서 문사文士라 할 사람도 《청춘》지에 집필하는 이 외에 몇 사람이 더 있지 않았다. 그런데 《청춘》지의 집필자라야 많은 사람이 있는 것이 아니요 내용의 대부분을 육당이 쓰고 춘원, 우보牛步, 소성少星, 순성瞬星 등 5, 6인에 불과하였다. 잡지의 편집에도 무슨 문예란이 따로 있는 것이 아니고 제목을 쭉 늘어놓았을 뿐이니 사실상 위에서도 말하였거니와 감상문, 논문, 소설을 정확하게 구분하기도 어려웠었다. 모두 다 정열적인 감상문인 까닭이다.

잡지가 오면 먼저 춘원의 글을 찾았고 그 다음으로는 육당의 논문을 찾았다. 육당의 논문은 읽기에 힘이 들기는 하였지만 반드시 읽어야 할 무슨 책임이 있는 듯하였으니, 그 글을 읽고 나면 많은 지식을 얻는 까닭이었다. 그리고 그 외에 재미있는 것은 순성瞬星의 소품小品이었다.

순성을 더욱 알게 된 것은 1917년(?) 인도 시성詩聖 타고르가 일본 동경에 왔을 때 그가 '타고르'를 방문하였고 조선에게 주는 타고르의 시를 방문기와 아울러 발표한 것을 읽게 된 때부터였다. 그러나 그는 이에 머물렀고 또한 발전을 보지 못하였다. 후일에 그의 이름이 문단에 나타나지 않음을 보면 그는 문학청년시대에서 그만둔 것 같다.

그 다음으로 나의 호기심을 끌던 글은 동경 경성京城 간의 기행문이었다. 이 기행문은 맨 처음에 누가 쓰기 시작했는지는 알 수 없으나 적어도 문예적 수법으로 된 글을 읽기는 《청춘》 9호(1917년 9월)에 실린 춘원의 〈동경에서 경성까지〉라는 서간체의 기행문이 처음이었다. 그 후로 나는 동경기행문을 많이 보게 되었다. 어느 틈에 이 동경기행문은 일종의 유행문流行文이 되었다.

그때가 동경 유학 전성기全盛期의 첫 출발이었었다는 표면적 이유도 있었지마는, 향학열向學熱에 불붙는 청년들의 미국 다음가는 동경의 도시가 되었던 까닭이 그 첫째일 것이며, 그때의 학생으로는 동경은 최장最長의 여행이었으니. 제마다 갈 수 없는 동경의 대학생이라는 것과, 최장의 여행을 한다는 자랑도 있었으려니와, 선진先進한 나라의 발전상을 감상적으로 평이하게 소개하는 데서 자신을 선진자先進者로 자처하려는 자만심도 또한 없지 않았던 것 같으나, 그보다도 이국정서에서(자연과 풍속과 인물 등) 더 많은 표현욕을 자극시켰으며, 이별하고 또 다시 만나는 조선을 한층 더 그리워하며 애틋하게 생각하는 감회를 이 기행문을 빌려서 나타내려는 감상적인 점도 있었다. 어찌 했든 동경기행문은 그 후에 흔히 볼 수 있는 일종의 새로운 문장 형식이기도 하였다.

《청춘》지에서 또 한 가지 잊어버릴 수 없는 것은 그 독자문예란이었다. 청춘 이후 쏟아져 나오는 문학소년들의 유일한 요람이 즉 이 《청춘》의 독자문예란일 것이다. 후일에 사회 각계에서 활동하게 된 인사들로 이 현상 독자문예란에 투고하지 아니 한 사람이 거의 없었으니, 먼저 그 현상문예의 종별로 보면, 시조, 한시, 잡가, 신체시가, 보통문, 단편소설 등이었다. 단편소설은 1행 23자 100행 내외 한문 약간 섞인 시문체時文體라고 하였으니, 그 양으로 보더라도 단편은 지금 우리가 말하는 〈콩트〉 정도의 것이었다. 그리고 상금은 천지인天地人으로 구분하여 천天이 3원圓이오, 지地가 2원, 인人이 1원이었었다.

매호마다 당선된 수많은 사람들 중에서 특히 눈에 띠는 몇 사람을 골라내어 본다면 유종석柳鍾石, 이상춘李常春, 김윤경金允經, 김형원金炯元, 방인근, 이익상, 최학송 등의 제씨諸氏였다. 그때의 정도에서 또 독자문예이니 그 내용은 물론 작문作文에 지나지 않았고 단편소설이라는 것도 일종의 감상문으로 유치하였으나 후일에 문사, 학자, 신문기자가 된 현명한 분들의 소년시대가 이곳에서 자라났고 희망을 북돋아주었으니 실로 깊은 감회를 자아내서 마지않는 바이다.

그때에 이 독자문예의 선자選者는 춘원 선생이었으니 명실名實 한 가지 후배들의 스승이었다. 《청춘》지 제 12호에 실린 춘원의 〈현상소설고선여언懸賞小說考選餘言〉이라는 논문은 독자들의 작문 정도나 춘원의 문학관을 잘 나타낸 글로 그 중 중요한 수절을 인용하여 보기로 한다.

응모소설 20여 편(소수지마는 의외의 다수)을 일일이 정독하여 갈 때 나는 참 일변―邊 놀라고 일변 기뻤소. 나는 몇 번이나 곁에 앉은 친구를 대하여 "참 놀랍소 이처럼 진보가 되었던가요" 하였겠습니까. 내가 놀란 것은―

첫째, 그것이 모두 다 순수한 시문체로 씌었음이외다. 무론 응모규정에 '시문체時文體'라고 명기明記하였지마는 그것만 보고는 도저히 이처럼 자리 잡히게 쓰실 수 없을 것이니까 평소의 연습한 결과인 것이 분명하외다. 그 중에는 물론 문文의 체재體裁를 성성成成하지 못한 것도 있지요. 가령 전혀 구절을 떼지 아니하고 죽 잇대어 쓴 것이든지 혹 구절를 떼더라도 규칙 없이 땐 것, 가령

"그때에 그는 겨우 젖떨어진 아이였었다." 할 것을, "그때에그는 겨우 젖떨어진아회였었다" 하는 것이든지 '?'와 '!'를 혼동하여 감탄할 곳에 의문표 '?'를 달며 의문할 곳에 감탄표 '!'를 다는 것이며, 또 본문과 회화의 구별이 없이, 마땅히 인용표 '〈 〉'²²³를 달 것을 전혀 달지 아니한 것과 생략표 '……'을 혹은 남용하며 혹은 두 서너 자字 자리 즉 '……' 이만큼 할 것을 반 줄이나 혹은 한 줄 심한 것은 두 줄 석 줄이나 점선을 친 것이며, 일절―節 일절 절을 떼지 아니하고 처음부터 끝까지 단절로 내려 쓴 것 등 퍽 무식한 것도 많지마는 대개는 자리잡힌 훌륭한 시문時文입데다.

이것은 새로운 조선글의 문장과 그 정도를 엿볼 수 있는 비평이었고, 그 다음으로 중요한 것은 고선자考選者인 춘원의 문학관이다.

즉

셋째는 전습傳襲적, 교훈적인 구투舊套를 설설設設하여 예술적藝術的에 들어가는 기미가 있는 것이니 이것이 실로 신흥하는 문학의 핵심이외다. 자래自來로 소설이라 하면 반드시 악한 자를 징계하고 선한 자를 추장推獎하여 종교나 윤리의 일― 방편을 작作함에 불과하였습니다. 그러므로 문학을 평하

---

223) 원문에는 인용문 부호가 원래 '()'로 되어 있어 이 부호를 그냥 살려두었다.

려는 자는 먼저 그 문학의 교훈하는 바를 묻습니다. 즉 질투심을 징계한다든지 근면을 추장한다든지 충효지덕忠孝之德을 장려한다든지, 이런 것을 물어 그것이 없으면 그 문학은 가치가 없다고 여겼습니다. 이것은 문학이라는 신新견해를 모르는 이의 흔히 빠지는 오해외다.

권선징악이 무론 좋지 아니함이 아니지요. 그러나 권선징악의 임무를 다 하기 위하여서는 수신서修身書와 종교적 교훈서가 있습니다. 문학은 결코 수신서나 종교적 교훈서도 아니요, 그 보조는 더구나 아니요, 문학에는 뚜렷이 문학 자신의 이상과 임무가 있습니다. 질투를 재료로 하되 반드시 질투를 없이 하리라는 목적으로 함이 아니요 충효를 재료로 하되 반드시 충효를 장려하려는 의미로 하는 것이 아니라, 질투하는 감정이 근본이 되어 인생 생활에 어떠한 희비극을 일으키는가 충효라는 감정의 발로가 어떻게 아름다운 인정미를 발휘하는가를 여실하게 묘사하여 만인의 앞에 내어놓으면 그만이외다. 만인이 그것을 보고 교훈을 삼는다 하더라도 그것은 문학의 일 활용, 일 부산副産에 지나지 못하는 것이외다. 우리 인생은 교훈만으로 살아가는 것이 아니니 윤리적 교훈은 인생의 일부분에 불과하는 것이외다.

이와 같은 춘원의 문학관은 자연주의의 문학관에 공명한 것으로 볼 수 있는 동시에, 완고한 구도덕 아래서 질식 상태에 있던 신흥하려는 청년으로서도 마땅히 가질 만한 사상이었다. 구도덕을 지키는 것이 선이 아니며 그것을 혁명하려는 것이 결코 악이 아니라는 그때의 사회사상에서 이루어진 결실이기도 하였다.

나는 조건 없이 곧 이 주장에 공명하였었다. 그때 문학소년인 우리들이, 권선징악의 판박이와 같은 신소설류는 아주 뱉어버릴 만한 무가치한 것으로 생각한 것도 그러한 사상의 교육을 받게 된 까닭이었다. 그때의 춘원은 이 문학소년들의 둘도 없는 지도자였으니, 시대적 정신도 그러하려니와,

더욱이 그러한 주장을 가진 분의 고선考選을 받게 되는 투고가들은 즐겁게 새로운 문학의 길을 그곳에서 개척하기에 노력하였었다.

5. 의식투쟁의 본체本體

그 다음으로 나에게 큰 감격을 준 것은 춘원의 《무정》이었다. 나는 불행히 《무정》이 세상에 나온 지 몇 해 후에야 비로소 《무정》을 읽게 되었었다. 《무정》은 조선 신문학운동의 첫 결실이오 또 첫 출발이었다.

《무정》에 대한 나의 인상은 깊고 감격은 컸다. 《무정》은 문학상 진실한 의미에서 춘원의 처녀작일 것이며, 조선문단의 첫 번째의 결실이었다. 나는 불행히 《무정》이 출판된 그 이듬해에야 읽게 되었지마는, 그때의 1원 20전이라는 책값은 소년인 나에게는 큰 돈이어서 아무리 하여도 살 수가 없었으므로 현玄이라는 동무에게서 빌려다가 읽었다.

5호 활자로 박힌 500페이지 이상의 처음 보는 두꺼운 책, 우선 조선말 책으로는 처음 보는 두꺼운 책에서 두 번째 춘원을 다시 보게 되었다. 단편적인 몇 편의 작품에서 본 달디 달고 재미있는 춘원이 아니라, 별안간 위대해진 작가의 춘원을 보게 된 것이었다.

그때의 나는 밤을 새워 가며 《무정》을 읽었을 뿐이고 그 내용에 대하여 잘잘못을 가려낼 능력이 없었다. 오히려 그와는 정반대로 《무정》을 읽는 동안 나의 정신은 황홀과 감격에서 헤매고 있었을 뿐이었다.

《무정》을 읽는 동안 나의 얼굴은 여러 번이나 홧홧하게 뜨거워졌으며, 내 눈에서는 몇 번인지 눈물이 흘렀다. 만일 중간 중간에 장황하고 지리한 정조관貞操觀 인생관 등의 연설이 없었다면 나는 슬픔에서 그냥 숨이 막힐 듯하여 괴로웠을 것이다. 후일에 《무정》을 볼 때 이 계몽적인 인생관의 설명은 오히려 유치하게 생각되는 것이었으나, 그때의 이 설교는 가장 새로운 경종警鐘인양 지리한 줄도 모르고 읽었다.

그리고 무엇보다도 소년인 나의 정신의 전체를 사로잡은 것은 연애장면이었다. '사랑'이란 말만 들어도 얼굴이 붉어지고 가슴이 울렁거리던 나는, 이 치밀한 사실적인 연애 묘사에 아주 취해 버리고 말았었다. 더욱이 경멸히 여기던 기생에 대한 생각도 아주 인류동등 남녀동등이라는 자유사상으로 어느 틈엔가 전환되어버려서 기생 영채에 대한 동정이 책을 읽어 갈수록 더욱 크게 되어 영채가 불운에 빠질 때마다 나는 값싼 눈물을 흘렸었다. 이 영채의 연인인 형식은 끝끝내 영채에게 돌아가지 않고, 부호 장로의 딸인 선형과 미국으로 유학의 길을 떠나고 말았다. 영채도 일본으로 유학의 길을 떠났지만—. 여기서 선형의 의리 없음을 크게 불만하게 생각하다가, 그러니까 '무정無情'이로구나! 하고 흥분을 가라앉혀보았다. 좋은 조선을 만들기 위하여, 이보다 훨씬 좋은 조선을 만들기 위하여 그 주인공들은 개인 개인의 불운과 슬픔을 억제하고 자기들이 조선의 일꾼이 되기를 굳게 맹세하고, 미국과 일본으로 각각 배움의 길을 떠난 것이었다. 그들은 조국 조선을 위하여 자기들의 운명을 다시 만드는 새 길로 걸어갔다. 그러니깐 그들의 얼크러져 내려오던 개인 생활은 이곳에서 중단되고 말은 듯하여 서운하였으나, 민족운동의 지상명령에 순종하는 그들의 새로운 출발에는 오히려 신성한 느낌까지 일으키었던 것이다.

　나의 소년시대의 조선은 확실히 신흥하려는 조선이었다. 기독교를 통하여 서양문화가 급속히 소개되어 교회가 여기 저기 일어나며 교육기관을 더 많이 세우려고 선각자들은 노력하였으며 여자에게도 학문을 가르쳐야 한다고 외치던 때였다. 그러나 한편 우리들의 가정에는 조부모가 계셔서 자손들의 새로 일어나려는 사상과 행동에 자유를 허락하지 않을 뿐 아니라 개인의 언행이 의연히 조선 전래의 도덕관념에 그 표준을 두었었다. 머리를 깎고 학교에 들어갔다고 나는 할아버지에게 쫓겨났으니, 이러한 시대의 신흥세대는 먼저 자아의 완전한 발전을 위하여 구도덕의 껍질을 깨뜨리고 나오는 것이었다. 그때 우리 청소년들의 긴급한 현실 문제는 신학문을 배우고 싶은 향학열을 만족시키는 것과 조부모의 강제적 조혼부

婚에서 벗어나는 것이었다. 말하자면 청소년 자신의 발전에 관한 것은 청소년 자신의 자유의사에서 할 것이었고 제삼자인 어떠한 사람의 강제에도 복종할 수 없다는 것이었다.

자아의 해방! 정서의 해방! 이 두 가지는 그때 우리의 일종의 사회운동이기도 하였다. 나는 구미의 소설을 하나씩 읽기 시작하자 비로소 '사랑'의 새로운 세계를 그려도 보았고 그 심취할 수 있는 정서를 맛보기도 하였다.

춘원의 작품은 어느 것이나 이러한 사상과 수법에서 나오지 않는 것이 하나도 없었다. 더욱이 《무정》은 시대적 이상과 정열을 한데 모았으며 청소년의 심원心願의 나라를 나타낸 것으로 나의 《무정》에 대한 인상은 참으로 깊고 컸었다. 이와 같이 시대적 계몽성이 그 대부분을 차지한 《무정》이나 그 후에 발표한 《개척자開拓者》가 인간성만을 파고들어간 구미소설에 비하면 작품의 영원성이 짧을는지는 모르나, 암흑한 시대에 잠자고 있던 청소년의 영靈을 깨워 일으키는 경종으로서 충분한 임무를 하였다고 할 수 있다.

후일 춘원은 자기 소설이 이데올로기적이었다고 자평自評하였음은 적당한 말이려니와 《무정》이나 《개척자》는 신흥청년의 의식 발양의 소설임은 쉽게 긍정할 수 있는 사실이다.

《개척자》를 발표한 후 청소년들의 절대적 지원을 받던 춘원이, 유생儒生들에게는 아주 악질적인 배척을 받게 된 것은 그 작품이 형식보다도 내용이 무더웠고 예술적이라기보다는 '의식' 발양이 더 많은 인상을 주기 때문이었다. 사회과학적 용어를 빌려서 말한다면 봉건적 사회의식에 대한 자본주의적 자유사상의 투쟁이라고 말할 수 있을 것이나, 여하간 그때의 춘원의 작품은 조선의 전래하는 구도덕을 깨뜨리는 예리한 무기이었으며, 또 새로운 세대가 요구하는 신도덕 수립의 선언이기도 하였다. 후일 혹은 춘원을 평하여 자유연애론자라고 하였으나, 이것은 물론 춘원 작품의 일면임에 틀림없다. 그러나 춘원의 작품은 그 사상성과 결부시켜서만 이해할 수 있는 것이니, 자아의 발전을 억누르고 있던 낡은 도덕에서 벗어나려고 반항하고 투쟁하려는 그 사상성의 제 일보——步가 정서의 해방으로 자유연애의 계단을 만든 것이라고 생각하는 바이다.

사실상 그때 청소년들의 해결해야 할 그들의 생활상 긴급하고 중대한 문제이기도 하였다. 그때에 여기저기서 일어나는 각 청년회들의 토론회나 강연회에서는 누구나 자유결혼, 자유연애, 남녀평등을 부르짖었던 것이었다. 이와 같이 육체나 정신이 남의 제재를 받지도 않고, 어떠한 도덕적 범주 속에서 구속도 없이 완전한 자아를 이룰 수 있는 개성의 해방정신은, 민족건설의 다음 계단으로 연락하는 데서 그의 사상을 엿볼 수 있으며, 따라서 그의 연애관도 그 시대적 사상성의 한 표현으로 이해할 수 있는 것이다.

이러한 의미에서 조선신문학사는 문학과 동시에 그 '의식' 투쟁의 사상성에서 첫 페이지가 시작된 것이었다. 조선신문학사 40년을 통하여 이 사상성의 발전은 문학형식의 발전보다 훨씬 앞서게 됨으로 늘 형식과 내용의 모순 속에서 성장하여서 왔던 것이다.

조선신문학운동이 첫 걸음을 걸으려고 하던 그때는 조선민족의 평화시대가 아니었고 불행히도 정치적으로 일본에게 국권을 빼앗겼고 그러므로 문화면에도 비로소 조속한 건설을 하려던 때이므로 문학에도 난숙한 형식이 발달할 겨를이 없고 먼저 정치와 민족계몽을 주로 한 사상성의 발전이 더 속히 성장하게 된 것이니, 이러한 것이 또한 필연적 발전 형태를 이루고 만 것이었다.

제2장 신문학 개척기의 고락

1. 터지기 시작한 정열의 분화구

그 후에 각 방면에 있어서 조선청년들의 건설욕은 날로 늘어갔다. 정치, 경제, 교육, 문화 등 각 방면으로 청년들의 건설적 정열은 바야흐로 높아만 갔었다. 그러나 일본 정치의 굳센 억압은 이들의 정열을 그대로 질식 상태로 몰아넣고 말았었다. 이때는 마침 제1차 세계대전이 끝나고 미국 윌슨 대통령의 약소민족해방弱小民族解放과 민족자결주의民族自決主義가 세계적으로 선포되었던 중요한 시기였었다. 1919년 3월 1일을 기하여 질식 상태에 있던 조선청소년들의 정열의 분화구는 드디어 터지고 말았다.

이것은 광범한 의미에서 조선 재건을 위한 새로운 출발의 첫걸음이었다. 이 조선독립운동의 선포는 세계의 이목을 놀래었고, 또 한편 조선민족의 정치적 각성과 아울러 민족의 단결을 굳게 하였었다. 또 이 운동의 결과는 일본의 위정자들을 놀래게 하였고, 그래서 그들은 탄압책에서 무마정책撫摩政策을 일시적으로라도 쓰지 않으면 아니 되게 되었었다. 그리하여 나타난 그들의 정책이 즉 재등齋藤 총독의 소위 문화정책이라는 것이었다.

그 후부터는 모든 것이 허가제이기는 하였으나 결사와 집회를 허가하였고 언론과 출판도 허가되었었다. 이 기회를 타서 조선청년들의 건설적 정열의 홍수는 문화면으로 벅차게 쏟아져 흐르기 시작한 것이었다. 교회가 늘고, 학교가 늘고, 단체와 집회가 매일 늘어갔으며, 강연회가 낮과 밤으로 그치지 않았었다. 수년 동안에 안국동安國洞 네 거리에만 사상단체 노동단체의 간판이 40개, 50개로 늘어가서 안국동은 서울서 문득 단체가街로 면목이 새로웠다.

기독교회 안에는 반드시 엡윗[224)청년회가 조직되었으며, 청년단체에서는 거의 날마다 강연회와 토론회를 열었었다. 정치문제를 말할 수 없는 강연은 웅변술로 발전을 하여 그때의 대유행을 만들었었다. 그 다음으로는 잡지간행이었다. 이 잡지간행은 영리를 목적함도 아니요, 흥미를 자아내자는 것도 아니었다. 이것은 넓은 의미에서 민족의 교육을 목적한 것이었다. 기미년 직전에 동경에서 발행한 일본유학생들의 기관지《학지광學之光》이 세인의 주목을 끌던 종합잡지인 동시에 문예작품을 싣게 되어, 말하자면 문예편文藝便으로도 일종의 권위가 아닐 수 없었다. 그러나 이에 발표된 작품들은 다 습작에 지나지 않았으니 결국 그들의 요람이었다.

그러니깐 순수한 문예잡지를 내기 시작한 것도 기미년이었고, 신문학이 본도本道에 오르게 된 것도 역시 이 문예잡지로부터 시작된 것이었다. 기미년 이후에 순문예잡지는 뒤를 이어 나왔고 수많은 청년문사들이 이곳에서 활동을 하게 된 것이었다.

2. 문학을 위하여 빈민이 되기까지

과거 40년 동안 문예잡지는 50여 종을 셀 수 있었다. 그러나 조선문단에 시대적 자취를 남긴 문예지는 4, 5종에 불과하였다. 1919년 2월에 동경에서 발행된《창조》가 그 첫 소리였고, 그 뒤를 이어《장미촌》《신청년》《백조》《폐허》《금성》《폐허이후》《영대》《조선문단》《문예공론》지 등이 나왔다.《장미촌》은 내용이 빈약한 잡지였으나 시잡지로는 이것이 조선서 처

---

224) 원문에는 엠윗으로 되어 있으나 오식이기에 바로잡았다.

음이었다는 점에서 특기할 바가 있을 것이다. 《신청년》은 문학청년 동호자 간에 회람지回覽誌 정도의 것으로 특기할 바가 없을 줄로 생각한다.

그때의 문사들 나이 겨우 20 전후의 사람들이었다. 《창조》지를 내던 때 김동인 주요한 양씨兩氏의 나이 20세였고, 3년 후《백조》지를 내던 때 노작 홍사용, 빙허 현진건 양군兩君이 23세였고, 그 외의 동인들은 22세의 신진들이라 발표된 작품의 수가 얼마 없으니 작품집이 없음은 물론이며, 그때의 출판계라는 것도 아주 말거리가 못될 만큼 미미하므로 문예지 발행은 말이 잡지였지 당당한 작품집이었고, 문예서적의 구실을 하게 되었다. 이러므로 그때의 문예잡지의 존재는 컸던 것이었다. 또 한편 발표욕이 왕성한 그들은 작품을 발표할 데가 만만치 않았으니 결국 동호자들이 모여 제각기 문예잡지를 내게만 되었던 것이다. 가뜩이나 유치하던 출판계에 문예잡지라면 무조건하고 안 팔린다는 완고한 생각으로 서점주主들은 경영하기를 싫어하니, 문예잡지를 내어놓으려면 동호자들의 주머니를 털든지, 그렇지 않으면 동호자 중에 여유 있는 사람이 그 경비를 부담해야만 되었었다.

그러므로 그때의 우리들의 이와 같은 동인잡지의 간행은 출판업자의 영리사업이 아니었고, 고귀한 문학운동이며 사회사업이었었다. 그러니 문예잡지를 한다고 돈을 내어놓은 동인은 무슨 사업에 투자한 것이 아니요, 조선의 문학을 건설하는 데 필요한 비용을 무조건하고 그 운동에 던져버리는 것이었다. 높고 깨끗한 뜻과 뜨거운 정열의 발로라고 할 밖에 다른 말이 없을 것이다.

먼저 《창조》지가 그러하였다. 그들은 창간호를 내려면 2백원이 있어야 할 것을 생각하였고, 또 창간호의 매상고賣上高 백원, 손해 백원이면 매삭每朔 백원씩 보충하여야 할 것까지도 각오하고《창조》지 내기를 결행決行한 것이었다. 이 비용은 김동인 씨가 부담하기로 하였었는데, 후일 씨의 '창조회고'기[225]에서 보면 "여余의 재산상태로는 매삭每朔 전손全損을 보더라도 영속할 수 있을 만하였다"는 정도이었으니, 상당한 재산이 있었으며 후일 씨로부터도 들어 그것이 사실인 것을 알 수 있었다.

그의 재산이 《창조》지 때문에 탕진된 것은 아니겠으나, 그 탕진된 원인은 결국 그의 문학적 생애에 있었을 것이며 《창조》지 때문에도 몇 천원 소비했을 것은 사실이었다. 그 다음으로 《장미촌》이란 시잡지는 상아탑 황석우 씨가 처음에는 자담自擔하기로 한 것이 여의치 못하여 동인들이 금금 7원씩 내어서 겨우 창간호를 내어놓았다. 그리고 곧 독시회讀詩會를 개최하였었다. 이것은 조선서는 처음 되는 일로 피차에 기대가 컸었다. 장소는 중앙기독교청년회관이었고 입장료는 1인 20전이었다. 이 서정시낭독회가 처음이었던 까닭이었던지 그때로 보아 입장자는 아래층이 찼으니 좋은 성적이었다. 그러나 이 입장료로서는 제2호의 발행이 생각한 것처럼 만족하게 될 수 없었다. 입장료는 비용으로 그럭저럭 소비되었고, 제2호는 인쇄소에서 외상으로는 책을 줄 수가 없다고 하여 문제 중에 있던 것을 당시 문흥사文興社 이병조李秉祚 씨의 호의로 책이 세상에 나오게 되었다.

그 다음 《백조》지는 노작 홍사용 군의 부담으로 발행하게 되었는데, 노작은 《백조》지를 내기 위하여 자기의 토지를 전부 은행에 저당抵當해놓고, 매월 얼마씩 찾아다가 썼었다. 《백조》지는 아주 호화하게 내자는 동인들의 의견이 일치되어 종이도 당시 최고가인 '마사메'란 것을 쓰고 150페이지의 책을 내었던 것이다. 그때의 문예잡지로 150페이지는 처음 되는 방대한 것이었다. 《창조》지 9호가 96페이지였다. 그 대신 《백조》는 매호 근 천원의 비용이 났다. 그 뿐만이라면 오히려 좋은 편이겠으나 때때로 동인들이 모이면 그 요리 값 향락비가 또 적지 않았으니, 아무리 세월 좋은 때라고 하더라도 오랫동안 계속될 수는 없는 일이었다. 2년 동안에 3호를 내

---

225) 정확한 출처는 〈조선문학의 여명 《창조》 회고〉(《조광》 1938년 6월호)이다.

놓고는 노작은 손을 탁탁 털고 일어나게 되었다. 그는 무일전無一錢의 빈민이 되고 말았다.

이와 똑같은 예로 《조선문단》을 발행하던 방인근 씨를 들지 않을 수 없다. 그도 자기의 토지 전부를 정리해서 은행에 예금을 해놓고 썼었다. 문예잡지로는 제일 수명이 길어서 1924년 10월서부터 3년 동안 계속하였지만 결국 최종에 가서는 마지막 하나 남는 전화를 팔아서 한 호를 내었고 그 다음에는 그의 주택을 팔아서 한 호를 더 내었다. 눈물겨운 이야기다. 이들은 문학과 문학운동을 위하여 즐겁게 빈민의 한 자리를 차지하게 된 것이었다.

1921년 《신청년》지를 내기로 하고 최승일 군이 그 비용을 내기로 하여 한 호를 내어놓고 그 다음 호를 내려고 군은 군의 부친에게 잡지의 취지를 이야기하고 비용을 청구하여 보았으나 한문이라야 문장으로 아는 그의 부친은 그들의 문장에서 가치를 인정해주지 않을 뿐 아니라 비용 청구에 대하여서도 거절을 당하게 되매 최 군은 너무 속이 상하고 걱정이 되어 그 열화熱火가 몰려 넓적다리에 큰 종기가 되고 말게 되니, 군의 부친도 하는 수 없이 제 2호의 발행비용을 내놓았으나, 때는 이미 늦게 되어 군은 결국 병원에 입원하고 대수술을 하는 등 죽다가 살아났었다. 후일 그의 넓적다리에 커다란 힘을 볼 때마다 나는 감회 깊이 고소苦笑를 않을 수 없었다.

문예잡지 뿐 아니라 당시 우후죽순처럼 터져나오는 많은 잡지발행자들은 거의 대동소이한 눈물겨운 삽화揷話를 갖게 되었다. 청춘기를 이에 바치고 재산은 아낌없이 던져 신조선 문화건설에 정열을 기울인 그들은 참으로 용사勇士라 아니할 수 없는 것이다.

3. 그때의 문사기질

《창조》지 《백조》지 등의 문예잡지가 뒤를 이어 발행되던 때는 벌써 춘원 시대에서 한 계단을 뛰어넘었던 것이다. 소년시대에 《소년》《청춘》지를 읽고 《무정》을 읽던 그들은 곧 일본어로 번역된 광범한 외국의 문학작품을 탐독하게 되었으며, 따라서 진정한 문학의 세계에서 보다 더 문학적인 데로 자기의 시야를 넓혀갔던 것이다.

얼른 말하면 《무정》이나 《개척자》에서 보이는 것과 같은 민족적 의식의 계몽성에 만족하려지 않고 난숙한 세계문학과 자기를 견주어보려는 욕망이 급한 속도로 자라갔다. 이것은 정치적으로 민족의식적 계몽성에 어떠한 억압과 제한을 받게 되는 부득이한 발전이 아니라, 후진한 우리들의 문학적 성장을 위하여 당연한 발전형태이었다.

예술을 위한 예술, 문학을 위한 문학에서 이때까지 풀어보지 못한 열정을 그대로 현실적 협잡물挾雜物 없이 마음껏 불 붙여 보고, 일찍이 가져보지 못했던 난숙한 문학의 상아탑을 쌓아보려고 한 것이다. 또 한편 당시 우리들에게 직접 영향을 준 일본문단은 낭만주의에서 자연주의로 넘어와서 그 개화기를 이룬 때이었다. 그렇다고 낭만주의의 작품이 아주 그림자를 감춘 것이 아니오 자연주의가 그때의 일본문단의 주류로 기울어졌을 뿐이며 두 가지의 주의에 대한 구미歐美 작가의 작품이 그 수를 세일 수 없을 만치 쏟아져 나왔다.

먼저는 정열이 터져 와야겠고, 그 다음에 이지적 관찰이 있게 됨은 필연한 과정일 것이다. 그러므로 1919년 이후의 우리들의 문학적 활동이 보다 더 낭만적이었고, 그 후 얼마 되지 않아서 자연주의로 옮기게 된 것이다.

나는 이곳에서 낭만주의나 자연주의의 작품을 분류하고 해설하려는 것이 아니라 이러한 경향 속에 있던 청춘작가들의 기풍氣風을 말해보려는 것이다. 이 기풍이란 것은 개인의 성격과는 좀 달라서 그때의 작가들이 특히 숭상하던 생활과 감정인 동시에, 문학가로서 반드시 가져야 할 인격이기도 하였다.

이것을 조금 풀어서 말한다면, 종교가는 종교가다워야 하고 철학가는 철학가다워야 하며 문학가는 문학가다워야 한다는 것이었다. 그런데 이것이 작품과 직접 관계가 있을는지 모르나, 작품의 깊이를 만들며 광택을 있게 하는 중요한 원인이 될 수 있는 것이다.

그런데 그때의 이 청년작가들의 기풍에는 형식적인 것과 내용적- 사상적인 것의 두 가지를 가려낼 수 있었다. 형식적인 것으로 말하면 예술가들은 거의 머리를 길게 길렀었다. 구미의 작가들 쳐놓고 장발長髮 아닌 사람이 없었다. 우리가 그때 탐독하였던 〈괴테〉니 〈하이네〉 〈포〉 〈보들레르〉 〈바이런〉 〈셸리〉 등 시인들이 다 머리를 길게 길렀었다. 머리 깎기를 좋아하는 일본인까지도 예술가 철학가들은 다 머리를 길게 길렀었다. 나는 그때 동경 가로街路에서 어느 때는 여자의 푸른 머리처럼 두 자 석 자 길이로 등 뒤로 머리를 내리뜨린 대학생들을 많이 보았다.

그때에 특히 우리의 눈을 끌게 한 이는 남궁벽 씨의 머리였다. 희고 깨끗한 얼굴에 테 넓은 백색 파나마 밑으로 길게 달려있는 머리털은 거리의 아름다운 풍경이었다. 그야말로 시인다웠다. 황석우 씨도 머리를 길렀었으나 곱슬머리라 그리 긴 줄을 몰랐었다. 1918년 늦은 봄 동초東初(팔봉의 소년 때의 호)의 소개로 나를 찾아온 고범孤帆 이서구李瑞求 군이 상당히 장발이었다. 군은 그 후 《서광》지 등에 시작詩作을 발표하다가 《동아일보》에 입사한 후부터 수완을 날리는 신문기자가 되어버렸고, 후일 극계劇界에 나오고 말았다. 조선 초유의 조각가 김복진金復鎭 군이 장발이었고, 팔봉 김기진 군과 내가 중발中髮쯤은 갔었는데 이것도 동경에서 기른 머리고 조선에 돌아오니 집에서는 물론이고 친척 간에서도 나의 장발문제로 상당히 머리를 앓았다. 《백조》 동인들 중에서 노작 홍사용 군이 중단발中短髮이었고 도향 나빈 군도 중발쯤은 되나 곱슬머리라 그다지 눈에 띄지는 않았다. 말하자면 학자, 철학자, 예술가들의 소박한 미의 표현 형식이라고 말할 수 있을 것이었다.

그런데 그 후 사회운동의 대두를 보게 되자 어떠한 이유인지는 모르나 사회주의자들이 모두 장발을 하고 사꾸라(앵목櫻木) 몽둥이를 들고 다니게 되자, 경찰의 쓸 데 없는 주목을 피하려 함인지 문학계에는 장발의 기풍이 점점 없어져갔다.

그 다음으로 그때의 작가들은 현세를 초월하려는 의욕이 강하였었다. 우리는 모름지기 현대를 초월해야 한다는 것이 그때 문학자들의 이상인 듯이 우리는 여기에다 공명하였던 것이다. 현세는 속세가 되는 데 따라 속세의 정치, 경제, 사회문제에는 흥미를 갖지 않게 되며, 다만 문학의 왕국에서 작가의 생활과 감정이 한 가지로 문학화되고 말았던 것이었다. 말하자면 문학적 작품은 작가의 문학적 생활 없이 있을 수 없다는 것이었다. 그런데 그때는 개인 생활이나 사회의 분위기가 어딘가 너그러운 여유가 있었던 데다가 이 청춘작가들의 솟아나오는 크나 큰 욕망과 기개로써 자연히 문학적 생활– 그 분위기를 충족하게 만들었던 것이다.

그때에 나온 작가들은 대부분이 중산계급 이상의 생활 속에서 자라난 사람들이었다. 《창조》 동인들을 보더라도 춘원을 빼놓고는 다 생활의 여유를 가진 가정에서 자라난 사람들이고, 따라서 동인 전부가 일본유학생이기도 하였다. 아마 문예잡지 동인 중에 《창조》 동인들처럼, 여유 있는 사람들도 없었을 것이다. 《백조》 동인들을 보면 전부가 재산가는 아니었지만 그렇다고 빈난貧難한 사람도 없었다. 이러한 생활에 원인도 있었겠지마는 그들은 그들의 감정과 정서의 요구에 따라 그대로 아무 구속 없이 자기 생활의 발전을 꾀하였던 것이었다. 첫째로 낭만성의 생활화를 말할 수 있으니, 전래하는 완고한 도덕적 규범에서 벗어나서 자유스러운 인간성의 정열을 표현하려는 문학 창조를 위하여, 먼저 그들은 그 분위기를 요정에서 미녀들과 더불어 만들려고 하였다. 더욱이 '데카당'(퇴폐파)적 경향이 많아짐을 따라 그들이 요정 생활은 더욱 그 범위가 넓어졌으며, 직접 데카당 문학자가 아니라 하더라도 그때의 문단적 기풍은 그러한 데로 휩쓸려 들어갔던 것이었다.

말하자면 유흥하는 생활면이 점점 커갔던 것이다. 그들은 이 호화한 요정의 찬란한 전광 밑에서 미녀와 속삭이며, 혹은 노래하고 취하고 웃고 울고…… 하면서, 끝없는 정열을 자아내기도 하며, 또 인생을 생각하기도 하며 진리를 찾기도 하였으니, 그들의 유흥은 무위無爲의 한사閑事라기보다는, 문학의 생활화, 즉 문학적 분위기를 고가高價로서 만들었던 것이었다. 이러한 것의 결과로서 작품에 나타난 영향은 다음에서 말하려니와 《백조》지나 《조선문단》지에 들어간 비용 중에는 이 유흥비가 책 발행비보다 많으면 많았지 결코 적지 않을 것이다.

현실을 초월한 가운데는 물질도 초월하였다. 문학자 작가로 출발한 이상 일생 동안에 한 편의 걸작이라도 써놓는다는 데 그의 생명이 있는 것이요, 재산을 모은다는 속념俗念이 있을 까닭이 없으니, 간접이나 직접이나 문학적 사업과 문학적 생활을 위하여 재산을 아낌없이 던져버린 것이 어찌 쾌사快事가 아닐 것이랴!

또한 돌이켜 보건대 그 호사한 요정의 분위기는, 현금現今 음울陰鬱 잡다한 차방茶房 속미俗味에는 비할 수도 없이 호대豪大한 무엇이 있는 것이다. 이와 같이 고락苦樂 다단多端한 중에서 조선의 새로운 문학운동은 점점 본도本道에 오르게도 된 것이다. 그러나 그 대가 어찌 비싸지 않으랴! 《창조》 동인들은 동인 안서 양씨를 비롯하여 한두 사람을 예외로 다 가난하여졌으며, 노작은 빈난과 싸우다가 작고하였으며, 방춘해方春海 또한 가난하여졌으나 다 안빈낙도安貧樂道하였다.

4. 동인지 시대의 회고

세상에서는 흔히 창조파 폐허파 백조파 등으로 부르게 되었다. 이렇게 구분해서 부르게 된 것은 그 내면에 무슨 정당파政黨派 모양으로 대립되는 것은 별로 없었으며, 또 같은 동인이 똑같은 주의와 경향을 가진 것도 아니었으나 얼른 말하면 친분관계로 자연히 그리된 것이며, 또 한 가지는 《창조》지에 《폐허》 동인의 작품을 싣지 않고 《폐허》지에 《창조》 동인의 글을 싣지 않으며《폐허》동인 또한 다른 동인지에 쓰지 않았고, 또 자기 잡지에 다른 동인들의 글을 싣지 않았으니 저절로 각 동인 잡지를 중심으로 파별적波別的 행동까지도 하게 된 것이었다.

《창조》지 동인은 김동인, 김관호, 김억, 김찬영, 김환, 전영택, 이광수 이일, 박석윤, 오천석, 주요한, 최승만, 임장화林長和[226] 등 제씨이었고《폐허》지의 동인은 염상섭, 황석우, 오상순, 변영로, 김찬영, 김억 등 제씨였고, 《백조》지의 동인은 홍사용, 노자영, 박종화, 나빈, 박영희, 이상화, 이광수, 오천석 등 제씨였다. 이 동인이란 것은 처음에는 친우親友들끼리 모이게 된 것이니 자연히 같은 지방 사람이 모이게 될 것은 당연할 일이다. 《폐허》와《백조》동인들이 거의 경기 이남以南 사람들임에 비하여《창조》동인은 모두 평안도 출생이 된 까닭에 외계에서 보기에 지방색이 있는데다가 《폐허》지의 창간호가 세상에 나오기도 전에 김억, 김찬영, 양씨가 동지同志에서 탈퇴하고《창조》지 동인이 됨에 따라 그 지방색이 더욱 선명하게 된 것이었다.

《백조》지에 춘원의 이름이 있음은 동인보다는 순진한 의미에서 선배로 모셔온 것이요, 오천석 씨는 창간호에만 글을 썼고 그 후에는 쓰지 않았다. 사실《백조》지에서는 지방색에 관한 생각은 조금도 없었고, 그러기에 춘원을 모셔왔고 노자영, 오천석 양씨도 동인으로 맞아들인 것이었다. 오천석 씨는 그 후 미국으로 가면서 문학을 떠나버렸고 노자영 군은 글이 너무 속정俗情적 연문戀文에 기울어지기 때문에 다소 동인들에게 비난을 받아오다가,《백조》제4호 원고로 군의 〈반항〉이라는 논문이 불행히 일본의 주천백촌廚川白村 씨의 〈연애관〉에 모방된 바가 있다고 하여 면목상面目上 동인에서 사퇴시킨 일이 있으나, 고결한 창작을 목표로 하였던《백조》동인으로서는 부득이한 일이었다.

---

226) 원문에는 '林長知'로 되어 있으나 오식이기에 바로잡았다.

이 동인잡지와 동인잡지 사이에는 자연히 내용과 명예에 따르는 가벼운 암투가 없는 것이 아니었으니, 말하자면 명예에 대한 경쟁이었을 것이다. 말하자면 제각기 제가 잘났고, 제 작품이 제일이고, 제가 진정한 문학가요, 자기들의 동인만이 제일이요, 저만이 예술을 이해한다는 데서 생기는 질투라고도 말할 수 있었다. 그리고 이 동인들은 잡지를 폐간한 후에도 이 동인의 존재만은 당파黨派를 이룬 채 그대로 오랫동안 계속하였다. 이러한 당파적인 것이 물론 좋은 것은 아니었으나 서로 경쟁하는 데서 자기발전이 있게 되는 정도로는 또한 어느 정도로 필요도 하였다. 동인들은 서로 옹호하며 서로 격려하며 서로 칭찬하여 각자의 창작욕을 자극하며 그 발전에 박차를 더하는 것도 좋은 일이었으나, 그 대신 자기 동인 중에 좋지 못한 작품이 있을 때 다른 사람에게서와 같이 무자비한 평필評筆을 들지 못했던 까닭에 더욱 당파적이라는 말을 듣게 되는 수가 없지 않았다. 간혹 다른 잡지사나 신문사의 초청을 받아 이 각파 동인들이 일당一堂에 모이게 될 때에도 제 파의 동인끼리 좌석을 만들어 스스로 격리하려 하며 술이 취하면 서로 제 자랑 끝에 언쟁을 일으키고 심한 경우에는 주먹질까지 일어나는 때도 있었다. 웬일인지 서로 잘 융화되지 않은 듯 하였다. 이것은 결국 서로 교우交友의 정이 없었던 까닭이라고도 할 수 있으나, 여하간 너무도 감정적이며 신경질적이며 또 편협하였던 것도 사실이었다.

그 다음으로 문학운동의 경향으로 본다면, 그 동인잡지 시대는 산문보다는 시문학이 훨씬 앞섰었다고 말할 수 있었다. 그들의 나이로 보더라도 정열 시대를 벗어나지 못하였고, 따라서 소설가의 역량을 얻기에는 너무 젊었다고 말할 수 있을 것이다. 《창조》 동인에서 보면 김동인, 전영택 양씨가 소설을 썼고, 또 후일에 뚜렷한 작가로 그 존재가 컸었고, 《폐허》 동인에서는 염상섭 씨 1인이 소설을 썼었고 또 후일에 소설가로서 그 충분한 역량을 발휘하였으며, 《백조》 동인에도 나도향 현빈허 양군兩君이 있을 뿐 모두 시인이었다.

말하자면 시는 양으로 많이 나올 뿐 아니라 질로 보아 그때 소설들보다는 제법 면목을 세울 만치 정돈되었다고 볼 수 있었다. 가령 그때 소설을 본다면 그 내용이 보다 더 많이 시적인 정열 속에서 생활의 현실적 파악이 부족하였던 것을 지적할 수 있었다. 그러니깐 시인보다 소설가가 되는 데는 시간이 좀 더 필요하였던 것이다.

이에 그때의 문학적 총 결과를 회고하여 본다면 《창조》지에서 김동인, 주요한, 전영택, 김억의 4씨를 얻었고 《폐허》지에서 염상섭, 변영로, 오상순, 황석우의 제씨를 얻었다. 《백조》지 동인은 그 후에도 이탈자 없이 전부가 문학에 정진하였다. 그 뿐만이 아니라 그 후 《백조》 동인들의 활동은 점점 그 범위를 넓혀갔다.

이 동인들은 그 후 다른 잡지, 신문 등에서 계속하여 작품 활동을 게으르게 하지 않았으니, 나도향, 현빙허 양군의 소설은 사실상 큰 〈센세이션〉을 일으키었고, 박월탄의 상징시, 이상화 군의 아름다운 데카단 시는 그때 시단의 중추를 이루었다.

황석우 씨는 이때 벌써 시작의 발표가 적어져서 거의 그 존재를 나타내지 않았고, 오상순 씨의 철학시哲學詩, 변영로 씨의 아담한 서정시도 그 발표의 수가 줄어갔다. 양씨는 본래 다작多作하는 이가 아닌 까닭도 있었지만, 정당히 말하면 그 중에도 침체하였던 것 같았다. 《창조》지가 나오지 않게 되자, 그 동인들의 활동은 침체되었고, 주요한 씨의 아름다운 시편이 한동안 나타나지 않았으며 다만 김억 씨의 창작시, 역시譯詩 등의 활동이 계속되고 있었을 뿐이었다.

5. 기억에 남는 문제의 처녀작들

여기서 중요한 작가들의 처녀작에 대하여 나의 기억에 남아있는 몇 가지를 이야기해보려고 한다. 먼저 김동인 염상섭 양씨의 처녀작이다. 이 양씨는 공교롭게 1921년 5월인 동년월에 처녀작을 발표하였으니, 김동인 씨는 《창조》 9호에 〈배따라기〉란 단편을,[227] 염상섭 씨는 《개벽》지에 〈표본실의 청개구리〉란 단편을 각각 발표한 것이었다. 그런데 이때 이 두 작품에 대한 평판은 참으로 큰 것이었다.

일찍이 춘원의 단편이 더러 있었고 또 그 외에도 문학청년들의 단편이라고 발표한 작품이 없는 것은 아니었으나, 말하자면 그 구상이나 묘사가 정말 단편소설이라고 하기는 어려웠다. 거지반 현대문의 감상문적 범위를 벗어나지 못하였으니 미숙한 상想과 감상적인 인생관을 나타낸 정도라고 할 것이었다. 그러한 수준에서 이 두 작품은 확실히 한 계단 높이 뛰어올랐던 것이다. 구상과 묘사가 제법 구미작가들의 수법을 따를 수 있겠다는 기대를 충분히 갖게 하였던 것이다.

말하자면 단편소설다운 작품이었다고 말할 수 있었으니, 이 작품들이 조선단편소설사의 첫 페이지를 차지할 것이라고 생각하는 것이다. 진정한 의미에서 단편소설의 최초의 출발이라고도 할 것이다. 나는 여기서 두 작품의 우열을 말하기를 피하거니와 두 작품에서 인상된 바를 말한다면, 염상섭 씨의 작품은 심중하고 우울한 기분을 주었으나, 당시의 조선 사회상의 하나인 지식청년의 울민鬱悶을 그린 데 대하여 나의 인상이 깊었고, 김동인 씨의 작품에서는 벌써 뚜렷한 인간 생활의 갈등과 및 그 사실적인 묘사에 나를 육박肉迫하는 무엇이 있었다. 더욱이 그때의 작품이란 다 국한문체였는데 그는 순국문으로 썼고 또 순조선말을 쓰려고 노력한 점에 주의를 끌었던 것이다. 후일 김동인 씨 자신이 자기의 〈배따라기〉는 국문 단편소설의 처음이라고 하였지만 사실상 춘원의 《무정》 이후 완성된 단편으로는 처음일 것이다.

역시 같은 해 어느 달인지는 잘 생각나지 않으나 빙허 현진건 군이 《개벽》지상에 〈희생화〉라는 단편을 발표하였었다. 그런데 이 작품에 대하

---

227) 김동인의 처녀작은 〈약한 자의 슬픔〉이다. 그러나 뒤에 나도향을 이야기하면서 원래의 처녀작과 다르게 선정한 맥락을 감안해 볼 여지가 있다.

여 황석우 씨의 창작평이 발표되었는데 그 평문은 너무도 가혹한 악평이었다. 이 악평 때문에 현 군의 자존심이 많이 상했을 뿐 아니라 큰 타격을 받았던 모양이었다. 후일 《조선문단》지에 처녀작 발표 당시를 회고한 군의 글을 보면 역시 그 평문의 영향이 컸었고 따라서 평자에 대한 증오심이 또한 상당히 컸던 모양이었다. 그때 군이 《개벽》지에 이 처녀작을 발표하게 된 것은, 그의 친척 되는 현철玄哲 씨가 《개벽》지의 문예란을 편집하고 있었던 관계라고 할 수 있다. 그때의 정도로 보아 군의 작품이 다소 치기稚氣는 있다고 할지언정 그렇게 악평까지는 받지 않아도 좋았을 것이었다고 나는 생각한다. 여하간 이 문제로 하여 후에 현철 씨와 황석우 씨의 논쟁까지도 있었는데 이때 만일 빙허가 낙망하였다면 조선문단에는 크나 큰 손실이 있을 뻔하였다.

그 다음으로 도향 나빈(본명은 나경손羅慶孫) 군의 처녀작에 관하여는, 《신청년》지에도 단편의 발표가 있었고 《백조》지에도 단편을 발표하였으니 그것들이 처녀작이 될 수도 있을 것이나 나는 장편소설인 《환희幻戱》를 가지고 그의 처녀작이라고 하고 싶다. 이 《환희》란 장편소설은 춘원의 《무정》이후로 처음 되는 창작 장편이라는 데 모든 사람의 경이가 있었고, 그 다음으로는 도향의 나이 19세 때에 집필 탈고하여 22세에 발표하게 되었으니, 누구나 다 천재란 말을 아니 할 수가 없었다. 이 《환희》는 당시 발간한 지 얼마 되지 않은 《동아일보》 지상에 첫 번 되는 연재소설로 나타나게 되었으니 독자들의 호기심은 일층 더 많았었다. 이에 따라 석영 안석주 군의 삽화揷畵는 새로운 감각과 다채로운 묘기로서 날이 갈수록 소설과 더불어 열광적 환영을 받았었다. 그때로 보아 장편소설이 희귀한 까닭에 독자와 문단의 주목은 모두 도향에게로 집중되었다. 따라서 《백조》 동인들은 동인 중에서 도향과 같은 천재를 내었다 하여 어깨가 으쓱 올라갔던 것은 말할 것도 없었거니와 도향 자신의 자존심이란 도무지 우리가 따를 수 있는 정도의 것이 아니었다. 초창기라는 그 시대성도 물론 있었지만 작품을 발표하고 도향처럼 독자의 사랑을 받은 사람도 없었다. 춘원이 제1인자라면 도향은 그 다음 가는 행운아라고 함에 조금도 주저하지 않으려고 한다.

물론 《환희》의 내용이 그 첫째 조건이겠지마는 이것이 만일 처음부터 단행본으로 나왔다면 그때의 독자 정도로 보아 물의를 일으킬 때까지는 얼마 동안의 시일을 필요하였을 것이었다. 그러나 그때에 새로 일어나는 민족주의의 선봉으로 3천만의 박수와 희망 속에서 터져 나온 선전宣傳 만점의 《동아일보》에 연재되었었다는 호기를 또한 잊어버릴 수 없는 것이다. 파죽의 세로 일어나는 《동아일보》는 조선 삼천리 방방곡곡 아니 가는 곳이 없었고 아니 보는 독자가 드물었으니 도향의 소설은 그만큼 단시일 동안에 많이 읽혔고 그만큼 많은 귀여움을 받았었다. 도향이 불행하여 25세를 일기一期로 요절하였으니 그의 생애는 매우 짧았다 할 것이나, 짧은 동안이나마 보람 있는 작가적 생활을 하였다고 볼 수 있으니 한 될 바 또한 적다고 말할 수 있을까!

또 월탄과 노작이 다 《백조》 동인 중에서 시인으로 첫 손가락을 꼽을 만하던 그때에 각각 《백조》 3호에 소설을 썼다. 시만을 써오던 나 자신도 동지에 소설을 썼다. 시인들의 첫 번 쓴 소설이라 그랬는지, 혹은 사실상 내용이 시원치 않아서 그랬는지는 모르나 발표한 뒤에 평판을 기다렸으나 별로 아무 소리도 없었다. 그러나 우리 세 사람은 각각 자기의 소설에 대하여 어느 정도의 자신을 가졌었다. 이 자신이라는 것은 흔히 생각할 수 있는 걸작을 의미하는 것보다도, 새로운 길을 개척한다는 좀 엉뚱한 노력에 대한 자랑이었다. 월탄의 단편소설은 〈목 메이는 여자〉이었고, 노작의 것은 〈저승길〉이었고, 나의 것은 〈생生〉이라는 소설이었다. 그런데 월탄은 그때까지 아직껏 역사소설을 쓴 사람이 없었던 것을 생각하고, 말하자면 자기가 먼저 개척해 보겠다는 야심에서 집필을 용단勇斷한 노작努作인 것만은 사실이었다. 이것은 조선 역사 중에서 신숙주申淑舟와 그의 아내 윤씨尹氏의 사실을 이야기의 줄거리로 한 것이었다. 조선 역사에 대한 독물讀

物이 없었던 것이 아니로되, 그것을 소설화해 본 것은 아마 이것이 처음이 었을 것이다. 잘 되었느냐 못 되었느냐 하는 것은 별문제로 하고, 위선 역 사소설을 한 번 써서 조선문학에 새로운 존재로서 등장시켜 보겠다는 그 결의가 즉 자기 작품에 대한 자신이 되고 만 것이었다. 월탄은 당시에도 외면으로는 큰 소리를 하지 않았으나 역사소설을 처음으로 쓰려고 노력하 였다는 말은 때때로 들었다. 더욱이 후일 군이 역사소설가로서 확고한 지위에 서게 되자 때때 농담으로 조선서 역사소설은 자기가 제일 먼저 썼 다고 호언장담하는 것을 들었었다. 이러한 사실과 말을 듣고 보니 군의 말 이 결코 농담으로서의 호언이 아니라 사실이 그렇다고 생각하게 되는 것 이다. 그때는 현대소설이 급속히 발전하는 도중에 있었으므로 역사소설 같은 것은 돌아다볼 틈이 없었을 뿐만 아니라, 여간한 역사소설은 문학적 가치를 인정하려고도 아니하던 때였으니 물론 그만 정도의 단편소설에 문 단인의 주의가 집중될 수 없었던 것은 당연한 일이었다.

노작의 〈저승길〉은 속화된 산문시라고도 할 만한 작품이었다. 군의 시 풍 그대로 눈물겨운 넋두리였다. 그러나 군은 시적 정취를 조금도 상실하 지 않은 산문—소설을 써보려고 노력해본 첫 결정結晶일 것이다. 그만큼 문 예적 구성에는 결함이 있었으니, 시의 면모가 있는 대신 산문의 건실성이 적었었다. 그러니 새로운 길을 발견하고 창조해 본다는 결의는 좋으나, 그 결과는 뜻과 같지 않았던 것이었다.

내가 쓴 〈생〉이라는 단편도 이러한 의미에서 보람 없이 된 것이었다. 그 때 팔봉 김기진 군의 권유로 불국佛國 작가인 앙리 바르뷔스의 《광명光明》 《지옥地獄》 등의 사회주의적인 작품을 읽고, 나로서는 현실주의에 약간의 공명된 바 있는 것을 토대로, 새로운 문학의 길을 개척하여보려고 소설의 제題도 〈생〉이라고 하고 써본 것이었으며, 문장도 바르뷔스의 논문 비슷 한 난삽미難澁味가 있는 문장을 흉내 내서 써본 것이었다. 그러니 이데올로 기가 성숙치 못한 나로서 이러한 야심의 작품이 물론 미완성품이 되고 만

것은 또한 당연한 일이었다. 다만 《백조》 동인회에서 월탄이 대표로 나의 〈생〉이란 단편을 낭독하면서 과장된 찬사가 있었을 뿐, 아무러한 반향이 없었다. 만일 그때 무슨 반향이 있었다면, 지금 이 글을 쓸 때 부끄러움을 금할 수 없었겠다. 그 후 이 작품은 내 자신도 잊어버리고 말았었던 바 수월 전 백철 군의 저작 중에서 그 인용된 것[228]을 발견하고, 그런 작품까지 읽어 준 군에게 감사하는 동시에 또 한번 부끄러움을 깨달았다.

모든 문화에 뒤떨어진 우리는 한 가지를 완성도 하기 전에 곧 다른 나라에서 유행되고 있는 새로운 것을 쫓으려는 의욕 때문에, 그때의 우리는 어느 때나 미완성의 길에서 헤매고 있었던 것이다. 그러나 이러한 결함은 우리들 자신에게만 있었던 것이 아니라 선진국에서 조수潮水와 같이 들어오는 사조에 밀려서 결국 우리들의 문학적 역사가 너무도 급속도로 전진하게 된 까닭이었다.

어떻든 춘원의 《무정》 이후 《창조》 《폐허》 《백조》 등의 시대는 이와 같이 급속히 쳐들어오는 세계문학의 계단에다가 자기들의 문학을 병행시키려고 노력하였던 것이다. 그러니까 어느 때나 우리 문학에는 축적이 적었고, 난숙기를 가진 문학적 각 계단이 없었던 것이었다.

6. 《백조》 시대를 생각하고

누구든지 조선의 신문학사를 말하는 사람들은 《백조》지 시대를 특별히 취급하게 된다. 그러한 까닭에 후일의 문학청년들은 《백조》지가 여러 해 동안 계속한 잡지로 생각하다가 제 3호에 폐간된 것을 알게 될 때는 적지 않게 실망하는 한편 그 사적史的 의미가 어느 곳에 있는지를 의심하게 된다. 그리하여 간혹 나는 그것에 대하여 질문을 받은 일도 있었다. 그러므로 나는 《백조》 시대를 생각하기 전에 우선 이것에 관하여 간단히 언급하

---

228) 백철, 《조선신문학사조사》, 수선사, 1948, 312면.

려고 한다. 《백조》지는 1922년 1월에 그 창간호를 내었고, 그 이듬해 9월에 제3호를 내었으니, 그 계속된 달수로 말하면 9개월 동안이었다. 그런데 문제는 잡지 권수에 있는 것이 아니며, 또 그 계속된 년수에 있는 것이 아니라 이 《백조》라는 기관을 중심으로 모이게 된 동인들의 사상과 그 후의 문학적 활동에 있는 것이었다. 이런 것은 물론 다른 문학 동인잡지에도 있는 경향이지마는 《백조》 동인들처럼 균등한 상태를 갖지 못하였었고, 또 더욱 중요한 것은 그 다음의 문학적 계단도 이 《백조》 동인들이 만들기 시작하였다는 그 사상성에서 중요한 의의를 갖게 되는 것이다. 거기 관하여서는 다음에서 말하기로 하고 그때의 《백조》 동인들의 생활과 정취에 대하여 몇 가지의 생각나는 바를 써보기로 한다.

후일에 이르러 흔히 평자들은 '백조 시대의 화려하던 꿈'이라는 제목을 즐겨 쓰려고 하였다. 이 말을 아주 속되게 말한다면 "한바탕 잘 놀았다"라는 말로 고쳐서 말할 수 있는 것이다. 또 다른 말로 한다면 "정서를 마음껏 향락하였다"라고도 할 수 있는 것이다. 꿈이란 말은 비현실을 의미하는 것이지마는 좀 더 깊이 들어가면 현실성의 귀찮은 절제와 구속을 받지 않고, 열정이 끓는 대로 자유분망自由奔忙하게 나아감을 뜻함이니, 이는 오직 꿈에서만 할 수 있는 것이라는 의미에서 '화려하던 꿈'을 이해해야 할 것이다. 이 동인들의 작품에는 그런 고로 열정과 감상의 풍부한 연회를 베풀어 놓은 것이었다. 끓어오르는 정열과 공상과 애욕에서 몸부림치면서 부르짖고 울고 넋두리하는 온갖 낭만적 기질의 분화구가 작품을 통하여 나타났으니 이를 가리켜 그들은 정열을 마음껏 향락하였다고 할 것이다. 작가의 생활과 작품은 어느 때나 서로 이해되어야 할 것이지마는 그때 그들에게는 생활이 곧 문학이었던 것이니 이 《백조》 동인들의 무궤도의 향락 생활의 일면을 엿볼 수 있는 것이다. 그러나 이 향락 생활은 무슨 세속적으로 호사한 생활을 하였다는 것이 아니요, 어디까지든지 정서를 마음껏 펴고 열정을 끝없이 바치려는 생활이었던 것이다.

여기에는 술과 연인이 필요하였던 것이다. 술과 미녀와 노래와 풍광風光이 구비하여 있는 곳은 요정이었다. 처음부터 이것을 목표로 한 것은 아니었으나 다만 이곳이 그들의 정서를 향락시키기에 가장 적당한 장소인 까닭에 자연히 이곳에 발걸음이 잦아지게 된 것 뿐이었다. 이것은 홀로 문사들에게만 그런 것도 아니요, 그때의 사회 기풍이 또한 그러하여 각 일류 요정 이하 모든 요정은 밤마다 초만원을 이뤘던 것이다.

그때 새로 일어나는 잡지사와 또 신문사의 초대도 결코 적은 수가 아니어서 문사들의 요정 출입이 잦은데다가 특히 《백조》 동인들 자신의 유흥도 적지 않았으니 노작이 파산한 것도 전부는 아니라 하더라도 그 중요한 원인이 이곳에 있었다고 볼 수 있는 것이다. 잡지의 판매 성적은 《창조》지나 《폐허》지나 《백조》지나 다 좋았다. 더욱이 《백조》지는 용지는 말할 것도 없이 제일 상품의 종이를 사용하였으며 페이지도 150 페이지에서 제3호는 200 페이지가 넘었으므로 실로 그때로는 잡지보다도 명실名實 한 가지 창작집이었으니, 책가도 1책 90전이라는 당시의 최고의 것이었다. 이러한 모험을 한 데도 불구하고 책은 서점에 나가기가 무섭게 다 팔렸지만 이 문예잡지의 경영자가 상인이 아니요 문사인 까닭에 수입이 있는 대로 소비만 하고 말게 되니 결국 파산될 것이 당연한 일이었다.

동인들은 모두 젊었다. 모두 스물두 살 스물세 살의 동갑들이었다. 빙허, 노작, 월탄. 석영, 이상화 군과 내가 다 동갑이었고 춘원이 제일연장자였으며 도향이 그 중에서 나이가 어렸다. 그러나 실로 조숙하여 감정과 이지와 사색이 누구보다도 떨어지지 않았다. 또 방랑성도 제일 많아 여행을 좋아하였고 따라서 술도 잘 먹었으며, 취한 뒤에는 노래 잘 부르기로도 유명하였다. 노작과 빙허 양군의 술도 그 주량이 상당하였고 이상화 군은 술때문에 병이 생겼었다. 월탄도 결코 이 축에 빠지지 않았으며 취하면, 노작, 빙허와 더불어 떠들기로도 제일이었다. 만나면 술이요, 취하면 요정으로 갔고 주정酒酊이란 만장萬丈의 기염을 토하는 것이었다. 젊은이의 기세와 자존심이 부글부글 끓었었다. 염상섭, 김억 양씨도 회석會席 연석宴席에서 자주 만났는데 양씨 한 가지로 당시 문단의 주호酒豪라는 별명을 들었으니 그 주량을 짐작할 수 있을 것이다. 예전 무사武士들과 같이 그들은 술과 문학에 패기를 갖고 있었다.

도향이 《환희》를 발표하면서 기생이 따르기 시작하였다. 《백조》 동인을 둘러싼 기생군이 그때에 벌써 생겼지마는 그것은 서로 청춘을 즐긴다는 일종의 사교군이었다. 요정에를 자주 가고 갈 때마다 기생을 만나게 되니, 자연히 친해질 수 있었겠지마는, 그들과 한 가지 술을 마시고 달콤한 시를 외우며 인생의 허무를 논하고 청춘의 끝없는 정열을 부르짖으며 불공평한 사회와 운명을 저주하는 동안에, 특히 감각이 예민하고 정열적인 기생들은 《백조》 동인을 중심으로 모이기 시작한 것이었다. 이 젊은 남녀는 같이 취하고 같이 울었었다.

도향의 《환희》에는 불행한 기생이 주인공으로 나타나기 때문에 더욱이 기생들의 독자가 많아졌으며 도향을 보고 싶어 하는 기생조차 때때로 있었으니 도향의 기세는 바야흐로 만군萬軍을 격파할 듯하였다. 추남이라고 하여 실연의 고배를 맛본 군은 비로소 득의의 새벽을 맞이한 것이었다. 이 다정다한多情多恨한 노총각의 슬픔을 어루만져준 미모의 친구는 단심丹心이었다. 석영에게도 애인이 생겼다. 노작과 삼각관계가 생겼다. 그들은 서로 붙들고 울었던 것이다. 눈물 많은 도향은 술을 마시면 어느 때나 그 맑은 목소리로 사비수泗沘水의 노래를 불렀었다. 그가 젊어서 세상을 떠나고 지금 우리에게 없으니, 일찍이 그가 즐겨 부르던 노래를 다시 찾아내어 그를 생각하려고 한다.

사비수 나리는 물
석양이 비낀데
버들꽃 날리는데

낙화암落花岩에 난다
철 모르는 아이들은
　피리만 불건만
맘있는 나그네의
　창자를 끊노라
낙화암 낙화암
　왜 말이 없느냐

　그는 이 노래를 부르면서 일찍이 백제가 망할 때 아름다운 궁녀들이 높은 낙화암에서 떨어지는 것을 보는 것처럼 그의 조그맣고 영채 있는 두 눈에는 어느 때나 눈물이 고인 것을 쉽게 볼 수 있었다. 얼마 있지 않아 군이 세상을 떠날 것을 영감靈感하였음인지 군은 글이나 노래나 다 슬펐다.

　노작에게 돈이 없어졌으니 우리는 요정에 갈 기회가 적어졌다. 그 대신 문화사文化社의 사무실 방으로 모였다. 문화사란 노작의 큰 사업의 포부를 대표하는 출판사의 이름이었는데 그 사무실 방이란 단 한 간間 방으로 낮에도 컴컴하였다. 이 방에서 도향과 우전雨田 양군이 우숙留宿하고 있었으니 그 후부터는 이 방에 기생들의 출입이 잦게 되었다. 밤늦게도 이 방을 찾아오는 기생이 있었고, 일요일 낮에는 대개 4, 5인의 기생이 떠날 때가 없었다. 신문기자들은 문화사의 발전하는 정사情事를 세상에 폭로한다고 협박까지 하였다. 이와 같이 극도로 퇴폐한 생활은 현실고에서 탈출하려는 소극적 방책이었다. 이 현실고를 떠나 문학과 예술에서만 안위와 만족을 얻으려고 하였었다. 낭만주의적 정열과 자연주의적으로 인생의 추악면을 찾아보려는 두 주류가 교류된 이러한 인생관은 또한 그때 문사들의 생활면으로 나타났던 것이다.

　그때 기생집에 놀러가는 것을 우리는 '순례巡禮'라고 이름하였다. 그것은 인생을 순례한다는 뜻이니, 미녀와 정화情話를 속삭이려는 반면에 인생 생활의 암흑면을 찾아보자는 진리의 탐구자로 자처하려고도 하였다. 밤마다 홍등紅燈의 거리를 헤맨 것은 생활의 암흑면과, 가면을 쓴 도덕의 밑바닥에 인간 악의 잔인한 자태를 찾아내어 폭로시키려는 진리의 사도가 되리라고 우리가 스스로 결심한 까닭이기도 하였다.

그러므로 이 생활 속에 문학이 있었고, 그 문학 속에 우리들의 생활이 있었던 것이다. 따라서 우리들의 생활 의식의 현실적 진전을 보게 되자, 우리들의 문학에도 커다란 진전을 보게 된 것이었다. 도향의 정열과 애상은 어느 틈에 차디찬 이지와 과학적인 관찰로 변해버렸다. 이러한 변화는 빙허에게도 있었다. 빙허는 도향과 같이 감상적이 아니요 이지적인 데가 많기도 하였지만, 〈희생화〉 이후 실로 놀랄 만치 사실적인 창작수법을 나타내었다. 그의 발전은 작품 하나하나마다 비약적인 발전을 하였다. 〈빈처〉, 〈술 권하는 사회〉 등의 단편은 다 찬사를 받던 초기의 작품들이었으니, 그는 자연주의 작가로 당시 누구에게도 지지 않는 문단의 총아寵兒가 되었던 것이다.

그는 그 후 육당의 주간이었던 주간 《동명東明》의 기자로, 혹은 《시대일보》의 기자로 《동아일보》의 기자로 분망하게 지내는 동안 《적도》와 《무영탑》의 양대 장편소설을 썼다. 나는 군이 별세하기 2년 전 참으로 오래간만에 만났었는데, 미남으로 자랑하던 그 곱던 얼굴은 검은 빛으로 주름이 잡혀 이미 그가 병들었음을 직각直覺케 하였다. 명문장名文章의 기자로 신문계의 총아이었고, 문단의 중진인 빙허 현 군은 43세를 일기로 이 세상을 떠나고 말았다.

도향은 죽기 전에 〈벙어리 삼룡이〉란 단편을 발표하였는데 이 작품은 학대와 반항과 연정이 한 데 어우러진 역작으로 군의 차디 찬 이지적인 작풍에 비하여 현저히 다른 데가 있었다. 그때는 이미 프롤레타리아문예운동이 조선문단과 일본문단을 휩쓸고 있었던 만큼 이 시대성에 영향을 받았던 것으로 볼 수 있었다. 이 작품으로 인하여 도향이 살았더라면 프롤레타리아문학으로 전환하였을는지도 모른다고 말하는 사람도 있었다.

《백조》이후 노작과 월탄은 침묵을 지켰다. 노작은 발을 극계劇界로 내놓아 각본을 몇 개 썼으나 모두 뜻대로 되지 않았으며, 닥쳐온 생활난과 싸우다가 그도 마저 별세하고 말았다. 얼굴이 강파르기는 하였으나 총기 있고 다정한 눈, 날카로운 콧대, 강직하고 고결한 한사寒士임에는 틀림없었지만 시집 한 권 내지 않은 채로 그대로 가버렸으니, 문운文運에나 생활에 있어서 군은 어찌 이다지도 박명하였던고!

도향, 빙허, 노작은 한 가지로 폐가 좋지 못했다. 미인이 박명하다 함은 전해 오는 옛말이려니와 재사才士 또한 이처럼 불운하단 말인가!

남은 동인은 월탄과 팔봉과 나, 그리고 석영과 우전이었다. 팔봉과 나는 프롤레타리아문학의 그 다음 계단을 준비하기에 바빴었고, 월탄은 깊은 사색 중에서 그대로 침묵하기 10년, 역사소설가로 재출발하기까지 새로운 구상과 계획에 바빴었다. 신문소설 삽화로 이름을 날리던 석영은 그 후 신문기자 생활을 오래 계속하다가 영화계로 발을 들여놓고 말았다.

흐르는 세월에 인걸人傑조차 따라가니 《백조》 또한 흐르고 흘러 오늘에 이르고 보니, 인간의 무상함과 아울러 속세의 거친 파도에 늘어가는 것은 주름살과 장탄長歎 뿐, 인생은 짧고 예술은 길다는 말이 또 한 번 새로운 의미를 나에게 던져주는 것이다.

제3장 나타나지 않는 삽화

1. 모델·인생관·문체

그때 작가들은 연령으로 보나 경력으로 보나 잡다한 인간형을 창조하기에는 아직도 부족한 점이 많았다. 사회생활의 범위가 좁고 단순도 하였지만 작가 자신의 사회적 생활이라는 것도 극히 좁아서 날마다 만나는 사람은 늘 문학 동호자였고, 생활 또한 날마다 되풀이하는 동일한 것으로, 이것이 곧 작품에 나타나는 일이 많았다. 말하자면 작가 자신의 생활이 그대로 작품에 나타나는 것이었다. 소위 스케일이 넓지 못하여 엉뚱한 구상이 없을 뿐 아니라 복잡한 인간형도 없었다. 그러니 그때 감히 장편소설을 쓰는 이 적었고, 단편소설만이 차차 그 본도本道에 오를 뿐이었다.

그러므로 위에서도 말하였거니와 작가들의 요정 생활이 작품의 주제가 되기 쉬웠고, 그곳에서 보는 기생들이 인간형의 자료가 되기에 적당하였다. 그때의 작가들의 구상하는 실력의 정도가 자신의 생활과는 아무 관련도 없는 상상의 세계를 창조하지 못하였고. 대개는 자기 생활 안에서 그 이야기의 줄기를 만들었다.

그러니깐 작가 자신의 생활이나 혹은 친지의 생활이 모델[229]이 되는 때

---

229) 원문에는 '모델'로 되어 있으나 오식이기에 바로잡았다. 이하에도 몇 군데 이런 오식이 있어 바로잡았다.

가 많았다. 말하자면 신변소설류라고 할 것이다. 가령 인간형이 단순하다고 하더라도 남자주인공은 여자주인공보다는 그 종류가 조금 많을는지 모른다. 남자는 그 만나는 범위가 여자보다는 확실히 넓었다. 그러나 여자는 자기의 어머니나 누이나 아내 등의 단조로운 생활 속에서 사는 여성들이었고, 밖에서 만나는 여자로는 신여성과 기생뿐이었다. 그러나 작가와 이 신여성과의 사교는 당시 그 범위가 좁아서 큰 기대를 갖지 못하였고, 비교적 자유스럽게 넓은 범위를 제공한 것이 기생이었다. 따라서 여학생이나 신여성을 작품의 주인공으로 쓰게 될 때에도 대개는 자기 누이나 친척의 여성들이 나타나게 되는 일이 많았다. 그러므로 그때의 작가들에게는 먼저 잡다한 인간형을 찾아내는 일이 큰일이었고 작가의 시야를 자기 생활로부터 범위를 넓혀야 하게 되었다. 그러므로 우리는 이 인간형과 생활형을 찾으려고 돌아다니었다. 밤의 홍등의 거리를 걷고 '순례'의 길에서 헤맨 것은 그 인간 생활의 밑바닥을 보려는 것뿐이 아니라, 이 각양각색의 인간형을 찾으려는 욕망도 있었던 까닭이었다. 이곳에는 각층 각계의 사람들이 모이게 되는 고로 어느 정도의 연구가 될 수 있었다.

그러므로 어떠한 불운한 기생의 생활이 그대로 모델이 되는 수도 있었지마는, 여주인공으로 흔히 기생이 나타나게 된 것도 그러한 까닭이었다.

위선 춘원의 처녀작 《무정》의 여주인공이 영채이었으니 이는 평양의 기생이다. 도향의 처녀작 《환희》의 여주인공 설화가 또한 기생이었다. 월탄의 시극 〈죽음보다 아프다〉의 여주인공도 금주金珠란 기생이며, 《백조》 동인들의 퇴폐생활이 바로 모델로 되어 있다. 이러한 것은 그 중의 일례이고 그때의 소설치고 요리집과 기생이 아니 나오는 것이 별로 없었다.

이러한 경향은 생을 향락하려는 퇴폐사상에서 나온 것이니, 인생관도 또한 그러하였다. 괴로운 현실, 추악한 현실을 떠나 아름다운 꿈의 나라를 만들고 그곳에서 노래하며 생을 향락하려는 것이었다. 그러므로 이러한 문학에서는 어떠한 교훈이나 공리적인 것은 아주 속물시하였거니와 현실생활에서도 머리를 돌리려고 하였다. 《무정》에는 기생이 나오기는 나왔으나 나중에는 조선을 위하여 건전한 일꾼이 되었으니 전연 상이한 경향이었고, 그 다음으로 자연주의적 경향으로 들어간 염상섭, 현진건 양씨의 작풍이 현실면으로 파고 들어는 갔으나 생활을 해부하여 아름답게 감춰진 고통과 암면暗面을 표현하였을 뿐이었다.

인생의 추악면을 드러내는 데도 요정과 기생이 필요하였고, 청춘의 정열을 나타내는 데도 기생 이외에 없었고, 여성을 모델로 하는 데도 기생이 편리하였다. 여하간 한 때 문학과 기생은 떠날 수 없는 관계가 있는 듯하였다.

그런데 이러한 때의 문장을 보면, 그곳에도 어떠한 유행형이 없지 않았다. 문장의 내용이 정열적이요 애상적이요 감격적이니, 문장의 형식도 물론 특이한 것이 자연히 나타나게 된 것이었다. 그 구체적인 예를 들기 전에 당시 문사들의 문장을 보면 대략 네 가지로 분류할 수 있으니, 첫째는 춘원류의 문장이다. 그 구절이 짤막짤막한 문장으로 읽기에 평이하였다. 물처럼 술술 흘러갔다. 그 다음으로는 염상섭 씨류의 길고 읽기 거북한 문장이다. 그러나 읽고나면 무엇을 얻은 듯 마음속이 듬뿍하였다. 셋째로는 감격적인 문장이었다. 이러한 문장에는 도향 노작과 같은 낭만성이 많은 작가들을 뽑을 수 있다. 그리고 결국 대동소이하면서 좀 저속미를 가진 문장이 그 넷째로 볼 수 있으니, 예하면 춘성 노자영 군의 문장이었다. 춘성은 문장을 인위적으로 아름답게 꾸미는 까닭에 분칠한 여자와 같이 아름다우면서도 속되게 보였다. 그러나 얼른 보면 도향류의 문장과 비슷한 데도 있어 늘 양자 혼동될 수 있는 까닭에 서로 싫어하였다. 감격적인 까닭인지 처음 써보는 호기심에선지 '!' '?'표를 남용하는 경향도 또한 지나칠 수 없었다. 그 중에도 춘성은 특별히 남용하였고, 이것이 또한 크게 유행도 하였다. 《백조》 2호에 실린 군의 〈표박漂泊〉이라고 제題한 작품에서 그 일례를 든다면

"장미의 꽃 한송이!

누에게 던질까?"……

"아!! 혜선惠善이가 나를 죽이누나?"……

"아!! 아름다운 처녀여!"…… 등

감탄사와 의문사를 함부로 쓰게 되는 일이 적지 않았는데, 이러한 이상한 문장이 크게 유행이 되었다. 이것에 대하여 삽화 하나가 있었다. 최승일 군이 일찍이 《신청년》지를 자기가 발행하겠다고 장담을 해놓고, 군은 그의 부친에게 잡지의 취지를 설명하고 그 인쇄비를 청구했으나 군의 부친은 쉽게 승낙하지 않았다. 그러나 군이 문학을 연구하는 것이라고 하면서 너무도 조르는 고로 먼저 발행한 잡지를 보자고 하여 결국 그 내용을 보니 공교롭게 "아!! 영숙 씨!" 등의 소설 대화가 있는 데로 눈이 간 모양이었다. 그의 부친은 또 한 번 놀라지 않을 수 없었다. 문학이라고 했으니 점잖은 한시나 하다못해 그럴듯한 시조라도 한 수 있으리라고 기대한 것과는 너무도 어그러진 까닭이었다.

"글쎄 이 자식아, 어! 아! 하면 모두 문학이란 말이냐."

하고 크게 역정이 나셨었단 말을 듣고, 우리는 크게 웃었지만 나중에 생각하니 그 꾸지람 속에는 역시 진리가 없는 것도 아니었었다. 그러나 이러한 문장은 그 후 차차 수정되어 갔었다.

시대마다 매력을 가진 유행형이란 늘 있는 것이다.

2. 검열난과 외국인 등장

일본이 조선에서 물러가기까지 우리들의 모든 출판물은 다 허가제였지만, 그때 우리들이 잡지를 발행하던 때도 어느 때에 지지 않게 까다롭고 어려웠다. 잡지를 내려면 먼저 원고를 한 장 빼놓지 말고 편집여언編輯餘言까지도 한데 책을 메고 페이지지 수와 합계 수를 명기한 후에 따로 허가원을 써서 경찰서 고등계에 제출하면(나중에는 직접 경무국 도서과 검열계에 제출하게 되었다.) 경찰에서 초벌 본 후에 도경찰부로 돌리면 도에서 또 내용을 살핀 후에 경무국으로 보내는 것이었는데 이렇게 돌아 나오는 동안이 수개월을 걸리게 되었고, 허가가 된다 하더라도 대개는 군데군데 삭제 도장이 찍히었으며, 어떤 때는 한 사람의 원고 전체가 압수되어서 나오는 것이다. 원고를 경찰서로 찾으러 가면 무슨 나쁜 글을 썼느냐고 발행자를 붙들어놓고 괴롭게 굴었다. 그래도 허가가 나오면 다행이고, 조금 심하면 원고 전부 불허가가 되어 압수를 당하는 수가 많았다. 검열계 사람들에게 술을 먹이고 물건을 보내든지 하면 훨씬 빨리 허가가 되는 수도 있었지만 다달이 이렇게 하기도 어렵고, 도대체 그런 귀찮은 일 없이 그냥 인쇄소로 넘겨서 발행했으면 제일 좋았다. 그런데 그렇게 하려면 한 가지 방법이 있었으니, 그것은 발행인을 외국인의 이름으로 하면 될 수 있는 것이었다. 일본인은 물론이고 그 외의 외국인에게는 출판권이 있어서 마음대로 책을 출판할 수 있다는 것이다. 그들은 출판한 책을 검열계에 제출하면 그만이었다. 우리는 이 귀찮은 수속과 구박을 면해 볼 양으로 외국인의 이름을 얻어 보려 하였다. 일본인은 그 쪽에서 자원해 오더라도 절대로 싫었고, 구미인이 있다면 좋게 생각하였다.

우리는 《장미촌》 제2호를 내려고 구미인歐美人의 발행인을 구하다가 다행히 미인美人 선교사 필링스 씨를(조선명名 변영서邊永瑞) 얻게 되었었다. 씨는 시잡지란 말을 듣고 크게 공명하고 동정하면서 자기도 시를 매우 좋아하여 브라우닝 시를 탐독한다고 하면서 발행인이 되겠다고 쾌락快諾하였다. 《백조》지는 창간호부터 외국인의 이름으로 발행하였었다. 첫 호는 배재고보培材高普 교장이었던 미인 아펜젤러 씨의 호의로서 발행하였었고, 다음 호는 미국서 조선에 교육 시찰로 와있던 보이스 여사의 지극한 호의로 발행인이 되어 주었으며, 제3호는 백계白系 러시아인(망명해 온 노인露人) 훼루훼로 씨의 이름을 빌렸다. 이 러시아인은 본국本國 공산당정부로부터 쫓겨난 망명객이니 물론 생활이 가난하여 말이 아니었으므로 본인의 청구에 따라 일금一金 30원을 주고 발행인의 명의를 사온 것이었다. 빙허의 백씨 伯氏가 오랫동안 노국에 있다가 돌아온 까닭에 우리는 그의 소개로 이름을 사게 되었는데 처음에는 100원을 달라고 하였으나 차차 값을 깎아서 30원이 되고 만 것이었다. 그때 우리는 탄식하며 말하였다.

"우리는 망명해 온 노국인露國人만도 못하구나."

하고 슬퍼하였다.

보이스 여사의 호의는 특별하였다. 노박사盧博士의 소개로 그를 알게 되었는데 여사는 조선에 온 후로 그렇지 않아도 조선사람의 문사들을 만나보고 싶던 차이었고 문예잡지 같은 것도 보고 싶어 하던 차라 여사는 우리들을 크게 환영하여 주었다. 물론《백조》지의 발행인이 되어 줄 것을 쾌락만 할 뿐이 아니라 곧 동인 전부를 자기의 숙소로 초대하겠으니 모두 출석해 달라는 통지가 왔다. 우리가 먼저 여사를 초대할 것인데 여사가 먼저 우리를 부르니 너무도 고마워서 약속한 날 그 시간에 전원이 출석하였었다. 객지에 있는 여사는 마음을 다해서 손수 카스텔라며 케이크며 과자 등을 만들었고, 우유와 커피까지도 손수 끓여서 우리는 한 가정처럼 화락 和樂한 티파티를 갖게 되었었다. 여사는《뉴욕타임스》에 투고하여 게재된 자기의 시편을 우리에게 읽어주었고, 또 아름다운 목소리로 독창까지 들려주었다. 여사는 24, 5세 가량 된 미모의 여성일 뿐 아니라 친절한 본성 本性에다 예술가적 교양도 있어 담화 같은 것도 우리들의 기분과 잘 조화되었다. 그러나 우리는 여사에게 신사도를 지키지 못하였다. 다음 주간週 刊에 여사를 초대할 것을 약속한 후 3개월이 지나도 여사를 기쁘게 못하였다. 노작의 재산 상태는 거진 파산에 이르렀었다. 은행에서 어음이 제대로 융통이 될 줄로만 생각하고 모든 일을 계획하였던 것이었는데 어음이 부도가 나고 빚 받으러 오는 사람이 그칠 새가 없게 되어, 모든 것이 뜻대로 아니 되니 여사를 초대하는 것은 물론 실행할 수 없었고《백조》도 인쇄한 것을 찾지 못하고 쩔쩔매고 있었다.

　그러다가 3개월 후에나 잡지를 찾게 되어 나는 부끄러움을 무릅쓰고 여사의 서명을 얻으러 여사를 방문하였다. 그러나 다행히 여사는 집에 있지 않았었다. 그리하여 나는 여사의 친구인 옆 방 부인에게 나의 내의來意를 말하고 서류를 맡기고 왔다가 몇 시간 후에 다시 여사를 방문하였더니 여사는 또한 집에 있지 않았고 서류에는 틀림없이 서명을 하여 놓았었다. 여사를 만나서 부끄러운 얼굴로 군색한 변명을 하는 것보다는 차라리 얼굴을 보지 않고 서명을 얻은 것이 마음이 편한 듯하였다. 그 후 우리는 식도원食道園으로 여사와 그의 친구들을 초대하였다. 여러 가지로 미안한 말을 하고 양해를 구하였었다. 그들은 잘 양해해 주었었다. 그러나 가난한 조선, 자유 없는 조선청년들의 말할 수 없는 가슴 속 깊이 파묻힌 설움과 고통을 어찌 털어 놓고 말할 수 있었으랴!

　《금성》지도 제1호의 발행인이 유미택매자柳美澤梅子 여사의 이름으로 발행되었었고, 다음 호는 산구성자山口誠子 여사의 이름으로 발행되었었다. 발행인 문제로 애를 많이 쓰고 생각도 한 모양이었다. 할 수 없이 일본인의 이름을 빌린 모양인데 그렇다면 남자보다는 여자로 하고 여자라면 교육가를 택하여 정치적으로 직접 증오의 대상이 아니 되는 사람을 이용하렴이었다. 그 후로 허가 맡기를 귀찮아하고 꺼리는 잡지들은 이와 같이 외국인의 이름을 많이 빌렸다. 일본인의 발행자는 그 효과가 컸었다. 그러나 그것은 이 편에서 사용하지 않았고, 대부분 미국인 선교사의 이름을 빌렸고, 또 그들은 모두 잘 빌려주었었다. 그러나 이것도 그 범위가 넓어감에 따라 드디어 경무국에서는 외국인들에게 경고를 발하여 조선인의 경영하는 출판물에 발행인이 되는 것을 삼가라고 하였었다. 그 후에는 이 방법도 사용할 수 없게 되었다.

　그 다음의 방법으로는 잡지를 일본 가서 발행하는 것이었다. 같은 조선사람이라도 일본에 가면 일본인과 같은 취급을 받아 출판물을 먼저 인쇄하고 뒤에 납본納本하는 형식으로 할 수 있었다. 《창조》지도 처음에는 동경에서 발행하다가 뒤에 서울에서 몇 호를 내었었다. 후일 《예술운동》지와 같이 혁명적인 잡지도 동경에서 인쇄하고 발행한 후에 조선으로 몰래 가져왔던 것이다. 어찌했든 잡지 하나를 경영한다는 것은 이와 같이 어려웠고 괴로웠었다. 그러나 이러한 난관을 뚫고 각종 많은 잡지들이 쏟아져 나왔었다. 그 대신 창간호가 종간호 되는 수가 많았고 길어야 2호나 3호였다.

3. 생활난과 원고료

글을 쓰는 것은 돈을 받자고 하는 일이 아니었다. 자기의 돈을 써가면서 잡지 같은 것을 경영하였으니 글을 쓰고 돈을 달라고 할 염치도 없었고, 또 처음부터 그런 생각은 조금도 없었다. 옛날로 치면 아주 적빈赤貧한 문사가 글을 파는 일이 있었지마는 본래 글이란 매매하는 것이 아니라 사는 사람이 없으니 팔 수도 없는 것이다. 또 사고 판다고 하더라도 이것은 그야말로 삼문문사三文文士로 타락한 것을 의미함이었다. 동인잡지 시대의 우리는 자기의 정열과 이상을 표현한 글을 발표하는 것으로 만족하였었다. 그러하니 동인잡지에야 돈이 있으면 내어놓을 처지인데 원고 쓴 값을 내랄 사람은 물론 없었고, 다른 잡지나 신문 같은 데의 부탁을 받고 원고를 써준 것도, 사실인즉 잡지사나 신문사에서 돈을 보내는 것이 기고가에게 실례가 될까 보아 다른 방법으로 사례를 하였던 것이었다. 또 가령 원고료를 낸다고 하더라도 일정한 규정이 없으니 짧은 시 한 편에 대하여 5원이나 10원을 내기도 무엇하고 그렇다고 많은 돈을 낼 수도 없었으니 다른 방법을 생각할 수밖에 없었던 것이다. 이 다른 방법이란 것은 즉 그러한 기고가들을 요정으로 초대하고 하루 저녁 술을 마시면서 유쾌하게 노는 것이었다. 문사가 상인이 아니니 그 수고에 대하여는 청구한 사람이 이렇게 예의를 갖추어서 사례함이 마땅하였으나 문사 자신이 대가를 청구할 수는 없었고 그러한 생각이 나지도 않았다.

그러니 원고를 썼다고 요리집에를 가게 되었고 신문사의 기념일, 망년회, 신년연회, 특집 원고에 대한 사례연회 등으로 문사들의 요정 출입이 잦았고, 쏟아져 나오는 잡지사들의 초대 등으로 사실상 한 때는 주호酒豪들은 술 깰 때가 없었다. 위에서도 말하였거니와 그 시대나 사상이나 처지나 어떻든 문사들이 술만 먹게 되었던 것이었다. 또 문사들 자신이 대개는 중산계급 이상으로 어느 정도의 가재家財가 있어 일본유학도 하고 자존심도 상당히 있었던 젊은이들이였었으니, 그때에 원고료를 준다 하더라도 그것으로 생활이 될 수 없었으며, 그러므로 생활에 고난을 받지 않는 한 물론 글을 팔 생각은 없었다. 그러나 시대가 변하고 생활이 변하게 되니 원고료 문제가 자연히 일어나게 된 것이었다. 젊은 문사들이 아무 생산 없이 독서하고 사색하고 글만 쓰는 동안에 살림은 점점 줄어가고 생활의 괴로움에 당면하게 된 것이었다. 또 한 편으로 신문의 판매부수가 많지 못하였고 더구나 잡지 같은 것은 전손全損을 보았던 것을 모름이 아니었으나 그들이 상품上品을 만들어 판매하는 이상 문사 편에서도 그 상품의 원고[230] 대가를 청구할 권리가 있었다. 문사들은 글 읽고 글 쓰는 재능 밖에는 없으니 만일 재능으로 먹고 살아야 한다면 원고료를 또박 또박 받아야 할 것이었다. 그리하여 그 후에는 자연히 원고료를 주는 데만 글을 쓰게 되었으니 적으나 많으나 신문 잡지들은 원고료를 내기로 된 것이었다. 술만 먹고는 살 수 없다는 현실 문제에 부딪친 것이었다. 나는 그때 《동아일보》에 8행 되는 단시短詩를 써 보내고 금金 5원의 원고료를 처음으로 받았었다. 그때 잡지로서 제법 많은 원고료를 낸다고 자랑하던 것이 《개벽》지였다. 5호 활자로 인쇄한, 국판菊版 한 페이지에 2원, 2원50전까지 하다가 동지가 경영난에 빠졌을 때에는 1원에까지 폭락하였던 일도 있었다.

　이와 같이 문사들이 원고료를 받게 되었고, 많든 적든 이 원고료가 생활

---

230) 원문에는 '原料'로 되어 있으나 오식으로 보이기에 바로잡았다.

의 일부분이 되고 보니, 이재부터 원고는 확실히 상품上品의 행세를 하였다. 따라서 문사들은 원고료에 대한 관심이 점점 커져갔었다. 원고료를 내고도 그대로 있을 수 없다고 해서 간혹 집필자들을 요정으로 초대하는 일이 있었다. 술이 얼큰히 취한 가난한 작가들은 술 낸 사람에게 고맙다는 말 대신,

"여보! 술 사줄 돈 있거든 원고료를 좀 더 줄 일이지, 술도 많이 못 내고 원고료도 쥐꼬리만치 내고……"

이러한 불평을 말하도록 가난한 문사들이 늘어갔었다. 그런데 신문, 잡지 경영자들이 문사들을 괴롭게 하는 또 한 가지가 있었다. 그것은 원고료 지불을 즉시 하지 않는 것이었다. 원고를 보낸 문사 편으로 보면 선금은 못 받을지언정 원고를 보내기가 무섭게 돈이 필요하였다. 저 편에서 사람이 원고료를 갖다 바치기까지 기다리려면 언제 올는지 모르니, 대개는 재촉하는 편지를 쓰든지 이 편에서 사람을 보내는 것이었다. 원고료를 받기는 하여도 그야말로 채권자債權者 모양으로 직접 경영자를 대면하고 돈 달라는 말을 못하였고 편지를 보내든지 사람을 보내는 것인데, 저 편에서는 본인이 온 것이 아니니 "일간 보내겠습니다." 해서 답장을 하면 그만이었다. 그 후에 나는 할 수 없이 면대하고 돈을 달래보았다. 그러니 편지 보낼 때보다는 성적이 매우 좋았었다.

한 번은 개벽사 편집실로 원고료 받으러 온 사람이 한 사람 두 사람 모이었다. 팔봉이 왔고 또 이성태 군(당시 사회주의 이론가)이 왔고 송영 군이 왔고 또 누구누구 4, 5인이 모였었다. 이렇게 여럿이 모이게 되면 혼자 달라는 것보다는 훨씬 용기가 나서 버티고들 앉았었다. 그러나 오전에 온 사람들이 오후 1시가 되어도 아무러한 회답이 없었다. 하는 수 없이 모인 사람들의 주머니를 털어 호떡을 사다 놓고 먹으면서, 누군지 원고지에다가 모필毛筆로 커다랗게 '인간폐업人間廢業'이라고 써서 벽에 붙여놓았다. 이렇게 가난하고 이해가 없고 희망조차 보이지 않는 이 사회, 이 나라에서 이

러한 군색한 짓을 해가면서 살려는 뜻은 무엇이냐는 것이었다.

"문학은 해 뭘하고 철학은 우리에게 무슨 상관이 있어!"

"문화는 다 무어야! 이렇게 졸아가고 자져 들어가는 것이 문화란 말인가!"

"오직 혁명이다!"

원고료에서 화가 난 우리는 사회로 민족으로 이렇게 불평의 범위를 넓히면서 이런 말을 주고받았었다. 원고료를 받는다고 해도 소설 쓰는 사람이 많아야 10원, 15원 정도였다.(물론 지금의 수촌원 이상의 가치가 있었다.) 그러나 누구보다도 우울성을 많이 가지고 있는 문사들은 대개 선술집에 가서 화풀이를 하고 그나마 그 끔찍한 수입을 흩어버리는 일이 많았다. 괴로운 현실, 슬픈 운명의 사람들이었다.

그 다음으로 세상에 큰 물의를 일으킨 원고료 사건이 하나 있었다. 그것은 1927년 3월호 《현대평론》지에 실린 이기영 군의 원고 때문에 일어난 사건이었다. 그때 《현대평론》지의 문예란을 맡아보던 서해 최학송 군의 부탁으로 이기영 군은 〈호외號外〉라고 제한 단편소설을 써서 보냈었다. 그런데 그 원고가 불온하다고 하여 경무국에서 전부 압수가 되어버렸었다. '압수'라는 것은 그때 우리들의 출판사업에 있어서 어느 때나 각오하고 있었던 예상사例常事였고 그다지 큰일도 아니었다. 물론 작가의 잘못도 아니요 편집자의 잘못도 아니며, 다만 그때 조선사람에게 자유가 없었다는 이유뿐이었다. 또 《현대평론》지는 상당한 부호들이 경영하였던 것으로 원고료를 지불해야 당연할 것이었다. 그러나 잡지사의 책임자는 압수된 원고에는 원고료를 지불치 않는다고 주장하였다. 그 태도가 아주 강경하였었다. 그런데 때마침 문예가협회라는 것이 생긴 직후의 일이고 내가 간사이었던 관계도 있었으며 또 이 군 자신이 직접 나서가지고는 잘 안 될 일이므로 내가 선두에 나서게 되었었다. 그래서 나는 동지 주간과 영업국장을 방문하고 교섭의 제 일보一步를 내어놓았었다. 그러나 조금도 성의 없는 답변을 들었을 뿐 아무러한 결과가 없었다. 하는 수 없이 우리는 단체의 이름으로 성명서를 내었고 본격적으로 그야말로 투쟁을 전개하였었다. 그때 특히 《조선일보》가 우리를 적극적으로 응원應援해 주었기 때문에 큰 힘이 되었었다. 《조선일보》는 사설까지 써서 동지 처사에 부당함을 논하였었다. 결국 우리에게로 승리가 오게 되어 나는 일금一金 40원야也를 받아다가 이기영 군에게 전하였다. 그러나 그때의 나의 감상이란 참으로 슬픔 뿐이었다. 이러한 짓은 학자의 할 일도 아니며 문사의 취할 태도도 아니니 오직 시장에서 상가商賈에게나 있을 일이었으니 어찌 한심치 아니 하였으랴! 더욱이 《현대평론》지는 영리만을 위한 것도 아니며 외국서 돌아온 박사 학사들이 문화사업을 목적으로 한 것이었으니 더욱이 나의 마음을 괴롭게 하였었다.

이에 관련하여 나는 이곳에서 문필가들의 단체에 대하여 생각나는 바를 써보려고 한다. 일찍이 동인잡지를 중심으로 각각 소집단적인 동호자의 결합이 있었으나 물론 단체는 아니었다. 문사들의 전원을 모아놓은 단체라는 것은 없었다. 초기에는 단체를 만들 필요도 없었다. 그러다가 프롤레타리아문학운동이 일어나게 되매 자연히 집단적 투쟁에 필요하게 되어 만들어진 것이 조선프롤레타리아예술동맹이었다. 그러나 결성한 뒤에 곧 총독부의 탄압 때문에 표면으로 활동이 거세를 당하고 말았었으니, 이 외에는 문사들의 단체라는 것은 없었다. 정치적으로나 사상적으로는 아무 일도 할 수 없게 되매. 우울은 점점 더해 가고 생활은 더욱 가난에 쪼들리나 문화기관이 문사들을 동정하려는 빛도 보이지 않고 모든 것이 무기력하고 쓸쓸해지는 데 따라 문필가들은 대동단결하여 서로 친목하고 격려도 할 뿐 아니라 상당한 생활 문제를 해결하는 일책으로 원고료의 제정 같은 것도 만들고 해서 협력해보자는 의도에서 처음에는 1927년에 조선문예가협회라는 것을 만들었으나, 위에서 말한 이기영 군의 원고료 사건을 유일한 업적으로 남기고 흐지부지 되고 말았다. 그리하여 그 후에 또 다시 1932년에 범위를 훨씬 넓혀서 조선문필가협회를 만들고 좌우 양익兩翼은 물론이고 문학자 이외의 신문기자 일반 평론가까지도 다 모으기로 하여 어느 정도의 진전을 보게 되었었다. 이 협회의 강령의 대지大旨는 "저작권을 중심으로 한 일절의 권익을 옹호하며, 문필가 상호간의 친목을 도모하자"라는 것이었다. 그런데 좌익의 공식주의자들의 지나치게 과감한 이론투쟁으로 해서 이것조차 무너지고 말았다. 즉 협회가 성장하기도 전에 그 사상성을 결정하려고 하였고, 성숙하기도 전에 네 것이냐 내 것이냐 하는 격론이 일어났었다. 이때에 중요한 좌익논객들은(물론 우익에서는 침묵하였다) 한철호韓鐵鎬, 최장崔章, 박일형朴日馨 등 제군의 사회주의자들이었다. 그들의 논문의 대지를 추려보면— 첫째로, 문필가협회는 일종의 조합이다. 이렇게 의식이 불분명한 조직은 필요치 않다는 것, 둘째로, 이 협회는 정치적 의미를 가진 것이 아니요 생활을 위한 대중단체로 반드시 필요하다는 것, 셋째로, 이 협회로 말하면 의식적 프롤레타리아와 소부르주아층이 합하게 되니만치 프롤레타리아는 장차 소시민층을 흡수하게 될 터이니 두고 보라는 등의 뜻으로 서로 싸웠다. 간단히 생각할 수 있는 것을 이렇게 야단스럽게 떠드는 까닭에 회원들은 협회가 무슨 정치적 모략에나 빠진 듯이 생각이 되어 협회에 대한 흥미를 잃어버리게 되매 결국 동 협회는 무너져버리고 말았다.

제2편 현실생활에 직면하여

제1장 《백조》 동인의 분열 이후

1. 아름다운 꿈은 깨어졌으나

젊은 문사들의 정열과 꿈의 나라는 오랫동안 계속하지 못하였다. 《창조》 《폐허》 《백조》 등의 문예잡지들도 다 폐간이 되어버렸다. 문단이 적막할 뿐이 아니라 문사들의 기승 차게 뻗어 나오던 정열도 한풀 꺾인 듯이 어딘지 모르게 권태와 우울이 떠돌았었다. 이것은 그때 우리를 에워싼 현실이 너무도 급속도로 좁혀져서 그 압력으로 말미암아 우리는 숨이 막힐 정도에 이르게 된 까닭이었다. 조선사람의 중산계급은 날마다 가난하게 되며, 직업 없는 지식인의 무리는 거리에서 헤매고 있으며, 한 편으로 사상운동은 걷잡을 수 없이 일어나 경찰서와 감옥이 넘치도록 잡아갔으며 독립단원은 국경에서 일본경찰과 싸우며 국내에서도 폭탄을 던지고 권총을 쏘는 등 극도로 불안해가는 조선 현실 속에서, 우리는 아름다운 꿈의 문학만으로는 만족할 수 없었다. 회의와 불안이 날로 커갔었다. 글 쓰는 것도 무의미한 것 같았다. 우리는 우리의 답답하고 피로한 신경을 좀 힘 있게 해줄 수 있는 무엇이 필요하였었다.

우리는 이 무엇을 제정帝政시대 노국露國문학에서 찾아보려고 하였었다. 제정시대의 노서아露西亞에는 인민의 자유가 없고 굶주림과 학대뿐으로 그때 노서아露西亞문학은 이러한 현실을 그대로 나타내었으니 혁명가의 생활을 비롯하여, 파멸을 당한 인민들의 비참한 생활과 부르짖음이 있었고, 무수한 사상가들의 시베리아 유형流刑생활 등과 어떻게 하면 살아갈 수 있느냐는 호소와 이상이 그 문학의 대부분을 차지하였었으니 이곳에서 우리는 현실성과 사상성을 새로이 알게 된 것이었다.

그런데 이것을 문학에서 먼저 안 사람이 팔봉이었다. 그 문학에서 우리들의 요구하는 힘을 찾자고 제안한 사람이 즉 팔봉이었다. 팔봉은 나와 중학의 동급동창으로 같이 문학에 뜻을 두어 서로 공부하였고 우정도 깊었었다. 그리하여 군이 《백조》 동인이 된 것도 물론 나의 추천이었다. 군은 《백조》 3호부터 동인이 되어 첫 작품을 발표하기까지 다른 데 발표된 작품이 별로 없었으니, 군은 작품을 세상에 내놓으면서 곧 문학의 새로운 과제를 제출한 셈이었다. 군은 과제를 제출할 뿐만이 아니라 월탄과 나에게 사신私信으로도 문학의 현실성과 사상성을 고조하고 선전하는 것을 게을리하지 않았었다. 그때 군은 동경에 있어서 새로운 세력을 가지고 일어나는 사회주의사상에 입각한 일본의 문예운동에 크게 공명하였으므로, 조선의 현실로 보아 더욱 현실적인 문학이 필요하며, 예술지상주의의 불건전성을 반대 하였었다.

그렇지 않아도 1923년 전후의 조선문학에는 별다른 의미로 문학의 현실성이 점점 그 범위를 넓혔었다. 그것은 자연주의문학의 현실성이었다. 좀더 확실히 말한다면 사실성이라고도 말할 수 있다. 공상적이요 주관적이요 정열적인 낭만주의에 대하여 이지적이요 객관적이요 사실적인 자연주의문학은 어느 정도의 조선적 현실을 표현할 수도 있었다. 빙허, 도향, 염상섭의 세 작가가 정도[231]의 차이는 있을지언정 다 자연주의의 같은 길을 걸었으나, 그 중에도 조선적인 현실을 사실적으로 묘사한 작가는 염상섭일 것이다. 그의 《만세전》이란 작품을 중심으로 초기의 모든 작품이 우울

---

231) 원문에는 '光復'으로 되어 있으나 오식으로 보이기에 고쳐 썼다.

한 것은, 그때 조선사람들의 우울한 생활의 현실성을 나타낸 까닭이었다. 그러나 우울한 생활의 현실성만으로는 그때 우리가 요구하던 힘이 생기지 않았으니 이것도 곧 권태기에 빠지게 된 것이었다. 그러나 자연주의문학에서 그 이상 무엇을 요구하기는 어려운 일이니, 그러자면 자연주의문학의 계단을 넘어선 새로운 것이 필요할 것이었다.

그러니 팔봉은 조선의 필요한 문학을 주장함에, 낭만주의의 문학도 아니요, 자연주의의 문학도 아니라는 것이었다. 군은《백조》동인 중에서는 이단자임에 틀림 없었으나《백조》동인의 문예운동을 다음 계단으로 추진시키려는 선두자이기도 하였었다. 군의 주장은 현실을 그대로 묘사하는 것으로는 만족할 수 없고, 현실을 혁명적 계단으로 추진할 수 있는 데까지 가야한다는 것이었다. 그리하여 군은 결국 무산계급문학운동을 주장하게까지 되었으나, 그러는 동안《백조》동인들의 사상에는 큰 동요를 받았었고 따라서 분열상태로 들어가게 되었었다. 우리 동인들 가운데서 제일 생활이 부요富饒롭고 완고한 생활을 하고 있던 월탄이, 생에 대한 고뇌가 또한 컸었다. 그만큼 문학관이나 인생관에 대하여 고뇌가 많았다. 그러므로 팔봉의 이 신문학론에 적극적으로 찬사를 보내면서도 그 실實 '역力의 예술론'을 발표한 정도로 그냥 머무르고 말았었다. 그런데 나는 팔봉과 보조를 아주 같이 하여 이 새로운 문학의 이론을 전개하게 된 것이었다.

그런데 이때 팔봉의 사회주의문학론이란 것은 불란서 좌익작가인 앙리 바르뷔스의 문학론에서 배운 바가 많았었고 더욱이 그때 세계문학자들의 주목의 초점이 되었던 불란서의 두 작가—'로망 롤랑'과 '바르뷔스'의 대논전에서 많은 지식을 얻었던 것도 사실인데, 그때 군은 바르뷔스를 사숙私淑하였던 것으로 내가《광명(크라르테)》《지옥》등의 장편을 읽게 된 것도 군의 권고로 군의 책을 빌려 보았던 것이었다. 그는 1924년 11월호《개벽》지상에 〈붉은 쥐〉라는 단편을 발표하였었는데, 이 작품이야말로 바르뷔스의《지옥》에서 암시를 받았으며, 문장까지도 바르뷔스 식으로 써보려고 하였던 것이었다. 그러나 작품이란 것은 그리 쉽게 마음대로 되는 것이 아닌데 다가 내용이 대부분 삭제를 당하게 되어, 그저 문단인들의 화제를 만들어 주었을 뿐 군의 본의를 펴보지는 못하였었다.

그때 팔봉은 확실히 문단의 새로운 존재이었다. 새 것이란 점에서 그의 이름이 났으나 그 반면 문단의 이단자인 까닭으로 미움도 받았었다. 더군 다나 군은 큰 키에 루바쉬카를 입고 허리끈에 솔을 늘어뜨린 채 길거리를 걸어 다녔던 것도 그때의 명물이 아닐 수 없었다. 〈붉은 쥐〉 이후 군은 소 설을 쓰지 않았고, 수필만을 썼었다. 반항의식의 감상적인 문장은 또한 새 로운 센세이션을 일으키었었다.

《백조》 동인은 확실히 두 갈래의 길로 갈려졌었다. 한 갈래는 자연주의 문학의 길로 걸어갔고 다른 한 갈래는 프롤레타리아문학건설의 길로 걸 어갔다. 염상섭 김동인 현빙허 나도향 등의 작가들은 자연주의문학의 난 숙한 경지로 점점 깊이 들어갔으나 팔봉과 나는 또 다시 새로운 건설의 첫 걸음을 내어딛게 되었던 것이었다.

이 문학은 개성이 다른 문학이 아니라 사상이 아주 다른 정반대의 것이 었지마는 우리들의 우정에는 아무러한 변화도 없었다. 시대가 시대이니 만치 그들도 우리들의 반항의식이나 혁명적 사상에 많은 동감은 하면서도 보조만을 같이하지 않았을 뿐으로, 프롤레타리아문학은 이러한 시대에 있 을법한 한 개의 새로운 문학일 수 있다는 타당성을 인정하면서도, 그들의 문학이 부르주아문학이라고 공격을 받게 될 때 우리들에 대한 불만과 불 평이 컸었다. 그렇지만 1925년도에 발표된 빙허의 〈불〉과, 도향의 〈벙어 리 삼룡이〉와 같은 작품은 자연주의적 수법 속에서 나타난 새로운 반항성 을 가진 문학임에 틀림없었고, 그러므로 나는 이 두 작품을 높게 평가하려 는 것이었다. 따라서 이 두 작가들은 자기들도 신시대의 정신과 감각을 가 짐에 뒤떨어지지 않았다는 것을 표명하려는 작품이기도 하였다. 그런데 이곳에서 중요한 점은 그들은 이 반항성을 인간적인 데서 문학적으로 묘사하려는 데 대하여, 그때 우리는 이 반항성을 계급적인 데서 정치성으로 기울어지려고 하였던 것이었다.

도향은 그 후에 곧 세상을 떠났으니 물론 그만한 정도에 머물렀었고, 빙허는 문학적 활동을 계속하였으나 그 이상의 사상적 진전은 보이지 않았었다.

그런데 이 작가들에게 닥쳐온 중대 문제는 생활이었다. 문필생활로서 문사들이 생활을 계속할 수 있을 만한 조선사회는 아니었다. 아무래도 문학은 부업이 되어야겠고 정업正業은 따로 무슨 직업을 찾아야 하게 되었다. 그러나 조선의 젊은 문사들의 갈 곳은 신문기자가 최상인 듯하였다. 염상섭 씨가 《시대일보》로 가고 빙허 또한 《시대일보》로 《동아일보》 사회부장에 이르기까지 10유여有餘년의 세월을 보냈고 팔봉은 《시대일보》, 《중외일보》, 《조선일보》를 돌아서 《매일신보》에까지 역시 10유여년 도향도 《시대일보》에서 밥벌이를 하게 되었으며, 나도 《개벽》잡지에서 문예란을 맡아보게 되었다. 우리들은 순정純情시대에서 광범한 현실 생활의 격류 속으로 뛰어들게 된 것이었다. 이리하여 예술지상의 상아탑을 쌓아올리던 《백조》의 아름다운 꿈은 깨어지고 말았다. 그러나 우리는 깨어진 꿈의 한 조각에서 현실 생활의 새로운 싹을 기르고 있었으며 조선문학의 새로운 계단을 만들려고 한 것이었다.

2. 새로운 동지를 얻으려고

나는 드디어 의운疑雲을 물리치고 내 새로운 인생관에 자신을 갖게 되었었다. 《백조》 3호에 발표한 〈생生의 비애悲哀〉라는 나의 논문은 인생과 진리에 대한 회의와 절망의 심연에서 아주 무기력한 고통을 표현한 것이었다. 그러나 '환멸기의 러시아문학'의 체호프와 같은 작가, 또는 투르게네프와 같은 작가의 작품에서 새로운 진리의 암시를 얻게 되었고, 바르뷔스의 《광명》은 절망 상태에서 새 서광을 보여주었었다.

이와 같이 현실 생활에서 반항적 계급적으로 또 그곳에서 혁명적 의식의 계단에까지 이르게 된 나는 먼저 이러한 계급문학운동을 일으키기 위하여 동지同誌를 얻어야 할 필요를 절실히 느끼었었다. 이 계급의식이라는 것은 글자의 뜻으로 보면 자본가계급 대 무산계급의 의식을 말하는 것이지마는, 그때의 조선 정세로 본다면 조선민족은 무산계급으로 떨어지면서 있었고, 일본사람들은 조선민족을 착취하는 자본가계급으로 올라가고 있었던 까닭에 이 계급의식은 정치적으로 본다면 민족의식의 새로운 형태이기도 하였었다.

그러하니 그때의 조선사람들 중에서도 이러한 새로운 자각을 가진 사람은 프롤레타리아운동으로 나와야 할 것이었고, 이것을 반대하는 사람은 결국 일본인의 자본가계급의 의식과 같다고 해석하게 되어 그런 것을 전체로 부르주아의식이라고 하였던 것이었다. 물론 이러한 해석에 대하여 당시에 이론이 구구區區하였지마는 그때의 조선의 정치적 정세로 보아 노동계급이 아닌 우리들이 이리로 몰리게 된 것은 확실히 경제투쟁이 아니라 민족주의적 정치투쟁에 더 많이 관련성을 가졌던 까닭이었었다.

이리하여 나는 《개벽》지를 무대로 삼고 무산계급의식을 가진 작가를 모았고, 또 숨은 사람을 찾으려고 현상문예모집 같은 것을 때때로 하였었다.

나는 먼저 계급문학에 대하여 세상의 여론을 일으키려는 목적으로 동지 1925년 2월호를 '계급문학시비호是非號'[232]로 특집을 내어보았다. 한 편쪽의 이에 대한 조소와 비난도 있었지만 시대적인 사조란 참으로 큰 것이 있었다. 그리하여 나를 또한 격려하여 주는 사람이 내 주위로 모여들었었다. 먼저 이호李浩, 최승일, 박용대의 3인을 알게 되었다. 최승일 군은 《신청년》 이후 동경, 상해上海 등지에서 공부를 하다가 돌아와서는 곧 사상단체에 들게 되었었다. 그는 사회주의단체인 북풍회北風會와 경성청년동맹의

---

232) 정확한 특집 제목은 〈계급문학시비론〉이다.

회원이었었는데 그 중에서 문학적 취미를 가지고 문학으로 나와보려는 이호와 박용대 양군을 나에게 소개하여 주었다. 이 두 사람은 그 후 문학적으로는 아무러한 성과가 없었으나, 프롤레타리아예술동맹을 조직하는데 그 초기에 많은 노력을 한 사람들이었었다. 현상문예에 당선된 김영팔, 송영, 이기영 제군을 또 알게 되었었다. 그때로 보아 송 군은 이 군보다 훨씬 계급의식이 강하였었다. 나중에 알고 보니, 이호, 박용대, 최승일, 송영, 심대섭(일명 심훈), 이적효 등 제군은 '염군사焰群社'를 이미 조직하였고 《염군》이란 문예동인 잡지를 발행하려다가 불허가가 되었었는데, 그들은 사회적으로 아직 알려지지 않은 좌익문학청년들이라 나와 팔봉에게 와서 자기들과 합동하기를 제의하였었다. 그리고 《백조》 동인 중에서 이상화 군이 비록 급격한 변화는 아니었었지만 혁명적 기질의 감염을 받기 시작하였던 것이었다.

이기영, 조명희(포석) 양군은 일찍이 흑도회黑濤會의 회원으로 무정부주의에 한 때 동감하였던 일이 있었으나 그리 심각한 정도는 아니었고 그 후에 곧 우리들 진영으로 왔다.

이와 같이 여기저기서 혁명의식을 가진 청년작가와 시인들이 모여들었었다. 이때에는 신진작가나 혹은 투고가들의 작품도 모두 반항의식에 불붙는 열렬한 내용을 가지고 있었다. 그때의 계급문학은 시대의 첨단을 걷는 문학이었고 대중의 사상을 적극적으로 동원시킬 수 있는 문학으로 문단의 주류는 자연히 이곳으로 새로이 집중되고 있었던 것이었다. 이것은 문단뿐 아니라 사상단체에서도 이 문학운동에 깊은 관심을 가지고 차츰차츰 연락의 손길을 뻗으려고 하였었다.

때마침 일본에서 사회주의자요 또 프롤레타리아작가로 당시 이름이 높던 중서이지조中西伊之助 씨가 조선에 오게 되었었다. 그리하여 서울의 사상단체들은 그를 환영하기 위하여 준비에 바빴었다. 따라서 문학 방면에서도 무슨 준비가 있어야 하겠으나 아직 문학단체가 결성되어 있지 않으므로 개인 단위로 하루 저녁 모여서 중서中西 씨를 중심으로 좌담회나 열자는 데 의견이 일치되어 이호, 박용대, 최승일, 김기진(팔봉), 송영 등 제군과 나와 그 외에도 몇 사람이 태서관太西館에서 저녁을 같이 먹은 일이 있었다. 그때에 우리가 제일 먼저 중서中西 씨에게 묻고 싶은 것은 씨의 저서 중에서 조선사람을 토인土人이라고 쓴 데가 있었는 데 대하여 우리는 질문하려는 것이었다. 중서中西 씨는 그의 많은 소설이 전부 조선사람을 주인공으로 만든 데 대하여 더욱 조선청년들의 독자가 많았고, 또 주의를 끌었었다. 우리는 크게 분개하였다. 사회주의를 신봉한다는 자가 조선사람을 토인이라 함은 일본의 조선침략과 그 식민지화의 타당성을 그대로 인정하였을 뿐 아니라, 또한 고의로 그렇게 썼다면 우리를 모욕한 것이라고 나는 평소부터 불평이 있었다. 다른 사람들도 그러하였었다. 그러나 사상단체의 사람들은 그때까지 씨의 저서를 읽은 사람이 적었으니, 씨에 대하여 그러한 불평이 없었고, 우리 문학하는 사람만이 그러한 불평을 가졌었다.

어지간히 술이 돌아간 후에 우리는 중서中西 씨에게 일시一矢를 쏘았다.

"그런데 이것은 취중이 아니라 중요한 것인데 한 말씀 질문할 것이 있습니다."

우리 중에서 누군지 이렇게 새삼스럽게 정중한 목소리를 내었었다. 잡담하던 사람들도 이야기를 뚝 그치고 모두 중서 씨의 얼굴로 시선이 모이었었다. 중서中西 씨도 얼굴빛이 좀 변한 듯 약간 어색한 말로―

"네. 무슨 말씀인지요?"

"당신의 저서 중에 조선사람을 토인이라고 쓴 데가 있었는데 생각나십니까?"

중서中西 씨는 좀 긴장한 얼굴로 잠깐 무엇을 생각하더니 다시 태연한 얼굴로 그는 입을 열었다.

"네, 아마 그런 데가 있을 것입니다. 그런데 그것이 무슨 문제가 생겼

나요?"

하는 말 속에는 그게 무슨 문제가 되는냐는 듯이 우리를 물끄러미 보면서 말하였다.

"아니 조선사람이 어째서 토인이란 말요?"

이 말이 끝나기도 전에 우리 중에서 또 다른 사람의 성난 목소리가 들렸었다.

"그것은 중서中西 씨가 조선을 식민지로 생각하는 까닭이오. 만일 그렇다면 그것은 혁명가의 생각이 아니지요!"

이와 같이 주고받는 말이 점점 심각하게 되는 까닭에 모처럼 초대한 손님에게 지나친 실례가 될까보아 염려가 되었음인지 사상단체에서 온 사람들은 정치가의 도량이나 가진 듯이,

"허허! 그야 중서中西 씨가 고의로 그렇게 썼을 리가 있나! 잘못 알고 그리된 것이겠지. 자아, 술이나 어서들 먹읍시다."

하고 말하였다.

중서 씨는 얼른 무엇을 생각한 듯이,

"그것은 확실히 나의 잘못입니다. 요다음 책을 재판할 때는 꼭 정정하겠습니다."

"그럼 꼭 정정해 주시요. 요다음 책 나올 때 주의해서 보겠습니다."

"염려 마시요. 꼭 하죠."

우리들의 대화는 이만 정도로 마치고 말았었다. 사회주의의 정치적 이론으로 말하면 조선의 무산대중과 일본의 사회주의자는 굳게 단결하여 조선의 해방을 위하여 노력해야 할 것이었다. 그러나 그것은 한 개의 이론이었고 역시 일본사람은 끝끝내 일본사람이고 조선사람은 끝끝내 조선사람이라는 것을 더욱 그날 밤에 느끼게 하였었다.

그러나 그렇다고 우리들의 가슴 속에서 솟아오르는 조선해방을 위한 무산계급의 투쟁 의지는 조금도 감소되지는 않았었다. 어떤 사람들은 그때

의 일본의 사회주의자를 지나치게 신뢰하는 사람도 있었으나 우리는 우리의 필요한 것 이외에는 그들에게 신뢰하지도 않았고 또 해지지도 않았었다. 그때에 벌써 일본에는 '일본프롤레타리아예술동맹'이 결성된 후로 그 기관지로 《문예전선》이라는 잡지가 여러 호 나온 때였었다. 중서中西 씨를 보낸 후로 조선에서도 빨리 예술단체를 만들어보자고 제 각각 동지 획득에 노력하였었다.

석영 안석주 군은 본래가 화가라 그때 작품을 쓰지는 아니 하였지만 장차 프롤레타리아미술 문제도 있고 또 이 편으로 그 뜻이 기울어져서 옛 친구로서 새로운 동지가 되었다. 그리고 윤기정 군도 송영 군의 소개로 알게되었다. 끝끝내 조직적 행동에나 단체에는 가입하지 않았었으나 사상적으로 동일한 경향을 가졌던 작가로서 이익상 주요섭 양씨를 들 수 있었다. 그 외에도 시인과 소설가들이 많이 나왔었다.

3. 빈궁과 반항형의 주인공 등장

이와 같이 새로운 세대를 대표한 무산계급문학의 내용은 어떠하였던가. 그것을 한 번 다시 회고함으로 그 득실을 밝히는 것도 결코 쓸 데 없는 일이 아닐 줄로 안다.

첫째로 계급문학의 작품들을 읽으면 먼저 눈에 띄는 것은, 그 작품 속에 나타난 주인공의 형型이 변하였다는 것이다. 이때까지의 소설의 주인공을 세밀히 살펴보면 여자는 기생, 신여성이었고, 남자는 의지박약한 지식청년이었었다. 그러나 프롤레타리아문학에는 여자나 남자나 다 빈한貧寒한 사람만이 주인공으로 등장하게 되었다. 그런데 빈한한 사람 가운데에서도 무직자나 유랑인보다는 노동자나 농민을 주인공으로 선택하는 것이 이상적이었고 그런 중에도 투쟁의식이 있는 노동자나 농민의 생활을 그리는 것이 더욱 이상적이었다. 그런데 이곳에서 어려운 문제는 이 프롤레타리아작가들의 대부분이 비록 몰락과정에 있기는 하지만 중산계급 이상의 생활을 하는 사람들이라 그 사실적인 묘사가 원만히 될 수 없다는 것이었다. 그때의 이 작가들의 역량은 상상력이 그렇게 광범위로 발전하지 못했던 때였던 까닭에, 사실에 있어서 좋은 작품을 쓰려면 어느 정도로 노동자와 농민의 생활을 작가 자신이 몸소 체험해야 할 필요까지 생기게 되었었다. 이때까지 이 작가들의 생활에서는 요정과 기생과 신여성과 지식청년들의 존재를 찾아낼 수는 있었으나 노동자 농민의 생활과는 너무도 거리가 떨어졌던 것이었다. 공장 안이 어떻게 되었는지도 몰랐고 기계 이름이 무엇인지도 몰랐다. 이때까지의 문학은 작가 자신이 속해 있는 계급의 생활상이었고 또 작가 개인의 생활이기도 하였으니 심각한 사실성을 발휘할 수 있었으나, 이와 같이 모든 것이 정반대의 생활면에서 작가의 사상성을 만족시키기에는 참으로 많은 노력이 필요하였었다.

그때의 우리는 이데올로기의 작품보다도 실감 있는 작품을 높게 평가하였지마는, 이 실감이란 것은 생활 속에서만 나올 수 있는 것이라고 주장한 까닭에 이러한 의미에서 노동자 농민 출신의 작가가 있다면 그는 누구보다도 이 실감 묘사의 우월권을 갖게 될 수 있다고 생각하였었다. 노서아나 일본 같은 데서도 노동자 농민 출생의 작문(作文)을 대단히 우대하였던 것이다. 인생 생활의 광범한 식견이 부족한 그때의 프로작가들이 일반적 사상에서보다도 작가 자신의 생활 속에서 더 많이 작품의 주제를 삼게 되었던 것도 피치 못할 경향이었었다.

이러한 현상으로 보아 노동자 농민 출신의 작가가 제 1위요 빈한한 작가가 제 2위요, 몰락과정에 있는 작가가 제 3위로 생각할 수 있게 되었었다.

이기영 군이 농촌 생활을 오래 했다는 데서 많은 기대를 받았었고, 김영팔, 이적효 양군[233]은 당시 인쇄소 직공으로 제 1위를 차지하게 된 것이었다. 그런데 문제는 그리 간단하지는 않았다. 김영팔 군은 노동자이면서

---

233) 원문에는 '兩君'으로 되어 있으나 오식으로 보이기에 바로잡았다.

도 그 작품은 순문학적인 데로 기울어지는 까닭에 늘 동지들의 권고와 충고를 받았고, 어느 때는 공격도 받았었다. 그리하여 군은 서서히 무산계급의식으로 들어오기 시작하였던 것이다. 이적효 군은 의식은 좋았으나 작품의 구성과 묘사가 유치하여 문젯거리가 되지 못하였다. 그는 후일 결국 문학을 단념하고 실제운동에 나아가 옥사獄死하고 말았다. 송영 군이 비교적 양자를 다 표현하려고 노력하였으니, 군은 일찍이 동경에 있을 때에 공장에서 노동자의 생활을 해본 경험을 살리는 한편, 또 문학적으로도 묘사의 수법을 배우려고 노력하고 있었다.

그때의 최승일 군은 잘 살던 집안이 급속히 몰락해버렸으므로 군의 생활이야말로 조반석죽朝飯夕粥으로 지내고 있었다. 그러므로 군의 작품에는 어느 것에나 콩나물죽이 아니 나오는 때가 없었다. 그래서 친구들은 군의 소설을 가리켜 콩나물죽의 소설이라고 농담까지 하게 되었었다. 이와 같이 프롤레타리아작가들은 작품을 쓰는 데 있어서 그 제재 선택에 제한을 받게 되었으니 노동자나 농민이 아닌 프롤레타리아작가들은 자신의 빈궁상태를 그대로 표현하는 외에 다른 길이 없는 듯하였었다. 말하자면 대부분이 신변소설에 속할 수 있는 것이었다.

그 대신 중산계급에 속한 지식층의 프롤레타리아작가들은 대개가 급진적이었다. 그들은 생활에서 문학을 만드는 것보다도 의식(이데올로기)에서 문학을 만들었다. 그러므로 아무리 노동자나 농민 출신의 작가라 하더라도 이 계급의식을 갖지 아니하였다면 아무 가치도 없다고 규정하게 되었으므로 이곳에서 지식인 작가가 한 갈래의 활로를 얻었었지만, 이 정치주의적 급진적 경향은 프롤레타리아문학을 그 이상 더 발전시킬 수 없었던 것이다.

이 급진적 혁명사상이 나타난 작품을 살펴보면 어느 것이나 자본가에 대한 증오를 과장하였을 뿐 아니라 그 투쟁의 방법은 개인감정으로부터 시작하여 살인, 방화 등의 공포적 복수 행동에 이르고 만 것이었다. 이러한 작품에는 물론 이성과 도덕이 결여되어 있었다. 그 중에도 극단인 일례를 찾아본다면, 1929년 4월호 《조선문예》에 실린 이종명 군의 단편인 〈조그만 희열(喜悅)〉을 들 수 있다. 이 소설은 행랑아범의 안주인에 대한 증오를 그리며, 그 복수를 나타낸 것이었으니, 주인의 아들이 병이 난 까닭에 그 약을 병원으로 가지러 가게 된 행랑아범은 이것이 좋은 기회라고 생각하고 약병 속에 자기가 오줌을 눈 후에 그것을 병원에서 가져온 약이라고 속이고 먹인 데서 기쁨을 느끼었다는 것이었다. 물론 그때에도 이 작품에 대하여 호평을 하지는 아니하였으나, 프롤레타리아작가가 될 수 있다는 자격을 우리는 시인하였었다. 이러한 천박한 행동은 작가의 역량에 따르는 것이니 전부가 그렇다고는 절대로 말할 수 없으나, 그때의 우리들의 착취자 억압자에게 대한 복수심은 상당히 커서 이러한 행동에까지 일종의 통쾌를 느꼈던 것도 사실이었었다.

그런데 이곳에서 특히 내가 말해도 좋을 것은, 이러한 소설에 나타난 자본가, 지주, 착취자, 억압자는 대개가 일본인으로 되어있었다. 송영 군의 단편에서 보는 바와 같이, 공장 감독은 대개가 일본인으로 되어있었으니, 당시 사실상 조선에 있어서 거대한 공장은 다 일본인의 경영이었고, 또 조선의 대지주도 일본인이었다는 현실에서 프롤레타리아작가들의 계급주의는 민족운동과 한 가지 의식적 혁명의 길로 나아가려고 하였던 것이었다. 그때는 소극적인 민족주의와는 서로 싸웠으나 급진적 민족주의와는 합류하게 된 까닭도 역시 그러한 이유에 있었다.

그러나 우리는 그 후 곧 이 급진적 개인 투쟁의 위험성을 지적하게 되었었다. 이 개인 행동의 투쟁에서 작품의 천박성을 나타낼 수도 있었으니, 그 다음 계단의 문예운동으로서는 당연히 개인행동을 극복하고 집단의식을 강조하게 되었던 것이었다. 말하자면 단결력의 위력을 나타내자는 것이었다. 단결함으로써 승리하자는 것이었다. 노동자는 노동조합을 통하여 개인의 힘을 더욱 크게 하며, 농민은 농민조합을 통하여 그 지도 밑에서 투쟁하자는 것이니 즉 통제와 질서 있는 투쟁을 전개하자는 것이었다. 그리하여 그 후에 작품은 할 수 있는 대로 노동조합 농민조합적 투쟁 생활로 옮기게 되었다. 그러나 이것도 결국 한편으로만 기울어지는 부분적인 결과밖에는 더 큰 효과를 낼 수 없었다.

프롤레타리아문학이 진정으로 조선의 현실을 반영하며 조선민족의 혁명사상에 이바지할 수 있는 것이라면, 부분적인 계급투쟁에 국한될 것이 아니라 자유가 없이 억압되어 있는 민족 전체의 생활과 의식에서 혁명적 방향으로 유도하는 임무에까지 이르게 되어야 할 것이라는 소위 방향전환론이 일어났던 것이다.

이 방향전환론은 처음에 정치운동에서 일어났었다. 말하자면 경제적 투쟁에서 정치투쟁으로 운동의 범위를 넓히자는 것이었으니, 자본가와 노동자의 투쟁이 아니라 조선민족 전체의 일본에 대한 투쟁을 의미한 것이며 그러므로 조선의 해방을 목적으로 하자는 것이었다. 그 이론이 그대로 문예이론이 되었으며, 따라서 그러한 이론에 맞는 작품을 창작하자는 것이었다.

그러나 문학작품이란 그리 쉽게 어떠한 이론에 맞도록 창작되기가 어려웠다. 이때는 이미 계급문학에 권태와 침체가 닥쳐왔었다. 그리하여 제각기 타개할 방법을 생각하고 있던 때였었다. 그것은 모든 것을 계급적으로만 생각하려는 좁은 범위에서 피로해졌으며, 급진적 혁명주의에서 길이 막히고 말았으므로 작가들은 반드시 새로운 길을 찾아야하게 되었고, 그러므로 이 전체주의 이론에 많은 흥미를 가졌었으나, 그러면 그 생활면을 어디서부터 끌어올 것인가를 결정하게 되는 데서 일정한 시간과 사색을 필요하였던 것이었다.

당시 조선의 정세로 보아 이 경제적 계급주의에서 전면적 정치투쟁으로 방향을 바꾼 것은 확실히 발전된 옳은 생각이었으나 다만 그 실행이 이론처럼 되지 못한 것만이 유감이었다. 문학 방면에서도 자본주와 노동자의 대립이 같은 조선민족 사이에 있게 되어 그 투쟁하는 것을 표현하여 민족 사이에 불쾌한 감정을 일으키며 따라서 조선민족이 계급적으로 분열하는 것보다는 조선민족은 단일적으로 힘과 뜻을 합하여 일본제국주의에 항쟁한다는 데 더 큰 의의가 있었던 까닭이었다. 그러므로 작품의 주제는 노동조합이나 농민조합에 국한될 것이 아니라 조선민족 생활의 전면全面으로 그 시야를 넓혀야 할 것은 참으로 당연한 일이었었다.

최서해 군의 〈홍염〉이라고 제한 단편소설은 가난하여 만주로 이주하게 된 조선 농민이 만주인 지주에게 당하는 학대와 고통을 묘사한 것이었다. 우리가 이 소설을 읽을 때에는 그 주인공인 농민을 계급의 1인으로서 느껴지지 않고 곧 조선민족의 1인으로 생각하게 되며, 그러므로 어느 계급에 속한 사람이고 다 같이 이 농민에 대하여 의분을 느끼게 될 뿐만이 아니라 뜨거운 민족애의 눈물까지 흘리게 하는 것이었다.

이러한 효과를 가진 작품은 확실히 넓은 범위의 독자를 가질 수 있었으며, 또 어떠한 계급의 사람이 읽든지 그가 조선사람이라면 다같이 이러한 소설에 흥미를 갖게 되는 동시에 민족의식이 일층 굳어질 수 있는 것이었다. 당시 평론가들이 이 소설을 방향전환 이후의 첫 수확이라고 호평을 하게 된 것도 이러한 이유가 그 가운데 있었던 까닭이었다.

이와 같이 프롤레타리아문학은 수년 동안에 세 번이나[234] 발전상 그 계단을 지냈었다. 그리하여 정당한 이론에 도달하게는 되었으나 그 동안의 문학적 결과로 본다면 그 수가 많았음에 비하여 질적으로 특별히 내세울 작품이 매우 적었다고 아니할 수 없었다. 그 원인을 다시 한 번 연구하여 본다면─

첫째로, 전래하던 문학적 유산을 전부 무시해버리고, 아주 새로운 창작의 길을 찾아보려고 한 데 큰 모순과 결함이 있었고,

---

234) 원문에는 '세번이난'으로 되어 있으나 오식으로 보이기에 바로잡았다.

둘째로는, 작품보다도 이론의 성장이 너무 급속히 되었었다는 것,

셋째는, 인간성과 생활의 면面이 좁아지고 정치성과 경제적 생활 부면만이 넓어진 까닭에 문학적으로 무기력하게 되었던 것이니, 그러므로 거대한 작품이 나오지 못하고 말았다고 규정할 수 있다.

프롤레타리아작가들이 취재取材하는 인물과 생활이 거진 동일하고, 그 결과가 또한 동일하였기 때문에 아무리 의식적인 작가라 하더라도 한 번은 권태기가 올 것이며, 그래서 드디어 침체기가 오고 말았던 것이었다.

그러나 여기서 잊을 수 없는 것은 사상적 고뇌라고 할 것이다. 정치적으로 외계의 강압과 아울러 진리를 찾으려는 인생관에 대하여 우리들의 사색과 고뇌는 조선의 문예운동이 있은 후 처음 되는 무거운 책임이었다.

4. 문단 양파兩派의 대립시대

1924년 11월에 《조선문단》이라고 제題한 순문예잡지가 나오게 된 후부터 좌우 양 문단의 대립상태가 더욱 확실히 나타나게 되었었다. 그 전에도 좌우 양 문사들의 대립이 없지 않아 서로 논전 같은 것이 있었지마는 늘 소극적이었고 또 프롤레타리아문예운동을 지지하는 젊은 문학청년들이 많았으며 시대도 그러한 경향이 전성全盛이었던 까닭에 우익문사들의 기세라는 것은 큰 것이 못되었었다.

그러다가 춘원을 주재主宰로 한 《조선문단》이 나오게 되니 소위 문학파 (우익) 문사들은 모두 이 잡지로 모이게 되었으며 그러므로 무언無言 중 이 문학파의 세력이 새로이 일어나게 되었었다. 그러나 이 잡지의 경영자며 주간主幹인 춘해春海(방인근)는 이러한 사실을 가리고 좌우 양 문단의 문사들에게 동일하게 지면을 제공하겠다고 선언하는 동시에 이 《조선문단》은 초계급적인 입장에서 조선문학을 건설한다고도 약속하였었다. 사실상 춘해에게 그러한 의도가 있었던 것만은 확실하였었다. 그 일례로서 본다면 일부의 문사들이(이것은 좌익뿐만이 아니라 우익 문사들도 한 두 사람 있었다.) 춘원이 주

재로 되어 있으면 글을 쓰지 않겠다고들 하였다. 좌익에서는 춘원이 주재면 의례히 부르주아 잡지의 특색을 나타낼 것이니 집필하지 않을 것을 결심하였다.

이것을 알게 된 춘해는 곧 《조선문단》 표지 위에 춘원 주재라는 것을 없애버렸고 따라서 춘원의 주재가 아니라고 설명하였었다. 이렇게까지 좌우 진영의 문사들을 한 데 모으려고 한 그때의 춘해의 심경을 세밀히 분석까지 해서 말할 필요는 없으나 우리가 그때 생각하기는 여하如何한 방법으로라도 《조선문단》지의 발전만을 위하여 진심갈력盡心竭力하겠다는 뜻으로 해석은 했으나 그렇다고 이 잡지에서 계급성을 감출 수 없다고 규정하는 한편, 좌익 문사들은 그러한 정책에 속아서는 아니 된다고 그럴수록 더욱 굳게 결속할 것을 약속하였었다. 그때 우리들의 이러한 태도는 후일에 생각할 때에 너무 지나친 편파적 행동이었고 고식적姑息的인 결백성이었다고 생각하였다. 그러나 그때는 프로문학의 초기였기 때문에 반성하기 전에 매진邁進만이 있었고 비판하기 전에 자기 세력을 넓히려는 데만 노력하였기 때문에 어찌 할 수 없는 사태이었었다.

그런데 프롤레타리아작가 측에서 이 《조선문단》에 집필자로 발표된 것을 보면, 팔봉과 나, 두 사람뿐이었다. 그것은 물론 편집자의 선택에 달린 것으로 다른 사람의 간섭할 바 아니지마는, 좌익 진영에서 보기에는 이 대표격의 두 사람을 이용하므로 좌익작가 전체가 이 잡지를 지지하는 것처럼 꾸며 놓으려는[235] 술책이라고 하여, 그 후부터는 좌익 신진작가군은 팔봉과 나의 행동에 감시의 눈을 게을리 하지 않았다. 그리하여 나는 《조선문단》지의 원고 청탁에 응하지 않았었다.

그 대신 《개벽》지의 문예란으로 좌익작가들은 모이었었다. 이것은 내가 그때 동지 문예란의 편집 책임자가 되었기 때문에 그렇게 당파적인 편집

---

235) 원문에는 '놓려는'으로 되어 있어 누락된 것으로 보아 글자를 채워 넣었다.

을 하였을 뿐 아니라 그때 《개벽》지의 경향이 급히 시류에 따라 좌경左傾하게 된 것이 더욱 큰 힘이 되기도 하였었다.

이러고 본즉 춘해의 초계급적 잡지 편집도 성공되지 못하였고, 어느덧 《개벽》지를 중심으로 한 좌익 진영과 《조선문단》지를 중심으로 한 우익 진영이 대립하게 된 것이었다. 그러자 《조선문단》지의 새로운 계획이 하나 있었으니, 그것은 작품 합평회合評會라는 것이었다. 이 작품 합평회라는 것은 조선서는 처음인 만큼 주목을 끌기도 하였지마는, 이것은 한 사람이 책임 있는 비평을 하는 것이 아니요 제가끔 한 마디씩 소감을 말하는 좌담회와 같은 것이므로 다소 무책임한 점이 없지도 않았었다. 그런데 그때에 우리의 눈에는 이 결함만이 크게 보였으므로 이 합평회에 대하여 물론 호감을 갖지 못하였다. 이 합평회에는 염상섭, 양건식梁健植(백화白華), 도향, 월탄, 춘해, 빙허, 최학송(서해) 등 여러 작가들이 모였었다. 그런데 이 합평회에 팔봉과 나를 출석하라고 늘 졸랐었다. 어느 때 춘해는 나와 사담私談에서

"주의主義 주장이 달라서 글은 아니 쓴다 하더라도 합평회에야 나오지 못할 게 무어요. 이번에는 꼭 나오시오."

하고 여러 번 권유를 받았었다. 그러나 좌익 진영의 신진작가들도 이 합평회에 청하는 것이 아니요, 늘 팔봉과 나만을 청하게 되니 우리는 저절로 대표격이 되어 같은 진영의 작가들의 동의를 얻고서야 행동을 하게끔 되었었다. 그때 나의 생각으로서는 합평회에 출석하여 우리들의 작품을 악평하는 것을 방지하도록 하는 것도 일책—策이라고 생각하였으나 다른 사람들의 의견이 이를 찬성치 아니하므로 그 합평회에까지 출석치 않았었다. 그런데 팔봉이 한 번 합평회에 출석하게 되었다. 이것이 좌익 문사들 사이에 문제가 되어 비난을 받았고 그 후 다시는 팔봉도 합평회에 나가지 아니 하였었다. 그런데 이 합평회에서는 내가 출석치 않아도 내 이름을 표

시할 뿐만이 아니라 기사 내용에도―

"회월이 온다고 했는데 어째 이때까지 오지 않나?"

"글쎄 좀 바쁜 일이 있다고 하던데……"

등의 의미의 글을 발표하여, 내가 합평회에 출석치 아니한 것은 합평회를 배척하여 그러는 것이 아니라 올 의사는 있는데 바빠서 못 온다는 뜻을 표시하여 할 수 있는 대로 좌우 양익兩翼의 분열을 외형으로 덮으려고도 한 듯하였다. 주의 주장은 별문제로 하고 조선서 문예잡지 하나만이라도 원만히 계속하려던 춘해로서는 잡지 경영상으로 보더라도 쓸 데 없는 충돌을 피하려고 노력하였을 심경도 이해할 수 있었다. 그러나 사실상 이 합평회에서 프롤레타리아작품에 대한 평은 생각한 바와 같이 다소 도전적이었다고 불 수 있을 만치 고의로 과장된 악평이었다. 편집자가 독자의 흥미를 돋우기 위해서 그랬든지 혹은 프로작가들을 조소하려는 뜻으로 그랬는지는 모르겠으나 악평 끝에 '하하'니 '허허'니 하고 웃는 모양까지 써놓아서 악평을 받았던 작가의 감정을 말할 수 없이 상하게도 하였던 것이었다. 이 합평회에서는 물론 의식문제보다도 형식주의에 사로잡혔었으니, 그때 나타난 프롤레타리아작품치고 호평을 받을 것은 하나도 없었다. 그런데 그때 《개벽》지에 발표된 나의 〈사냥개〉라는 단편소설이 이 합평회에서 악평이 되어서 그야말로 찧고 까불고 나의 감정을 몹시 불쾌케 하였었다. 그중에서 제일 이 작품에 대하여 끝까지 악평을 한 사람은 백화였다. 나중에 이 문제로 하여 따로이 백화와 내가 논쟁까지 하였지마는 여하간 그동안 쌓였던 불평은 기어코 터지고 말았던 것이었다. 나는 내가 편집하던 《개벽》지에 〈진실을 잃어버린 합평회〉라는 의미의 제목 밑에서 좌익 작가들을 동원하여 《조선문단》지의 합평회를 공격하였었다. 합평회에 출석한 작가들 중에도 월탄, 빙허, 도향과 같은 《백조》 동인들은 나의 작품에 이해를 가짐으로 우정을 상傷치 않으려고 하는 듯도 하였었다. 그러나 백화, 상섭 같은 작가들은 아주 반대되는 입장에서 제가끔 혹평을 하였었다.

한 번 합평회에 대한 공격의 기사가 발표되자 물의物議는 다시 높았으며, 그 다음 호《조선문단》지에 이에 대한 반격과 아울러 변명이 춘해, 상섭 양씨의 논문으로 발표되었었다. 어찌했든 문단의 대립은 속에서 끓고만 있던 것이 기어코 밖으로 터져 나온 셈이었다. 이러한 문제 외에도 춘원의 프롤레타리아문학을 비판하는 논문 등이 발표됨에 따라 좌익 문사들도 이에 맹렬한 논전을 시작하였었으니, 한 때는 대소大小 논문이 어느 것을 물론하고 우익적인 것이면 공격하기를 게을리 하지 않았었다. 그리하여 이 양편의 대립 상태는 거진 문학적인 것을 초월하여 심한 경우에는 인신공격, 욕설에까지 이르렀던 것이었다. 그 주의와 주장을 서로 비판하는 것보다도, 지나친 정열은 서로 사람을 미워하는 데까지 이르렀었다. 사람은 사랑하나 그 생각하는 바만을 미워한다는 한계선은 거진 이상에 가까운 일이며 실행하기는 어려운 것이었다. 자기 생각에 반대 공격하는 사람이면 우선 그 사람을 공격하고 미워하는 것이 제일 쉬운 일이었다.

한 번은 조선문단사 주최로 종로 중앙예배당中央禮拜堂에서 문예강연회를 열게 되었었는데 연사演士는 몇 사람 있었지만 문제의 초점은 춘원에게로 모이었었다. 춘원의 강연을 못하게 하며 방해하기 위하여 출판노동조합원 중에 문학에 취미를 가진 청년들은 모두 떼를 지어 회장會場의 구석구석에 앉아서 때를 기다리고 있었다. 그러자 춘원이 단상에 나오니 이 청년들은 일제히 일어나서 소리를 지르고 떠들면서 미리 가지고 갔던《조선문단》지를 단상에 섰는 춘원을 향하여 내어던졌다. 이곳저곳에서 조선문단의 잡지책이 날아 들어갔다.

이날 밤에는 반드시 무슨 일이 나리라고 예상한 종로경찰서원들은 등불을 켜들고 이 예배당을 둘러싸고 있다가 이러한 일이 벌어지자 곧 검거를 시작하여 위에서 말한 이적효 군 이하 수명數名이 그 후 경찰에서 고생을 하고 나왔었다.

그때의 사상성이란 것은 거진 열병적熱病的이었다. 따라서 제각각 세력

범위를 넓히려고 초조하였었다. 그 방법으로는 자기 진영에 속하는 잡지를 할 수 있는 대로 많이 가질 필요가 있었다. 우익 진영에는《조선문단》지의 뒤를 이어《문예공론》지가 나왔다. 이 잡지는 무애 양주동 씨의 주간으로 정면으로 가장 용감하게 프롤레타리아문학 진영에 도전의 화살을 보냈던 것이었다. 그 편집 내용의 중요 논문이란 것은 거진 전부가 프로문학을 비판하고 욕하고 비웃는 데 허비되었었다.

좌익 진영에는 1926년 2월 기관지로《문예운동》지를 내었었고, 1927년에는 일본 동경에서 발행하던《제삼전선》지를 흡수하여 통합하였었다. 그런데 그보다도 더 실제적인 것은 1925년 7월에 조선프롤레타리아예술동맹을 결성하고 각지에 그 지부를 설치하는 등 조직망을 견고케 한 것이었으며, 그리하여 동경지부에서《예술운동》이라는 기관지를 내게까지 하였었다. 그리고 조선서는 내가 주간이 되어《조선문예》지를 발행하였었다. 그러나 검열이 너무 가혹하여 표면으로는 일절 이름을 내지 않고 어물어물 하면서 간접적인 방법으로 우리들의 임무를 수행하려고 하였다.

그러므로《조선문예》지와《문예공론》지의 대립은 영리적으로만이 아니라 이데올로기에서 더욱 강렬하였다고 말할 수 있었다.《문예공론》지는 정면으로 무산계급문학에 도전하는 이외에 특히 '문예공론'란을 만들어놓고 털어놓고 조소하는 기사를 매호 발표하였었다. 이에 대하여《조선문예》지에는 '특급차特急車'란과 '조선문예수신국受信局'란을 설치하고 이에 대응하였던 것이었다. 그런데《조선문예》지의 '특급차'란의 논조는 조소나 도전이 아니라, 그 도전에 대한 직접 공격이었으니, 말하자면 인신공격이라고 해석될 수도 있었을 정도의 것이 있었다. 이에 대하여 무애는《조선문예》지의 편집 겸 발행인에게 최후 통첩을 보내어왔다. 만일 문제된 기사를 취소하고 진사陳謝하지 않으면 재판소에 고소하겠다는 통고문이었다. 그때의《조선문예》지의 출자자는 애동서원涯東書院의 고병돈高丙敦 군이었고 따라서 편집 겸 발행인도 군의 명의로 되어 있었으니 만일 고소를 당하면 군이 불려 다니게 될 것이었다. 이에 대하여 조선문예사는 두 가지의 약점을 가지고 있었다. 첫째는 고高군이 너무 겁을 내고 무사주의無事主義를 역설하는 것이요, 둘째는 우리들이 경찰의 미움을 받고 있는 판이니, 잘못하면 경찰의 검거에 대한 기회를 주게 되는지도 몰랐던 것이었다. 그리하여 하는 수 없이 조선문예사는 문예공론사에 대하여 기사 취소와 진사장陳謝狀을 보내게 되었었고, 문예공론사는 이 진사장을 자기 잡지에 발표함으로써 문제는 원만히 해결하게 되었었다. 그때 정세로 보아 고소 협박까지 한 무애는 대단히 노하였던 모양이었고, 또 그만큼 무애는 뱃심이 컸다고 나는 후일 감탄하지 않을 수 없었다. 그 후《문예공론》지는 3호로,《조선문예》지는 2호로 한 가지 폐간되고 말았다. 그 시대를 생각하면 반드시 있어야 할 대립도 있었지마는 불필요한 대립까지 있게 되었었다. 불필요한 열도熱度는 늘 병적임에 틀림없는 것이다.

5. 나의 논전시대를 생각하면서

어느 때고 문단에 논전이 없을 때는 없었다. 그러나 시대에 따라서 이론이 앞을 서고 창작이 이에 따르려는 때도 있었고, 또 그와는 반대로 창작이 앞을 서고 이론이 이에 따르는 때도 있었던 것이니, 이 두 가지 중에 나에게 깊은 인상을 준 것은 전자의 것이었다. 즉 문학을 연구하는 시대가 아니었고, 우리들의 생활에 필요한 문학을 만들어야 할 시대이었으므로 말하자면 그 지도 이론이 필요하였기 때문에 평론이 우세하였던 것이었다. 이때까지는 문학적 작품 속에 포함되었던 모든 사상문제가 표면으로 나타나서 정치적으로 단일 사상을 만들어놓고 그 사상을 선포하는 문학, 즉 의식적인 문학을 창조하게 되었던 까닭에 이론이 우세하였고 또 지도적 처지에 있게 되었던 것이었다. 이러한 상태는《백조》지 이후 거진 10여 년 동안 가장 활발하였고, 그 후 외계의 강압으로 힘이 없어졌으면서도 거진 습관적으로 그 상태를 되풀이하면서 왔다. 그런데 행인지 불행인지 나는 이 시대의 한가운데 있게 되었고, 또 그 시대의 앞잡이 노릇을 하게 되었으니, 그러므로 《백조》 이후 나의 문학적 생애라는 것은 나의 개인의 취미와 정서를 초월하여 시대적 제약 밑에서 거진 의무와 책임감 밑에서 새로운 문학의 길을 걷게 된 것이었다. 따라서 나 개인의 문학적 생애에 있어서도 그 변천이 빠르고 많았었다.

그 시대의 중심을 이룬 것은 조선의 해방을 위한 혁명적인 사상이었다. 파멸의 구렁텅이에 빠져가고 있는 민족적 생활과 그 운명을 본 체 만 체하고는 조선문학의 생명력이 성장할 수 없다고 생각한 까닭에 우리는 제정帝政 노국露國의 혁명전야에 있던 노국 작가들의 사상을 본떠서 조국을 위하여 울며 부르짖으며 비참[236]한 생활 속에서 반항의식과 아울러 혁명운동의 한 지류를 만들려고 하였던 것이었다.

그리하여 민족주의는 급격한 전진을 시작하여 타협적인 데서 비타협적으로 발전하였고, 합법적인 데서 비합법적인 데로 전환하였었다. 그리하여 급진적 민족주의는 사회주의로, 그리고 또 코뮤니즘까지를 영합하여 민족해방을 위한 목적 달성에 나아가려고 한 것이었다.

그러므로 조선민족의 40년 동안 역경 속에서 자라난 민족문학은 필연적으로 혁명적 지도이론을 필요로 하였고, 따라서 문학운동에서 이론이 우세한 지위를 차지하게 되었었다.

내가 시에서 급격히 전환하여 평론을 쓰게 된 것은 역시 혁명적인 문예이론을 수립코자 함이었고, 다시 단편소설을 쓰기 시작한 것은 나의 이론을 나 자신이 실천하기 위하여 함이었고, 그 후 논쟁의 양이 많아지고 그 질적 문제가 복잡하게 되는 데 따라 그대로 평론을 계속하게 되었던 것이었다.

좀 머리말이 길어졌으나 이러한 전제 밑에서 나의 논전시대를 회상코

---

236) 원문에는 '悲慘'으로 되어 있으나 오식으로 보이기에 바로잡았다.

자 한다. 나는 나의 논전시대를 두 가지로 나누어서 말하려고 한다. 첫째는 위에 말한 바와 같은 문학이론에 대하여 전연히 반대되는 이론을 비판하려는 논전이고, 둘째는 같은 진영 안에서 그 정당한 문학적 진로를 위한 논쟁이었다.

1925년 신년호 《개벽》지상에 '이광수론'이 실리게 되었다. 그 전에도 경향문학이나 의식적 계급문학론에 대하여 우익적 민족주의자와의 논전이 없었던 것이 아니었지마는, 전면적으로 공격을 하여 계급문학파의 계획적인 논전은 이것에서 비롯하였었다고 할 수 있었다. 이 '이광수론'은 세 사람이 집필하게 되었었다. 첫째로 〈내가 본 이광수[237]〉라는 제목에서 이성태 군이 썼고, 그 다음은 내가 〈문학상으로 본 이광수〉라는 제목에서 썼고, 셋째로는 〈이광수의 인상〉이라는 제목에서 화가 안석영 군의 그림이 있었으니, 결국 글을 쓰기로 말하면 이 군과 나, 두 사람이었었다.

문학상으로나 민족의식으로나 조선문단의 선배인 춘원을 조상俎上에 올려놓게 된 것은, 우유부단하던 비투쟁적 민족주의를 급진적 투쟁의식으로 고양케 하렴이었다. 그러한 까닭에 나의 논지의 대요大要는 첫째로 민족적 불운을 비탄하는 데서 일보 전진시켜 투쟁해야 할 것, 둘째는 조선민족의 몰락하는 생활을 관념적으로 보지 말고 과학적인 관점에서 그 경제적 생활의 불합리성을 찾아내어야 한다는 것이었으니, 즉 날로 무산계급화하여 가는 조선민족은 그 계급의식에서만 투쟁의 뜻이 있다고 하여 당시 춘원의 박애적 민족의식이라고도 할 만한 인도주의사상을 반박한 것이었다. 그리고 또 춘원의 〈문예쇄담文藝瑣談〉이란 논문을 그 후 반박하였다. 내가 직접으로 춘원의 글을 반박하기는 두 세 번에 더 지나지 않았으나, 시대가 사상적으로 흥분되었던 까닭에 독자들에게 미치는 바는 매우 컸었다고 볼 수 있으며, 따라서 문단의 주의를 끌었던[238] 것도 사실이었었다. 춘원은 이

---

237) 원문에는 '이광수는 어떠한 인물인가'로 되어 있으나 오식이기에 바로잡았다.
238) 원문에는 '꺼렸던'으로 되어 있으나 오식으로 보이기에 바로잡았다.

에 대하여 응답하지 않았고 침묵하였으나 그 후 계급문학론에 대하여 전반적으로 비판한 논문이 2, 3 있었다. 이 후로 이러한 공격적인 평론문評論文이 거진 유행이 되다시피 되었었다. 그 부산물로는 사실 실력도 없는 무명의 문학청년이나 사상청년들이 의례히 기성작가들을 공격하고 비난하는 논문을 가지고 그 처녀작을 삼으려는 경향조차 있었다. 이러한 중에 피해를 누구보다도 많이 받은 분은 춘원이었다. 후일 춘원은 다른 사람에게 나를 소개할 때나 혹은 농담에서 내가 춘원의 논적論敵이었다는 말을 하는 것을 보아 춘원에게 그때에 인상이 매우 깊었던 것을 생각하게 하였다.

　그리고 그 다음으로 계급문학론을 중심 문제로 하고 제법 심각한 논쟁이 있었으니, 그것은 1926년 신년호《조선일보》학예란에서 벌어진 염상섭 씨와 나와의 논전이었다. 이 논전에서 특히 주목을 끌었던 것은 염씨는 작가로서도 역량이 있었지마는 평론가로서도 당시 우익문단의 대표가 될 만하였다. 그의 침중하고 신랄한 문장은 따를 사람이 없었다. 그러한 의미에서 보면 춘원보다도 이러한 논전에는 염씨가 적임자였다. 이 논전은 염씨의 나에 대한 공격전으로 시작되었었다. 그런데 그의 논문은 매우 치밀한 계획 밑에서 조금도 틈을 보이지 않으려고 노력하였고, 따라서 계급문학론에 대한 결함과 증오를 조금도 빠뜨리지 않고 모조리 비판하려는 의도가 역력히 보였었다. 그의 논문은 이때까지 없었던 장문이었다. 따라서 제목도 또한 길었으니, 우선 표면으로 보이려는 시위示威가 또한 한 몫을 볼 수 있었다. 그 제목에는 〈신흥문학을 논하여 박영희의 소론을 박함〉이라고 하였고, 내용도 근 20회나 연재되었었다. 그는 신흥문학－(계급문학)을 악성 인플루엔자(유행성감기)라고 하였고, 여러 가지로 조목조목 반박 조소하였으며, 그 이론과 실제의 모순을 지적하기 위하여, 당시 발표한 나의 단편소설인 〈피의 무대〉를 해부하고 비평까지 하였었다.

　그때의《조선일보》의 학예란은 성해 이익상 군이 편집을 하였는데, 군은 좌익 진영에 동정과 협력을 하는 체 하면서도 신문기자라는 핑계로 늘 중

립태도를 가지고 있었다. 그 후 군의 작품은 정점 좌익적 경향이 농후하여 갔었지만, 그때는 그렇지도 않았으며, 오히려 이 논전을 자기 신문에서 벌여놓게 된 것을 은근히 자랑하면서 양편의 논자를 격려하며 유도하는 책략까지 썼던 것이었다. 양편 문단의 대표격인 두 사람의 싸움을 재미있게 구경하려는 기대조차 있었다. 성해는 염씨의 글이 발표되기 전에, 나에게 전화로 그러한 반박문을 발표하게 되었다는 것을 알려주었다. 그리고 나의 그 논문에 대한 반박문은 잡지에 낼 것이 아니며, 독자를 많이 가진 신문에 내되, 반드시 《조선일보》에 발표해야만 효과가 크다고 역설하였을 뿐 아니라 그날 저녁에 만나기로 하여 나는 성해를 찾았던 일까지 있었다. 나는 염씨의 논문 원고를 미리 볼 수 있는 편의까지 얻게 되어 여러 날 이에 대한 대책을 생각하였다. 어쨌든 그때의 나의 심경으로는 형식으로나 내용으로나 절대로 그 공격문에 지지 않겠다는 것이 나의 결심이었다. 이것은 논전하는 사람들의 누구나 갖게 되는 결심이겠지마는 나의 결심은 좀 더 심각하였다. 만일 내가 이론으로 지게 된다면 이것은 문학적 문제가 아니라 곧 정치적인 것이 있었으니, 애를 쓰면서 모아놓은 진영의 붕괴가 어느 정도로 있는지 모르는 일이고, 또 거기까지는 가지 않더라도 나의 이론의 공허한 것이 드러나게 될 것이니, 이것은 문학으로 보나 사상적으로 보나 나의 자존심이 도저히 허용할 수 없는 일이었다. 신흥하는 문학의 이론 수립에도 정열을 기울였지만 그보다도 이 이론을 옹호하기 위하여 상대자에게 져서는 안 되겠다는 경쟁심도 그만 못하지 않게 강렬하였다. 그리하여 반박문의 제목도 염씨의 논문 제목에 지지 않게 〈계급문학을 논하여 염상섭 군의 무지를 박함〉이라고 동자수同字數를 벌려놓았고, 연재 회수도 20회를 넘겼으며 또 그가 나의 〈피의 무대〉를 실례로 든 데 대하여 나는 그의 단편소설인 〈윤전기〉를 들어서 해부하고 비판하였다. 이 논전이 누구의 승리로 돌아갔느냐고 나에게 묻는 사람이 있다면, 나는 이 논전의 승리는 시대적 사조가 결정하였던 것이었고 개인의 식견에 있지 않았다고 대답하는 것이 가장 똑바른 말일 것 같다.

　그리고 그 다음에 중요한 논전은 팔봉과 내가 문학의 형식문제에 대하여 전개된 것이었다. 이 문제는 팔봉과 나의 논전으로 시작되어 결국 문단의 전체적 논제가 되어버려서 매우 오랫동안 계속하였었다.

　1926년 12월호《조선지광》지에 김기진 군의 작품 월평이 발표되었었는데 그 중에 나의 단편소설 〈철야徹夜〉와 〈지옥순례〉의 두 편에 대하여 매우 불쾌한 비평이 있었다. 즉 그의 논조를 요약하여 말하면, 문학의 형식 등은 어찌 되었든 계급의식만 내세우면 작품이 되느냐는 것이었다. 그때쯤은 문학의 형식문제를 논해야 할 적당한 시기였기는 하였다. 쏟아져 나오는 의식소설에 거진 식상한 시대라고도 할 수 있었다. 그러한 천편일률적인 작품에는 권태가 생기기 시작했었다. 그러나 팔봉은 그러한 타당성에서 형식문제라든지 혹은 침체된 문학의 타개책을 논한 것이 아니라, 당시 군도 프롤레타리아예술동맹의 중요한 맹원의 한 사람으로서 계급의식을 말살하려는 듯한 애매한 논조에 대하여 나를 불쾌케 하였고 또 맹우盟友들의 분노를 일으키게 되었던 것이었다. 또 군의 악평을 받은 나의 작품 〈철야〉와 〈지옥순례〉의 두 편 중에 〈철야〉라는 작품은 굶주린 사람의 식욕과 아울러 그 심리묘사가 작품의 전부이었으니 그때 정도로 보아서 형식이 불비不備된 작품이라고는 말하기 어려웠고, 〈지옥순례〉만은 다분히 형식이 거칠다고 할 만한 작품이었었다. 그러나 이 작품도 기아로부터 생기는 살육의 지옥상을 표현하려고 하였었고 드러나게 계급의식을 나타내려고는 아니하였었다. 그런데 이러한 세밀한 해부와 분석도 없이 그저 쓸 데 없는 물건을 뱉어버리듯이 ‘계급 운운云云’의 말을 쓰기만 하면 작품이 되는 것이 아니라고 극히 무성의한 비평을 내렸기 때문에 이 문제는 문학상 기술技術문제를 떠나 예술동맹의 내부 붕괴 공작이나 시작된 것 같이 일반에게 인상을 주었으며, 따라서 결함만을 엿보고 있던 우익 평론가들의 쾌재를 부르게 하였던 것이었다. 그 후에 이 문제로 하여 김군 과 나는 두어 번 논전을 하였고, 권구현權九鉉 군이 중재로 나섰었고 이에 따라 대소 논객들이 일어나서 논전의 화려한 불놀이를 하였었다. 그 중에도 이러한 예술동맹 진영의 논전이 벌어진 틈을 타서 새로운 공격의 화살을 던진 사람은 무애(양주동)였었다. 그리고 이 무애와 대동소이한 논조로 노풍蘆風이 또한 한 몫을 보았었다.

이러한 논자들의 그 중요한 논점은, 팔봉은 구성론構成論에 편중하여 집을 짓는 데는 기왓장도 석가래도 필요하다는 것이며 나는 이에 대하여 의식과 형식의 일치를 역설하였다. 권구현 군은 장검을 비유로 하여 애검가愛劍家는 여러 가지 세공과 장식을 필요하겠지마는, 정말 적을 물리치기 위한 장검은 예리한 칼날만이 필요하다고 하여. 역시 나의 논지를 보충하여 주었었다.

이 문제로 하여 팔봉과 나의 논전은 간단하게 해결되지 않았었다. 바쁜 시대에 그리고 급한 경우에 서로 지상 논쟁만으로는 의사가 충분히 소통될 수 없으므로 나는 군과 만나서 의견의 일치점을 찾아야 하게 되었었다. 예술동맹의 지도자인 두 사람의 의견의 차이로 논전만이 계속되는 동안에 단체 내에 미치는 영향이 클 것을 생각하여 이러한 방법을 취하였었다. 이 방법은 주로 김복진 군의 발의發意에 따른 것이었다. 김복진 군은 팔봉의 친형으로 조선 초유의 조각가였으며 예술동맹의 맹원으로 그 조직방침 등 활동에도 나타나지 아니한 노력이 많았었다.

우리 세 사람은 섣달 어느 날 밤, 입으로 이론투쟁을 시작하여 밤이 깊어가는 줄도 모르고 고요한 밤의 적막을 깨뜨리고 있었다. 이 논쟁은 좀처럼 끝나지 않았다. 팔봉의 자당慈堂께서는 떡국을 쑤어 한 상 갖다주시면서 "무슨 이야기를 글쎄 밤을 새가며 활께 뭐냐, 밴들 오죽 고프겠나, 떡국이나들 먹고 해라!"라고 말씀하셨다. 우리는 떡국을 맛있게 먹고 나서 또다시 논전을 시작하였었다. 이리하여 겨울의 길고 긴 한 밤을 밝히고 말았었다.

팔봉은 "'계급의식운운'에 호감을 가져야만 할 만큼 불선명한 점이 있는 것이 사실이라면, 공인하는 사실이라면 마땅히 나는 동지들 앞에서 고개를 숙이고 사죄하고 앞날을 맹서盟誓하겠다[239]"라고 선언하는 것으로 우선 이 문제는 불확실하나마 결론을 지었던 것이다.

그런데 이 논전에는 또 한 가지의 삽화가 있었다. 이 논전은 주로 《조선지광》지에서 벌어졌었으니, 그때 《조선지광》지는 ML당黨의 기관지의 임무를 하였었고 그 편집은 이성태 군이 맡아보았었는데 처음에는 사상이 동일한 잡지라고 하여 빈한貧寒한 잡지를 지지하는 의미에서 우리들은 자진하여 글을 썼었다. 물론 원고료는 없었다. 그러나 수입이 다소 있게 되어 경영이 좀 낫게 된 후에도 집필자에 사례가 전무할 뿐만이 아니라 원고를 쓸 때와 아니 쓸 때를 따라 편집자의 사람 대하는 태도가 너무 표변豹變하므로 그 후로 우리들은 그 잡지에 원고를 잘 쓰지 않게 되었다. 그리하여 나도 한 동안 이 잡지에 원고를 쓰지 않았었다. 그런 까닭에 이 군은 팔봉을 격동시켜서 나의 작품을 일부러 헐뜯도록 하여, 나의 이에 대한 반박문을 자기 잡지에 내도록 하는 책략이 그 이면에 있었다고 그 후에 내게 말하는 사람이 있었다. 이것이 사실이었는지 아니었는지는 모르겠으나, 만일 그것이 사실이었다면 그 후 이 군은 자기 계획대로 된 데 대하여 만족의 웃음을 웃었을 것이다. 책략으로는 좀 도를 지나친 감도 없지 않았으나 그 문제만은 매우 시기에 적절한 것이었기 때문에 오히려 이 군의 공적을 인정해야 할 것이었다.

여하간 문학의 형식문제, 의식문제는 점점 발전하여 후일 프롤레타리아 문학의 반성기를 만들기까지 이르렀었다. 이 후로 평단은 매우 활발하였으며 또 극도로 혼란도 하였었다. 1926년 말에서 시작한 논전은 1929년을 최고조로 하고 1930년 초까지 계속되었던 것이다. 그런데 이 시기에 나타

---

239) 원문의 문장은 "계급의식 운운에 호감을 가져야 할 만큼 불선명한 점이 있다면 마땅히 나는 동지들 앞에 고개를 숙이고 사죄하고 앞날을 맹서盟誓하겠다"이다.

난 수많은 논제는 세 가지로 분류할 수 있으니, 첫째는 문학의 형식문제요 둘째는 민족주의의 문제요 셋째는 예술의 대중화문제라고 할 수 있다. 이 세 가지의 문제는 조선문학의 진로를 위하여 매우 중요한 것이며 역사적으로도 그 족적이 크다고 아니할 수 없는 것이었다. 당시의 많은 문학청년과 문사들이 이 문제를 명확히 하지 못한 까닭에 무기력하였던 것도 사실이었다.

그러나 이 문제는 쉽게 해결되지 못하였고, 역시 1930년 이후 제 3기의 논전이 이 문제로 하여 새로이 벌어졌었으니 그것은 장차 논급하기로 하고, 조선 문사들의 그 중 중요하였던 민족의식에 관한 논전을 대강 생각해 보려고 한다.

1929년! 이 해는 민족주의문학론이 적극적으로 진출한 기념할 만한 시기였었다. 따라서 계급의식을 주장하는 프롤레타리아문사들과의 미증유의 백열전白熱戰이 있었던 해였다.

민족주의 의식을 고조하여 적극적 진출을 하게 된 평가評價로는 양주동, 정노풍 양씨였다. 그리고 이에 대항한 계급의식 편의 평가로는 팔봉이 선두에서 용전勇戰하였고 내가 그 보조를 한 셈이었다. 그런데 이 민족의식이 별안간 활발한 진출을 하게 된 데는 역시 그에 상당한 이유가 있었다. 그것은 1927년 2월에 결성을 보게 된 조선민족 단일당인 '신간회'의 투쟁 이론에서 비롯한 것이었다. 그 이론의 핵심을 말하면 좌익(맑스주의자)의 당면한 과제는 조선민족을 일본의 제국주의의 굴레에서 해방시키는 것이었으며, 또 급진적 민족주의자의 당면한 과제도 그와 동일한 것이었으니, 이 두 개의 진영은 마땅히 단결함으로써 큰 힘을 만들어가지고 일본의 제국주의와 항쟁하자는 것이었다. 그리하여 복잡한 이론 전개가 있은 후 드디어 '신간회'라는 민족단일당이 결성된 것이었다. 그때 우리의 예술동맹도 이에 참가해야 할 것을 알면서도 우리는 주저하였었다. 어느 날 벽초는 일부러 우리를 찾아와서 참가하기를 역설하여 나와 다른 사람들도 다 입회를 하고 말았었다. 이로부터 조선의 정치운동의 방향은 새로운 단일적인 것, 거족적 통합운동으로 기울어진 것이었다. 말하자면 조선사람은 하나가 되고 한 데 뭉치자는 의식이 새로운 표어가 된 것이었다. 이에 따라 문단에서도 분열되어 있을 필요가 없으며, 넓은 의미의 민족주의로 합동 매진하자는 의견이 싹 나기 시작하였었다. 이것을 암시적이기는 하였으나 맨 처음 제안한 사람은 시인 파인 김동환 군이었다. 그는 그의 잡지《삼천리》에 그러한 기사를 썼다. 그러나 예술동맹은 이 조류에 대하여 아무러한 책안策案도 없었고 견고한 계급의식주의에서 부진 상태를 그대로 유지하면서 있었으니, 그러므로 김군을 의식상[240] 차이가 있다고 하여 동맹원에서 제명 처분까지 하게 된 소요騷擾를 일으키었던 것이었다. 그러다가 그것이 이론화하여 터져 나온 것이 즉 무애, 노풍 양인의 새로운 문학론이었다. 이에 앞서서 무애는 그의 잡지《문예공론》에서 이미 위에서 말한 바와 같이 여러 가지로 좌익 진영을 공격 도전하는 글을 썼었다. 그런데 특히 이 문제의 발단이 된 글은 동지 1호 문예공론란에 발표된 무애의 글이었다. 그 내용은 이러하였다.

민족문학과 사회문학이 빙탄불상용氷炭不相容이라고 보고 호상互相 배격하는 자류者流는 소위 종파주의의 여독餘毒이다. 그러나 우리는 둘 다 현 정세에 타당한 것으로 보고 더구나 양자는 서로히 그 합치점을 연관하여 합류함이 필요하다고 본다. 현 계단의 정세에 있어서 민족관념과 계급정신을 서로 배치한다 보는 것은 그야말로 현실과 이상에 대하여 아울러[241] 색맹이다. 더구나 무산문학파에서 민족관념을 의식적으로 포기하고 무시하고 심지어 배격코자 하는 경향은 무던히 착각적 이론에 속하는 것이다. 현 정세에 있어서는 민족을 초월한 계급정신도 없고 계급에서 유리한 민족관

---

240) 원문에는 '意義上'으로 되어 있으나 오식으로 보이기에 바로잡았다.
241) 원문에는 '현실과 이상에 대하여 아울러'가 누락되어 있다.

넘도 있을 수 없다. 우리는 '조선민족인 동시에 무산계급이 아니냐?' 우리의 문학은 민족적인 동시에 무산계급적이어야 한다. 문학적 예술적이어야 할 것은 무론毋論이어니와,

이러한 무애의 논지에 대하여 양진兩陣의 논전이 아래와 같은 제목에서 벌어졌었다.

〈부란腐爛의 와중渦中에서〉 박영희 6월 경 《조선일보》
〈시평적詩評的 수언數言〉 팔봉 6월호 《조선지광》
〈문제의 소재所在와 이동점異同點〉 양주동 8월 중 《조선일보》
〈속續 문제의 소재와 이동점〉 양주동 10월 중 《중외일보》
〈문예적 평론의 평론〉 양주동 10월 중 《중외일보》
〈조선문학 건설의 이론적 기초〉 정노풍 10월 중 《조선일보》
〈문예계 총평〉 팔봉 1930년 1월 《중외일보》
〈1929년 예술논전의 귀결로서 신년 우리의 진로를 논함〉 박영희 1930년 1월 《조선일보》

이러한 논문에서 나타나는 무애, 노풍의 논지는 위에서 말한 바와 같이 민족적 통일을 역설하였으니 계급의식도 결국은 일본제국주의에 대한 민족적 항쟁으로 합일되어야 할 것을 의미하였다. 무애는 그의 〈속 문제의 소재와 이동점〉이란 논문에서 이렇게 말하였다.

민족의식의 원칙적 존재는 아무런 조포粗暴한 맑스주의자라도 부인치는 않으리라 생각한다. (중략) "만일 한 민족의 생활 관계 중에서 필연적으로는 산출된 민족의식이 없으량이면, 한 개의 계급의 생활 관계 중에서 산출되는 계급의식도 없을 터이다!"라고.

(중략)

내가 말한 민족의식은 결코 획일적 무차별적으로 전혀 예외 없다는 것은 아니다. 동족同族 중에는 (중략) 동류同類의 이해와 상반되는 의식을 소유한 자가 있을 것이다. 그러나 그것으로써[242] 곧 민족의식을 율律하지는 못할 것이니 만일 그렇다면[243] 나는 여기서 한 가지 방증傍證을 들어도 가可하다. 즉 같은 무산계급 내에도 계급적 이해에 상반되는 의식과 행동을 소유한 실례가 많지 않으냐?

(중략)

그러면 여기서 다시 결론되는 바는 무엇이냐? 간단하다. 현 계단에서는 계급의식 분야 중에 민족적 이해를 초월한, 내지 상반된 분자를 포함하지 못할 것이요, 또한 민족의식 분야 중에 계급적 이해를 초월한, 내지 상반相反한 분자를 포함하지 못할 것이다. 다시 말하면 현 계단에 있어서는 민족적 이해와 계급적 이해가 교묘하게 일치되었다. 그럼으로써 나는 누누이 '조선인은 조선민족인朝鮮民族人인 동시에 무산계급인'이라고 역설한 것이다.[244]

라고 하였다.

이와 같이 무애의 '민족적 계급의식'에 대하여 노풍은 '계급적 민족의식'을 역설하였었다. 그의 상게上揭한 논문의 논지를 말하면 그는 민족의식의 형성 요인에서부터 설명하여 써 민족의식과 계급의식이 대립할 것이 아니라 계급적 민족의식이어야 한다고 제3설의 절충론을 표명한 것이었다. 그리하여 그는 우선 유전적 혈연 관계와 지리적 환경에서 민족의식 구성 과정을 명시하여 아래와 같이 결론하였다.

---

242) 원문에는 '그것으로써'까 누락되어 있다.
243) 원문에는 '그러하면'으로 되어 있으나 오식이기에 바로잡았다.
244) 원문에는 '……'를 사용하거나 생략된 곳을 표시하지 않는 경우가 있어 '중략'으로 바꾸거나 새로이 표시를 해두었다. 아울러 단락도 원래대로 나누었다.

1. 투철한 이지, 열렬한 정서, 끝없는 상상력으로서 우리 민족리民族裡에 저류하는 수천 년 혈통의 생활에 부딪쳐 조선민족의 흉胸××적的 ××를 용감히 발현하는 문학일 수밖에 없다.

2. 마치 화산을 뚫고 터지는 지구의 기혼氣魂과 같이 대담하게 재현하며 창조하여 수난의 이 민족이 맞은 바 그 고민, 애상, 간난을 뚫고 경륜, 희망, 성찰, 투쟁, 상애相愛에 얽혀서 씩씩히 돌진하는 데 한 덩어리의 힘이 되고 생명이 되는 문학일 수밖에 없다.

3. 민족과 민족과의 계급적 대립관계로부터 일어나는 비굴의 뿌리인 ××와 ××에 대한 엄연한 반발― 그리하여 ××의 ××에까지 고양시키는 동시에 오늘의 ××적 민족의식의 문화적 앙양昻揚에까지 고양시키는 문학일 수밖에 없다.

4. 세계민족 문학의 발전된 최고봉을 답사 소화하여 적절히 내 것이 된 형식과 수법으로 즉 표현 내용에 따라 혹은 상징적, 혹은 자연주의적, 혹은 표현파, 혹은 사실적 형식과 수법으로서 오늘날 조선사람의 계급적 민족생활의 사회적, 문화적 내용을 물론 가장 힘 있고 문예적으로 발휘할 수 있는 문학일 수밖에 없다.

5. 민족 결합의 최유력最有力 유대는 또 민족문화의 최고봉의 하나인 조선말과 조선글, 세계의 어느 민족에 비하여서도 유례를 볼 수 없는 조선민족 성격의 유로流露인 조선말과 조선글을 거쳐서 이 민족의 오늘날 의식을 민족 스스로 발견하도록 문예의 대중에게 침윤侵潤을 힘쓰는 동시에, 발견한 그 계급의식을 일층 강화하여 민족 소생甦生의 선구先驅가 될 문학일 수밖에 없다.

라고 하였다.

무애, 노풍 양씨는 춘원이나 염상섭 양씨의 민족주의와는 달라서, 당시 빈궁화 하는 조선민족― 대지주는 중산계급으로, 중산계급인은 자작농, 소작농으로 몰락하고 자작농은 만주로 이산離散하는 이러한 비참한 사실을 민족 전체의 운명으로 대사大寫하여 일본인 전체를 자본계급으로 한 무산계급인 조선민족을 규정하려는 것이었다.

이러한 양씨의 태도에 대하여 팔봉과 나는 유물사관의 공식을 가지고 대항하였다. 그 논문의 내용을 소개하는 번거로움을 피하기 위하여 이곳에서 생략하거니와 후일 이 논전의 결과로 실제상 문학에 어떠한 영향을 주었던가를 생각할 때에 나는 이것을 세 가지로 나누어 말하려고 한다.

첫째로 양씨의 민족적 계급주의, 혹은 계급적 민족주의라는 것은, 순계급주의에 대한 민족주의의 발달된 전략戰略에 불과하였다고 보게 된다. 양씨의 논이 당시의 정세에 있어서 매우 많이 타당성까지도 가질 수 있는 주장이었다. 그러나 민족적 계급주의의 문학은 어떠해야 하며, 계급적 민족주의의 문학은 어떠해야 할 것인가? 그것들이 작품에 어떠한 차이로서 나타날 수 있는가. 이것은 의식의 전취戰取만을 위한 논문이었으니 이 논전의 승부와 실제의 작품과는 아무러한 관련도 없는 듯하였다. 따라서 팔봉이나 나의 논문이 당시 침체된 좌익[245] 작가들의 작품 활동의 타개책이 될 수도 없었던 것이다. 우리가 이 논전에서 이기든 지든 문학작품에 큰 영향은 없었고, 다만 좌익 작품을 수호한다는 의미밖에는 없었다. 수호와 발전은 의미가 좀 다르다.

당시 우리들— 더욱이 나는 확실히 공식주의公式主義에서 경화硬化되고 있었다. 공식이란 것은 넓게 활용해야 하였을 것인데 그때의 우리들의 공식 이용의 범위는 극히 좁았다고 볼 수밖에 없었다. 그러니 이 논전은 서로 지지 않으려는 지력知力의 싸움이었을 뿐, 문학적 창조에 기여한 바는 심히 적었다.

둘째로 이 논전에 있어서 팔봉의 활동을 지나쳐 볼 수 없었다. 팔봉은

---

245) 원문에는 '右翼'으로 되어 있으나 오식으로 보이기에 바로잡았다.

나와의 논전에서 그 결론으로 자기에게 의식상 불선명한 것이 있으면 동지들에게 사과하고 앞날을 맹서하겠다고 한 것을 그대로 실행할 기회가 왔던 것이다. 그는 당시 동지들의 박수를 받으면서 논적을 물리치기 위하여 분투한 것이었다. 그러나 이 논전으로 하여 그동안 불선명하였던 팔봉의 의식이 분명하게 보였을 뿐, 물론 새로운 문학정책은 되지 못하였다. 당시 침체하여 가는 좌익 문학의 진영에는 무슨 새로운 타개책을 갈망하면서도 다른 사람의 공격을 받을 때는 우선 공식을 가지고 적을 물리쳐서 자기 진영을 고수하는 데만 급급하였었다.

셋째로 예술동맹의 정책이 이상 논문 주지와 어떠한 관련성을 가졌었느냐는 점이다. 〈신간회〉 결성 이후 프롤레타리아예술동맹은 어떠한 태도를 취할 것인가? 더욱이 벌써 몇 사람이 문예운동의 방향전환론을 발표하였었다. 나도 또한 방향전환론을 발표하였었다. 경제적 분산적分散的 투쟁에서 정치적 전면적 투쟁으로 전환할 것을 역설한 것이다. 이 논지는 좌익 정치논문과 동일하였다. 정치면에서는 그 방법의 구체적 실천으로 민족단일당을 조직하였다. 그러니 그와 동일한 방법으로 한다면 문예에 있어서도 민족의식을 포함한 단일체單─體의 단체가 생겨야 할 것이 아닌가. 우리는 이 문제로 상당히 생각도 해보았다. 더욱이 김복진 군이 어느 틈엔가 좌익투사가(ML당 경기도 책임자) 되었었고 따라서 그 정책과 방략方略에 있어서도 내가 따를 수 없는 데가 있어서 군의 의견을 나는 많이 따랐다. 그 결과 우리는 예술동맹의 문호를 개방하고 대중투쟁을 하기로 되었었다. 말하자면 이때까지 예술동맹의 전원은 문학을 전문으로 하는 지명知名의 사람들뿐이었으나 문사가 아니라도 문학청년 또는 문학의 취미를 가진 사람들도 소원한다면 다 입회시키자는 정책이었다. 그 결과가 어떠했다는 것은 다음에서 말하기로 하고, 여기서 말할 것은 예술동맹이 이렇게 문호를 개방은 하였으나 중요한 민족주의의 의식을 어떻게 육성 전취한다는 문학적 방법을 생각하지 못하였다. 생각하지 않은 것이 아니지마는 공식주의적 계급의식에서 해방되지 못한 까닭에 일단—段을 비약하는 용기가 없었다.

이러한 정세이기 때문에 무애, 노풍 양씨의 계급적 민족의식론이 나올 법도 하였고, 사실상 그렇기 때문에 그들은 이 약점을 타서 논진論陣을 펴본 것이었다. 한 말로서 한다면 예술동맹은 자주국自主國의 문학 활동을 그대로 본떠서 하였을 뿐이었고, 식민지였던 조선적 특수성에서 활동을 좀더 광범하게 원활하게 못한 것이 유감된 일이었다고 생각한다.

그 다음으로 또 1929년의 중요한 논제는 팔봉의 '무산문예의 대중화' 문제이었다. 1929년 3월 중 《동아일보》에 〈변증법 사실주의〉론을 발표하였고[246] 계속하여 4월 중 동보에 〈대중소설론〉 등을 발표하여 좌익 문예가들의 주의를 끌었던 것이었다. 그런데 이 팔봉의 대중소설론 등이 발표되자 임화 군의 맹렬한 반박이 있었다. 팔봉의 논지는 프롤레타리아문학은 형식문제, 기술문제와 아울러 좀 더 재미있는 작품을 써서 대중적으로 읽히자는 것이었다. 그런데 그 이론적 근거는 순문학적인 데 있는 듯도 하고, 또는 현실적 정책에 있는 듯도 하여 그 어느 것이고 하나에 있지 않은 듯한 인상을 주었기 때문에 임군의 반박을 받은 듯하였다.

팔봉의 논문 중에서 그 요지를 간단히 추리면—

첫째로, 무산문예라는 것은 결국 작품을 써서 발표해야 하는 것이니, 그러자면 검열을 거쳐야 되는 것이므로 이때까지 프롤레타리아작품은 비교적 검열 수준이 높은 신문지법에 의하여 발행되는 신문이나 잡지에만 발표되는 부자연한 상태에 있음을 지적하였고, 그러니 우리들의 작품이 작품행동으로 나타나자면 불가피적으로 이 검열에 통과되어야 한다고 하는 것이고,

---

246) '3월 중'에라고 되어 있으나 정확한 게재일자는 1929년 2월 25일부터 3월 7일까지이다. 또한 원문에는 '변증법적 사실주의'라고 되어 있으나 오식이기에 바로잡았다.

둘째로는, 가령 검열에 통과가 되더라도 노농대중勞農大衆의 지식 정도나 독서력에 맞도록 써야 할 것이며, 만일 난해하게 된다면 그들을 위하여 써 놓은 작품이 도리어 그들과 친할 수 없게 된 것이다. 그러니 우리는 우리의 예술을 대중화하기 위하여 먼저 우리의 목적을 더욱 교묘히 달達하는 수법으로 재미있게, 평이하게, 대중이 친할 만큼, 검열에 통과되도록 지어내는 재주를 획득해야 하는 것이니, 말하자면 춘향전과 같은 대중성을 갖도록 하자는 것이고,

셋째로는 그러니깐 우리는 작년(1928년) 1년 이래로 극도로 재미없는 정세에 있어서 우리들의 연장(무기)으로서의 문학은 그 정도를 수그리어야 한다.

라고 하였다.

다시 말하면 검열에 통과되도록 말하자면 검열제도에 영합될 수 있도록 쓰되 재미있게 써서 춘향전과 같이 많은 대중이 읽도록 하자는 뜻으로 해석이 되었던 것이다. 그리하여 임화 군은 팔봉이 맑스주의를 포기하고 무장을 해제하여 통속소설을 주장하는 예술지상주의라고 반박 공격하였던 것이었다. 팔봉은 이에 대하여 또 다시 변명을 하였으나, 그때의 팔봉의 대중소설론은 구구한 변명 없이 그대로 당시 문단의 침체상태를 타개할 수 있는 적당한 제안이었다. 가령 "연장으로서의 문학은 머리를 수그리어야 한다"라는 말이 적과 타협한다는 의미로 해석될 수 있는 위험한 구절이기는 하나 강렬한 의식의 나열 때문에 검열에 불통과되는 수가 많았으니 의식의 표현만이 문학이 될 수 없다는 뜻이니, '머리를 수그린다'는 말은 강렬한 의식의 용어만을 나열하지 말고 보다 더 문학적으로 쓰자는 뜻으로 해석할 수도 있다. 그러나 당시에는 그렇게 호의적으로 해석하려는 사람은 적었고, 거지반 맑스주의를 이반離反하는 논자라고 지적함을 받게 되었으니, 그때의 팔봉이 한 걸음 더 문학적인 데로 기울어졌다면 그 대중

문학론은 확실한 성격이 드러났을 것이었다. 그러나 팔봉은 맑스주의의 이반자라는 말이나 개량주의자라는 칭호를 듣기 싫어하였던 까닭에 그 후 자주 변명을 하였으나, 변명을 하면 할수록 팔봉은 점점 그 논지가 불확실하게 되고 말았다.

여하간 팔봉의 형식론이나 대중소설론 이후로 무산계급의식의 문학운동은 자기비판을 내리기 시작한 것이었다. 당시에는 외계의 강압도 있었지마는 이미 프롤레타리아문학 자체의 새로운 문학적인 요구가 싹트기 시작하였던 것이다. 말하자면 의식의 성장은 문학적으로 결여되어 가는 자기 모순을 내포하고 있었던 것이었다. 그러나 질곡화桎梏化하는 의식(이데올로기) 속에서 용감히 뛰어나온 작가는 없었다. 우리는 백열화白熱化된 논전의 토치카 속에서 의식 문제와 문학 문제의 균형을 잃어버리고 쭈그리고 업대어 현상을 유지하느라고 다만 침울하였을 뿐이었다. 논전이 활발하였던 반면에 작품행동에는 침체기가 왔고 권태기가 온 것이었다. 그러니 이 논전은 프로 진영의 수비에 불과하였고 프롤레타리아문학 자체의 구체적인 진로가 되지는 못하였었다.

제2장 문학과 정치의 혼류 속에서

1. 제3전선은 어디로?

어떠한 시대의 문학이 다른 시대의 문학과 구별되는 그 시대성에는 우선 두 가지의 상이한 점을 찾을 수 있는 것이다. 하나는 생활이고 또 하나는 사상이라고 할 수 있다. 시대에 따라 생활의 양식이 달라지고 생활의 풍속이 달라지고 심한 경우에는 언어까지도 상이한 의미를 갖게 되는 것이니 이런 것은 문학에 나타나는 인간의 외형일 것이다. 그러나 시대를 따라 인간은 다른 생각을 하는 것이니, 즉 이 사상은 문학에 나타나는 인간의 내용이라고 할 것이다. 그러나 이 두 가지의 외형과 내용은 어느 때나 변하지 않는 인간의 본체에 따르는 것이요, 이 본체 없는 외형과 내용은 무의미한 것이 되고 말았던 것이다.

그리하여 문학에는 이 세 가지가 잘 조화되면 될수록 좋은 작품이 될 수 있는 것이었다. 그러나 이것은 생활이 어느 정도로 평화로울 때에 일어나는 현상이라고 하겠고 정치적으로 극히 위기에 빠져서 사람들의 생활이 고통 중에서 혁명만을 요구하게 되는 시대에서는 잘못하면 이 세 가지는 평형을 잃어버리고 정치적 격랑 속에 그대로 쓸려 들어가는 일도 있을 수 있는 일이다.

가령 다른 나라의 이야기는 그만두고 우리 한국의 형편을 가지고 본다면, 한국은 일본제국주의의 철제鐵蹄 밑에서 한국사람의 자유는 빼앗기고 그 생활은 생사의 기로에서 헤매고 있었을 때, 모든 한국의 지식인은 다 조국의 해방을 위하여 일어나서 적과 투쟁을 하면서 일생을 바칠 때, 한국의 모든 문화운동도 역시 조국의 운명을 위하여 공명하는 바가 있어야 할 것을 각오하게 된 것도 당연한 일이라 아니할 수 없다. 조국의 산하가 없는데 조국의 문학이 어디 있겠느냐고 생각하는 사람이나, 또는 조국의 산하는 없더라도 우리들의 문학은 세계를 빛낼 만치 창조되어야 한다는 사람이 다 잘못된 생각은 아닐 것이다. 다시 말하면 문학이 조국의 해방을 위하여 전 기능을 다하여 협력해야 한다는 것이나, 영국을 잃어버려도 셰익스피어를 잃어버릴 수 없다고 극언極言을 하게까지 될 수 있는 문학을 요구하는 생각이 다 옳다고 할 수 있다. 그러나 여기에는 작가들이 살고 있었던 시대와 환경과 생활의 차이를 또한 지나쳐 볼 수 없는 것이었다. 그런데 행인지 불행인지 우리는 조국의 해방을 위하여 투쟁하는 데 문학을 바쳐야 하게만 되었었다. 그리하여 조국의 해방을 위하는 사상은 합법적 민족주의에서 비합법적 급진적 민족주의로 전진하였고 여기서 좀 더 혁명적 이론을 얻기 위하여 맑스주의까지를 영합하였으니 자연히 그때의 우리들의 문학에는 세 가지 요소 중에서 정치적 사상만이 무제한으로 발달하게 되었다. 이것은 일시적 흥분에서도 아니며 또 유행에서도 아니라 조국의 비참한 운명이 우리들에게 주는 지상명령이었기 때문이었다.

여기서 우리는 비로소 문학의 임무라는 말을 쓰게 되었다. 민족의 해방을 위한 혁명적 투쟁전선에서 문학은 무슨 일을 해야 하겠느냐는 문제에 이른 것이었다. 제3전선의 임무라는 말이 이때에 생기게 된 것이다. 정치투쟁은 제1선이며 문학으로써 투쟁은 제3선으로 규정하게 된 것이었다. 말하자면 전선의 후방부대로 직접 전투는 하지 않으나 그 대신 혁명의식을 고양하며 반영하는 일이니, 그것으로 문학의 정신을 삼았던 것이다.

이와 같이 제3전선의 임무를 갖게 되어 이 제3전선에서 분담된 임무를 충분히 실행하였으면 그 시대를 대표할 만한 좋은 작품도 많이 나왔을는지 모르나 이 제3전선은 곧 제1선의 연장선으로 되고 말았다. 여기서 문학과 정치의 혼란이 시작되었다. 말하자면 어느 것이 정치며 어느 것이 문학인지 구분하기 어렵게 된 것이다. 어디까지가 제1선이고 어디까지가 제3선의 경계선인지 모르게 되었다는 것이었다.

우선 그 실례를 들어본다면 당시(1926, 7년)에 정치면에서 방향전환론이 대두하니, 우리도 곧 방향전환론을 썼다. 그러나 정치면에서 민족단일당을 형성하였을 때 우리는 구체적으로 아무러한 실천을 나타내지 못하였다. 다만 작품에 나타난 개인의 복수 행동에서 집단적 행동으로 변환할 것을 지시하였고, 예술동맹의 문호를 개방하고 동일한 의식을 가진 자는 아무나 입회시킨 것뿐이었다. 우수한 급진적 민족주의의 문학자와 제휴하지 않고 문학적으로 무자격한 사람들에게 문호를 개방한 것은 확실히 혼란에서 나온 정책이었다.

이 두 가지 정책은 프로문학과 예술동맹의 각각 거대한 모순을 갖게 하였던 것이었다. 개인행동에서 집단행동이라는 표어 밑에서 전환된 프로작품은 결국 개인의 개성이 무시되고 노동조합 농민조합적 투쟁에서만 개인이 존재하였으니, 결국 끝에는 개성이 없는 문학으로 되어버려 "새로운 인간을 찾자!"라는 말까지 나오게 된 것이었다.

또 예술동맹은 대중투쟁을 한다고 아무나 입회를 시켰으나 제법 쟁의단爭議團이나 쟁의爭議 현장에 가서 시나 연극으로 격려해본 일도 없었다. 이것은 물론 경찰의 탄압으로 할 수도 없는 일이었지만, 이러한 혼란 가운데서 작품다운 작품을 쓸 수 있는 마음의 여유와 역량을 기를 수가 없었다. 결국 잡다하게 된 동맹원들에게 내부의 분열과 당파를 만드는 기회를 주게 되어 가내투쟁家內鬪爭만을 연출하게까지 되었을 뿐이었다.

그러나 여기서 우리의 나갈 길은 다만 한 길밖에 없었으니, 그것은 다소 혼란한 가운데서라도 자기의 서 있는 길에서 그대로 직선으로 걸어보려는 억지였었다. 이쯤 되었으니 프로작품은 우리의 목적을 달성할 수 있다면 삐라도 좋고 포스터도 좋다는 식의 이론에까지 아니 갈 수 없었다. 그러나 이 직선의 길은 결국 막다른 골목에 이르고 말았었다. 갈 만큼 가고 보니 이것은 완전한 정치도 아니요 충실한 문학도 아닌 본래의 의도와는 다른 무엇이 되고 말았던 것을 우리는 발견할 수 있었다. 일찍이 팔봉이 그 논문(1930년 1월 《조선지광》 소재 〈예술운동의 1년간〉)에서 이렇게 지적한 말이 생각난다. 즉 "얼마나 빈약한 활동이었던가. 여기에는 현실의 객관적 정세는 물론이려니와 우리들 자신의 개인적 사정으로 인한 활동의 부족도 한 원인이 되어 있다 할 것이다"라고 하였다. 이 말을 아주 명확하게 한다면 우리들이 생각을 잘못하였고 또 역량이 부족하였다는 의미로도 통할 수 있다. 제3선을 포기하고 제1선의 연장선을 만들려는 데서 생긴 혼란이었다. 여하한 사상이 담겨 있든지 문학은 어디까지나 문학이라는 신념이 그때의 우리들에게는 너무도 박약하였던 까닭이었다.

그리하여 우리의 사상과 의식이 정치성을 띠면 그럴수록 외계의 탄압은 그대로 강하여졌다. 이러한 정세에서 나는 더 나갈 수도 없었고, 그렇다고 무조건하고 뒤로 물러갈 수도 없어서 오직 침울沈鬱 중에서 지냈었다. 아마 다른 사람들도 나와 같은 상태에 있었을 것이다. 이때에(1930년 춘) 예술동맹 동경지부로부터 20세 전후의 홍안紅顏의 동지들을 맞아들이었다. 이들의 대부분은 대학생들이었다. 새로운 정열과 산이라도 뚫을 듯한 의기意氣를 가진 그들이 우리들에게 일본에서 가져온(사실은 소련에서 온 것이지만) 선물이 있었다. 그것은 '프롤레타리아예술운동의 볼셰비키화'란 것이었다. 다시 말하면 공산당의 문학으로 그 지령에 따라서 움직이는 예술이 되어야겠다는 것이었다. 내가 막다른 골목에서 진퇴가 결정되지 못하고 있을 때, 말하자면 그들은 그대로 담을 무너뜨리고 전진하려는 것이었다. 그러나 이곳에는 두 가지의 위험이 있었으니 하나는 경찰의 탄압이요 그 다음은 문학의 붕괴다. 이때까지도 문학이 지나치게 정치와 병행하려는 데서 적지 않은 혼란과 침체를 가져왔었는데, 이 이상 한 걸음 더 나아가서 문학의 영역을 버리고 공산당의 심부름꾼이 되어야 한다는 제안이었으니 아직도 문학자적 자존심을 가졌던 나는 한 번 놀라지 않을 수 없었다. 말하자면 나에게는 아마 자유주의적인 것이 많이 있었던 까닭이었을 것이다. 그리고 또 한 가지 그때 나의 머리를 혼란케 한 것은 당의 문학이라는 것은 당의 위대한 권력과 세력이 현실적으로 나타나 있는 소련에서나 가능한 일이요 한국과 같이 당이 지하운동에서 비밀결사가 된 것을 우리가 알 수도 없는 일이요, 문학은 문학자만이 이해할 수 있는 것이어늘 누가 감히 문학을 지도할 것이며, 또 만일 그렇게 할 수 있다고 한다면 한국에서 당은 조선문학에 대하여 무슨 정책을 제안하였던가? 그러니 이것 역시 자기의 처지를 명확히 구명하지 않고 외국에서 직수입한 데 불과한 공식주의라고 나는 단정해버렸다. 나는 내 자신이 공식주의에 빠졌던 것을 그 후 심히 부끄럽게 생각하고 있었던 때라, 또 다시 이 위험한 공식주의에 빠질 수는 없었다. 그때의 논객들은 안막安漠, 김효식金孝植(남천), 임화, 권환 등 4군이 그 대표였고, 그들의 논문이 발표되자 (발표는 대개 신문에 되었으나 대부분 복자伏字로 되었었다.) 신진논객들이 그들의 뒤를 따랐었다. 그러나 팔봉과 나는 이 문제에 대하여 명확한 태도를 취하지 않았고, 오히려 그들의 볼셰비키화에 관한 논문을 팔봉은 자기가 있었던 《중외일보》지에 내어주었었고 그 후에 나도 내가 있었던 《중앙일보》지상에 내어주었었다. 후일에 나는 당시 나의 이처럼 불확실한 태도에 스스로 부끄러웠다. 내 자신의 심리상태를 분석하여 본다면, 나는 첫째로 진퇴유곡進退維谷에 있었던 예술동맹의 책임자도 무기력하다는 둥 무엇을 하느냐는 둥의 비난을 받으면서 답답하게 있던 때라 이 신진들로 하여금 예술운동의 침체를 타개시켜보려는 의도에서 그들의 문필 행동을 원조하여 준 것이었다. 그리고 그 다음으로는 이 신진들의 새로운 기세와 그 예리한 감각에 어느 정도의 위압을 느끼게 될 만치 정치적 문학론에는 나는 아주 무기력하게 된 까닭이었을 것이다. 나는 벌써 새로운 세대에 끌려가고 있었던 것이다. 그러나 표면으로 이처럼 감응이 없는 대신 내면으로 이론투쟁을 시작하였었다. 당시 카프(프롤레타리아예술동맹의 약칭)는 경찰에게 집회금지를 당하였었던 까닭에 할 수 없이 우리는 비밀집회를 하게 되었었다. 그리하여 여러 가지로 당면 문제를 토의하였었다. 그런데 서로 얼굴을 보고 이야기할 때는 나의 의견이 어느 정도로 타당성이 인정되었으나 근본 문제에 있어서는 그들과 나는 충돌을 면할 수 없었다. 여하간 카프의 타개책을 위하여 나는 회합마다 출석하였었다. 나는 이리하여 만일 카프가 어느 정도로 진로가 확정된다면 이 단체의 일은 다 그들에게 맡기기로 나 혼자만 결정하였었다. 그리고 나는 이제야말로 문학적 창작 생활에만 전력을 해보려고 생각해보았었다. 그러나 마음대로 되지 않는 것은 사람의 일이라 이것이 카프의 최고 최종의 활동이 되고 말았던 것이다. 그 후 카프는 곧 경찰의 짓밟힌 바 되어버렸고 나의 개인 생활도 생각하던 바와는 정반대의 길을 이로부터 시작하게 되었던 것이었다.

2. 세칭 군기사群旗社사건과 카프사건

1931년! 이 해는 한국 사회운동에 있어서 참으로 불안과 초조가 많았었다. 어느 해 평온한 때가 없었고 해마다 늘어가는 경찰의 검거와 투옥으로 공포가 끊일 세가 없었지만 이 해에는 경찰의 검은 손이 예술동맹에까지 뻗치게 된 것이었다. 그런데 이러한 일이 있기 전에 또 한 가지의 사건이 생겼으니 그것은 카프 내부에서 생긴 싸움이었다. 나는 카프를 대표하여 신간회에 가담하여 민족단일운동의 지지를 표명하였고, 그 후 동경에서 온 신진들은 당의 문학을 고조하면서 비밀히 실제운동의 심부름 하느라고 사실상 카프는 정치의식으로 상승할 뿐이었고 문학적인 것을 생각할 여유는 조금도 없었다. 그러는 중에 카프라는 것은 어느 틈에 사상단체나 정치단체와 같은 인상조차 많아 갔다. 더욱이 문호를 개방한 후로 잡다한 회원이 생기게 되자 일층 그러한 느낌이 있었다. 우리는 이 해를 당하여 일본 경찰의 강압적인 정책을 보게 되자 어떠한 각오까지도 하였던 것이었다.

그러면 먼저 군기사사건을 이야기하여 보려고 한다. 이렇게 경찰의 탄압이 난폭하여져서 카프가 합법적으로는 꼼짝도 못하게 됨을 따라 극도로 무기력해진 카프에 대한 사회의 비평은 물론 좋지 못하였다. 한편에서는 그렇게 급진적으로 공식적 극단으로 나갔으니 문학이 창작될 리가 있느냐는 조소가 있는가 하면, 또 다른 한편에서는 문사들이란 이렇게 투쟁력이 없는 것이냐고 비난하는 소리가 들려왔었다. 그때 우리의 마음의 고민과 초조는 참으로 컸었다. 카프 내부에서도 급진적인 동경파와 재래의 책임자들의 생각하는 바가 달랐었다. 얼른 말하면 동경서 온 신진들은 현재 간부들의 불활발한 태도가 마음에 맞지 않아 얼른 대회를 열고 자기들이 한 번 일을 활발히 해보겠다는 야심이 가슴에서 끓었었고, 우리들은 당시 그 이상 더 할 수 없었던 것이니 얼른 그들에게 카프를 위임해보려는 생각에서 대회를 개최하는 데 동의하였었다. 그러나 대회를 열게 되면 경찰이 어떻게 우리들에게 탄압을 할 것까지도 생각하고 우리는 비상한 각오까지도 하였었다. 그러나 대회는 물론 금지되었고 서면대회書面大會까지도 금지되어 우리들의 계획은 다 수포로 돌아가고 할 수 없이 위에서 말한 것처럼 비밀집회를 때때로 열고 우선 부서 같은 것도 고쳐보았다. 그러나 이런 것은 다 외부의 사람이 알 수 없는 내부만의 일이었다. 정치운동 같으면 비밀집회의 결과가 곧 행동으로 나타나는 것이니 비밀집회의 필요가 있겠지만 문학적 행동으로 합법적으로 표면에 나타내야 하는 카프운동에는 비밀집회의 효과라는 것도 큰 것을 바랄 수 없었던 것이었다. 그러니 어떻게 잡지라도 하나 내어놓는 것이 제일 효과 있는 일이라고 생각하였다. 일찍이 《문예운동》지를 발간해 보았으나 여의치 못하였고, 그 후 기관지를 내보려고 하였으나 검열도 검열이려니와 돈이 없어서 늘 벼르고만 있었다. 이러한 때에 양창준 군이 중간에 사람을 넣어(그 사람은 엄흥섭 군인 듯하다) 카프의 기관지를 자기에게 맡기면 발행해 볼 의사가 있다는 것을 전해 왔다. 그때 양 군은 동요를 썼고 물론 카프회원도 아니었다. 그런데 그때 양 군은 《시와 음악》이라는 잡지를 한 호 내었는데 그 잡지의 제호를 고쳐서 카프의 기관지로 하겠다는 것이었다. 물론 우리는 그의 뜻을 크게 환영하여 곧 그를 카프에 입회(비합법적으로)시킨 후 제법 무슨 일이라도 하는 듯이 우리는 활기를 띠고 거의 날마다 편집회를 열었다. 편집회에서 잡지 이름도 《군기群旗》라고 정하였고 원고를 모으기 시작했다. 그러나 이 잡지는 계급의식의 계몽잡지로 방향이 정해졌고 문학잡지는 아니었었다. 카프는 벌써 자기의 임무를 떠나 다른 영역(정치)을 엿보려고 하였던 것이었다. 수차의 원고 압수가 있은 후 겨우 한 호를 내어놓았다. 그런데 양 군은 이러한 기회를 이용하여 좀 더 높은 지위를 얻고 싶었던지 민병휘, 이적효, 엄흥섭 등 제군과 결탁하여 비밀리에 평소에 카프에 대한 불평분자들을 모아 가지고 카프를 파괴하고 '전조선무산자예술단체협의회全朝鮮無産者藝術團體協議會'를 결성하려고 하였었다. 그러나 결성 도중에 카프 서기국書記局에 탐지된 바 되어 사전에 그들을 카프에서 제명하여버렸고 그 운동에 가담한 개성開城지부는 드디어 정권停權처분을 하게 되었었다. 그런데 나중에 세밀히 조사한 바에 의하여 엄흥섭 군은 관계가 미소하였던 것을 알게 되었다.

당시 양방에서 발표한 성명서 중에서 수절數節을 인용하여 그 진상을 밝히려고 한다.

I. 카프 서기국에서 발표한 성명서

(중략) 제일로 그들은 약 2개월 전부터 비교적 중앙 사정에 어두운 지방 수 개인의 동지들을 카프 중앙부에 대한 기만적 역선언逆宣言으로 책동하여 카프 전 조직을 파괴하고 그들의 반동적 분파 만에 의한 소위 전조선무산자예술협의회를 결성하려고 하였던 것이다. 그러나 차등 반동적 파괴행동의 음모는 서기국에 탐지한 바 되어 그 후 서기국의 질문이 있을 때에

피등彼等은 전기前記 사실을 전연 부인하고 오직 재조직사업을 촉진키 위하여 노력하였음에 불과하였었다고 하며 절대로 카프 지도에 복종할 것을 말하는 등의 위선적 외교수단으로 서기국을 기만하였다.

제2로 양梁은 《군기》의 법규(현행 법률)상 책임자임을 호기로 카프의 대다수의 성원이 협력하여왔으며 노동대중의 일상생활의 정당한 요우僚友가 되려는 《군기》의 3, 4월호의 사업을 사보타지하여 지배계급의 의도를 원조하고 그 후 자기 분파만의 원고로 암암리에 반동적 편집을 진행시키며 지국과 독자에게는 허위의 서신으로 기만하였던 것이다. 이것은 ××계급의 탄압을 공연히 원조하는 변절의 행동이 아니면 아니 된다.

그리고 또 한편으로 개성지부를 카프 파괴에 이용하게 한 것이다. 극좌적 언사를 농弄하여 자기 자신만이 가장 좌익연左翼然하는 민병휘閔丙徽는 조직이란 ABC도 모르는 행동을 감행하였다. 그것은 개성의 대중극장이 프로예맹 개성지부와 유기적 관계가 있음에도 불구하고 책임자로서 보고적 공문도 없고 또한 중앙부에 불평이 있으면서도 수차 상경하여 중앙부 사람과는 한 번도 만나지 않는 모피謀避적 태도를 취한 것으로 보아 민閔은 조직을 모르는 사람이다. 그리고 민은 언필칭言必稱 중앙부 사람은 문사적 명예를 꿈꾸고 또한 프로잡지나 신문에 시나 소설을 발표하는 것을 비난하면서 군 자신은 그 길을 그대로 밟는 사람이니 최근 모 잡지사에 문예작품을 투고한 사실로 보아 민의 언사는 그 행동을 반증하는 이외에 아무것도 없다. (중략) 제3으로 그들은 서기국의 경고가 있은 후 카프를 외부로부터 파괴시킬 계획인 '협의회'는 그들의 모반자謀叛者적 파괴자적 정체를 폭로시킬까 두려워 그것을 보류하고, 카프쇄신동맹刷新同盟을 결성하여 조직을 내부로부터 파괴시키려는 음모를 감행시키고 《군기》를 자기들의 반동적 선전기관으로 탈취하려 하였던 것이다. (중략) 그러나 양에게 굴屈치 않고 우리는 문부文簿 일체를 탈환하여 온 것이다. 이것이 군기사 습격 운운의 데마의 진상이다.

Ⅱ. 양梁 일파의 성명서

조선에 있는 노동자 농민운동의 급격한 성장, 그리고 계급의식의 심화 확대— 이것은 ×본本 ×지地×계급의 반동의 역류에 대항하여 일체의 민족개량주의 사회민주주의적 우익 타락 간부의 사회적 근거를 전××적 출판물의 결여로부터 받은 통고痛苦의 쓰린 경험에서 프로예술운동 투쟁적 분자에 의하여 노동자 농민 대중잡지 《군기》를 발행하였다. 그리하여 공장과 농촌의 형제들이 애독하며 그들의 자기비판, 그리고 각 노동조합과 농민조합으로부터는 자발적 배포망을 확립하는 등, 실로 《군기》를 지지하는 도시와 농촌의 형제들의 실천적 대답이었다. 그러나 난관은 크다. 그것은 《군기》 원고의 연속적 압수, 그리고 배포에 대한 ××과 사회민주주의자들의 중상압해中傷壓害와 의식적 반발 등— 신의주新義州 이영숙 등은 자기비판을 무시하고 개인주의 ××과 합력하여 우리 군기를 노동자 대중으로부터 분리시키려고 갖은 횡포를 다하였다.

그리고 최근에 와서 우리 잡지 《군기》에 대한 구체적 파괴 행동으로서 프로예맹의 타락 간부 김기진, 박영희들이 지난 4월 7일 오후 4시에 군기사에 침입하여 편집책임자에게 가장 만폭蠻暴한 봉건적 구타 행동을 가하고 사의 전 문서— 독자 명부, 지사 명부, 원고, 문부文簿 일체, 통신 등을 약탈하여 갔다.

제군! 놈들의 반동은 명백하다. 우리 《군기》가 자기들 우익 지도를 폭로 배격하는 때문에 영구적 발행금지를 강제하는 것임을 우리는 잘 안다. 그들의 사회적 근거— 놈들은 대중이 자기들의 과오에 대한 자기비판에 성의로서 대답하는 구체적 청산의 기필期必을 역逆해서 노동자들의 자기비판까지를 중상하고 모든 계급적 출판물에 반기를 들고 ×본本×와 협조하여 혹시 ××××경영을 또 어느 때는 ×××지지를 말하고 이제 와서는 ×본×의 총애와 좌익적 위어僞語 밑에 숨어서 소위 《조선지광》,《아등我等》잡지를 지지하여 우리의 모든 계급적 출판물에 대립한다. (하략)

그들의 성명서는 전부가 좌익적 언사를 늘어놓았을 뿐이고 또 야비한 욕설로 끝을 마쳤다. 군기가 카프의 기관지가 된 이상 모든 것이 다 카프의 주권 밑에 있었으며 그 지배 아래 있었다. 또 양梁군이 편의상 편집 겸 발행인이 되었을 뿐 역시 카프의 일원이니 카프의 명령에 따르는 것이 정당한 행동이었었는데, 그가 카프에 반기를 든 이상 그들을 제명함이 당연한 일이고, 따라서 카프와 관계없이 된 사람에게 문서를 맡길 수 없으니 서류 일체를 찾아온 것이니 이 또한 카프의 처지로 보아 당연한 일이었다. 당시 카프 내에는 동경서 온 신진들이 있어 그 기세 자못 예리한 바 있었다. 임화, 조중권趙重滾, 김효식金孝植 등 제군이 다 신진 정예精銳들이지마는 이들은 아직은 카프를 대표할 수도 없었고 또 군들이 앞에 섰다가 그야말로 정면충돌이 있을까 염려하므로 제일 원만하게 해결을 짓기 위하여 김군 과 내가 나서게 된 것이었고, 사실상 우리가 나서야 평화리에 해결이 되리라고 생각하였었다.

우리가 양梁군을 만난 결과는 생각했던 바와 같이 평화리에 서류 일체를 찾아왔고, 그들도 잘못하였다고 하였었다. 그랬던 것이 그 이튿날 이와 같이 유치한 성명서를 발표하게 된 것이었다. 말하자면 할 수 없으니 욕설이나 흠뻑하고 말겠다는 우매한 생각에서 그러한 성명을 한 것이다. 그 후 카프는 임화 군의 편집으로 《집단集團》이라고 제한 역시 계몽잡지를 한 호 내었었다. 이러는 동안 카프는 사실상 문학에서는 이미 떠나버리고 만 것이었다. 정치적 격랑 속에서, 자체를 살펴볼 여유도 없이 그대로 떠내려가고 말았던 것이었다.

문학과 정치의 기로에서 피로 침체된 카프는 드디어 정치적 격랑 속으로 뛰 들어감으로 갱생의 길을 얻으려고 한 것이 1931년 카프의 볼셰비키화로 나타난 것이었다. 그리하여 카프는 정치의식을 향하여 상승일로를 걷고 있었고, 이에 따라 일본 경찰의 강압의 도는 더욱 가혹하였었다. 당시 카프 내에 있어서 나의 존재는 우익이라는 비평을 받았다. 그것은 그때 한참 일어나는 볼셰비키화 운동에 관하여 정면으로 싸우지는 아니하였으나 이에 찬의贊意를 표하지 않았던 까닭이었다. 그러나 카프만을 생각할 때에는 좌우로 갈라서 볼 수 있었지만, 이것을 정치적 노선에서 볼 때 내 자신은 이미 극좌적인 정치권 내에 서있게 된 것을 발견할 수 있었다. 이것은 이론이 동일해서 그런 것도 아니었으며 정책이 특히 우수해서 따라가게 된 것도 아니었다. 정치란 폭풍과도 같아서 옆에 있던 물건이 휩쓸려 들어가게 되며, 그것이 어느 때에는 와중渦中에까지 뛰어들어 중심이 되는 것과 같이, 당시 내 자신의 처지가 그러하였었다. 그것을 설명하기 위하여 당시 신간회 경성지부의 마지막 날에 되었던 일을 잠깐 이야기할 필요를 느낀다.

당시 신간회는 수년간, 총독부의 가혹한 탄압 밑에서 겨우 각지에 지부를 설치하였을 뿐 표면으로는 이렇다고 할 만한 활동이 있지 못하였었다. 이 침체상태는 당시 합법주의에서 온 결함이었지마는, 이러한 행동에 불만을 가진 좌익 진영에서는 드디어 신간회 해소론이 일어났으니, 즉 신간회는 그 역할을 다하였으니 그 다음 계단[247]으로 들어가기 위하여 노농대중 속으로 해소하자는 론이었다. 말하자면 비합법적인 지하운동으로 들어가자는 것이다. 그러나 전래의 민족 진영은 물론 이에 반대하였으나 결국 해소파의 승리로 돌아가 본부는 드디어 1931년 5월 17일 대회를 열고 해소를 선언하게 된 후로 뒤를 이어 각지 지부도 이에 따랐다. 그런데 당시 나는 경성지부에 소속되어 있었다. 경성지부도 본부의 방침에 따라 속히 해소위원회를 열고 정식으로 해소를 선언해야 회의 법규상 정당한 일이었다. 그런데 이 해소에 대한 총독부는 신간회의 해소는 공산당의 재건으로 해석하게 되었으므로 본부가 해소를 선언한 이후 곧 중요한 해소론자를 검거하기 시작하여 정세는 바야흐로 위기에 직면하게 되었었다. 이렇게

247) 원문에는 '階級'으로 되어 있으나 오식으로 보이기에 바로잡았다.

되니 경성지부에 있던 사람들은 어느 틈에 하나씩 없어져버렸고 남아있었던 몇 사람도 피해 다니느라고 여념이 없었다. 그리하여 경성지부의 뒷일을 볼 사람은 3, 4인에 불과하였었다. 그 중에도 책임을 져야 할 사람은 권태휘權泰彙 군과 내가 있을 뿐이었으니 참으로 그때의 나와 권군은 심히 초조하였었다. 민족 진영의 회원들은 처음부터 해소론에 반대이었으니 해소위원회 같은 것에 대하여는 물론 관심을 갖지 않아 다 달아나버리었고 남은 사람들은 해소론에 확실한 자신이 없으면서도 대세에 따르게 되는 좌익분자라고 할 수 있으니, 이 사람들이 회합을 하는 날이면 경찰은 그냥 덥석 붙들어 가게 될 것은 뻔한 노릇이었다. 그리하여 우리들에게는 두 갈래의 길이 있었으니, 한꺼번에 검속을 당하더라도 최후까지 용감하게 나가느냐, 그렇지 않으면 비겁하다는 누명을 등에 진 채 그냥 도피하고 말 것인가 하는 갈림길에서 며칠을 생각하다가 우리는 드디어 최후까지 용진勇進하자는 비장한 결의를 하고 위원회를 소집하였다. 이 일에 있어서는 권 군이 더욱 열을 내었고 초조하여서 거의 일주일 동안이나 날마다 나에게 와서 해소위원장의 임무를 맡아달라고 졸았었다. 나도 어느 정도의 결의를 하고 그 중임을 맡기로 하여, 최후의 비장한 위원회를 열고 모든 일을 내정한 대로 결정하고 드디어 해소를 선언하게 되어, 위선 우리는 책임을 다하였었다. 말하자면 경성지부의 해소는 카프가 그 책임을 졌다고 해도 과언이 아니었다. 그런데 한편 카프의 신진들은 정치적으로 이렇게 바쁘고 어지러운 동안에 동경서 인쇄해가지고 온 《무산자無産者》란 책자(조선 문제에 관한 테제)를 비밀히 돌리고 있었다. 이것은 주로 안막 군이 활동을 하였다. 그리고 또한 강호姜湖, 임화, 신응식申應植 등 제군이 《지하촌地下村》이라는 영화를 제작 중에 있었는데 이것이 너무 과장되게 선전이 되어 이미 경찰의 비상한 주목을 받고 있었다.

나는 드디어 6월 15일 종로서에 검속을 당하였었다. 뒤를 이어 신간회 해소파와 카프 전원이 붙잡혔다. 이리하여 우리는 수등首藤이라는 고등계 판사에게 취조를 받고 있었다. 이것이 세칭 카프사건이었다.

1931년은 한국의 해방운동을 목표로 한 표면 단체의 종지부를 찍은 해였다. 이 후로 단체는 어떠한 것이든지 모두 없애버리기 위하여 무서운 탄압이 내리기 시작하였었다.

이러한 때에 어찌 문학이 있을 수 있으며, 이러한 곳에서 무슨 예술의 꽃이 필 수 있으랴! 다만 불안과 초조와 고뇌만이 있었다. 문학은 이와 같이 정치의 격랑 속에 휩쓸려 자체를 나타낼 여유조차 없이 도도히 흐르고 있었다.

3. 그 시대 작가들의 동태

현대 한국문학의 발전해 온 역사적 여러 계단에서 특히 1924년 이후 1931년 카프 사건이 있을 때까지 약 7, 8년 동안이란 여러 가지 의미에서 중요하다고 생각하게 한다. 그 중에도 현대의 한국문학이 한국의 현실성에서 성장하기 시작하였다는 점을 나는 크게 보려고 하는 바이다. 정서의 유희가 아니라 현실적 생활에서 진리를 탐구하였으며, 따라서 한국민족의 해방을 위한 혁명 전야의 감정과 이상을 수립하였었다는 사실은 또한 중요하다고 아니 할 수 없다. 다만 우리의 문학적 유산이 빈약하고 그 역량이 발전될 겨를이 없었던 까닭에 작품의 문학적 심도와 범위가 다른 나라의 그것에 비하여 떨어질는지 모르나 우리에게도 이렇게 중요하고 귀중한 문학적 각성기가 있었다는 것을 잊을 수는 없다. 또 이러한 문학운동의 발전에서 필연적으로 나타나는 그 결함도 정당히 관찰해야 할 것이다. 이에 관해서는 다음에서[248] 말하기로 하고 여기서는 이 문학적 각성기에서 활동한 작가들의 사상적 편모片貌를 엿봄으로 그들의 작품에 미친 영향을 찾아보려는 바이다.

---

248) 원문에는 '에다음서'로 되어 있으나 오식으로 보이기에 바로잡았다.

그 시대의 기성작가로서는 먼저 어떠한 태도를 가졌던가? 기성작가라고 하면 장로 격인 춘원 이외에 김동인, 염상섭, 현진건, 나빈 등 4씨를 들게 된다. 그 외에도 작가가 없는 것이 아니었지만, 이 4씨는 당시 한국문단의 대표 작가였다. 춘원은 그때 이미 대가였지마는 이 4씨는 다 중견작가로 확실한 존재들이었다.

그리고 뒤를 이어 대량의 신진들이 나왔다. 그런데 이 신진들은 거의 전부라고도 할 만한 정도에서 경향문학에 속하였던 작가들이었다. 그러므로 그 시대를 추진하고 있었던 작가들은 다 이 신진들이었다.

경향문학에서 계급문학과 혁명문학의 방향으로 급격하게 상승하여 그 발전이 최고봉에 이르렀던 당시의 사상적 조류의 힘은 참으로 컸었다. 이러한 경향적으로나 혹은 계급적인 사상을 가진 당시의 신진들 중에서 주요섭, 이기영, 송영, 이익상(성해), 최학송(서해), 조명희(포석) 등의 제 작가들을 특히 중요하게 생각하게 된다. 그리고 1930년 이후 카프의 신진작가들과 그 외의 많은 작가들을 얻게 되었다. 이에 관해서는 차차 차례대로 이야기하기로 하고 먼저 나의 흥미를 끌게 하는 것은 위에 말한 기성작가들이 그 시대의 조류를 어느 정도로 반영하였는가를 찾아보게 하는 것이다. 다시 말하면 당시의 사상적 주류가 되어 있던 계급사상, 반항의식, 혁명적 기질에 대하여 얼마만한 흥미와 동정을 가졌던가 하는 것이다.

춘원은 그의 초기작품에서 보인 바와 같이 민족주의를 고조하였고, 구도덕 관념에 대하여 거의 혁명적인 반항을 절규하였던 것을 우리는 잘 기억한다. 이러한 노선을 그대로 연장시켰을 수 있었다면 그의 민족주의는 당연히 급진적으로 발전되었을 것이고, 그 반항의식도 남에게 떨어지지 않게 강렬했을 것을 추상할 수 있게 한다. 그러나 춘원의 문학적 생애는 그렇게 상승일로를 걷게 될 수 없는 지장支障이 있었고 또 그의 성격에서 오는 인도주의적인 다른 세계의 성장이 있게 되었었다는 것 등이 중요한 이유가 될 것이지만, 어찌했든, 그의 작품은 시대가 요구하는 반항의식과는 점점 떨어져 거리가 멀어갔었다. 그러므로 반항의식이나 계급의식에 대하여는 동정과 이해보다도 증오가 자라나고 있었다. 그것은 그의 중편소설인 〈혁명가의 아내〉로 나타났다. 물론 이 소설은 대작도 아니며 역작도 아니었다. 그러나 춘원은 당시 계급의식을 말하고 혁명적 실천운동을 한다는 사람들에게서 발견한 인간성을 어떻게 이해했었다는 것을 증명하기에 좋은 문헌(작품보다도)이었다. 맑스주의 신조 중의 하나인 여성의 성적 해방을 진리로 생각하는 여주인공의 난륜亂倫의 퇴폐된 애욕생활이 대사大寫되어 있어, 이 장면을 읽을 때 누구나 낯을 찌푸리고 얼굴이 붉어져서, 무슨 물건 같으면 그냥 짓밟아버리고 싶은 충동을 일으키게 되었으니, 이것에 대하여 춘원의 동정과 이해가 없었을 것은 물론이었고 따라서 그들의 투쟁의 의의까지도 이해할 수 없었던 것이었다.

이와 대동소이한 관계에서 염상섭 씨의 태도를 또한 나는 흥미 있게 보았다. 그는 〈표본실의 청개구리〉란 처녀작에 나타난 한국의 현실성이라든지, 〈만세전〉이란 작품에서 나타난 당시 조선사람들의 생활의식 등의 사실적인 작풍으로 보아, 만일 그의 현실관이 그대로 심각하게 발전하였다면, 계급주의까지는 가지 않더라도 어느 정도의 혁명의식에까지 이르렀을 것이 아니었던가 하는 추상推想이 또한 없지도 않았다. 그러나 그는 시대적 현실성에서 점점 인간적 현실성으로 파고들어 갔었다. 그는 단편 〈윤전기〉에서 계급의식에서 있는 노동자보다도 적라赤裸한 인간으로서의 노동자를 묘사하려고 노력하였다. 즉 허위와 가장으로부터 있는 계급의식의 군더더기를 인간에게서 떼어내어 솔직한 인간, 천박한 인간, 물욕에 움직여지는 인간성 등, 인간의 본체를 조각조각 쪼개어보려고 하였다. 이러한 의미에서 그 시대의 계급의식이란 일종의 유행성감기와 같이 생각하였을 뿐이었다.

이러한 태도에 비하면 빙허나 도향은 어느 정도로 시대적 조류에 붓을 담그어 보려 하였다고 생각할 수도 있었다.

가령 빙허의 단편 〈불〉이라든지, 도향의 〈벙어리 삼룡이〉와 같은 작품은 당시 좌우 양파의 호평을 받은 작품들이었다. 두 작품이 다 약자, 빈자, 무권력無權力한 인간이 받는 굴욕과 고뇌를 그렸고, 그 결과 인간이 가진 뜨거운 반항력을 나타낸 작품들이었다. 한 작자의 많은 작품 중에는 우연히 그러한 작품이 있을 수 있다고 해석할 수도 있으나, 이 두 작품에서 나타난 주관 강조는 일찍이 이 두 작가의 작품에서 볼 수 없었던 새로운 세계가 나타나 있었다. 이 두 작품에는 다만 계급의식의 집단성이 없고 어디까지나 인간성에서 묘사된 것이 당시 계급의식의 작가들의 작품과 상이한 점일 뿐이었다.

  김동인 씨의 단편인 〈감자〉도 당시 호평을 받았다. 그러나 이 소설은 반항성 대신에 자연주의문학의 전형인 추악면을 그대로 드러내려고 하였던 것이다. 빈한貧寒한 조선의 현실에서 그 참상을 심각 여실하게 보인 점에서 문단의 주목을 끌었다. 이 작품에는 빈한과 기아와 살육이 있었으니 이러한 작품들은 다 그 시대의 한국 현실성을 나타낸 데서 시대적 의의를 더 많이 갖게 되었다. 비록 계급의식을 과시하지는 않았을지라도 계급문학이 가졌던 빈한과 반항성과 아울러 한국민족의 암담한 생활상 등의 동일한 제재와 기질이 나타났으니, 이러한 작품들은 다 당시의 시대적 주류 속에 들어있었다고 말할 수 있다.

  어느 시대의 문학자고 단체에 대한 관심은 적은 것이었고 더구나 자기에게 강요되는 인생관(이때까지 그런 일은 없었지만)에 대해서도 결코 호의를 표할 수 없었다. 문학자는 개성 없이 설 수 없는 것이니 개성에서 사상성과 창조력을 생장시키게 되는 것이다. 그러므로 당시에 있어서도 유능한 작가들이 위에서 말한 바와 같이 한국의 현실성을 충분히 파악하였으면서도, 동일한 사상을 가진 카프에 입회하는 것을 즐겨하지 않았다. 그것은 단체적 구속을 받기 싫으며, 그것에 복종하기 싫은 까닭일 것이다. 또 당시에는 카프에 입회만 하여도 곧 경찰의 미움을 받게 된 까닭도 있었지만―.

　그러니깐 카프의 간부들은 경향적인 작품을 쓰는 작가들을 부지런히 입회 권유를 하였고, 그래서 입회한 작가는 입회는 했어도 단체에 대해서는 물론 성의가 없었다. 성의가 없다고 그 작가의 작품에 무슨 영향이 있는 것도 아니었다.

　이러한 의미에서 우선 서해를 생각하게 된다. 당시 신진 중에서 서해가 그 중 빛났었다. 서해의 작품은 누가 읽든지 불쾌한 느낌 없이 다들 좋아하였다. 사람도 그의 작품처럼 누구하고 사귀든지 재미있고 쾌활하였다. 그는 본래 춘원을 사숙私淑한 듯하여 그 문장도 춘원을 많이 닮았다. 순하고 부드러웠다. 그러나 그는 일찍이 간도間島 방면으로 표류하면서 빈궁과 기아와 싸우면서 살아온 고해苦海의 경험자이었다. 그러므로 그의 작품은 그의 생활기록인 동시에 또한 한국사람의 몰락하여 가는 생활상이기도 하였다. 그는 〈탈출기〉라는 단편으로 시작하여 〈홍염〉이라는 단편에 이르기까지 한국사람의 빈궁한 생활상을 이모저모로 묘사하고 있었다. 한 편으로 기울어지지는 아니하였고 예리한 계급의식의 메스가 빛나지는 아니하였으나 한국민족의 생활상이 여실히 드러났을 뿐 아니라 그 넓고 크고 굳센 구상과 필치가 또한 문단의 주목을 끌었었다. 나는 그와 알게 되었고 그도 나와 자주 만났다. 어느 때 내가 군과 알게 되었는지는 잘 생각나지 않으나 아마 군이 《조선문단》을 편집하였을 때라고 생각하는 것이 대개는 옳으리라고 생각한다. 나는 군에게 자주 놀러갔었다. 그리하여 그를 기어코 카프에 끌어넣었다. 사람 좋은 군은 그다지 사양하거나 반대하지 않고 곧 입회를 하였다. 그러나 군은 물론 카프의 여러 가지 정책에 대하여는 그다지 찬의를 표하지 않았었다. 한국사회와 한국민족을 위하여 일을 한다는 점에서 카프를 지원하고 옹호하였을 뿐 그 문학정책에는 감심感心하지 않았었다. 그는 "좀 그러면 어떠우?" 하는 말을 늘 하였는데 그 말은 그저 그럭저럭 원만히 하자는 뜻이었고, 너무 당파적인 데 대한 부드러운 항의였기도 하였다. 그러나 서해도 드디어 생각하기 시작하였다. 그 당시의 사회적 분위기에서는 누구나 한 번은 자기 자신이 어느 계급에 속하며 무엇을 할 것인가를 생각하게 되었었다. 그리하여 서해도 한 번 생각해본 것이었다. 그는 단편 〈갈등〉이라는 작품에서 지식계급에 속한 자신을 계급의식의 도마 위에 올려놓고 조각조각 해부해 보았다. 그 결과 그는 자신의 생활의식이 노동자의 그것과는 너무도 거리가 먼 것을 발견하고 비관하고 그는 이렇게 부르짖었다.

'오오 그네(어멈)의 세상이 되어야 일 만 사람의 고통이 한 사람의 영화와 바뀌일 것이다.'

하고 나는 혼자 분개했다. 동시에 나는 그런 것을 느끼면서도 그 이상을 실행하도록 힘을 쓰는 체하면서도 머릿속에 주관[249]을 가지고 있는 우리 계급의 말로가 −그 자개장롱 화류장롱의 살림을 하다가 어멈이 되었다던 그 어멈의 말같이 느껴져서 얄밉고 또 어서 그렇게 되어서 오늘의 '어멈계급'으로[250] 바뀌게 되어 갖은 설움을 맛보게 될 것이 유쾌하게도 생각되었다.[251]

"진지 잡수셔요!"

어멈의 소리에 나는 일어서면서,

"진지 잡수셔요."

하는 어멈을 다시 보았다.

'오오, 그대들이여! 그대들은 세상을 낙관하라! 삶을 사랑하라! 겨울은 지나간다. 봄빛이 이제 찾으려니 한강의 얼음과 북한산의 눈이 녹는 것을 반드시 볼 것이다.'

---

249) 원문에는 '주관'으로 되어 있으나 오식이기에 바로잡았다.
250) 원문에는 '꽈'로 되어 있으나 오식이기에 바로잡았다.
251) 원문에는 '했다'로 되어 있으나 오식이기에 바로잡았다.

어멈을 보는 내 가슴에는 이러한 생각이 들었다.[252] 동시에 나는 나로도 모를 굳센 힘을 느꼈다.

이것은 〈갈등〉의 맨 끝 절이다. 따라서 서해의 심경일 것이다. 이러한 심경은 그 당시 문학자의 가장 솔직한 고백이리라! 그 당시로 말하면 누구나 다 저만이 계급의식을 가졌고, 저만이 틀림없는 맑스주의자라고 떠들었었다. 냉정히 자기를 비판할 겨를이 없었던 모양이다. 그런데 서해는 이렇게 조용히 차근차근히 자기를 반성해 보았던 것이다. 그리하여 자기는 그들에게 무한한 동정을 보내면서도 그들과 자기는 역시 먼 거리에 있다는 것을 표명한 것이었다.

그때 카프의 처지로 보면, 군의 태도에 대하여 그 불투명한 점을 늘 지적하였었다. 이러한 태도는 또 한 사람의 시인에게도 있었으니, 당시 애국적 혁명시인으로 나타난 김동환(파인)도 계급의식에 대하여서는 불분명하였으나 반항성과 혁명성에서 일치점을 찾게 됨으로 그도 카프에 가입하였었다. 그러나 그 후 민족적 우익 문학자들과 합동하자는 제안이 문제가 되어 결국 제명 소동까지 일어났었으나, 그 후 신간회 운동이 일어나고, 예술운동에도 방향전환론이 생기게 됨에 따라 급진적 민족주의자와 손을 붙들고 나아가야 하게 되었었다. 그리하여 파인을 다시 입회를 시키게 되고 서해의 민족주의적인 문학적 작품을 또 다시 중요시하게 되었었다. 그리고 우리는 그 단편인 〈홍염〉을 다시 살피게 되었다. 〈홍염〉에 나오는 두 주인공ㅡ 지주는 중국인이고 소작인은 한국사람이었다. 소작인 문서방의 외딸까지 뺏어간 잔인무도한 중국인 지주에게 괴로움을 당하다 못하여 분노는 드디어 머리를 들고 일어났다. 복수! 겨울 깊어가는 밤중에 문서방은 이 중국인 지주의 집에 불을 놓았다. 원수의 집은 활활 불에 타고 있었다.

---

252) 원문에는 '돌았다'로 되어 있으나 오식이기에 바로잡았다.

동풍이 몹시 일면은 불기둥은 서편으로 서풍이 몹시 부는 때면 불기둥
은 동으로 쏠려서 모진 소리를 치고 검은 연기를 뿜다가도 동서풍이 어울
치면 축늉(화신火神)의 붉은 혓발은 하늘하늘 염염이 타올라서 차디찬 별—
억만 년 변함이 없을 듯하던 별까지 녹아 내릴 것 같이 검은 연기는 하늘
을 덮고 붉은 빛은 깜깜하던 골짜기에 차 흘러서 어둠을 기회로 모아들었
던 온갖 요귀를 몰아내는 것 같다.[253]

(중략)

그 기쁨! 그 기쁨은 딸을 안은 기쁨만이 아니었다. 적다고 믿었던 자기
의 힘이 철통같은 성벽을 무너뜨리고 자기의 요구를 채울 때 사람은 무한
한 기쁨과 충동을 받는다.

불길은— 그 붉은 불길은 의연히 모든 것을 태워버릴 것처럼 하늘하늘
올랐다.

이러한 묘사에서 우리는 당시 조선 사람들의 억압된 생활에서 부르짖는
소리를 그대로 비유로써 표현한 것을 직각直覺할 수 있었다.

그 다음으로 당시의 사회적 성격을 잘 표현한 작가로 나는 조명희(포석)
군을 생각하지 않을 수 없다. 그는 본래 시인으로 소설을 쓰기 시작한 사
람이었다. 사람 생김이 침중하여 말이 적고 늘 우울하여 그 행동이 또한
둔하였다. 따라서 그는 다작多作하지 않았고 또 기교도 극히 없었다. 그러
나 꾸밈이 없는 대신 솔직하고 확실한 필치가 그의 작품을 읽은 사람은 가
슴을 방망이로 치는 듯이 깊은 울림을 받게 된다. 포석이란 그의 호와 같
이 크고 답답한 인상을 작품에서 받게 되나, 또 한편 당시의 사회적 생활

---

253) 원문의 문장은 '동풍이 몹시 이는 때면 불기둥은 서편으로 동으로 쏠려서 모진 소리를 치고 검은 연
기를 뿜다가도 동서풍이 어울치면 축늉(화신火神)의 붉은 혓발은 하늘하늘 염염이 타올라서 차디찬
별- 억만년 변함이 없을 듯한 별까지 녹아 내릴 것 같이 검은 연기는 하늘을 덮고 붉은 빛은 깜깜하
던 골짜기에 차 흘러서 어둠을 기회로 모아들었던 온갖 요귀를 몰아내는 것 같다'로 누락된 부분이
많다.

의 기질을 심각하게 드러내주었다. 물론 이 작가도 이기영 군과 같이 카프의 초기 작가이었다. 그러나 그의 작품에 나타난 주인공이란 노동자 농민이 아니라 도시의 한 편 구석에서 비벼대고 살고 있는 몰락하여 가는 지식 청년들이었다. 그것은 빈궁한 자신의 생활인 동시에 또한 당시 무직과 기아에서 헤매는 한국의 지식인들의 고뇌이기도 하였다. 가령 그의 단편들을 보면, 〈한여름 밤〉, 〈저기압〉, 〈마음을 갈아먹는 사람들〉, 〈농촌 사람들〉, 그리고 〈낙동강〉 등이 있다. 이러한 작품들에는 다 한국의 지식인이나 청년들의 생활고에서 생기는 침울한 저기압이 떠돌고 있었다. 무더운 여름밤에 비를 기다리는 마음과도 같았다. 그는 계급의식보다는 한국청년들의 민족적인 혁명의식을 더 많이 드러내려고 하였다. 그는 투르게네프의 〈그 전날 밤〉과 같은 작품을 좋아하였고 자기도 혁명 전야의 한국청년들의 심경을 나타내려고 한 듯하다. 그렇다고 그는 민족주의자라고 자신을 내세운 일이 없었고, 또 계급의식 만에 붙들려버리지도 않았었다. 다만 그는 아주 천천히 맑스주의를 이해하려고 노력하였었다. 당시 침체되었던 좌익 문단에 큰 파문을 일으킨 〈낙동강〉이란 단편이 군의 사상적 발전을 잘 반영하여 주었다. 즉 이 작품의 주인공은 열렬한 민족주의자로서 5년이나 남북 만주滿洲, 노령露領, 북경北京, 상해上海 등지로 돌아다니며 투쟁하는 동안, 그의 사상에는 큰 전환이 생겨 맑스주의로 변하게 되었다는 것이다. 그리하여 그는 이 단편 속에서 계급의식만을 독선적으로 표현하려고 하지 않았고 민족해방운동의 발전적 연장으로 계급의식을 나타냈으니, 한국의 혁명운동을 위하여 어느 것이나 다 한 번씩 해보게 되는, 그 여유 있는 생각과 필치가 당시 우리들에게 크게 보였던 것이다.

그러므로 포석의 작품에 나타난 계급의식은 노동자와 자본가가 투쟁하는 그러한 것이 아니었고, 억압 밑에서 신음하는 민족, 대중, 계급의 생활과 고뇌 속에서 자라고 있었던 혁명의식으로 나타나 있었다. 이곳에서 포석은 다른 작가들(계급의식의)보다 원만성이 있었고 비교적 넓은 면을 가졌었다.

이기영 군(민촌)은 포석과 친우였고 또 같은 경향의 작가이었다. 민촌의 작품에도 의식적인 노동자보다는 빈민이 더 많이 주인공으로 나온다. 이 빈민 중에는 농민이 그 대부분을 차지하게 되어 후일 그를 농민작가로 일컫게 되었고, 또 민촌 자신도 농민문학에 주력하게 되었다. 이 점에 관하여서는 농민작가론에서 이야기하기로 하고 여기서는 생략하려고 한다.

다만 그가 카프 작가로서 당시 계급의식에 관한 그의 태도를 살펴보려는 데 나는 흥미를 가지고 있다.

민촌은 서해와 같이 고생을 많이 한 작가이고, 또 포석과 같이 말이 없는 사람이었다. 서해는 말이 많고 목소리가 커서 그가 있는 곳에는 늘 떠들썩하였다. 그러나 민촌과 포석 두 사람이 있을 때는 늘 조용하였다. 온 하루 동안에 이야기란 헤일만큼 적었다. 그러나 책임과 의무감이 강한 사람인 동시에 표면으로는 잘 적을 대항하지 않으나 내심은 극히 단단하여 좀처럼 머리를 수그리지 않는다. 따라서 그가 카프의 일원으로 카프에 대한 태도는 물론 전적으로 카프 정책에 따라왔다. 그는 묵묵한 가운데서 자기의 작품을 그 정책에 맞도록 창작하기를 노력하였었다. 그러나 어떠한 작가고 다 그랬지만 자주 변하는 정치성이 있는 정책이 그대로 작품이 되기도 어렵고 또 그렇게 된다고 해도 문학적 가치를 갖기가 어려웠다. 따라서 민촌의 작품도 카프의 정책적 문학방법과는 달리 자신의 독자적인 발전을 서서히 하여 왔었다. 그러나 결과로 본다면 계급의식에 대한 신념과 그것의 작품화에 있어서 카프 작가의 제 일인자로 되었다는 것을 말하지 않을 수 없다.

송영 군은 카프의 초기에서부터 계급의식이 확실하였고 강렬하였다. 당시 작품에 공장 노동자를 주인공으로 써서 계급의식을 예리하게 표면表面한 작가는 아마 송군뿐이라고 단언할 수 있을 것이다. 서해나 민촌, 포석이 다 빈한한 작가로 고생을 하였지만 공장 노동자가 되어본 경험은 없었다. 그런데 송군은 일본 동경에서 공장 노동자의 생활을 하였었다는 것이 당시 계급문학을 창작하는 데 강미强味를 가졌었다. 그러나 군은 그대로 가속도적 발전을 하지 못하고 중간에 침체되었다가 후일 그는 극문학으로 전환하고 말았다. 군은 카프 결성 이후 농촌학원에서 아동 교육에 오랫동안 종사하게 되어 아동문학에 큰 관심을 갖고 시인 박세영朴世永 군과 같이 아동잡지를 편집하는 등 주의를 다른 데로 집중시켰던 까닭도 있었지만, 여하간 카프에 관해서는 관심이 적었고, 따라서 그 문예정책에 대해서도 이해는 물론 적었다.

이익상(성해) 군은 초기 신경향문학운동이 일어나려던 때에 〈흙의 세례〉니 〈광란〉이니 하는 단편을 발표하여 우리들의 운동에 가담하였고 따라서 나와의 우의友誼도 깊어졌었다. 그러나 군은 단체에 입회하는 것은 늘 싫어하였다. 더욱이 카프에 입회를 하게 되면 경찰에게 미움을 받게 되고 따라서 직업에 장해가 될까 보아서 입회를 아니 했었는지 모르나 그보다도 본래 군은 자아의식이 강해서 남의 구속을 받기 싫었던 이유도 있었다. 그는 생활을 위하여 신문사를 여기 저기 다니는 동안 창작은 부진하였고, 그 것을 다시 회복해 보지도 못한 채 별세하고 말았다.

막다른 골목길에서 침체된 카프의 면목을 세우기 위해서 노력한 사람은 역시 윤기정 군이었다. 군은 카프의 서무부의 책임을 맡았던 까닭도 있었지만 사람이 찬찬하고 정직하며 시종始終이 한결 같은 까닭에 카프의 잡무는 물론이었고 단체의 살림살이를 걱정해주는 좋은 일꾼이었다. 단편도 여러 편 썼으나 그다지 문제될 만한 것은 없었다. 그 대신 그는 카프의 일에 열심이었고 거의 헌신적이었다. 카프의 회합이 있어 간부들에게 소집 통지를 내면 대부분이 이 핑계 저 핑계로 회에 출석하기를 싫어하였고 피하였다. 모이는 사람은 늘 4, 5인에 불과하였다.

군은 카프 유사 이래 집회에 한 번도 빠진 일이 없을 뿐만 아니라 그는 회가 있은 그 이튿날 결석한 간부들을 찾아가서 그 결석한 이유를 묻는 등 무엇이나 부당하다고 생각할 때는 그냥 지나가지 않았었다. 말하자면 그는 입이 바른 사람이었다. 다른 사람의 부당, 부정한 언행을 볼 때 그는 즐겨 찾아가서 일러주고 충고하고 경고하며 또 책責도 하였다. 그래서 그는 남의 미움을 받기도 하였다.

카프 말기에 또다시 신진들이 많이 나왔다. 그러나 창작 방면에서 우리의 기대를 갖게 한 사람은 김효식 군(남천)과 조중곤 군이었다. 이 두 사람은 물론 카프에 대해서도 적극적인 태도를 가지고 있었다. 당시 그들의 연령도 20 직후의 젊은 사람이었고 또 문학적 수양도 깊이를 갖지 못했으므로 무슨 심각한 문학적 작품을 발표한 것도 아니었으나 그 감각이 청신하고 누구보다도 문학에 대하여 정열을 가지고 있었던 까닭에 우리는 그들의 미래를 기대하였던 것이다. 조군은 모 사건에 관련하여 형무소에서 1년 유여有餘를 있다 나온 후로 다시 문학에 나오지 않았고 남천 군이 그대로 장족의 발전을 하였다.

그 시대에서 특히 생각나게 하는 것은 작품의 공동 제작에 관한 것이었다. 말하자면 작가 개인의 작품에는 흔히 카프의 문예정책에 어그러지는 점이 있게 되므로 좋지 않은 비평을 받게 된다는 것을 방지하기 위하며, 또 집단의식을 확실하게 표현하기 위하여 작가들이 모여서 카프의 정책을 토의하고 선택하여 확정한 방침 밑에서 작품을 공동 제작하자는 것이다. 그런데 이것은 우리의 창안創案이 아니었고 소련에서 시작하여 일본을 거쳐서 온 일종의 유행형이기도 하였다. 그리하여 우리는 〈고무〉라는 제하題下에서 차례대로 소설을 쓰기 시작해 보았다. 집필자는 남천, 기정, 팔봉, 민촌, 송영 등 제군과 나였다. 그때 마침 내가 《해방解放》이라는 잡지를 주간하게 되었던 까닭에 그 잡지에 내기로 하고 창작을 진행하였던 것인데, 다른 부득이한 사정으로 《해방》을 계속할 수 없게 되어 〈고무〉도 결국 중단하게 되었었다.

역시 카프 말기에는 회원이 작품을 쓰게 되면 소설부회小說部會를 열고 그곳에서 통과(검열)되어야 하였다. 시나 평론도 동일한 방법을 취하였다. 이에 응하지 않는 작가는 물론 카프의 이단자가 아닐 수 없었다. 소시민적, 자유주의적인 의식의 소유자가 될 수밖에 없었다. 팔봉이 신문에 연재하였던 장편소설 《해조음海潮音》을 출판하기 위하여 그 원고를 카프 서기국에 제출하였었고, 각부 책임자들은 제마다 한번씩 이것을 읽어본 후에 "좋다!"라는 승인을 얻어가지고 출판한 것이다.

이러한 감시와 구속을 카프작가들이 서로서로 실행하면서 이것을 카프의 유일한 문학운동으로 생각하고 자위한 시대도 있었다. 말하자면 즐거운 구속시대라고도 말할 수 있을까! 이것이 바로 1931년 카프 사건이 있던 직전의 일이었다.

당시 좌익 문단에는 동반자작가同伴者作家라는 이름이 유행하였었다. 그런데 이 동반자작가라는 이름에 관하여는 그 해석이 좀 불확실한 점이 없지도 않았다. 그보다는 좀 더 편협한 생각에서 이러한 이름이 생겼다고 하는 것이 옳을 것이라고 생각한다. 카프에서 보기에는 회원 아닌 작가가 카프가 가진 동일한 사상성을 가지고 어느 정도로 카프와 보조를 같이 하는 작가를 동반자작가라고 하였다. 순수하게 문학이란 점에서 본다면 동반자작가가 카프보다 훨씬 우수한 작품을 창작할 수도 있는 것이니 구태여 이러한 차별적인 이름을 쓸 필요가 없겠지마는, 카프가 보는 것은 문학도 문학이려니와 위선 작가가 가지고 있는 혁명의식과 그것의 실천성을 주요하게 생각하였으니 카프에 입회한다는 것은 직접 일본 경찰과 싸운다는 것이며, 일본 정부와 그 일련의 자본가계급에 대한 반항성을 드러내는 투사의 생활을 하게 되는 것이라는 점에서 입회하지 아니한 작가를 차별한 것이었다. 그렇다고 회원이 된 작가들은 다 의식이 만점이냐고 하면 꼭 그런 것도 아니었으니, 결국 말하자면 당파적인 행동과 정책적인 용어에 불과하였다. 일찍이 유진오 씨가 어디선가 동반자작가란 말은 매우 불쾌한 말이라고 쓴 것을 본 생각이 난다. 그러나 당파에 들지 아니한 작가들은 소시민적이니, 자유주의적이니 하여 "아직 덜 되었다"라는 의미로서 다만 동반자라고 불렀던 것이다.

그런 고로 당시의 신진들은 대부분이 계급문학에 뜻을 두었었으니 동반자작가의 수는 많았었다. 그러나 의식 제일주의였던 그때의 동반자들은 문학적인 점에서 볼 때 너무도 조잡하고 유치하여(주註… 이 사이 200자 원고지 1매 분실로 중략) 이 두 작가는 개인의 할 수 없는 사정으로 입회까지는 아니 하였으나 후일에 생각할 때에 입회하지 아니 하였던 것이 문학을 위하여 개성과 자유를 어느 정도로 가질 수 있게 되었고, 그 작품도 선전성만을 갖게 되는 위기에서 벗어날 수 있었다고 말할 수 있었다.

4. 나의 성명서를 둘러싸고

1931년 신간회 해소 이후 우리의 해방운동에 대하여 일본 경찰의 탄압은 더욱 심하게 되어, 어떠한 단체이든 조선사람이 모인 곳은 일체로 집회금지가 되어 있을 뿐만 아니라 뒤를 이어 조금 팔팔한 사람을 모조리 체포하여 갔었다.

이러한 정세에서 집회는 못하나 문장文章을 가지고 그래도 단체의 활동을 대신하였던 것은 당시 카프뿐이었다. 그런데 이것도 카프 사건 후로는 그나마 활동이 정지상태에 이르고 말았었다. 1932년 일본이 만주를 침략한 후로는 그 탄압이 일층 더 가혹하여졌다. 새로이 치안유지법이 생기게 됨에 따라 사상단체로 자진 해체하지 않는 단체는 어느 것이나 다 공산당의 외곽 단체로 취급한다는 법령이 공포되었었다. 그동안 공각空殼이 되어 있는 카프는 임화 군에게 위임한 채로 그냥 침체되어 있다가 이러한 위기를 당하게 되고 말았다. 이러한 일이 있기 전에도 작가들은 다 카프를 떠났으며 그것에 관심을 갖지 아니하였다. 그것은 카프는 극단으로 정치화하려 하며 독재화하려고 하여 문학의 정당한 발전을 정돈整頓상태에 빠뜨리려고 하였던 까닭이었다. 몇몇 간부가 당과 연락하려는 의도를 가졌던 까닭이었다.

　이러한 시기에 있어서 카프작가들은 두 가지의 위험한 상태에 빠지게 되었다. 하나는 문학상으로 작가가 가져야 할 자유를 잃어버리게 되어 그 진로가 막히게 된 것이고, 둘째로는 공산당원도 아닌 사람이 당원으로 취급되어서 이유도 모르게 일본경찰에 체포되어야 할 그것이었다.

　나는 1931년 이후 카프의 전 책임을 임인식林仁植 군(임화) 일파에게 넘기고 말았으므로 처음에는 별 생각 없이 평범하게 지냈으나 이것을 법적으로 생각한다면 카프의 책임은 의연히 우리 구舊간부에게 있다는 것을 깨닫게 되었다. 임林군 일파에게 책임을 넘긴 것은 정식 간부회에서 결정된 것이 아니라 집회금지를 당했으므로 비공식으로 된 일인 까닭이었다. 나는 생각다 못하여 임군을 방문하였다. 사실로 카프원員들은 거의 다 이산離散하여 버렸었다. 카프 사건 이후 더러는 다시 동경으로 가서 학업을 계속하였고, 혹은 각각 시골 자기 집으로 돌아갔으며, 서울 있는 작가들은 카프에 대하여 아주 관심이 없었으므로 카프에 관한 일을 의논할 사람은 임군 밖에 없었다.

　나는 임군을 만나 카프의 정식 해체를 권고하였다. 카프의 해체는 외계의 탄압 때문뿐이 아니라 카프의 사상적 발전에서 당에 소속하려는 작가와 당을 거부하는 작가로 나누게 된 까닭에 이 비당파非黨派의 작가들이 탈회脫會하고 성명서를 발표하면 족할 것이었지만 그렇게 되면 임군 일파의 처지가 곤란할 것을 생각하고 할 수 있으면 원만하게 해결할 것을 생각한 나는 여러 가지로 사실을 들어 카프의 해체를 역설하였다. 그러나 임군은 나의 말에 반대하였다. 임군의 의향을 알게 된 나는 할 수 없이 개인행동으로 옮기지 않을 수 없었다. 나는 신간회 해소 때에도 나 자신이 해소에 찬성도 아니하면서 휩쓸려 그 과중에 들어가 고배를 맛 본 까닭에 이번에는 그러한 어리석은 일이 되지 않도록 주의하려고 하였다. 이번에도 조금 부주의하면 공산당원도 아니면서 애매하게 그물에 걸리게 될는지도 모르는 까닭이었다.

그러나 딱하게 된 일은, 당시 카프는 사실상 붕괴상태에 있었으니 탈회원서를 제출할 데가 없었다. 그것을 수리할 사람도 없었다. 다른 정치적인 단체와도 달라서 극단에 이르러 침체상태에 있는 문학을 정당한 새로운 길로 구출하지 않으면 아니 되었었다. 우물쭈물하고 있을 수도 없었다. 카프 작가들은 카프의 극단적인 정책과 자기들의 창작 태도가 현저하게 달라진 것을 깨달으면서도 그 문학의 한계를 분명히 하려고 하지 않았다. 그것을 분명히 하기 위하여 각자의 태도를 구체적으로 표명하는 것을 불명예로 생각하는 듯이 주저하고 있었다. 그러나 이러한 혼란된 상태를 계속하게 하는 것을 나는 나의 책임인 듯이 생각이 되었다. 이렇게 생각이 될수록 나는 참을 수 없이 문학의 구출을 위하여 할 수 있는 대로 속히 내가 생각하는 바와 카프원員들이 심원心願하는 바를 종합하여 문학의 새로운 계단을 만들려고 생각하였다.

그리하여 나는 위선 퇴맹退盟 원서를 임군에게 맡기는 한편 남의 오해가 있을까 하여 정식으로 성명서의 뜻을 가진 논문을 발표하였다. 이 나의 논문은 1934년 1월 2일부터 〈최근 문예이론의 신 전개와 그 경향— 사회사적 급 문학사적 고찰〉이란 제로 《동아일보》 학예란에 발표된 것으로 이 논문에는 당시의 정세와 아울러 카프 작가들의 동향, 평론계의 방향과 나의 주장 등이 비교적 자세하게 나타나있어 독자에게 당시를 이해시키기에 편리할 듯하여 이에 그 논문의 대부분을 옮겨놓고자 한다.

* * *

1

1929년 이후부터 나는 나의 카프에 관한 소위 지도이론에 약간의 회의를 갖기 시작하다가 동 31년 《동아일보》 신년호에 〈조선 프롤레타리아 예술운동의 작금〉[254]이라고 제한 논문을 발표하였던 바 권환 씨에게 우익적 복전박사福田博士(주. 일본의 우익 경제학자)식이라는 브랜드를 찍힌 후에 뒤를 이어서 무수한 논객에게[255] 일제一齊 사격을 받았다. ―철학 속으로 도피하였느니 혹은 무능력하니[256] 우익적이니 인텔리화하느니[257] 혹은 소부르주아니 하는 온갖 형용사로―

그러다가 동 32년 중에는 간부를 사임하고 이래 2, 3년 동안 무거운 침묵 속에 잠기었다가 33년 10월 7일 드디어 카프를 탈퇴하였다.

이것이 근년 나의 심경의 변화라고 보면 볼 수도 있고 퇴각의 과정이라면 또한 그리 말할 수 없는 것도 아니다.

이에 관한 신문지상의 보도에 의하면 나의 '퇴맹'은 무주장無主張의 행동과 같이 말한 임화 씨와 나의 '담談'이라고 하였으며 또한 카프의 분규라고 써서 있었다. 그러나 다 옳은 뜻을 표명해 주지는 못하였다.

이 글을 쓰기 전에 나는 나의 탈퇴한 소위所爲[258]를 피력하지 않을 수 없다. 그것은 이것이 또한[259] 이 논문에 중요하게 관련되는 문제이며 또한 재료인 까닭이다. (중략)[260]

나는 탈퇴하기까지 오랫동안 사사私事에 분주하면서도 내 주장이 옳은 것인가 옳지 않은 것인가를 생각하고 또 생각하였던 것이다. 그러면 무엇때문에 생각하였던가? 그것은 진실한 발전을 해야 할 문학이 그의 지도이론[261]과의 현격한 차이와 이 차이로 생기는 이론의 맹주猛走, 또한 무정견無

---

254) 원문 자체에 '조선 프롤레타리아'가 누락되어 있다.
255) 원문에는 '무수한 논객에게'가 누락되어 있어 채워 넣었다.
256) 원문에는 '무능화하였느니'로 되어 있으나 오식이기에 바로잡았다.
257) 원문에는 '인텔리화니'로 글자가 누락되어 채워 넣었다.
258) 원문에는 '理由'로 되어 있으나 오식이기에 바로잡았다.
259) 원문에는 '이것이 또한'이 누락되어 있어 채워 넣었다.
260) 원문에는 '생략' 표시가 되어 있지 않다.
261) 원문에는 '그것은 眞實한 發展을 위해야 할 文學이 그 實 指圖理論'로 되어 있다. 몇 가지 오류가 있어 바로잡았다.

定見한 이론 상호의 당착으로 생기는 혼란, 그러나[262] 폴리티시안적 기질을 일종의 명문名門의 표징表徵으로 가장하는 허세虛勢 속에서, 또는 시시로 명제를 창안하고 시시로 이것의 오류를 자기 스스로 지적하는 그 반면에 온갖 양심 있는 창작가는 정부 당국의 행정적 지령장을 손꼽아 기다리는 지방관청과 같이 이 비평가의 온갖 테제를 들고 쩔쩔매다가 침울 낙망 질식하지 않으면, 이론적 도시에서 빈번한 주장과 강령을 싣고 달아나는 차마車馬 틈에서 진퇴유곡에 서있는 창작가도 볼 수 있다.

지도자의 횡포, 독단—창작의 무기력, 무주장—이 현금까지 온 중대한 2개의 논제이었다. 현실성을 떠났으나 계급의식과 '디알레틱 매터리얼리즘(dialectic materialism)'[263]을 가지고 자기의 권위를 세우려는 평자 지도자가 있는 그 반면에 현실을 보고 일정한 형상 속에서 묘출描出하려는[264] 자기가 옳기는 한 듯 한데[265] 그렇게 하면 비계급적이고 비유물론이라는 데 기분을 상실한 선량한 작가의 남모르는 비애…… 이 틈에서 나는 생각해 보았다.

지금까지의 카프는 이 양면을 완전히 소유한 일종의 세력이었다. 나는 이 세력을 세밀히 연구해보기도 하며 혹은 분석하여보기도 하였다. 내가 비평가의 한 사람으로 그 점을 고찰하기도 하였으며, 내가 창작자의 한 사람으로서 생각도 하여보았다. 그러나 나 자신이 한 권위 있는 정치가로서 예술을 생각해본 일은 없다. 이것은 확실히 불행이다. 그러나 예술에 관한 것은 예술가만이 이해할 수 있다는 정당한 명언名言에 의하여 예술의 진정한 진로를 찾기 위하는 나의 미력은 이 불행을 대상代償하여 줄 것이라고 믿는 바이다.

---

262) 원문에는 '그리고'로 되어 있으나 오식이기에 바로잡았다.
263) 원문에는 '辨證法的唯物論'으로 번역되어 있다.
264) 원문에는 '사물을 描出한'으로 되어 있으나 저자가 새 단어를 추가했기에 여기서는 뺐다.
265) 원문에는 '한 듯 한데'가 '하나'로 되어 있다.

그러나 너무도 명석한 독자, 조급한 논객들은 상론上論한 것으로써 주관적 해석을 내려서는 아니 된다. 이것은 내가 말하려는 간단한 서론에 불과하다. 나의 주장하는 구체적 견해는 이 글 전편을 통하여 있을 것이며 또한 글의 두서頭序[266]를 따라 발표코자 한다. 그러므로서 최근 문예이론에 대한 한 개의 경향을 말할 터이며, 그것에 첨부하여 나의 퇴맹한 이유도 명백히 하려는 바이다. 그러므로 독자는 이 졸렬한 주장이 포함한 이 작은 글을 다 읽은 후에 그 진부眞否의 비평을 내리기를 기다리는 바이다.

2

(중략) 1932년 동기冬期로부터 동 33년 동안 한동안 기세氣勢가 없던 논단은(논단이라는 것은 카프와 그에 관심關心한[267] 제씨와 그리고 약간의 비카프인人도 포함한다.) 갱생하였다. 논단이 번창하면 항용 있게 되는 논쟁과, 심하면 인신공격에까지 미치는 이 용세勇勢를, 일반은 말하기를 논단의 대혼란이라고 SOS를 타전한다.[268] 그러나 일견 혼란무쌍混亂無雙한 듯한 작금의 논단에서 나는 이것을 혼란으로만 볼 수 없다는 말[269]이다. 물론 논하기에 무가치한 것이라든지 또는 혼란을 스스로 만들어내는 것이 없는 것은 아니다. 그러나 이러한 혼란과 복잡 중에도 연락하여 1개의 논제를 제출하려 하며 그것을 해결하려 하며, 그러므로 논쟁하여 정당한 진리를 발견하려 한 노력과 족적이 완연히, 명확히 보이는 바가 있는 것이다.

요컨대 이러한 정당한 진리를 탐구하는 데 얼마나 구체적인 활동이 있었느냐는 것이 아마[270] 문제일 것 같다. 그러나 여하간 나는 작년의 혼란된 문예이론에서 1개의 통일을 추출하여 낼 수 있으며 갑론을박의 논단으로

---

266) 원문에는 '順序'로 되어 있으나 오식이기에 바로잡았다.
267) 원문에는 '關心을 가진'으로 고쳐 썼으나 원래대로 바로잡았다.
268) 원문에는 'SOS를 타전한다'가 번역되어 '그 위기를 말한다'로 고쳐져 있다.
269) 원문에는 '것'으로 되어 있으나 오식이기에 바로잡았다.
270) 원문에는 '아마'가 빠져 있어 채워 넣었다.

부터 또한 뚜렷한 경향을 쉽게 찾아낼 수도 있는 것이다. 이것은 특히 이러한 논문을 쓰는 나뿐만이 아니라 사려 있는 평론가는 한 가지로 수긍할 만한 사실이다.

1932년의 해가 넘으려고 할 즈음에 〈창작의 고정화에 대하여〉 유인唯仁 씨의 신 제안이 《중앙일보》지상에 나타났고 또한 이어서 《신계단》지 재작년 10월호에 〈예술적 방법의 정당한 이해를 위하여〉라는 것[271]이 발표되었다. 뿐만 아니라 임화, 김남천 씨와, 김남천, 박승극朴勝極 씨 등의 논쟁, 한설야 씨의 월평 등이[272] 있는 그 중에 백철 씨의 활동을 잊어서는 아니 된다. 각 신문, 각 잡지에서 백철 씨의 논문은 빠지지 않았다. 따라서 그의 논제는 단순하지는 않았다. 어느 때는 프로문학을 논하여 파제예프, 고리키를 인용하다가 또한 발자크, 졸라를 어語[273] 하기도 하여 이 역亦 씨의 동지들에게 논란을 당하였으나, 그러나 나는[274] 씨의 이렇게 분망한 문예적 근업近業[275]에서 또한 무엇 하나를 찾아보려고 하였던 것이다. 씨는 맑스를 논하고 '산 인간 묘사'를 제창하며 '소시알리스틱 리얼리즘'의 창졸倉卒한 소개, 그 가운데서 또한 씨의 심경을 촌도忖度하려고 한다.

먼저 유인 씨의 논문 〈예술적 방법의 정당한 이해를 위하여〉에서 보면 그는 문학의 예술적 형상을 역설하며 주제의 적극성에 언급하였으니 왈-"문학이나 과학이나 작가나 과학자는 사물의 본질, 본질적 모순의 발전을 인식하며 이 과제를 제 현상의 합법칙성에서 천명한 과제를[276] 해결하려고 노력한다. 즉 문학은 과학이 아니고 예술인 것이며 예술 이외의 아무것도

---

271) 원문에는 '論文'으로 되어 있으나 오식이기에 바로잡았다.
272) 원문에는 '뿐만 아니라 林和, 金南天과, 金南天, 朴勝極과의 論爭, 韓雪野의 月評 等이'로 되어 있어 '씨' 자를 빠뜨리고 썼다.
273) 원문에는 '論'으로 되어 있으나 오식이기에 바로잡았다.
274) 원문에는 '나는'는 빠져 있어 채워 넣었다.
275) 원문에는 '事業'으로 고쳐져 있으나 원래대로 고쳐썼다.
276) 원문에는 '闡明하고'로 되어 있으나 오식이기에 바로잡았다.

아니다"라고 시작한 다음에 이에 해당한 파제예프의 소론을 길게 인용하였다.

또한 그는 이러한 말을 하였다. "이렇게 문학은 비상히 광범한 그리고 복잡한 자연과 사회의 일체의 모든 현상을 인식하고 천명하면서 풍부한 예술적 제 장르를 창작하면서 간다."— "그리고 모든 것을 대표하는 것 같은 그러한 소수의 사상에만 국한되는 것은 아니다. 우리들의 문학은 무한히 전개되어 있는 우주의 삼라만상 모든 계급의 인간의 일상생활을 위요圍繞하여 일어나며 있는 모든 사회적 현상을 자유로 광범하게 형상하여 가지 않으면 아니 된다." "프롤레타리아문학은 분노하고 투쟁할 뿐만은 아니다.[277] 프로문학은 웃고 울고 슬퍼하며 오뇌懊惱하고 그리고 연애할 수 있으며 또 창공에 빛나는 월색月色과 잔잔히 흐르는 하천의 물결을 노래할 수 있고 봄날의 밭 위에서 우는 종달새의 소리에 귀를 기울일 수가 있는 것이다." —또한 이러한 말이 있다. —"한 권의 부하린의 유물사관, 한 권의 정치 교정敎程, 한 쪽의 신문보도에 의하여 소설과 시를 쓰려는 만용을 인제 버리지 않으면 아니 된다."— 또한 한설야 씨는 〈변증법적 사실주의의 길로〉에서 말하였다. 씨는 우리들의 작가가 창조적 과정에서 노동자 농민의 생활에 접근하여 그 내포한 것을 그리고 제재의 범위를 넓히고 능동적 율동적 역학적 기계적인 액션이즘의 수법을 학습하라는 것을 역설하였다.

(중략)

그 다음 백철 씨는 또한 역설하였다. 그의 논문 〈유물변증법적 창작방법〉에서— "예술의 내용 문제, 이데올로기 문제에서 한 걸음 나와서 눈을 기술에 전향轉向하라"라고 하였다.

그러다가 그의 작년 8월경 《조선일보》에 문단시평 〈인간묘사시대〉에서 말하였다. 인간은 "결코 외부 존재와 관계를 초월한 인간이 아니라"고 자

---

277) 원문에는 '뿐 만이 아니라고 되어 있으나 오식이기에 바로잡았다.

론自論의 모순을 비상히 경계하면서 말한다. -"문학에 있어서는 인간묘사 시대다!"라고-. 그리하여 그는 지나간 온갖 명작을 인간묘사의 부대에 편입시키기에 노력하였다. (중략)

3

이제는 상론한 논문을 재검토하여보려고 한다.

유인 씨의 창작의 고정화 문제에 관한 신 제안은 전래傳來[278]하는 카프 논객들의 태도에 비하여 대담한 감이 없지 않다. 사실상 창작가 자신의 우수한 기량이 제일의 문제이겠지마는 자기가 시대를 리드하고 계급의 챔피온으로의 명예를 오손汚損할까 보아서 비상한 경계를 하면서, 자기의 창작상 자유성은 완전히 상실되며, 그러므로 낙엽으로서 등걸만 남은 나뭇가지 모양으로 골자만 남은 이데올로기의 예술적 가장假裝을 아니 할 수 없게 되니, 이 소위 부르주아 문사들이 논박 화살을 던지는, '선전삐라' '신문기사' '정치가의 플랫폼'[279] 등의 조소를 받으면서 고경苦境을 걸어왔던 것이다.

아! 이 심경을 누가 알았으리오!

그러나 진리와 불평은 한 가지 은닉할 수 없는 성질을 가졌다. 그러다가 이 불평과 불만은 드디어 요원한[280] 북방에 있는 라프(소련의 프로예술동맹)에서 터져 나와 그것이 나프(일본의 프로예술동맹)를 거쳐서 해를 거듭한 후에 우리들에게 나타났다. 자기의 회포懷抱를 자기가 용감하게 터뜨리지 못한 미성년[281]의 비애는 어찌할 수 없는 일이니, 자기의 지적 천박을 조소해도 소용없는 일이며, 자기의 무용기無勇氣를 자책하여도 소용없는 일이나 여하간 조선에서도 이러한 불평이 한 번 터지기 시작하자 이제부터는 짐짓 가

---

278) 원래 '由來'로 되어 있으나 고쳐진 것이 더 타당한 듯하여 그대로 살려두었다.
279) 원문에는 '論駁의 화살을 던지는 바 〈宣傳삐라〉니 〈新聞記事〉니 〈정치가의 푸랫폼〉이니 하는'으로 고쳐져 있으나 원래대로 복원해 두었다.
280) 원문에는 '요원한'이 빠져 있어 채워 넣었다.
281) 원문에는 '미성년' 앞에 '文化的'이란 수식어를 새로 넣어두었음을 밝혀둔다.

습을 어루만지며 큰 소리로 이 오류와 진리를 한 가지로 부르짖었다.

유인, 한설야, 백철 씨 등의[282] 모든 논문은 다소 차이점이 있기는 할망정 역시 동일한 불평이 있었으며 동일한 절규가 있었다. 유인 씨의 "한 권의 정치 교정, 한 쪽의 신문보도에 의한 만용은 인제 버리자"라는 말은 옳은 소리[283]라고 않을 수 없다. 온갖 사회의 현상, 사람의 정서적 활동이 압축되고 그 인간의 감정상 조화가 단순화하여 문학사상에 그 유례가 없을만치 협소하였다. 그 반면에는 창작과 기타 문학적 역力의 정치적·사회적 긴급한 비상한 정세를 위한 그 봉사적 심지心志야말로 귀여운 일이 아니면 아니 되며, 광영光榮의 일이 아니면 아니 된다.[284] 그러나 심신의 넘치는[285] 일이라면 아무 공적[286] 이 없이 소멸될 것이 아닌가?

이러한 의미에서 예술은 무공無功의 전사戰死를 할 뻔하였다. 다만 얻은 것은 이데올로기며 상실한 것은 예술 자신[287]이었다.

(중략)

이상의 제씨의 소론을 다시 요약하면,

(1) 지도적 비평가가 창작가에 대한 요구와 창작가의 부조화된 실행에서 생기는― 즉 지도부와 작가와의 이반離叛.

(2) 그러므로 창작가의 진실한 길은 편파한 협로狹路에서 진실한 문학의 길로 구출할 것― 즉 진실한 의미에서 프로문학은 부르주아문학의 믿을 만한 계승자가 될 것.

---

282) 원문에는 '等 諸氏의'로 되어 있으나 오식이기에 바로잡았다.
283) 원문에는 '말'로 되어 있으나 오식이기에 바로잡았다.
284) 원문에는 이곳이 "社會的 思想性에 制約되어, 사람의 情緖的 活動이 壓縮되고 또 人間의 感情上 調和가 單純化하여 文學의 範圍가 그 類例가 없을만치 狹小하여졌다. 따라서 文學의作品의 政治的 社會的 緊急한 情勢를 위하여 그 奉仕的인 心志야말로 귀여운 일이 아니면 아니되며 光榮의 일이 아니면 아니된다'로 되어 있다.
285) 원문에는 '덤치는'으로 되어 있으나 오식으로 보이기에 바로잡았다.
286) 원문에는 '切續'으로 되어 있으나 오식으로 보이기에 바로잡았다.
287) 원문에는 '自體'로 되어 있으나 오식이기에 바로잡았다.

(3) 이것을 실행함에는 이론적 동사凍死상태에서 창작을 정서적 온실 속으로 갱생시킬 것- 즉 창작의 고정화에서 구출할 것.

(4) 그러자면 지금까지 등한히 생각하였던 기술문제에 논급하여 예술적 본분을 다해야 할 것.

(5) 또한 계급적 사회생활을 정확히 반영할 수 있는 인간의 제반 활동과 그 생활의 복잡성을 자유로 광대한 영역에서 관찰할 것.

(6) 집단의식에만 얽매이던 것을 양기揚棄하고 집단과 개인의 원활한 관계에서 오히려 개인의 특성과 그 본성에 정확한 관찰을 할 것.

(7) 정치와 예술과의 기계적 연락 관념의 분쇄.

(8) 따라서 카프의 재인식.

이것을 다시 한 개의 커다란 명사로 대표해서 말한다면 예술의 '문학사적' 전향轉向이라고 말하고 싶다. 얼른 보면 문학이면 의례히 문학사적 의의가 있는 것이지만 상론한 계급예술의 특수성에서 보면 이 말이 결코 무의미한 말이 아닐 줄로 안다. 즉 부르주아문학을 완전히 계승해야 하는 사적 의미에서 예술적 제반 유산을 정확히 정리整理하며, 섭취[288]해야 할 것은 물론이다. 문예계의 유력한 평론가 제씨의 상론한 제론諸論은 확실히 문학적 완성의 길로 기울어지는 한 개의 중요한[289] 경향이다. 나는 이렇게 문학의 진실한 형상의 탐구와 문학이 가져야 할 모든 조건의 완비를 탐색하는 최근의 이 경향은 비로소 부르주아문학을 완전히 계승할 만한 용의用意라고 생각한다. 이곳에 진실한 문학의 길은 있는 것이다.

그러면 고정화하였고 생경한 의식만을 표현하던 예술품,[290] 그러나 한

---

288) 원래 '攝政'으로 되어 있는 것을 '攝取'로 고친 바 그것이 타당하여 고쳐썼다.
289) 원문에는 '중요한 한 개의'로 되어 있으나 오식이기에 바로잡았다.
290) 원문에는 '創作'으로 되어 있으나 오식이기에 바로잡았다.

동안 카프에서 과대평가를 내리던 예술적 작품[291]은 어떻게 규정할 것인가 하는 문제가 일어나게 된다. 이것을 나는 예술의[292] 사회사적社會史的 활동이라고 보고 싶다. 이렇게 말하면 혹은 사회사와 예술사를 구분한다고 비난할는지 모르나 그것은 결코 그렇지 않다. 종래의 카프의 평론가들이 사회사와 문학사를 동일하게 생각한 일이 없지 않았다.

사회사와 문학사를 동일하게 생각한 까닭에 이론적 지도와 창작적 실행에 혼란을 가져왔으며 또한 창작적 활동을 사회운동의 일종으로 생각하였던 것이다. 그 예증은 점차로 논하려 한다.

이러한 견해는 조선에만 있는 것은 아니었다. 그러나 그 실천에 있어서 오류는 조선에서[293] 거대하게 성장하였다. 그러므로 그것은 또한 조선에서만 과오를 깨달은 것은 아니다. 위에서도 말하였거니와 문화가 선진한 다른 나라에서도 논의되기 시작하였다. 그리하여 조선에서도 그들을 인용하여 가면서 자체의 오류를 논급하게 된 것이다.

(중략)

논제는 다시 문학사로 옮기자. 그러므로 이 문학사적 연구와 사회사적 연구는 물론 동일한 연구로 취급하여서는 아니 된다. 다만 문학사는 사회사의 가장 밀접한 영향을 받는다. 인간의 사회생활의 부단한 발전과 투쟁의 역사는 사회사를 형성하고, 인간의 개인 혹은 사회적 생활에서 생기는 감정의 발전과 그 형상적 발현은 문학사를 형성하는 것이니, 전자는 경제생활의 발전 기록이오, 후자는 정서적 생활의 예술적 표현인 것이다. (중략)

4

인제는 이곳에서 정당한 자기비판이 필요하게 되었다. 사회사적 의의를

---

291) 원문에는 '文學作品'으로 고쳐졌으나 원래대로 복원했다.
292) 원문에는 '예술의'가 빠져 있어 채워 넣었다.
293) 원래 '朝鮮'에로 되어 있으나 고친 것이 타당하여 바꿔 썼다.

가졌던 카프의 광영은, 문학사적 견지에서 본 죄과罪過에 당면하지 않으면 아니 된다. 이것은 물론 그 반분半分의 책임이 내 자신에게 있으나, 그것을 어느 정도까지 알면서도 여전히 전철을 밟고 가는 현재 지도부에도 그 반분을 분배하여야 하겠다.

라프 해소에 관한 비판문이 당시 소비베트동맹의 잡지 신문에서 상당히 시끄러웠던 모양이다. 나는 어느 날 某 영문英文신문에서 루이스 피스처라는 평론가의 라프 해소에 관한 논문을 보았다. 이 글을 한 자 한 자[294] 읽으면서 나는 많은 참고를 얻었다. 그 사람의 글에서 보다도 라프 해소 그 사실에서— 그러나 여러 가지 사정상 그 전문全文을 이곳에 역재譯載할 수는 없다. 그러므로 가장 간단한 수구數句에서[295] 만족하려 한다.

– 만일 한 작가에게 라프가 낯을 찌푸리면 그 작가의 생애는 망쳐진다.

– 라프는 재능 있는 인물을 침묵 속으로 몰아넣는다. 라프의 평가는 예술적 성질에 관심觀心하지 않았다. (중략) 그들의 유일한 표준은 정치이었다. 그래서 만일 소설가가 눈꼽 반 머리만치라도 그 정통적 파티에서 벗어지면 곧 반역자[296]라고 인印을 찍어버렸다. 수백편의 원고가 출판국에 미발간 그대로 쌓여있었다. 그것은 그 내용과 그 저자를 라프가 싫어한 까닭이다. (중략)

– 라프는 검열관이었다. 문학적 조직은 아니었다. 소비베트문학적 비평은 빈약하였다. 라프는 이 빈궁의 책임을 지지 않으면 아니 된다. (중략)[297]

– 저들은 작가들을 친절하게 교시敎示로써 지도하지 않았다. 저들은 우둔한 무기로써 악의의 공격을 하였다. 그들은 ××[298] 하였다.

---

294) 원문에 '한 자 한 자'가 빠져 있어 채워 넣었다.
295) 원문에는 '가장한 數節을 인용함으로'라고 고쳐져 있으나 글자가 누락된 듯하여 원래대로 바로잡았다.
296) '반역자'는 원래 '反××者'로 표기되어 있다.
297) 원문에는 '中略'이 빠져 있어 채워 넣었다.
298) 원문에는 '×××'으로 되어 있으나 오식이기에 바로잡았다.

– 문학, 시네마, 극장까지도 라프 지배 하에서 마비되어 버렸다.

그러므로 라프 관리 하에 있는 주간 《리터래투르나야 까제타》까지가 "정당한 창작적 분위기를 작가를 위해서 조성할 것이다"라고 부르짖었다. 기타 허다한 인용은 약略한다.

이것은 두 말할 것도 없이 문학의 사회사적 견지에 서있는 그들의 과오가 아니면 아니 된다. 여기에 비하면 퍽 소극적이고 소규모라고 하겠지만 카프도 꼭 이와 같았다. 회고하면 이런 일이 얼마든지 있다. 비록 시대가 다르고 경우가 다르다 할지라도 문학의 사회사적 견지에서 동일한 잠월潛越, 과오를 범하고 말았다. 다른 사람은 모르겠으나 나 자신만은 나의 이러한 소행의 문학상에 미친[299] 죄과를 이곳에서 한 가지 청산하려 한다.

1928년 1월 《조선일보》지상에 실린 〈조선운동의 특질〉이라는 논문을 쓴 홍양명洪陽明 씨는 즉시 카프에서 제명되었다.[300] 당시 홍양명 씨는 예술적 저작이 없음에도 불구하고 카프원이었으며, 그 정치적 견해가 다르다 하여 화를 입었다.

그 후에도 홍효민洪曉民 씨 김동환 씨 안석영 씨 등이[301] 순서대로 척척 제명 처분을 받았다. 그 원인인즉 정견의 소소한 차이, 소부르적 언행, 카프의 비판적 태도 때문이다. 결코 비예술가라고 하여 제명한 것은 아니었다. 더욱 수년 전 이적효 민병휘의 사건을[302] 역시 제명 처분에 부친 것도 예술 문제와는 그 거리가 멀었다. 그러니 이 역시 예술단체는 아니었다.

카프가 검열관이라기에는 너무 과도한 말이었으나, 자기 권외圈外의 작가에게는 주의하지 않았다. 그 예술적 재질을 무시하였다. 배척하였다. 자체 스스로가 민중에게 이반되었었다. 심한 데 가서는 글만 여기저기 써도

---

299) 원래 '보는'이나 고친 것이 더 타당하여 그대로 두었다.
300) 원래 '除名하였다'이나 문법상 고친 것이 타당하여 그대로 두었다.
301) 원문에는 '洪曉民 金東煥 安夕影 諸氏'가로 되어 있다.
302) 원래 '事件과'로 되어 있으나 고친 것이 타당하여 그대로 두었다.

곧 법규 위반자로 문제되고 토의되고, 구명하고 비판하여 눈물을 흘리며 사죄하지 않으면 아니 되었다. 특별히 예술적 명작이 없으나, 최근의 《카프작가집》《농민소설집》《카프시집》이 이 제한과 부자유 틈에서 피어나온 '닥 플라워(dark flower)'다.[303] 그러므로 그 글을 읽으면 그러한 조잡한 흔적이 명백히 드러나 보인다. 지금도 지도부의 의견은 역시 '당파성'의 옹호에 있어 보인다. 다만 다른 것은 잡지나 신문이면 어느 것에나 어떠한 글이나 발표하는 것만 묵인된 모양이다. '당파성'에 어그러지면 자유주의자의 인印을 찍으며 비계급적이라 하나 최근 카프가[304] 발표 제한의 철폐, 내용의 비판의 철폐, 이것도[305] 무서운 리버럴리즘(liberalism)[306]의 발현이 아니면 아니된다.[307] 이러고 보면 명실공히 파티앤쉽(partisanship)의 붕괴며, 기분적 섹터리어니즘(sectarianism)의 공각뿐이다.[308]

　나는 이러한 분위기를 싫어한다[309]. 그러므로 이곳에서 탈출함이 내 퇴맹의 제3의 이유다. (중략)

5

　(중략) 그러나 과오를 은닉하고 이론화함으로 자기 자체를 방기放棄하는 것은 보다 더 괴로운 일이며 가슴 아픈 일이다. 이러한 정세를 충분히 내포한 카프는 그냥 붕괴하려는가? 의의 있는 예술적 창작에 공헌이 있을

---

303) 원문에는 이곳이 다음과 같이 기술되어 있다. "甚한데 가서는 作家가 글만 여기저기 써도 곧 法規 違反者로 問題되고 討議되며 批判하여 눈물을 흘리며 謝罪하지 않으면 아니 되었다. 最近의 《카프作家集》《農民小說集》《카프詩集》等이 이러한 制限과 不自由 틈에서 피어나온 暗花이었다."

304) 원래의 글에는 '최근 카프가' 없다.

305) 원문에는 '等'도로 되어 있으나 원래대로 바로잡았다.

306) 원문에는 '자유주의'로 번역되어 있다.

307) 원문에는 '아니었던가?'로 되어 있으나 원래대로 바로잡았다.

308) 원문에는 이렇게 번역되면서 고쳐졌다. "그리고 보면 名實共히 黨派性의 崩壞가 시작된 것이니 現〈카프〉는 氣分的 分派主義의 空殼 뿐이다."

309) 원문에는 '분위기가 싫었다'로 되어 있으나 원래대로 바로잡았다.

기관이 되지 않으려는가? 유물변증법의 착오된, 기계적 응용의 극복, 편협한 파티앤쉽[310]과 증오할 만한 섹터리어니즘[311]의 방기, 소박한 정치의식의 양기揚棄를 실행하지[312] 않으면 아니 된다. 이것은 라프, 나프와 카프가 한 가지로 당면한 문제다. 그 중에도 아직 남아있는 것은 카프다. 이럼으로써 우리들은 세계문학사의 계승이 가능할 것이다.

우리들은 자기 스스로 선택한 궁경窮境과 험로險路에서 고난의 순례를 하면서 있었다. 그러나 이제는 고행의 순례는 종료되었다. 예술 전당에 도착하였으며, 창작의 사원의 종소리를 듣게 된 까닭이다. 온갖 의구疑懼와 주저를 끊어버리자! 프로미듀스여, 고난의 밤은 밝아온다.

* * *

나의 성명서를 대신하는 이 논문은 여기서 끝이 났다. 이것만으로도 상당히 지루한 인용이었으니 그 전문을 옮겨 쓰지 않거니와, 이 인용문에서도 중요한 부분만은 드러난 것으로 생각한다.

이 논문을 발표한 후에 내가 또 한 번 놀란 것은 이 논문을 반박하려고 나온 필자가, 평소의 언행으로 보아 반드시 나의 의견에 찬의를 표할 줄 알았던 팔봉 김기진 군이라는 것을 알게 된 까닭이었다. 군은 내가 일찍이 의식에 편중하게 되었을 때에 문학의 형식을 주창하였고 또 그 후에 객관적 정세가 불리하니 연장(무기)으로서의 문학은 그 정도를 수그려야 한다고 하였으며, 또 예술의 대중화를 제창한 여러 가지 점으로 보아 나의 논적이 될 줄은 꿈에도 생각지 아니하였었다. 그런데 나의 논문에 대하여 당연히 나타나야 할 용사들은 뒤에 숨고 뜻하지 않은 김군이 나타났다. 그런데 그

---

310) 원문에는 '黨派性'으로 번역되어 있다.
311) 원문에는 '分派主義'로 번역되어 있다.
312) 원문에는 '政治意識을 揚棄하지'로 되어 있으나 원래대로 바로잡았다.

반박문이 또한 냉정한 이론에 서 있지 않았고 그저 불명예스러운 구렁텅이로 몰아넣기에만 급급하여 '분홍빛 문학으로 가느니' 또는 '예술지상주의로 떨어졌느니' 하여 당시 《동아일보》지상에 그 반박문을 발표하였다. 나는 프로작가들이 카프를 떠나서 독자적으로 창작활동을 하고 있는 것을 예증하려고 함에 대하여, 군은 작가들의 개인적 창작활동을 카프에 결부시켜 무능하게 된 카프가 무슨 활동이나 하는 것처럼 가장하려고 하였다. 이러한 태도는 정치가들의 자파自派 옹호에서 하는 수단일 수는 있으되 어디까지나 사실을 존중하게 생각하는 문예가로서는 좀 지나친 논조라고 나는 생각하였다. 군 이외에 나를 반박한 사람은 여러 사람 있었으나 그 중에 극좌적 경향을 가졌던 사람은 권환 군이었다. 당시 나의 성명서적 논문은 어디를 가든지 새로운 화제를 만들어 주었다. 당시 이형림李荊林(이갑기李甲基 군의 별명인 듯) 군만이 용감히 카프 해체를 제창하였다.

여하간 사실상 공각인 카프를 앞에 놓고 존속의 가부를 논하는 것도 어리석은 공론이었지마는, 작가의 자유성을 갈망하면서 한편 카프의 독재적 지도성을 연모하는 논자들의 그 사상성이라는 것도 의심하지 않을 수 없었던 것이다. 나는 나의 성명에 대하여 자기비평을 하여 본다면 이 논문은 특별히 드러낼 아무러한 가치도 없고 또 창작적인 아무것도 없었다. 그러나 다만 당시에 나의 카프에 대한 책임을 명백하게 하려고 하였으며, 또 나의 생각한 바를 속임 없이 발표하였다는 것뿐이었다. 내가 옳다고 생각하면 어떠한 지장이 있더라도 그대로 실행하려는 나의 성격의 소산이라고도 할 수 있을까?

재평가되어야 할 회월의 문학사 연구

임규찬

1

사실 박영희의 문학사 혹은 비평사적 평가는 비교적 불우한 편이다. 그 평가의 정점에는 항상 "얻은 것은 이데올로기요 잃은 것은 예술"이라는 흡사 표어와 같은 유명한 전향문구가 가로놓여 있다. 이 선언을 두고 한편에서는 일제하 프로문학에 대한 비판의 산 예증으로, 다른 한편에서는 역으로 전향자라는 비겁자의 낙인을 찍는 상징부호 역할을 했다. 그런데 문제는 대부분의 연구가 그 선언과 함께 끝나버리는 데 있다. 후자의 입장에서라면 어느 정도 가능할 수 있다. 그러나 전자의 입장에서라면 조금은 의아스럽다. 그러나 거기에도 이유는 있다. 우선 카프 형성의 주도적 인물이었던 박영희의 전향선언은 그 자체로 볼 때 비판적 입장에서 볼 때와 마찬가지로 자기 파산을 드러내고 있다는 판단을 내릴 수 있기 때문이다. 더구나 뒤이어 일제 말기에 조선문인협회 간사, 북지종군, 창씨개명, 신체제문학에의 협력 등 적극적인 친일 행동으로 이어졌으니 그런 판단을 쉬이 내릴 법도 하다.

사실 필자 또한 대략 그런 선입견 속에서 박영희를 미리 예단하여 바라보았다. 대다수의 연구에서처럼 박영희의 가장 빛나는 활동은 팔봉 김기진과 벌인 내용—형식논쟁, 그리고 뒤이은 목적의식론의 제창 때라고 필자 또한 보아왔다. 거기에 또 하나 역할을 덧붙인다면 '백조'파로서의 활동과 김기진과 더불어 신경향파 문학을 열어젖힌 개척자라는 점이었다.

그런데 사실 박영희의 연표를 눈여겨보면 앞서 말한 전향선언 이후에도 지속적인 비평활동을 전개해 왔고, 더구나 일제 말엽에 집필한 글에 근간하여 해방 후에 간행한 〈문학의 이론과 실제〉(1947)라는 본격 문학이론서나, 또한 〈현대조선문학사〉, 〈초창기의 문단측면사〉 등 문학사에 관한 묵직한 저술을 남겨두기도 했다. 사실 한 사람의 비평가를 염두해 둘 때 후기에 대한 이런 묵살은 그 자체로 온당한 대우가 아닐 뿐더러 또한 정당한 접근법도 아니다. 물론 이들 비평적 활동이 전 시기에 비해 의미가 없다거나 그 업적이 미미하다는 객관적 분석에 따른 판단이라면 그럴 수도 있다. 그러나 실제 〈문학의 이론과 실제〉나 〈현대조선문학사〉를 제대로 읽어본이라면 지금까지의 연구가 몇몇 선입견에 의해 비평가 박영희를 너무 쉽사리 재단했음을 알 수 있다.

2

사실 필자 역시 〈현대조선문학사〉를 정밀히 읽고는 다소 충격을 받았다. 지금까지 기존 문학사에 대한 검토작업을 비교적 열심히 해왔다고 자부하고 있었는데, 그 작업에서 박영희의 연구업적을 철저히 무시 혹은 배제해버린 데 대한 게으름과 무지를 탓할 정도로 문학사 연구에서는 간과해서는 안 될 대상이 박영희의 작업이라고 판단되었기 때문이다.

기실 지금까지 해방 후 첫 문학사적 업적으로는 백철을 선편에 두고 이야기해 왔지만 적어도 그와 동렬 혹은 그보다 앞서 박영희의 〈현대조선문학사〉를 놓아야 한다는 생각이다. 이 점은 백철 스스로도 다음과 같이 말한 바 있다.

알다시피 회월은 나와 달라서 우리 신문학 시작 뒤의 거의 전 기간을 직접 경험해온 작가요, 시인이요, 특히 우수한 평론가였으며 그만치 신문학사를 기술하는 데는 가장 적임자로 봐야 할 사람이다.

이런 경험의 직접성은 사실 그 자체가 경험에 갇히기 쉽다는 점에서 한계를 어느 만큼 갖기 마련이겠지만, 일단 근대라는 것이 사회문화적 차원에서 분업화를 통한 자립적 혹은 자율적 사회의 형성이라는 면과 긴밀히 관련을 맺는다는 점에서 문단의 형성과 그 경과를 다각도로 참고해볼 수 있는 실증적 자료 역할을 다양하게 제공해주는 이점이 있다.

실제로 이 점에서 박영희의 문학사 연구는 흥미로운 여러 사항을 우리에게 제공해준다. 가령 20대 초기 문단 형성의 시발점이 되었던 동인지 시대에 대한 분석도 그런 좋은 예가 될 것이다.

동인지라는 것은 그 사상적 주류로 보아 동일한 경향을 가진 작가들의 결합이어야 할 것이다. 그러나 초창기에 있어서 각자의 사상적 경향이 명확치 못할 때에는 문학적 전체성에서 결합할 수도 있었다. 동인지의 적극적인 의미는 문학상 동일한 주류 위에서 한 개의 통일된 운동이 시작되어야 할 것이다. 이것은 현대 동인제 문학잡지의 특징일 것이다. 그러나 초창기에 있었던 조선의 동인제 문예잡지는 유파별이나 사상별로만 분류하기에는 너무도 미약하였다. 그때의 젊은 작가들은 자기의 인생관에서 보다도 자기의 정열적인 정서의 분출을 문학에서 실현함으로써 만족하였었다. 말하자면 그때의 동인지라는 것은 대외적으로는 한 개의 문학적 세력을 만들어 자기의 존재를 나타내려는 것이요 대내적으로는 작가 각자의 원숙을 기함에 있었다.

사실 백철부터 시작한 이후의 문학사 거개가 이 시기를 유파별, 사상별로 분류하는 데 천착한 셈이다. 그래서 어떤 점에서 문학사 연구의 가장 난맥상이 보인 지점도 이곳 20년대이다. 그런데 정작 그 시대를 직접 몸담아왔던 박영희는 이 시기가 유파별, 사상별로 분류하기에는 너무도 미약한, 형성기의 한 단초로서 정확히 그 의의를 자리매김한다.

또한 이 시기 비교문학사적 접근의 중요성은 누구나 인정하는 터인데, 이에 대해서도 박영희는 흥미로운 견해를 제시한다. 그는 제정帝政 러시아 작가들의 작품에서 가장 많은 영향을 받는 등 북구北歐문학에서 주로 사상성을 섭취하였고, 남구南歐문학에서 난숙한 형상과 그 예술적 방향을 찾아 배웠다고 말한다. 오히려 이 점에서 일본의 메이지明治 · 다이쇼大正 시대의 거장들의 작품들을 많이 읽기는 했으나 조선의 문학정신을 형성하는 데는 별달리 영향받은 바 없다고 주장한다. 다만 조선문단과의 교류관계에서 세계사조를 전해주는 중계적인 중요성이 있었을 뿐이라는 것이다.

아울러 근대문학 형성에 있어 신소설과 이광수에 대한 위치 부여도 흥미롭다. 박영희는 신소설기를 하나의 준비적 단계로 간주하고, 조선의 현대문학은 이광수로부터 시작한다고 단언한다.[313] 근대문학 기점 문제 역시 아직 속시원한 합의가 도출되지 않은 상황인 만큼 하나의 참고적 관점으로서 염두에 둘 필요가 있다. 특히 20년대 본격적으로 문단이 형성되는 시점에서 이광수와 최남선이 그들 청년문인들의 문학적 토대가 되었다는 발언은 경험적 사실로서 마땅히 유념할 필요가 있다.

박영희의 문학사적 서술은 이처럼 당대 형성되는 문단과 형성된 문단의 흐름을 중심으로 이루어진다. 그것은 곧 회월 문학사의 가시적인 특징이 경험에 많은 부분 의존하고 있다는 데 있다. 그것을 우리는 〈초창기의 문단측면사〉와 〈현대조선문학사〉를 비교해보면 금방 알 수 있다. 〈초창기의 문단측면사〉나 〈현대조선문학사〉 모두 본인이 이광수와 최남선의 영향을 받은 새로운 세대를 강조하여 그들 문학의 출발점을 동인지문학, 특히 〈백조〉를 중심으로 삼고 있다. 그리고 이후의 한국문학을 '자연주의 – 신경향파 – 카프와 민족주의 문학의 대립 – 카프내부 논쟁 – 방향전환'으로

---

313) 실제 목차상에서도 신소설 부분은 서론에 포함되어 있고, 본격적 문학사 서술이 이루어지는 '제1편 청춘 조선의 정열과 이상'의 첫 장을 이광수로부터 시작한다.

이어지는 전개과정으로 짜여진다. 이는 무엇보다 그가 한국근대문학의 중심에 직접적으로 관련된 문단인이었기에 그의 문학사는 곧 문단사의 성격을 가지고 있기도 하다. 그런데 박영희는 거기서 한 걸음 더 나아가 문단의 형성과 시대에 따른 그 중추적 흐름이란 견지에서 큰 체계를 편성하고, 그 속에서 창작계와 비평계의 성과를 유기적으로 한데 아우르는 서술방식으로 나름의 치밀한 편성을 보이고 있다.[314] 가령 가장 혼란스러운 20년대 소설문학을 큰 틀에서 전체적으로 자연주의문학으로 규정한 것도 이후 문학사의 서술과 구별되는 큰 특징이다.[315] 이 점에서 박영희의 이러한 진술은 나름의 전체적 사고를 엿볼 수 있는 한 면이다.

그[현진건—인용자 주]의 작품에는 차차로 어딘지 모르게 반항적인 기질이 나타나게 된 것도 조선의 민족적 울분에서 직접 받은 영향으로 조선에 있어서 자연주의문학의 조선적 특징이라고도 할 수 있다.

사실 박영희의 문학사 서술이 앞서 문단을 중심으로 하였다고 했지만, 오히려 백철의 신문학사조사와 변별되는 특징은 단순히 문단의 현상적 흐름을 평면적으로 나열, 조합한 것이 아니라 그 나름의 엄정한 비평적 관점을 가지고 창작적 성과를 최종 목표로 삼아, 정리·체계화한 데 그 의미가

314) 목차는 다음과 같다. 서론 현대 조선문학의 성격(제1장 현대 조선문학의 규정/제2장 현대 조선문학의 발전형태/제3장 현대 조선문학과 그 사상성/제4장 '신소설'과 현대 조선문학), 제1편 청춘조선의 정열과 이상(제1장 신문학 건설의 출발/제2장 동인제 문예잡지시대의 제경향/제3장 세기말적 사상과 자유운동/제4장 현실주의의 대두와 그 방향), 제2편 조선적 현실의 성장과 문예운동(제1장 신경향문학의 의의와 그 작품/제2장 민족주의의 진영과 그 추수자/제3장 방향전환기의 문예운동/제4장 카프운동의 반성기), 제3편 수난기의 조선문학(제1장 침체된 문학운동의 진로/제2장 전환기 문학의 제경향/제3장 인간탐구시대의 제작품/제4장 시적 정신의 부흥과 정형시 운동/제5장 역사소설시대).
315) 대신 시에 대해서는 대략 세 가지 경향으로 정리한다. 여기서도 그는 동인지별로 본 것이 아니라 개인별 시경향에 따라 황석우, 김안서, 이상화, 박종화, 박영희, 김동명 등의 데카다니즘, 주요한, 오상순, 남궁벽, 이동원 등의 이상주의적 경향, 그리고 변영로, 김소월, 홍사용 등의 서정적 경향으로 분류한다.

있다. 이 점은 그 자신과 직접 연관이 깊은 프로문학운동에 대한 서술에서
도 마찬가지이다. 신경향파문학부터 시작하여 해체기 이후까지 가장 비중
을 두고 서술하고 있지만, 여기서도 최종 목표는 창작 성과에 대한 체계화
이다. 그런데 박영희의 문학사 서술에서 최대 쟁점이 되는 부분은 그의 유
명한 전향선언과 맞물린 당대 시대에 대한 조감 부분이 될 것이다. 거기서
박영희는 34년 시점에서 한치도 벗어나지 않는 관점을 내보인다. 오히려
이후 전개과정에서 그것을 더욱 확증받고 있다는 태도를 선보이고 있다.

박영희의 분석에 따르면 〈예술운동의 작금〉(1931년 《동아일보》 신년호)에서
이미 '예술운동의 볼셰비키화' 문제에 대해서 반대의견을 개진했고, 권환
등과 대립 끝에 간부를 사임하고 32년 7월에 카프를 탈퇴하고 성명서를
냈던 것이다. 그 점에서 카프 문학운동에 대한 평가에서도 그동안 박영희,
신유인, 백철, 이형림 등의 견해를 전향자로 규정하여 이들의 견해를 쉽게
묵살해버린 경향이 있는데, 그리고 프로문학운동의 쇠퇴를 카프의 해체
전후의 정치적 압력에 절대적으로 기인한 것으로 보았는데 이 점 역시 사
실적으로 좀더 규명될 필요가 있다.

우선 박영희가 내세운 근거, 이 시기 카프가 한 개의 공각空殼에 불과했
고, 정치주의에 앞장섰던 카프 동경지부 출신들의 극좌노선도 실천이 없
는 관념적인 사변만 나열할 뿐이었다는 사실에 대한 검증은 좀더 깊이 이
루어질 필요가 있다. "카프의 불활발은 경찰의 탄압에 그 원인이 있겠지마
는 문학의 부진은 정치주의의 굴레 속에 사로잡혀 있었던 것을 비로소 알
게 된 것이며 프로문학의 본원지인 소련의 라프가 해체를 선언하고 정치
주의를 청산하려는 것을 이미 보고 들은 까닭도 있었다."316)

---

316) 아울러 이런 대립의 배경에 1931년의 신간회 해소사건도 있음을 주목할 필요가 있다. 박영희도 참여
했던 신간회가 공산당의 해소론 등에 의해 해산되자 일본경찰은 오히려 이 해소가 공산당 조직화로
판단하여 카프회원들도 총검거를 당하게 되어 박영희 역시 감옥생활을 하게 된 것이다. 이것이 속칭
카프사건이다.

그리하여 박영희는 역으로 《최근 문예이론의 신전개와 그 경향》을 이후 경향의 종합적 결론이라고 주장한다. 말하자면 1932년부터 창작의 고정화에 대항한 신응식, '산 인간론'을 펼친 백철, 그리고 덧붙여 '형상론'을 내세운 임화나 '창작방법론'을 새로이 제출한 안막까지도 정치주의 문학에 대한 비판으로 간주한다. 이 점 역시 그냥은 간과할 수 없는 대목으로, 지금까지 이 시기 문학론을 사회주의 리얼리즘의 수용을 둘러싼 논쟁으로 해석해 왔는데 우리 문학사의 전개과정 속에 그 근원적인 문제의식을 새롭게 해석할 필요가 있을 법하다. 물론 박영희의 논지 자체는 그 자체의 변화과정 속에서 새로운 극복을 논하기보다는 대립적 측면으로 이월되면서 이전의 것들을 부정하는 방향에 있었기 때문에 임화 등의 노선과는 대립적일 수밖에 없었다. 김기진과 벌인 '내용 · 형식논쟁'이나 '방향전환론'은 동경 무산자파의 정치주의보다는 강도가 약하더라도 마찬가지로 정치주의의 굴레에 갇혀있는 논리이기 때문이다. 그런데 박영희는 그 문제에 대해서도 단순히 객관적인 소개형식으로 정리할 따름이지 이에 대한 자기반성과 비판이 없다는 점에서 여러 가지 의구심을 불러일으킨다.

어쨌든 이 시기 이후 30년대 문학을 박영희는 '조선적 현실의 완전한 보다 더 문학적인 표현'을 위한 고투로 파악하는 시선은 눈여겨 볼만하다. 실제로 박영희 문학사의 가장 의미있는 성과는 '제3편 수난기의 조선문학'에 있다는 생각이다. 이전 시기와는 다르게 방향성을 상실하고 또 그런 만큼 혼란한 상황과 침체적인 분위기에 놓여 있었지만, 그 속에서 힘겹게 일구어놓은 문학적 성과에 대한 정리가 돋보인다. 첫째로 정신적 혼란을 극복하기 위해 '고전적 유산에서 현대정신을 창조하자'는 이른바 '현대문학이 요구하는 고전적 정신'의 탐구이다. 둘째, 단편소설 시대에서 장편소설로 넘어왔다고 보았다. 각 신문이 경쟁적으로 장편소설을 연재하기 시작하였고, 그것을 감당할만한 역량있는 작가들 또한 생겨났으며, 또한 전집 간행이나 시집 간행 등 출판의 왕성한 성장이 그 밑바탕을 이루었다는 것이다.

이러한 사회문화적 정황 속에서 박영희는 주된 문학적 경향을 크게 다음 몇 가지로 제시한다. 첫째 일제의 탄압에도 불구하고 표면운동으로 아직 가능성이 있었던 교화운동이나 농촌계몽운동에 부응한 작품들, 이를테면 이광수의 〈흙〉이나 심훈의 〈상록수〉, 이석훈의 중편 〈황혼의 노래〉 등을 주목한다. 그런데 여기에 이기영의 〈고향〉을 포함시킨 것도 특징적이다. 덧붙여 박영희는 과거 카프계열 작가들의 작품들에도 언급하는데, 1935년까지 카프적 잔존물을 유지하려고 노력한 흔적을 발견할 수 있지만, 이미 그것은 과거의 형해에 불과하다고 비판한다. 최재서가 지칭한 '후일담문학'과 이를 관련짓는데, 이때도 중심 줄거리가 되지 못하고 지엽적인 것에 불과하여 이미 다른 경향으로 진전하고 있다고 파악한다. 물론 변치 않고 조선 현실의 빈궁면을 그림으로써 의식문학의 면영을 그대로 유지한 작가도 없지 않지만, 이때도 해가 갈수록 '무의식 빈궁소설'로 빠져들었다고 비판한다. 반면 의식과 형상이 비로소 문학적 형태를 갖춘 문학으로 김기진의 장편 〈해조음〉을 든 것은 조금 뜻밖이다. 아울러 그런 견지에서 현진건의 〈적도〉 또한 높이 평가하고 있다.

그리고 거기에 맞선 새로운 경향을 '순수문학'으로 명명한 점도 주목된다. 물론 이 말은 60년대의 '순수·참여'식의 개념과는 구별된다. "여기서 취급하려는 순수문학은 의식이나 이념까지를 부정하는 것은 아니다. 다만 순수문학은 어떠한 기성된 의식이나 이념에 예속되어 있는 것이 아니라 문학적 창조에서 부절히 새로운 이념과 의식을 창조할 수 있는 것을 의미한다"고 그 개념을 설명한다. 여기에 문학적인 형상을 완성시키려는 경향, 그리고 일반적 의미의 문학 형식까지를 부정하려는 신흥문학파까지 포함시킨다. 그리고 이 경향의 대표자로 이태준과 박태원, 김동리, 김유정, 이상 등을 배치해 놓고 있다.

또한 1935년 이후 주된 문학적 흐름으로 새로운 인간탐구 문제에 두고 평론계의 휴머니즘 논쟁 등을 소개하면서 개성과 모랄의 문제를 실제 창작계의 동향과 연결시킨다. 먼저 의식문학파의 작가들이 개성 발견에 눈뜨면서 개성을 통하여 도덕성을 파악하려고 노력했지만 새로운 세계로 대담하게 비약하지는 못했다며 구체적인 소설들을 예시하여 논의를 전개해나간다. 그럼에도 전체적으로 1939년에 인간탐구와 관련하여 확실한 진전을 보여준 작품들이 나왔다며 이광수의 〈무명〉, 박계주의 〈순애보〉, 최정희의 〈지맥〉, 김남천의 〈대하〉 등을 대표적 작품으로 거론한다. 이들 작품에서 인간의 개성이 완성되었으며(〈무명〉), 또 도덕성의 확립(나머지 세 작품)이 이루어졌다는 것이다. 아울러 이런 인간성의 이상화 경향과는 달리 취미적인 데로 보편화하려는 경향이 있었는데 이것이 대중문학의 융성으로 나왔다고 진단한 것도 흥미롭다.[317]

그리고 마지막 대미를 장식한 부분이 역사소설이다. 박영희는 1930년 이후를 "민족주의 문학이나 맑스주의문학에 대한 탄압이 점점 심해져서 소위 의식문학은 쇠퇴하는 길로 기울어졌고, 이에 뒤를 이어 순수문학이 일어났으나 이것 역시 얼마 되지 아니하여 연애, 엽기, 풍자 등의 취미 중심으로 대중소설로 기울어지기 시작했다"라고 보았다. 그런데 이런 정황과 긴밀히 연관되어 침체된 현대문학을 구출하는 한 갈래의 길로서 역사소설이 등장했다는 것이다. 말하자면 당대의 여러 조건과 정황 속에서 "역사문학은 그 풍부한 제재 속에서 의식 방면으로나 인간성 창조 문제에 있어서나 그 대중성에서나 어떻든 우울한 현대소설보다는 여러 가지로 편리

---

317) 이러한 방식으로 시분야도 체계화하는데, 여기서도 각기 다른 개성들 속에서 그 나름의 통일된 시대적 정신과 경향을 추출하려 애쓴 점이 눈에 들어온다. 그가 파악한 시단의 특징은 '시적 정신의 부흥과 정형시 운동인데, 이런 특징을 맑스주의 의식문학의 대두와 함께 붕괴되고 제약된 시적 양식에 대한 새로운 모색으로 설명한다. 말하자면 사회적으로 평가되는 시의 효능보다도 시가 가지고 있는 제약성에 대한 붕괴와 위축을 중시하여 그 중에서도 외형율의 자유스러운 창조가 자유시의 특색임을 강조한다. 그리고 아울러 언어와 선율을 중심문제로 삼으면서 민요조와 시조형의 정형시 운동도 대두되었음을 주목한다.

하였다. 이리하여 역사소설은 대중의 환영 속에서 자라나기 시작"했다는 진단이다. 특히 여기서도 두 경향, 순수문학의 길과 대중문학의 길이 있는데, 전자의 대표적 작품으로 홍명희의 《임꺽정》을 들고 있다.

어쨌든 박영희가 파악한 조선현대문학사의 대미는 역사소설에 주어진다. 그 의미에 대한 다음과 같은 서술은 문학사적 발전이란 각도에서 재음미해볼 만한 대목이다.

조선의 역사문학은 현대 조선문학의 말기에서 현대문학의 우울과 침체와 회의를 극복하려는 새로운 진로이었을 뿐 아니라 민족적 계몽운동으로도 일면이 있었다는 것을 잊어서는 아니 된다. 조선사람들은 오래 동안 마음대로 들어보지 못한 조선 역사를 작품을 통하여 알 수 있었고, 배울 수 있었다. 이러한 역사적 지식의 보급으로부터 민족적으로 자신을 알게 되며 따라서 민족의식을 형성할 수 있는 데까지 방향을 돌릴 수 있었으니 이것이 역사문학의 계몽적 방면에 나타난 공헌일 것이고, 둘째로 문학적 부면에서 볼 때는 역사문학은 회의 모색하던 현대문학의 진로를 만들기 위하여 풍부한 사실史實 속에서 현대성에 접근될 수 있는 자료를 마음대로 택할 수 있었으며, 과거의 사실이라는 것을 칭탁稱託하여 까다로운 현대성의 구속을 받지 않고 광범한 구상을 마음대로 하여 그 스케일의 웅장한 세계를 구성할 수 있는 역량을 기를 수도 있었다는 사실을 우리는 볼 수 있는 것이다.

이리하여 역사소설은 확실히 명랑하였고 웅건하였으며, 한편으로는 양패襄敗되려는 민족의식, 반항의식을 계승하여 왔던 것이다. 이리하여 우리는 역사소설의 현대적 의의와 시대적 정신의 타당성을 파악할 수 있는 것이다.

3

이상의 설명에서 유추해볼 수 있듯이 회월의 문학사 서술은 비교적 견고한 구조로 이루어져 있다. 시대별로 특징과 함께 그와 관련하여 주된 경향을 적출하여 체계화해 나감으로써 이른바 경험적 고찰이 갖기 쉬운 복잡한 현상의 단순한 평면적 나열로부터 어느 정도 벗어나 있다.

이러한 점은 백철의 《신문학사조사》와 대비해 보면 잘 드러난다. 지금까지 연구에서 대체적으로 합의되었듯이 백철은 문학적 질을 문제삼지 않고 무차별적인 자료를 현상적인 기준에 의거해 분류, 나열한 방식에서 크게 벗어나지 않았다. 이른바 실증주의 방법론의 문제로 지적되는, 작품 자체보다 '배경조건'을 중시하여 이론 및 비평동향, 작가의 생애나 시대적 상황, 혹은 문단 분위기 등 작품을 둘러싼 배경적 사실을 주로 서술하여 문단변천사의 형태에서 크게 벗어나지 못했다. 말하자면 '잡지', '동인지'나 '문학집단', 그리고 그것들이 대표하는 사조·유파로 유형화했던 것이다. 그리고 조연현의 《한국현대문학사》와도 비교해도 사적 체계화 작업이 훨씬 탄탄함을 엿볼 수 있다. 정치사회적 변천과 문학 자체의 변천이 10년 단위로 나타난다는 전제하에 구성된 조연현의 10년 단위로 서술된 문학사 흐름은 좀더 구체적으로 파고 들어가면 정작 역사적 사건이 내포하는 사회정치적, 문화적 의미에 대한 차이를 보지 않고 몇몇 문학적 현상만을 이에 결부시키는 현상추수주의로 귀결된다. 특히 20년대에 출발한 작가들이 30년대에 주목할 만한 성과를 산출하였음에도 이를 간과하고 단순히 30년대의 새로운 현상으로 포착한 순수문학적 경향과 현대문학적 성격만을 변별적 자질로 절대화함으로써 두 시기에 벽을 세우는 방식에서 잘 드러난다.

그렇다고 회월의 문학사가 문단 위주의 경험적 고찰이 갖는 한계에서 완전히 벗어났다고는 볼 수 없다. 이를테면 한용운에 대한 다음과 같은 서술에서 그러한 점을 쉽게 엿볼 수 있다.

이와 같이 민족, 계급의 양 문예진의 혼란한 논쟁과 거치른 분위기와는 아무 관계도 없이 현세를 초월한 경향의 시집이 돌연히 나왔으니 그것은 승려 한용운의 《님의 침묵》이라는 시집이었다. 이 시집은 1926년 5월에 출판된 것으로 종교적인 신비성과 풍부한 상상력에서 타고르의 시풍을 생각하게 하는 시편들이었다. 당시 무기력한 시단은 적지 않은 충동을 받았었다.

당시 문단과 접촉이 없고 또 문단 분위기와는 이질적인 시집 출간이기에 사적인 체계화에서 부록식으로 덧붙여진 것이다. 그리고 시집에 대한 평가 역시 그러한 틀에서 쉽게 내려지고 있다. 또한 장편을 중시한 그가 염상섭의 〈삼대〉나 채만식의 〈탁류〉, 〈태평천하〉를 언급치 않고 지나친 것도, 백석이나 이찬의 시세계를 간과한 것도 이런 측면에서 바라볼 필요가 있다. 중간적 인텔리의 계급성에 기반한 절충주의나 동반자 작가로 명명되는 영역, 혹은 상호 넘나들어 새로이 융합한 세계에 대한 홀대의 한 반영으로 생각되어진다.

이 점은 그의 문학사 서술의 가장 중심적 기반이 되는 프로문학에 대한 인식과 긴밀히 관련되어 있다. 즉 프로문학의 등장과 쇠퇴 혹은 소멸의 관점이 그 핵심에 놓여 있다. 프로문학의 등장만이 필연적인 것이 아니라 쇠퇴 혹은 소멸 역시 필연적이라는 시각이다. 그리고 여기에서 그의 전향이 갖는 필연적 의의가 생겨난다. 가령 〈현대조선문학사〉의 마지막 대미에 있는 역사소설을 서술한 대목에서 그 문학적 명명을 '역사적 순수문학'이라고 부연하면서 서술한 다음 대목을 주의깊게 보자.

역사적 사실을 문학화하기 위하며, 이에 현대적 성격을 부여하여 시대의 한계성을 초월한 문학작품을 창조하려는 문학을 가르쳐 나는 또한 역사적 순수문학이라고 하였다. 그러므로 이곳에는 역사적 의식문학이라고도 할 수 있는 의식성이 없지도 않으나, 이 의식은 현대문학의 맑스주의적 의식의 선전성과는 구별되어야 한다. 역사문학의 의식성이란 선전을 위한 문학의 내용이 아니었고 문학 창조를 위한 의식성인 까닭으로 나는 역사문학의 의식성을 현대문학의 의식에서 구별하기 위하여 순수문학에 넣게 된 것이다.

'맑스주의적 의식의 선전성'이란 표현에서 알 수 있듯이 문제되는 일면을 전체화하여 전체를 배격하는 논법이 구사되고 있다. 이것은 곧 30년대 초반 극좌적 정치주의를 프로문학 전체의 비판적 논리로 활용하는 것과 마찬가지이다. 또한 전향선언의 대표적 표어인 '다만 얻은 것은 이데올로기요, 잃은 것은 문학'은 사실 그것의 정직한 표현이다. 상호 연관 속에서 파악해야 할 사항을 분리하여 대립적으로 대극화하는 논법이다. 이러한 논법에 따르면 좌우 대립이라는 선명한 분기점이 생길 수밖에 없으며 그에 대한 필연적 선택의 논리로 치달을 수밖에 없다. 말하자면 좌우 통합이나 좀더 큰 시각에서 그것들을 아우르는 의식의 확대가 시도되지 않고, 또 그 속에서 존재할 수 있는 다양한 스펙트럼은 간과되기 쉬운 것이다. 사실 초기에 보여주었던 박영희의 논리 역시 그 점을 전형적으로 보여주었음을 여기서 상기할 필요가 있다.

아울러 회월이 문학사를 이야기하면서 시대적 조류에 따른 필연성을 강조하는 것은 결과적으로 그의 전향에 이론적 근거를 마련해 주는 주요한 방법론이기도 하다는 것을 간과해서는 안 될 것이다. 덧붙여 박영희는 해방 이후 공식적인 문필활동을 접은 것으로 보인다. 이것은 창씨개명, 신체제문학에의 협력 등 적극적인 친일 행동에 대한 스스로의 자의식이 상당 부분 영향을 끼쳤을 것이라고 보여진다. 그 점에서 해방이후 칩거하면서 정리한 것으로 보이는 〈현대조선문학사〉, 〈초창기의 문단측면사〉라는 비공식적 집필은 급변하는 현실에 적극적으로 나설 수 없는 상황에서 회고적인 경향으로 나타나게 되었던 것 같다. 김윤식은 이러한 회고적 집필행위를 다른 문필행위 불능에 대한 대상행위로 보고 그 동기를 박영희의 자존심 회복욕구로 분석한다. 말하자면 박영희의 문학사 속에는 그의 전향과 친일에 대한 변론의 성격이 그림자로 깔려 있음을 의미한다.

어쨌든 그와 관련해서도 박영희의 문학사적 평가는 '정치주의와 문학주의' 문제가 핵심문제임을 확인할 수 있다. 김윤식은 박영희가 카프 탈퇴 이후 유미주의와 사회과학적 이론을 결합하여 중용적 예술론을 구성하려 했다며, 그의 전향이 단순한 유미주의로의 원점회귀가 아니라고 진단하였다. 그러나 그 구체적 분석에서 김윤식은 박영희의 성취에 대해서 상당히 비판적이다. 가령 전향선언문에 대해 ①프로문학 및 KAPF의 도식주의를 조급히 비판한 나머지 프로문학 전반을 한꺼번에 부정해 버렸고, ②KAPF를 비판하면서 한국적 현실에 대해 일언반구도 언급하지 않았으며, ③사회사와 문학사의 차이점만을 일방적으로 드러내기 위해 그 관계점을 사상하고 말았고, ④'상실한 예술'을 회복하는 방법 및 내용을 제시하지 못했다고 지적했다. 아울러 〈문학의 이론과 실제〉에 대해서도 사회학적 방법을 부분적으로 확인하며 그 위에 심리적 형식주의의 문예관을 결합시킨 이원론이라고 분석했다.

사실 이와 같은 이원론에 대한 비판은 이미 임화가 당대에 정확히 내린 바 있다. 임화는《조선신문학사론 서설》에서 박영희를 비롯한 일련의 입장들에 대해 '문학과 생활의 이원적 분리의 관념론'이라고 진단한 바 있고, 이러한 이원사관이 과거 카프의 조직적 와해를 촉진시킨 변질주의變質主義의 이론적 무기였다고 비판하였다. 그러면서 문학이 현실생활에 의존하고, 동시에 문학은 생활현실에 일정한 정도로 봉사한다는 원칙적 욕구야말로 신경향파 문학 이후 프로문학의 전실천을 일관한 원칙이었다고 말하며, 그러나 이 원칙을 지나치게 강조한 나머지 내용편중주의에 빠지게 되었다고 과거를 회고한다.

그리하여 문학상에 있어 그 사상성과 예술성에 대한 통일된 과학적 견지를 가지는 대신, 예술의 형식의 의의에 관한 유명한 김기진 대 박영희의 역사적 논쟁을 거쳐 문학적 창작과 그 운동과 공히 정치의 우위성이란 것을 곧 정치

및 사상에의 직접의 봉사주의라는 방향을 가지고 최근까지에 이르도록 지배적 원칙으로써 통용된 것이다.

　실제로 임화의 이러한 진술은 프로문학 내부의 극복논리를 지칭하고 있는 셈이다. 그에 비해 박영희가 보여준 길은 프로문학으로부터의 이탈과 그 반대편으로의 손쉬운 위치이동에 가깝다. 물론 박영희는 그 서론에서 우리 문학이 갖고 있는 정치적 성격을 매우 근본적인 것으로 생각하였다.[318]

　신간회 간부로 활동까지 한 박영희의 이력을 감안하면 카프의 정치주의에 대한 비판이 너무 일면적이며 이 문제를 단순히 문학을 질곡시킨 억압 강도強度의 문제로 파악하여 자연 당대 정치운동과 의식에 대한 비판이나 진지한 모색은 사라지고 만다. 그 결과 30년대 이후 이른바 의식성에 대한 구별없이 다양한 문학경향을 소재주의로 묶고만 것으로 되비춰지는 것이다.

　그런데 이 문제와 관련하여 임화 역시 박영희와 마찬가지로 프로문학의 오류를 '현실의 불가피한 조건'에 의해 생성된 결함으로 파악한 것은 그냥 지나칠 수 없는 문제이다.

　이 문제는 박영희에게도 마찬가지로 적용할 수 있지만, 임화에게서도 단계적 진화론에 기초한 문학적 발전관으로 나타난다. 말하자면 문학사가 본질적으로 정적이고 일직선적이며 연속적인 단계들을 이루며, 발전이

---

318) 가령 다음과 같은 예문이 그에 대한 적절한 예가 될 것이다. "그러나 그래도 그 가혹한 검관제도를 이용하여 고난을 뚫고라도 나아갈 수 있었던 길이 오직 이 문학 부면에 남아 있었기 때문에 조선의 지식인들의 주의는 이것에로 집중되었으며 이에 따라 현대 조선문학의 범위는 훨씬 넓어져서 정치와 사상의 영역 안으로 추진되고 말았던 것이다. 이러한 경향이 그 고도에 이르렀을 때에는 정치문제, 사상문제, 사회문제 등이 문학운동에서 당연히 취급되어야 하는 것처럼 생각하였으며 또한 그러한 것은 문학에서만 해결할 수 있는 듯이 자부도 하였다. 이것만이 문학의 정당한 발전의 전부라고는 할 수 없으나 조선의 현대문학이 당면하였던 필연성임에는 틀림없었다. 조선의 현대문학은 이러한 중임을 지고 문단 부진의 비명을 외쳐가면서 여하간 한 시대를 지내온 것이다."

시간적 경과로 등치되면서 때로 무리한 해석을 낳고 만다. 사실 엄밀한 의미에서 문학의 발전, 진보란 각 사조의 현상적 진화를 의미하는 것이 아니다. 무엇보다도 문학에서 발전, 진보의 중심은 기본적으로 현실의 역사적 변화와 맞물려 발전해가는 '인간의 의식' 안에서 이루어진다는 점이다. 그런 만큼 문학에는 명백히 진보가 있을 수 있지만 그럼에도 불구하고 어떤 발전단계에 속하건 모든 예술작품은 결국 미학적으로 동등한 것이다.

이 점은 그에게서 역사의 비겁자로서 오명을 아무리 지울 수 없더라도 역으로 그것의 생존이 독특하게 일구어낸 문학적 성과는 성과대로 제 몫을 부여받는 역사의 넉넉한 생명력이 때로 필요해지는 것이다. 그리고 그 길이 때로 역사의 빈곤을 갈증하는 사막의 길이기도 할 것이다.

1901년   음력 12월 20일에 서울 소공동에서 아버지 박병욱朴秉旭과 어머니 김승
           일金昇日 사이에서 장남으로 태어났다. 부친 박병욱(1878~1974)은 박영희
           위로 세 딸을 두었으나 모두 병으로 잃고 23세에 외아들 박영희를 얻었
           다. 당시 부친은 남바위나 조끼 등 털로 된 물품을 다루는 모물전毛物廛을
           벌이고 있었다. 모친(1875~1964)은 부친보다 세 살 연상으로 쾌활하고 활
           동적이며 꿋꿋한 성품으로 회월에게 가장 큰 영향을 미쳤다. 박영희의
           나이 3세 때 부친은 모불전을 정리하고 서대문구 의주로 2가로 이사했
           다. 이후 부친은 돈놀이를 하는 한편 파주 부근에다 농토를 사서 소지주
           로 살아갔다.

1912년   남대문 근처 교회에 있던 기독교 계통의 공옥소학교攻玉小學校에 입학했
           다. 그 전 7, 8세때부터 서당에 다니며 한문을 배우기도 했다. 모친은 회
           월이 소학교에 입학하던 무렵 기독교에 입문, 이후 전도사 일까지 볼 정
           도로 열성적인 신자가 되었다.

1916년   3월에 공옥소학교를 졸업한 뒤 4월에 배재고보培材高普에 입학했다. 배
           재고보 시절 회월은 김기진, 나도향과 깊은 교우 관계를 맺었다. 김기진
           등과 함께 《시의 구락부》라는 팜플릿 형태의 회람 잡지를 발간하였다.

1919년   3 · 1운동 당시에는 만세운동에 참여하여 김기진 등과 함께 검거되었으
           나 곧 훈방되었다.

1920년   3월 초에 김기진의 권유로 졸업 시험도 안본 채 일본 유학을 떠났다. 그
           러나 뜻하지 않은 일로 4월 초에 귀국했다. 그리고 6월, 만 19세의 나이

로 한 살 아래인 김봉업金鳳業과 결혼했다. 회월은 김봉업과의 사이에 3남 4녀를 두었는데 가족들의 회고에 의하면 가정에 매우 충실한 가장이었다고 한다. 절친한 친구였던 박종화는 "회월은 술도 마시지 못하였고, 더구나 방탕한 생활은 그의 기질상 불가능한 일이었다. 하지 않은 것이 아니라 못한 사람이었다. 성격은 아주 얌전하고 내성적이며 심약한 사람이었다"라고 증언하였다. 한편 6월부터 최승일이 주관한 경성 청년구락부 기관지《신청년》에 나도향과 함께 동인활동을 시작했다.

1921년 3월에 도향의 안내로 함께 월탄 박종화를 만났다. 박종화, 황석우 등과 함께 한국 최초의 시전문지《장미촌》동인 활동을 시작하였다. 아울러 《장미촌》창간호에 시 〈적笛의 비곡悲曲〉, 〈과거의 왕국〉 2편을 발표하여 문단활동을 공식적으로 시작하였는데, 그래서 〈적의 비곡〉은 회월의 처녀작으로 간주된다. 이 해 가을 회월은 재차 일본으로 건너가 영어 단기 강습소인 동경정칙영어학교正則英語學校에 입학했다. 이때 회월은 김기진과 함께 기숙하며, 영어 공부에 힘을 쏟는 한편 문학 수업에도 열중하였는데 특히 상징주의에 깊이 탐닉했다.

1922년 회월은《백조》창간을 준비하던 중 도일함에 따라 창간호(1922. 1), 제2호(1922. 5)는 동경정칙영어학교에 다니면서 참여하였다. 그러나 이 해 겨울 회월은 극도의 불면증과 신경쇠약 등 건강을 해쳐 귀국하여 4, 5개월간 두문불출하고 독서 등으로 소일했다.

1923년 《백조》제3호(1923. 9)부터 동인으로 본격 재합류하여 작품을 발표하기도 했다.

1924년 이 해에 박영희의 사상 전환과 새로운 문학 활동이 본격적으로 시작된다. 김기진 등과 함께 〈파스큘라〉를 결성하여 계급문학운동을 서서히 일으켜나가기 시작했다. 12월에 개벽사에 입사해 문예부의 일을 맡아보게 되었다.

1925년 2월 8일 천도교 기념관에서 파스큘라 문예강연회가 열렸다. 뒤이어 파스쿨라는 젊은 좌파 문예인들의 조직이었던 염군사와의 합동을 꾀하게 되었다. 두 단체는 마침내 합동, 8월 23일 조선프롤레타리아예술동맹(이하 '카프'라 약칭)을 결성하기에 이르렀다. 이 때부터 회월은 계급문학운동의 가장 주도적인 인물로 활동하기 시작한다.

1926년   1월에 카프의 기관지 격인 《문예운동》 창간호가 발행되고 5월에 2호가 나오는데, 2호의 권두언을 박영희가 집필하는 등 핵심적인 활동을 했다. 12월 18일에 문예운동사가 주최하는 문예대강연회가 중앙기독교 청년회관에서 열렸다. 이 행사에는 박영희를 비롯하여 카프 쪽 인사가 대거 출연했다. 12월 24일에 열린 임시총회를 통해 카프는 결성 1년 반 만에 처음 공개적으로 모습을 드러냈다. 박영희는 7인 위원 중 한 사람으로 피선되었다. 12월, 김기진이 박영희의 소설을 혹평하면서 두 사람 간에 이른바 '내용 형식 논쟁'이 전개되었다.

1927년   9월 1일에 카프 임시총회가 개최되어 방향 전환과 문호 개방이 결의되고 강령과 규약이 개정되었다. 박영희는 새롭게 선출된 위원으로 임명되고, 3일 뒤에 열린 중앙위원회에서 교양부 책임자로 선출되었다. 그러나 방향 전환 논의와 카프 재조직, 기관지 《예술운동》 간행 등의 사건을 통해 제3전선파, 즉 카프 동경지부 그룹이 부상하면서 이후 박영희의 지도권은 현저히 약화된다.

1930년   4월 26일에 개최된 카프 중앙집행위에서 동경 무산자사파들인 안막, 권환 등이 중앙위원으로 새로이 선출되었다. 이들은 6월경부터 각종 지면을 통해 공식적으로 예술운동의 볼셰비키화를 주창했다. 9월에 《소설평론집》을 민중서원에서 발행했다.

1931년   이해 봄 무렵부터 박영희는 카프의 모든 책임을 임화 그룹에 넘겼다. 단 카프 회의가 집회 금지 상태여서 비공식적으로 이루어졌다. 5월에 신간회가 해소되면서 박영희는 신간회 경성지회 해소위원장을 맡아 경성 지회를 해소했다. 8월에 종로에서 고등계에 피검되었다. 이어 카프 맹원들에 대한 검거가 진행되고 10월 15일에 조선공산주의자협의회 사건 관련자들은 검사국으로 송국되었다. 이때 대부분의 카프 맹원들은 불기소 처분으로 석방되고 김남천만이 기소되었다. 박영희는 권환과 함께 신병으로 인한 불구속 처분을 받았다. 10월, 회월은 조선중앙일보사에 입사하여 학예부장·사회부장을 역임했다.

1932년 5월 16일에 열린 카프 중앙위원회에서 박영희는 김기진과 더불어 위원직을 사임했다. 조선중앙일보사에서 퇴사하여 다시 직업 없는 생활에 들어섰다.

1933년 10월 7일에 카프에서 탈퇴했다. 그러나 카프 자체가 거의 붕괴상태에 있었던 까닭에 달리 탈퇴서를 제출할 곳도 없어 이를 공개리에 천명하였다. 회월이 카프에서 전향한 이유는 첫째, 프로문학으로는 더이상의 활로를 찾을 수 없다고 생각한 때문이었다. 둘째, 일본의 NAPF 해체를 비롯, 사회주의 운동에 대한 일제의 탄압이 매우 극심해졌다. 셋째, 카프 제1차 검거사건 이후 회월은 자신의 신변에 대한 위협을 심각하게 느꼈다. 넷째, 회월의 체질상의 한계이다. 내성적이며 심약한 그의 성격과 학자풍의 기질상 프로문학운동이 요구하는 더 이상의 투사적인 저돌성을 감당할 수 없었으며, 거기다 기독교인인 모친과 가족들의 만류도 크게 작용하였다.

1934년 1월에 이른바 "다만 얻은 것은 이데올로기이며, 상실한 것은 예술자신"이라는 유명한 전향선언문 〈최근 문예이론의 신전개와 그 경향〉을 발표하였다. 2월에 열린 카프 중앙집행위원회는 박영희의 탈퇴원을 보류시켰다. 전향선언을 하였음에도 1934년 5월에 들어서자 시작된 소위 〈신건설사新建設社〉 사건에 박영희도 연루되어 12월에 다시 검거되었다. 회월이 카프를 떠났지만, 아직도 일제에 의해 명목상의 지도자로 지목받았던 까닭이다. 일제는 신건설사 사건 자체보다는 프로문학 운동 전체에 대해 탄압의 구실을 찾고 있었기 때문이다.

1935년   1월 14일에 박영희를 포함한 이른바 신건설사 사건 관계자 30여 명이 전
주 지방법원 검사국으로 송국, 24일에 기소되고 25일에 형무소에 수감
되었다. 5월에 일제 관헌의 강압적 권유 끝에 카프 해산계가 동대문 경
찰서를 경유하여 경기도 경찰부에 제출됨으로써 해산 수속이 완료되었
다. 6월 29일에 신건설사 사건 관련자 23명에 대한 예심이 종결되고 10
월 28일에 전주 지법에서 1차 공판, 12월 8일에 선고가 있었다. 박영희
는 징역 2년, 집행유예 3년을 선고받아 풀려났다. 익년 2월에 대구 복심
법원에서의 항소심 선고 공판으로 이 사건은 종결되었다. 이때의 그의
심경을 자세히 피력한 글이 《현대문학》(1958. 7~1959. 7)에 연재된 〈독방獨
房〉이다. 회월은 전주교도소에 수감 중 어머니가 보내 준 성경책과 편지
에 깊은 감화를 받고 1935년 이후부터 교회에 나가기 시작하였다. 이후
1950년 납북 당시까지 교회에 나갔다.

1936년   이해부터 1938년에 이르기까지 박영희는 평론 활동을 꾸준히 전개하
는 한편 《회월시초》(1937. 5)를 간행하여 자신의 시적 활동을 정리하기
도 했다.

1938년   6월 20일부터 22까지 동경 법조회관에서 열린 전향자들의 '시국대응전
국위원회'에 권충일과 함께 조선 대표로 참석, 부일의 길로 들어섰다. 회
월은 처음에 경성지부의 간사책이었다가 1939년 7월 15일에는 경성부내
4개 분회 중 제1분회 분회장 일을 보았다. '시국대응전국위원회'에서 귀
국한 후 가진 경과보고회석상에서 〈사보연맹〉결성 건이 가결되었는데,
박영희는 이때 경성지부 임원이 되었다.

1939년   1월 '전쟁 문학과 조선 작가'란 좌담회에 참석하는데 박영희의 친일적 평
론 행위는 이것이 처음인 듯하다. 4월 15일부터 5월 13일까지 김동인,
임학수와 함께 '황군위문작가단'으로 중국 화북지방을 다녀왔다. 그 보
고문으로 《전선기행》을 간행하였다. 또 8월 경부터 기획된 영화 〈지원
병〉의 원작을 썼다. 안석영이 감독하고 문예봉 등이 출연한 이 영화는

1941년 3월에 개봉했다. 10월 조선문인협회 결성에 중심적으로 참여하고 간사로 선출되었다. 11월부터 강행된 〈창씨개명령〉에 따라 회월은 방촌향도芳村香道로 창씨개명을 하였다. 회월은 이후 그의 친일논문 등에 이 창씨명을 사용하였다.

1940년   10월 〈국민총력조선연맹〉이 결성되고 1941년 1월 문화부가 설치되었을 때, 회월은 금억·백철·유진오와 기타 일본인을 포함한 47명의 문화위원 중 한 사람으로 참여하였다. 12월 25일 〈황도학회皇道學會〉가 창설되자 회월은 46명의 발기위원 중 한 사람으로 참가하여 8명의 이사 중 1인으로 선임되었다.

1941년   8월 12일자로 조선문인협회 간사장을 맡았다. 8월 삼천리사 주최의 〈임전대책협의회臨戰對策協議會〉에 참가하고, 니중에 이 협회가 〈흥아보국단興亞報國團〉과 합동하여 〈조선임전보국단朝鮮臨戰報國團〉으로 통합·발단되었을 때 평의원으로 선임되었다.

1942년   11월에 이광수, 유진오 등과 '제1회 대동아 문학자 대회'에 조선대표로 참석했다.

1943년   4월에 창립된 조선문인보국회의 총무국장직을 맡았다. 이상과 같은 박영회의 친일 행위에 대해 임종국은 그것이 논리를 결여하고 있음을 들어 "정신의 전향보다 행동의 전향이 앞섰고 스스로 우러난 친일 전향이 아니라 외부적 압력에 의한 것이었기 때문일지도 모른다"고 분석하고 있다.

1945년   8월 1일 조선문인보국회 임원개편에 따라 평론부 회장으로 피선되었다. 8·15 해방 직후 서울을 떠나 춘천으로 이주했다. 12월에 춘천공립중학교 국어 교사로 발령받아 1946년 12월까지 근무했다.

1947년   〈문학의 이론과 실제〉를 일원사에서 간행했다.

1948년   이 해 말경 〈현대조선문학사〉를 탈고한 것으로 추정된다.

1949년   반민특위로부터의 소환 때문에 여름에 서울로 돌아와 서울 사대, 국학

대, 홍익대 등에서 국문학사 등을 강의하고 보도연맹에 가입, 선도위원
으로 일했다.

1950년   한국전쟁 중에 납북되었다. 김윤식 교수는 "1988년에 북조선에서 알려
진 바에 따르면 회월은 1960년대에 거기서 영화 및 시나리오 창작에 관
여했다"고 한다.

※ 이상의 연보는 김윤식의 《박영희 연구》(열음사, 1989)와 손해일의 《박영희 문학연구》(시문학
사, 1994), 그리고 〈새 자료로 본 회월의 생애〉(《문학사상》 1973년 8월호) 등을 참고하여 작성
하였다.

책임편집 **임규찬**

1957년 전남 보성군 벌교읍에서 출생.
성균관대 국문과 대학원 졸업(문학박사).
현재 성공회대 교양학부 교수. 문학평론가.
저서로 『한국 근대소설의 이념과 체계』 『문학사와 비평적 쟁점, 평론집으로 『왔던 길, 가는 길 사이에서』 『작품과 시간』 『비평의 창』 등이 있고, 편역서로 『일본 프로문학과 한국문학』 외 다수의 논문과 평론이 있음.

입력 · 교정 **조은정**

성균관대 국문과 졸업.
현재 성균관대 국문과 대학원 석사과정 재학중.

범우비평판 한국문학 · 45-❶

현대조선문학사(외)

초판 1쇄 발행 2008년 9월 15일

지은이   박영희
책임편집 임규찬
펴낸이   윤형두
펴낸데   **종합출판 범우(주)**
기 획   임헌영 · 오창은
편 집   김영석
디자인   김왕기
등 록   2004. 1. 6. 제406-2004-000012호
주 소   413-756 경기도 파주시 교하읍 문발리 525-2 출판문화정보산업단지
전 화   (031) 955-6900~4
팩 스   (031) 955-6905
홈페이지 http://www.bumwoosa.co.kr
이메일   bumwoosa@chol.com
ISBN   978-89-91167-35-3 04810
         978-89-954861-0-8 (세트)

*책값은 뒤표지에 있습니다.
*잘못된 책은 바꾸어 드립니다.

근대 개화기부터 8·15광복까지 집대성한
'한국문학의 정본'

현재 46권 출간!

범우비평판 한국문학의 특징

▶ 문학의 개념을 민족 정신사의 총체적 반영으로 확대.
▶ 기존의 문학전집에서 누락된 작가 복원 및 최초 발굴작품 수록.
▶ '문학전집' 편찬 관성을 탈피, 작가 중심의 새로운 편집.
▶ 학계의 전문적인 문학 연구자들이 직접 교열, 작가론과 작품론 및 작가·작품
 연보 작성.

• 크라운 변형판 | 반양장 | 각권 350~756쪽
• 각권 값 10,000~22,000원 | 전43권 572,000원
• 책값을 입금해주시면 우송료는 본사부담으로 보내드립니다.

• 입금계좌 : 국민 054937-04-000870 종합출판 범우(주)
• 주문전화 : 031-955-6900 팩스 : 031-955-6905

▶ 계속 출간됩니다

범우비평판 한국문학

잊혀진 작가의 복원과 묻혀진 작품을 발굴, 근대 이후 100년간 민족정신사적으로
재평가한 문학·예술·종교·사회사상 등 인문·사회과학 자료의 보고 ─ 임헌영(한국문학평론가협회 회장)

「범우문고」가격 인상

2,800원 → 3,900원

최근의 급격한 물가 상승으로 인해 20년간 지켜오던 가격을
부득이하게 인상하게 되었음을 죄송스런 마음으로 독자여러분께 알려드립니다.
오른 가격만큼 더욱 값지고 알찬 책으로 보답하겠습니다.

현재 서점에 출고된 책은
기존가격(2,800원)에 구매하실 수 있습니다.

▶전국 서점에서 낱권으로 판매합니다
▶계속 출간됩니다

* 범우문고가 받은 상
제1회 독서대상(1978), 한국출판문화상(1981), 국립중앙도서관 추천도서(1982), 출판협회 청소년도서(1985), 새마을문고용 선정도서(1985),
중고교생 독서권장도서(1985), 사랑의 책보내기 선정도서(1986), 문화공보부 추천도서(1989), 서울시립 남산도서관 권장도서(1990),
교보문고 선정 독서권장도서(1994), 한우리독서운동본부 권장도서(1996), 문화관광부 추천도서(1998), 문화관광부 책읽기운동 추천도서(2002)

www.bumwoosa.co.kr TEL 031)955-6900 범우사

2005년 서울대·연대·고대 권장도서 및

논술시험 준비중인 청소년과 대학생을

범우비평판

제인 오스틴의 신간소설 《엠마》 외

溫故知新으로 21세기를! **범우사** T.031)955-6900 F.031)955-6905
www.bumwoosa.co.kr

미국 수능시험주관 대학위원회 추천도서!

위한 책 최다 선정(31종) 1위!

세계문학

156권
▶계속 출간

▶크라운변형판
▶각권 7,000원~15,000원
▶전국 서점에서 낱권으로 판매합니다

★ 서울대 권장도서
● 연고대 권장도서
◆ 미국대학위원회 추천도서

21 마가렛 미첼 1-3 바람과 함께 사라지다(전3권) 송관식·이병규
22 스탕달   1 적과 흑 김붕구 ★●
23 B. 파스테르나크 1 닥터 지바고 오재국 ◆
24 마크 트웨인 1 톰 소여의 모험 김병철
            2 허클베리 핀의 모험 김병철 ◆
          3-4 마크 트웨인 여행기(전2권) 박미선
25 조지 오웰   1 동물농장·1984년 김회진
26 존 스타인벡 1-2 분노의 포도(전2권) 전형기 ◆
          3-4 에덴의 동쪽(전2권) 이성호
27 우나무노   1 안개 김현창
28 C. 브론테 1-2 제인 에어(전2권) 배영원
29 헤르만 헤세 1 知와 사랑·싯다르타 홍경호
            2 데미안·크눌프·로스할데 홍경호
            3 페터 카멘친트·게르트루트 박환덕
            4 유리알 유희 박환덕
30 알베르 카뮈 1 페스트·이방인 방 곤 ◆
31 올더스 헉슬리 1 멋진 신세계(외) 이성규·허정애 ◆
32 기 드 모파상 1 여자의 일생·단편선 이정림
33 투르게네프   1 아버지와 아들 이철 ◆
            2 처녀지·루딘 김학수
34 이미륵   1 압록강은 흐른다(외) 정규화
35 T. 드라이저 1 시스터 캐리 전형기
            2 미국의 비극(전2권) 김병철 ◆
36 세르반떼스 1 돈 끼호떼 김현창 ★●◆
            2 (속) 돈 끼호떼 김현창
37 나쓰메 소세키 1 마음·그 후 서석연 ★
            2 명암 김정훈
38 플루타르코스 1-8 플루타르크 영웅전(전8권) 김병철
39 안네 프랑크 1 안네의 일기(외) 김남석·서석연
40 강용흘   1 초당 장문평
            2 동양선비 서양에 가시다 유영
41 나관중   1-5 원본 三國志(전5권) 황병국
42 귄터 그라스 1 양철북 박환덕 ★●
43 아쿠타가와류노스케 1 아쿠타가와 작품선 진웅기·김진욱

44 F. 모리악   1 떼레즈 데께루·밤의 종말(외) 전채린
45 에리히 M.레마르크 1 개선문 홍경호
            2 그늘진 낙원 홍경호·박상배
            3 서부전선 이상없다(외) 박환덕 ◆
            4 리스본의 밤 홍경호
46 앙드레 말로 1 희망 이가형
47 A. J. 크로닌 1 성채 공문혜
48 하인리히 뵐 1 아담 너는 어디 있었느냐(외) 홍경호
49 시몬느 드 보봐르 1 타인의 피 전채린
50 보카치오 1-2 데카메론(전2권) 한형곤
51 R. 타고르   1 고라 유영
52 R. 롤랑   1-5 장 크리스토프(전5권) 김창석
53 노발리스   1 푸른 꽃(외) 이유영
54 한스 카로사 1 아름다운 유혹의 시절 홍경호
            2 루마니아 일기(외) 홍경호
55 막심 고리키 1 어머니 김현택
56 미우라 아야코 1 빙점 최현
            2 (속)빙점 최현
57 김현창   1 스페인 문학사
58 시드니 셸던 1 천사의 분노 황보석
59 아이작 싱어 1 적들, 어느 사랑이야기 김회진
60 에릭 시갈   1 러브 스토리·올리버 스토리 김성렬·홍성표
61 크누트 함슨 1 굶주림 김남석
62 D.H.로렌스 1 채털리 부인의 사랑 오영진
          2-3 무지개(전2권) 최인자
63 어윈 쇼   1 나이트 워크 김성렬
64 패트릭 화이트 1 불타버린 사람들 이종욱

온고지신 (溫故知新)으로 21세기를!

현대사회를 보다 새로운 시각으로 종합진단하여
그 처방을 제시해주는

범우사상신서

 범우사   경기도 파주시 교하읍 문발리 525-2 출판문화정보산업단지 전화) 031-955-6900~4
http://www.bumwoosa.co.kr (이메일) bumwoosa@chol.com

온고지신(溫故知新)으로 21세기를!

범우고전선

시대를 초월해 인간성 구현의 모범으로 삼을 만한 책을 엄선

▶ 계속 펴냅니다

 범우사 경기도 파주시 교하읍 문발리 525-2 출판문화정보산업단지 전화 031-955-6900~4
http://www.bumwoosa.co.kr 이메일 : bumwoosa@chol.com